KIM NINA OCKER

Every Li

KIM NINA
OCKER

EVERY LITTLE SECRET

ROMAN

LYX

LYX in der Bastei Lübbe AG
Dieser Titel ist auch als E-Book und als Hörbuch erschienen.

Die Bastei Lübbe AG verfolgt eine nachhaltige Buchproduktion. Wir verwenden Papiere aus nachhaltiger Forstwirtschaft und verzichten darauf, Bücher einzeln in Folie zu verpacken. Wir stellen unsere Bücher in Deutschland und Europa (EU) her und arbeiten mit den Druckereien kontinuierlich an einer positiven Ökobilanz.

MIX
Papier aus verantwortungsvollen Quellen
FSC® C014496

Originalausgabe:

Textredaktion: Hannah Jarosch
Umschlaggestaltung: © Zero unter Verwendung von Motiven von © VerisStudio; kiadtisuk Seedapan/shutterstock.com
Satz: Greiner & Reichel, Köln
Gesetzt aus der Adobe Caslon
Druck und Verarbeitung: GGP Media GmbH, Pößneck
Printed in Germany
ISBN 978-3-7363-1744-4

1 3 5 7 6 4 2

Sie finden uns im Internet unter lyx-verlag.de
Bitte beachten Sie auch: luebbe.de und lesejury.de

Liebe Leser:innen,

dieses Buch enthält Elemente,
die potenziell triggern können.
Diese sind:

Erwähnung von Todesfällen, Erwähnung von Erkrankungen und gefährlichen Verletzungen, Schilderungen bedrohlicher Situationen, Stalking und Einbrüchen.

Wir wünschen uns für euch alle das bestmögliche Leseerlebnis.

Eure Kim und euer LYX-Verlag

*Für Eileen**

** Ich denke, du weißt, warum du ENDLICH eine Buchwidmung verdient hast. Falls nicht, hier die Kurzfassung: Weil du mir die Wahrheit sagst, auch wenn ich sie nicht hören will. Und weil du der erste Mensch warst, der jemals etwas von mir gelesen hat (wofür ich mich auf diese Weise noch einmal in aller Form entschuldigen möchte). Hab dich lieb!*

Prolog

Drei Tote, mehrere Millionen Sachschaden, ein zerstörtes Apartment und vier gebrochene Rippen sind ein verdammt mieses Resultat eines Sommers in New York.

Wann genau kommt man eigentlich in dieses berüchtigte Alter, in dem man es besser wissen sollte? Ich wäre jetzt bereit. Denn rückblickend betrachtet hätte ich das Ganze hier kommen sehen sollen. Rückblickend betrachtet hätte mir klar sein müssen, dass diese Sache mich einholen und mir einen gewaltigen Arschtritt verpassen wird. Ich hätte es irgendwie voraussehen, besser aufpassen und die Reißleine ziehen müssen, bevor es dermaßen eskaliert. Habe ich aber nicht. Die Kacke ist gewaltig am Dampfen, und das ist zum großen Teil meine beschissene Schuld.

Die Tür hinter mir geht auf, und ich suche den Blick des Uniformierten, der mit ernster Miene den Verhörraum betritt.

»Was hat sie gesagt?«, frage ich, ohne Zeit für eine Begrüßung zu verschwenden.

Er antwortet nicht sofort, sondern legt stattdessen bedächtig die Mappe, die er in der Hand gehalten hat, auf den Tisch und öffnet den Knopf seines Jacketts, bevor er sich mir gegenüber auf den ungemütlichen Plastikstuhl setzt.

Ich beiße die Zähne zusammen. »Was hat sie gesagt?«, wiederhole ich, langsamer dieses Mal und mit vor Wut zitternder Stimme. Er sollte dieses Spielchen nicht mit mir spielen. Ich lasse mich von ihm nicht einschüchtern, und wenn ich ihm eine direkte Frage stelle, erwarte ich, verdammt noch mal, eine klare Antwort.

Der Typ hebt eine Augenbraue. »Ich fürchte, das müssen Sie präzisieren«, sagt er in beinahe gelangweiltem Ton. »Wen genau meinen Sie?«

Meine Hand ballt sich zur Faust, aber ich versuche, Ruhe zu bewahren. So gerne ich auch ausrasten würde, so gerne ich der Wut, der Frustration und der Angst in meinem Magen auch Luft lassen würde, weiß ich, dass es mich nicht weiterbringt. Niemanden von uns. Je mehr Ärger ich hier drinnen mache, desto länger wird es dauern, bis sie mich rauslassen. Bis sie mich zu ihr und mich mit eigenen Augen sehen lassen, was ich getan habe.

»Juliette Penn«, sage ich betont ruhig. »Wo ist sie?«

Der Blick aus den Augen des Detectives ist unergründlich. Nicht unfreundlich, nicht wütend oder abschätzig. Er sieht mich an, als würde er auf etwas warten. Darauf, dass ich die Beherrschung verliere oder zusammenbreche oder …

»Brauche ich einen Anwalt?«, frage ich tonlos, als er nicht antwortet. Ich habe damit gerechnet, mich verteidigen zu müssen. Ich habe sämtliche Vorkehrungen getroffen. Trotzdem ärgert es mich. Die Ereignisse der vergangenen Stunden stecken mir immer noch in den Knochen, liegen auf meiner Haut wie ein widerlicher Film und schnüren mir die Kehle zu. Ich brauche Zeit zum Durchatmen. Eine Pause von all den Emotionen, bevor ich mit der Polizei über meine Schuld oder Unschuld diskutieren kann.

»Wurden Ihnen Ihre Rechte verlesen?« Ich nicke knapp. »Dann wissen Sie, dass Sie ein Recht auf juristischen Beistand haben. Natürlich wäre es das Beste für Sie und auch für Miss Penn, wenn Sie auf unsere Fragen so schnell wie möglich antworten würden.«

»Warum?«, frage ich und spüre, wie sich eine eisige Kälte durch meinen Körper frisst. »Warum ist es für Miss Penn wichtig, dass ich so bald wie möglich antworte?«

Sein Gesicht bleibt ungerührt. »Wir müssen wissen, was passiert ist. Das würde nicht nur uns helfen, die ganze Sache zu verstehen, sondern auch den Ärzten, die sich in diesem Moment um Miss Penn kümmern.«

Mir ist, als hätte mir jemand in den Magen geschlagen. Und ins Gesicht. Und mich gleichzeitig mit Benzin übergossen und angezündet. Ein Schauder läuft mir über den Rücken. Ich wusste, dass Julie verletzt wurde. Ich *wusste*, dass man sie beide ins Krankenhaus gebracht hat. Aber ich war davon ausgegangen, dass es sich bei ihren Verletzungen nur um ein paar Kratzer gehandelt hat. Eine Vorsichtsmaßnahme, absolut berechtigt, wenn man bedenkt, was passiert ist.

Einen Moment lang befürchte ich, mich übergeben zu müssen. Ich wurde gewarnt, dass mir diese Sache um die Ohren fliegen könnte. Und ich habe auch nicht erwartet, dass alles reibungslos verlaufen würde. Aber das hier … das hier droht, meine Fähigkeiten zu übersteigen. Droht, die Schutzmauern einzureißen, die ich in den letzten Jahren um mein Herz errichtet habe, um es davor zu schützen, gebrochen zu werden.

Ich setze mich ein wenig aufrechter hin und sehe den Mann vor mir an. Er hat sich mir vorgestellt, aber ich habe seinen Namen bereits wieder vergessen. Es spielt eigentlich auch keine Rolle, wie er heißt. Nichts spielt im Moment eine Rolle, nichts und niemand – nicht, solange ich nicht weiß, was genau passiert ist. Und was die Konsequenzen dessen sind.

»Was wollen Sie wissen?«, frage ich, verschränke die Arme vor der Brust und lehne mich auf dem kalten Stuhl zurück. Keine Ahnung, wie lange ich hier schon sitze. Keine Ahnung, wie lange sie mich ohne begründeten Verdacht oder Beweise festhalten können, aber ich bin mir ziemlich sicher, dass ich das schon bald herausfinden werde. »Und ich möchte, dass Sie Anthony Hoffman von *Hoffman & Sons* anrufen. Er ist mein Anwalt.«

Der Detective wendet den Kopf zur Seite und wirft einen Blick zu dem Einwegspiegel. Er nickt einmal, was vermutlich die stumme Aufforderung darstellen soll, meiner Bitte Folge zu leisten. Es wundert mich nicht, dass uns offensichtlich noch andere Leute zusehen. Hoffentlich ist noch nicht durchgesickert, dass ich mich in Polizeigewahrsam befinde. Immerhin gehöre ich zu den bekanntesten und einflussreichsten Persönlichkeiten dieser Stadt. Sobald ans Licht kommt, dass ich in einem beschissenen Verhörraum sitze und Julie im Krankenhaus liegt, werden die Reporter sich gegenseitig über den Haufen rennen, um das beste Foto zu bekommen. Es würde mich nicht mal wundern, wenn einer der Polizisten einen Platz in dem Raum hinter dem Einwegspiegel verkauft hat, um die eigene Kasse ein bisschen aufzufüllen. Vielleicht schießt genau in dieser Sekunde irgendein Reporter das wertvollste Foto seiner Karriere.

»Erzählen Sie mir, was passiert ist.«

Ich hebe kaum merklich eine Augenbraue. »Ich fürchte, Sie müssen das präzisieren.«

Er presst die Lippen zusammen. »Gut, fangen wir ganz am Anfang an. Wo waren Sie heute Morgen, als Miss Penn das Haus verlassen hat?«

»In meinem Büro in New York«, antworte ich, ohne zu zögern. »Ich arbeite sehr viel, seit ich die Firma übernommen habe.«

»Auch an den Wochenenden?«

»Wochenenden haben in meiner Welt oftmals keine Bedeutung. Wir erwarteten einen Aktieneinbruch einiger patentierter

Pharmaka, weshalb ich bereits morgens in die Stadt gefahren bin. Wofür es Zeugen gibt.«

Der Blick des Detectives ist wieder aalglatt. »Und wo befand sich Miss Penn, als Sie aufgebrochen sind?«

Erneut durchfährt mich ein Schaudern, das ich mir jedoch nicht anmerken lasse. Ich erinnere mich an ihr im Schlaf entspanntes Gesicht – an das sanfte Lächeln auf ihren Lippen, ihre Stirn, ausnahmsweise einmal nicht vor Sorge gerunzelt, und an ihr Haar, das sich auf dem weißen Kopfkissen ausgebreitet hat. Sie hat friedlich ausgesehen – was vermutlich daran lag, dass ihr nicht klar war, dass ich sie beobachte.

»Hat noch geschlafen«, antworte ich knapp.

»Und Sie haben die Hamptons verlassen, ohne mit ihr zu sprechen?«

»Ja.«

»Woher wissen Sie, dass Miss Penn geschlafen hat?«

»Weil ich es gesehen habe.« Es dauert ein paar Sekunden, bis ich begreife, worauf seine Frage abgezielt hat. »Ja, ich war in ihrem Schlafzimmer«, füge ich widerstrebend hinzu, bevor er danach fragen kann. Nicht, dass diese Tatsache mir grundsätzlich peinlich ist. Aber nach allem, was in den vergangenen Monaten passiert ist, bin ich vorsichtig, was das Teilen von persönlichen Informationen angeht. Ich muss aufpassen, was ich sage. Was ich preisgebe, bevor mein Anwalt da ist.

Wieder wandern meine Gedanken zu Julie. Wie konnte das alles nur dermaßen aus dem Ruder laufen? Wie konnte ich zulassen, dass wir hier enden?

1

Drei Monate zuvor

JULIE
Dienstag, 24. Mai 2022

»Spreche ich mit Juliette Penn?«, fragt die emotionslos klingende Stimme am anderen Ende der Leitung.

Ich presse mir das Smartphone fester gegen das Ohr und weiche einer Pfütze aus, über deren Ursprung ich lieber nicht genauer nachdenken möchte. »Ja, die bin ich. Wie kann ich Ihnen helfen?« Innerlich schicke ich ein kleines Stoßgebet gen Himmel. Ich habe mich letzte Woche auf eine ausgeschriebene Stelle als Kellnerin in einer Bar im West Village beworben und, heilige Scheiße, ich brauche diesen Job.

»Miss Penn, mein Name ist Anthony Hoffman. Ich kontaktiere Sie im Namen der Anwaltskanzlei *Hoffman & Sons* und muss Sie in einer dringenden Erbschaftsangelegenheit sprechen.«

Ich runzle die Stirn. Ich kenne die Anwaltskanzlei, bei der er angeblich angestellt ist. Ihr Logo prangt unübersehbar an einem der Wolkenkratzer an der Lexington Avenue – einer der teuersten und nobelsten Straßen in ganz New York City. »Es tut mir leid«, sage ich ehrlich verwirrt, klemme mir das Handy zwischen Schulter und Ohr und öffne innerlich fluchend das Tor vor der Haustür meines Wohnhauses. Das verdammte

Ding klemmt bereits seit Wochen. »Ich denke, Sie haben die falsche Juliette Penn. Die einzigen Verwandten, die mich in einem Testament berücksichtigen könnten, sind lebendig und wohnen nicht einmal in der Nähe.«

Und könnten sich eure Honorare nicht leisten, füge ich in Gedanken hinzu.

Der Typ schweigt, so lange, dass ich das Smartphone vom Ohr nehme, um zu schauen, ob ich aus Versehen aufgelegt habe.

»Verzeihen Sie, Miss, aber ich muss Sie bitten, persönlich bei uns vorbeizukommen. Ich würde die Angelegenheit gerne von Angesicht zu Angesicht mit Ihnen besprechen. Außerdem ist es notwendig, dass Sie sich identifizieren.«

»Wofür soll ich mich identifizieren?« Wenn das hier irgendein Scherz sein soll, verstehe ich die Pointe leider nicht. »Sie haben mit Sicherheit die falsche Nummer, Sir.«

Das Seufzen des Mannes am anderen Ende klingt nach einer kurzen Nacht, zu schwachem Kaffee und sich anbahnenden Kopfschmerzen. »Wir können Sie gerne noch einmal schriftlich kontaktieren oder die uns vorliegenden Daten mit Ihnen abgleichen, Miss Penn. Wenn Sie sich unwohl fühlen oder an unserer Integrität zweifeln, finden wir sicherlich einen Weg, Ihre Bedenken aus der Welt zu schaffen. Aber ich fürchte, es ist unvermeidbar, dass Sie sich mit uns unterhalten. Und ich halte es für das Beste, dies persönlich in unserer Kanzlei zu tun.«

Ich schließe das Tor hinter mir und lehne mich gegen die kleine Steinmauer, in die es eingebaut ist. »Passt es Ihnen morgen Nachmittag?«, kapituliere ich schließlich. Ich habe wirklich keine Lust, in den nächsten Wochen mit Briefen und Anrufen bombardiert zu werden. »Wenn Sie danach Ruhe geben, komme ich bei Ihnen vorbei, aber ich habe nicht viel Zeit.«

»Bitte planen Sie ein wenig Zeit ein, Miss. Wir haben ein paar Fragen, die ausreichend Aufmerksamkeit Ihrerseits erfordern.«

Nur mit Mühe unterdrücke ich ein Augenrollen, vereinbare mit dem Mann am Telefon einen Termin, verabschiede mich und lege dann auf. Ehrlich gesagt passt mir das alles nicht im Geringsten in den Kram. Ich muss morgen Abend arbeiten und habe neben dem College und meiner Schicht in der Kunsthochschule ohnehin schon kaum Freizeit. Diese ganze Sache ist garantiert ein Irrtum und der ganze Aufwand einfach nur unnötig. Ich schultere meinen Rucksack und schließe die Haustür auf, werfe dem kaputten Aufzug beinahe routiniert einen wütenden Blick zu und steige in den dritten Stock hinauf, wobei ich immer zwei Stufen auf einmal nehme. Mir bleibt kaum Zeit für Sport, aber das ewige Treppensteigen und Fahrradfahren zur Uni haben mir immerhin einen ganz anständigen Hintern geformt. Vor Apartment 3A halte ich kurz inne, um zu Atem zu kommen, dann schließe ich die Tür auf und betrete die WG, die ich mir seit knapp einem Jahr mit meinen Mitbewohnerinnen teile.

Ich liebe diese Wohnung: die hohen Decken, die Wände aus braunem Backstein und die alten Stahlbalken an der Decke, die dem Loft diesen authentischen und gleichzeitig modernen Industriecharme verleihen. Das Apartment besteht aus einem großen Raum mit offener Küche, von dem das Bad und die drei Schlafzimmer abgehen. Es ist nicht sehr groß, der Fahrstuhl ist schon seit Ewigkeiten kaputt und ungefähr die Hälfte der Fenster lassen sich nicht mehr öffnen, trotzdem ist es perfekt. Mitten im East Village gelegen, hat die Wohnung eine gute Anbindung an die Uni und meine Arbeitsstelle, außerdem befindet sie sich direkt neben einem Waschsalon.

Als ich das Wohnzimmer betrete, blickt Saheera von ihrem Laptop auf, den sie auf ihrem Schoß balanciert. Stirnrunzelnd sieht sie mich an. »Hey, Julie. Du bist spät dran.«

Ich werfe meinen Schlüssel auf die kleine Kommode neben der Tür. »Meine Kette ist zweimal abgesprungen, und dann hat mich so ein komischer Typ aus einer Anwaltskanzlei angerufen.«

Sie sieht mich fragend an. Während ich aus meinen Schuhen steige und die Milch, die ich unterwegs gekauft habe, in den Kühlschrank stelle, erzähle ich ihr knapp von dem lästigen Telefongespräch. »Er hat drauf bestanden, dass ich vorbeikomme. Das ist die reinste Zeitverschwendung.«

»Vielleicht ist ja was dran. Irgendein reicher Onkel, den du nie getroffen hast?«

»Meine Eltern sind Einzelkinder.« Stöhnend lasse ich mich neben sie auf die Couch fallen.

Saheera klappt den Laptop zu und zieht die Beine auf das Sitzpolster. Offensichtlich hat sie bereits Feierabend gemacht, denn sie trägt einen dunkelgrünen Schlafanzug und hat ihren Hijab abgelegt, sodass ihre Haare offen über ihren Rücken fallen. »Oder es geht um irgendwelche Forderungen.« Sie zuckt mit den Schultern, als ich fragend die Augenbrauen hebe. »Ich bin mir ziemlich sicher, dass man auch Schulden oder Ansprüche erben kann, oder nicht? Vielleicht ist jemand gestorben, dem du Geld schuldest.«

»Dann würden sie einfach eine Mahnung schicken.« Ich schüttle den Kopf. »Außerdem habe ich keine Schulden. Das ist sicher nur eine Verwechslung.«

»Was ist mit deiner Mutter? Deiner leiblichen, meine ich.«

»Die hat mich das letzte Mal gesehen, als ich ein paar Tage alt war. Sie weiß garantiert weder, wo ich wohne noch kann sie sich daran erinnern, wie ich heiße. Dad hatte keinen Kontakt zu ihr, seit sie sich getrennt haben. Sie würde mich bestimmt in keinem Testament bedenken.«

»Wie du meinst.« Sie klappt den Laptop wieder auf. »Bonnie hat geschrieben, dass sie heute erst spät nach Hause kommt. Sie hat ein Date mit dem Katzenmann von Tinder.«

Ich schnaube. Letztes Wochenende haben Bonnie, Saheera und ich Bonnies Tinder-Profil aufgemotzt und einen Abend damit verbracht, verschiedene Typen nach links oder rechts zu swipen. Je später es wurde und je mehr leere Weinflaschen sich auf dem Tisch ansammelten, desto niedriger wurden unsere Ansprüche, und schließlich fing Bonnie an, mit einem Kerl aus Brooklyn zu schreiben, der Bilder von sieben verschiedenen Katzen in Batman-Kostümen in seinem Profil hatte.

»Ich kann nicht glauben, dass sie immer noch Kontakt zu dem hat.«

»Vielleicht ist er nett«, meint Saheera und wirft mir einen strafenden Blick zu. »Sei nicht so oberflächlich. Wir haben auch zwei Katzen, und wir sind nicht komisch.«

»Sind wir nicht?«, murmele ich, stehe auf und greife auf dem Weg in mein Zimmer nach meinem Rucksack. Ich habe noch einen Haufen Arbeit für die Uni zu erledigen und ein ungutes Gefühl in meinem Magen sagt mir, dass morgen ein verdammt langer Tag wird.

Nachdem ich die Tür hinter mir geschlossen habe, lehne ich mich einen Moment dagegen und atme ein paar Mal tief durch. Mein Fahrrad muss repariert werden, das muss auf meine To-do-Liste für das Wochenende. Seit einigen Wochen springt mir immer wieder die Fahrradkette ab, und ich komme nicht dahinter, wo der Fehler liegt. Morgen muss ich mich unbedingt hinsetzen und nachsehen, wie viel Geld ich erübrigen kann. Ich hoffe, dass sich das Café meldet, bei dem ich mich um die Servicestelle beworben habe. Donnerstags und jedes zweite Wochenende habe ich abends frei – an den Abenden könnte ich kellnern und neben dem Stundenlohn auch noch jede Menge Trinkgeld verdienen. Das wäre wie ein Sechser im Lotto. Allerdings habe ich keinerlei Erfahrungen in der Gastronomie und weiß, dass solche Stellen in New York City heiß begehrt sind.

Vielleicht habe ich ja doch einen reichen Onkel, von dem ich nichts weiß und der mir ein kleines Vermögen hinterlassen hat. In Filmen passiert so etwas schließlich andauernd. Das würde auf jeden Fall eine ganze Menge meiner Probleme lösen.

Ich blicke auf, als auf der Feuertreppe vor meinem Fenster ein Miauen erklingt. Eine Sekunde später schiebt sich ein schlanker, grau getigerter Kater durch den schmalen Spalt meines Fensters.

»Na, du kleiner Rumtreiber, warst du wieder unterwegs?«, frage ich leise, gehe hinüber und strecke die Hand aus, um ihn am Hals zu kraulen. Wir haben zwei Katzen, die über die Feuertreppe nach draußen gehen dürfen. Zwar machen mir der Verkehr und die Gefahren der Stadt immer wieder Sorgen, aber die beiden fühlen sich in der kleinen Wohnung einfach nicht wohl. Mr Norris ist mein Kater, Bonnies Katze Cordelia bleibt teilweise tagelang weg und kommt dann ziemlich vollgefressen nach Hause. Wir vermuten, dass sie irgendwo eine zweite Familie hat, mit der sie uns und Mr Norris betrügt.

Nachdem ich den Kater gebührend begrüßt habe, packe ich meine Unisachen aus und setze mich an den Schreibtisch, um mir die Notizen von heute anzusehen. In ein paar Wochen beginnt die Prüfungsphase und ich habe das Gefühl, in jedem verdammten Kurs hinterherzuhinken. Meine Eltern bezahlen die Gebühren für mein Grafikstudium an der NYU. Wenn ich durchfalle, würde ich das Gefühl haben, sie zu enttäuschen. Sie und ihr Bankkonto. Denn wenn ich ein Semester wiederholen muss, bedeutet das im Umkehrschluss, sie müssten auch länger zahlen, und ich weiß, dass ihnen das nicht leichtfällt.

Ein wenig sehnsüchtig werfe ich einen Blick auf das Zeichenpult, das zusammengeklappt neben meinem Bett steht. Mein Zimmer ist deutlich zu klein dafür, einen Schreibtisch *und* ein Zeichenpult unterzubringen, deswegen hat mein Dad mir bei meinem Einzug einen Aufsatz gebaut, den ich auf meinen Schreibtisch stellen kann. Ich studiere Grafikdesign, trotzdem liebe ich es, analog zu zeichnen und meine Entwürfe auf Papier zu skizzieren, bevor ich sie digital umsetze. Seit einer Weile arbeite ich an einer Art Freundebuch für Erwachsene – das ist meine Methode, abzuschalten und den Rest der Welt um mich herum zu vergessen. In diesem Moment sehne ich mich so sehr nach einer Auszeit, dass ich kurz überlege, den Lernstoff zu ignorieren und ein paar Entwürfe zu zeichnen. Allerdings vermute ich, dass ich mich dafür später hassen würde, also verwerfe ich den Gedanken schweren Herzens und wende mich meinen Notizen zu. Wenn ich damit fertig bin, kann ich mich dem Zeichnen viel entspannter widmen und fühle mich nicht schlecht, weil ich den Unikram auf die lange Bank schiebe. Ich kenne mich selbst gut genug, um zu wissen, dass ich Dinge am besten sofort erledige, um nicht in Stress zu geraten und den halben Abend zu prokrastinieren.

Nach einer halben Stunde stehe ich auf, um mir etwas zu trinken zu holen. Während ich darauf warte, dass die Kaffeemaschine aufheizt, checke ich gedankenverloren mein Handy und bemerke eine ungelesene SMS. Stirnrunzelnd entsperre ich das Display. Wer, zur Hölle, schreibt denn heutzutage noch SMS? Als ich auf das Symbol mit dem kleinen Umschlag tippe und der Absender erscheint, seufze ich leise. Es ist eine Terminerinnerung von *Hoffman & Sons*. Dort steht mein vollständiger

Name, inklusive Geburtsdatum. Irgendjemand muss in dieser verdammten Kanzlei ganz schön Mist gebaut haben, oder es handelt sich um den größten Zufall aller Zeiten und es wohnt eine weitere Juliette Penn, geboren am 04.08.2002, im East Village, New York.

Ich tippe auf den Link in der SMS, der mich zu der Internetseite der Anwaltskanzlei führt. Laut dem Vorstellungstext auf der hochwertig gestalteten Website wird *Hoffman & Sons* von Mr Hoffman senior geleitet, seine vier Söhne, zu denen wohl auch *mein* Mr Hoffman gehört, sind Juniorpartner. Krasse Familie. Ein ungutes Gefühl breitet sich in meiner Magengegend aus, als ich die Referenzen der Kanzlei aufrufe und die Liste der Klienten durchlese, die sie offenbar erfolgreich vertreten hat. Ein paar der Namen kenne ich – darunter sind Prominente und lokale Unternehmen, deren Bürogebäude die New Yorker Skyline prägen. Es ist absolut offensichtlich, dass Hoffman und seine Söhne ausschließlich die amerikanische Oberschicht vertreten. Wozu ich nicht gehöre. Die Provisionen, die *Hoffman & Sons* berechnet, müssen gigantisch sein, um sich Büros an der Lexington Avenue leisten zu können. In meinem Inneren mischen sich verschiedenste Gefühle. Einerseits liegt diese Welt so dermaßen außerhalb meiner Komfortzone, dass ich mich automatisch irgendwie unwohl fühle. Ich bin in einem bodenständigen Elternhaus aufgewachsen, ich kenne mich in der Welt, in der diese Menschen leben, nicht aus. Und das will ich auch nicht. Andererseits fällt es mir ziemlich schwer, mir vorzustellen, dass diese Kanzlei überhaupt so etwas wie Fehler begehen und die falsche Person kontaktieren kann. Egal, wie sicher ich mir bin, dass es bei ihrem aktuellen Fall unmöglich um mich gehen kann.

Energisch schließe ich den Internetbrowser und öffne stattdessen Spotify, um meine dröhnenden Gedanken mit Musik zu übertönen. Dann greife ich nach meiner Tasse und nippe vorsichtig an dem heißen Kaffee. Was auch immer hinter diesem verdammten Anruf steckt, wird sich morgen herausstellen.

Zumindest hoffe ich das.

CALEB

Ich bin kein Fan von Beerdigungen. Die Musik, die Klamotten, die Stimmung, das Essen – auf all das kann ich wirklich verzichten. Meiner Meinung nach sollten Beerdigungen fröhlicher sein. Und ja, mir ist bewusst, wie widersprüchlich das klingt. Trotzdem. Sollte dieses letzte Abschiednehmen von einer geliebten Person nicht ein trostspendendes Ereignis sein? Ein Anlass, dem Leben des Verstorbenen zu gedenken, den schönen Zeiten, die man miteinander erlebt hat, und die Gelegenheit, sich gegenseitig zu unterstützen? Stattdessen wird die Trauer der Hinterbliebenen durch die ganze Stimmung ins Unermessliche gesteigert, jeder versucht verzweifelt, die Etikette zu wahren, niemand möchte sich unpassend oder gar respektlos verhalten und jeder Gast wartet nur darauf, endlich verschwinden zu dürfen und dieser niederschmetternden Stimmung zu entkommen.

So wie ich.

Wäre es nach mir gegangen, hätten wir meine Stiefmutter im kleinen Kreis beigesetzt, wären danach bei ihrem Lieblingsitaliener etwas essen gegangen und hätten einen entspannten Abend verbracht. Aber offensichtlich ging es nicht nach mir, was ein bisschen lächerlich ist, wenn man bedenkt, dass ich ihr einzig lebender Verwandter bin.

Und das auch nur auf dem Papier.

Leider haben Dinge wie Familiensinn und persönliche Präferenzen keinen Platz bei der Planung der Beerdigung einer der bekanntesten und erfolgreichsten Geschäftsfrauen des Staates New York. Sylvia Margret Bonham war Gründerin, CEO und Mehrheitsanteilseignerin eines der dreißig erfolgreichsten Pharmaunternehmen der Welt. Sie war intelligent, eine knallharte Businessfrau, schön und glamourös. Die perfekte Mischung in der Welt der Schönen und Reichen und ein fester Bestandteil der New Yorker High Society. So jemand wird nicht still und heimlich im kleinen Kreis beerdigt.

»Sieh sie dir alle an«, murmelt meine Schwester und lehnt sich zu mir rüber, damit die Leute hinter uns auf der Bank uns nicht verstehen können. »Sieh dir die Krokodilstränen an. Als ob sie sie wirklich vermissen würden.«

Ich folge ihrem Blick. Der Sarg meiner Stiefmutter ist nicht geöffnet, trotzdem gehen die Leute nach vorn, berühren mit gesenktem Kopf das polierte Mahagoniholz oder bekreuzigen sich, während sie vorgeben, ein Gebet zu sprechen. In diesem Moment treten zwei schlanke Frauen in schwarzen Kostümen vor und betupfen sich unaufhaltsam die Augen. Rahel hat recht – keine von ihnen weint wirklich um meine Stiefmutter. Gut möglich, dass sie miteinander befreundet waren, aber ich gehöre lange genug der New Yorker High Society an, um zu wissen, dass wahre Freunde in diesen Kreisen eine Seltenheit sind. Vor allem unter den Neureichen, die jeden Tag mit der Angst aufwachen, ihr Ruhm und Ansehen könnten sich durch einen kleinen Fehler, einen Einbruch der Aktienkurse oder einen schönen Skandal in Luft auflösen. Die meisten dieser Menschen scharen wohlhabende *Freunde* um sich, um sie im Zweifelsfall als eine Art Sicherheitsanker zu nutzen. Nicht, um das menschliche Miteinander oder die guten Gespräche zu genießen. Falls diese beiden Frauen also tatsächlich weinen, dann um die Möglichkeiten, die ihr Kontakt zu Sylvia Bonham ihnen gebracht hat.

»Dads Beerdigung war schöner«, sage ich leise. »Das hier ist bloß Theater.«

Rahel murmelt irgendeine Zustimmung und zupft ihr enges schwarzes Kleid zurecht. Mir ist klar, dass sie genauso wenig hier sein will wie ich, sogar noch weniger. Sie ist fünf Jahre älter als ich und wurde im Gegensatz zu mir nicht von Sylvia adoptiert. Die beiden konnten sich nicht sonderlich gut leiden, und ich bin mir sicher, dass meine Schwester kaum eine Träne über ihren Tod vergossen hat. Sie ist nur hier, weil ich sie darum gebeten habe. Um den Schein einer trauernden Familie zu wahren, um mich zu unterstützen. Unser Image ist wichtig, wenn das Unternehmen, das Sylvia hinterlässt, auch in Zukunft einen bedeutenden Namen in New York und der ganzen Businesswelt haben soll.

Die diskrete Hintergrundmusik wird noch leiser und verstummt schließlich vollständig, als der Priester hinter die Kanzel tritt, die Hände andächtig auf das Buch vor sich legt und den Blick über die Trauergemeinde schweifen lässt. Ein weiterer Punkt auf meiner Liste der Dinge, die mich an dieser Veranstaltung ankotzen: Sylvia war nicht katholisch, nicht einmal gläubig. Gut möglich, dass sie getauft war, aber in der gesamten Zeit, die ich sie kannte, hat sie nicht ein Mal einen Gottesdienst besucht oder die Beichte abgelegt. Trotzdem haben ihre Assistentin und der Verwalter der Hinterlassenschaften auf eine große Messe bestanden. Die Hinterbliebenen bräuchten einen Ort und die Gelegenheit zum Trauern. Bullshit. Das hier wird sich verdammt lang hinziehen, und meine Nerven liegen jetzt schon blank. Seit Sylvia vor neun Tagen an den Folgen eines Autounfalls gestorben ist, war ich quasi Tag und Nacht im Büro. Ihr Tod kam überraschend, wir konnten uns nicht darauf vorbereiten. Was eine erschreckend große Menge Arbeit bedeutet, wenn man auch in Zukunft seine beinahe dreizehntausend Mitarbeiter bezahlen können möchte.

Ich höre Rahel an meiner Seite leise seufzen, als der Priester beginnt, aus der Bibel vorzulesen. Ich kann ihr ihre Ungeduld nicht verdenken. Unauffällig werfe ich einen Blick auf den kleinen Programmzettel, den einer der Messdiener mir beim Betreten der Kirche in die Hand gedrückt hat. Mein Name springt mir sofort ins Auge und versetzt mir einen Stich in der Magengegend. Das Letzte, was ich im Moment tun will, ist, eine Rede vor all diesen Heuchlern halten zu müssen. Aber davor konnte ich mich nicht drücken. Mir ist von Anfang an klar gewesen, dass ich ein paar Worte würde sagen müssen. Ich bin zwar nur Sylvias Adoptivsohn, trotzdem bin ich das, was einem Verwandten am nächsten kommt. Sie hatte keine eigenen Kinder, mein Vater, Sylvias Ehemann, ist tot und zu ihren Eltern hatte sie seit Jahrzehnten keinen Kontakt, wenn sie überhaupt noch leben. Niemand ist übrig, abgesehen von mir. Was eigentlich ziemlich traurig ist. Bei den anderen Trauerrednern handelt es sich um Geschäftspartner, die großzügig als Freunde der Familie bezeichnet wurden.

So sollte das alles nicht laufen. Sylvia war nicht meine Mutter, geschweige denn der mütterliche Typ, aber sie war für mich da, als mein Dad vor vier Jahren gestorben ist. Sie hat versucht, für mich die beste Mutter zu sein, die sie eben sein konnte. Ich habe schöne Erinnerungen an sie und Dad, an die Zeit, in der wir unsere eigene Version einer Familie waren. Sie hätte auf jeden Fall mehr verdient als diese kalte, berechnete Farce.

»Kommst du mit zur Testamentseröffnung?«, flüstere ich Rahel zu, während der Priester vorne auf der Kanzel das nächste Gebet beginnt und alle hektisch in ihren Gebetsbüchern blättern. »Mr Hoffman meinte, es sollten bestenfalls alle Familienmitglieder anwesend sein. Also wir beide.«

Sie wirft mir einen Seitenblick zu. »Hoffman ist der Nachlassverwalter?« Als ich nicke, schnaubt sie leise. »Der wird uns in der Luft zerfetzen, Caleb. Du glaubst doch wohl nicht, dass Sylvias Schoßhund zulässt, dass ich auch nur einen Penny abbekomme? Und selbst wenn, sie hätte ihr Geld eher verbrennen lassen, als mir davon etwas zu vermachen. Oder es mit ins Grab genommen. Diese Testamentsverlesung wird ihr letzter großer Auftritt sein, die letzte Gelegenheit, mich auf meinen Platz zu verweisen, indem sie mich leer ausgehen lässt. Das tue ich mir auf keinen Fall freiwillig an!«

Ich beiße die Zähne zusammen. Rahel und Sylvia hatten Probleme, trotzdem hasse ich es, wenn meine Schwester Sylvia als absolutes Monster hinstellt. Ehrgeiz, Erfolg und ein – in den Augen der Gesellschaft – mangelnder Familiensinn lassen Frauen viel zu oft als kaltherzige Karrierefrauen erscheinen. Was absoluter Bullshit ist. Ja, ich hatte kein kuscheliges Verhältnis zu meiner Stiefmutter, dennoch habe ich sie bewundert wie keinen anderen Menschen auf dieser Welt. Sylvia stammte aus keinem wohlhabenden Elternhaus, ihr wurde nichts geschenkt. Eine erfolgreiche Firma mit beinahe dreizehntausend Angestellten und einem Hauptsitz mitten in Manhattan innerhalb weniger Jahre ohne nennenswerte Hilfe oder privates Startkapital aus dem Boden zu stampfen, ist eine beeindruckende Leistung. Mit *Bonham Industries* hat sie ein Imperium gegründet und den Namen Bonham vor allem in New York zu einer Marke gemacht, die einem viele Türen öffnet. Was Sylvia aus eigener Kraft geleistet und erschaffen hat, ist bewundernswert, und all das wird nach der Testamentseröffnung mir gehören. Mein halbes Leben lang habe ich darauf hingearbeitet, Sylvias Nachfolger zu werden – die logische Konsequenz, wenn man bedenkt, dass sie keine leiblichen Kinder oder andere infrage kommenden Erben hat. Aber ich wollte mir dieses Erbe verdienen, anstatt nur eine logische Konsequenz zu sein. Natürlich hatte niemand mit ihrem plötzlichen Tod und der daraus resultierenden unvorbereiteten Übernahme gerechnet. Eigentlich war ich immer davon ausgegangen, dass mich Sylvia langsam in meine neue Position einarbeiten und sich dann irgendwann zur Ruhe setzen würde. Wenn Rahel im Testament tatsächlich nicht bedacht wird, dann liegt das daran, dass sie sich niemals in ihrem Leben auch nur eine Sekunde lang für das Unternehmen interessiert hat. Nicht daran, dass Sylvia ihr eins auswischen wollte.

Eine Dreiviertelstunde später ist es so weit und der Priester bittet mich nach vorn, um ein paar Worte zu sagen. Ich habe mich akribisch auf diesen Moment vorbereitet. Nicht, weil ich Sylvia damit die letzte Ehre erweisen oder mich von ihr verabschieden will. Nein, die Hälfte der Trauergemeinde besteht aus Geschäftspartnern oder Mitarbeitern, und wenn ich mich als neuer CEO von *Bonham Industries* etablieren möchte, ist das hier der Anfang. Beim Betreten der Kirche habe ich Mr Freeman entdeckt, eines der kritischsten Vorstandsmitglieder von *Bonham.* Obwohl es mich natürlich nicht überrascht, dass er hier ist, macht mich seine Anwesenheit nervös. Nach Sylvias Tod war er einer derjenigen, die am lautesten meine Ablöse als CEO forderten. In seinen Augen bin ich zu jung, zu unerfahren, um dieses Erbe antreten zu können. Er wartet auf einen Fehltritt meinerseits, aber ich habe nicht vor, ihm diesen Gefallen zu tun. Ich zwinge mein heftig schlagendes Herz zur Ruhe und konzentriere mich auf meinen Atem, während ich aufstehe, den Knopf meines Jacketts schließe und hinauf zur Kanzel gehe. Ich spüre beinahe körperlich, dass sämtliche Blicke auf mich gerichtet sind. Einige dieser Menschen sehen mich heute zum ersten Mal, und mir ist klar, dass sie mich begutachten. Mich einschätzen und meine Schwächen erkennen wollen. Der Posten, den Sylvia Bonham hinterlassen hat, ist heiß begehrt. Ich bin mit Sicherheit nicht der Einzige in dieser Kirche, der versuchen wird, ihn sich zu sichern.

Sobald ich auf der erhöhten Plattform stehe, greife ich in die Innentasche meines Jacketts und ziehe den Zettel mit den Notizen heraus, den ich sorgfältig vor mir ablege. Dann atme ich einmal tief durch, arrangiere meine Gesichtsmuskeln zu einer angemessen betroffenen Miene und lasse den Blick über die Trauergäste schweifen. Eine Sekunde vergeht, dann zwei und drei. Ich weiß, wie man vor einer Menschenmenge spricht. Ich kenne all die Skills, all die Atemtechniken. Trotzdem spüre ich, wie meine Handflächen feucht werden. Ich bin kein gläubiger Mensch, dennoch habe ich das Gefühl, Sylvia würde auch jetzt noch, aus dem Jenseits heraus, über mich urteilen. Ohne Zweifel würde sie einen überzeugenden Auftritt von mir erwarten.

»Liebe Familie, liebe Freunde«, ich straffe die Schultern und fixiere der Reihe nach einige Leute, ohne ihre Gesichter wirklich zu erkennen, »liebe Gäste. Meine Stiefmutter Sylvia wäre berührt und bewegt, Sie alle hier zu sehen und zu wissen, dass Sie gekommen sind, ihr die letzte Ehre zu erweisen. Einem Menschen, dessen Abwesenheit bereits jetzt ein nicht zu füllendes Loch in unser aller Leben hinterlassen hat. Einem Menschen, dessen Güte, Großzügigkeit und Menschlichkeit kaum zu übertreffen waren. Einem Menschen, der leider viel zu früh von uns gegangen ist und so viel Trauer und Schmerz zurückgelassen hat. Uns allen ist bewusst, welch unzählige Eigenschaften Sylvia Bonham in sich vereint hat. Sie war ehrgeizig, sie war mitfühlend, einnehmend, freundlich, erfolgreich, und sie hatte exakte Vorstellungen davon, was sie von ihrem Leben erwartete und wie sie ihre Träume und Ziele verwirklichen konnte. Bereits mit vierundzwanzig Jahren gründete sie *Bonham Industries*, in einem schlichten Ein-Zimmer-Apartment im West Village. Heute darf sich die Firma unter den dreißig größten Pharmaherstellern weltweit listen und ist aus dem New Yorker Stadtbild kaum noch wegzudenken. Was bedeutet, dass meine Stiefmutter bereits in meinem Alter die Pläne für ihre Zukunft geschmiedet und ihre Version kurz darauf verwirklicht hat. Dafür respektierte und bewunderte ich Sylvia schon als kleiner Junge. Sie kann mit Stolz und Wohlwollen auf ihr Werk zurückblicken.« Mein Blick wandert zu Rahel, und auch wenn ihr Gesicht ausdruckslos ist, bin ich mir sicher, dass sie ein Augenrollen zu unterdrücken versucht. Ich schaue hinab auf meine Notizen, dann wieder auf die Leute vor mir. »Ich bin sehr dankbar, ein Teil von Sylvias Leben gewesen sein zu dürfen, und mein Herz ist von Trauer erfüllt angesichts der Tatsache, dass sie mich nicht länger auf meinem Weg begleiten kann. Nichtsdestotrotz blicke ich hoffnungsvoll in die Zukunft, bereit, in ihre viel zu großen Fußstapfen zu treten, und mit dem festen Willen, sie dort, wo sie jetzt ist, stolz zu machen. Wir alle trauern um einen geliebten Menschen. Einen Menschen, der gewollt hätte, dass wir ihn in positiver, fröhlicher Erinnerung behalten. Darum lasst uns gemeinsam eine Minute innehalten und an unsere persönlichen Momente mit Sylvia Bonham zurückdenken. Ich danke Ihnen allen für Ihr Kommen.«

Leise Orgelmusik setzt ein, während ich die Hände vor dem Körper verschränke, den Kopf senke und die Augen schließe. Allerdings komme ich meiner eigenen Aufforderung nicht wirklich nach. Nach außen hin haben die Bonhams wie die perfekte – wenn auch kleine – Familie gewirkt. Und obwohl ich Sylvia bewundert habe, gibt es keine fröhlichen Erinnerungen an gemeinsame Spieleabende, unbeschwerte Weihnachtsfeste oder bunte Geburtstagskuchen. Stattdessen gehe ich in Gedanken meinen Terminplan für die kommenden Tage durch. Der wichtigste Punkt in meinem Kalender ist die Testamentseröffnung am Freitag. Denn auch wenn das eine reine Formsache wird, beschreibt dieser Termin einen der wichtigsten Tage in meinem Leben: *den* Meilenstein für meine offizielle Übernahme von *Bonham Industries*, einem milliardenschweren Unternehmen, und damit meinen Start in die berufliche Karriere, für die ich mir seit Jahren den Arsch aufreiße.

Als der Priester sich räuspert, öffne ich die Augen, nicke der Menge einmal respektvoll zu und gehe zurück zu meinem Platz. Als ich mich neben Rahel setze, bemerke ich ihren Blick von der Seite.

»Großer Auftritt«, murmelt sie.

Ich antworte nicht. Nicht alles in meiner Rede war gelogen, trotzdem hat Rahel recht. Das hier ist ein Spiel. Ein Spiel, das Sylvia zu ihren Lebzeiten bis zur Perfektion beherrscht hat. Und ich bin mir ziemlich sicher, dass sie stolz auf mich gewesen wäre.

2

JULIE
Mittwoch, 25. Mai 2022

Nervös streiche ich mir über mein Shirt, während ich das Gebäude vor mir mustere. Ich stehe mitten im Gedränge im Herzen Manhattans – und damit meilenweit entfernt von den Gegenden New Yorks, in denen ich mich normalerweise aufhalte. Die Lexington Avenue ist verdammt lang, aber das Bürogebäude von *Hoffman & Sons* befindet sich in dem Teil der Stadt, in dem sich ausschließlich Menschen in schicken Anzügen, Kleidern oder Kostümen namhafter Designer aufhalten. Hinter mir ragt das Chrysler Building in den wolkengrauen Himmel und einen Block weiter erstreckt sich die Park Avenue, eine der bekanntesten Straßen New Yorks.

Ich gehöre nicht hierher. Was allein schon meine Boyfriendjeans beweisen, die ich vor ein paar Wochen günstig in einem Secondhandladen gekauft habe, mein weißes No-Name-Shirt und die Lederjacke, deren Naht am Rücken kurz davor ist zu reißen. Mir ist klar, dass ich mir das nur einbilde, trotzdem habe ich das Gefühl, jeder um mich herum starrt mich an. Als ob sie wüssten, dass ich mich eigentlich besser in einem anderen Stadtteil aufhalten und nach einem Job umsehen sollte, der meine nächste Miete bezahlt.

Ich lege den Kopf in den Nacken, um an dem Gebäude hinaufzusehen, in dem sich die Anwaltskanzlei befindet. Es ist ein verspiegelter Klotz, in dessen unterem Teil sich ein Juwelier und ein Herrenausstatter befinden. Auf der einen Seite der Spiegelfassade prangt das Logo der Kanzlei: zwei ineinander verschlungene, goldene *H*s. Wofür das wohl steht? *Hoffman & Sons* bestehen laut meiner Google-Recherche aus mindestens fünf Hoffmans. Vielleicht wären fünf Gold-*H*s zu kostspielig gewesen und man hat sich deshalb auf zwei geeinigt. Was mir eigentlich aber auch ziemlich egal ist.

Ein letztes Mal überprüfe ich mein Outfit, streiche mir die Haare hinter die Ohren und steuere auf den Eingang zu, der in die Lobby der Anwaltskanzlei führt. Keine Ahnung, warum ich so aufgeregt bin. Das hier wird ein wahnsinnig schneller Besuch, und dennoch macht mich die Umgebung irgendwie nervös. Hin und wieder habe ich Probleme mit neuen Menschen und neuen Situationen und brauche ein wenig, um mich darauf einzulassen. Ich fühle mich manchmal grundlos fehl am Platz und neige dazu, ständig die Handlungen anderer zu hinterfragen. Als würden sie mich nicht mögen oder als würde ich sie nerven. Rational gesehen ist mir klar, dass das Unsinn ist und nur an meiner eigenen Unsicherheit liegt. Aber in solchen Situationen kann ich nichts dagegen tun. Und das Gebäude hier, das quasi nach Reichtum und Erfolg schreit, hat genau diese Wirkung auf mich.

Die Eingangshalle sieht genauso aus, wie ich sie mir vorgestellt habe. Ein großer heller Raum mit gefliestem Boden, gigantischen Deckenleuchten und einem auf Hochglanz polierten halbrunden Empfangstresen, hinter dem ein Mann und eine Frau in maßgeschneiderten Uniformen sitzen und mir höflich lächelnd entgegenblicken. Leise Loungemusik dringt aus unsichtbaren Lautsprechern. Hinter dem Empfang befinden sich drei Aufzugtüren, die vermutlich nach oben in die Büros führen, und zu meiner Rechten stehen zwei ungemütlich, aber teuer aussehende Sofas vor einer riesigen Fensterfront, die den Blick auf die Lexington Avenue freigibt.

»Mein Name ist Juliette Penn«, sage ich, sobald ich vor dem Tresen stehe und sehe abwechselnd den Mann und die Frau an. Beide erwidern meinen Blick so interessiert, dass ich keine Ahnung habe, an wen von beiden ich mich wenden soll. »Ich habe einen Termin bei Anthony Hoffman.«

Es ist schließlich der Mann, der höflich nickt, während sich die Frau mit einem zurückhaltenden Lächeln abwendet.

»Natürlich, Miss Penn«, erwidert der Mann, ohne mich auch nur eine Sekunde lang aus den Augen zu lassen. Entweder er hat das mit dem Augenkontakt wirklich perfektioniert oder er befürchtet, dass ich eine der Kristallvasen mitgehen lasse, wenn er nicht guckt. Beides nicht unvorstellbar. »Bitte nehmen Sie noch einen Augenblick Platz. Sie werden in wenigen Minuten abgeholt.«

Einen Moment lang bin ich versucht, ihn zu fragen, warum ich nicht einfach selbst mit dem Fahrstuhl nach oben fahren kann, lasse es dann aber doch bleiben. Vielleicht bekomme ich die oberen Etagen gar nicht zu Gesicht. Vielleicht hat den beiden ein Blick auf mich gereicht, um zu verstehen, dass es sich bei dieser Erbgeschichte um einen Fehler handeln muss. Bestimmt kommt gleich ein Assistent nach unten, kontrolliert meinen Ausweis und schickt mich wieder nach Hause. Was mir nur recht wäre.

Vorsichtig setze ich mich auf eines der kleinen Sofas, das sich tatsächlich als genauso steif und ungemütlich entpuppt, wie es aussieht. Vor mir auf einem kleinen Beistelltisch stehen ein Krug mit Wasser und mehrere Gläser, von denen wahrscheinlich jedes einzelne teurer ist als die gesamte Einrichtung meines WG-Zimmers. Ich frage mich, wie schockiert die Leute am Empfang wohl gucken würden, wenn ich eines der

Gläser aus Versehen fallen lassen würde. Allein bei der Vorstellung bekomme ich schwitzige Hände.

Wenige Sekunden später unterbricht ein leises *Ping* die Pianomusik, und die Türen einer der Aufzüge öffnen sich. Heraus tritt ein schlanker Mann in einem dunkelblauen Nadelstreifenanzug inklusive Weste. Das ist mit Sicherheit kein Assistent. Ich stehe auf und verschränke die Hände vor dem Bauch, weil ich keine Ahnung habe, ob ich ihm entgegengehen soll.

»Miss Penn«, begrüßt mich der Mann freundlich, wenn auch distanziert. Seine Stimme ist tief und beruhigend, und ich erkenne sie sofort als die, mit der ich gestern Nachmittag telefoniert habe.

»Mr Hoffman.« Ich schüttle kurz seine Hand.

»Wenn Sie mich bitte nach oben begleiten würden«, sagt er und macht eine einladende Geste Richtung Fahrstuhl. »Wir sollten diese Angelegenheit in einem etwas privateren Rahmen besprechen, denke ich.«

»Mir wäre es lieber, wenn wir dieses Missverständnis schnell aus der Welt schaffen könnten.« Ich öffne meine Handtasche und ziehe das Portemonnaie heraus. »Ich bin mir sicher, dass Sie mich verwechseln.«

Als ich ihm meinen Führerschein entgegenstrecke, erkenne ich an seinem Gesichtsausdruck, dass er überhaupt nicht zufrieden ist. Gespräche mitten in der Lobby – völlig egal welcher Art – sind hier mit Sicherheit nicht üblich. Diese Kanzlei jongliert vermutlich normalerweise hinter gut verschlossenen Türen mit Millionenbeträgen, dabei braucht man bestimmt kein Publikum.

Mit seiner gepflegt manikürten Hand nimmt Mr Hoffman trotzdem meinen Führerschein entgegen und mustert ihn einen Moment lang. Dann gibt er ihn mir zurück. Seine Miene ist wieder freundlich – anscheinend hat er sich schnell von meiner kleinen Rebellion gegen die Etikette erholt.

»Ich befürchte, ich muss darauf bestehen, dass Sie mich begleiten, Miss Penn. Die Angelegenheit ist sehr wichtig.«

Das darf doch nicht wahr sein. Ich werfe einen Blick auf meine Uhr. Spätestens in eineinhalb Stunden muss ich mich auf den Weg zur Arbeit machen. Eigentlich wollte ich unterwegs noch einen Termin im Fahrradladen ausmachen und eine Kleinigkeit essen.

»Ich möchte nicht unfreundlich sein, Mr Hoffman, aber könnten wir die Sache beschleunigen? Ich habe nicht viel Zeit.«

Er antwortet nicht, sondern macht stattdessen erneut eine einladende Geste Richtung Aufzug. Ergeben nicke ich und folge ihm. Als er auf den obersten Knopf drückt, runzle ich die Stirn. Dieses Gebäude hat siebzehn Stockwerke, und irgendwie bin ich davon ausgegangen, dass die obersten den besonders wichtigen Kunden vorbehalten sind.

Wenig später öffnet sich der Fahrstuhl und gibt den Blick auf einen großen Konferenzraum frei. *Wow.* Er ist zu drei Seiten hin verglast und gewährt eine atemberaubende Aussicht auf New York. Die Mitte des Raumes wird von einem riesigen länglichen Tisch dominiert, um den mindestens fünfzig Stühle sorgfältig in Reih und Glied stehen. Das hier ist sicher kein Büro, und ich frage mich, warum Hoffman ausgerechnet diesen Raum ausgesucht hat, um sein Anliegen zu besprechen. Es macht beinahe den Eindruck, als wolle er angeben.

»Bitte.« Auffordernd zieht er einen der Stühle zurück. Er wartet, bis ich mich gesetzt habe, dann nimmt er mir gegenüber Platz. »Darf ich Ihnen etwas zu trinken anbieten?«

»Ich brauche nichts, vielen Dank«, sage ich und versuche, sein freundliches Lächeln zu erwidern, aber es fühlt sich an wie eine Grimasse.

Hoffman nickt und drückt den Knopf einer diskret in den Tisch eingelassenen Gegensprechanlage. »Robin, bitte bringen Sie uns Kaffee und etwas Wasser.« Er fängt meinen Blick auf. »Falls Sie Ihre Meinung ändern.«

Ich schlucke meine Antwort herunter: Dass ich nichts trinken möchte, weil ich das hier so schnell wie möglich über die Bühne bringen will. Stattdessen setze ich mich ein wenig aufrechter hin und verschränke die Hände, um mich selbst davon abzuhalten, nervös am Saum meines Oberteils herumzufummeln. »Also, warum möchten Sie mit mir sprechen?«

Er greift nach einer beigefarbenen Akte, die auf einem kleinen Beistelltisch gelegen hat, und blättert darin herum. »Miss Juliette Penn, geboren am 4. August 2002 in Dayton, Ohio. Tochter von Alan Penn, geboren am 17. September 1978, ebenfalls in Dayton, Ohio. Aktuell wohnhaft im East Village, 333 East 7th Street, New York, zusammen mit einer gewissen Miss Saheera Prasad und Miss Bonnie Hill. Studium des Grafikdesigns an der New York University. Sind diese Angaben korrekt?«

Mir wird gleichzeitig heiß und kalt, und einen Moment lang kann ich nichts anderes tun, als dazusitzen und diesen fremden Mann anzustarren, der geradezu beängstigend viel über mich weiß. Ich bin kein interessanter Mensch, es existiert kein Wikipedia-Artikel oder dergleichen, in dem diese detaillierten Informationen stehen könnten. Selbst wenn er all meine Social-Media-Kanäle gecheckt hätte, wüsste er nicht *so* viel über mich, weil ich mich in der Hinsicht eher bedeckt halte.

»Was soll das?«, frage ich nach ein paar Sekunden, in denen er mich nur geduldig ansieht.

Er dreht die geöffnete Akte um und schiebt sie über den Tisch zu mir herüber, damit ich sie lesen kann. Auf dem Dokument steht ganz oben mein Name. Danach folgen nicht nur sämtliche Informationen, die er vorgelesen hat, sondern sogar noch einige mehr. Sprachlos lese ich eine lückenlose Zusammenfassung meines Lebens, inklusive der Daten meiner Einschulung und meiner Blinddarm-OP. Als ich das Blatt anhebe, bemerke ich darunter eine Kopie meines Studierendenausweises.

Das ist verrückt.

In meiner Brust steigt ein ungläubiges Lachen auf, aber ich unterdrücke es energisch. Diese Situation ist nicht lustig, im Gegenteil. Rational gesehen ist mir bewusst, dass ein guter Anwalt all das mühelos herausfinden kann – immerhin lebe ich im 21. Jahrhundert und gebe vermutlich allein beim Onlineshopping die Hälfte dieser Daten preis. Dennoch ist es beängstigend zu sehen, wie gläsern mein Leben tatsächlich ist. Dass sich jemand die Mühe gemacht hat, mich derart in Fakten und Daten zu zerlegen, ist verdammt beklemmend.

»Was, zur Hölle, soll das alles?« Dieses Mal zittert meine Stimme kaum merklich, als ich Hoffman ansehe. Wut und Unsicherheit lassen meine Handflächen feucht werden, und ich wische sie unauffällig an meiner Hose ab.

»Ich möchte Ihnen lediglich begreiflich machen, dass es sich nicht um einen Irrtum handelt, Miss Penn. Diese Kanzlei erhebt den Anspruch, keine Fehler zu begehen. Wenn wir mit Ihnen sprechen möchten, dann haben wir vorher ausreichend geprüft, ob wir mit der richtigen Person in Kontakt treten.«

Das macht die Sache nicht wirklich besser. Im Gegenteil, es macht sie nur deutlich komplizierter.

»Sie behaupten also, dass mir tatsächlich irgendjemand, den ich offensichtlich nicht kenne, etwas vererbt hat?«

Hoffman nickt geschäftsmäßig. Er steht kurz auf, beugt sich über den Tisch und zieht die Akte wieder zu sich herüber. Dann verschränkt er seine Hände darauf. »Ich bin mit der

Nachlassverwaltung von Sylvia Bonham betreut. Meine Kanzlei vertritt die Familie bereits seit Jahren und ist nach dem Ableben Mrs Bonhams nun für die Vollstreckung des Testaments zuständig. Und Sie werden darin berücksichtigt, Miss Penn.«

Verständnislos starre ich ihn an. »Ich habe noch nie von dieser Frau gehört, Mr Hoffman. Dass Sie meinen gesamten Lebenslauf in Ihrer Akte haben, ändert an dieser Tatsache leider nichts, fürchte ich.«

»Nun, *ich* fürchte, es gibt keinen einfachen Weg, Ihnen das Folgende mitzuteilen, Miss Penn«, beginnt er, und ganz kurz blitzt eine neue Gefühlsregung in seinen bisher so distanzierten Augen auf. Genauso schnell, wie sie gekommen ist, ist sie auch wieder verschwunden, aber der kurze Moment hat gereicht, um es zu erkennen: Mitleid. »Deswegen sage ich es einfach geradeheraus. Sind Sie damit einverstanden?«

Was habe ich schon für eine Wahl? »Schießen Sie los!«

»Mrs Sylvia Bonham war Ihre leibliche Mutter, Miss Penn. Sämtliche Dokumente, die mir zur Verfügung stehen, bestätigen Ihr Verwandtschaftsverhältnis. Ein Zweifel ist daher ausgeschlossen.«

»Wie bitte?« Ich verschlucke mich beinahe an dem nervösen Kichern, das sich seinen Weg durch meine Kehle bahnt. Wenn mich Gefühle überwältigen, muss ich entweder lachen oder heulen. Dazwischen gibt es nichts. Und genau jetzt, in dieser Sekunde, kann ich mich wirklich nicht entscheiden, wonach mir eher zumute ist. »Der Name meiner leiblichen Mutter lautet nicht Sylvia Bonham, sondern Margret Spader. Warum behauptet diese Frau, meine Mutter zu sein?«

»Sie behauptete es nicht nur, sie konnte auch die entsprechenden Dokumente vorweisen. Wie gesagt, es besteht keinerlei Zweifel.«

Ich lasse mich tief in den Stuhl zurücksinken. Ich würde gerne behaupten, dass das ausgeschlossen ist. Allerdings habe ich meine leibliche Mutter niemals kennengelernt. Sie und mein Dad haben direkt nach meiner Geburt einen Deal geschlossen: Sie wollte eigentlich keine Kinder, mein Dad wollte mich unbedingt. Er erhielt das alleinige Sorgerecht für mich, sie verschwand aus meinem Leben und gab jegliche Verantwortung ab. Jeder bekam das, was er sich wünschte. Durchaus möglich, dass sie gestorben ist, ohne dass ich oder mein Vater etwas davon mitbekommen haben. Von ihm weiß ich, dass meine Mutter Margret Spader heißt, aber gut möglich, dass sie geheiratet und einen anderen Namen angenommen hat.

»Das ergibt überhaupt keinen Sinn.« Ich reibe mir über die Stirn. »Selbst wenn diese Frau meine Mutter war, verstehe ich nicht, warum sie mir etwas vererben sollte. Ich bin ihr nie begegnet.«

»Nun, so einfach ist diese Angelegenheit nicht. Selbst wenn Mrs Bonham Sie im Testament nicht berücksichtigt hätte, stünde Ihnen als einziges leibliches Kind ein Pflichtanteil des hinterlassenen Vermögens zu. Allerdings sind Sie im Testament durchaus explizit als Erbin aufgeführt, Miss Penn.«

Mir schwirrt der Kopf. Nicht, weil Hoffmans Aussagen so kompliziert sind, sondern weil mich die ganze Situation maßlos überfordert. Meine leibliche Mutter war nie ein Teil meines Lebens. Ich habe sie nicht vermisst, ich habe nie nach ihr gesucht.

»Ich bin nicht die Alleinerbin, richtig?«, frage ich verwirrt.

Da öffnet sich die Tür und ein hochgewachsener Mann kommt herein, ein mit Kaffee und Wasser beladenes Tablett in den Händen. Er nickt mir höflich zu, stellt die Getränke ab und verlässt dann wortlos den Raum. Als Hoffman mir erneut etwas zu trinken anbietet, lehne ich ungeduldig ab.

»Sie haben gesagt, ich sei berücksichtigt. Das heißt, es gibt noch weitere Erben.«

»Es gibt eine Erbengemeinschaft, ja.«

Ich lehne mich vor. »Dann möchte ich das Erbe nicht annehmen. Das geht doch, oder nicht?«

»Hören Sie, Miss Penn. Wir sprechen hier nicht über ein paar Silberlöffel oder liebgewonnene Familienerbstücke. Vor der Testamentseröffnung darf ich Ihnen gegenüber leider noch keine genauen Aussagen treffen, aber allein Mrs Bonhams Privatvermögen liegt aktuell im achtstelligen Bereich. Wenn Sie einen gut gemeinten Rat von mir annehmen möchten, dann sollten Sie mit weitreichenden Entscheidungen bis nach der …«

»Achtstellig?«, unterbreche ich ihn fassungslos. »Sie wollen mir also sagen, dass meine … Mutter mehrere Millionen besitzt?«

»Besessen hat«, korrigiert Hoffman nachsichtig. »Aber ja, das möchte ich damit ausdrücken. Das Firmenvermögen und andere Posten wie Immobilienwerte sind in dieser Schätzung noch nicht berücksichtigt.«

Mir wird schwindelig. Mehrere Gefühle streiten sich in meinem Inneren und ringen um die Oberhand. Nicht nur, dass meine Mutter aus der Versenkung aufgetaucht ist, nein, sie ist auch noch tot. Plus der Tatsache, dass sie offensichtlich steinreich war und ich es auch werden könnte.

Heilige Scheiße.

Allerdings weiß ich, dass Erbrecht eine verdammt komplizierte Angelegenheit ist. Es gibt noch andere Erben, und ich wage zu bezweifeln, dass Hoffman mir einfach einen Koffer mit Bargeld in die Hand drücken und mir ein schönes Leben wünschen wird.

»Ich will das nicht«, sage ich nachdrücklich. »Ich will damit nichts zu tun haben. Nichts für ungut, aber ich wäre Ihnen dankbar, wenn Sie mich einfach aus den Unterlagen streichen und nicht mehr kontaktieren würden.«

Es ist völlig offensichtlich, dass Hoffman dazu einiges zu sagen hätte, doch er reißt sich zusammen. Nach einem Räuspern erhebt er sich abermals, zückt eine Visitenkarte aus der Innentasche seines Jacketts und reicht sie mir. »Nach der Testamentseröffnung können Sie entscheiden, wie Sie mit dem Erbe verfahren wollen. Allerdings rate ich Ihnen dringend, sich rechtlichen Beistand zu suchen. Falls Sie Fragen haben, rufen Sie mich gerne jederzeit an. Mein Büro würde Sie und Ihre Ansprüche gerne vertreten, wenn Sie es zulassen.«

Beinahe hätte ich gelacht. Deswegen also der imposante Raum. Er wittert Geld. Was bei einem derartigen Erbe vermutlich auch keine Überraschung ist. Trotzdem bekommt Hoffmans aufgesetzte Freundlichkeit auf einmal einen faden Beigeschmack.

»Ich muss also zu der Testamentseröffnung erscheinen?«, hake ich nach, nehme die Karte entgegen und lege sie demonstrativ vor mich auf den Tisch, anstatt sie einzustecken. »Erst danach komme ich aus der Sache raus?«

Sein Blick verweilt kurz auf der Karte, dann sieht er mich wieder an. »Ja, Miss. Die Eröffnung erfolgt bereits kommenden Freitag. Ich lasse Ihnen eine entsprechende Terminerinnerung schicken. Melden Sie sich bitte, wenn Sie Fragen haben.«

Er macht Anstalten, noch etwas hinzuzufügen, doch bevor er es tun kann, stehe ich auf. Mir ist klar, dass es noch einiges zu besprechen gibt, selbst wenn ich das Erbe ablehne. Aber nicht heute. Ich muss zur Arbeit und ich muss … keine Ahnung. Nachdenken vielleicht. Und meinen Dad anrufen. Meine Gedanken sortieren.

Ich bedanke und verabschiede mich knapp von Hoffman, der mir mehrfach anbietet, mich nach unten zu begleiten. Was ich aber entschieden ablehne. Ich muss raus aus diesem Büro, raus aus diesem Gebäude, in dem ich mich so fehl am Platz fühle, das aber offensichtlich ganz hervorragend in die Welt meiner Mutter gepasst hat.

Meine Mutter.

Es ist verrückt.

Als ich es durch das Foyer geschafft habe und hinaus auf den Gehweg trete, atme ich ein paar Mal tief durch. Die Luft in New York City kann man vermutlich nicht unbedingt als frisch bezeichnen, trotzdem ist sie mir um einiges lieber als der dezente Duft nach Lufterfrischer, der da drinnen in den Räumen hing. Der Lärm der hupenden Taxis klingt wie Musik in meinen Ohren im Vergleich zu der nervtötend eleganten Pianomusik.

Ein paar Minuten lang stehe ich einfach da, ohne genau zu wissen, was ich als Nächstes tun soll. Mehrere Passanten fluchen demonstrativ, während sie mich umrunden, aber auch das ist mir egal. Ich habe schlicht keinen blassen Schimmer, was genau ich fühlen soll. Freude darüber, dass ich meine Mutter gefunden habe und ich nur noch eine Google-Suche davon entfernt bin, ihr Bild zu sehen? Oder doch lieber Trauer, weil sie tot ist und ich keine Chance mehr habe, sie kennenzulernen? Nicht, dass ich das vorgehabt hätte. Aber jetzt, da mir die Möglichkeit dazu für immer genommen wurde, fühle ich mich merkwürdig schwer.

Das alles ist vollkommen surreal. Ich muss dringend meinen Dad anrufen und ihm davon erzählen. Er hatte nie ein Problem damit, mit mir über meine Mutter zu sprechen. Nach allem, was ich weiß, sind die beiden trotz allem im Guten auseinandergegangen. Ich war nicht geplant, und meine Mutter hat von

Anfang an klargemacht, dass es für sie nicht der richtige Zeitpunkt für ein Kind war. Also nahm mein Vater mich, und die beiden gingen getrennte Wege. Klar, ich war ihre Tochter, und ein Teil von mir hätte sich gewünscht, dass sie mich gewollt und die Verantwortung für mich übernommen hätte. Aber ich habe nie etwas vermisst. Trotz allem hatte ich eine tolle Kindheit, einen wunderbaren Dad und später eine liebevolle Stiefmutter. Margret oder Sylvia – oder wie auch immer sie sich nannte – hat die richtige Entscheidung getroffen, und deswegen konnte ich ihr nie wirklich böse sein.

Seufzend ziehe ich mein Handy aus der Handtasche und checke meine Nachrichten. Saheera und Bonnie haben in unsere WG-Gruppe geschrieben und gefragt, wie der Termin lief. Ich will sie nicht warten lassen, aber die Geschichte ist eindeutig zu kompliziert, um sie in einer WhatsApp-Nachricht zu beantworten. Also schreibe ich ihnen nur schnell, dass ich mich später melde und mache mich auf den Weg zur U-Bahn. Ich muss arbeiten, ich muss etwas essen.

Meine leibliche Mutter war niemals ein Teil meines Lebens. Ihr Tod und irgendein Testament werden daran nichts ändern. So einfach ist das.

3

JULIE

Als ich abends nach Hause komme, fühle ich mich, als hätte mich ein Taxi überrollt. Oder ein Preisboxer verprügelt. Mein Kopf pocht schmerzhaft, meine Arme und Beine tun weh und mein Herz ... mein Herz fühlt sich überfordert an. Überfordert von all den Emotionen, die im Laufe des Tages auf mich eingeprasselt sind.

Bisher hatte ich noch keine Gelegenheit, mit meinem Dad zu telefonieren. Er lebt zusammen mit meiner Stiefmutter in Ohio, sodass ein persönliches Gespräch im Moment nicht möglich ist, obwohl mir das weitaus lieber gewesen wäre. Nach meinem Termin in der Kanzlei bin ich direkt zu der Kunstakademie gefahren, in der ich als Modell jobbe, habe danach noch ein paar Sachen eingekauft und bin gerade erst zur Tür hereingekommen. Doch inzwischen ist es beinahe halb zehn, und da ich schwer davon ausgehe, dass das Gespräch mit Dad mehr Zeit in Anspruch nehmen wird als ein paar Minuten, verschiebe ich den Anruf auf morgen.

Ich öffne den Kühlschrank und verstaue meine Einkäufe darin, als ich hinter mir eine Tür aufgehen höre. Müde drehe ich mich um und entdecke Bonnie, die aus ihrem Zimmer schlendert und sich mit der Hüfte an den Küchentresen lehnt. Abwesend beginnt sie Mr Norris über den Kopf zu streicheln, der sich, von mir unbemerkt, wieder einmal auf der Arbeitsfläche breit gemacht hat. Ich versuche seit Monaten, den Katzen abzugewöhnen, auf den Tresen zu springen, aber weder Bonnie noch Saheera sind in dem Punkt sonderlich hilfreich. Mit einem demonstrativen Blick in Bonnies Richtung greife ich nach Mr Norris und setze ihn auf den Boden.

»Und?«, fragt Bonnie, ohne Zeit für eine Begrüßung zu verschwenden.

Mit der Hand reibe ich mir über die Stirn, in der Hoffnung, dass die Schmerzen endlich nachlassen. Ehrlich gesagt hatte ich gehofft, meine Mitbewohnerinnen wären ausgegangen oder würden bereits schlafen. »Ist Saheera auch da? Ich will die ganze Geschichte nicht zweimal erzählen.«

Sie dreht sich um und ruft nach Saheera, dann mustert sie mich. Die Sorge steht ihr ins Gesicht geschrieben. Ich kann es ihr nicht verdenken. Als ich auf dem Heimweg mein verschwommenes Spiegelbild in der Scheibe der U-Bahn gesehen habe, hätte ich mich beinahe selbst nicht erkannt. Der Tag ist mir deutlich anzusehen und nach den kryptischen Ausflüchten, die ich ihnen über WhatsApp geschickt habe, kann ich verstehen, dass sie neugierig sind.

Als Saheera um die Ecke kommt, schnappe ich mir eine Flasche Wasser und gehe hinüber in unser Wohnzimmer, wo ich mich auf das größere der beiden Sofas fallen lasse. Sofort hüpft Mr Norris auf meinen Schoß und rollt sich zu einer schnurrenden Kugel auf meinen Oberschenkeln zusammen.

»Also«, beginnt Saheera, die sich auf eine der Lehnen gesetzt hat und mich prüfend mustert. Sie hebt die Hände und beginnt die Spangen zu lösen, mit denen sie ihren Hijab an ihrem Haar befestigt. Anscheinend ist sie auch gerade erst nach Hause gekommen. »Es war wohl keine Verwechslung, oder?«

Ich schnaube. »Nein, war es nicht.«

Wie viel soll ich den beiden erzählen? Ich hatte schon immer ein Problem damit, über unangenehme Dinge zu reden. Sobald ich meine Sorgen mit anderen Menschen teile, fühle ich mich auf die ein oder andere Weise dazu verpflichtet, mich auch in Zukunft mit ihnen darüber zu unterhalten. Ich mache Dinge am liebsten mit mir selbst aus, entscheide allein, wann ich mich mit ihnen auseinandersetzen will und wann nicht. Wenn andere Menschen Themen ansprechen, über die ich mir Gedanken mache, liegt diese Entscheidung nicht mehr nur bei mir. Allerdings kann ich ihnen diese Sache nicht verschweigen. Sie sind meine Mitbewohnerinnen, meine besten Freundinnen und, da mein Dad und meine Stiefmutter so weit entfernt wohnen, auf eine gewisse Art und Weise meine Familie.

»Der Anwalt, mit dem ich gestern telefoniert und heute gesprochen habe, ist der Nachlassverwalter einer Frau, die mich in ihrem Testament berücksichtigt hat.« Ich verziehe das Gesicht, als ich bemerke, wie förmlich sich das anhört.

»Okay?« Bonnie sieht erst mich, dann Saheera verwirrt an. »Also kanntest du sie?«

Nein, ich kannte meine Mutter nicht. Allerdings ist mir auch klar, dass Bonnie mit ihrer Frage etwas anderes gemeint hat. Also atme ich einmal tief durch und komme einfach zur Sache: »Er verwaltet den Nachlass meiner biologischen Mutter.«

Keine große Überraschung, dass beide in perfekter Synchronisation die Augen aufreißen und mich sprachlos anstarren. Unruhig rutsche ich hin und her und fange mir dafür einen vorwurfsvollen Blick von Mr Norris ein. Der Gedanke, dass meine leibliche Mutter tot ist und ich nun nachträglich irgendwie an ihrem Leben beteiligt werden soll, ist immer noch seltsam. Die ganze Sache löst so viele unterschiedliche Gefühle in mir aus, dass ich es kaum schaffe, sie zu greifen und mich auf eines von ihnen zu konzentrieren. Es Bonnie und Saheera gegenüber laut auszusprechen, fällt mir schwer, weil es dadurch irgendwie noch realer wird.

Ich seufze kurz und erzähle ihnen alles, woran ich mich von dem Gespräch mit Mr Hoffman erinnern kann. Ich gebe ihnen einen kurzen Abriss meiner Lebensgeschichte – die ungewollte Schwangerschaft meiner Mutter, der Deal meiner Eltern, die Tatsache, dass ich meine Mutter niemals kennengelernt habe – und schließe mit der Summe, die Hoffman mir als Margrets Privatvermögen genannt hat.

»Achtstellig?«, japst Bonnie, die anscheinend die Erste ist, die ihre Stimme wiederfindet. »Im Sinne von … Millionen?«

Bemüht gleichgültig zucke ich mit den Schultern. »Das bedeutet nicht, dass sie mir Millionen vererbt. Es gibt eine Erbengemeinschaft und das Ganze ist ziemlich kompliziert, glaube ich. Wenn Margret Schulden hatte, werden die vorher vom Nachlassverwalter beglichen und so weiter.«

Zumindest stand das in dem kurzen Artikel, den ich mir in der U-Bahn über Erbrecht durchgelesen habe. Okay, das war der Teil, den ich *verstanden* habe. Es gibt zwar so etwas wie einen Pflichtanteil für leibliche Kinder, aber die Bedingungen dafür sind mir noch nicht richtig klar. Unterm Strich habe ich immer noch keine Ahnung, was dieses Erbe für mich bedeuten könnte und ob ich meine kleine WG im East Village bald gegen eine Villa an der Upper East Side mit einem Hubschrauberlandeplatz und einer Badewanne aus purem Gold tauschen kann.

»Fuck, Julie!« Saheera sieht immer noch aus, als stünde sie unter Schock. »Ich weiß gar nicht, was mich mehr aus der Bahn wirft.«

»Was meinst du?«

»Na ja, die Tatsache, dass du bald Millionärin sein könntest, oder die, dass deine unbekannte Mutter anscheinend in derselben Stadt gewohnt hat wie du. Vielleicht seid ihr euch sogar mal über den Weg gelaufen, ohne es zu bemerken.«

Müde reibe ich mir über die Augen. Auf den Gedanken bin ich auch schon gekommen. Die Vorstellung, dass wir vielleicht mal in derselben Bahn gesessen haben, ist total merkwürdig. Wobei …

»Ich glaube nicht, dass es viele Gelegenheiten gab, bei denen sich unsere Wege hätten kreuzen können«, überlege ich laut. »Wenn sie wirklich so reich war, war sie wohl kaum in Waschsalons im East Village unterwegs oder ist U-Bahn gefahren. Aber wisst ihr, was mich fast am meisten aufregt?«

»Was?«

»Dass sie offensichtlich wusste, wo ich wohne«, schnaube ich. »Dem Anwalt lag quasi mein ganzer Lebenslauf vor, inklusive Telefonnummer und Adresse. Im Gegensatz zu mir wusste sie, dass wir in derselben Stadt leben und sie hat sich trotzdem nie gemeldet. Ich kann verstehen, dass sie sich nicht um ein Kind kümmern wollte und so weiter. Aber mittlerweile sind nun mal fast zwanzig Jahre vergangen, und ich bin kein Kind mehr. Sie hätte sich nicht mehr um mich kümmern müssen, wenn sie Kontakt zu mir aufgenommen hätte.«

Saheera rümpft die Nase. »Stimmt. Es dich so herausfinden zu lassen, ist ziemlich mies.«

»Vielleicht hatte sie es noch vor«, wirft Bonnie nachdenklich ein. »Sie kann nicht sehr alt gewesen sein, oder nicht? Vielleicht ist sie plötzlich gestorben. Oder aber die Informationen in deiner Akte wurden erst nach ihrem Tod zusammengetragen. Von den Anwälten.«

Ich zucke mit den Schultern. Im Vergleich zu allem, was ich heute erfahren habe, ist das nur ein unwichtiges Detail.

»Hast du die Frau gegoogelt?«, fragt sie neugierig.

Kraftlos schüttle ich den Kopf. Meine Augen brennen, und

ich fühle mich beinahe ein bisschen fiebrig. Die Ereignisse des Tages stecken mir in den Knochen – sowohl emotional als auch körperlich. »Noch nicht. Das war heute alles ein bisschen … viel.«

Sie sieht mich mitleidig an, trotzdem erkenne ich das aufgeregte Funkeln in ihren Augen. Sie zögert, dann deutet sie verhalten auf das Tablet, das vor uns auf dem Couchtisch liegt. »Darf ich?«

»Bonnie!«, protestiert Saheera streng. »Das ist Julies Angelegenheit!«

Ich winke ab. Hauptsächlich, weil ich weiß, wie hartnäckig Bonnie sein kann, und ich einfach nicht mehr die Kraft habe, mit ihr zu diskutieren. »Mach ruhig. Aber ich will es nicht wissen, okay? Das hebe ich mir für einen anderen Tag auf.« Als Bonnie eine Geste macht, die wohl bedeuten soll, dass ihre Lippen versiegelt sind, nenne ich ihr den Namen meiner Mutter und fange an, mit Mr Norris' Pfote zu spielen. Er ist ein wenig kitzelig, lässt mich aber großmütig gewähren. Als würde er meine Unruhe spüren und mich beruhigen wollen.

»Das ist echt krass, Julie.« Saheera gibt ihren Platz auf der Lehne auf und setzt sich neben mich, bevor sie ihre Beine auf das Polster zieht. »Was hast du jetzt vor?«

Ich stoße einen kleinen Seufzer aus. »Keine Ahnung. Ich muss zur Testamentseröffnung am Freitag, und danach kann ich dann entscheiden, ob ich ablehne oder annehme. Aber, ganz ehrlich, im Moment wäre es mir am liebsten, wenn ich nichts damit zu tun hätte.«

Ihre perfekt gezupften Augenbrauen heben sich ungläubig. »Du willst das Geld nicht?«

»Ich will all das nicht, was damit zusammenhängt. Dass es eine Erbengemeinschaft gibt, bedeutet, dass ich nicht die einzige Verwandte bin. Was, wenn sie Kinder hatte? Keine leiblichen, sondern Stiefkinder? Einen netten Mann, lebende Eltern … du weißt, was ich meine. Ich habe keine Lust, die verlorene Tochter zu spielen und einen auf glückliche Familie zu machen.«

»Auf der anderen Seite war sie deine Mutter.« Saheera legt den Kopf schief. »Sie hat sich damals vollkommen aus der Verantwortung gezogen, Julie. Auch wenn deine Eltern einen Deal hatten und du glücklich damit warst, hat sie sich nie um ihr Kind gekümmert. Auch finanziell nicht, wenn ich das richtig verstanden habe. Wäre es da nicht das Mindeste, wenn du dir nimmst, was dir zusteht? Zumindest den Pflichtanteil? Das würde immerhin die achtzehn Jahre fehlenden Unterhalt ausgleichen.«

»Ein Pflichtanteil von einem Millionenbetrag sind keine Peanuts«, wirft Bonnie ein, ohne von ihrem Tablet aufzusehen. Was auch immer sie im Internet über meine Mutter gefunden hat, scheint interessant zu sein.

»Eben«, pflichtet Saheera ihr bei. »Im Endeffekt musst du tun, was gut für dich ist. Aber lehne es nicht von vornherein ab, okay? Du hast ein Recht auf dieses Geld, und vielleicht wäre es nicht die klügste Entscheidung, aus reinem Stolz darauf zu verzichten.«

»Immerhin bräuchten wir dringend einen neuen Kühlschrank«, versuche ich es mit einem halbherzigen Witz.

»Du könntest dir so viel mehr leisten als einen neuen Kühlschrank.«

Nachdenklich nicke ich. Ich könnte meine Studiengebühren selbst zahlen und meinen Dad und meine Stiefmutter entlasten. Ich könnte einen meiner Jobs kündigen und hätte dadurch mehr Zeit zum Lernen. Vielleicht könnte ich sogar reisen. Ich bin noch nie aus den Vereinigten Staaten herausgekommen, und auch wenn ich mich nicht als Weltenbummlerin bezeichnen würde, hätte ich nichts dagegen, mal etwas anderes zu sehen.

»Vielleicht ist es ja auch gar nicht so schlimm«, sagt Bonnie mit einem aufmunternden Lächeln. »Vielleicht sind die anderen Verwandten nett und ihr einigt euch ganz unkompliziert.«

»Ja, vielleicht.«

Obwohl ich nicht daran glaube. Wenn es um so viel Geld geht, kann ich mir nicht vorstellen, dass man sich einfach so einigt. Einen Kaffee zusammen trinkt und all die Millionen gerecht untereinander aufteilt. Dazu kommen vermutlich noch andere Besitztümer wie Grundstücke, Häuser, Fahrzeuge. Je länger ich es in meinem Kopf hin- und herschiebe, desto mehr wird mir klar, wie groß diese ganze Sache ist. Wie groß sie sein könnte, würde ich mich darauf einlassen.

Gedankenverloren lasse ich den Blick durch unsere Wohnung schweifen. Das laute Röhren unseres Kühlschranks klingt tatsächlich wie das Röcheln eines sterbenden Tieres. Wir haben ihn damals bei unserem Einzug von den Vormietern übernommen. Das ist jetzt über ein Jahr her, und schon damals sah er aus, als stünde er kurz vor dem Rentenalter. Außerdem bräuchte ich dringend einen neuen Laptop für mein Studium. Ich weiß, dass das Auto meines Dads repariert werden muss. Wenn er meine Studiengebühren nicht mehr zahlen müsste, könnte er sich vielleicht sogar ein neues kaufen. Oder ich tue das. Endlich könnte ich ihm mal etwas zurückgeben.

»Ich überlege es mir«, sage ich, an niemand Bestimmten gerichtet. Als ich aufsehe, bemerke ich, dass Saheera sich zu Bonnie gelehnt hat und sie nun beide auf den Bildschirm des Tablets starren. Bonnie beißt sich auf die Lippen, als müsse sie sich selbst davon abhalten, etwas zu sagen.

Das ist mein Stichwort. Mein Kopf, der sich anfühlt, als würde er jede Minute platzen, braucht dringend eine Pause.

Vorsichtig hebe ich Mr Norris hoch und lege ihn auf eines der Kissen, auf dem er einfach weiterschläft, dann stehe ich auf. Ein Teil von mir ist neugierig auf das, was Bonnie und Saheera über meine Mutter herausgefunden haben; der andere jedoch will sich einfach unter meiner Bettdecke verstecken und tun, als wäre all das nicht passiert.

»Wir sehen uns morgen.« Ich werfe den beiden eine Kusshand zu, bevor ich ins Badezimmer schlurfe. Sobald ich die Tür hinter mir geschlossen habe, höre ich ihre gedämpften, aber eindeutig aufgeregten Stimmen durch das Holz.

Ein erleichtertes Seufzen entkommt meinen Lippen. Meine soziale Batterie ist aufgebraucht, mehr noch, sie ist im Negativbereich. Ich mag Menschen, ich bin gesellig und ich liebe meine Freunde. Aber ich hatte auch noch nie ein Problem damit, allein zu sein. Und in diesem Moment sehne ich mich geradezu nach Ruhe, um endlich meine Gedanken und Gefühle zu ordnen, die seit dem Gespräch mit Mr Hoffman Achterbahn in meinem Kopf fahren.

Nachdem ich schnell geduscht und mir eine Yogahose und ein Oversized-Shirt angezogen habe, knipse ich die Lichterkette über meinem Bett an und kuschele mich unter die Daunendecke. Als ich mein Handy entsperre, brennt mir das kleine Google-Icon beinahe ein Loch in den Bildschirm. Ja, vorhin im Wohnzimmer bin ich davon überzeugt gewesen, dass es für heute reicht. Dass ich es nicht wissen will. Aber jetzt, allein mit meinen Gedanken … Es wäre so leicht. Ich kenne den vollen Namen meiner Mutter, kenne ihren letzten Wohnort. Wenn sie tatsächlich so viel Geld besaß, gehört sie ja eventuell sogar zu den bekannten Persönlichkeiten der Stadt, eine Größe in … in welcher Branche auch immer. Sicher finde ich etwas über sie im Internet, vielleicht sogar ihre Social-Media-Profile. Allerdings weiß ich genau: Wenn ich einmal damit anfange, werde ich die ganze Nacht am Handy sitzen. Mein erster Kurs morgen früh beginnt um halb neun – wenn ich davor noch am Fahrradladen vorbeifahren und mir einen Kaffee holen möchte, ist morgen nichts mit Ausschlafen.

Außerdem habe ich Angst davor, mehr über meine Mutter herauszufinden. Ich bin mir nicht sicher, wie ich das Gefühl beschreiben soll, das mich davon abhält. Aber ich will nicht, dass aus dem Namen ein tatsächlicher Mensch wird. Ich konnte meine Mutter bislang immer als ein abstraktes Konzept, als eine bloße Vorstellung in einer Schublade meines Verstandes verstauen. Es gab schlichtweg keinen Grund, mich mit ihr zu beschäftigen, weil ich keinerlei Bindung zu ihr hatte – weder emotional noch tatsächlich. Wenn ich nun Fotos von ihr sähe, vielleicht sogar welche, die sie mit ihrer Familie oder mit Freunden zeigen … dann kann ich nicht mehr verhindern, dass sich die vage Vorstellung eines Menschen in eine reale Person verwandelt. Eine Person, mit der ich mich auseinandersetzen muss. Was, wenn sie ein toller Mensch war? Wenn ich das, was ich über sie erfahren würde, sympathisch fände? Auch wenn ich der Frau, die mich zur Welt gebracht hat, den Großteil meines Lebens gleichgültig gegenüberstand – ich erinnere mich an Zeiten als Kind, da habe ich sie verteufelt, weil sie mich und meinen Dad verlassen hat. Das machte es einfacher, sie nicht zu vermissen. Die Rolle nicht zu vermissen, die sie in meinem Leben hätte spielen sollen. Ich habe sie nie gesucht, nie versucht sie ausfindig zu machen, um sie kennenzulernen, und ein Teil von mir hat Angst davor, genau das zu bereuen. Eine Pille, die nur sehr schwer zu schlucken wäre. Denn verpasste Chancen können unglaublich schmerzhaft sein.

Ich bin mir verdammt sicher, dass jeder Psychologe seine wahre Freude an mir hätte.

Also öffne ich stattdessen Instagram und scrolle durch die neuen Benachrichtigungen. Hin und wieder poste ich Zeichnungen und Illustrationen von mir. Die Reaktionen sind zwar meistens positiv, aber alles in allem kriege ich eher wenig Feedback und meine Reichweite ist auch nicht wahnsinnig groß. Für Kinderbuchillustrationen beherbergt Instagram einfach nicht die richtige Zielgruppe. Wobei mir wieder einfällt, dass ich mich um meine Bewerbungen kümmern muss. Wenn ich irgendwann einmal als Illustratorin arbeiten möchte, dann sollte ich mich allmählich um Praktika oder Studierendenjobs in dem Bereich bemühen.

Nach einer halben Stunde, in der meine Gedanken immer wieder zu Margret, Mr Hoffman und der bevorstehenden Testamentseröffnung wandern, gebe ich es schließlich auf und lege mein Handy in die Schublade meines Nachttisches, um mich selbst davon abzuhalten, doch noch zu googeln. Ich brauche Schlaf. Es macht keinen Sinn, mir jetzt schon den Kopf zu zerbrechen. Bis zu dem Termin am Freitag kann ich ohnehin nichts machen. Kein Grund also, mir Sorgen über Dinge zu machen, die in diesem Augenblick noch nicht in meiner Macht liegen.

4

JULIE

Freitag, 27. Mai 2022

Das Gespräch mit meinem Vater verlief erwartungsgemäß ernüchternd. Erst im Nachhinein wurde mir klar, wie sehr ich mir von ihm irgendwelche Informationen erhofft hatte, die über das, was ich von Hoffman erfahren habe, hinausgingen. Doch als er mir sagte, dass er meine Mutter seit neunzehn Jahren nicht mehr gesehen oder von ihr gehört hat, war ich überrascht, wie enttäuscht ich war. Nicht, weil ich insgeheim die Hoffnung hegte, die Frau könnte sich doch in irgendeiner Art und Weise für mich interessiert haben. Nein, ich wollte nicht völlig ahnungslos zu dieser verdammten Testamentseröffnung gehen. Mein Dad bot an, herzukommen und mich zu dem Termin zu begleiten, was ich aber entschieden abgelehnt habe.

Ich schaffe das alleine. Ich *muss* das alleine schaffen.

Der Knall, den die Nachricht, dass meine seit Langem verschollene Mutter aufgetaucht ist, verursacht hat, fiel insgesamt weniger verheerend aus, als man es vielleicht erwartet hätte. Mein Vater reagierte überrascht, allerdings hatte ich am Telefon nicht den Eindruck, als ob ihm Margrets Tod besonders naheging. Und ich fühle mich zwar immer noch ein bisschen überwältigt von all den neuen Informationen und der Sache mit dem Erbe, insgesamt bin ich aber deutlich gefasster, als ich es am Abend nach meinem Termin mit dem Anwalt befürchtet habe. Ich komme klar. Vielleicht liegt das an der Tatsache, dass Margret … Sylvia tot ist. Sie kann mein Leben nicht mehr beeinflussen, und wenn diese ganze Geschichte mit ihrem Erbe erst vorbei ist, wird sie wieder zu einem verstaubten Kapitel in meiner Lebensgeschichte werden. Es ergibt einfach keinen Sinn, über vergossene Milch zu weinen.

Als ich am Freitag in der U-Bahn Richtung Manhattan sitze, ist mir trotz allem ein bisschen mulmig zumute. Immer wieder checke ich mein Spiegelbild in der Scheibe mir gegenüber und immer wieder frage ich mich, ob mein Outfit die richtige Wahl gewesen ist. Ich habe keine Ahnung, was man bei einer Testamentseröffnung üblicherweise trägt. Wenn die anderen Menschen aus Sylvias Umfeld genauso reich sind, wie sie es war, hätte ich vermutlich eine Ballrobe anziehen sollen. Nicht, dass ich so was besäße. Stattdessen habe ich meinen Schrank nach Kleidungsstücken durchwühlt, die aussehen, als wären sie teuer gewesen. Nachdem ich mich dreimal umgezogen habe, entschied ich mich schließlich für eine beigefarbene Stoffhose mit High-Waist-Bund, dazu ein weißes T-Shirt, schwarze Conquer Pumps und einen schwarzen Trenchcoat mit goldenen Knöpfen. Das meiste davon stammt aus dem kleinen Secondhandladen ein paar Straßen von meiner WG entfernt, aber wer das nicht weiß, könnte durchaus vermuten, dass ich viel Geld dafür ausgegeben habe. Jetzt allerdings werde ich mir mit jeder Minute unsicherer und als die Bahn an meiner Station hält, verfluche ich mich dafür, nicht einfach eine Jeans und Hoodie angezogen zu haben. Denn wem will ich etwas vormachen? Spätestens nach fünf Minuten wird jeder der Anwesenden bemerken, dass ich nicht zu ihnen gehöre. Dass der Unterschied zwischen mir und meiner Mutter nicht größer hätte sein können.

Nach wenigen Minuten Fußmarsch stehe ich erneut vor

dem Gebäude von *Hoffman & Sons*. Heute erscheint es mir noch bedrohlicher als vor ein paar Tagen. Am Dienstag war ich auch eingeschüchtert, aber war davon ausgegangen, nach fünf Minuten wieder draußen auf dem Weg nach Hause zu sein und es nie wieder betreten zu müssen. Jetzt kommt es mir so vor, als würde das Haus wie ein drohendes Untier vor mir aufragen. Als würde es mich und meine planlos zusammengewürfelten Klamotten verspotten.

Ich schiebe die dramatischen Gedanken beiseite, stelle mein Handy stumm und schultere die Handtasche aus rotem Wildleder, die ich mir von Bonnie geliehen habe. Ich bringe das hier hinter mich. Ich werde höflich lächeln, mir alles anhören, nach Hause fahren und in Ruhe entscheiden, was ich als Nächstes tun werde.

Guter Plan.

Als ich die Lobby betrete, umfängt mich erneut der Duft nach blumigem Lufterfrischer und die leise Pianomusik. Es überrascht mich nicht wirklich, dass hinter dem Empfangstresen dieselben Leute sitzen wie bei meinem ersten Besuch. Dieses Mal allerdings fragen sie nicht nach meinem Namen, sondern nicken mir nur höflich zu und bitten mich, Platz zu nehmen. Ich bilde mir nichts darauf ein, dass sie sich anscheinend an mich erinnern und nicht nach meinem Namen oder dem Grund meines Besuchs fragen. Für solche Fähigkeiten, jedem Mandanten das Gefühl zu geben, er sei etwas Besonderes, werden sie vermutlich ziemlich gut bezahlt. Oder aber Mr Hoffman erhofft sich nach wie vor, dass ich seine Dienste in Anspruch nehme und die Kanzlei sich an dem Erbe meiner Mutter eine goldene Nase verdient. Trotzdem ertappe ich mich bei der Frage, ob die Angestellten wohl eine kleine Fotowand hinter ihrem Tresen haben, auf dem sie die Namen schnell ablesen können, wenn ein Mandant die Kanzlei betritt.

Ich könnte mir durchaus vorstellen, dass gut betuchte Kunden viel Wert auf diese Sonderbehandlung legen.

»Miss Penn«, begrüßt Mr Hoffman mich, als er kaum zwei Minuten später aus dem Aufzug tritt. Er schüttelt kurz meine Hand und verhält sich, als wären wir alte Freunde. »Wie geht es Ihnen?«

Auf diese Frage erwartet niemand eine ehrliche Antwort, also ringe ich mir ein Lächeln ab. »Vielen Dank, mir geht es gut. Ich hoffe, Ihnen auch?«

»Wunderbar. Wenn Sie mich bitte begleiten würden? Die anderen Herrschaften sind bereits eingetroffen.«

Ich spüre, wie mir das Blut aus dem Gesicht weicht. Ich werfe einen hastigen Blick auf die Uhr an der gegenüberliegenden Wand. Ich bin beinahe zehn Minuten zu früh. »Habe ich mich in der Uhrzeit geirrt?«

»Nein, nein«, winkt Mr Hoffman ab. »Machen Sie sich bitte keine Sorgen. Die anderen Beteiligten befinden sich aufgrund eines vorangehenden Termins bereits seit einer Stunde im Haus. Aber dabei handelte es sich um eine andere Angelegenheit. Sie, Miss Penn, sind überpünktlich.«

Keine Ahnung, ob das eine gute Sache ist oder nicht. Es klingt ganz danach, als wären die anderen zusammen gekommen. Als wären sie … eine Familie. Meine Handflächen beginnen zu schwitzen und ich versuche sie unauffällig an meinem Mantel abzuwischen, während ich zu Hoffman in den Aufzug trete. Mit jedem Stockwerk beginnt mein Herz aufgeregter zu schlagen. Ich kann mich nicht erinnern, jemals in meinem Leben so nervös gewesen zu sein. Nichts reicht an das hier heran: kein Referat, kein Schulball, kein Date, nichts!

»Mr Hoffman«, beginne ich zögernd und schiebe die Hände in meine Manteltaschen, um mich selbst davon abzuhalten, zu sehr herumzuzappeln. »Ich weiß, das ist eine seltsame Frage, aber die anderen aus der Erbengemeinschaft …«

Als ich abbreche und nach Worten suche, schaut er mich auffordernd an. »Ja?«

»Sind die nett?« Als er die Stirn runzelt, wäre ich am liebsten im Boden versunken. Verlegen senke ich den Blick. »Ich meine, sie … sie kennen mich nicht. Und ich will nicht die unbekannte Tochter sein, die plötzlich auftaucht und sich das Erbe …«

»Machen Sie sich keine Sorgen, Miss Penn.« Dass Hoffman mich unterbricht, verwirrt mich ein bisschen. Ich hatte angenommen, dafür sei er zu höflich. Aber als ich aufschaue, schenkt er mir ein beinahe väterliches Lächeln. »Ob die anderen Herrschaften Sie kennen oder nicht, ändert nichts an der Tatsache, dass Mrs Bonham Ihre Mutter war. Sie haben genauso sehr das Recht, hier zu sein, wie sie. Vergessen Sie das nicht.«

Ich nicke, auch wenn seine Worte mich überhaupt nicht beruhigen konnten. Allerdings bleibt mir keine Zeit, mich noch mehr in meine Nervosität hineinzusteigern, denn in diesem Augenblick öffnen sich die Türen des Fahrstuhls und geben den Blick auf den Konferenzraum frei, in dem Mr Hoffman und ich am Mittwoch schon gesessen haben. Anders als vorgestern steht heute ein schlichtes silbernes Tablett mit mehreren gläsernen Karaffen und versilberten Thermoskannen in der Mitte des Tisches. Daneben thront ein weiteres Tablett mit Gebäck und kleinen Häppchen.

Mit angehaltenem Atem trete ich aus dem Fahrstuhl und bemerke sofort die Leute auf der anderen Seite des Raums. Es sind drei Personen: zwei Männer und eine Frau, und sie alle sehen mich an.

»Miss Penn«, sagt Hoffman laut und legt mir eine Hand an den Ellbogen, um mich sanft mit sich zu ziehen. »Erlauben

Sie mir, Ihnen die Anwesenden vorzustellen.« Er deutet auf einen untersetzten Mann mit Halbglatze und Schweißperlen auf der Stirn. »Miss Penn, das ist Mr Gathegi. Mr Gathegi war als Hausverwalter von Mrs Bonham tätig und ist hier, um uns über die aktuellen Verhältnisse bezüglich der sich in Mrs Bonhams Besitz befindenden Anwesen zu informieren. Er ist im Testament nicht bedacht und wird sich zu gegebener Zeit verabschieden.«

Ich lächle dem Mann verhalten zu, unsicher, wie ich reagieren soll. Doch Mr Hoffman wendet sich schon an die junge Frau, die an einer Wand lehnt und irgendwie genervt dreinblickt. Ich schätze sie auf Mitte, Ende zwanzig, also etwas älter als ich. Sie trägt ein dunkelrotes Kostüm und einen streng zurückgebundenen Pferdeschwanz und sieht genauso elegant aus, wie ich es gerne getan hätte. Ein Blick auf sie reicht aus, um mir das Gefühl zu geben, bei meinem Griff in den Kleiderschrank voll und ganz versagt zu haben.

»Das ist Miss Demir, die Stieftochter der Verstorbenen.« Als die Frau die Stirn runzelt, fügt der Anwalt hinzu: »Sie waren nicht richtig verwandt, aber das ist wohl die passendste Bezeichnung.«

Was sie zu so etwas wie meiner Stiefschwester macht. Mein Herz setzt einen Schlag lang aus und kurzzeitig vergesse ich, wie man atmet. Meinem Verstand ist klar, dass diese Enthüllung irgendetwas in mir auslösen sollte, aber ich empfinde weder Freude über das neue Familienmitglied noch etwas Vergleichbares. Ich bin einfach nur überfordert. Was soll ich jetzt tun? Ihr die Hand schütteln? Mein Beileid aussprechen? Sie umarmen? Nichts davon erscheint mir richtig.

Gott sei Dank nimmt sie mir die Entscheidung ab, indem sie einen Schritt auf mich zu macht und mir die Hand entgegenstreckt. »Ich heiße Rahel. Und ›Stieftochter‹ trifft es nicht ganz. Sylvia war mit meinem Stiefvater verheiratet, aber … Komplizierte Familiengeschichte.«

Okay?

Ich versuche es mit einem höflichen Lächeln, bin mir aber ziemlich sicher, dass es etwas schief gerät. »Freut mich, ich heiße Julie.«

»Miss Penn, das ist Mr Bonham, Mrs Bonhams Stiefsohn«, fährt Hoffman unbeirrt fort.

Der junge Mann, auf den er deutet, ist groß und breitschultrig und trägt einen perfekt sitzenden schwarzen Anzug. Mir fällt die fehlende Krawatte auf, außerdem trägt er keine scheußliche Weste wie Mr Hoffman. Was seiner eleganten Erscheinung allerdings keinen Abbruch tut. Im Gegenteil. Er sieht verdammt reich aus, genau wie ich mir die Verwandtschaft von Margret, oder Sylvia, vorgestellt habe. Und gleichzeitig wirkt er mit seinem leichten Bartschatten und den geöffneten obersten Hemdknöpfen irgendwie zu jung und zu rau für diese steife, förmliche Umgebung. Zudem guckt er mich so verwirrt an, wie ich mich fühle – seine Stirn ist gerunzelt und er presst seine Lippen zu einem schmalen Strich zusammen. Objektiv betrachtet sieht er sehr gut aus, wirkt aber alles andere als freundlich. Sein Blick wandert an mir herab und unterzieht mich einer Musterung, genau wie ich es gerade bei ihm getan habe, bevor er sich an Hoffman wendet.

»Sie sagten, nur die nächsten Verwandten seien heute anwesend«, sagt er mit dunkler, fester Stimme. Erneut wirft er mir einen Blick zu, in dem eine Mischung aus Verwirrung und Argwohn liegt.

Ich frage mich, wie alt er wohl ist. Ich würde ihn auf Rahels Alter schätzen, vielleicht ein bisschen jünger. Sein Auftreten und der ernste Ausdruck in seinen Augen allerdings lassen ihn älter erscheinen. In Kombination mit seiner grimmigen Miene wirkt er beinahe einschüchternd. Er erinnert mich an diese Aufreißer-Typen aus Serien wie *Gossip Girl* oder *Sex and the City*, gut aussehend und charmant, und grundsätzlich bedeuten Kerle wie er immer eines: Ärger.

Erst nach ein paar Sekunden dämmert mir, was seine Worte bedeuten. Offensichtlich wundert er sich, warum ich hier bin, bei der Testamentseröffnung seiner Stiefmutter, was im Umkehrschluss heißt: Er hat keine Ahnung, wer ich bin.

Oh Scheiße.

Kurz spiele ich mit dem Gedanken, ihm zu antworten, doch da seine Frage ziemlich deutlich *nicht* an mich gerichtet war, halte ich die Klappe und vergrabe die Hände erneut schutzsuchend in meinen Manteltaschen.

»Bitte setzen Sie sich«, sagt Mr Hoffman anstelle einer Antwort und zeigt auf die leeren Stühle. Dann wendet er sich an mich. »Sie können mir gerne Ihren Mantel geben, Miss Penn. Nehmen Sie bitte Platz und bedienen Sie sich an den Erfrischungen.«

Zweifelnd mustere ich die Auswahl. Ich hätte gerne etwas, womit ich meine Hände beschäftigen kann, allerdings könnte den anderen dann auffallen, wie nervös ich bin. Im schlimmsten Fall lasse ich eine der Glaskaraffen fallen oder schütte mir Kaffee über meine helle Hose. Vor allem dieser junge Anzug-Typ beobachtet mich nicht gerade unauffällig, und die Abschätzigkeit in seinem Blick verunsichert mich zunehmend. Als würde er mich vorsorglich einschüchtern wollen, ohne zu wissen, wer ich überhaupt bin. Auch wenn ich keinen dieser Menschen kenne, habe ich jetzt schon den Eindruck, in einer Schlangengrube zu sitzen.

Während Hoffman meinen Mantel zu einer kleinen Garderobe bringt und ich mich – ohne Getränk – setze, beobachte ich Rahel und den Typen, der mir seinen Vornamen nicht verraten hat. Sie sind eindeutig miteinander verwandt – dieselben hohen Wangenknochen, dieselben vollen Lippen, derselbe distanzierte Ausdruck in ihren Augen. Ich würde auf Geschwister tippen, allerdings ist mir aufgefallen, dass sie nicht denselben Nachnamen tragen. Vielleicht ist Rahel bereits verheiratet und hat den Namen ihres Mannes angenommen? Andererseits hat ihr Kommentar ja sowieso allzu deutlich gemacht, dass sie und Margret – oder Sylvia – in keinem offiziellen familiären Verhältnis zueinander gestanden hatten. Er hingegen schien keine Einwände dagegen zu haben, als Sylvias Stiefsohn vorgestellt zu werden.

Als Letztes nimmt Mr Hoffman Platz, neben mir. Mir ist nicht entgangen, dass Margrets wütender Stiefsohn wie selbstverständlich den Stuhl am Kopf des Konferenztisches ausgewählt hat. Eine Geste, bei der ich mir sicher bin, dass er sie nicht zufällig gewählt hat. Eine unmissverständliche Geste. Was auch immer er hier für einen Standpunkt zu vertreten versucht, ich bin mir sicher, dass er es sehr hartnäckig tun wird.

»Fangen wir an«, murmelt Hoffman neben mir. Zum ersten Mal habe ich das Gefühl, dass er irgendwie nervös ist. Ob es an mir, an den anderen oder der ganzen Situation liegt, kann ich nicht sagen. »Zu Beginn würde ich gerne Ihre Frage beantworten, Mr Bonham. Ich denke, es ist das Beste, wenn wir die offenen Punkte gleich klären und uns dann dem Testament widmen.«

Bonham junior nickt geschäftsmäßig, als würde der Anwalt allein mit ihm sprechen. Dann deutet er in meine Richtung. »Wer ist sie und was macht sie hier?«

Wow. Ein echter Charmeur.

Da die Frage erneut nicht direkt an mich gerichtet war, wende ich mich erwartungsvoll an Mr Hoffman. Wenn ich hier nicht gerade ungewollt im Rampenlicht stehen würde, fände ich die Situation durchaus unterhaltsam.

»Miss Penn wird in Mrs Bonhams Testament berücksichtigt, weil sie die leibliche Tochter der Verstorbenen ist.«

Beinahe hätte ich gelacht. Hoffman hat wirklich ein Händchen dafür, brisante Neuigkeiten schonend zu verkünden. Als Erstes sehe ich den Hausverwalter an, der zwar überrascht, aber nicht sonderlich beeindruckt wirkt. Ganz anders als Rahel und Mr Unfreundlich. Beide starren erst Mr Hoffman und dann mich an, als würden sie darauf warten, dass einer von uns aufspringt und »April, April!« ruft. Ich verkrampfe die Hände in meinem Schoß und schlucke angestrengt. Ich hatte erwartet, dass dieser Termin nicht angenehm werden würde, aber das hier übertrifft meine Befürchtungen noch.

»Wie bitte?« Rahel scheint die Erste zu sein, die sich erholt. Ihre schockierte Miene verwandelt sich in ein ungläubiges Grinsen. Sie lacht einmal trocken auf und schüttelt den Kopf. »Ist das Ihr Ernst? Sylvia hatte eine Tochter?«

»Offensichtlich«, bestätigt Hoffman. »Wir haben sämtliche Dokumente überprüft und es besteht keinerlei Zweifel, dass Miss Penn Mrs Bonhams leibliche Tochter ist.«

»Ich will diese Dokumente sehen«, fährt der Stiefsohn im Befehlston dazwischen. Als ich ihn ansehe, bemerke ich, dass er mich mit seinen Blicken quasi durchbohrt. »Ich will das persönlich überprüfen.«

»Ich fürchte, das müssen Sie mit Miss Penn besprechen, Caleb.« Hoffman wirkt sichtlich unbehaglich. »Es steht mir nicht zu, Ihnen Einsicht in vertrauliche Unterlagen zu gewähren. Aber ich versichere Ihnen, dass wir in dieser Angelegenheit sehr gewissenhaft vorgegangen sind. Ihre Stiefmutter hat sich mir bereits vor ihrem Tod anvertraut. Die Dokumente bestätigen lediglich, was Mrs Bonham schon vor Jahren eröffnet hat.«

Überrascht sehe ich Hoffman von der Seite aus an. »Sie hat Ihnen von mir erzählt?«

Er nickt. »Als wir ihr Testament aufgesetzt haben, ja.«

Das ist neu. Keine Ahnung warum, aber ich war davon ausgegangen, dass ich ihr schmutziges kleines Geheimnis und somit lediglich ein Name in ihrem Testament war. Dabei fällt mir ein, dass ich Hoffman unbedingt fragen muss, woher sie all die Informationen über mich hatten. Nach allem, was mein Vater mir erzählt hat, war ich irgendwie davon ausgegangen, dass meine Mutter nicht einmal meinen Namen kannte. Geschweige denn meine Adresse oder die Uni-Kurse, die ich belege.

»Das ist doch ein Scherz«, antwortet der Typ, Caleb, immer noch deutlich unzufrieden. »Wie kann es sein, dass Sylvia diese Tochter nie erwähnt hat und sie jetzt hier reinmarschiert kommt, um sich ihren Teil des Kuchens abzuholen? Seien Sie nicht naiv, Mr Hoffman! Das stinkt doch bis zum Himmel nach Erbschleicherei.«

Okay, das reicht mir jetzt wirklich. Ich richte mich ein Stück auf und fixiere den Kerl mit zusammengekniffenen Augen, auch wenn ich befürchte, dass mein Blick nicht halb so einschüchternd ist wie seiner. »Nicht, dass es dich etwas angehen würde, so, wie du dich hier aufführst. Aber falls es dich beruhigt: Bis vor zwei Tagen hatte ich keine Ahnung, dass Sylvia Bonham meine Mutter ist. Die Kanzlei hat *mich* kontaktiert, nicht andersrum.«

Er schnaubt. »Dann hast du dich eben an Sylvia rangemacht.«

»Ich kannte diese Frau nicht.« Meine eigene Aussage versetzt mir einen Stich. Denn ja, ich kannte meine Mutter nicht, habe sie nie kennengelernt und werde es auch niemals können. »Meine Existenz mag ja keine Begeisterung bei dir auslösen, aber vielleicht könntest du mir den Gefallen tun, sie für den

Moment zu akzeptieren, damit wir weitermachen können? Ich will hier nämlich keine Minute länger verbringen müssen als nötig.«

Ich sehe, dass Rahel grinst, sich aber schnell auf die Lippen beißt. Ob sie über mich oder mit mir lacht, weiß ich nicht, aber es ist mir auch egal. Ich habe jetzt schon genug von diesen Leuten, die jedes Klischee der arroganten New Yorker Oberschicht mit Feuereifer erfüllen. Nein, ich passe nicht hier rein. Aber ich will es auch nicht.

Mr Hoffman legt mir kurz die Hand auf den Unterarm, als wolle er mich beruhigen. Vielleicht hat er Angst, dass ich eine Schlägerei anfange. Eine Angst, die nicht ganz unberechtigt ist. Ich habe mich zwar noch nie zuvor geprügelt, aber dieser Caleb löst Aggressionen in mir aus wie noch nie ein Mensch zuvor. Hoffman öffnet eine teuer aussehende Ledermappe und zieht ein schweres Blatt Papier heraus. Auch ohne es zu lesen, weiß ich, dass es das Testament meiner Mutter ist.

»Können wir dann?«, fragt Hoffman in die Runde.

Als wäre dies ein Stichwort gewesen, öffnet sich die Tür und der Mann, der uns am Mittwoch die Getränke gebracht hat, kommt herein. Er nickt uns kurz zu, setzt sich dann ans andere Ende des Tisches und klappt einen Laptop auf, der die ganze Zeit dort auf seinen Einsatz gewartet hat.

»Wir werden das Gespräch protokollieren, wenn es Ihnen recht ist«, sagt Hoffman an mich gewandt. »Ich werde mit der Aufzählung der Anwesenden beginnen, dann verlese ich das Testament.«

Während Hoffman Namen, Geburtsdaten und Verwandtschaftsverhältnisse zu Protokoll gibt, mustere ich noch einmal Caleb. Er sieht mich nicht an, sondern hält den Blick auf sein Handy gerichtet, auf das er hämmernd eintippt. Dass er nach wie vor wütend ist, ist ziemlich offensichtlich. Allerdings ist mir nicht ganz klar, warum. Sollte meine Mutter wirklich mehrere Millionen besessen haben, fiele es doch kaum ins Gewicht, wenn ich einen kleinen Teil dieses Vermögens erhielte. Vielleicht hatte Sylvia Schulden und es bleibt kaum noch etwas übrig? Oder befürchtet er einen Skandal? Da ich mich bis heute tatsächlich davon abhalten konnte, den Namen meiner Mutter zu googeln, weiß ich immer noch nicht, welches Ansehen sie in der Stadt besaß. Dass ich ihren Namen noch nie gehört habe, muss nicht viel heißen. Schließlich bewege ich mich garantiert nicht in den gleichen Kreisen wie die New Yorker Millionäre. Womöglich ist er auch einfach nur angepisst, weil er nichts von mir wusste. Wenn er wirklich mit meiner Mutter zusammengelebt hat, kann ich verstehen, dass er nicht begeistert darüber …

»Können wir anfangen?«, unterbricht Hoffman meine Gedanken und sieht uns erneut der Reihe nach an. Obwohl er keine Antwort bekommt, räuspert er sich und beginnt zu lesen: *»Dies ist mein letzter Wille und Testament. Ich, Sylvia Margret Bonham, geboren am 3. Januar 1978 in Chicago, bestimme hiermit, dass meine Kinder Juliette Penn, geboren am 4. August 2002 in Dayton, und Caleb Vincent Bonham, geboren am 12. Oktober 1997 in New York City, Erben zu gleichen Teilen werden.«*

5

JULIE

Mir wird schwindelig. Die polierte Tischplatte, auf die ich zuvor gestarrt habe, verschwimmt vor meinen Augen.

Erben zu gleichen Teilen.

Das bedeutet meiner Auffassung nach, dass mir fünfzig Prozent von Sylvias Vermögen zufallen. *Fünfzig Prozent* eines grob geschätzt *achtstelligen* Privatvermögens.

»Sollte einer der zuvor genannten Erben vor mir verstorben sein, werden seiner statt die Abkömmlinge des verstorbenen Erben zu meinen Rechtsnachfolgern, entsprechend der Erbfolge. Im Falle eines Verzichts auf das Erb- oder Pflichtanteilsrecht wird auch die Erbfolge unwirksam. Außerdem vermache ich der Ziehtochter meines verstorbenen Ehemannes, Rahel Demir, geboren am 14. November 1992 in New York City, eine Geldsumme in Höhe von fünfhunderttausend Dollar. Zudem erhält sie einen Treuhandfonds, dessen Verwaltung ich der Kanzlei Hoffman & Sons *anvertraue. Daraus soll Rahel Demir monatlich eine Zahlung in Höhe von zweitausend Dollar erhalten, bis zur Vollendung ihres vierzigsten Lebensjahres.«*

Ich höre ein Schnauben aus Rahels Richtung, hebe aber nicht den Kopf. Welche Probleme sie und Sylvia miteinander hatten, geht mich nichts an, und selbst wenn, wäre jetzt ganz sicher der falsche Zeitpunkt dafür, es herauszufinden. Die folgenden Minuten liest Hoffman Anordnungen vor, die das Verwalten bestimmter Immobilien, Konten und Aktienfonds betreffen. In meinem Hirn schwirrt es dermaßen, dass es kurzerhand abschaltet. Als wäre es nicht bereit, auch nur eine weitere Information aufzunehmen. Als Hoffman sich jedoch auffordernd räuspert, sehe ich auf und bemerke, dass er mir einen kurzen Blick zuwirft, bevor er sich wieder auf das Dokument konzentriert.

»Da ich meine Kinder, Juliette Penn und Caleb Victor Bonham, zu gleichen Teilen als Erben einsetze, erhalten die beiden zuvor genannten Erben ebenfalls zu gleichen Teilen meine Anteile an Bonham Industries. *Gleichzeitig werden sie als gleichberechtigte CEOs eingesetzt. Diese Verfügung begrenzt sich auf ein Jahr, nach dessen Ablauf der Vorstand über die Zukunft der Führungsebene entscheiden wird. Entsprechende Anordnungen wurden meiner Assistentin, Abigail Boone, geboren am 2. März 1994 in Binghampton, ausgehändigt. Zudem verwahrt Abigail Boone einen Vertragsentwurf und eine dazugehörige Aufstellung der finanziellen Vergütung, die Juliette Penn während des oben beschriebenen Zeitraums von einem Jahr zustehen.* Bonham Industries *übernimmt außerdem die anfallenden Kosten für die möglicherweise notwendige Pausierung eines Studiums. Sollte einer der zuvor genannten Erben auf eine Zusammenarbeit verzichten oder diese ablehnen, verfällt sein oben genannter Erbanspruch und er wird mitsamt seinen Abkömmlingen auf den Pflichtanteil verwiesen. Selbst wenn einer der zuvor genannten Erben nach Ablauf der oben genannten Frist nicht länger einen Posten bei* Bonham Industries *innehat, bleibt sein oben genannter Erbanspruch bestehen.«*

Ich höre Hoffmans Stimme, höre die Worte, die er in einem monotonen Singsang vorliest, aber sie erreichen meinen Verstand nicht. Weder weiß ich, was *Bonham Industries* ist oder was diese Firma tut, noch habe ich die geringste Vorstellung davon, was ein CEO ist oder worin seine Aufgaben bestehen. Unterm Strich: Mir ist schleierhaft, was Hoffman mir mitzuteilen versucht.

»Nein!« Calebs Ausruf dringt durch den dichten Nebel meiner umherwabernden Gedanken. Seine Stimme gleicht einem wütenden Knurren, das mir durch den ganzen Körper fährt und mich mit einem Ruck wieder aufmerksam werden lässt. »Das kann sie nicht machen.«

»Ich fürchte, das konnte sie, Mr Bonham«, widerspricht Mr Hoffman. »Sie und Miss Penn erhalten jeweils die gleichen Anteile an *Bonham Industries*. Was bedeutet, dass Sie sich die Unternehmensleitung teilen werden, zumindest für ein Jahr. Sie werden beide CEO in Vollzeitanstellung.«

»Aber das geht nicht«, werfe ich verzweifelt ein. »Ich bin mitten im Studium und arbeite. Es wird Sie vielleicht überraschen, aber ich verfüge über keine riesigen Rücklagen, mit denen ich mich ein Jahr lang über Wasser halten kann.«

Der Anwalt sieht mich unbeeindruckt an. »Sie werden Ihr Studium pausieren können und es im Anschluss wieder aufnehmen, wenn Sie das wünschen. In der Zwischenzeit wird finanziell für Sie gesorgt werden. Darüber müssen Sie sich keine Sorgen machen.«

Caleb steht abrupt auf und beginnt wütend auf und ab zu tigern, während ich fassungslos den Kopf schüttle. Hoffman kann das unmöglich ernst meinen.

»Und wie stellen Sie sich das bitte vor?«, donnert Caleb. »Sie hat keine Ahnung von der Firma.« Erst als er mit dem Finger auf mich zeigt, bemerke ich, dass er über mich spricht. »Sie hat keine einzige Minute mit Sylvia verbracht, hat wahrscheinlich noch nie in ihrem Leben wirklich gearbeitet! Die Firma steht auf Platz dreiundzwanzig der Liste der größten Pharmahersteller. Weltweit! Wenn Sylvia in ihren letzten Tagen nicht noch den Verstand verloren hat, kann sie nicht ernsthaft erwartet haben, dass ein Kind diese Firma leitet!«

»Für wie alt hältst du mich eigentlich?«, frage ich ihn. Allmählich habe ich wirklich die Schnauze voll. Er tut so, als hätte ich mir das alles hier ausgesucht. Als wäre ich in diese Kanzlei marschiert und hätte die beschissenen Anteile an irgendeiner Firma gefordert. »Entschuldige mal, aber du kennst mich doch gar nicht. Du siehst mich heute zum ersten Mal. Wenn ich dir einen Tipp geben darf, dann nimm dir ein Beispiel an deiner Schwester und zeig ein bisschen Anstand, okay?«

Er fährt zu mir herum und funkelt mich so aufgebracht an, dass ich beinahe zurückzucke. »Seit Jahren reiße ich mir den Arsch auf, um einmal diese Firma zu übernehmen. Ich habe nicht erwartet, dass es so früh sein würde, aber ich habe mich darauf vorbereitet. Ich kenne die Firma, ich kenne die Angestellten. *Ich* kannte Sylvia! Und jetzt kommst du aus der Versenkung gekrochen und sollst fünfzig Prozent von allem erhalten, was Sylvia aufgebaut hat? Das ist doch wohl ein beschissener Scherz!«

Ich schnappe nach Luft. »Glaubst du, ich bin scharf auf diese Firma?«, halte ich mindestens genauso energisch dagegen. Meine Stimme überschlägt sich beinahe, und ich balle die Hände zu Fäusten, um zu verhindern, dass sie vor Wut zittern. Ich fühle mich von Caleb in die Ecke gedrängt, und das will ich nicht zulassen. »Ich habe um nichts von alledem gebeten!«

Offensichtlich verzichtet er auf eine Antwort, denn er dreht sich wieder schwungvoll um und nimmt nun Hoffman ins Visier. Erst jetzt fällt mir auf, dass der Hausverwalter sich irgendwann in den vergangenen Minuten aus dem Staub gemacht hat. Ich bin beinahe ein bisschen neidisch.

»Ich zahle sie aus«, sagt Caleb zu Hoffman. Er verschränkt die Arme vor der Brust, und gegen meinen Willen registriere ich die Muskeln, die sich unter seinem gespannten Jackett abzeichnen. »Ich kaufe ihre Anteile ab, und sie bekommt den Wert in bar ausgezahlt. Jeder ist glücklich.«

Ich sehe Hoffman ebenfalls an. »Ich habe keinerlei Einwände.«

Hoffman seufzt leise. »Ich fürchte, so einfach geht das nicht. Mrs Bonham hat klar festgelegt, dass das Erbe erst ausgezahlt wird, wenn Sie beide ein Jahr lang gemeinsam in der Firma gearbeitet haben. Sollte Miss Penn das ablehnen, erhält sie lediglich den Pflichtanteil.«

»Dann geben Sie ihr den Pflichtanteil«, wirft Rahel ein. Zum ersten Mal seit der Testamentseröffnung macht sie den Mund auf. Währenddessen mustert sie mich, nicht wirklich unfreundlich, sondern irgendwie … abschätzend. »Caleb hat recht, sie kann die Firma nicht leiten.«

»Ich nehme an, genau aus diesem Grund hat sie Miss Penn und Mr Bonham als gleichberechtigte Partner bestimmt. Alles, was Miss Penn wissen muss, kann sie entweder von ihren Beratern oder von Mr Bonham lernen.«

Caleb und ich schnauben gleichzeitig. Nein, ich will wirklich nicht mit diesem arroganten Kotzbrocken zusammenarbeiten. Ich will überhaupt nicht in dieser verdammten Firma arbeiten. Ich will mein Studium beenden und mir einen Job als Buchillustratorin suchen. Keine Medikamente herstellen oder verkaufen oder was auch immer ein Pharmaunternehmen eigentlich genau tut.

»Ich werde mit Miss Penn unter vier Augen über ihre Möglichkeiten sprechen«, sagt Mr Hoffman überraschend bestimmt und bedenkt mich kurz mit einem eindringlichen Blick. »Es gibt noch einen weiteren Punkt, über den ich mit Ihnen sprechen muss, Mr Bonham und Miss Penn. Sind Sie damit einverstanden, dass Miss Demir anwesend ist, während wir die weiteren Details durchgehen, oder möchten Sie das Folgende vertraulich behandeln?« Nachdem Caleb genickt hat und ich mit den Schultern gezuckt habe, zückt er ein weiteres

Blatt Papier. »Die Vermögensaufstellungen Ihrer Mutter haben ergeben, dass es beträchtliche Forderungen gibt, die beglichen werden müssen. Darum kümmert sich unsere Kanzlei im Moment. Eine genaue Aufstellung der Erbsachen ist aus diesem Grund zu diesem Zeitpunkt noch nicht möglich.«

»Forderungen?«, hakt Rahel nach. Ein kleines Grinsen liegt auf ihrem Gesicht, als würde sie sich über etwas lustig machen. »Sylvia hatte Schulden?«

»Ja.« Hoffman wirft einen erneuten Blick auf die Dokumente. »Ich werde Ihnen noch heute eine Kopie der Aufstellungen zukommen lassen, aber vorweg, ich kann Ihnen versichern, dass kein Grund zur Sorge besteht. Das Apartment an der Upper East Side und der Bugatti sind allerdings durch Darlehen belastet. Möglicherweise müssen wir diese veräußern.«

»Das kann nicht sein.« Caleb greift nach Hoffmans Mappe, ohne auf seinen halbherzigen Protest zu achten, und zieht sie zu sich heran. Er stützt die Hände auf die Tischplatte und beugt sich darüber. Es ist ziemlich offensichtlich, dass Caleb Bonham es gewohnt ist, zu bekommen, was er will. »Das sind vorläufige Berechnungen, sagen Sie?«

Der Anwalt nickt. »Ganz genau. Ich halte Sie dahingehend auf dem Laufenden. Im Moment sind wir noch mit der Bestandsaufnahme aller Konten und Vermögenswerte beschäftigt.«

»Was ist mit den Immobilien?«, fragt Rahel. »Wie werden die aufgeteilt?«

»Da auch die Immobilien zu gleichen Teilen an Mr Bonham und Miss Penn gehen sollen, haben die beiden entweder die Möglichkeit, die Immobilien zu veräußern und den Gewinn zu teilen, oder sie einigen sich auf die reelle Verteilung der Immobilien. Das sollten Sie allerdings in Anwesenheit Ihrer Anwälte besprechen.«

»Unfassbar!«, murmelt Caleb. Seine Worte triefen nur so vor Unglaube und Frustration.

Da kann ich ihm nur zustimmen. Vor zwei Tagen habe ich auf meinem Sofa gesessen und mich gefragt, ob ich dank des Erbes in der Lage sein würde, unseren Kühlschrank reparieren zu lassen oder einen neuen zu kaufen. Jetzt spricht Hoffman über die Aufteilung von Immobilien – Mehrzahl! Allein bei der Vorstellung, mit diesem Kotzbrocken Caleb in einem Raum sitzen zu müssen und mich mit ihm wie bei einer Scheidung über den Besitz irgendwelcher Villen zu streiten, bekomme ich schon Kopfschmerzen.

Abgesehen von der Tatsache, dass ich gar keinen Anwalt habe und mir nicht so sicher bin, was ich von diesem Hoffman halten soll. Er ist nett und war bislang immer freundlich zu mir, trotzdem weiß ich nicht, ob es sinnvoll ist, dass ausgerechnet er mich im Streit mit einer Familie vertritt, für die er laut eigener Aussage seit Ewigkeiten arbeitet.

»Ich will keine Immobilie«, sage ich laut, ohne einen der drei Anwesenden direkt anzusehen. Ich bin zu jung für so eine Verantwortung. Zwar kenne ich mich damit nicht aus, aber ich kann mir vorstellen, was damit alles zusammenhängt: Steuern, Reparaturen, allein die Verwaltung. Ich bin neunzehn Jahre alt – was zur Hölle soll ich mit einem Haus anfangen?

»Perfekt!«, triumphiert Caleb, wird aber von Hoffman unterbrochen, der wieder alles andere als glücklich aussieht.

»Auch das ist leider nicht so einfach, Miss Penn. Sie können für den Anfang zustimmen, dass Mr Bonham die Immobilien vorläufig eigenständig nutzen und verwalten darf. Aber den Rest müssen wir in Ruhe klären und entsprechende Verträge aufsetzen.«

Am liebsten hätte ich laut aufgestöhnt. Genau deswegen wollte ich das alles nicht. Wenn ich mir Caleb und seine

Schwester so ansehe, befürchte ich bereits jetzt, dass dieses Erbe mir mehr Schwierigkeiten als Nutzen bringen wird.

Hoffman richtet seine Aufmerksamkeit auf Caleb. »Sie wohnen zurzeit im Bonham Building?«

Oh mein Gott!

Ich höre Calebs Antwort nicht, denn in diesem Moment prasseln so viele Gedanken auf mich ein, dass ich kaum einen von ihnen zu fassen bekomme. Ich kenne das Bonham Building. Jeder verdammte New Yorker kennt das Bonham Building. Kurz frage ich mich, wie es passieren konnte, dass ich bis jetzt keine Verbindung zu dem Namen hergestellt habe. Wie konnte mir das entgehen? Aber das spielt im Moment auch keine Rolle. Das Bonham Building, oder auch *The Big B* genannt, ist ein gigantisches Hochhaus in Midtown, nicht weit von der Kanzlei entfernt. Der Grund, warum es in New York dermaßen auffällt, ist das große dunkelblaue *B*, das sich auf der Glaskuppel des Dachs dreht.

Mir wird ein bisschen schlecht. Wenn ich einen weiteren Beweis für den Reichtum meiner Mutter bräuchte, dann ist es dieser hier. Wenn ihr dieses Gebäude gehört, dann … keine Ahnung. Sie muss in Geld geschwommen sein.

Die drei diskutieren weiter über irgendwelche Immobilien und Aktienwerte, aber ich komme nicht mehr mit, versuche es nicht einmal. Mir schwant, dass auf diesen Termin noch eine ganze Menge anderer folgen werden, selbst wenn ich letzten Endes das Erbe ablehne und nur den Pflichtanteil erhalte. Und ich bin bereits jetzt müde. Die ganze Sache überfordert mich auf so vielen Ebenen, dass es mir schwerfällt, meine Gefühle und Gedanken zu sortieren. So sollte es nicht laufen. Der Moment, in dem ich das erste Mal wirklich mit meiner Mutter konfrontiert werde, sollte irgendwie bedeutsamer und emotionaler sein. Und auch wenn ich in den letzten zwei Tagen versucht habe, mich davon abzuhalten, hat ein Teil von mir gehofft, heute auf freundlichere Menschen zu treffen. Sylvias Ehemann, zum Beispiel, oder auf ihre Eltern – *meine Großeltern.* Auf Menschen, die mir möglicherweise etwas Persönliches über meine Mutter erzählen könnten.

Ich bezweifle jedoch stark, dass Caleb und Rahel das tun werden.

Wobei mich ihre Familiengeschichte wirklich interessieren würde. In Gedanken mache ich mir einen Vermerk, Mr Hoffman danach zu fragen, wenn wir allein sind. Weder Caleb noch Rahel sind Sylvias leibliche Kinder, und nach allem, was ich mir aus den wenigen Informationen zusammenreimen konnte, hat zumindest Rahel nicht bei meiner Mutter gelebt. Ist ihr Vater vielleicht Sylvias Exmann? Aber warum sollte Caleb bei Sylvia bleiben, nachdem die beiden sich getrennt haben, und Rahel nicht?

»Gibt es dazu noch Fragen?«, unterbricht Hoffman meine Gedanken. Ich habe unendlich viele Fragen, aber keine, die ich in dieser Runde stellen möchte. Vorher muss ich noch mal mit meinem Vater sprechen, mit Bonnie und Saheera, mir einen Anwalt suchen und keine Ahnung was noch alles. Aber das Wichtigste ist, erst einmal viele Meilen zwischen mich und diesen wütend dreinblickenden Caleb zu bringen.

Also schüttle ich den Kopf.

»Was passiert, bis diese Angelegenheit geklärt ist?«, fragt Caleb, und ich kann nur mit Mühe ein genervtes Augenrollen unterdrücken. War ja klar, dass er noch etwas zu sagen hat. Eine verräterische Stimme in meinem Kopf erinnert mich daran, dass er mit einer laufenden Firma im Hintergrund vermutlich nicht den Luxus besitzt, einfach alles auf die lange Bank schieben zu können. Trotzdem: Ich will seine anklagende Stimme nicht mehr hören, und vor allem will ich so schnell wie möglich raus aus diesem Raum. Ich habe das Gefühl, der Sauerstoff hier drin wird allmählich knapp.

»Wenn es Miss Penn recht ist, setzen Sie Ihre Arbeit als vorläufiger Vertreter für Mrs Bonham fürs Erste fort, bis die weiteren Einzelheiten geklärt sind. Damit erhalten Sie auch das Recht auf Einsicht in die Bücher und Bilanzen des Unternehmens. Sind Sie damit einverstanden, Miss Penn?«

Drei Augenpaare richten sich auf mich.

»Klar, mach nur.«

Caleb schnaubt, kommentiert meine Einwilligung aber nicht weiter. Gott sei Dank.

Das Gespräch wird fortgesetzt und konzentriert sich jetzt auf irgendwelche Jahresprognosen und Quartalsbilanzen. Ich verstehe immer noch kein Wort, und mein Kopf schmerzt mittlerweile so stark, dass ich Angst habe, er könne jeden Moment zerbrechen.

Ohne weiter darüber nachzudenken, stehe ich auf. »Kann ich jetzt gehen?«, frage ich, eindeutig an Hoffman gewandt. Dieser Caleb soll gar nicht erst auf die Idee kommen, dass ich ihn um Erlaubnis bitte.

Der Anwalt beginnt beinahe aufgeregt in seinen Unterlagen zu wühlen. »Wir haben noch viel zu besprechen, Miss Penn, und ich hatte gehofft, dass wir uns im Anschluss noch einmal unter vier Augen …«

Ich unterbreche ihn, denn meine Nerven liegen blank. »Gibt es einen rechtlichen Grund, der mich davon abhält, dieses Gebäude zu verlassen, Mr Hoffman?«

Ich bilde mir ein, ein unterdrücktes Lachen aus Rahels Richtung zu hören, bin mir aber nicht sicher.

»Natürlich steht es Ihnen frei, jederzeit zu gehen«, sagt Hoffman pikiert. Jedes seiner Worte trieft vor Missbilligung. »Mein Büro wird sich umgehend mit Ihnen in Verbindung setzen und einen neuen Termin vereinbaren. Wenn Sie nicht warten wollen, werde ich Ihnen die Unterlagen mit einem Kurier schicken lassen.«

»Wunderbar.« Ich hoffe inständig, dass ›umgehend‹ nicht bedeutet, dass sie mich anrufen, solange ich noch auf dem Weg nach Hause bin. »Vielen Dank, Mr Hoffman.«

Er nickt, antwortet aber nicht. Er nimmt mir meine Flucht übel, aber das stört mich herzlich wenig. Ich habe nichts gegen den Mann, er war tatsächlich die ganze Zeit über freundlich zu mir. Aber ich weiß auch, dass er auf Geld aus ist. Sollte ich ihn mit meinem Fall beauftragen, springt mit Sicherheit ein hübsches Sümmchen für ihn dabei raus.

Bevor ihm doch noch etwas einfällt, was meinen Abgang verhindern könnte, gehe ich hinüber zu der kleinen Garderobe, um meinen Mantel zu holen. Ich spüre die Blicke der Anwesenden im Nacken und drücke auf einen der Aufzugknöpfe, als mir eine Frage in den Sinn kommt, die bereits seit Tagen in meinen Gedanken herumgeistert.

»Mr Hoffman?«, frage ich und drehe mich noch einmal um.

»Ja, Miss Penn?«

»Wie ist Sylvia gestorben?« Meine Stimme klingt anders, irgendwie gedämpfter, als würden mir die Worte nur schwer über die Lippen kommen. »Sie war nicht einmal fünfzig, oder?«

Ein mitfühlender Ausdruck huscht über sein Gesicht, als er verhalten nickt. »Ihre Mutter war bei ihrem Tod vierundvierzig. Sie wurde von einem Auto erfasst und ist den Folgen eines Blutgerinnsels im Gehirn erlegen. Es ist schnell gegangen.«

Ich blinzle ein paar Mal, um mich davon abzuhalten, Caleb oder Rahel anzusehen. Wie gerne würde ich bei ihnen nach einem Zeichen von Betroffenheit suchen, aber ich traue mich nicht. Sie mögen beide nicht blutsverwandt gewesen sein, aber sie hatten eine Beziehung zu Sylvia. Anders als ich. Wir drei sind das, was der Familie meiner Mutter am nächsten kommt.

»Danke«, sage ich zu Hoffman und wende mich ab. Die Türen des Fahrstuhls haben sich in der Zwischenzeit geöffnet, sodass ich hineintrete und mich umdrehe. Mein Blick fällt unwillkürlich auf Caleb.

Er steht auf der anderen Seite des Tisches, eine Hand auf der Stuhllehne, die andere in seiner Hosentasche vergraben. Und er sieht mich an. Dieses Mal ist seine Miene allerdings anders – immer noch wütend, immer noch unzufrieden, aber nicht mehr so hasserfüllt. Eher forschend, als würde er versuchen, meine Gedanken zu lesen. Als unsere Blicke sich treffen, hebt er kaum merklich das Kinn, doch da schließen sich die Aufzugtüren und unterbrechen unseren Blickkontakt.

Erleichtert atme ich aus. Erst jetzt bemerke ich, wie angespannt mein Körper ist, wie sehr mich die ganze Situation mitnimmt. Im Konferenzraum habe ich mich zusammengerissen, aber jetzt, wo ich allein bin, beginnen meine Hände zu zittern, und ich schnappe nach Luft. Mein Herz rast, und mir bricht der Schweiß aus. Der Sauerstoff in der kleinen Kabine scheint von einer Sekunde auf die andere verschwunden zu sein.

»Fuck«, murmele ich. Mechanisch mache ich ein paar Schritte zurück und lehne mich haltsuchend mit dem Rücken gegen die Fahrstuhlwand. Mit gesenktem Kopf versuche ich mich auf meine Atmung zu konzentrieren. Ich hatte noch nie eine Panikattacke, aber das hier fühlt sich verdammt danach an. Mit der Hand fahre ich mir über den Nacken, in der Hoffnung, meine verspannten Muskeln ein wenig zu lösen.

Viel zu schnell öffnen sich die Fahrstuhltüren wieder, und auch wenn alles in mir danach schreit, schnellstmöglich hier rauszukommen, brauche ich ein paar Sekunden, weil ich mir nicht sicher bin, ob mich meine Beine tragen. Das Letzte, was ich will, ist mitten in der Lobby zu kollabieren. Ich atme noch einmal tief durch und straffe die Schultern und reiße mich verdammt noch mal zusammen. Die Sorgen um meine Zukunft, die Gedanken an Caleb, Rahel, Sylvia und dieses Erbe müssen warten, bis ich zu Hause bin. Bis ich mich in meinem Zimmer eingeschlossen habe und in Ruhe zusammenbrechen kann.

Nachdem ich mir ein höfliches Lächeln für die Angestellten hinter dem Tresen aufs Gesicht gepflastert habe, verlasse ich endlich den Fahrstuhl.

»Miss Penn?«, empfängt mich direkt eine männliche Stimme. Der Empfangsmitarbeiter steht eilig auf und winkt mich heran. »Hätten Sie noch eine Minute, um mit mir Ihre Kontaktinformationen durchzugehen? Mr Hoffman möchte sichergehen, dass wir die aktuellen Daten haben.«

Ich mache bereits den Mund auf, um ihm zu versichern, dass sich weder meine Telefonnummer noch meine Adresse in den vergangenen zwei Tagen geändert haben, da tritt mir ein Mann in den Weg.

Als Erstes fällt mein Blick auf die geöffneten oberen Hemdsknöpfe, dann hebe ich den Kopf und sehe ihm ins Gesicht. Ich begegne braunen Augen, die mich derart eindringlich fixieren, dass ich mich unwillkürlich versteife.

6

CALEB

Krampfhaft versuche ich, ruhig zu atmen. Als der Aufzug in der zweiten Etage ewig gehalten hat, bin ich die letzten verdammten Treppen nach unten gerannt. Ich bin nicht gerade scharf darauf, dieser Juliette schnaufend und mit gerötetem Gesicht gegenüberzustehen. Sie ist eine kleine Studentin aus dem East Village. Welche Probleme sie auch verursachen möchte, ich bin relativ optimistisch, ihr Vorhaben mit ein paar gezielten Worten zerschlagen zu können. In dieser Angelegenheit verlasse ich mich sicher nicht auf Hoffman.

»Juliette«, sage ich mit dunkler Stimme und bemerke mit Genugtuung, dass sie einen Schritt zurückweicht. Mit einer Handbewegung schicke ich Joey zurück hinter seinen Tresen. »Wir sollten uns unterhalten.«

Sie hebt das Kinn und erwidert meinen Blick erstaunlich fest. »Mein Name ist Julie«, sagt sie knapp. »Juliette nennt mich maximal mein Großvater.«

»Wie auch immer. Ich muss mit dir reden.«

»Und ich bin mir ziemlich sicher, dass wir das nur in Anwesenheit unserer Anwälte tun sollten.«

Überrascht hebe ich die Augenbrauen, fasse mich aber schnell wieder. Ich habe keine Zeit für Spielchen. Die Firma hat keine Zeit für Spielchen. »Hör zu«, sage ich und gehe ein paar Schritte auf die kleinen Sofas zu, die am Rand der Lobby stehen. Als ich bemerke, dass sie mir nicht folgt, fluche ich leise. »Wir können diese Sache entweder sehr einfach oder sehr kompliziert machen. Du willst die Firma nicht, richtig? Ich aber schon. Du würdest uns allen eine Menge Stress und Nerven ersparen, wenn du einfach auf deinen Anteil verzichtest.«

»Das kann ich sehr gerne tun.«

Mein Mund verzieht sich zu einem erleichterten Grinsen. »Gut. Perfekt. Wir können das direkt klären, wenn du mich wieder nach oben begleitest. Oder wir machen einen neuen Termin. Allerdings sollten wir das so schnell wie möglich erledigen.«

Als sie leise lacht, fällt mein Blick unwillkürlich auf ihre Lippen. Sie ist hübsch: ebenmäßige Haut, große Augen, glänzende Haare. Wenn man genau hinsieht, kann man durchaus die Ähnlichkeit zu Sylvia erkennen, was mich völlig aus der Bahn wirft. Der lebende, atmende Beweis dafür, welch schwerwiegende Geheimnisse Sylvia vor mir hatte.

»Gerne. Sobald ich mit einem Anwalt gesprochen habe und meine Optionen durchgegangen bin«, erwidert Juliette und reißt mich damit aus meinen Gedanken.

Sofort verschwindet mein Lächeln, und ich starre sie wütend an.

Sie lacht wieder. »Du hältst mich tatsächlich für dumm, oder? Hör mal, ich habe wirklich nicht vor, Ärger zu machen, und das Letzte, was ich will, ist diese Sache unnötig in die Länge zu ziehen. Aber ich lasse mich auch nicht von euch verarschen, Caleb. Hier geht es um das Erbe meiner biologischen Mutter, und es ist mir völlig egal, wie du das siehst, aber ein Teil dieses Geldes steht mir zu. Außerdem hat sie ein verdammt großes Vermögen hinterlassen, da wird es dir nicht wehtun, wenn ich das nehme, was sie mir hinterlassen wollte. Also fahr die Krallen ein und lass den Scheiß. Ich bin kein

Dummchen, das nach ein paar energischen Ansagen nach deiner Pfeife tanzt. Damit machst du dich nur lächerlich.«

Wow. Okay, wenn dieses Mädchen spielen will, dann hat es sich eindeutig den Falschen dafür ausgesucht. Ich habe nicht mein halbes verdammtes Leben darauf hingearbeitet, *Bonham Industries* zu übernehmen, um mir dann die Hälfte meiner Anteile von einer dahergelaufenen, verschollenen Tochter wegnehmen zu lassen.

Ich mache einen Schritt auf Juliette zu. Ich bin deutlich größer als sie, überrage sie um gute zwanzig Zentimeter. Sie weicht zwar nicht noch einmal zurück, aber ich registriere mit Genugtuung, dass sich ihre Augen merklich verengen. »Ich werde jedes Detail deines Lebens durchleuchten, Juliette Penn. Ich werde in deiner beschissenen Vergangenheit wühlen und jeden noch so kleinen Hinweis auf einen Betrug nach außen stülpen. Hoffman magst du um den Finger gewickelt haben, mich aber nicht. Wenn du wirklich denkst, dass du es mit mir aufnehmen kannst, dann bist du tatsächlich naiver, als ich angenommen habe.«

»Fahr zur Hölle«, sagt sie mit einem beinahe lieblichen Lächeln. Würde sie nicht ausgerechnet mit mir sprechen, wäre ich beeindruckt.

»Ich sehe dich da.«

Sie hebt die Hand, legt sie kurz an die Lippen und wirft mir dann einen Luftkuss zu, bevor sie sich schwungvoll umdreht und aus der Lobby marschiert. Dass sie dabei eiskalt die verzweifelten Versuche Joeys ignoriert, sie am Gehen zu hindern, ist nur die Krönung ihres filmreifen Abgangs. Ein paar Sekunden lang stehe ich da und starre ihr hinterher.

Okay, ich habe mich getäuscht. Wenn es sich hierbei nicht lediglich um ein kurzes Aufbäumen gehandelt hat, wird dieses Mädchen wohl doch ein größeres Problem darstellen, als ich befürchtet habe. Aber sicher keines, das ich nicht lösen kann. Denn ich habe es vollkommen ernst gemeint, als ich sie gewarnt habe, dass sie es mit mir nicht aufnehmen kann.

Ich bin mit Geheimnissen und Intrigen aufgewachsen. Sie ist heute erst auf das Spielfeld gestolpert, das mein Leben ist. Ich weiß, was ich tue, habe ihrer Mutter jahrelang dabei zugesehen, wie sie das Spiel perfektioniert hat. Diese Juliette Penn hat keine Chance. Eine Woche, dann habe ich sie davon überzeugt, *Bonham Industries* zu verlassen und in ihr gewöhnliches Studentinnenleben zurückzukehren.

Nach einem entschuldigenden Blick Richtung Joey steige ich erneut in den Aufzug und fahre hoch in den Konferenzraum. Rahel blickt auf und sieht mich fragend an, als ich das Jackett ausziehe und mich auf einen der Stühle fallen lasse.

»Mission gescheitert«, sage ich müde und reibe mir mit den Händen übers Gesicht. »Sie will keine Entscheidung treffen, ohne mit einem Anwalt gesprochen zu haben.«

»Was ihr gutes Recht ist«, wirft Hoffman ein.

Ich lasse die Hände sinken. »Sie sollten unsere Interessen vertreten, Mr Hoffman. Wie lange sind wir bereits Ihre Klienten? Seit fünfzehn Jahren?«

Er nickt, wirkt aber ebenfalls nicht wirklich eingeschüchtert. Was ist heute nur mit mir los? »Und ich vertrete in dieser Angelegenheit in erster Linie die Interessen Ihrer Mutter, Caleb. Es war ihr ausdrücklicher Wunsch, dass Miss Penn die Hälfte ihres Erbes erhält, und ich werde alles in meiner Macht Stehende tun, um diesen Willen durchzusetzen.«

»Dann handeln Sie nicht im Interesse der Firma«, erinnere ich ihn frustriert. »Es ist ja sehr löblich, dass Sie Sylvias Willen erfüllen wollen, aber Sylvia ist tot, Mr Hoffman. Sie kann Ihnen weder Schwierigkeiten machen, noch wird sie je erfahren, was aus ihrer Tochter geworden ist. Und das ist ihre eigene Schuld. Wenn ihr etwas an ihr gelegen hätte, dann hätte sie sich zu Lebzeiten um sie bemühen sollen, finden Sie nicht?«

»Was war das Wichtigste im Leben Ihrer Mutter, Caleb?«, fragt er herausfordernd, ohne auf meinen Einwand einzugehen.

»Die Firma«, antworte ich postwendend.

»Eben.« Er bedenkt mich mit einem strafenden Blick. »Denken Sie wirklich auch nur eine Sekunde lang, dass Ihre Mutter irgendetwas tun würde, was der Firma schaden könnte? Selbst nach ihrem Tod? Wenn Sie mich fragen, hat sie sich etwas dabei gedacht, als sie Sie und Miss Penn als gleichberechtigte Erben eingesetzt hat. Seien Sie nicht so naiv.«

»Und was genau soll das gewesen sein?«, erkundigt sich Rahel, deutlich gereizt. Bisher war sie überraschend schweigsam, aber ich kenne sie gut genug, um zu wissen, dass es unter der Oberfläche brodelt.

Hoffman zuckt mit den Schultern, schiebt sich die Lesebrille auf den Kopf und lehnt sich in seinem Stuhl zurück. »Darf ich ganz offen reden, Caleb?«

»Tun Sie das nicht sowieso?«

»Sie haben es eben selbst gesagt. Ich vertrete die Interessen Ihrer Mutter inzwischen seit fünfzehn Jahren. Was bedeutet, dass ich Sie kenne, seit Sie ein frecher Sechsjähriger waren.«

Ich stöhne. »Wenn Sie auf die Tränendrüse drücken wollen, dann lassen Sie es. Dafür habe ich im Moment wirklich keine Nerven.«

»Sie sind unnahbar«, sagt Hoffman streng. »Ich habe mit angesehen, wie Sie sich in eine kleine Kopie Ihrer Stiefmutter verwandelt haben. Und seitdem Ihr Vater gestorben ist, leben Sie quasi nur noch in dieser Firma. Wenn Sie den Vorstand und die Partner überzeugen wollen, der würdige Nachfolger Ihrer

Mutter zu sein, dann werden Sie mehr brauchen als Wissen über Zahlen und Bilanzen. Die Öffentlichkeit wird ein Auge auf Sie haben, Caleb. Und wenn Sie mich fragen, wird die öffentliche Meinung und die des Vorstands genau der Punkt sein, an dem Sie scheitern könnten.«

»Was meinen Sie damit?«, fragt Rahel und nimmt einen Schluck von ihrem Kaffee.

»Ihre Mutter war eine Größe in der New Yorker Gesellschaft. Viele Leute werden mit Interesse verfolgen, wie es mit dem Unternehmen weitergeht.« Er zieht etwas aus der Mappe, die vor ihm liegt. Ein Foto von Juliette Penn. Hoffman tippt mit dem Finger darauf. »Früher oder später wäre ihre Existenz ans Licht gekommen. Dadurch, dass Sylvia Miss Penn mit ins Boot geholt und Sie beide als Partner bestimmt hat, Caleb, hat sie möglicherweise einen Skandal verhindert. Wenn Sie einander bekriegen, schaden Sie damit nicht nur sich selbst, sondern auch Sylvias Ansehen und dem von *Bonham Industries*.«

Das mag sein. Ich bezweifle nicht, dass Sylvia mit dieser ganzen Sache einen Plan verfolgt hat. Es gab wenig Bereiche in ihrem Leben, die nicht kalkuliert waren. Was aber nicht bedeutet, dass ich mich an diesen Plan halten oder ihm auch nur zustimmen muss. Hätte Sylvia mir die Führung von *Bonham Industries* nicht zugetraut, hätte sie mir andere Berater zur Seite stellen können. Hätte sie einen Partner aus der Familie für mich gewollt, hätte sie Rahel verpflichten können. Stattdessen wurde die mit einem vergleichsweise lächerlichen Betrag und monatlichen Aufwendungen abgespeist, was für mich verdammt nach Schweigegeld klingt. Rahel und Sylvia hatten ihre Probleme, und vielleicht wollte Sylvia sichergehen, dass Rahel damit nicht an die Presse geht.

Hoffman hat recht: Sylvia war eine Größe in der Welt der Reichen und Schönen New Yorks. Sie war gerne auf Partys, engagierte sich für wohltätige Zwecke und verbrachte jeden Sommer mit gelangweilten Milliardärs-Hausfrauen und erholungssuchenden Geschäftsmännern in den Hamptons. Ab einer bestimmten Vermögensgrenze kannte man Sylvia Bonham. Sie zierte regelmäßig sowohl die Klatsch- als auch die Wirtschaftsspalte der New York Times, tauchte auf der Liste der *Forbes 30 Under 30* und einmal sogar auf dem Cover der *Vanity Fair* auf. Für viele Menschen, vor allem Frauen, war sie ein leuchtendes Beispiel. In Zeiten der Frauenbewegung und des anhaltenden Kampfes der Gleichberechtigung hat Sylvia gezeigt, dass es eine Frau schaffen kann. Sie konnte eine extrem erfolgreiche berufliche Karriere aufweisen und eine Familie, die zumindest nach außen hin ziemlich perfekt erschien. Ich kann mir vorstellen, dass ihr Tod große Wellen geschlagen hat und dass die Presse sich nun auf den möglichen Nachfolger konzentrieren wird – auf mich. Ich habe keine Ahnung, wie die Öffentlichkeit auf Miss Penn reagieren wird. Auf der einen Seite lieben die Menschen eine gute Cinderella-Story, auf der anderen Seite trübt ihr Auftauchen auch das Bild, das New York von Sylvia hatte. Wie konnte diese Vorzeigefrau ein perfektes Leben führen und gleichzeitig ihre einzige leibliche Tochter derart außen vor lassen? Wie konnte Sylvia ihre Sommer in den Hamptons verbringen, während ihre Tochter sich mit einem Ferienjob nach dem anderen über Wasser halten musste? Okay, das ist reine Spekulation, aber vorhin im Gespräch wurde deutlich, dass Juliette während des Studiums arbeitet, also würde es mich nicht wundern, wenn sie das auch früher in den Ferien getan hat.

Je länger ich darüber nachdenke, desto mehr Lücken entdecke ich in Sylvias Plan. Es sei denn, sie ist auf ihre letzten Tage irgendwie weich geworden und es handelt sich bei Juliettes Berücksichtigung in ihrem Testament um keine strategische

Überlegung, sondern einfach um den Versuch, einen Fehler wiedergutzumachen. Was ich mir beim besten Willen nicht vorstellen kann. Ich hatte kein schlechtes Verhältnis zu meiner Stiefmutter, weder hat sie mich ungerecht behandelt noch war sie bewusst gemein zu mir, aber sie war nun mal kein sehr herzlicher Mensch. Ihre Arbeit war ihr wichtig und ja, sie hat meinen Dad geliebt, bevor er an dem verdammten Herzinfarkt gestorben ist. Aber ich hatte immer den Eindruck, dass Kinder und das klassische Familienleben nicht ihr Ding waren. Nachdem mein Dad mich und irgendwie auch Rahel mit in die Beziehung gebracht hat, hat sie uns akzeptiert und war im Rahmen ihrer Möglichkeiten eine verantwortungsvolle Stiefmutter für uns. Mehr aber eben nicht. Und das habe ich ihr nie übel genommen. Die gesellschaftliche Erwartungshaltung, dass Frauen automatisch irgendwann ihre mütterliche Seite entdecken und es zu ihrem Lebensinhalt machen müssen, Kinder zu bekommen und großzuziehen, erachte ich als völligen Schwachsinn.

»Was machen wir jetzt?«, fragt Rahel und lässt den Kopf auf ihre Hände sinken. Sie sieht müde aus, was ich ihr nicht verdenken kann. Die letzten Wochen waren anstrengend, und auch wenn sie schon lange kein echter Teil mehr von Sylvias Leben war, hat ihr das ganze Chaos sichtlich zugesetzt.

»Wir warten auf Miss Penns Entscheidung«, antwortet Mr Hoffman und wirft erst ihr und dann mir einen strengen Blick zu. »Und wir werden sie respektieren. Was danach kommt, besprechen wir zu gegebener Zeit. Ich halte es allerdings für notwendig, dass Sie einen Blick auf die Firmenbilanzen werfen, Caleb.«

Ich nicke. »Selbstverständlich.«

»Ich lasse Ihnen die Zahlen und Bücher zustellen, darum kümmere ich mich gleich im Anschluss. Und dann würde ich vorschlagen, dass wir zeitnah einen neuen Termin ansetzen. Bis dahin sollte auch Miss Penn genug Zeit gehabt haben, um sich Gedanken über die ganze Situation zu machen.«

Zu Miss Penn hätte ich noch eine ganze Menge zu sagen, halte aber den Mund. Es überrascht mich ein wenig, mit wie viel Leidenschaft Mr Hoffman sich für dieses Mädchen einsetzt. Klar, er ist seit Ewigkeiten der Anwalt meiner Stiefmutter und deshalb kann ich verstehen, warum er ein letztes Mal für ihre Interessen kämpft. Allerdings habe ich Mr Hoffman bisher immer für einen zielgerichteten Mann gehalten, für jemanden, der in erster Linie seinen eigenen Vorteil und vor allem den der Kanzlei im Blick hat. Und so morbide es sich auch anhören mag: Bei Sylvia gibt es nun einmal nichts mehr zu holen. Man sollte meinen, dass er sich im Zweifelsfall eher auf meine Seite stellen würde – auf die Seite mit dem Nachnamen Bonham und dem festen Entschluss, im Sinne der milliardenschweren Firma zu handeln.

»Brauchen Sie noch etwas von mir?«, fragt er, während er seine Unterlagen zusammenrafft, aufsteht und den Knopf an seinem Jackett schließt.

»Nein, vielen Dank. Wenn es Ihnen recht ist, würden wir noch ein paar Minuten bleiben.«

Er nickt. »Selbstverständlich. Ich sage Tony Bescheid und lasse Ihren Wagen vorfahren. Nehmen Sie sich so viel Zeit, wie Sie brauchen.«

Und damit verabschiedet er sich, wieder ganz der zuvorkommende Familienanwalt. Sobald er durch die Tür neben den Aufzügen verschwunden ist und das Schloss leise klickt, reibe ich mir erneut stöhnend über das Gesicht. Rahel greift an ihren Hinterkopf und löst den Zopf, der so stramm saß, dass ich mich insgeheim schon gefragt habe, ob man davon nicht Kopfschmerzen bekommt.

»Also, das war …«, beginnt sie, bricht aber ab und sucht nach dem richtigen Wort.

»Scheiße?«, schlage ich vor und lache freudlos, als sie das Gesicht verzieht.

»So könnte man es auch ausdrücken.«

Ich schüttle ungläubig den Kopf. »Was für ein Klischee. Eine unbekannte Tochter, die Anspruch auf das Erbe hat? Hätte Sylvia Sinn für Humor besessen, würde ich es für einen Witz halten.«

»Du hast wirklich nichts davon gewusst?«, fragt sie und hebt abwehrend die Hände, als ich sie ungläubig ansehe. »Ihr habt zusammen in einem Haus gelebt, Caleb. Ich kann mir einfach nicht vorstellen, dass sie nie etwas in der Richtung erwähnt hat.«

»Glaub mir, ich hatte keine Ahnung.« Meine Gedanken rattern im Schnelldurchlauf die letzten Jahre durch, aber mir fällt nicht eine Situation ein, die auch nur annähernd darauf hingedeutet hätte, dass Sylvia eine Tochter hat. »Denkst du, Dad hat es gewusst?«

»Habe ich mich auch schon gefragt.«

»Ich kann mir nicht vorstellen, dass sie es ihm verheimlicht hat. Warum auch?«

»Vielleicht wollte sie nicht, dass er sie überredet, den Kontakt aufzunehmen«, überlegt sie laut, seufzt dann aber. »Wir werden es wohl nie erfahren, was? Keiner von beiden kann uns diese Frage jetzt noch beantworten.«

Das ist leider wahr. Mein Vater, Rahels Stiefvater, starb vor vier Jahren an den Folgen eines Herzinfarktes. Selbst wenn er Geheimnisse hatte, so hat er sie uns nicht verraten, sondern sie, genau wie Sylvia, buchstäblich mit ins Grab genommen.

Ich mustere Rahel ein paar Sekunden lang. Als mein Dad sich kurz nach meiner Geburt von unserer Mom scheiden ließ, blieb sie bei unserer Mutter, während ich zu ihm zog. Ein paar Jahre lang hatten wir kaum Kontakt, weil die Scheidung zu einer verdammten Schlammschlacht ausgeartet ist. Dann hat mein Dad Sylvia geheiratet, und er wurde ruhiger. Zufriedener. Die Fehde wurde begraben, und Rahel und ich durften einander wieder sehen. Nach dem Tod unserer Mutter haben mein Dad und Sylvia versucht, sich um Rahel zu kümmern. Jeder konnte ihm ansehen, wie glücklich er mit Sylvia war, aber trotz allem hat sich Rahel nie um ein gutes Verhältnis zu ihr bemüht. Ich vermute, sie nahm es ihr übel, dass sie den Platz unserer Mutter eingenommen hat und die Ehe der beiden ganz offensichtlich um einiges harmonischer war als die unserer leiblichen Eltern.

»Ich habe übrigens etwas für dich«, sagt sie mit einem halben Lächeln, greift nach einer Visitenkarte und schiebt sie mir rüber.

Stirnrunzelnd betrachte ich sie. Es ist eine von Hoffmans Visitenkarten, doch darauf steht in Rahels feiner Handschrift eine Handynummer und eine Adresse im East Village. Ich stutze. »Sind das Juliette Penns Kontaktdaten?«

Sie nickt. »Ich habe sie von Hoffmans Unterlagen abgeschrieben, als er neuen Kaffee geordert hat. Ich dachte mir, dass es vielleicht nützlich sein könnte.«

Überrascht sehe ich sie an. Rahel hat sich bislang aus allem herausgehalten. So eine Aktion passt nicht wirklich zu ihrer Haltung, mit Sylvia und der Firma so wenig wie möglich zu tun haben zu wollen. Auf der anderen Seite geht es hier um mich, um mein Erbe und um ihre Familie. »Das könnte tatsächlich nützlich sein.«

Sie grinst zufrieden. »Was hat sie eigentlich genau gesagt, als du sie unten abgefangen hast?«

Der kleine Anflug von Hoffnung zerplatzt wie ein Luftballon, als ich an die wenigen Minuten denke, die ich mich mit

Juliette in der Lobby unterhalten haben. »Sie ist zäher, als es den Anschein macht. Oder einfach nur bockig.«

»In diesem Fall wird sie sicher schnell einknicken.«

»Vielleicht. Oder sie ist entschlossen, sich ihren Teil des Erbes unter den Nagel zu reißen.«

Seufzend trinkt Rahel einen Schluck Kaffee. »Lass sie überprüfen. Ich glaube Hoffman, wenn er sagt, dass er die Fakten gecheckt hat, aber es kann nicht schaden, die ganze Sache noch einmal zu revidieren.«

»Den Gedanken hatte ich auch schon.« Obwohl Juliette Penn auf mich eigentlich nicht den Eindruck einer kaltherzigen Betrügerin macht, wäre es naiv, ihrer Geschichte einfach so zu glauben. Sie scheint nett zu sein, und unter anderen Umständen fände ich sie vielleicht sogar sympathisch. Aber hier geht es immerhin um einen Haufen Geld, und Menschen haben sich schon zu weitaus schlimmeren Dingen verleiten lassen, als über ihre Herkunft zu lügen, um ein Leben lang von sämtlichen Geldsorgen befreit zu sein. »Außerdem habe ich mich gefragt, was du jetzt vorhast?«

Ihre Augen weiten sich. »Ich?«

»Du.« Ich bemühe mich um einen beiläufigen Ton. »Ich ziehe in Sylvias Penthouse, was bedeutet, dass meine Wohnung im *Big B* frei wird.«

Rahels Schnauben überrascht mich nicht wirklich. »Du musst dich nicht um mich kümmern, kleiner Bruder. Selbst ohne die fünfhundert Mille von Stiefmami stünde es nicht so ernst um mich, als dass ich in die abgelegte Wohnung meines kleinen Bruders ziehen müsste. Du hast Hoffman doch gehört: Bis ich vierzig werde, ist für mich gesorgt. Außerdem habe ich einen Job.«

»Ich wollte damit nicht andeuten, dass du nicht klarkommst«, stelle ich genervt klar. Rahel war schon immer deutlich unabhängiger und selbstsicherer als ich. Sie arbeitet als PR-Beraterin in einer kleinen, aber ziemlich erfolgreichen Marketingagentur und lebt bereits seit ihrem siebzehnten Lebensjahr alleine. Sie braucht weder mich noch mein Geld. »Trotzdem wäre es dumm, die Wohnung einfach leer stehen zu lassen. Du müsstest keine Miete zahlen und könntest Sylvias Geld stattdessen anlegen.«

Sie erhebt sich, wirft mir dabei einen langen, spöttischen Blick zu. »Du klingst deutlich zu erwachsen für einen Vierundzwanzigjährigen, Caleb. Vergiss zwischendurch nicht zu atmen, okay? Sonst macht dich das Ganze noch kaputt.«

»Wenn das hier vorbei ist, werde ich atmen«, entgegne ich brüsk und stehe ebenfalls auf. »Aber ich habe mir in den letzten Jahren nicht den Arsch aufgerissen, um jetzt aufzugeben.«

Statt einer Antwort kommt sie um den Tisch herum, stellt sich auf die Zehenspitzen und drückt mir einen schnellen Kuss auf die Wange. Als sie die Hand hebt, erwarte ich fast, dass sie mir durch die Haare wuschelt, so wie sie es als Kind immer getan hat. Aber sie lässt den Arm wieder sinken und sieht mich nur nachdenklich an. »Du bist wirklich erwachsen geworden. Wann ist das nur passiert?«

Ich zucke lächelnd die Schultern und sehe ihr nach, als sie sich umdreht und in einen Aufzug steigt. Als sie weg ist, atme ich erleichtert aus. Mir ist klar gewesen, dass die erste Zeit nach Sylvias Tod stressig wird. Auch ohne eine plötzlich auftauchende Erbin und ans Tageslicht kommende Skandale wäre die Übernahme der Firma ein beschissenes Stück Arbeit gewesen. Aber genau hierfür habe ich mich entschieden. Und ich werde ganz bestimmt nicht zulassen, dass Miss Juliette Penn mir in die Quere kommt.

7

JULIE

Samstag, 28. Mai 2022

Den Großteil des Samstags verbringe ich im Bett. Ich bin nicht krank, nicht einmal sehr müde oder ausgelaugt. Mein Zimmer nicht zu verlassen, war eine vollkommen bewusste, kalkulierte Entscheidung. Ich habe das Gefühl, solange ich im Bett bleibe, kann mir die Welt da draußen nichts anhaben. Wie Kinder, die sich unter der Bettdecke verstecken, um die Monster abzuwehren, die in der Dunkelheit auf sie lauern. Solange ich unter meiner Decke bleibe und das Surren meines Handys ignoriere, können mich meine Probleme – Sylvias Probleme – nicht erreichen.

Als es an der Tür klopft, bin ich kurz versucht, auch das einfach zu ignorieren. Allerdings wissen sowohl Saheera als auch Bonnie, dass ich mich hier drinnen verbarrikadiere, und es wäre irgendwie kindisch, so zu tun, als wäre ich nicht da.

»Ja?«, rufe ich also widerstrebend und schiebe Cordelia von meinem Schoß, die es sich vor zwei Stunden, nach ihrem Spaziergang durchs East Village, auf mir gemütlich gemacht hat. Sie streckt sich protestierend, schläft aber gleich weiter, als sie mein Kopfkissen berührt. Ich steige in dem Moment aus dem Bett, in dem sich die Tür öffnet und Bonnie den Kopf durch den Spalt streckt.

»Mach dich fertig, wir gehen raus.«

»Sicher nicht«, sage ich betont freundlich und strahle sie an. »Ich will nicht raus. Ich trage seit gestern Abend diese Jogginghose und ich habe nicht vor, etwas an diesem Zustand zu ändern.«

»Und wir haben nicht vor, dir hier beim Verwahrlosen zuzusehen«, hält Bonnie dagegen. »Wir gehen etwas essen, und danach überlassen wir dich wieder deinem Bett, versprochen.«

Ich verschränke die Arme vor der Brust. »Ich will keine Aufmerksamkeit, ich will kein Mitleid, ich will nicht, dass ihr euch um mich kümmert. Okay? Ich will einfach nur ein wenig Trübsal blasen, ganz für mich alleine. Meine mentale Gesundheit wird dadurch nicht gefährdet, versprochen.«

Sie zieht die Augenbrauen hoch. »In deinem Zimmer stinkt es, Julie. Also komm schon, du hast zehn Minuten.«

Natürlich könnte mich keine der beiden tatsächlich dazu zwingen, das Zimmer zu verlassen. Trotzdem drehe ich mich fluchend um und öffne den Kleiderschrank. Hinter mir höre ich Bonnie lachen, dann schließt sie die Tür hinter sich und ruft: »Neun Minuten, vierzig Sekunden!«

Ich habe nicht gelogen, als ich behauptet habe, noch nicht bereit dafür zu sein, mich von meiner Jogginghose zu trennen. Also tue ich es auch nicht, ziehe nur das zu lang getragene T-Shirt aus und entscheide mich stattdessen für ein schlichtes schwarzes Langarmshirt und Sneaker. Immerhin leben wir in New York – niemand wird sich an einer, noch dazu sauberen Jogginghose stören. Als Letztes schließe ich das Fenster, schnappe mir meine Handtasche vom Kleiderhaken und gehe zu Bonnie und Saheera, die bereits mit triumphierenden Gesichtern an der Tür warten.

»Bildet euch nichts darauf ein«, sage ich im Vorbeigehen. »Ich komme nur mit, weil ich wirklich Hunger habe.«

Auf dem Weg nach unten erzählt Bonnie von ihrem Praktikum bei einem Börsenmakler. Ich verstehe zwar nur Bahnhof, hake aber immer wieder interessiert nach und bekräftige sie darin, ihren Chef nach einem Sommerjob zu fragen. Aktien und die Börse im Allgemeinen lösen bei mir ein einziges großes Fragezeichen aus, aber wenn man Bonnie schwärmen hört, könnte man meinen, sie arbeite in einem Freizeitpark. Dass sie irgendwann einmal an der Börse arbeiten wird, ist für mich immer noch ein bisschen unvorstellbar. Wenn sie morgens das Haus verlässt, habe ich regelmäßig das Gefühl, einem anderen Menschen gegenüberzustehen. Zu Hause und in ihrer Freizeit ist Bonnie eher alternativ – mit bunten Kleidern, viel Schmuck und wilden Frisuren. Wenn sie allerdings zur Arbeit geht, verwandelt sie sich in eine knallharte Geschäftsfrau. Ich liebe diese beiden Persönlichkeiten von ihr, und ein kleiner Teil von mir ist verdammt neidisch auf sie. Ich zweifle keine Sekunde daran, dass sie sich in jeder Situation durchsetzen kann, selbst in einem Beruf, der immer noch klischeehaft als Männerdomäne gilt. Besäße ich auch nur ein Quäntchen ihres Selbstbewusstseins, hätte ich mich gestern bei der Testamentsanhörung vermutlich deutlich besser geschlagen.

Nach fünf Minuten Fußmarsch entscheiden wir uns schließlich für Hotdogs. Um diese Uhrzeit sind die meisten Bars und Restaurants brechend voll, sogar hier im Village. Und da mir heute nicht der Sinn nach Menschenmassen steht, holen wir uns jede einen Hotdog von einem Straßenstand und setzen uns damit auf eine der Bänke im Tompkins Square Park. Um uns herum spielen ein paar Kinder Ball, uns gegenüber sind zwei alte Männer auf einer Bank vertieft in ein Kartenspiel. Sehr idyllisch und ein krasser Gegensatz zu der polierten Oberflächlichkeit von gestern Vormittag. Ziemlich perfekt also.

Saheera hält mir ihr Brötchen hin und sieht mich herausfordernd an. »Ich schwöre dir, du schmeckst keinen Unterschied.«

Nach einem kleinen Seufzer beiße ich ab. Seit ich Saheera kenne, versucht sie mich davon zu überzeugen, dass Fleischersatzprodukte es locker mit echtem Fleisch aufnehmen können. In vielen Punkten stimme ich ihr sogar zu, trotzdem konnte sie mich bis jetzt noch nicht dazu bringen, komplett auf Fleisch zu verzichten. Also hat sie es sich zur Lebensaufgabe gemacht, mich jedes Mal, wenn wir zusammen essen, bei ihr probieren zu lassen.

»Okay«, gebe ich zu, nachdem ich runtergeschluckt habe. »Punkt für dich, das schmeckt tatsächlich wie echtes Fleisch.«

»Ha!« Sie grinst triumphierend.

»Das lässt mich aber nicht den Sojaspeck vergessen, den du mir letzte Woche andrehen wolltest.«

Angewidert verzieht sie den Mund. »Tut mir wirklich leid. Das Zeug war ekelig.«

Ich hebe die Hand und gleite mit dem Zeigefinger über die Stickereien am Saum des Tuches, das sie zum Hijab gebunden hat. »Ist das neu?«, frage ich.

»Ist es zu viel?« Sie berührt ebenfalls die Stickerei und seufzt. »Das habe ich mir im Internet bestellt, aber die Farben wirkten auf den Bildern nicht so knallig. Ich bin mir mega unsicher, wie ich das kombinieren soll.«

Ich knuffe sie in die Seite. »Du siehst aus, wie aus einer Designerzeitschrift entsprungen, und das weißt du auch«, sage ich und grinse, als sie die Augen verdreht.

Saheera ist mit Abstand die Modischste von uns dreien. Während ich meistens zum Hoodie greife und Bonnie mit ihrem Style in die Neunzigerjahre gepasst hätte, sieht Saheera meistens perfekt aus, von Kopf bis Fuß. Sie gehört zu den Menschen, die vermutlich auch in einem Kartoffelsack noch gut aussehen würden, was mich manchmal verdammt neidisch auf sie macht.

Bonnies Handy vibriert in ihrer Tasche. Nachdem sie es herausgezogen und einen kurzen Blick auf das Display geworfen hat, presst sie die Lippen zusammen und sieht mich an. »Das ist mein Google Alert.«

Mein Herz gerät ins Stolpern, nur um danach doppelt so schnell weiterzuschlagen. Gestern Abend habe ich mich endlich dazu durchgerungen, Sylvia Bonham zu googeln. Irgendwann hat sich Bonnie zu mir gesetzt und gemeinsam haben wir uns durch die ganze öffentlich bekannte Lebensgeschichte meiner biologischen Mutter gescrollt. Sie war ein verdammtes Genie. Ihre erste eigene Firma besaß sie mit gerade mal vierundzwanzig und nur sieben Jahre später gehörte sie zu den Topverdienerinnen New Yorks. Ihr Lebenslauf liest sich ziemlich beeindruckend.

Ich wurde nirgends erwähnt. Bis jetzt, fürchte ich.

»Welcher Google Alert?«, nuschelt Saheera mit vollem Mund.

»Ich habe mir einen Alert für Julies Namen eingerichtet«, erklärt Bonnie, ohne aufzusehen. »Es war nur eine Frage der Zeit, bis das durchsickert.«

In meinem Magen beginnt es zu rumoren, und ich lasse den Hotdog sinken. »Will ich es wissen?«

Sie wirft mir einen schnellen Blick zu. »Ehrlich gesagt ist es nicht besonders spannend.« Als ich schnaube, zuckt sie entschuldigend die Schultern. »Nicht für uns zumindest. Immerhin wissen wir bereits, dass du die Tochter bist, von deren Existenz bisher niemand wusste, oder nicht?«

Als sie mir das Handy hinhält, zittern meine Finger kaum merklich. Ich lege das angebissene Brötchen in den Schoß und scrolle durch die Nachrichten, in denen mein Name auftaucht.

Bonnie hat recht. Die meisten Artikel beschränken sich lediglich auf die groben Fakten: dass ich die leibliche Tochter der kürzlich verstorbenen Gründerin und CEO von *Bonham Industries* bin. Manche erwähnen nicht einmal das Testament oder das Erbe; andere wiederum behaupten, dass meine Existenz nie ein Geheimnis war, ich bisher nur einfach nie in der Öffentlichkeit aufgetaucht bin.

Als ich das Handy gerade zurückgeben will, springt mir ein Foto ins Auge, und ich schnappe nach Luft. Es zeigt Caleb und mich in der Lobby der Anwaltskanzlei. Dem Winkel und der Entfernung nach zu urteilen, wurde das Foto von der Straße aus aufgenommen, trotzdem bin ich so schockiert, dass ich ein paar Sekunden lang kein Wort herausbringe.

»Was ist denn los?« Saheera nimmt mir das Handy ab. Dann stößt sie geräuschvoll die Luft aus. »War das gestern?«

Ich nicke. »Nach dem Termin bei dem Anwalt. Woher wussten sie davon?«

»Wovon?«, fragt Bonnie verständnislos.

»Dass ich dort sein würde.« Ich starre sie fassungslos an. »Selbst wenn der Fotograf zufällig da war, warum sollte er random ein Foto von uns in der Lobby irgendeiner Anwaltskanzlei schießen? Dazu gäbe es keinen Grund, es sei denn, er wusste schon, wer ich bin.«

»Das stimmt.« Saheera verengt die Augen und beugt sich näher über das Display. »Ist das der Sohn?«

»Stiefsohn«, verbessere ich automatisch. »Aber ja, das ist Caleb Bonham.«

Sie pfeift durch die Zähne. »Versteh mich nicht falsch, aber wenn man es nicht besser wüsste, könnte man denken, dass er dich zu küssen versucht.«

Ich lehne mich zu ihr und mustere erneut das Foto. Sie hat recht. *Scheiße!* Caleb steht dicht vor mir und beugt sich ein

Stück zu mir herunter, während ich zu ihm aufschaue. Ach ja, das war der Moment, in dem er mir gedroht hat, mir das Leben zur Hölle zu machen oder so ähnlich. Und ja, ohne den Kontext könnte diese Geste tatsächlich intim wirken.

Gott sei Dank weiß ich es besser.

»Da war ich gerade kurz davor, ihm an die Kehle zu springen«, stelle ich wütend klar. Allein bei der Erinnerung an diese Szene beginnt mein Blut zu kochen. »Das erklärt aber nicht, warum dieses Bild überhaupt existiert.«

»Vielleicht hat es einer der Angestellten verraten«, überlegt Bonnie stirnrunzelnd. »Diese Sylvia war vielleicht kein Hollywoodstar, aber ich bin mir ziemlich sicher, dass solche Schlagzeilen in gewissen Kreisen ordentlich einschlagen. Und Infos dementsprechend gut bezahlt werden.«

Plötzlich kommt mir ein Gedanke. »Warum kennst du Sylvia eigentlich nicht? Wegen deines Praktikums, meine ich. Müsstet ihr nicht zumindest annähernd in derselben Branche sein? Kennen sich die Wirtschaftsmenschen nicht untereinander?«

Sie wirft ihr Haar nach hinten. »Bislang hat mich der Klatsch und Tratsch nicht sonderlich interessiert, außerdem koche ich aktuell nur Kaffee. Ich könnte mir aber vorstellen, dass mein Boss sie kannte. Wenn du willst, kann ich ihn mal fragen.«

»Bloß nicht.« Ich schüttle den Kopf und lasse mich seufzend zurückfallen. »Ich kann nicht glauben, dass da überall mein Name steht. Das ist so lächerlich.«

»Ich glaube, das ist gar nicht so ungewöhnlich«, wirft Saheera ein, nachdem sie einen großen Bissen von ihrem Hotdog genommen und Bonnie das Handy gereicht hat. »Der Mann meiner Tante ist Immobilienmakler in den Hamptons. Das ist wirklich wie eine eigene Welt – die haben ihre eigenen internen Promis, ihre eigene Hierarchie und so weiter. Wenn Sylvia dazugehört hat, interessieren sich die Menschen automatisch auch für dich.«

»Ich fühle mich sehr geschmeichelt«, sage ich mit vor Sarkasmus triefender Stimme.

»Irgendwie ist das doch cool.« Empört drehe ich mich zu ihr um, sodass sie beschwichtigend die Hände hebt. »Versteh mich nicht falsch, ich will natürlich nicht, dass du in der Presse zerrissen wirst. Aber mit diesem Erbe wärst du finanziell absolut unabhängig. Du könntest tun, was du willst, ohne dir Gedanken über deine Miete oder deinen Lebensunterhalt zu machen. Ich bleibe dabei: Das ist ziemlich cool.«

»Sehe ich auch so«, wirft Bonnie ernst ein. »Kannst du dir vorstellen, wie viele gute Praktika ich abgelehnt habe, weil die Bezahlung entweder zu schlecht oder gar nicht vorhanden war? Mit genügend Geld kannst du dich auf deine Karriere konzentrieren, ohne Rücksicht darauf nehmen zu müssen, ob es auch lukrativ genug ist. Das ist eine wahnsinnige Chance.«

»Meine Karriere würde in einem Pharmaunternehmen stattfinden«, erinnere ich sie. »Ich will Illustratorin werden. Das ist von der Pharmaindustrie so weit entfernt, wie man es sich nur vorstellen kann.«

»Aber es wäre doch nur für ein Jahr«, beharrt Saheera.

»Danach wärst du frei«, ergänzt Bonnie. »Was ist schon ein Jahr gegen ein ganzes Leben voller Wohlstand? Wenn man einmal drüber nachdenkt, ist das ein ziemlich kleiner Preis.«

Natürlich ist ein Jahr keine große Sache. Von außen betrachtet. Allerdings durfte ich gestern ein wenig der Luft schnuppern, die mich in dem Jahr erwarten würde. Und ich habe Caleb kennengelernt – den Typen, mit dem ich diese Zeit über zusammenarbeiten würde. Seit noch nicht einmal zwei vollen Tagen bin ich Sylvia Bonhams Erbin, und schon tauchen Fotos von mir in der Presse auf. Im Gegensatz zu meinen beiden

Freundinnen bin ich alles andere als überzeugt davon, dass die Aussicht auf finanzielle Absicherung dieses ganze Drama wert ist.

Abgesehen davon: Könnte ich mein Studium überhaupt so einfach wieder aufnehmen, wenn ich ein Jahr lang in diesem Laden gearbeitet habe? Es komplett abzubrechen wäre nämlich ein absolutes No-Go für mich.

Seufzend beobachte ich ein paar Tauben vor mir auf dem Asphalt, während Saheera und Bonnie sich über irgendetwas unterhalten. Meine Gedanken fahren in meinem Kopf Achterbahn, und ich schaffe es einfach nicht, sie zum Verstummen zu bringen. Als ich meinen Vater gestern Abend am Telefon fragte, was er über all das denkt, riet er mir, meine finale Antwort aufzuschieben. Einen Schritt zurückzutreten und die ganze Situation mit etwas Abstand zu betrachten. Es wäre *meine* Entscheidung und niemand könne sie mir abnehmen. Da hat er recht, trotzdem wünschte ich, irgendjemand würde es tun.

Eine halbe Stunde später mache ich mich allein auf den Weg nach Hause. Saheera setzt Bonnie bei der Party irgendeiner Studentinnenverbindung ab und geht danach mit einer Freundin ins Kino, aber mir ist im Moment nicht nach Menschen, Lärm oder Alkohol. Ich habe meinem Bett versprochen, bald wieder zurück zu sein, und ich habe nicht vor, dieses Versprechen zu brechen. Während ich durch das dunkler werdende New York laufe, hebe ich den Kopf und atme tief durch. Ich liebe diese Stadt, die Mischung aus Millionen verschiedener Menschen und unzähliger Nationen. Am Anfang, unmittelbar nach meinem Umzug, erschien mir New York zu laut, zu unordentlich und zu groß. Doch inzwischen habe ich genau das zu schätzen gelernt. Man kann zwischen acht Millionen Menschen einfach in der Masse verschwinden, vollkommen unsichtbar werden.

Allerdings sind für mich, wie es aussieht, die Tage der Unsichtbarkeit gezählt.

Das Tor vor unserem Haus klemmt erneut. Fluchend stemme ich mich dagegen und ertappe mich dabei, mir auszumalen, was ich mit dem Geld alles anstellen könnte. Ja, ich gebe es zu, die Vorstellung, irgendwann in eine eigene Wohnung mit Balkon ziehen zu können, ist verführerisch. In eine Wohnung, in der die Tore nicht klemmen, der Aufzug nicht kaputt ist und in der niemand sein Fenster mit Kabelbindern festschnüren muss, damit es vom Wind nicht aufgedrückt wird. Ich liebe meine WG, aber die Mieten in New York sind abartig. Momentan übernehmen Saheeras Eltern den Großteil der Kosten, aber falls wir irgendwann nicht mehr zusammenwohnen, hätte ich vermutlich ein Problem. Die Studiengebühren der NYU sind zu hoch, als dass mein Vater mich auch noch bei der Miete oder Lebenshaltungskosten unterstützen könnte. Ein Auto wäre auch cool. Nicht, dass man in New York ein Auto braucht – in Wahrheit sind das Fahren und die Parkplatzsuche teilweise deutlich stressiger und zeitaufwändiger als eine Fahrt mit der U-Bahn –, aber der Gedanke ist trotzdem reizvoll. Ich könnte mir einen Zeichentisch kaufen. Aktuell ist mein Zimmer zu klein und mein Konto zu leer für einen professionellen Zeichentisch. Mit einer größeren Wohnung wäre das aber durchaus möglich.

Mit einem Seufzen öffne ich die Haustür und steige die Treppen hinauf. Eine Renovierung, ein Auto, irgendwann eine eigene Wohnung und ein Zeichentisch – all das wäre supercool, aber lebensnotwendig ist es nun mal auch nicht. Ein Jahr lang mit Caleb in dieser Firma zu arbeiten, nur für ein bisschen Luxus? Ich glaube, das ist es mir nicht wert. Meinen Dad und meine Stiefmutter finanziell zu entlasten, ist allerdings eine andere Sache. Auch wenn sie es mich nie spüren lassen, weiß ich, wie sehr sie die Studiengebühren belasten. Ich müsste mindestens zwei weitere Jobs annehmen, um ihnen diese Ausgaben ersparen zu können, was einfach unmöglich ist, wenn ich nebenbei auch noch studieren will.

In der Wohnung werde ich sofort von Mr Norris und Cordelia empfangen. Die beiden müssen sich abgesprochen haben, denn wie auf Kommando beginnen sie, laut miauend um meine Beine herumzustreichen, als stünden sie unmittelbar vorm Hungertod. Ich schlüpfe aus meinen Schuhen und lege meine Handtasche auf den Küchentresen, um ihnen etwas zu fressen zu geben, als meine Smartwatch vibriert und eine neue WhatsApp ankündigt. Ich werfe einen kurzen Blick darauf, in Erwartung einer Nachricht von Bonnie oder Saheera, und stutze.

Unbekannte Nummer.

Nachdem ich den Katzen die Schüssel mit dem Nassfutter auf den Boden gestellt habe, krame ich in meiner Handtasche nach dem Handy. Eine ungute Vorahnung breitet sich in meiner Magengegend aus, die sich auch prompt bestätigt.

Wir sollten uns vor dem Termin mit Mr Hoffman noch einmal unterhalten. Sag wann und wo, ich werde da sein. C.B.

Einen Moment lang stehe ich einfach nur da und starre auf die Nachricht, lese sie mehrmals hintereinander. Man muss nun wirklich kein Genie sein, um zu erraten, von wem sie stammt. Allerdings, mal ehrlich, wer unterschreibt heutzutage WhatsApp-Nachrichten mit seinen Initialen? Das ist so halbherzig – entweder man macht einen auf mysteriös – dann unterzeichnet man einfach gar nicht. Oder man verhält sich wie jeder andere normale Mensch auf diesem Planeten und benutzt seinen verdammten Namen.

Genau wie gestern in der Lobby der Anwaltskanzlei steigt Zorn in meinem Inneren auf und lässt mich ein wenig … kindisch reagieren.

Ich: *Morgen, 3:00 pm, Tompkins Square Park. Haupteingang, dritte Bank auf der rechten Seite. Ich bin die mit der Rose im Buch. J. R. P.*

Nein, ich habe keinen Mittelnamen, der mit *R* beginnt; nein, es gibt keinen mir bekannten Haupteingang im Tompkins Square Park und nein, ich habe nicht vor, morgen um fünfzehn Uhr auch nur in der Nähe dieses Parks aufzutauchen. Aber ich finde die Vorstellung ziemlich lustig, wie dieser Caleb in seinem superteuren Anzug auf einer Parkbank sitzt und auf mich wartet.

Da ich mich weigere, seine Nummer einzuspeichern, zeigt die App mir nicht an, ob er meine Nachricht gelesen hat oder nicht. Auch sein Profilbild kann ich nicht sehen, was ich ein bisschen schade finde. Mich würde interessieren, wie sich der große Caleb Bonham auf so etwas Banalem wie WhatsApp präsentiert. Ob er so ein Oberkörper-frei-Typ ist? Oder doch eher ein Landschaftsbild? Vielleicht trägt er ja auch einen Anzug auf dem Foto oder sitzt hinter einem monströsen Schreibtisch und tut so, als würde er die Welt regieren. Obwohl ich allein schon bei dem Gedanken daran grinsen muss, reicht meine Neugier nicht aus, um seinen Kontakt tatsächlich einzuspeichern.

Während ich warte, ob er antwortet, öffne ich mein eigenes Profilbild. Ich lege nicht sonderlich viel Wert auf Fotos, im Gegenteil, ich hasse es abgrundtief, Fotos von mir selbst zu machen. Nicht, weil ich mich für kategorisch hässlich oder nicht fotogen halte. Ich kann es einfach nur nicht ausstehen, mich vor eine Kamera zu stellen und zu lächeln, weil ich dabei immer aussehe wie eine Schaufensterpuppe auf Crack. Deswegen ist mein Profilbild bereits seit Jahren das gleiche. Ein Schnappschuss, den mein Dad an einem Geburtstag von mir gemacht hat. Es ist von der Seite aufgenommen und ich habe mir darauf meinen Schal halb über das Gesicht gezogen, als ich bemerkt habe, dass er mich zu fotografieren versucht. Es ist hübsch, und das Bild gefällt mir, weil es so überhaupt nicht gestellt ist.

Allerdings frage ich mich, wie es wohl auf Caleb wirken würde. Nicht, weil ich Wert auf seine Meinung lege, sondern weil ich versuche mir vorzustellen, wie die ganze Situation aus seiner Sicht wirken muss. Zweifellos bereitet er sich bereits seit dem Windelalter darauf vor, diese Firma zu übernehmen. Ein Teil von mir kann absolut verstehen, dass er nicht gerade begeistert von meinem Auftauchen ist. Trotzdem rechtfertigt das sein Verhalten nicht. Hätte er sich mir gegenüber nicht wie ein arrogantes Arschloch aufgeführt, hätten wir mit Sicherheit eine Lösung gefunden.

Erneut vibriert mein Handy, vor Schreck lasse ich es beinahe auf den Küchentresen fallen. Ich unterdrücke ein hysterisches Lachen, als ich die Nachricht lese.

Bis morgen.

8

JULIE
Sonntag, 29. Mai 2022

Ich habe eindeutig zu viel Spaß hier dran. Trotzdem kann ich nicht anders, als immer wieder hinzusehen.

»So was hätte ich dir gar nicht zugetraut«, raunt Bonnie mir zu. Mir entgeht nicht, dass sie sich ebenfalls auf die Lippen beißt, um ein Lachen zu unterdrücken. »Das ist richtig gemein.«

»Ist es nicht«, widerspreche ich entschieden und stelle mich auf die Zehenspitzen, um einen weiteren Blick über die Hecke zu werfen. »Er ist ein arroganter Arsch und hat es nicht besser verdient.«

Vorsichtig spähe ich über die Blätter der Hecke und beobachte Caleb, der zum gefühlt hundertsten Mal auf die Uhr schaut und dann das Handy aus der Tasche zieht. Ich bemerke Bonnies gespannten Blick von der Seite, bevor, wie erwartet, mein Handy zu summen beginnt.

Wir prusten los. Okay, das hier ist Humor auf enorm niedrigem Niveau. Trotzdem empfinde ich eine kaum zu beschreibende Genugtuung, in diesem Fall einmal die Oberhand zu haben. Keine Ahnung, was Caleb mit diesem Treffen bezweckte, ich vermute aber kaum, dass er Frieden schließen wollte. Mit Sicherheit hatte er einen weiteren Einschüchterungsversuch geplant, aber dieser Punkt geht an mich. Und ja, das macht mich sehr, sehr glücklich.

»Eins muss man ihm lassen: Er ist hartnäckig«, meint Bonnie in gespielter Bewunderung.

Ich nicke und werfe einen Blick auf die Uhr. »Er hält seit fast zwanzig Minuten durch.«

»Ich gebe ihm noch maximal fünf Minuten, bis es armselig wird.«

Lachend gehe ich wieder in Deckung, als er sich frustriert in unsere Richtung dreht. »Weißt du was? Ich glaube, die Tatsache, dass ihn jemand versetzt, liegt einfach so weit außerhalb seiner Realität, dass er es schlicht und ergreifend nicht fassen kann.«

»Wahrscheinlich denkt er, du bist von einem Auto überfahren worden oder so«, gluckst Bonnie.

»Das würde vermutlich eine Menge seiner Probleme lösen.«

Sie legt zustimmend den Kopf schief. »Trotzdem würde ich gerne wissen, was er von dir wollte.«

»Na, was schon? Dass ich auf das Erbe verzichte.« Daran habe ich absolut keinen Zweifel. »Er will nicht, dass ich mir einen Anwalt besorge, weil er davon ausgeht, dass ich alleine leichter über den Tisch zu ziehen bin.«

Bonnie schürzt die Lippen und sieht mich entschuldigend an. »Womit er nicht ganz unrecht hat.«

»Er ist ein Schuft.«

»Ein Schuft?«, wiederholt sie, während sie ihre Uhr checkt. Vermutlich, um ihren Countdown von fünf Minuten im Auge zu behalten.

Ich richte mich erneut auf, und jepp, Caleb steht immer noch an der Stelle, die er für unseren Treffpunkt hält. Ich bin ein bisschen beeindruckt, dass er meinen ausgedachten Instruktionen gefolgt ist und eine Bank gefunden hat, die auf meine Beschreibung passen könnte.

»Oh! Ich habe eine Idee!« Ich zücke mein Handy, öffne

den Chat mit Caleb und drehe es so, dass Bonnie über meine Schulter mitlesen kann.

Ich: *Sorry, hab mich ein bisschen verspätet. Bin bei der Bank. Wo bist du?*

Bonnie blinzelt verständnislos, aber ich winke nur ab. Kaum zwei Sekunden später antwortet Caleb mit einem Foto von der Bank, vor der er steht. Darunter zwei Fragezeichen.

Ich: *Du bist beim falschen Eingang. Ich habe Haupteingang gesagt. Ich warte hier.*

Gemeinsam beobachten wir Caleb, der sich orientierungslos umsieht und dann in eine Richtung davonmarschiert. Wieder bin ich ein bisschen beeindruckt von seiner Entschlossenheit. Es ist mir völlig schleierhaft, woher er die Gewissheit nimmt, dass dieser Park überhaupt so etwas wie einen Haupteingang besitzt. Erneut brechen Bonnie und ich in albernes Gekicher aus und auch wenn ich es ungern zugebe, danke ich Caleb im Stillen dafür, uns unfreiwillig einen Anlass zum Lachen zu geben. Seit Hoffmans Anruf letzten Dienstag war ich die meiste Zeit über mit Grübeln beschäftigt. Dieser kleine, kindische Ausflug in den Park stellt eine willkommene Abwechslung dar.

»Weg ist er«, seufzt Bonnie, nachdem sie einen vorsichtigen Blick über die Hecke gewagt hat. »Eigentlich schade. Wir werden nie erfahren, wie lange er am Ende durchgehalten hat.«

»Wetten doch?« Demonstrativ halte ich das Handy hoch, das erneut klingelt. Mir ist klar, dass ich mich ein bisschen bescheuert verhalte, aber wen kümmert es? Immerhin hat er damit angefangen. Caleb Bonham ist einer der wenigen Menschen auf diesem Planeten, bei denen es mir völlig egal ist, was sie von mir halten. Abgesehen davon bin ich mir ziemlich sicher, dass ich in seinem Ansehen kaum noch weiter sinken kann.

Bonnie schultert ihren Rucksack und richtet sich auf, jetzt, da Caleb verschwunden ist und uns nicht mehr erwischen kann. »Wollen wir uns einen Kaffee holen? Ich muss gleich noch eine Präsentation vorbereiten und weiß zufällig, dass Saheera heute Morgen den letzten Kaffee getrunken hat.«

Zusammen gehen wir zu einem kleinen Stehcafé, das Coffee-to-go anbietet. Ich bin zwar nicht annähernd so koffeinabhängig wie sie, aber auch ich muss heute noch etwas für die Uni tun. Nachdem ich mich die halbe Nacht lang schlaflos hin und her gewälzt habe, brauche ich dringend etwas gegen die Müdigkeit, die sich allmählich in mir breit macht. Mit unseren Kaffeebechern in der Hand schlendern wir noch eine Weile durch die Gegend und diskutieren über ein Buch, das Bonnie abgöttisch liebt, ich aber total bescheuert finde, bevor wir uns wieder auf den Weg nach Hause machen. Die ganze Zeit über werfe ich nervöse Blicke über die Schulter. Zum einen habe ich Angst, Caleb könnte uns auf der Suche nach dem ominösen Haupteingang doch noch über den Weg laufen, zum anderen, weil ich mir überall Menschen mit gezückten Kameras einbilde. Nicht, dass ich mich grundsätzlich für interessant genug halte, um von Paparazzi verfolgt zu werden, aber dieses heimlich aufgenommene Foto von mir, das durch die Presse geistert, hat in mir ein komisches Gefühl ausgelöst. Und ich kenne mich in dieser fremden Welt viel zu wenig aus, um das Ausmaß des Interesses abschätzen zu können. Geschweige denn, wie lange es anhält. Ich hoffe einfach, dass in einer Metropole wie New York schnell irgendwo ein anderer Sack Reis umfällt, auf den sich die Zeitungen stürzen können.

»Musst du morgen Abend arbeiten?«, fragt Bonnie, als wir vor dem kleinen Waschsalon neben unserem Wohnhaus stehen bleiben. Sie trinkt einen Schluck Kaffee und schaut mich über den Deckel hinweg an.

Ich nicke. »Ich fahre direkt nach der Uni hin und nach meiner Schicht treffe ich mich noch mit der Lerngruppe. Ich komme also erst spät nach Hause.«

Ihre Mundwinkel zucken, als würde sie ein Grinsen unterdrücken. »Dann habe ich die Wohnung für mich allein?«

Ich hebe eine Augenbraue. »Keine Ahnung? Schätze schon, wenn Saheera unterwegs ist.« Ihr Grinsen wird breiter. »Was ist?«

»Ich habe morgen ein Date«, verkündet sie beinahe stolz. »Und ich plane, dieses Date mit nach Hause zu nehmen.«

»Ach ja?«

»Wir haben absolut nichts gemeinsam«, sagt sie und verdreht die Augen, als ich sie skeptisch ansehe. »Mein Date und ich. Er repariert Autos irgendwo in SoHo, interessiert sich nicht für Politik, hat die letzten zwei Jahre in Australien verbracht, um seine innere Mitte zu finden oder so ähnlich, und die einzige anregende Unterhaltung, die wir bislang geführt haben, war über den letzten Marvel-Film.«

Irritiert blinzle ich. »Das klingt … ähm, nett?«

»Er sieht unfassbar gut aus.« Bonnie guckt, als würde das sämtliche Fragen beantworten. »Ich habe keinerlei emotionale Bindung zu ihm, und wir wissen beide, worauf das hinauslaufen soll. Ich hatte seit einem halben Jahr keinen Sex, Jules. Seit sechs Monaten. Das sind 182,5 Tage! Deswegen wäre ich wirklich, *wirklich* dankbar, die Wohnung morgen für mich allein zu haben.«

Lachend stoße ich sie mit dem Ellbogen an. »Du hättest auch einfach sagen können, dass ich verschwinden soll. Glaub mir, ich bin nicht scharf darauf, dir beim Rummachen zuzugucken. Oder zuzuhören. Aber ich bin nicht die ganze Nacht weg.« Dann fällt mir etwas ein. »Stopp, bei dem Typen handelt es sich aber nicht um den Tinder-Katzenmann, oder?«

»Nein.« Sie zieht eine Schnute.

»Gut. Ich habe nämlich wirklich keine Lust, unfreiwillig in irgendwelche Sexspielchen im Batmankostüm reinzuplatzen.«

»Schön, dass wir das geklärt haben«, sagt sie, ohne auf meinen letzten Kommentar einzugehen. »Also, ein paar Stunden sollten reichen. Ich gucke jetzt, ob meine Wäsche fertig ist. Willst du warten oder schon vorgehen?«

Mit dem Kaffeebecher deute ich nach oben Richtung Wohnung. »Ich vergrabe mich schon mal in meinem Unikram. Sag Bescheid, wenn du später etwas zu essen bestellen willst.«

Im Umdrehen wirft sie mir eine Kusshand zu und verschwindet dann im Waschsalon, während ich das Handy aus der Hosentasche ziehe und feststelle, dass ich fünf verpasste Anrufe der unbekannten Nummer habe, bei der ich mich nach wie vor weigere, sie einzuspeichern. Ganz automatisch schleicht sich ein Grinsen auf mein Gesicht. Ich wüsste zu gerne, ob Caleb immer noch im Park herumirrt. Die Versuchung, zurückzugehen und nachzusehen, ist erstaunlich groß, aber ich halte mich selbst zurück. Erstens, weil ich tatsächlich noch lernen muss, und zweitens, weil ich das Risiko nicht eingehen will, von ihm entdeckt zu werden. Streiche sind nur lustig, solange man nicht erwischt wird. Ansonsten geht der Witz auf meine Kosten, und das gilt es zu vermeiden.

Ich krame nach dem Schlüssel in meiner Handtasche und bereite mich innerlich auf meinen Kampf gegen das Tor vor, als mir jemand in den Weg tritt. Ich bin so mit der Suche nach dem Schlüssel beschäftigt, dass ich beinahe in die Person hineinrenne. Es gelingt mir gerade noch, stehen zu bleiben, bevor ich ihr meinen halben Kaffee auf die Jacke kippen kann.

»Hoppla«, sagt eine männliche Stimme tonlos.

Eine *bekannte* männliche Stimme.

Sofort schießen mir drei mögliche Reaktionen durch den Sinn: mich umdrehen und abhauen, an ihm vorbeigehen und so tun, als hätte ich ihn nicht bemerkt, oder losheulen.

Auch wenn es mich einiges an Anstrengung kostet, entscheide ich mich für keines der drei Szenarien.

»Caleb«, sage ich und zwinge mich zu dem gleichen unbeteiligten Ton wie er, als ich den Kopf hebe. Da steht er, direkt vor dem verfluchten Tor, mitten auf dem Gehweg. Vor meinem Haus. »Was tust du hier?«

Langsam, ganz langsam hebt er eine Augenbraue. »Ich wollte dich gerade dasselbe fragen.«

Sein plötzliches Auftauchen hat mich so aus dem Konzept gebracht, dass ich den Bruchteil einer Sekunde nicht weiß, wovon er spricht. Dann fällt der Groschen, und beinahe im selben Moment spüre ich, wie mein Gesicht heiß wird. Ich beiße mir auf die Lippen, um nicht zu grinsen. »Sorry. Wir müssen wohl aneinander vorbeigelaufen sein.«

Er sieht nicht annähernd so amüsiert aus wie ich. »Und der Akku deines Handys war plötzlich leer, nehme ich an. Sodass du mich nicht kontaktieren konntest, abgesehen von der einen Nachricht, natürlich. Die, mit der du mich eine Runde durch den beschissenen Park geschickt hast.«

Ich zucke mit den Schultern. »Tja, dumm gelaufen, was?« Der Schlüssel! *Endlich!* Ich ziehe ihn raus und halte ihn entschuldigend hoch. »Tut mir leid, jetzt ist es so spät geworden, dass ich leider keine Zeit mehr habe. Aber melde dich einfach, wenn du mal wieder Lust auf ein bisschen frische Luft hast.«

Ich will an ihm vorbeigehen, aber natürlich lässt er mich nicht. Wieder tritt er mir in den Weg und steht damit genau zwischen mir und dem Eingangstor. Obwohl mir natürlich vorhin im Park schon aufgefallen ist, dass er anders angezogen ist als in Hoffmans Büro, gestatte ich mir erst jetzt, ihn genauer zu betrachten: Statt des Anzugs trägt er eine Jeans, ein schwarzes Shirt und eine Lederjacke, die seine breiten Schultern betont. *Verdammt.* Trotz meiner Wut auf diesen Typen kann ich nicht bestreiten, dass er unglaublich gut aussieht. Die verwuschelten Haare und der Dreitagebart in Kombination mit dem Outfit erinnern kaum noch an den Schlipsträger mit dem Stock im Arsch, dem ich auf der Testamentseröffnung begegnet bin. Wäre da nicht der gleiche wütende Blick, könnte man beinahe denken, ich würde vor seinem Zwilling stehen.

Caleb kommt noch einen Schritt näher und macht damit alle Hoffnungen auf eine Verwechslung zunichte. Diese Geste gleicht so sehr dem Einschüchterungsversuch in der Lobby, dass mein Puls automatisch in die Höhe schießt.

»Du hältst das hier alles für ein Spiel, oder?«, zischt er so leise, dass ich ihn kaum verstehen kann. Dabei trifft sein Atem auf mein Gesicht, was meine Wut nur noch mehr befeuert. Er berührt mich nicht, er schreit mich nicht an und trotzdem dringt er in meinen privaten Bereich ein. Am liebsten würde ich ihn wegstoßen. Und nachtreten. »Du denkst, du kannst mich verarschen und … ja, was? Was denkst du, wie das hier ausgeht, Juliette Penn? Es ist *meine Existenz*, mit der du spielst. Alles, was ich mir aufgebaut habe. Was *Sylvia* sich aufgebaut hat.«

Mir ist klar, dass er mich mit dem Kommentar treffen will. Zu seinem Pech kämpfe ich aber weder mit unbewältigten Traumata noch irgendwelchen Mommy Issues, weswegen seine

Aussage mich ziemlich kaltlässt. Ich sehe ihm fest in die Augen, genau wie bei unserer ersten Begegnung, nicht gewillt, auch nur einen Zentimeter zurückzuweichen.

»Du bist derjenige, der sich benimmt, als würde ihm die ganze verdammte Welt gehören, Bonham«, sage ich sachlich. »Denkst du wirklich, dass es so läuft? Dass du vor mir einen auf Gorilla machst und ich sofort Ja und Amen zu allem sage? *Ich* bin nicht diejenige, die sich wie ein bockiges Kind im Sandkasten verhält. *Ich* wollte nett zu dir sein, glaub mir. Für all dieses Drama habe ich weder die Nerven noch die Zeit, denn im Gegensatz zu dir bin ich nicht mit einem goldenen Löffel im Mund geboren. Also tu uns beiden einen Gefallen und überlass diese ganze Verhandlung unseren Anwälten, in Ordnung? Was auch immer du hier für einen Plan verfolgst, glaub mir, damit kommst du nicht weiter.«

Sein Blick bohrt sich in meinen. Unwillkürlich erinnere ich mich an das Foto, das Bonnie mir gestern gezeigt hat. Würde uns jetzt jemand aus einem ungünstigen Winkel fotografieren, würde es vermutlich erneut so aussehen, als würden wir uns küssen. Bleibt zu hoffen, dass zumindest die Fotografen nicht wissen, wo ich wohne.

»Woher kennst du überhaupt meine Adresse?«, frage ich abrupt und trete einen Schritt zurück, um ihn besser ansehen zu können. »Und woher hast du meine Handynummer?«

Er gibt einen fast schon verächtlichen Laut von sich. »Adressen und Telefonnummern herauszufinden ist wirklich keine Meisterleistung.«

»Was nichts an der Tatsache ändert, dass es übergriffig ist.«

»Nur weil du mich nicht magst.« Calebs Lippen verziehen sich zu einem Lächeln. Kein freundliches Lächeln, eher berechnend. »Würden wir miteinander flirten, wäre das hier sehr romantisch.«

»Deine Auffassung von Romantik entspricht der eines Stalkers«, schnaube ich. »Aber das überrascht mich nicht.«

Er verschränkt die Arme vor der Brust. »Also?«

»Also, was?«

»Es muss doch etwas geben, womit ich dich überzeugen kann«, sagt er beinahe frustriert. Er sieht immer noch wütend aus, aber so langsam beschleicht mich das Gefühl, dass ihm die Optionen ausgehen. Und dass ihm das allmählich auch klar wird.

Mit einem lauten Stöhnen lasse ich die Schultern sinken und stelle meinen Kaffeebecher auf die Steinmauer, die das Tor umfasst. »Ich will mich nicht streiten und ich will auch kein Drama machen«, sage ich und versuche einen versöhnlichen Ton anzuschlagen. »Glaub es oder lass es bleiben, aber ich möchte diese ganze Sache genauso schnell und unkompliziert über die Bühne bringen wie du. Wenn es nach mir ginge, könnten wir das hier und jetzt klären.«

»Aber?«, fragt er herausfordernd.

»*Aber* ich lasse mich auch nicht über den Tisch ziehen.« Erneut sehe ich ihn fest an. »Mir steht ein Teil dieses Erbes zu. Daran ändert auch deine Meinung nichts. Sylvia Bonham hat nie auch nur einen einzigen Penny Unterhalt für mich bezahlt, während sich mein Vater für meine Studiengebühren abrackert. Ja, ich will dir keine Schwierigkeiten machen, aber du kannst auch nicht von mir erwarten, dass ich die Chance nicht ergreife, die sich mir hier bietet. Es ist mein verdammtes Recht!«

Caleb beißt die Zähne so fest zusammen, dass die Kiefermuskeln deutlich hervortreten. »Dann willst du dieses Jahr also ernsthaft durchziehen? Trotz deines Studiums?«

Mein Schulterzucken wirkt etwas hilflos. »Zumindest will ich es nicht kategorisch ausschließen. Wir müssten uns über die finanzielle Situation unterhalten, darüber, was meine Aufgaben sind und so weiter. Was aber nicht funktioniert, wenn du bei jeder sich bietenden Gelegenheit gegen mich schießt. Ich werde nicht einfach nachgeben, Caleb. Nicht, bevor ich mit Leuten gesprochen habe, die sich mit diesem ganzen Kram auskennen.«

»*Ich* kenne mich mit diesem ganzen Kram aus.«

»Mit Leuten, die nicht nur ihren eigenen Vorteil im Blick haben.«

Vielleicht irre ich mich, aber kurz zuckt eine Gefühlsregung über sein Gesicht, die mich stutzen lässt. Es ist keine Wut, keine Frustration oder Ungeduld. Fast meine ich, einen Funken Verständnis aufglimmen zu sehen. Doch der Moment ist so schnell vorbei, dass ich keine Chance habe, darauf zu reagieren.

Ich kenne diesen Mann kaum, habe nicht ein vernünftiges Gespräch mit ihm geführt. Trotzdem habe ich bereits jetzt den Eindruck, dass er sehr gut darin ist, seine wahren Gefühle vor anderen Menschen zu verbergen. Eine Fähigkeit, die ich selbst ziemlich gut beherrsche. New York kann eine verdammt kalte, egoistische Stadt sein. Hier überleben die Stärkeren. Ein Teil von mir kann nachvollziehen, dass Caleb vermutlich früh lernen musste, die Fassade zu wahren und seine eigenen Interessen zu verfolgen, um in dieser Welt zu bestehen. Ein anderer jedoch fragt sich, ob diese Einstellung und die Erziehung durch Sylvia vielleicht jeglichen Rest Menschlichkeit aus ihm herausgequetscht haben.

Bevor er oder ich noch etwas sagen können, taucht Bonnie neben Caleb auf und schaut mich dermaßen eindringlich an, als würde ich vor dem Weihnachtsmann persönlich stehen. Ich hatte ganz vergessen, dass sie jede Minute aus dem Waschsalon kommen könnte, und bin über ihr Erscheinen – bepackt mit dem großen Rucksack frisch gewaschener Wäsche – mehr als erleichtert.

»Hi«, sagt sie übertrieben fröhlich und streckt Caleb die Hand entgegen. »Ich bin Bonnie Hill.«

»Caleb Bonham«, erwidert er überraschend gelassen und schüttelt ihre Hand. Falls ihr Auftauchen ihn irritiert, merkt man es ihm nicht an.

»Ich weiß.« Bonnie dreht sich wieder mir zu. »Alles okay?«

Ich nicke. »Klar. Caleb wollte nur ein bisschen plaudern. Und gerade wieder gehen.«

»Wollte ich nicht«, erwidert er knapp und erinnert mich direkt an den Stinkstiefel, als den ich ihn kennengelernt habe. »Wir müssen uns unterhalten.«

»Das wird allmählich echt armselig«, seufze ich und reibe mir über die Stirn. Habe ich eine Wahl? Er kennt sowohl meine Adresse als auch meine Telefonnummer, und ich kann darauf verzichten, dass er regelmäßig hier auftaucht oder womöglich noch auf die Idee kommt, mich in der Uni oder während der Arbeit zu besuchen. Ich habe keine Ahnung, wie weit er geht, um seinen Willen zu bekommen. Also treffe ich eine Entscheidung. »Fein, reden wir. Aber nicht hier.«

Überrascht sieht er mich an. Offensichtlich hat er trotz seiner Beharrlichkeit nicht damit gerechnet, dass ich einwillige. »Gut. Dann lass uns hochgehen.«

Lachend schüttle ich den Kopf. »Nein, das tun wir nicht. Ich habe keine Lust, hier auf der Straße herumzustehen, aber das wird auch definitiv kein gemütliches Pläuschchen.«

»Und was schlägst du stattdessen vor?«

Bonnie hebt die Hand und berührt mich kurz an der Schulter, während sie an mir vorbeigeht. »Ich werde wohl nicht mehr gebraucht. Ruf an, wenn was ist, Jules.«

Ich werfe ihr einen dankbaren Blick zu, dann wende ich mich wieder an Caleb. »Bist du mit dem Auto hier?«

Er nickt knapp, greift in seine Hosentasche und zieht sein

Handy heraus. Verblüfft sehe ich ihm dabei zu, wie er eine kurze Nachricht tippt. *Was … ?* »Tony ist gleich da. Wir können im Auto reden, wenn dir das lieber ist.«

»Wer ist Tony?«

»Mein Fahrer.«

Mir klappt der Mund auf. Es kostet mich einiges an Mühe, keinen Kommentar dazu abzugeben. Ein Fahrer, im Ernst? Mir war klar, dass diese Menschen und ich in verschiedenen Realitäten leben, dass die Kluft zwischen uns *so* groß ist, überrascht mich trotzdem. Während ich mich jeden Morgen auf dem Weg zur Uni auf dem Rad abstrample, lässt Caleb sich von einem Chauffeur herumkutschieren. Ich frage mich, wie sein Leben wohl sonst aussehen mag. Ich weiß bereits, dass er im Bonham Building wohnt, was mehr als purer Luxus sein muss. Er scheint schon vor Sylvias Tod in der Firma gearbeitet zu haben, allerdings ist er gerade einmal ein paar Jahre älter als ich. Ob er studiert hat? Oder hat er sich nach der Highschool einfach ins gemachte Nest gesetzt und gehofft, dass sein Nachname den Rest regelt? Falls Letzteres der Fall war, hat es offensichtlich funktioniert.

Gerade als das Schweigen unangenehm zu werden beginnt, hält ein schwarzer Tesla neben uns auf der Straße. Natürlich habe ich keinen Minivan erwartet, trotzdem kann ich nicht anders, als den Wagen einen Moment lang anzustarren. Getönte Scheiben, schnittige Form und matt-schwarze Felgen verleihen ihm einen beeindruckenden Batmobil-Vibe. Auch ohne viel Ahnung von Autos – dank der Autobegeisterung meines Vaters kann ich zumindest die meisten Modelle voneinander unterscheiden – weiß ich, dass dieses Exemplar teuer war. Mit Sicherheit teurer als eine komplette Jahresmiete meiner Wohnung. Plus Nebenkosten und Verpflegung.

Eine Sekunde lang stehe ich unschlüssig da und überlege,

ob ich einfach einsteigen oder Caleb den Vortritt lassen soll. Die Entscheidung wird mir allerdings abgenommen, denn ein Mann in ebenfalls schwarzem Anzug steigt aus, kommt um das Auto herum und öffnet die hintere Tür. »Freut mich, Sie kennenzulernen, Miss Penn. Ich hoffe, es geht Ihnen gut?«

Ich wundere mich gar nicht erst darüber, dass Calebs Fahrer meinen Namen kennt, und lächle ihn stattdessen freundlich an. Immerhin kann er nichts dafür, dass sein Chef ein Arsch ist. »Vielen Dank, es geht mir gut. Wie heißen Sie?«

Er tippt sich kurz an die nicht vorhandene Mütze. »Mein Name ist Anthony Robins, Miss. Nennen Sie mich bitte Tony.«

»Julie«, sage ich und steige ein, ohne Caleb eines Blickes zu würdigen, der missmutig hinter mir schnaubt.

Natürlich ist das Innere des Wagens nicht weniger beeindruckend als sein Äußeres: lederbezogene hellgraue Sitze, die gemütlicher sind als die Couch in meinem Wohnzimmer, und auf Hochglanz polierte Armaturen mit einem großen Tablet in der Mitte, das eher einem kleinen Fernseher gleicht. Es riecht nach einer Mischung aus Reinigungsmitteln und … hmmm, Leder möglicherweise? Ich hätte eine Menge unnötigen Schickschnack erwartet, viel Gold oder eine gut ausgestattete Minibar mit Kristallgläsern. Und obwohl der gesamte Innenraum überraschend schnörkellos ist, schreit das Ganze förmlich nach Reichtum und Luxus.

Irritierenderweise entdecke ich keinen einzigen Schalter, abgesehen von den Türöffnern. Ich hätte keinen blassen Schimmer, wie man dieses Ding startet, geschweige denn fährt. Ich unterdrücke ein Grinsen, als ich an Dads alten Pick-up denke, der mit Gangschaltung fährt und bei dem man die Fenster noch selbstständig rauf- und runterkurbeln muss.

Caleb reißt mich aus meiner Musterung, indem er auf der anderen Seite einsteigt – Durchrutschen ist in dieser Preisklasse wohl eher nicht angesagt – und mit einem energischen Knall die Tür zuzieht.

»Wo geht Tony hin?«, frage ich, als ich bemerke, dass sich der Fahrer bereits ein paar Meter entfernt hat und Richtung Park marschiert. Ehrlich gesagt wäre es mir lieber gewesen, wenn er ebenfalls eingestiegen wäre. Mit Caleb Bonham auf engem Raum alleine zu sein, rangiert nicht gerade auf Platz eins meiner aktuellen Wunschliste. Ich finde, bis jetzt schlage ich mich ziemlich gut, trotzdem weiß ich, wie einschüchternd Caleb sein kann. Und ich habe nicht vor, mich von ihm in die Ecke drängen zu lassen. Nicht noch einmal.

»Er wird gut genug bezahlt, um zu merken, wann seine Anwesenheit unerwünscht ist«, erklärt Caleb schlicht.

Ich verziehe das Gesicht. »Du bist so ein Idiot.«

»Es ist sein Job«, sagt er unbeeindruckt. »Wie gesagt, er wird gut bezahlt. Um ihn solltest du dir keine Sorgen machen.«

Der bedeutungsschwere Unterton in seiner Stimme entgeht mir nicht. »Um *ihn* sollte ich mir keine Sorgen machen?«

Caleb seufzt. »Ab der Sekunde, in der du am Freitag den Konferenzraum betreten hast, hattest du Vorurteile, Juliette. Du willst, dass wir die Bösen sind.«

»Das stimmt nicht«, widerspreche ich kühl. »Ich hatte überhaupt keine Meinung zu euch, weil ich bis zu diesem Zeitpunkt nicht wusste, dass ihr existiert. Wenn es nach mir gegangen wäre, hätten wir uns die Hand geschüttelt, uns geeinigt und jeder wäre seiner Wege gegangen.«

»Das ist die beste Idee, die ich seit Freitag von dir gehört habe.«

»So einfach ist es aber nicht.« Ich atme geräuschvoll aus und drehe mich ein wenig in seine Richtung. Erst jetzt wird mir bewusst, wie nahe wir einander sind. So nahe, dass ich den herben Geruch seines Aftershaves wahrnehme, der sich mit dem teuren Duft des Autos vermischt. Was nicht an der mangelnden Größe des Autos liegt, sondern daran, dass wir beide einander zugewandt sitzen und sich unsere Knie beinahe berühren. »Mir ist klar, dass du eine andere Sicht auf die Welt hast, weil du anders aufgewachsen bist. Aber ist *dir* auch klar, dass es für viele Menschen keine Selbstverständlichkeit ist, ihre Kinder aufs College zu schicken? In New York? Meine Eltern …«, ich stocke und schüttle kurz den Kopf, »mein Dad und seine Frau nehmen jeden Monat eine ganze Menge auf sich, um mir das hier zu ermöglichen. In New York zu leben, ist verdammt teuer, und selbst mit Unterstützung und meiner zwei Nebenjobs reicht es nur geradeso. Und ich will gar nicht daran denken, wie ich alles stemmen soll, wenn meine Prüfungsphase anfängt. Von Sylvia Bonham habe ich niemals auch nur einen einzigen Penny gesehen, obwohl sie es sich ohne mit der Wimper zu zucken hätte leisten können und es ihre Aufgabe gewesen wäre, findest du nicht? Jetzt habe ich die Chance, sowohl mir als auch meinem Vater zu helfen. Erwartest du ernsthaft, dass ich das einfach so ausschlage?«

»Nein.« Er mustert mich eine Spur zu eindringlich. Ich muss mich zusammenreißen, seinem Blick standzuhalten und nicht woanders hinzusehen. »Ich erwarte, dass du den Pflichtanteil akzeptierst. Wenn es nach mir ginge, würdest du auf der Stelle ausbezahlt werden. Es ist nicht meine Schuld, dass Sylvia das Erbe an eine Bedingung geknüpft hat.«

»Der Pflichtanteil bezieht sich auf das Privatvermögen«, halte ich dagegen und prahle ein wenig mit dem Wissen, das ich mir gestern Abend im Internet angeeignet habe. Wir führen gerade das erste, ansatzweise vernünftige Gespräch miteinander. Ich muss die Chance nutzen und ihm beweisen, dass ich kein kleines Mädchen bin, das er mit ein paar wohl gewählten Worten von seiner Meinung überzeugen kann. »Beziehungsweise auf das, was nach dem Begleichen der Schulden noch übrig ist. Und wenn ich Hoffman vorgestern richtig verstanden habe, gibt es eine ganze Menge Menschen, die auf ihr Geld warten. So wie ich das also sehe, wäre es ein schlechter Deal für mich, auf deinen Vorschlag einzugehen. Bringe ich allerdings dieses verdammte Jahr hinter mich, besitze ich fünfzig Prozent einer unglaublich wertvollen Firma. Wenn ich mich danach von dir auszahlen lasse, habe ich finanziell ausgesorgt.«

Caleb presst die Lippen aufeinander und wartet ein paar Sekunden, bevor er spricht. »Bin ich jetzt dran?«

»Schieß los.«

»Sylvia hat mich offiziell adoptiert, als ich zwanzig war«, sagt er tonlos. »Nach dem Tod meines Vaters. Ich hatte die Wahl, ohne jegliche finanzielle Unterstützung zu leben oder als potenzieller Erbe Sylvias Adoptivsohn zu werden. Also habe ich meine komplette Freizeit in die Firma investiert. Ich habe mir den Arsch aufgerissen, um mich irgendwann einmal als würdiger Nachfolger zu beweisen. Ich habe beschissen viele Abende vorm Laptop oder bei langweiligen Geschäftsessen verbracht, habe mir Sylvias Geschichten angehört und Wirtschaft und Politik studiert. Alles, um *Bonham Industries* eines Tages zu übernehmen. Erwartest *du* ernsthaft, dass ich tatenlos dabei zusehe, wie du dir fünfzig Prozent der Firma krallst?«

»Die ich dir überschreibe, sobald Sylvias Bedingungen erfüllt sind.«

»Das behauptest du jetzt«, meint er schlicht. »Aber ich kenne dich nicht. Niemand kann mir versichern, dass du dieses Versprechen auch einhältst. Wenn du es geschickt anstellst und dich mit den richtigen Leuten verbündest, könntest du die Firma übernehmen, irgendwann einmal sogar Mehrheitsanteilseignerin werden. Im schlimmsten Fall könntest du mich aus der Führungsebene schmeißen. Und ich bin mir ziemlich sicher, dass du das auch weißt.«

Tue ich nicht. Ich habe nicht den leisesten Schimmer, wie ich Mehrheitsanteilseignerin werden sollte, wenn Caleb selbst doch die anderen fünfzig Prozent besitzt. Was mir abgesehen davon auch ziemlich egal ist. Da Caleb aber nicht wirkt, als würde er sich vom Gegenteil überzeugen lassen, versuche ich es erst gar nicht. In gewisser Weise verstehe ich ihn sogar. Ich traue ihm nicht über den Weg – warum sollte er es tun?

Allerdings habe ich in diesem Moment das erste Mal den Eindruck, dass Caleb im Grunde kein schlechter Mensch ist. Bisher habe ich ihn lediglich für ein riesiges Arschloch gehalten. Ein verwöhnter, arroganter, selbstgefälliger Arsch, der nur auf Sylvias Vermögen aus ist und dafür notfalls über Leichen geht. Dieses kurze Gespräch hat meine Meinung ein wenig korrigiert. Ich halte ihn zwar immer noch für arrogant, verwöhnt und selbstgefällig, aber ich verstehe ihn besser. Er hat sein eigenes Wohl und das der Firma im Auge, an der ihm offensichtlich ziemlich viel liegt.

»Wir können gerne einen Vertrag abschließen«, schlage ich ein wenig halbherzig vor. »Oder was auch immer dafür notwendig ist. Aber im Endeffekt ist das nicht deine Entscheidung, Caleb.«

Ihm ist deutlich anzusehen, wie unzufrieden er mit meiner Reaktion ist, aber ich habe auch nichts anderes erwartet. Wir beharren beide auf unseren Standpunkten, was uns aber leider keinen Millimeter weiterbringt. Auf der anderen Seite befindet sich Caleb nicht wirklich in Verhandlungsposition. Er kann mir offensichtlich nichts anbieten, was vergleichbar wäre zu dem, was mich erwartet, wenn ich das Erbe meiner Mutter antrete. Demzufolge kann er auch nicht irgendwelche Forderungen stellen.

»Wir müssen es nicht komplizierter machen, als es ist«, versuche ich es in einem versöhnlichen Tonfall. »Ich bespreche mich mit einem Anwalt, und falls ich dieses Jahr in eurer Firma mitarbeiten muss, dann tue ich das. Danach bekommst du *Bonham Industries* und deine Macht und den ganzen Kram und ich mein Erbe. Jeder ist zufrieden.«

Er sieht mich erneut mit diesem eindringlichen Blick an, und wieder habe ich das Gefühl, dass in diesem Auto deutlich zu wenig Platz für uns beide ist.

»Das bleibt abzuwarten, Juliette Penn.«

9

JULIE

Montag, 30. Mai 2022

Die Kurse ziehen sich wie Kaugummi. Ich versuche mich auf das zu konzentrieren, was die Professoren und Professorinnen erzählen, schaffe es aber nur bedingt. Immer wieder driften meine Gedanken ab: zu Sylvia, meinem Dad, dem Erbe, *Bonham Industries* – und zu Caleb. Sein Gesicht taucht meiner Ansicht nach deutlich zu oft in meinen Tagträumereien auf. Andererseits verkörpert er irgendwie auch die Wurzel allen Übels, also ist es vielleicht sogar verständlich, dass ich so viel über ihn grübele.

Nach meiner Ansage gestern Nachmittag gab es nicht mehr viel zu sagen, und er hat mich zu meinem Erstaunen protestlos gehen lassen. Und wieder und wieder habe ich mich gefragt, was genau er eigentlich erwartet hat. Entweder er ist derart eingenommen von sich, dass er davon ausging, mich dazu zu bringen, das Erbe auszuschlagen, oder er hält mich für wirklich, wirklich dumm. Vielleicht ist es auch eine Mischung aus beidem.

In der Mittagspause gehe ich mit ein paar Kommilitonen zusammen in den Washington Square Park gegenüber des Unigeländes, um die frühsommerlichen Temperaturen ein wenig auszunutzen. Ich liebe diesen Park und versuche, so oft wie möglich herzukommen, wenn das Wetter es zulässt. Er ist wie eine kleine grüne Oase inmitten des gläsernen und steinernen Großstadtdschungels, in dem unsere Uni liegt. Den industriellen Charme, den New York versprüht, die Schnelllebigkeit und die unfassbare Größe mochte ich auf Anhieb. Als ich damals frisch aus Ohio hergezogen bin, hätte ich jedoch nie mit den unzähligen grünen Stellen hier gerechnet: kleine und große Parks, in denen man ohne die allgegenwärtige Skyline aus Wolkenkratzern beinahe vergessen könnte, dass man sich in der Stadt befindet, die niemals schläft.

Der Washington Square Park ist ein beliebter Treffpunkt für Studierende der NYU und ziemlich gut gepflegt. Die beiläufig verteilten Bänke sind beinahe vollständig besetzt, auf den grünen Rasenflächen sitzen überall verteilt kleine Grüppchen von Studierenden – manche haben Bücher und Lernmaterial zwischen sich verteilt, andere haben sich anscheinend zum Mittagessen getroffen und wieder andere schlafen. Obwohl der Park gut besucht ist, ist es erstaunlich still. Die Gegend liegt verhältnismäßig verkehrsberuhigt, und die Stimmung erweckt beinahe den Eindruck, als hätten die Studierenden allesamt unausgesprochen entschieden, hier einander ein bisschen Ruhe zu gönnen.

Ich lege meine dünne Jacke auf das noch leicht feuchte Gras und setze mich mit den anderen auf eine kleine Rasenfläche neben dem Weg. Für einen Moment schließe ich die Augen und genieße die Wärme der Sonne, die mir ins Gesicht scheint.

Heute wird ein langer Tag, und mich ermüdet schon allein die Vorstellung, mich heute Abend noch bei Hoffman melden zu müssen. Das Wochenende über habe ich seine Anrufe ignoriert und auch den unverschämt dicken Umschlag nicht geöffnet, den ein Kurier am Samstagvormittag vorbeigebracht hat. Ich brauchte eine Pause. Allerdings ist diese jetzt vorbei, sie muss vorbei sein. Bei der ganzen Angelegenheit handelt es sich um nichts, was ich einfach ausblenden kann, bis es irgendwann von alleine verschwindet. Immerhin geht es hier um Existenzen und – auch wenn ich es ungern zugebe – es wäre unfair, Caleb weiter zappeln zu lassen. Ich muss eine Entscheidung treffen, die vermutlich mein gesamtes Leben beeinflussen wird. Keine leichte Aufgabe für eine Entscheidungsneurotikerin wie mich. Ich neige dazu, wichtige, unangenehme Dinge so lange auf die lange Bank zu schieben, bis sie mir eine Riesenangst einjagen und irgendwie übermächtig werden. Eine bescheuerte Angewohnheit, von der ich aber nicht so richtig loskomme. Die Möglichkeit, die sich mir mit diesem Erbe bietet, diesen Neuanfang, sollte ich vielleicht als Zeichen sehen, endlich meinen Arsch hochzukriegen und die Dinge anzugehen.

»Habt ihr das letzte Kapitel gelesen?«, frage ich in die Runde und reiße mich damit selbst aus meinen Grübeleien, um mich an dem Gespräch der anderen wenigstens ein bisschen zu beteiligen. Wir nehmen im Kurs gerade die Theaterumsetzung zu *Hiob* durch und mussten in den letzten Tagen den Roman dafür lesen. Keine wirklich schöne Erfahrung.

Daniel, einer meiner Kommilitonen, stöhnt. »Ist es nicht traurig, dass so etwas früher als Unterhaltung durchgegangen ist?«

Ich grinse. »Nenn mir einen Klassiker, der wirklich unterhaltend ist«, sage ich und verziehe das Gesicht. »Oder wenigstens nicht komplett deprimierend.«

»*In Cold Blood*«, antwortet er wie aus der Pistole geschossen und startet damit eine überraschend hitzige Diskussion über Hemingway, Capote und Roth, aus der ich mich nach ein paar Minuten jedoch wieder ausklinke. Viele dieser Leute studieren Literatur oder Englisch im Hauptfach, während ich mich auf Grafikdesign spezialisiert habe. Den Dramaturgiekurs habe ich nur belegt, um mich nicht nur auf gestaltende Tätigkeiten zu konzentrieren, sondern auch in anderen Bereichen der Buchbranche Erfahrungen zu sammeln. An ihren Ausschweifungen über amerikanische Publikationskriterien der Sechzigerjahre und Literaturnobelpreisträger kann ich mich definitiv nicht beteiligen.

Ich sehe gerade ein paar Studierenden auf der anderen Seite des Schotterweges beim Frisbee-Spielen zu, als ich von etwas abgelenkt werde, das irgendwie … nicht hierher passt. Erst kann ich mein ungutes Gefühl nicht zuordnen, doch dann sticht mir eine Bewegung einige Meter entfernt hinter dem schmiedeeisernen Zaun ins Auge, der den Park umgrenzt. Ich verenge die Augen, dann folgen ein paar schnelle Klickgeräusche.

»Was war das?« Mozhan, ein Mädchen aus meiner Lerngruppe und dem Dramaturgiekurs, reckt den Kopf in die gleiche Richtung.

Meine Nackenhaare stellen sich auf. Was total lächerlich ist, immerhin befinden wir uns mitten in New York City. Diese Stadt ist verrückt. Eine einzige Bewegung hinter einem Busch sollte wirklich kein Grund sein, nervös zu werden.

Daniel, der neben mir sitzt, hebt die Hand und deutet auf einen anderen Busch etwas weiter links. »Jemand fotografiert uns.«

Mir gefriert das Blut in den Adern. Während ich wie alle anderen zu dem Busch hinüberstarre, versuche ich mich zu beruhigen. Ich hätte es niemals, *niemals* für möglich gehalten, so etwas einmal zu denken: Aber ich hoffe inständig, dass es sich einfach nur um irgendeinen Spanner handelt, der es lustig findet, heimlich Fotos von wahllosen Studierenden zu machen. Meine Hoffnung platzt wie eine Seifenblase, als ein Typ hinter dem Gestrüpp auftaucht und, mit gezückter Kamera, auf uns zukommt.

»Was will der denn?«, höre ich irgendjemand aus unserer Runde murmeln.

Ich gebe keine Antwort, bemerke aber Daniels Blick von der Seite. Ein paar meiner Kommilitonen haben bestimmt die Nachrichten gelesen, immerhin kommen auf dieser Uni unzählige Branchen zusammen, und einige von ihnen interessieren sich mit Sicherheit auch für den Wirtschaftsteil. Gott sei Dank hält Daniel einen Kommentar zurück und steht stattdessen auf, die Hand nach mir ausgestreckt.

»Kommst du mit rein?«, fragt er beiläufig.

Ich sehe ihn dankbar an, greife nach meinem Sandwich und lasse mich von ihm hochziehen. Leider kommen wir nicht weit. Als wir den Schotterweg betreten, versperrt uns der Reporter den Weg.

»Miss Penn?«, fragt er beinahe geschäftsmäßig und hält mir eine Karte in einer Plastikhülle unter die Nase. Ich gehe davon aus, dass es sich um einen Presseausweis handelt, aber schenke ihm keine Beachtung. »Würden Sie mir ein paar Fragen beantworten?«

»Nein.« Ich gehe an ihm vorbei, aber er hält locker mit mir Schritt.

»Ist es wahr, dass Sie als Alleinerbin bestimmt wurden? Und dass Sie sich weigern, Mr Bonham seinen Anteil auszuzahlen?« Er klingt, als würde er eine Liste abarbeiten. Was vermutlich genau der Fall ist.

Irritiert bleibe ich stehen. »Woher haben Sie das denn?«

»Ja oder nein, Miss?«

»Nein.« Kopfschüttelnd gehe ich weiter. »Wer auch immer das behauptet hat, ist eine beschissene Quelle. Und jetzt lassen Sie mich in Ruhe!«

Aus den Augenwinkeln sehe ich, dass er erneut zu einer Frage ansetzt, aber Daniel schiebt sich dazwischen. Daniel und ich sitzen im selben Kurs für Kunstgeschichte, hatten bislang aber kaum etwas miteinander zu tun. Dass er sich jetzt für mich einsetzt, weiß ich zu schätzen.

Wir beschleunigen unsere Schritte und die letzten Meter bis zum Gebäude rennen wir sogar, was mir ein wenig albern vorkommt. Der Reporter war nicht unbedingt aufdringlich, nur ein bisschen nervig. Ich komme mir vor wie ein Möchtegern-Promi, als sich die Türen hinter uns schließen und Daniel sich grinsend zu mir umdreht.

»Alles okay?«

Ich nicke und verdrehe die Augen. »Danke, alles gut. Und tut mir leid, das war echt peinlich.«

Er winkt ab. »Mach dir keine Sorgen. Mein Dad ist ein dicker Fisch an der Börse. Als letztes Jahr seine Affäre öffentlich wurde, haben sich ein paar Wochen lang auch alle auf ihn gestürzt. Das geht vorbei.«

Kurz wundere ich mich, warum Daniel im normalen Studentenwohnheim lebt – eines der wenigen Dinge, die ich über ihn weiß –, wenn sein Dad eine wichtige Persönlichkeit an der Börse ist. Aber im Grunde geht es mich nichts an. »Hoffentlich«, sage ich stattdessen. »Das ist total lächerlich. Selbst wenn ich mich mit ihnen unterhalten würde, gäbe es nichts zu berichten. Passiert in New York denn nichts Spannenderes?«

Lachend zuckt er die Achseln. »In der Wirtschaft? Nein, glaub mir. So ein kleiner Skandal gibt diesen Leuten das Gefühl, ein bisschen wichtiger zu sein, als sie es eigentlich sind. Aber wie gesagt, das geht vorbei.«

Nervös ziehe ich das Handy aus der Tasche. Am Wochenende habe ich mir diverse Google Alerts eingerichtet: einen mit meinem eigenen Namen, einen mit Calebs und einen mit *Bonham Industries*. Immer wieder erscheinen Meldungen über Sylvias Tod, das Fortbestehen der Firma und über irgendwelchen fachlichen Kram, mit dem ich mich nicht auskenne. Doch zu meiner Erleichterung blieb das Foto von mir und Caleb nach der Testamentseröffnung das einzige, das durch die Presse ging. Bis jetzt.

Wobei ich beim besten Willen nicht begreifen kann, was der Typ mit einem Foto von mir will, auf dem ich im Gras sitzend ein Sandwich esse. Es sei denn, er hat die Absicht, der Welt zu zeigen, wie langweilig ich bin.

Seufzend schüttle ich den Kopf und lächle Daniel dann an. »Danke für die Rückendeckung. Vielleicht besorge ich mir eine große Sonnenbrille und ein Basecap oder so.«

»Keine schlechte Idee.« Er sieht mich prüfend an. »Darf ich dich etwas fragen?«

»Klar.«

Plötzlich sieht er verlegen aus. »Ich bin wirklich kein Fan von Klatsch, aber … hm, also, ich habe am Wochenende ein paar der Artikel über dich überflogen.« Beinahe entschuldigend hebt er die Hände, als ich die Stirn runzle. »Hey, ich studiere Wirtschaft im Hauptfach, ich habe also eine gute Ausrede. Und immerhin kenne ich dich. Es wäre irgendwie seltsam gewesen, wenn ich sie ignoriert hätte.«

Das mag sein. Es ist trotzdem ein komisches Gefühl zu wissen, dass er all diese Dinge über mich in seinem Newsfeed gelesen hat. »Und was willst du mich fragen?«

»Na ja, da wird allerlei behauptet: dass du eine Erbschwindlerin bist, dass du ein Verhältnis mit deinem Stiefbruder hast, dass du heimlich im *Bonham Building* wohnst, dass du dir die Firma hinter dem Rücken von dem Bonham-Typen unter den Nagel reißen willst. Versteh mich nicht falsch, das geht mich alles natürlich überhaupt nichts an, aber …«

»Du bist neugierig«, beende ich den Satz für ihn und schmunzele, als er das Gesicht verzieht. »Schon klar, das wäre ich wahrscheinlich auch.«

»Ich gehe einfach mal davon aus, dass du keine Erbschwindlerin bist«, rät er und zwinkert mir zu.

Ich verdrehe die Augen. »Die Wahrheit ist nicht einmal sonderlich spannend. Sylvia Bonham ist meine Mutter, ja, aber sie hat mich und meinen Dad verlassen, als ich noch ein Baby war. Ich kenne sie nicht, bin ihr niemals in meinem Leben bewusst begegnet und wusste auch nicht, dass sie meine leibliche Mutter ist. Ihren Stiefsohn habe ich erst bei der Testamentsanhörung kennengelernt. Wir haben nichts miteinander. Und ich wohne nicht im *Big B*. Das war's.«

»Das war's?«, echot er ungläubig. »Abgesehen von dem Millionenerbe, meinst du?«

»Diesbezüglich gibt es noch ein paar offene Fragen«, erkläre ich ausweichend und sehe ihn entschuldigend an. »Tut mir leid, ich will keinen auf geheimnisvoll machen oder so, aber das ist privat. Und betrifft nicht nur mich, deswegen würde ich darüber lieber nicht sprechen.«

»Na klar«, sagt Daniel hastig. »Das verstehe ich total. Wie gesagt, ich war einfach nur neugierig.«

Ich nehme es ihm nicht übel – er ist freundlich und bedrängt mich nicht. Würde das Gesicht eines meiner Kommilitonen durch die Presse wandern, würde mich die Geschichte dahinter vermutlich auch interessieren. Trotzdem breitet sich ein pochender Schmerz hinter meiner Stirn aus. Daniel ist ein netter Kerl, aber irgendwie wage ich zu bezweifeln, dass ich, bis alles geregelt ist, ausschließlich netten, wohlmeinenden Leuten über den Weg laufen werde, die sich für diese Enthüllung in meinem Leben interessieren. Oder ausschließlich so unaufdringlichen Reportern wie dem, der mich im Park fotografiert hat.

Ich muss diese Sache so schnell wie möglich abschließen, schon allein, damit die Aufmerksamkeit nicht noch größer wird.

»Tja.« Ein wenig unschlüssig sehe ich mich um. Ich befinde mich definitiv im falschen Gebäude. Mein Grafikdesignkurs findet im Nachbarhaus statt, was bedeutet, dass ich mich noch einmal nach draußen wagen muss. Allerdings beschließe ich, dieses Mal einen anderen Ausgang zu benutzen. Der Campus der NYU ist verdammt groß und besteht aus einer Vielzahl an Gebäuden. Eine einzelne Studentin ausfindig zu machen, dürfte nicht allzu leicht sein. »Danke noch mal«, sage ich zu Daniel und verabschiede mich. »Wir sehen uns im Kurs, schätze ich.«

Er hebt die Hand. »Vielleicht können wir ja mal einen Kaffee zusammen trinken oder so«, schlägt er freundlich vor. »Wenn du Lust hast.«

»Klar«, sage ich ein wenig zögernd. Ehrlich gesagt ist Daniel mir bisher noch nie so richtig aufgefallen. Wir sitzen nicht nebeneinander, und er ist eher der ruhige Typ. Wir haben ein paar Mal miteinander gesprochen und ab und zu sitzen wir, so wie heute, mit anderen Mitstudierenden während der Pausen oder Freistunden zusammen. Ich würde uns nicht einmal als Freunde bezeichnen. Aber er ist nett und sieht gut aus. Es spricht also eigentlich nichts dagegen, Ja zu sagen.

Als ich ihm zuwinke und mich umdrehe, spüre ich seinen Blick im Rücken. Mein letztes Date ist viel zu lange her, und auch wenn Daniel es nicht als Date bezeichnet hat, bin ich mir ziemlich sicher, dass er es so gemeint hat. Vielleicht ist es genau das, was meinem Leben gerade fehlt. Neben der Uni, den Jobs und dem ganzen Erbkram könnte ich mal wieder ein bisschen Spaß und Abwechslung gebrauchen.

Und Kaffeetrinken mit einem gut aussehenden Mann klingt nach einem guten Plan.

Es wird bereits dunkel, als ich die Universitätsbibliothek verlasse und zu den Fahrradständern laufe. Dieser Tag war verdammt anstrengend, was nicht unbedingt an dem Lernstoff oder den Kursen lag. Vielmehr stressen mich die sechs verpassten Anrufe – vier davon von *Hoffman & Sons*, zwei von Caleb –, die ich allesamt noch nicht erwidert habe. In Calebs Fall gehe ich davon aus, dass er mir notfalls schreiben würde, wenn es wirklich dringend wäre. Und Mr Hoffman muss sich, fürchte ich, bis morgen gedulden. Sobald ich zu Hause bin, werde ich lange und ausgiebig duschen, mich in eine Decke wickeln und mir irgendeine True-Crime-Doku ansehen, die hoffentlich die Gedanken in meinem Kopf übertönt.

Ich winke Mozhan zu, die gerade mit dem Auto an mir vorbeifährt, und sehe ihr ein wenig sehnsüchtig hinterher. Ein Auto zu haben, wäre ein Traum, vor allem an Abenden wie heute, an denen ich müde und erschöpft bin und einfach nur nach Hause will. Und an denen es regnet. Nicht sehr stark, aber genug, um mir die Laune zu verderben.

Routiniert schließe ich mein Rad auf und will gerade meinen Rucksack an dem Korb auf dem Gepäckträger befestigen, als ich stutze. In meinem Korb liegt bereits etwas.

Irritiert sehe ich mich um, entdecke aber niemanden. Ich nehme den schlichten weißen Umschlag in die Hand und betrachte ihn von allen Seiten, kann aber keine Adressierung oder einen Absender entdecken. Mir kommt der Reporter von heute Nachmittag in den Sinn, und ich schiebe den Finger in die Lasche und reiße sie mit einem Ruck auf. In dem Briefumschlag befindet sich ein einzelnes Blatt Papier. Als ich es auseinanderfalte, stolpert mein Herz einmal schmerzhaft, um dann doppelt so schnell weiterzuschlagen.

Es ist ein Brief, auf dem Computer geschrieben. Und es steht bloß ein einziger Satz darauf:

Nur weil deine Mutter tot ist, bedeutet das nicht, dass ihre Schuld beglichen ist.

Ich blinzle ein paar Mal, lese den Satz erneut und drehe das Papier in sämtliche Richtungen. Genau wie auf dem Umschlag gibt es keinen Absender oder Briefkopf. Nichts, das mir Aufschluss darüber geben könnte, was zur Hölle das hier zu bedeuten hat. Wieder blicke ich mich suchend um, aber auch dieses Mal bin ich allein. So allein, wie man es mitten in New York auf einem Campus eben sein kann. Aber niemand macht den Eindruck, als würde er mich beobachten, niemand lungert in meiner Nähe herum oder starrt mich an. Niemand lacht mich aus, niemand schießt Fotos von mir.

Mit klammen Fingern falte ich das Blatt wieder zusammen und schiebe es zurück in den Umschlag. Das muss ein wirklich dummer, wirklich geschmackloser Scherz sein! Was sonst? Kein Reporter hätte etwas von dieser Nummer. Aber mein Name und mein Gesicht waren am Wochenende in den Zeitungen, und es gibt mit Sicherheit ein paar Idioten an der Uni, die es witzig finden, mir ein bisschen Angst einzujagen. Auch wenn mir schleierhaft ist, was es ihnen bringt.

Einen Moment lang überlege ich, den Brief einfach in den Müll zu werfen, entscheide mich aber, aus welchem Grund auch immer, dagegen. Also schiebe ich ihn in die vordere Tasche meines Rucksacks und schwinge mich auf mein Fahrrad. Ich will nach Hause. Der Brief flößt mir nicht direkt Angst ein, trotzdem will ich so schnell wie möglich weg von hier.

Während ich über den Campus radele, kocht die Wut mit jeder Minute heißer in mir hoch. Inzwischen ist es mir beinahe egal, wer den Brief geschrieben hat und ob es nur ein Scherz gewesen ist oder eine tatsächliche Absicht dahintersteckt. Allein die Tatsache, dass irgendein Arsch sich das Recht herausnimmt, in meinem Leben herumzuschnüffeln und mir Angst einzujagen, lässt meine Hände am Lenkrad vor Zorn beben. Beide Vorfälle heute – der Reporter im Park und dieser beschissene Brief – machen mir nur umso deutlicher, warum ich kein Teil der Welt sein will, in der meine Mutter gelebt hat. Diese Menschen sind so arrogant, so überzeugt von sich, dass sie denken, ein bisschen Drama könne mich von dem abbringen, was mir zusteht. Aber das lasse ich nicht zu. Caleb hat mich bei der Testamentsanhörung wie ein kleines Kind behandelt, und auch wenn es vielleicht albern ist, habe ich das Gefühl, der Briefeschreiber tut auf eine gewisse Art und Weise dasselbe.

Und plötzlich weiß ich es.

Ich werde dieses Erbe annehmen. Ich werde ein Jahr lang mein Studium pausieren, in der Firma arbeiten und mir danach nie wieder Gedanken um Geld machen müssen. Ich werde meinen Dad finanziell unterstützen und einen neuen verdammten Kühlschrank für die WG kaufen. Danach gehe ich zurück an die Uni, und Caleb behält seine Firma und darf sich mit all diesem Scheiß allein herumschlagen.

Wenn ich bedenke, was die Medien schon jetzt für einen Rummel veranstalten, werden sie mich vermutlich nicht einmal dann in Ruhe lassen, wenn ich auf meine Millionen und den Anteil an *Bonham Industries* verzichte.

Als ich den Campus verlasse und die Hochhäuser der Stadt mich umfangen, sickert die Tragweite meiner Entscheidung wie zähflüssiger Honig in mein Bewusstsein.

Ich werde mein Studium pausieren. Ich werde die neue CEO von *Bonham Industries.*

Ein hysterisches Lachen ballt sich in meiner Kehle zusammen, aber ich beiße mir auf die Lippen und atme stattdessen einmal tief ein und aus. Überraschenderweise fühle ich mich erleichtert. Die Sorgen über die kommenden Wochen, Calebs Reaktion auf meine Entscheidung und über den gruseligen Brief lasten nach wie vor auf meinem Herzen, aber ich bin froh, endlich einen Entschluss gefasst zu haben.

Ich hoffe inständig, dass es der richtige ist.

10

CALEB

Müde lasse ich mich in den Sessel fallen, trete die Schuhe von den Füßen und werfe mein Handy auf die Couch. Ich höre ein unangenehmes Poltern, als es von den Kissen abfedert und auf den Boden fällt, aber ich kümmere mich nicht darum. Hoffentlich ist es kaputt. Das würde mir immerhin ein paar Stunden Ruhe bringen, nachdem es den ganzen verfluchten Tag lang geklingelt hat.

Die Partner und Angestellten, vor allem der Vorstand und Aufsichtsrat von Bonham, sind unruhig. Niemand weiß sicher, wie es mit der Firma weitergeht, und dieses Gefühl sorgt für Nervosität. Nicht, dass ich ihre Sorgen für unbegründet halte. Ich selbst verfluche jede beschissene Minute, in der sich Juliette Penn nicht meldet. Was sie nicht getan hat. Mein Telefon stand keine einzige verfluchte Sekunde still, und der einzige Mensch, von dem ich heute etwas hören wollte, hat nicht angerufen.

Ich unterdrücke ein Fluchen. Trotz der rührenden Rede, die sie mir gestern im Auto gehalten hat, werde ich das Gefühl nicht los, dass sie die ganze Sache nicht ernst nimmt. Warum auch? Sollte etwas schiefgehen, sollte die Firma bankrottgehen oder sie ihren Erbanspruch verlieren, würde sich in ihrem Leben rein gar nichts verändern. Der Tod und das Erbe ihrer Mutter würden zu einer kleinen aufregenden Geschichte werden, die man auf Partys erzählt. Eine verpasste Chance, über die man leicht hinwegkommt. *Mein* persönlicher Worst Case wäre für *sie* völlig ohne Bedeutung.

Erneut summt das Handy. Kurz flammt wilde Hoffnung in mir auf, aber ein Blick auf meine Smartwatch zeigt mir, dass es natürlich nicht Juliette ist, die anruft. Stöhnend stehe ich auf, ignoriere das klingelnde Telefon und löse meine Krawatte, um sie anschließend irgendwo hinter die Couch zu werfen. Ich brauche eine Pause, bin mir aber ziemlich sicher, dass ich die in der nächsten Zeit nicht bekommen werde. Dabei sollte ich verdammt glücklich sein. Das hier ist alles, was ich immer wollte. Ich lasse meinen Blick durch das Wohnzimmer schweifen – am Wochenende habe ich meinen Kram von der unteren kleinen Wohnung im sechsundsiebzigsten Stock nach oben gebracht, in das Penthouse. Hier hat Sylvia gewohnt, wenn sie ihre Zeit nicht im Strandhaus in den Hamptons oder in dem kleineren Apartment an der Upper East Side verbracht hat. Seit ihrem Tod stand diese Wohnung hier leer, und irgendwie habe ich keinen Sinn darin gesehen, weiter im zweiundsechzigsten Stock auf kleinerem Raum zu leben. Trotzdem ist es seltsam hier oben – nicht so, wie ich es mir vorgestellt habe. Vielleicht liegt es daran, dass Sylvia nicht im hohen Alter gestorben ist, all ihre Angelegenheiten nicht schon vor Jahren geregelt und mir weder Firma noch die Wohnung wirklich übergeben hat. Vielleicht liegt es aber auch daran, dass ich mir manchmal wie ein Eindringling vorkomme. Wie ein Geier, der über ihr gekreist und sich sofort auf alles gestürzt hat, was sie hinterlassen hat.

Nachdem der Tod meiner Stiefmutter bekannt geworden ist, gab es eine ganze Menge Schlagzeilen über mich. Die Klatschpresse hat sich auf mich gestürzt wie eine Meute hungriger Wölfe. Auf den Adoptivsohn, der es geschafft hat, sich gerade noch rechtzeitig adoptieren zu lassen, um das Erbe des Namen Bonham an sich zu reißen. Als wäre dieser Name eine Trophäe, auf die ich hingearbeitet habe. Was total bescheuert ist. Die Familie *meines Vaters* hieß Bonham, Sylvia hat den Namen bei der Hochzeit lediglich übernommen. Er hat also nie ihr gehört, sondern meinem toten Dad. Meinem leiblichen, echten Vater. Ich vermisse ihn jeden verdammten Tag, vor allem in letzter Zeit. Mein Vater war kein solcher Karrieremensch wie Sylvia, aber er hätte mir sicher sagen können, was ich tun soll. In Bezug auf *Bonham Industries*, in Bezug auf das Erbe und auch auf Juliette Penn.

Aber leider ist niemand mehr übrig, den ich um Rat fragen kann. Der Vorstand und ein paar Mitglieder des Aufsichtsrates haben sich kurz nach Sylvias Tod mit mir zusammengesetzt und mir geraten, einen CEO zu bestimmen und als stiller Teilhaber abzuwarten, bis ich älter bin. Das Ruder aus den Händen zu geben, ein Stück der Kontrolle an jemanden zu übertragen, der mehr Ahnung von alledem hat. Aber das kommt mir falsch vor. Ja, ich bin überfordert, und ja, manchmal wünsche ich mir, mit dem ganzen Drama einfach nichts zu tun zu haben. Aber das ist es nicht, was Sylvia gewollt hat. Ich kenne mich in der ganzen Branche gut genug aus, um zu wissen, dass nicht ich der Geier bin, der sich auf ihre Hinterlassenschaft stürzt. Sobald ich die Kontrolle über die Firma abgebe, wird es Menschen geben, die danach greifen und alles dafür tun werden, mich aus dem Geschäft zu drängen. Sylvia war nicht einmal unter der Erde, da haben ein paar Mitglieder des Vorstandes bereits mit den Hufen gescharrt, um das Ruder zu übernehmen. Und das kann ich einfach nicht zulassen.

Ich gehe hinüber zum Kühlschrank und hole mir ein Bier. Dann lehne ich mich rücklings gegen die gigantische Kücheninsel und sehe mich in dem Loft um. Überall erkenne ich

Sylvia – in der Einrichtung, der Auswahl der Wandfarben, der Deko. Nicht, dass Sylvia sonderlich viel Wert auf Krimskrams gelegt hätte. Trotzdem erinnern mich die Bilder an den Wänden, die rosafarbenen Blumen, die überall verteilt stehen, und der Duft so sehr an sie, dass ich jeden Tag überlege, doch wieder nach unten zu ziehen. Ich muss den Dauerauftrag der Blumen stornieren, der dafür sorgt, dass alle paar Tage ein neues rosafarbenes Bouquet geliefert wird. Und ich muss die Couch und das Bett ersetzen. Ich weiß, dass Sylvia nach dem Tod meines Vaters Affären hatte, und ich will mir wirklich nicht vorstellen, was auf diesen Polstern wohl alles passiert sein mag. Außerdem muss ich mir Gedanken darüber machen, was mit meiner frei gewordenen Wohnung passiert. Es wäre eine Verschwendung, sie ungenutzt zu lassen. Und da Rahel kein Interesse an ihr hat, sollte ich sie vielleicht einem der Angestellten zur Verfügung stellen, um wenigstens ein wenig Miete verlangen zu können.

Als ein lautes Piepen ertönt, zucke ich so heftig zusammen, dass ich beinahe mein Bier fallen lassen hätte. Einen Moment lang suche ich verwirrt nach der Quelle des Geräuschs, dann wird mir klar, dass es sich um die Ankündigung des Aufzugs handelt, der offensichtlich auf dem Weg nach oben ist. Stirnrunzelnd sehe ich auf die Uhr. Es ist beinahe zehn. Allerdings haben nur wenige Menschen einen direkten Zugang zu diesem Aufzug, also überrascht es mich nicht sonderlich, als die Türen sich öffnen und Sander heraustritt.

»Du lebst«, sagt er trocken, dann klopft er mit der Faust gegen die Wand und sieht mich erwartungsvoll an. »Störe ich gerade?«

Grinsend schüttle ich den Kopf. Mein Wunsch, allein zu sein, ist sofort verschwunden. Jemanden zu sehen, der weder zu meiner Familie noch zu meinen Anwälten gehört, ist eindeutig besser, als wieder mit meinen Gedanken allein zu sein. Sander ist einer meiner besten Freunde, auch wenn er ein paar Jahre älter ist als ich. Seinem Vater gehört eine große Hotelkette, und er war mit Sylvia so gut befreundet, wie man es in den oberflächlichen Kreisen der Reichen und Schönen New Yorks eben sein kann. Auch wenn Sander selbst bereits vor Jahren aus dem Unternehmen seiner Familie ausgestiegen ist, ist er immer noch ein Teil der Welt, in der ich lebe.

»Was machst du hier?«, frage ich und klopfe ihm kurz auf den Rücken, bevor ich ein zweites Bier aus dem Kühlschrank hole und mich auf die Couch fallen lasse.

Er setzt sich neben mich und zieht eine Augenbraue hoch. »Du hast dich nicht mehr gemeldet, und ich wollte sehen, ob bei dir alles klar ist.«

Ich schneide eine Grimasse. »Es ist stressig.«

»Was du nicht sagst«, schnaubt er, öffnet sein Bier und nimmt einen großen Schluck. »Ich habe die Schlagzeilen gelesen. Von dem Mädchen, meine ich.«

Meine Stimmung sinkt sofort. »Ja.« Seufzend lehne ich mich zurück. »Das war echt … überraschend.«

»Dann stimmt es also? Sie ist ernsthaft Sylvias Tochter?«

»Jap.« Ich sehe ihn prüfend an. »Du wusstest nichts davon, oder?«

»Dass Sylvia eine heimliche Tochter hat?«, hakt er nach und verdreht die Augen. »Nein, Caleb. Davon wusste ich nichts. Und wenn mein Vater es gewusst hat, hat er mir nichts davon erzählt.«

»Ich habe keine Ahnung, warum sie nie was gesagt hat. Als wäre ein uneheliches Kind so eine große Sache.«

»Vielleicht hatte sie ein schlechtes Gewissen?«, rät er. Ich sehe ihn skeptisch an. »Ich weiß, dass Sylvia nicht gerade der kuschelige Typ Mensch war, aber sie war kein *schlechter*

Mensch. Ist doch möglich, dass sie es bereut hat, keinen Kontakt zu ihrer Tochter zu haben.«

»Ja, kann schon sein. Wir werden es wohl nie erfahren.«

Ich nehme einen Schluck von meinem Bier, und ein paar Sekunden lang schweigen wir, hängen beide unseren eigenen Gedanken nach. Zum gefühlt hundertsten Mal frage ich mich, ob Sylvia vorgehabt hat, es mir zu sagen. Ihr Tod war ein Unfall – nicht vorhersehbar. Ich würde gerne wissen, ob sie es mir erzählt hätte, wenn ihr genug Zeit geblieben wäre. Oder ob ihr Plan von Anfang an vorgesehen hat, mich ins offene Messer laufen zu lassen.

»Wie geht es Lena?«, frage ich Sander, um mich auf andere Gedanken zu bringen.

»Sie besucht ihre Eltern in Deutschland«, antwortet er grinsend. Lena ist Sanders Freundin und diejenige, für die er seine Stellung im Hotel seines Vaters aufgegeben hat. »Sie kommt nächste Woche zurück. Falls du am Wochenende noch nichts vorhast, können wir gerne was unternehmen.«

Ich lache. »Du willst die Freiheit ausnutzen?«

»Ich liebe Lena und ich liebe das Zusammenwohnen und so weiter«, sagt er und hebt entwaffnend die Hände. »Aber ich müsste lügen, wenn ich behaupten würde, dass ich die Ruhe nicht auch mal ganz nett finde.«

Fluchend bücke ich mich nach meinem Handy, das immer noch auf dem Boden liegt und erneut vibriert. Als ich es entsperre, wische ich energisch die verpassten Anrufe und ungelesenen Nachrichten zur Seite und werfe einen Blick auf meinen völlig überfüllten Kalender. »Lass uns am Samstag was machen. Ich verschiebe ein paar Termine, ich muss dringend mal raus.«

»Top«, sagt Sander und greift nach seinem eigenen Handy. »Sollen wir die anderen fragen, ob sie mitkommen wollen? Ich glaube, Samuel hat sich gerade von seiner Freundin getrennt, der könnte vermutlich auch ein bisschen Ablenkung gebrauchen.«

»Klar.« Ich spüre, wie sich meine Laune ein klein wenig hebt bei der Aussicht auf ein bisschen Spaß außerhalb dieses Bunkers. Ich richte mich auf, als mir eine Idee kommt. »Wir könnten nach Vegas fliegen!«

Sander lacht. »Wenn du dir nicht das ganze Wochenende freischaufeln kannst, lohnt sich das nicht. Ich sitze doch keine sechs Stunden im Flieger, nur um dann ein paar Stunden zu spielen.«

»Dann fahren wir ins Strandhaus«, schlage ich vor. »Ich will echt raus aus der Stadt. Wir könnten bis Sonntag bleiben, oder ihr fahrt schon Freitag hin und verbringt das Wochenende da. Bis Freitag kann ich ein paar Leute hinschicken, die das Haus aus dem Winterschlaf holen und den Kühlschrank befüllen.«

Kopfschüttelnd sieht er mich an. Sein Blick hat sich verändert, auch wenn ich nicht genau sagen kann, woran es liegt. »Wenn ich dir zuhöre, kann ich mich nicht entscheiden, ob ich es bereue, aus dem Ganzen ausgestiegen zu sein oder ob ich froh darüber sein soll.«

Ich lächle schief, auch wenn ich genau weiß, was er meint. »Du hattest gute Gründe auszusteigen. Du hast es für Lena gemacht.«

»Nicht nur«, stellt er lachend klar. »Sie war ein Argument dafür, aber ich glaube nicht, dass ich es noch viel länger unter meinem Vater ausgehalten hätte, ohne durchzudrehen.«

Das kann ich sogar nachvollziehen. Sanders Dad gehört das angesehenste und größte Hotel an der Upper East Side und noch ein paar andere Standorte. Er ist mindestens so wohlhabend wie Sylvia, er war aber um einiges strenger zu seinem Sohn, beinahe grausam. Sylvia hat mich nie zu etwas gedrängt oder mich zu Entscheidungen gezwungen. Sander hat jahrelang unter dem Druck seines Vaters gearbeitet und wäre um ein Haar daran zerbrochen. Dann hat er Lena kennengelernt und seine vielversprechende Karriere als Hotelunternehmer und damit gleichzeitig auch sein Erbe an den Nagel gehängt. Das war am Anfang ein ziemlicher Skandal, aber vor ein paar Jahren haben er und sein Vater sich mehr oder weniger vertragen, und Sander ist in die Welt der oberen Zehntausend zurückgekehrt, wenn auch nur als gelegentlicher Gast. Trotzdem ist er einer der wenigen Menschen in meinem Leben, die wahrscheinlich am besten verstehen können, was bei mir gerade los ist.

»Wie läuft der Laden?«, frage ich und denke an die Oldtimer-Werkstatt, die er vor einiger Zeit eröffnet hat.

Sander grinst. »Gut. Ich habe ein Händchen für Geschäfte.«

»Wie überraschend.«

»Falls du Hilfe brauchst, sag gerne Bescheid«, meint er und lacht, als ich das Gesicht verziehe. »Ich bin ein Wunderkind, hast du das vergessen?«

Damit hat er mich früher immer aufgezogen. Anders als ich hatte er schon immer ausgezeichnete Noten und war quasi schon bei seinem Highschoolabschluss ein fertiger CEO. Eine Weile reden wir über Belanglosigkeiten, über sein Geschäft, meine Pläne mit der Wohnung und darüber, was wir für das Wochenende brauchen und wen wir einladen wollen. Und ich merke, dass ich ruhiger werde. Ein Teil des Stresses der vergangenen Wochen fällt von mir ab, und ich habe das Gefühl, mich zum ersten Mal seit Ewigkeiten wieder richtig zu entspannen. Was vermutlich daran liegt, dass die einzigen Menschen, die ich in den letzten Tagen gesehen habe, meine Anwälte, Leute aus der Firma oder meine Schwester waren. Und auch wenn ich Rahel mehr als alles auf der Welt liebe, ist sie beinahe noch wütender auf Sylvia wegen der ganzen Juliette-Sache als ich. Vielleicht liegt es daran, dass sie meine große Schwester ist und mich zu beschützen versucht, aber sie ist der Meinung, dass sie und ich das Erbe verdient haben, nicht Juliette Penn. Ich bin mir verdammt sicher, dass Rahel insgeheim verletzt ist, mit vergleichsweise so wenig abgespeist worden zu sein, auch wenn sie das selbst unter Folter nicht zugeben würde.

Nach einer Weile verabschiedet Sander sich, und ich bin wieder allein. Ich nehme mir ein zweites Bier, schalte den Fernseher ein und öffne routiniert meinen News-Feed. Ich scrolle durch ein paar uninteressante Meldungen und stocke schließlich bei einem Bild. Erst auf den zweiten Blick erkenne ich Penn. Sie sitzt mit ein paar anderen Leuten auf einer Wiese und blickt angestrengt in die Richtung, aus der das Foto geschossen wurde, wenn auch nicht direkt in die Kamera. Stirnrunzelnd lese ich die Überschrift und überfliege dann den sehr kurzen Artikel, der sich im Grunde genommen nur mit der Frage beschäftigt, ob die mögliche Milliardenerbin von *Bonham Industries* auch weiterhin Kunst im Hauptfach studieren wird.

Mein Blick wandert zurück zu dem Foto und bleibt auf Juliettes blassem Gesicht hängen. Sie sieht müder aus als am Samstag. Selbst auf die Entfernung, aus der das Foto geschossen wurde, sind die dunklen Ringe unter ihren Augen deutlich zu erkennen. Gleichzeitig wirkt sie irgendwie natürlicher, mehr wie sie selbst. Ihre Haare sind zu einem lockeren Pferdeschwanz zurückgebunden, und sie trägt einen blauen Hoodie, der ihr um einiges zu groß zu sein scheint. Das ist offensichtlich Julie Penn in ihrer natürlichen Wildbahn. Und in einem muss ich dem wirklich belanglosen Artikel zustimmen: Es ist schwer vorstellbar, dass dieses Mädchen dafür vorgesehen ist, eine Pharmafirma zu leiten. Noch dazu eine so große und wertvolle wie *Bonham Industries*. Ich habe Wirtschaft im Hauptfach studiert und Kurse in Politik, Rechnungswesen und dergleichen belegt. Ich bin vorbereitet. Eine Kunststudentin ist wohl kaum die richtige Wahl für den Posten des CEO, selbst wenn sie sich diese Position mit mir teilen sollte.

Erneut mustere ich ihr Gesicht. Ich erkenne kaum etwas von Sylvia darin wieder. Sie haben die gleiche Haarfarbe, die gleichen hohen Wangenknochen und vollen Lippen. Aber Juliette sieht irgendwie weicher aus, weniger streng. Irgendetwas in ihrem eindringlichen Blick verwirrt mich, auch wenn ich nicht benennen kann, was genau es ist.

Schade eigentlich, dass ich sie aus Prinzip nicht mögen darf.

JULIE

Dienstag, 31. Mai 2022

Als ich am Nachmittag von der Uni nach Hause komme, wartet mein Vater auf mich. Ich habe nicht mit ihm gerechnet und stolpere beinahe zurück in den Flur, als ich die Wohnung betrete und ihn neben Saheera auf unserer Couch entdecke, einen großen Becher Kaffee in der Hand.

»Was machst du denn hier?«, rufe ich verblüfft aus. Meine Stimme zittert kaum merklich, und nach ein paar Sekunden merke ich, wie sich ein Kloß in meinem Hals bildet.

Ich lebe schon seit über einem Jahr alleine in New York, ohne nennenswertes Heimweh. Aber die vergangenen Tage und der Stress zollen allmählich ihren Tribut. Als Dad aufsteht, zu mir herüberkommt und mich in den Arm nimmt, brennen meine Augen. Krampfhaft schlucke ich die Tränen runter und umarme ihn ebenfalls. Ich mag erwachsen sein, trotzdem fühle ich mich in seinen Armen wieder wie ein kleines Mädchen.

Mein Dad ist ein Schrank von einem Mann: breite Schultern, muskulöse Oberarme und er überragt mich um mehr als einen Kopf. Einen Moment lang lasse ich mich fallen, gestatte mir eine winzige Auszeit, ein klein wenig Verletzlichkeit.

Dann richte ich mich auf und löse mich von ihm, um ihn anzusehen. »Was machst du hier?«, wiederhole ich, als er sich zu mir herunterbeugt und mir einen Kuss auf die Haare drückt.

»Ich bin als moralische Stütze hier«, brummt er und zwinkert mir zu. »Ich kann nicht lange bleiben, aber Grace sagte, du bräuchtest mich.«

Ich muss grinsen. Meine Stiefmutter Grace war schon immer der emphatischere und aufmerksamere Elternteil. Dass sie ihn hergeschickt hat, sollte mich nicht überraschen. Was nicht bedeutet, dass Dad nicht mitfühlend ist, im Gegenteil. Trotz seiner direkten und manchmal einschüchternden Art hätte ich mir keinen besseren Vater wünschen können. Er braucht nur manchmal einen Schubs in die richtige Richtung, was okay ist.

Saheera räuspert sich und lenkt so meine Aufmerksamkeit auf sich. »Ich verziehe mich dann mal. Mr Penn, es war nett, Sie wiederzusehen.«

»Ich habe dir schon mal gesagt, dass du mich Alan nennen sollst.«

Saheera lächelt nur und verschwindet dann in ihrem Zimmer. Ich greife nach Dads Hand und ziehe ihn zurück zur Couch, wo ich mich dicht neben ihn setze. Als er mich prüfend betrachtet, erkenne ich Sorgen und Trauer in seinem Blick, was meinem Herzen sofort einen schmerzhaften Stich versetzt.

»Wie geht es dir?«, fragt er, nachdem er einen Schluck aus seiner Tasse genommen und sich laut geräuspert hat.

Ich zucke mit den Schultern. »Gut. Besser, jetzt, da ich mich entschieden habe, denke ich.«

Er nickt langsam. »Du willst also wirklich in dieser Firma arbeiten? Dein Studium unterbrechen?«

»Ich *will* nicht«, präzisiere ich, »ich *muss*, wenn ich meinen Anteil des Erbes bekommen will.«

Sein Blick verändert sich, aber ich kann nicht genau benennen, welche Gefühle sich in seinen Augen spiegeln. »Wenn es nur um die Studiengebühren geht … Du weißt, dass du das nicht tun musst, Julie. Wir bekommen das hin, wie sonst auch.«

Gerührt greife ich nach seiner Hand. »Das weiß ich, Dad. Aber wenn ich euch damit etwas entlasten kann, ist das doch ein netter Nebeneffekt, oder nicht?«

»Nicht um diesen Preis«, sagt er düster. »Deine Mutter ist gestorben, Julie. Du solltest erst einmal damit klarkommen, ehe du dir Dinge wie die Leitung einer ganzen Firma aufhalst.«

»Ich komme damit klar.« Das ist die Wahrheit. Der Gedanke, dass Sylvia Bonham tot ist und ich niemals die Chance bekommen werde, sie kennenzulernen, ist seltsam. Mit Sicherheit auch in gewisser Weise traurig, aber ich *trauere* nicht. Ich habe diese Frau niemals vermisst und wüsste nicht, warum ich nach ihrem Tod damit anfangen sollte. »Ich kannte sie nicht, Dad. Sie hat sich gegen mich entschieden.«

»Ich wünschte, ich hätte dich vorwarnen können«, seufzt er. »Du hättest es nicht so erfahren sollen.«

Ich sehe ihn nachdenklich an. Mein Dad ist ein verdammt stolzer Mann. Ich kann mir gut vorstellen, dass es ihm nicht passt, nichts an der Situation ändern zu können, nichts tun zu können, um mir zu helfen oder mir die Entscheidung abzunehmen. »Wusstest du wirklich nicht, wer sie war?«, frage ich ihn vorsichtig. Als er mich verwirrt ansieht, hebe ich die Hände. »Dass sie ihren Namen gewechselt und hier in New York gelebt hat, meine ich. Hast du ihr weiteres Leben nicht, keine Ahnung, verfolgt? Sie hin und wieder gegoogelt?«

Er lacht leise. »Nein. Für mich war sie ab dem Zeitpunkt, an dem sie uns verlassen hat, kein Teil meines Lebens mehr. Und abgesehen davon hat sie mehr als deutlich gemacht, dass sie nicht kontaktiert werden will.« Er sieht mich lange an. »Ehrlich gesagt habe ich nicht erwartet, dass du jemals von ihr hören wirst. Nicht einmal nach ihrem Tod. Die Margret Spader, die ich kannte, hatte lausige fünfhundert Dollar auf ihrem Konto und hat sich mit Gelegenheitsjobs herumgeschlagen. Glaub mir, wenn ich gewusst hätte, dass sie Millionen scheffelt, hätte ich längst wegen Unterhaltszahlungen bei ihr angeklopft.«

Nachdenklich runzle ich die Stirn. »Ist doch seltsam, dass man innerhalb von neunzehn Jahren ein komplett anderer Mensch werden kann, oder nicht? Alles, was ich bislang über sie erfahren habe, klingt nach eiskalter Geschäftsfrau.«

»Das macht diese Welt mit einem, schätze ich.« Er legt die Hand auf mein Knie und tätschelt es einmal aufmunternd. »Margret war kein schlechter Mensch, Liebes. Ich habe ihr weder die Tatsache, kein Kind zu wollen, noch ihre Entscheidung jemals vorgeworfen. Wir waren jung, und sie hatte andere Pläne für ihr Leben. Es war ihr gutes Recht, sich gegen eine ungeplante Schwangerschaft zu entscheiden, und ich war ihr dankbar dafür, dass sie es mir ermöglicht hat, dich großzuziehen. Ohne sie gäbe es dich nicht. Aber das ist lange her und wer weiß, ob Sylvia Bonham noch viel mit der Frau gemein hatte, die ich damals kennengelernt habe. Vielleicht hat das Geld sie verändert, da wäre sie nicht die Erste. Noch ein Grund, warum du dir wirklich sicher sein solltest, dass du das alles willst.«

Ich sehe ihn schmunzelnd an. »Ich werde maximal ein Jahr dort sein, Dad. Sie werden mir schon keine Gehirnwäsche verpassen.«

»Berühmte letzte Worte, mein Kind«, sagt er nur halb im Scherz.

»Betrachte es doch einfach als ein Praktikum«, schlage ich vor. »*Bonham Industries* ist ein verdammt erfolgreiches Unternehmen. Ich bin mir sicher, dass sich das im Lebenslauf ganz gut macht.«

Dad brummelt etwas Unverständliches vor sich hin. Seine Skepsis ist ihm immer noch deutlich anzusehen, aber er versucht auch nicht, mich vom Gegenteil zu überzeugen. So war er schon immer. Er ermahnt mich, zeigt mir meine Möglichkeiten auf und hält oft nicht mit seiner Meinung hinter dem Berg. Aber er lässt mich meine eigenen Erfahrungen und Fehler machen, meine eigenen Entscheidungen treffen.

»Und der Junge?«, fragt er. »Margrets Ziehsohn? Weiß er schon, dass ihr jetzt ein Team seid?«

Allein bei dem Gedanken zieht sich mein Magen unangenehm zusammen. »Keine Ahnung. Ich habe Hoffman, das ist der Anwalt, erst vorhin angerufen, ihn informiert und ihn auch gebeten, mich juristisch dabei zu vertreten. Ich wüsste nicht, warum ich mich persönlich bei Caleb melden sollte.«

Er pfeift leise durch die Zähne. Dann nimmt er einen weiteren Schluck Kaffee und sieht mich über den Rand der Tasse hinweg eindringlich an. »Ich mache mir Sorgen um dich.«

Seine Worte treffen mich mehr, als sie sollten. Egal, wie alt ich bin oder dass ich bereits von zu Hause ausgezogen bin – er ist und bleibt mein Vater und es ist sein Job, sich Sorgen um mich zu machen. Trotzdem hasse ich die Vorstellung. Er und meine Stiefmutter haben finanzielle Probleme, seit ich denken kann. Nicht in dem Ausmaß, dass wir uns Gedanken über unbezahlte Rechnungen machen mussten oder kein Essen auf dem Tisch hatten. Wir waren nicht arm oder bedürftig. Aber Geldsorgen waren schon immer ein Teil meiner Welt, und ich weiß aus eigener Erfahrung, dass Kinder in solch einer oder einer vergleichbaren Situation irgendwann beginnen, Verantwortung für ihre Eltern übernehmen zu wollen. Und sei es nur, indem man keinen weiteren Sorgenfall im Leben der Eltern darstellt.

Mein Vater war der beste Dad der Welt. Bei meiner Erziehung hat er einen fantastischen Job geleistet. Jetzt die Sorgenfalten auf seiner Stirn zu sehen und zu wissen, dass ich der Grund dafür bin, ist kein besonders schönes Gefühl.

»Brauchst du nicht«, versichere ich ihm mit so viel Zuversicht in meiner Stimme wie möglich. Er mustert mich immer noch prüfend, deswegen bin ich mir nicht wirklich sicher, ob es mir gelingt. »Es ist nur ein Jahr, Dad. Caleb wird sich einkriegen, sobald er akzeptiert hat, dass ich existiere und er mich so schnell nicht loswird. Er ist, glaube ich, kein schlechter Mensch.«

Hoffe ich zumindest.

Dad schnaubt. »Für mich klingt er wie ein verzogener Idiot.«

Ich muss grinsen. »Das ist er auch.« Ich atme einmal tief durch und setze mich in den Schneidersitz. Jetzt bin ich diejenige, die Dad eindringlich ansieht. »Ich will damit auch nur sagen, dass wir aufhören müssen, das Ganze als etwas Schlimmes oder Dramatisches zu betrachten. Ich arbeite ein Jahr lang in einer der erfolgreichsten und größten Firmen New Yorks! Das ist zwar nicht die Richtung, in die ich beruflich gehen will, aber es ist auch nie von Nachteil, Erfahrungen zu sammeln, Dad. Eine, wenn auch zeitlich begrenzte, Anstellung als CEO einer Milliardenfirma können vermutlich die wenigsten Studierenden nachweisen. Und danach bin ich sorgenfrei. Und ihr auch.«

»Ich wollte dir nicht das Gefühl vermitteln, dass ich dir die Arbeit nicht zutraue, Süße. Ich bin mir sogar ziemlich sicher, dass du überqualifiziert und zu gut für diese Leute bist.« Er legt den Kopf schief. »Aber das war alles ganz schön viel für knapp eine Woche. Margrets Tod, das Erbe, die neue Verantwortung. Ich möchte vermeiden, dass du dich zu etwas zwingst, das du nicht möchtest.«

»Das tue ich nicht«, sage ich und bin selbst überrascht, wie wenig sich meine Worte nach einer Lüge anhören. Nein, ich bin alles andere als scharf darauf, an Calebs Seite bei *Bonham Industries* zu arbeiten, es kommt mir aber auch nicht wie die größtmögliche Katastrophe in meinem Leben vor. So ist es eben oft mit Entscheidungen – sie erscheinen einem schlimmer und übermächtiger, solange man sie nicht getroffen hat.

Ich beschließe, das Thema zu wechseln und erzähle meinem Dad von einem Projekt, das unser Professor fürs nächste Semester zusammen mit einer großen New Yorker Zeitung mit uns plant. Ein paar Sekunden lang sieht Dad so aus, als wolle er das Thema Sylvia und Bonham vertiefen, doch dann entspannt er sich und lehnt sich auf der Couch zurück. Erleichtert atme ich aus.

11

JULIE
Donnerstag, 2. Juni 2022

Zwei Tage später habe ich immer noch nichts von Caleb Bonham gehört, obwohl er inzwischen zweifellos von meiner Entscheidung weiß. Ich bin beinahe ein bisschen enttäuscht, dass er weder Telefonterror gestartet hat noch vor meiner Tür oder der Uni aufgetaucht ist. Offensichtlich hat er aufgegeben, was mich ein wenig überrascht. Aber dieses Verhalten zeugt, wie ich widerwillig zugeben muss, durchaus von Intelligenz. Wahrscheinlich hat er eingesehen, dass der Kampf verloren ist. Trotz all meiner Abneigung gegen ihn und der Art und Weise, wie er sich mir gegenüber aufgeführt hat, bin ich mir darüber bewusst, dass es auch für ihn eine beschissene Zeit sein muss. Erst ist seine Stiefmutter gestorben und dann sah er sich gezwungen, von heute auf morgen die Verantwortung für eine ganze Firma zu übernehmen. Mit gerade einmal, laut Google, vierundzwanzig. Obwohl ich seine Schwester erst einmal gesehen habe, bin ich mir ziemlich sicher, dass sie, was die Firma angeht, keine große Hilfe darstellt. Vermutlich liegen auch seine Nerven im Moment ziemlich blank. Nachvollziehbar also, dass er sich offensichtlich doch dazu entschlossen hat, den Kleinkrieg gegen mich zu begraben. Oder zumindest die Pausetaste zu drücken.

Mein Dad ist gestern wieder abgereist und auch wenn er die ganze Zeit über gemeckert hat, faktisch nichts für mich getan zu haben, bin ich froh, dass er hier war. Seine Anwesenheit hat mich geerdet, mich daran erinnert, dass meine Welt sich nicht einzig und allein um dieses verdammte Erbe drehen sollte.

Als ich am Donnerstagmorgen meinen Rucksack für die Uni schultere und die Wohnung verlasse, höre ich schon beim Öffnen der Haustür ein inzwischen vertrautes Klicken. Die letzten Tage habe ich immer mal wieder einen Reporter gesehen – vor der Uni, in der Stadt und vor einem Restaurant in SoHo, wo ich mit meinem Dad essen war –, aber anscheinend hatte keiner von ihnen bislang herausgefunden, wo ich wohne. Bis jetzt. Sobald ich nach draußen trete und den Kopf hebe, stürzt ein lautes Stimmgewirr auf mich ein. Einen Moment lang bin ich wie erstarrt angesichts der Szenerie, die sich vor mir auftut: Auf dem Gehweg, direkt vor dem kleinen Tor, das immer klemmt, stehen bestimmt an die zwanzig Reporter und Reporterinnen – allesamt mit gezückten Kameras und laut rufend. Ich kann keine der Fragen richtig verstehen, die sie auf mich abfeuern, dafür herrscht ein viel zu großes Durcheinander. Stattdessen prasseln einzelne Wörter auf mich ein wie Platzregen: *Bonham, Sylvia, Geschäftsleitung, Millionenerbe, Studium*. Die Geschichte ist also inzwischen durchgesickert. Es ist kein Geheimnis mehr, dass ich einen Teil von *Bonham Industries* geerbt habe und zumindest in der nächsten Zeit das Unternehmen mit leiten werde. Schöne Scheiße.

Reflexartig hebe ich die Hand vor mein Gesicht und komme mir dabei vor wie irgendein Z-Promi auf der Titelseite eines Klatschmagazins. Keine Ahnung, warum ich mir die Mühe mache. Die Sekunden, die ich vor Überraschung zur Salzsäule erstarrt bin, werden jedem von ihnen gereicht haben, um ein brauchbares Foto von mir zu schießen. Außerdem werden ständig Bilder von Menschen abgedruckt, die ihr Gesicht verbergen. Einen aberwitzigen Moment lang verfluche ich mich innerlich selbst dafür, mich heute Morgen beim Anziehen für eine ausgeblichene Trainingshose und ein viel zu großes T-Shirt entschieden zu haben. Nicht unbedingt ein Outfit, in dem ich fotografiert und irgendwo abgedruckt werden will. Außerdem bekomme ich in ein paar Tagen meine Periode, was bedeutet, dass meine Haut gerade aussieht, als würde die Pubertät ihr Comeback auf meiner Stirn feiern. Und ich habe weder Concealer noch Foundation benutzt, weil ich nicht damit gerechnet habe, mich für meinen Design- und Dramaturgiekurs hübsch machen zu müssen. *Ganz toll.* Wenn ich das geahnt hätte, hätte ich mir deutlich mehr Mühe mit meinem Aussehen gegeben als diesen Schlabberlook.

»Miss Penn«, ruft eine besonders hartnäckige Reporterin, als ich versuche, das kleine Eisentor zu öffnen. »Wir haben erfahren, dass Ihre Mutter mit mehreren Klagen ehemaliger Kunden zu kämpfen hatte. Können Sie das bestätigen?«

»Kein Kommentar«, sage ich mit fester Stimme. Keine Ahnung, ob man so etwas tatsächlich sagt, aber im Fernsehen kommt das immer sehr professionell rüber. Ein wenig unschlüssig sehe ich mich um. Eigentlich wollte ich wie immer mit dem Fahrrad fahren, allerdings wage ich zu bezweifeln, dass die Reporter allesamt zu Fuß hier sind. Ich habe eigentlich keine Lust, mit einer Schar kameraschwingender Leute im Schlepptau an der Uni anzukommen, aber mit dem Rad kann ich sie unmöglich abhängen. Andererseits könnte ich Schleichwege nehmen, durch die mir mehrere Autos niemals …

Ein lautes Hupen reißt mich aus meinen Überlegungen. Ich schaue auf und entdecke den Wagen, der hinter der Journalistenmeute auf der schmalen Straße parkt und vor ein paar Minuten sicher noch nicht da gewesen ist. Ich erkenne ihn auf den ersten Blick: Das ist Calebs Auto. Unter anderen Umständen hätte ich ihn ignoriert oder sogar weggeschickt. Jetzt allerdings trifft mich die Erleichterung wie ein Güterzug. Ich werfe meinem Fahrrad einen bedauernden Blick zu, dann öffne ich das Eisentor und schiebe mich mit gesenktem Kopf durch die Leute, die noch lauter zu schreien beginnen. Was erwarten die eigentlich von mir? Selbst wenn ich antworten würde, könnten sie bei dem Lärm, den sie selbst veranstalten, vermutlich kein Wort verstehen.

Am Straßenrand hebe ich den Kopf. Noch bevor ich die Hand nach dem Türgriff ausstrecken kann, steigt Tony mit versteinerter Miene aus. Er nickt mir kurz zu, dann öffnet er mir die Tür und dreht sich um, um sich zwischen mir und den Reportern zu positionieren.

Als ich auf die Rücksitzbank rutsche, bin ich keinesfalls überrascht, Caleb auf dem anderen Sitz zu entdecken. Trotzdem beginnt mein Herz ein klein wenig schneller zu schlagen. Aus zwei Gründen: Zum einen erhebt sich bei seinem Anblick jedes Mal in mir reflexartig die Wut, zum anderen sieht Caleb nun mal unverschämt gut aus. Das erste Mal trug er einen Anzug, das zweite Mal war er eher leger gekleidet. Heute ist es eine Mischung aus beidem – Jeans und ein Hemd mit aufgerollten Ärmeln. Ich habe eine Schwäche für aufgerollte Hemdsärmel.

»Hi«, sage ich schließlich, weil das Schweigen allmählich unangenehm wird. »Was tust du hier?«

Wenige Herzschläge lang betrachtet mich Caleb stumm, als wäre er mit seiner Musterung einfach noch nicht fertig. Dann richtet sich sein Blick wieder auf mein Gesicht und plötzlich spiegelt sich so etwas wie Sorge darin. »Wir haben heute Morgen erfahren, dass deine Adresse geleakt wurde. Deshalb dachten wir, wir schauen mal vorbei und checken die Lage.«

In diesem Moment steigt Tony wieder ein, schließt die Tür energisch hinter sich und wirft mir durch den Rückspiegel einen Blick zu. »Alles in Ordnung bei Ihnen, Miss?«

Ich nicke und schaue aus dem Fenster. Wie zu erwarten drängen sich die Reporter nun um den Wagen und schreien ihre Fragen heraus, als würden sie damit rechnen, dass wir wieder aussteigen und uns in Ruhe mit ihnen unterhalten. Einige von ihnen drücken die Objektive ihrer Kameras gegen die getönten Scheiben, und ich senke hastig den Kopf. Was für Idioten. »Das ist total verrückt«, murmele ich. Mein Atem geht immer noch schneller und erst jetzt bemerke ich, dass meine Finger leicht zittern. Hastig schiebe ich sie unter meine Oberschenkel, damit es Caleb nicht auffällt. Seinem Stirnrunzeln nach zu urteilen, hat das nicht funktioniert. »Was wollen die nur alle hier?«

»Einer der Mitarbeiter muss geredet haben«, erwidert Caleb überraschend ruhig. Mich macht die Vorstellung, dass irgendjemand mit der Presse über mich spricht, wahnsinnig wütend. Caleb klingt eher so, als wäre diese Sache etwas Lästiges, mit dem man nun mal zu leben hat. »Die Medien wissen, dass du das Erbe deiner Mutter antreten wirst. Ihnen fehlen noch die Details, aber für eine Headline reicht es.«

»Wen juckt das schon?«, schnaube ich frustriert. »Es ist nur eine von unzähligen Firmen in New York.«

»Hast du Sylvia mal gegoogelt?«, fragt Caleb tonlos und sieht mich an.

»Ja. Und?«

»Dann weißt du wohl inzwischen selbst, dass die Presse sie geliebt hat.« Er gibt Tony ein Zeichen, der daraufhin losfährt und die rufenden Reporter hinter uns lässt. Ich atme auf und widerstehe dem Drang, mich auf meinem Sitz umzudrehen und ihnen den Finger zu zeigen, den sie dank der getönten

Scheiben vermutlich ohnehin nicht sehen würden. »Sie war eine Person des öffentlichen Lebens und für viele Menschen ein Vorbild. Ihr Tod wäre allein für sich schon eine Schlagzeile wert gewesen, dein Auftauchen und die Frage nach der Nachfolge machen daraus einen hübschen kleinen Skandal.«

»Toll«, seufze ich, lasse den Kopf in den Nacken fallen und schließe einen Moment lang die Augen. »Das geht jetzt also so weiter?«

»Ein paar Wochen bestimmt.« Seine Stimme wird plötzlich kalt, noch kälter als ohnehin schon. »Vor allem wenn sie herausfinden, dass du direkt mit mir zusammen in der Führungsebene von *Bonham Industries* arbeitest.«

Ich unterdrücke ein Grinsen. Nicht, weil die Situation nur ansatzweise komisch ist, sondern weil mir der unzufriedene Ton in seiner Stimme gefällt. »Kann man dagegen nichts unternehmen? Sie des Platzes verweisen oder so?«

»Falls einer von ihnen das Grundstück betritt, rufen Sie die Polizei, Miss«, sagt Tony, und wieder begegne ich seinem Blick im Rückspiegel. »Sie dürfen sich im öffentlichen Raum aufhalten, Ihr Grundstück aber nicht betreten.«

Ich schnaube. Diese Regel würde mir vermutlich etwas bringen, wenn ich ein Anwesen oder etwas in der Art besitzen würde. Aber sobald ich mein Haus verlasse, stehe ich quasi in öffentlichem Raum. Die Vorstellung, mich jeden Morgen durch eine Meute Reporter zu meinem Rad quetschen zu müssen, verursacht mir Übelkeit.

Wieder schaue ich aus dem Fenster, aber erst mit ein paar Sekunden Verzögerung fällt mir auf, wo wir uns befinden. Ich drehe mich zu Caleb um. »Wohin fahren wir?«

»Zum Bonham Tower.«

»Warum?«

Eine seiner Augenbrauen hebt sich kaum merklich. »Wir

haben ein paar Dinge zu besprechen, denke ich. Das ist lange überfällig.«

Fassungslos sehe ich ihn an. »Können wir diese Machtspielchen allmählich mal sein lassen, bitte? Ganz ehrlich, ich bin dir dankbar, dass ihr mich da rausgeholt habt, aber du hättest mich durchaus fragen können, ob ich einverstanden bin, bevor du mich entführst.«

»Ich habe dich entführt?« Seine Stimme klingt nach wie vor ruhig, aber ich bilde mir ein, eine Spur Belustigung darin zu hören.

Ich verdrehe die Augen. »Du weißt, was ich meine. Du behandelst mich, als hätte ich keinen eigenen Willen und kein eigenes Leben. Ich muss zur Uni, in zwanzig Minuten beginnt meine Vorlesung. Du kannst nicht einfach über meinen Kopf hinweg entscheiden und davon ausgehen, dass ich mich damit zufriedengebe.«

»Dafür, dass du gerade eben behauptet hast, du wärst mir dankbar, klingst du ganz schön zickig.«

Wütend beiße ich die Zähne zusammen. Ich verabscheue dieses Wort. Männer bezeichnen Frauen gerne als Zicken und betiteln Gereiztheit oder völlig begründete Wut als typisch weiblich. Schieben Unzufriedenheit auf unsere Hormone oder unseren Zyklus. Gott, wie sehr ich das hasse!

Gut möglich, dass meine Antwort deswegen ein wenig schärfer ausfällt, als ursprünglich geplant. »Dir dankbar zu sein und dir hinterherzutrotten wie ein gut erzogener Hund, sind zwei unterschiedliche Dinge, Caleb.«

Er zieht eine Grimasse. »Schön«, sagt er, obwohl seine Stimme sich alles andere als versöhnlich anhört. »Würdest du mich bitte ins Büro begleiten, damit wir ein paar Dinge durchsprechen können?«

Mein erster Impuls ist, Nein zu sagen. Einfach nur, um ihm

meinen Standpunkt noch mal klarzumachen. Auf der anderen Seite bin ich ihm wirklich dankbar dafür, dass er mich vor den Reportern gerettet hat. Gut möglich, dass er das nur getan hat, damit ich nichts ausplaudere oder so, dennoch. Er hätte nicht kommen müssen. Außerdem ist es tatsächlich höchste Zeit, dass wir miteinander sprechen. Wie es aussieht, müssen wir ein ganzes Jahr lang miteinander auskommen. Wenn wir das schaffen wollen, ohne uns gegenseitig die Augen auszukratzen, sollten wir allmählich mal damit anfangen. Für meine Vorlesung nachher besteht keine Anwesenheitspflicht. Ich werde es also überleben, wenn ich sie sausen lasse.

»Okay«, gebe ich schließlich nach, verschränke die Arme vor der Brust und warte darauf, dass mein immer noch zu schnell schlagendes Herz sich wieder beruhigt. »Aber ich habe nicht viel Zeit.«

Aus den Augenwinkeln bemerke ich, dass Caleb grinst. »Wie du meinst.«

Ich bemühe mich wirklich, nicht wie ein beeindrucktes Kind am Fenster zu kleben, als das Bonham Building in Sicht kommt. Aber das ist gar nicht so einfach. Auch wenn ich das Gebäude natürlich nicht zum ersten Mal sehe – es gehört quasi zum Stadtbild, zumindest in dieser Gegend. In New York City sind Wolkenkratzer keine Besonderheit und ich interessiere mich zu wenig für Architektur, um sämtliche Gebäude der Stadt zu kennen. Mit dem Wissen, dass dieses Ungetüm meiner Mutter gehört hat, wirkt es allerdings um einiges eindrucksvoller. Ich versuche die Etagen zu zählen, gebe aber schnell auf. Schwer vorstellbar, dass dieses Haus einer einzigen Firma gehört. Mit ziemlicher Sicherheit sind einige der Stockwerke fremdvermietet, aber trotzdem … Wie viele Menschen arbeiten da drinnen bitte?

Zu meiner Erleichterung hält Tony nicht vor dem Haupteingang, denn schon von Weitem erkenne ich eine Handvoll Reporter, die davor Stellung bezogen haben. Stattdessen steuert er ein privates Parkhaus an, das ebenfalls nobler wirkt als alles, was ich bislang gesehen habe. Während ich noch darüber nachdenke, warum reiche Menschen Wert auf die Umgebung legen, in der sie ihre Autos parken, drosselt Tony das Tempo und hält schließlich vor einer doppelflügeligen Glastür, die von zwei riesigen Blumentöpfen flankiert wird.

Caleb steigt aus, überraschenderweise dieses Mal ohne Tonys Hilfe, und nach einem kurzen Zögern greife ich nach meinem Rucksack und folge ihm.

12

JULIE

»Ein roter Teppich?«, platze ich raus und deute skeptisch auf das Monstrum, das durch die Türen ins Treppenhaus führt. »Ihr braucht ernsthaft einen roten Teppich in eurer Tiefgarage?«

»Stilbewusstsein ist eine Lebenseinstellung«, erklärt Caleb arrogant, grinst allerdings, als ich die Augen verdrehe. »Es wäre inkonsequent, einen gewissen Look durch das Gebäude zu ziehen, dann aber bei der Garage aufzuhören. Auf die kleinen Details kommt es an, wenn man zu den Besten gehören will. Das lernst du schon noch.«

»Bitte nicht«, murmele ich trocken und folge Caleb, als er durch die sich automatisch öffnende Tür tritt und vor einem Aufzug stehen bleibt. Meinen begrenzten Erfahrungen nach nehmen reiche Menschen anscheinend auch keine Treppen. Mit einem diskreten *Pling* gleiten die Fahrstuhltüren auseinander, sodass wir eintreten können. Als ich einen Blick zur Seite werfe und mein Spiegelbild entdecke, wäre ich am liebsten wieder rausgerannt. Für den Bruchteil einer Sekunde hatte ich vergessen, wie ich aussehe. Ich habe zwar nicht vor, hier irgendjemanden zu beeindrucken. Aber ich fühle mich ohnehin unwohl in Calebs Welt, da hätte es meinem Selbstbewusstsein deutlich besser getan, würde ich nicht aussehen, als wäre ich gerade eben aus dem Bett gefallen.

Unauffällig schiele ich auf die Knöpfe, um herauszufinden, wie viele Stockwerke dieses Gebäude hat. Fünfundsiebzig Etagen. Und wieder frage ich mich, wie viele Menschen hier wohl arbeiten. Natürlich ist mir klar, dass es noch viel größere Firmen und auch viel größere Gebäude gibt. Aber die Tatsache, dass meine Mutter diesen Laden geleitet hat und Caleb und ich es in Zukunft tun werden, erscheint mir nach wie vor einfach unfassbar.

Überrascht sehe ich Caleb an, als ich bemerke, dass er auf den Knopf gedrückt hat, der in die Lobby führt. »Was machen wir?«, frage ich nervös.

»Wir müssen einen anderen Aufzug nehmen«, erklärt er, erntet dafür aber nur einen weiteren irritierten Blick. »Du wirst schon sehen.«

Kaum eine Sekunde später öffnen sich die Türen erneut und geben den Blick auf eine gigantische Halle frei. Nur am Rande bemerke ich, dass sich neben dem Fahrstuhl, den wir gerade verlassen haben, noch weitere aneinanderreihen. Genau wie in der Anwaltskanzlei empfängt mich leise Pianomusik, mit dem Unterschied, dass sie hier beinahe von dem Stimmengewirr übertönt wird, das von all den Menschen stammt, die durch die Lobby eilen, sich miteinander unterhalten oder telefonieren. Der Raum wird von einem großen Empfangstresen dominiert, der … von der Decke hängt? Er scheint aus einem einzigen weißen Marmorblock zu bestehen, bestimmt sieben oder acht Meter lang, der von silbernen Stangen gehalten wird und tatsächlich an der hohen Decke befestigt ist, statt den Boden zu berühren. Dahinter stehen zwei Frauen in grünen schlichten Kleidern und dem höflich distanzierten Lächeln, das jegliches Servicepersonal auf der ganzen Welt zu beherrschen scheint.

Der Fußboden der Lobby besteht aus weißem Stein, vermutlich ebenfalls Marmor, und die Wände sind grau mit silbernen Applikationen. Beinahe durch die ganze Halle zieht sich ein Gebilde, eine Art Bank, nur dass es eben nicht aussieht wie eine handelsübliche Bank. Sie ist um die zehn Meter lang und verläuft in einem schlangenförmigen Bogen durch die Lobby. Von der Decke baumeln Hunderte einzelner weißer Lampen, die mich aus irgendeinem Grund an Laserschwerter erinnern, und tauchen alles in ein helles weißes Licht.

»Was denkst du?«, fragt Caleb an meiner Seite. Als ich ihn ansehe, bemerke ich eine Mischung aus Stolz und Neugier in seinem Blick.

Ich zucke ein wenig überfordert mit den Schultern. Die Wahrheit werde ich ihm sicher nicht verraten, nämlich die, dass ich mich plötzlich wahnsinnig klein fühle und irgendwie unbedeutend. Ob es vielleicht doch eine ganz schlechte Entscheidung war, dieses Erbe antreten zu wollen? Mein Leben bestand bislang aus meinem Studium, den Nebenjobs und meinen Freunden. Meine Verantwortung beschränkte sich auf Dinge, wie die Miete zu bezahlen oder meine Aufgaben in der WG zu erledigen. Den Geschirrspüler auszuräumen oder die Katzen zu füttern, lässt sich allerdings schwer mit der Tatsache vergleichen, bald Vorsitzende dieser Firma zu sein. Ob ich mir diese Aufgabe mit Caleb teile oder nicht, spielt in diesem Moment keine Rolle. Dieser Job erscheint mir auf einmal übermächtig, wie ein gigantischer Berg, der vor mir aufragt und seinen gewaltigen Schatten auf mich wirft.

»Das Reinigungspersonal tut mir leid«, spreche ich das Erste aus, was mir in den Sinn kommt. »Die ganzen polierten Oberflächen sind bestimmt der reinste Staubmagnet. Aber es sieht hübsch aus.«

Calebs Mundwinkel zucken. Dann setzt er sich erneut in Bewegung, mit großen, selbstbewussten Schritten, als wäre er ein König in seinem eigenen Reich. Ein Vergleich, der eigentlich ziemlich passend ist, wie mir langsam dämmert. Das hier ist Calebs Hoheitsgebiet, er ist hier praktisch aufgewachsen und nun hat er die Chance, es zu regieren.

Ich beschleunige meine Schritte, um den Anschluss nicht zu verlieren. Während ich neben ihm die Lobby durchquere, bemerke ich die Blicke, die uns aus allen Ecken folgen. Mein Gesicht wird heiß, und ich trete dichter an Caleb heran, als wollte ich mich hinter ihm verstecken. Ich bin mir nicht sicher, warum genau sie uns anstarren – ob es daran liegt, dass sie mich erkennen, oder daran, dass ich in dieser Umgebung vermutlich noch verlotterter rüberkomme als ohnehin schon? Aber es spielt auch keine Rolle.

Die gesamte Situation wird immer unangenehmer, und ich bin erleichtert, als Caleb an einem weiteren Aufzug Halt macht. Dieser scheint einer ausgewählten Personengruppe vorbehalten zu sein, denn Caleb zieht eine Karte aus seinem Portemonnaie, die äußerst edel aussieht. Auf weißem Hintergrund hebt sich ein dunkelblaues Wasserfarbenmuster mit goldenen, willkürlich angeordneten Linien ab, die wie Farbkleckse aussehen. Caleb hält die Karte vor ein kleines Scanfeld und drückt den Knopf, der ein schnörkelloses dunkelblaues *B* zeigt. Auf meinen fragenden Blick hin bemerkt er: »Es gibt zwei private Apartments in dem Gebäude. Du brauchst eine Zugangserlaubnis, um diesen Aufzug benutzen zu können. Er ist der einzige, der in die privaten Etagen fährt.«

Ich pfeife durch die Zähne. Meine Gedanken wandern kurz zu meiner eigenen Wohnung und dem Treppenhaus, in dem es an den Wochenenden nach einer Mischung aus Gras und Zigarettenqualm stinkt und in dem die Wasserflecken an der Decke von Tag zu Tag größer werden. Und ich denke an unseren Fahrstuhl, der noch nie funktioniert hat, seit ich dort wohne, worüber sich aber niemand beschwert, weil alle Angst haben, dass der Vermieter sonst die Miete erhöht.

Als sich die Aufzugtüren vor uns öffnen, kann ich ein leises »Wow« nicht unterdrücken. Denn dieser Fahrstuhl ist um einiges beeindruckender als der, den wir gerade eben verlassen haben. Er besteht komplett aus Glas und ist offensichtlich an der Außenseite des Gebäudes angebracht, sodass wir einen atemberaubenden Blick auf Manhattan haben werden, sobald er höher steigt. Als Caleb einen Schritt nach vorn macht, fällt mir auf, dass selbst der Boden verglast ist. Mein Herz stolpert ein paar Mal vor Aufregung. Ich habe keine Höhenangst, trotzdem scheint mein Hirn sich zu weigern, diesen unsichtbaren Untergrund als sicheren Standort anzuerkennen.

Caleb scheint mir meine Gedanken im Gesicht ablesen zu können, denn er lacht und weicht zurück, um mir mehr Platz zu geben. »So geht es den meisten, die das erste Mal damit fahren.«

»Ach ja?«, schnaube ich und betrete vorsichtig den Glasboden. Aktuell befinden wir uns noch im Erdgeschoss, was bedeutet, dass das penibel gepflegte Blumenbeet unter uns nur etwa einen halben Meter entfernt ist. Aber dieses Gebäude hat über siebzig Etagen. »Wo genau befindet sich denn deine Wohnung?«

Ich bemerke, dass er sich ein Grinsen verkneift. »Ganz oben.«

»Cool.« Hastig nicke ich und ringe mir ein gezwungenes Lächeln ab. Dann presse ich die Lippen aufeinander und mache einen großen Schritt bis zur hinteren Aufzugwand. Dort ist eine goldene Stange angebracht, an der ich mich immerhin festhalten kann. Nicht, dass es etwas bringen würde, falls das Glas unter unseren Füßen nachgibt.

»Eine Freundin weigert sich seit Jahren, diesen Fahrstuhl zu benutzen«, erzählt mir Caleb im Plauderton, während die Türen sich schließen. »Sie nimmt die Treppe.«

Ungläubig sehe ich ihn an. »Es hätte eine Alternative gegeben?«

»Natürlich.« Als ich ihn vorwurfsvoll anfunkele, hebt er nur die Augenbrauen. »Aber das hier ist ein Erlebnis, Juliette. Das wollte ich dir nicht vorenthalten.«

Ich will etwas erwidern, aber in diesem Moment geht ein sanfter Ruck durch die Kabine und sie beginnt nach oben zu fahren. Meine Finger klammern sich automatisch fester um die Haltestange. Mein erster Impuls ist es, einfach die Augen zusammenzukneifen, bis wir oben sind. Doch dann reiße ich meinen Blick von Caleb los und beobachte die Stadt, die sich langsam unter uns ausbreitet. Ich kenne den Bonham Tower und habe den außenliegenden Fahrstuhl schon einmal bemerkt. Allerdings scheint es sich bei dem Glas um einen Einwegspiegel zu handeln. Von außen wirkt er wie verspiegelt, von hier drinnen allerdings ist die Aussicht atemberaubend: die Menschen auf der Straße werden kleiner und kleiner, und die Gebäude, die vom Boden aus noch so beeindruckend gewirkt haben, beginnen zu schrumpfen. Okay, Caleb hatte recht. Das hier ist wirklich cool. Seit ich damals nach New York gezogen bin, empfinde ich diese Stadt als reine Naturgewalt. Ich liebe sie, ich liebe die unbegrenzten Möglichkeiten. Gleichzeitig ist sie in der Lage, dich bei lebendigem Leibe zu verschlingen, wenn du nicht aufpasst. Dich in dem reißenden Fluss verpasster Chancen und verlorener Träume zu ertränken und dich in die Tiefe zu reißen. New York ist eine einzige große Bühne, trotzdem kannst du ohne Probleme in der Masse der Menschen untergehen.

Jetzt allerdings, während wir an Höhe gewinnen und die Aussicht auf die Stadt immer umwerfender wird, kommt New

York mir irgendwie seltsam harmlos vor. Wie das Bild einer Postkarte oder eine Kulisse, die einzig und allein dafür angefertigt wurde, meinem Leben eine Leinwand zu bieten.

Vielleicht ist es genau dieses Lebensgefühl, das die Reichen und Schönen für jedermann sichtbar nach außen tragen – Sorglosigkeit und die Gewissheit, dass die Welt lediglich ihr Spielplatz ist.

»Und?«, fragt Caleb mich von der Seite. An seinem Gesichtsausdruck bemerke ich, dass er mich beobachtet hat.

Mir schießt das Blut in die Wangen, aber ich zwinge mich zu einem unbeteiligten Schulterzucken. »Ein wenig protzig.« Was nicht einmal gelogen ist. Das hier ist wahnsinnig beeindruckend, aber irgendwie bezweifle ich, dass Sylvia diesen Aufzug lediglich zum eigenen Vergnügen hat bauen lassen. Nein, all das hier dient der Selbstinszenierung. »Ich frage mich, wie es sich wohl anfühlt, wenn einem das alles hier normal vorkommt.«

»Normal ist Auslegungssache«, sagt er und wendet den Blick ab. »Das wirst du bald schon feststellen.«

Ich spare mir eine Antwort. Denn er hat recht. Ich habe diesem Deal zugestimmt, was bedeutet, dass ich ein Jahr lang Teil dieser Welt sein werde. Und ein Jahr ist genug Zeit, um etwas zur Gewohnheit werden zu lassen.

Der Fahrstuhl fährt höher und höher – so hoch, dass sich meine Finger erneut angespannt um die Stange krallen und ich kurz das Gefühl habe, bald über den Wolken schweben zu müssen. Dann wird er langsamer und hält schließlich mit einem sanften Ruck, bevor sich die Türen öffnen. Caleb deutet spöttisch eine Verbeugung an und lässt mich vorgehen.

Ich sehe mich um.

Vielleicht liegt es daran, dass wir bereits die Lobby und den beeindruckenden Aufzug hinter uns haben, oder an dem

Umstand, dass diese Wohnung aussieht, als wäre sie aus einem Katalog ausgeschnitten worden. Was es auch sein mag, es sorgt jedenfalls dafür, dass ich nicht annähernd so fasziniert bin von dem, was sich meinem Auge hier bietet, wie vor ein paar Minuten in der Eingangshalle. Der Aufzug führt direkt in ein … ja, definitiv ein Penthouse, was noch einmal deutlich unterstreicht, warum man für den Fahrstuhl eine Zugangsberechtigung benötigt. Rechts von mir liegt eine offene Küche, die auf der einen Seite so aussieht, als wäre noch nie darin gekocht worden, auf der anderen Seite zweifellos alles beinhaltet, was man sich nur wünschen kann. Die gigantische Kücheninsel, auf dem eine gut gefüllte Obstschale thront, ist beinahe so groß wie mein komplettes Schlafzimmer. Vor mir führen ein paar Stufen nach unten, in einen weiteren Teil der Penthousewohnung: das Wohnzimmer. Ein Wohnzimmer, das beinahe komplett von einem riesigen Sofa beherrscht wird. Ich blinzle ein paar Mal, während ich in Gedanken überschlage, wie viele Menschen auf dieser Couch wohl Platz haben würden. Es gibt noch eine schlichte weiße Treppe, die ins Obergeschoss führt, und ein paar Kommoden und Bücherregale. An den Wänden hängen irgendwelche Bilder, die mit Sicherheit sündhaft teuer waren, den ganzen Raum aber nur noch unpersönlicher wirken lassen. Ich suche nach persönlichen Sachen, nach Fotos von Freunden oder Familie, nach herumliegenden Klamotten, Sportpokalen aus der Highschool oder nach Büchern, die nicht so aussehen, als wären sie aus ästhetischen Gründen gekauft und platziert worden. Ich werde nicht fündig.

Caleb schlendert wortlos an mir vorbei zur Küche und öffnet den Kühlschrank. Ich versuche, einen Blick auf den Inhalt zu erhaschen, aber Caleb nimmt mir mit seinen breiten Schultern jegliche Sicht. Dann dreht er sich wieder zu mir um, zwei Dosen Cola in der Hand. Nachdem er sich auf einen der

Barhocker am Küchentresen gesetzt hat, sieht er mich auffordernd an.

»Hier wohnst du?«, frage ich, während ich zu ihm hinübergehe, mich jedoch nicht hinsetze. Ich will dieses Gespräch so knapp wie möglich halten. Es mir gemütlich zu machen, widerspricht diesem Plan ein wenig.

»Erst seit Kurzem«, antwortet er und nimmt einen Schluck aus seiner Dose. »Das hier war Sylvias Wohnung. Meine eigene befindet sich im Gebäude weiter unten, aber ich fand es unnötig, diese große Wohnung leer stehen zu lassen.«

Noch einmal lasse ich den Blick wandern. Auch wenn ich meine biologische Mutter nie kennengelernt habe, fällt es mir schwer, sie mir hier drinnen vorzustellen. Nicht den Menschen, über den ich im Internet gelesen habe, sondern den, von dem mir mein Dad erzählt hat. Ich schaffe es nicht, diese beiden Versionen einer Person miteinander in Einklang zu bringen.

»Es wirkt sehr unpersönlich.« Ich werfe Caleb einen vorsichtigen Blick zu, aber er macht nicht den Eindruck, als hätte ich ihn irgendwie gekränkt. »Mit vierundzwanzig sollte man irgendwie anders leben.«

Er lacht leise. »Ich zeige dir bei Gelegenheit mal meine alte Wohnung. Die erfüllt garantiert all deine Junggesellenbude-Vorstellungen.«

Etwas verlegen greife ich nach meiner Cola, hauptsächlich, um meinen Händen eine Aufgabe zu geben. »Also, wollen wir zum Punkt kommen?«

Sein Blick wird wieder eindringlich. Ich frage mich, ob er ihn vor dem Spiegel geübt oder ob Sylvia ihn ihm beigebracht hat.

»Jetzt, da du dich dazu entschieden hast, das Erbe anzutreten, muss einiges geklärt werden.« Mir entgeht der anklagende Unterton in seiner Stimme nicht, ich beschließe aber, ihn zu ignorieren. »Die offiziellen Dinge sollten wir in Anwesenheit unserer Anwälte besprechen, aber es kann bestimmt nicht schaden, wenn du dich mit der Firma vertraut machst und wir einander … na ja … kennenlernen.«

»Wenn wir einander kennenlernen?«, wiederhole ich skeptisch. »Denkst du nicht, dass ich mir bereits ein ziemlich realistisches Bild von dir machen konnte, als du mir gedroht und versucht hast, mich einzuschüchtern?«

»Das war ein Mittel zum Zweck, und das weißt du auch.«

Ich stoße ein bitteres Lachen aus. »Hör mal, Caleb. Ich habe nichts gegen dich persönlich, und wenn es nach mir gegangen wäre, hätten wir die ganze Angelegenheit friedlich und in aller Freundschaft geregelt. Aber das fällt mir inzwischen ziemlich schwer, weißt du? Ich habe nicht einmal das Gefühl, mit deinem wahren Ich zu sprechen.«

»Wie meinst du das?«, fragt er verwirrt.

Mit einem Finger deute ich auf ihn. »Du bist gerade mal fünf Jahre älter als ich, aber hörst dich an wie ein Fünfzigjähriger, der ein Knigge-Handbuch verschluckt hat. Du bist großspurig und arrogant und denkst, dass alles nach deiner Pfeife zu tanzen hat. Du wirkst wie eine Kunstfigur, als wärst du gar nicht du selbst! Als würdest du jedes Mal, wenn wir uns begegnen, eine Rolle spielen. Nimm es mir nicht übel, aber du erweckst nicht gerade den Eindruck, als würdest du ehrlich Wert darauf legen, mich kennenzulernen.«

Seine Augenbrauen sind während meiner kleinen Rede fast im Haaransatz verschwunden. Er wartet noch ein paar Sekunden, als wäre er nicht sicher, ob ich schon fertig bin. Dann stellt er seine Dose auf den Tresen, steht auf und vergräbt die Hände in der Jeans.

»Du hast mich kalt erwischt«, gesteht er widerstrebend, ohne mich anzusehen. »Ich habe hart dafür gearbeitet, einen

Platz in diesem Unternehmen zu haben. Um ihn mir zu verdienen! Bei Sylvia gab es nichts umsonst. Hätte ich mich nicht bewiesen und alles dafür geopfert, hätte sie mich niemals in ihrem Testament bedacht oder mich in die Firma geholt, glaub mir. Aber ich habe nicht damit gerechnet, dass ich diese Stelle so früh antreten muss.«

Ich verstehe, was er meint, und mein Herz zieht sich ein wenig zusammen. »Sie hatte keine Zeit mehr, dich einzuweisen, richtig?«

Er nickt. »Ich dachte, dass ich unter ihr arbeite und sie mich die nächsten zwanzig Jahre oder so auf die Nachfolge vorbereitet. Nicht … so.«

Der Anflug eines schlechten Gewissens regt sich in meiner Magengegend. Vielleicht war ich zu streng zu Caleb. Immerhin hat er einen Menschen verloren, der ihm nahestand. Und dabei spielt es überhaupt keine Rolle, ob Sylvia meine leibliche Mutter war oder seine – sie war Teil seines Lebens und er war ein Teil ihres, ich nicht. Andererseits war ich nicht diejenige, die während der Testamentseröffnung sofort zum Angriff übergegangen ist. Dass wir uns gegenseitig an die Gurgel gehen, ist allein auf seinem Mist gewachsen.

Als ich keine Antwort gebe, redet er einfach weiter. »Stimmt, ich habe mich dir gegenüber wie ein Arschloch verhalten, und ich kann dir echt nicht versprechen, dass das nicht wieder vorkommen wird. Aber ich werde mich nicht dafür entschuldigen, Juliette. Ich werde mich nicht dafür entschuldigen, das Unternehmen, für das Sylvia gelebt hat, mit allem, was ich habe, zu beschützen.«

»Vor mir?«, frage ich und lache ungläubig auf, als er mich genervt ansieht. »Das ist doch nicht dein Ernst.«

»Warum nicht? Du bist ihre biologische Tochter und bist ohne Vorwarnung hier aufgetaucht. Da liegt die Vermutung schon nahe, dass du die Absicht hast, dir einfach alles unter den Nagel zu reißen.«

»Du hättest mich einfach fragen können«, werfe ich ihm leicht angesäuert vor. Ich bin mir tatsächlich absolut sicher, dass er diese Möglichkeit nicht eine Sekunde in Betracht gezogen hat. Ohne Zweifel ist er mit der Devise *Angriff ist die beste Verteidigung* aufgewachsen.

Caleb sieht aus, als hätte er noch eine ganze Menge zu sagen, entscheidet sich aber offensichtlich, es runterzuschlucken. Stattdessen fährt er sich kurz mit der Hand durch die Haare, bevor er seine Gesichtsmuskeln zu einem beinahe freundlichen Lächeln arrangiert. »Wie gesagt, wir müssen das hier auf die Reihe kriegen. Sowohl Vorstand als auch Aufsichtsrat sitzen mir im Nacken, sie sind nicht gerade erfreut über die Spannungen in der Führungsebene. Was ich verstehen kann.«

Stirnrunzelnd lege ich den Kopf schief. »Aber du bist doch der Chef von allem, oder nicht? Bist du ihnen überhaupt Rechenschaft schuldig?«

»Der Aufsichtsrat ist eine Art Kontrollgremium. Viele sehr wichtige, sehr grimmige Menschen, die eine Menge Geld in *Bonham Industries* gesteckt haben und es nicht gerne sehen würden, wenn wir es deinetwegen an die Wand fahren.«

»Meinetwegen?«

Er wirft mir einen kurzen Blick zu. »Ich weiß, dass du uns nichts Böses willst. Aber alles war gut, bis du aufgetaucht bist. Ich bin in der Lage, diese Firma in Sylvias Sinne weiterzuführen, weil ich Erfahrung habe und weil ich das Unternehmen kenne. Das alles trifft auf dich nicht zu.«

Da hat er nicht ganz unrecht. Trotzdem hasse ich es, ständig als ein Problem dargestellt zu werden, das es irgendwie zu lösen gilt. »Und was hast du vor, um diese wichtigen, grimmigen Menschen zu beruhigen?«

»Zuerst zeige ich dir die ganze Firma«, sagt er schlicht und deutet mit dem Finger über die Schulter. »Du solltest wissen, was für ein Unternehmen du leitest.«

Reflexartig will ich protestieren, halte dann aber die Luft an. Denn er hat recht. *Verdammt.*

Calebs kleiner Rundgang trägt nicht dazu bei, das überwältigende Gefühl loszuwerden, das sich in meiner Magengegend eingenistet hat, seit wir das *Big B* betreten haben. Mir ist klar, dass er mir eigentlich dabei helfen will, mich zu orientieren und eine Verbindung zu dem Unternehmen aufzubauen – leider hat seine Führung die gegenteilige Wirkung. Sie verwirrt und verunsichert mich – eine einzige Reizüberflutung. Diese Firma hat so viele Abteilungen, so viele Büros, Angestellte und Stockwerke, dass mir bereits nach einer Stunde der Kopf brummt. Während Caleb mich durch die verschiedenen Räume führt und mich Leuten vorstellt, deren Namen ich mir verzweifelt zu merken versuche, rattert er eine Salve an Fakten herunter.

Bonham Industries beschäftigt offenbar um die dreizehntausend Mitarbeiter, hat Standorte in Australien und Europa und Labore in Mittelamerika und Kanada. Letztes Jahr wurde ein Umsatz von einundzwanzig Milliarden Dollar erzielt. Einundzwanzig Milliarden verdammte US-Dollar! Was für eine unfassbare Summe Geld! Unwillkürlich frage ich mich, was Sylvia wohl im Monat mit dieser Firma verdient hat.

»Aktuell stehen wir auf Platz dreiundzwanzig der Liste der größten Pharmahersteller weltweit«, erzählt er, während wir an einer Reihe Kabinen vorbeigehen, in denen Angestellte Telefonanrufe entgegennehmen. »Außerdem sind wir seit vier Jahren im *S&P 500* gelistet.«

»Ich habe keine Ahnung, was du mir zu sagen versuchst«,

schnaube ich. »Und ich bin mir inzwischen beinahe sicher, dass du dir das alles nur ausdenkst, um mich dumm dastehen zu lassen.«

Er wirft mir einen amüsierten Blick zu. »Das ist einer der meistbeachteten Aktienindizes der Welt. Wir gehören zu den fünfhundert börsennotierten US-amerikanischen Unternehmen.«

»Das hat nicht geholfen.« Als er den Mund öffnet, um zu einer weiteren Erklärung anzusetzen, hebe ich die Hand. »Stopp! Brauche ich diese Information für diesen Job? Heute?«

»Nicht wirklich«, erwidert er schmunzelnd. »Aber ein bisschen Firmenstolz kann sicher nicht schaden.«

Die angespannte Stimmung zwischen uns hat sich zum Glück gelegt. Während wir die verschiedenen Stockwerke abgearbeitet haben und Caleb von *Bonham* erzählte, konnte ich beinahe dabei zusehen, wie er sich mehr und mehr entspannte. Die Sorgenfalten auf seiner Stirn sind beinahe komplett verschwunden, und er wirkt jünger als sonst. Eine ziemlich interessante Veränderung. Wäre mir nicht bereits vorher klar gewesen, wie wichtig ihm die Firma ist, dann wäre spätestens das hier der Beweis.

»Es wäre von Vorteil, mir zu erklären, was genau ihr hier tut«, sage ich. »Nicht, womit ihr auf irgendwelchen Cocktailabenden in den Hamptons angebt.«

»Das ist nichts, womit ich auf irgendwelchen …« Er unterbricht sich selbst mit einem tiefen Seufzen, während wir vor einem weiteren Aufzug Halt machen und er auf den Knopf drückt. »Was auch immer. Also, im Grunde erforschen und kommerzialisieren wir Therapien gegen verschiedene Erkrankungen. Wir haben uns auf Therapeutika gegen Hepatitis B, C, HIV und Influenza spezialisiert. Vor allem entwickeln wir Wirkstoffe für Allergiker oder Menschen mit Lebensmittelunverträglichkeiten. In den letzten Jahren hat sich in diesem Bereich ein enormer Markt aufgetan, was mit ein Grund dafür war, weshalb Sylvia innerhalb weniger Jahre so erfolgreich geworden ist. Sie hatte quasi die Lösung, noch bevor danach gefragt wurde.«

»Ihr erforscht also Medikamente gegen diese Krankheiten, produziert sie und verkauft sie dann an Apotheken und so weiter.«

»Wir stellen sie der breiten Masse zur Verfügung, ja.«

Ich runzle die Stirn, als wir nebeneinander den Aufzug betreten. »Und warum hat sich Sylvia auf Allergiker spezialisiert, wenn der Markt anfangs noch nicht so groß gewesen ist?«

Sein Gesichtsausdruck wird ernst. »Ihre Schwester starb als Kind, weil sie eine Unverträglichkeit hatte und es keine geeignete Behandlungsmethode gab.«

»Oh.« Ich weiß nicht, wie ich auf diese neue Information reagieren soll. Das entspricht so gar nicht dem Bild, das ich von Sylvia Bonham habe. Ich hätte erwartet, dass sie es des Geldes wegen getan oder irgendwie geahnt hat, dass sie damit bekannt werden würde. Eine Familiensache klingt dagegen so … menschlich. Ich sehe ihn an. »Mochtest du sie? Sylvia, meine ich.«

Das Lächeln, das sich auf seinem Gesicht ausbreitet, wirkt ehrlich. »Nein, eigentlich nicht. Ich habe sie bewundert und sie wahnsinnig respektiert. Und mein Dad hat sie geliebt. Aber Sylvia und ich … Manchmal hatte ich das Gefühl, dass sie eine Mutter sein *wollte*, aber einfach nicht wusste, wie das geht. Man könnte sagen, sie war stets bemüht.«

Mein Lachen klingt ein wenig bitter. »Das kann ich mir vorstellen.«

Wir betreten die zwölfte Etage, und ich bete innerlich zu Gott, dass wir es bald hinter uns haben.

Träum weiter, flüstert eine kleine Stimme im Hinterkopf. *Wie viele Stockwerke hat das Ding hier?*

»Sie war kein schlechter Mensch, Juliette«, sagt Caleb und klingt dabei beinahe streng. »Sie war nur nicht der mütterliche Typ. Aber das ist okay, finde ich. Sie hatte andere Ziele im Leben als ein Haus voller Kinder oder das beste Rezept für Apfelkuchen. Ich meine, guck dich um.« Er breitet die Arme aus. »Das alles hat sie erschaffen. Und, auch wenn das böse klingt, das ist nicht weniger beeindruckend, als ein Kind großzuziehen.«

Ich kann ein wütendes Schnauben nicht unterdrücken. »Sie hat es nicht einmal versucht, Caleb. Sie hat sich kein Stück für mich interessiert.«

»Und war das so schlimm?« Als ich ihn empört anfahren will, hält er die Hand hoch, um mich daran zu hindern. »Denk mal drüber nach. Sie war schwanger und wollte es nicht sein, richtig? Wir könnten jetzt darüber diskutieren, ob sie und dein Dad besser hätten aufpassen müssen, aber so etwas passiert eben. Sie war schwanger. Welche Möglichkeiten gab es also? Sie hätte die Schwangerschaft abbrechen können, aber von deinem Standpunkt aus gesehen wäre das wohl keine gute Alternative gewesen.«

»Haha, du bist ja so lustig.«

»Ich weiß«, erwidert er grinsend. »Sie hätte dich zur Adoption freigeben können, aber dein Vater hat dich geliebt, also wäre das mehr als unfair ihm gegenüber gewesen. Und sie hätte sich aus Pflichtgefühl um dich kümmern können, ohne es wirklich zu wollen. Innerlich wäre sie unglücklich gewesen und spätestens, wenn du älter geworden wärst, hättest du das gespürt. Oder sie hätte es versuchen können, in der Hoffnung, dass sich die Muttergefühle irgendwann doch einstellen. Hätte das allerdings nicht funktioniert, hätte sie dich vielleicht weggegeben. Alles keine schöne Szenarien, oder? Also hat sie sich dafür entschieden, dich dem Menschen anzuvertrauen, der dich wirklich liebt und sich wirklich um dich kümmern wollte. Und ist aus deinem Leben verschwunden. Du hattest eine schöne Kindheit, wurdest geliebt, hast eine Stiefmutter. Du warst glücklich, oder nicht?«

Ein paar Sekunden lang bin ich sprachlos. Und beinahe ein wenig berührt. Caleb hat mit seiner Zusammenfassung verdammt genau ins Schwarze getroffen. »Ja, das war ich. Trotzdem hätte sie uns finanziell unter die Arme greifen können.«

Er wirft mir einen Blick von der Seite zu. »Ich will nicht gegen deinen Vater schießen oder so, aber ich vermute mal, dass das seine Entscheidung war, Juliette. Man kann über Sylvia sagen, was man will, aber geizig war sie nicht. Immerhin hat sie dich in ihrem Erbe bedacht, was sie nicht hätte tun müssen.«

Ich schüttle den Kopf und starre auf den Boden. Nicht, weil ich ihm nicht zustimme, sondern eher, weil ich angestrengt versuche, durch dieses ganze Wirrwarr, das meine Familiengeschichte darstellt, durchzusteigen.

Nachdem Caleb mir die wichtigsten Abteilungen wie Herstellung, Vertrieb und Marketing gezeigt hat, betreten wir zum wer weiß wievielten Mal einen Fahrstuhl. Als Calebs Handy klingelt, wirft er mir einen entschuldigenden Blick zu, wendet sich ab und geht ran. Ich nutze die Zeit, um kurz durchzuatmen.

Große Bürogebäude haben mich von klein auf irgendwie fasziniert. Immer wenn ich an gewaltigen Wolkenkratzern vorbeigegangen bin, habe ich mir vorgestellt, wie verdammt cool es sein muss, in einem von ihnen zu arbeiten. Aber das waren nur Träumereien, ähnlich wie meine *Grey's-Anatomy*-Phase, in der ich auf jeden Fall Ärztin werden und in einem großen Krankenhaus arbeiten wollte. Jetzt, da ich tatsächlich kurz davorstehe, einen »Wolkenkratzer-Job« anzunehmen, bin ich überhaupt nicht mehr so sicher, ob es wirklich so cool werden wird. Zwar bin ich ganz optimistisch, dass Caleb und ich einen Aufgabenbereich für mich finden, in dem ich mich halbwegs wohlfühle – im Marketing, zum Beispiel. Trotzdem werde ich die Neue sein, diejenige, die eigentlich nicht hierhergehört. Die Studentin aus dem East Village, die hereingestolpert kommt und die Firma übernimmt, von der sie keinen blassen Schimmer hat. Eine beängstigende Vorstellung, vor allem für einen Menschen wie mich, der oft nicht genau weiß, wie er auf fremde Menschen zugehen soll.

Caleb legt auf, genau in dem Moment, in dem sich die Aufzugtüren öffnen. Der Unterschied zwischen den Fluren, in denen wir bislang unterwegs waren, und diesem hier, springt mir förmlich ins Gesicht.

»Das ist die Chefetage«, sage ich. Das ist keine Frage.

»Jep. Das ist das oberste Firmenstockwerk. Die Etagen über uns sind fremdvermietet. Komm, ich zeige dir mein Büro.« Caleb zwinkert mir zu und streckt den Arm aus, um mir den Vortritt zu gewähren.

Auf dem Korridor fällt mir sofort der dezente Duft nach irgendetwas Blumigem auf. Meine Güte, hier oben *riecht* es sogar teuer! Der Boden besteht aus solidem dunklen Marmor und stellt damit einen ziemlichen Kontrast zu dem überwiegend hellen Erscheinungsbild des übrigen Gebäudes dar. Als hätte der Architekt ziemlich viel Wert darauf gelegt, den Unterschied zwischen der Führungsebene und dem Alltagsgeschäft deutlich zu machen. Was ihm absolut gelungen ist. Alles hier erinnert eher an eine teure Luxusvilla als an Büros.

Vom Korridor gehen insgesamt vier Türen ab, aber Caleb steuert auf die ganz am Ende zu. Als wir die Flügeltüren passieren, empfängt uns ein heller Raum mit hohen Decken, der zu zwei Seiten komplett aus Glasfront besteht. Ich trete ans Fenster und lasse mich einen Moment lang von der Aussicht ablenken.

Heute ist ein wolkenloser, sonniger Tag. Manhattan breitet sich zu unseren Füßen aus und präsentiert sich von seiner schönsten Seite. Die Autos und Menschen, die zwischen den Gebäuden vorbeihuschen, sind kaum noch als solche zu erkennen. Von hier aus kann ich das Empire State Building erkennen, das Chrysler Building und sogar das One World Trade Center, das vor ein paar Jahren auf Ground Zero errichtet wurde.

Als ich mich wieder umdrehe, lehnt Caleb an einem riesigen Schreibtisch in der Mitte des Raumes und beobachtet mich.

»Was ist?«, frage ich grinsend.

»Du siehst immer so beeindruckt aus«, erklärt er schulterzuckend. »Manchmal vergesse ich, was für einen Eindruck das alles auf andere Leute machen muss.«

»Falls du angeben willst, ist das hier auf jeden Fall der richtige Ort dafür.« Ich mustere seinen Schreibtisch, der in der Mitte des Büros steht und den Raum dominiert. Er sieht mehr aus wie ein Ausstellungsstück als ein Tisch, an dem tatsächlich gearbeitet wird. Die polierte Glasplatte thront auf schwarzen Tischbeinen, und irgendwie würde es mich nicht wundern, wenn alle paar Minuten ein Assistent herbeieilen und mögliche Fingerabdrücke wegwischen würde. Darauf steht ein PC mit zwei Bildschirmen, eine schwarze Aktenmappe und ein kleiner Stapel ungeöffneter Post liegen an den Seiten. Ich kann weder Fotos noch andere persönliche Dinge entdecken, mit denen sich andere Menschen ihren Arbeitsplatz normalerweise gemütlicher gestalten. Genau wie seine Wohnung wirkt dieser Raum, als wäre Caleb noch nicht so richtig angekommen.

Der Rest der Einrichtung besteht hauptsächlich aus identischen Aktenschränken und einer kleinen Sitzecke rechts von uns, die allerdings nicht so aussieht, als wäre sie jemals benutzt worden. Die silberfarbenen Zierkissen sind perfekt drapiert, genau wie die drei Fotobände, die auf dem kleinen Beistelltisch liegen und garantiert noch nie auch nur aufgeschlagen wurden. An der einzigen Wand, die nicht aus Glasfront besteht, hängt eine Schwarz-Weiß-Fotografie des Bonham Towers.

Alles hier drin strahlt Reichtum und penible Ordnung aus. Es fällt mir sehr schwer, mir vorzustellen, selbst je dieses Maß an Eleganz zu erreichen. Denn ganz ehrlich, ich passe hier einfach nicht rein.

»Wo werde ich arbeiten?«, frage ich Caleb neugierig und schaue mich noch einmal um. Laut Hoffman sind Caleb und ich gleichgestellt, aber ich glaube nicht, dass es irgendwo ein zweites Büro dieser Ausmaße gibt. Ein weiteres Chefbüro. Und um ehrlich zu sein, sehe ich mich sowieso eher in einer der kleineren Arbeitskabinen, in denen die Leute Anrufe beantworten und koordinieren. Das ist deutlich mehr meine Kragenweite.

»Gute Frage«, antwortet er und streckt sich, bis seine Gelenke knacken. »Ich werde mich mit der Gebäudeverwaltung besprechen und abklären, wie wir das am besten lösen. Es gibt eine ganze Menge Dinge, die gelöst werden müssen.«

Das glaube ich ihm aufs Wort. Jetzt sogar noch mehr als vor unserem Rundgang. *Bonham Industries* ist eine gut laufende Maschine, in der jedes Zahnrad ineinandergreift. Mein Auftauchen verursacht Chaos und vermutlich viel Arbeit für verdammt viele Leute.

»Ein Jahr geht schnell vorbei«, murmele ich leise, ohne zu wissen, ob ich mit Caleb oder mir selbst spreche.

Er zieht eine Grimasse. »Unsere oberste Priorität ist es, eine

Aufgabe für dich zu finden. Krieg das nicht wieder in den falschen Hals, aber ich bin mir nicht sicher, wie viel Sinn es machen würde, dich in die Führung der laufenden Geschäfte aktiv mit einzubeziehen. Mir ist klar, dass Sylvia dich zur gleichberechtigten CEO gemacht hat. Das bedeutet, du hast volle Akteneinsicht und jederzeit ein Recht auf Auskunft. Ich halte dich über alles auf dem Laufenden, binde dich in meine Entscheidungen mit ein und so weiter. Du nimmst an allen wichtigen Vorstandssitzungen teil und besitzt natürlich auch Stimmrecht. Allerdings … allerdings halte ich es für das Beste, wenn du deine tägliche Arbeit irgendwo einbringst, wo wir dein Potenzial ausschöpfen können.«

Ich nicke. »Ich würde deutlich lieber im Marketing- oder Designteam arbeiten, als mich ausschließlich mit Firmeninterna zu beschäftigen. Wir bräuchten wahrscheinlich das ganze Jahr allein für die Einarbeitung.«

Als er meinen Blick erwidert, steht ihm die Erleichterung ins Gesicht geschrieben. Offenbar hat er mit heftigerem Widerstand gerechnet. »Ganz genau.«

»Guck, wie harmonisch wir zusammenarbeiten.«

Er verdreht die Augen. »Hoffman wird einen Termin für die Vertragsunterzeichnung ansetzen, in dem wir die Details festhalten. Danach folgt zeitnah eine Sitzung mit dem Aufsichtsrat, dem Vorstand und den Abteilungsleitern.«

Zögernd kaue ich auf der Unterlippe. »Was genau ist der Unterschied zwischen dem Vorstand und dem Aufsichtsrat?«

Ein kaum wahrnehmbares Lächeln huscht über Calebs Gesicht, doch immerhin besitzt er den Anstand, sich nicht über mich lustig zu machen. »Der Aufsichtsrat kontrolliert lediglich die Führungsebene, ist aber nicht aktiv im eigentlichen Geschäftsalltag. Der Vorstand ist die Geschäftsführung. Und wir sind die Vorstandsvorsitzenden.«

»Ah ja. Und der Aufsichtsrat ist nicht zufrieden mit uns.«

»Nein.« Seufzend lehnt er sich gegen den Rand des Schreibtisches und verschränkt die Arme vor der Brust. Dass seine Oberarmmuskeln dabei äußerst gut zur Geltung kommen, ignoriere ich rasch wieder. »Die Öffentlichkeitsmeinung über ein Unternehmen darf nicht unterschätzt werden. Wir stellen Medikamente her, unsere Endkunden sind teilweise schwerkranke oder sogar sterbenskranke Menschen. Immer wieder kommt es vor, dass wir verklagt werden oder sich jemand über unsere Patentverfahren beschwert. Das ist völlig normal. Aber es ist essenziell, dass unser Name positiv assoziiert und nicht mit irgendwelchen Skandalen in Verbindung gebracht wird. Sylvia hat dieses Spiel perfekt beherrscht. Dass sie plötzlich nicht mehr die Zügel in der Hand hält, ist ein harter Schlag für das Unternehmen. Die Schlagzeilen streuen nur noch mehr Salz in die Wunde.«

Ich nicke, auch wenn ich mir nicht ganz sicher bin, ob ich alles richtig verstehe. *Bonham Industries* entwickelt Medikamente. Meiner Meinung nach sollte die Qualität dieser Medikamente das einzige Kriterium sein, das die breite Öffentlichkeit interessiert und die Meinung über das Unternehmen prägt. Wäre ich krank und bräuchte eine bestimmte Medizin, wäre es mir vermutlich herzlich egal, ob der CEO des Herstellers in einen Skandal verwickelt ist oder nicht, solange der ausschließlich sein Privatleben betrifft.

Ich will Caleb gerade versichern, dass ich nicht vorhabe, den Aufsichtsrat in irgendeiner Weise zu verärgern, als mein Handy in der Hosentasche vibriert. Ich hebe kurz den Zeigefinger, um Caleb zu signalisieren, dass ich eine Sekunde brauche, und ziehe es mit der anderen Hand hervor, weil ich befürchte, dass es einer meiner Kommilitonen ist, der nachfragt, wo zur Hölle ich mich herumtreibe.

Doch als ich einen Blick aufs Display und die Anruferinfo werfe, runzle ich die Stirn. Die Handynummer ist nicht eingespeichert und kommt mir auch nicht bekannt vor.

»Hallo?«, melde ich mich, nachdem ich auf den grünen Hörer gedrückt und mir das Handy ans Ohr gehalten habe. Ich mache ein paar Schritte Richtung Sitzecke, während ich aus den Augenwinkeln beobachte, wie Caleb den Schreibtisch umrundet und nach einem der Briefumschläge greift.

Ein paar Sekunden lang ist es still, so lange, dass ich bereits wieder auflegen will. Doch dann knackt es kurz in der Leitung.

»Hallo?«

»Du solltest so viele Silberlöffel wie möglich mitgehen lassen«, ertönt eine seltsam monotone Stimme aus dem Lautsprecher.

Und ich erstarre mitten in der Bewegung.

13

JULIE

Die Worte klingen unnatürlich emotionslos, wie eine dieser Vorlesefunktionen bei Übersetzerdiensten im Internet.

Die Härchen in meinem Nacken stellen sich auf, und die Hand, mit der ich das Handy an mein Ohr drücke, wird auf einmal eiskalt. Mein Blick huscht zu Caleb hinüber, der mich aufmerksam ansieht. Als er fragend die Augenbrauen hochzieht, schüttle ich kaum merklich den Kopf.

Ich wende ihm den Rücken zu. »Wer ist da?«, frage ich heiser.

Wieder ein Knacken, dann ertönt dieselbe Stimme. »Du wirst bezahlen. Ich hoffe, das Erbe der Mörderin reicht aus, um die Schulden zu begleichen.«

Ich denke an den Brief, der am Montag in meinem Fahrradkorb lag. Auch dort stand etwas von irgendwelchen Schulden. Mit inzwischen tauben Fingern umfasse ich das Handy fester. Mit jeder Sekunde frisst sich die Fassungslosigkeit tiefer in meinen Verstand. Tausend Fragen wirbeln durch meinen Kopf, während ich atemlos dem Rauschen in der Leitung lausche und darauf warte, ob es erneut von der anonymen Stimme unterbrochen wird. Eine Sekunde später klickt es jedoch, und es ist nur noch das Freizeichen zu hören.

»What the fuck?«, murmele ich, während ich das Telefon vom Ohr nehme und auf die Nummer starre, die mir nach wie vor darauf angezeigt wird. Genau wie bei dem Brief muss ich direkt an die Reporter denken, die sich vor meinem Haus versammelt haben. Kann es sein, dass einer von ihnen an meine Handynummer gekommen ist? Immerhin haben sie auch meine Adresse herausgefunden. Aber was bringt einem Journalisten diese creepy Aktion? Will er mir Angst machen? Mich einschüchtern?

Es funktioniert jedenfalls.

»Julie!«

Ich schrecke so heftig zusammen, dass ich beinahe das Handy fallen lassen hätte. Mein Herz rast wie wild in meiner Brust, als ich herumwirbele. Ohne dass ich es gemerkt habe, ist Caleb zu mir herübergekommen. Er steht direkt neben mir, eine Hand an meinem Ellbogen, die andere irgendwie unschlüssig ausgestreckt, als würde er jeden Augenblick damit rechnen, mich auffangen zu müssen.

Verwirrt räuspere ich mich und mache hastig einen Schritt zur Seite. »Sorry«, stammele ich und weiche gleichzeitig seinem Blick aus, der mir beinahe ein Loch in die Stirn brennt. »Was hast du gesagt?«

»Wer war das?«, fragt er beinahe barsch.

Ich beiße die Zähne zusammen. »Das geht dich nichts an, Caleb.«

»Du siehst aus, als hättest du einen Geist gesehen«, stellt er trocken fest. »Du bist kreidebleich und deine Hände zittern. Wer war da am Telefon?«

»Keine Ahnung«, sage ich wahrheitsgemäß. »Wahrscheinlich falsch verbunden.«

Er runzelt die Stirn, dann macht er einen Satz nach vorn und schnappt sich mein Handy.

Ich bin so perplex, dass ich viel zu langsam schalte und tatsächlich zulasse, dass Caleb mir das Telefon wegnimmt.

»Spinnst du?«, fauche ich wütend und versuche, es ihm abzunehmen. »Gib es mir zurück!«

Er hört nicht auf mich, und auch wenn ich das nicht wirklich erwartet habe, überlagert die Wut einen Moment lang die Angst und Unsicherheit, die der Anruf bei mir hinterlassen hat. Weil ich keine Lust dazu habe, wie ein Kind in die Luft zu hüpfen, in dem Versuch, seine Hand und damit das Handy zu erreichen, verschränke ich knurrend die Arme vor der Brust und sehe ihm dabei zu, wie er die Anruferliste aufruft und mit einer entschlossenen Miene auf *Zurückrufen* tippt. Mein Herz beginnt schneller zu schlagen, doch kaum eine Sekunde später vernehme ich die leise mechanische Stimme der Ansage eines Anrufbeantworters. Kein Name, kein Hinweis darauf, wem diese Nummer gehört.

»Gib mir mein Handy wieder«, sage ich langsam, aber mit Nachdruck und strecke die Hand aus. Ich bin ein wenig überrascht, dass Caleb diesmal auf mich hört. Als seine Finger meine berühren, zucke ich zurück, schiebe mir das Handy wieder in die Hosentasche und wende ihm den Rücken zu. Wie ein ungeliebtes Echo geistern die Worte des unbekannten Anrufers durch meinen Kopf, ohne irgendeinen Sinn zu ergeben. Gedankenverloren mache ich ein paar Schritte Richtung Fenster.

»Julie.«

Als ich mich umdrehe und Caleb ansehe, fährt er sich gerade mit der Hand durch die Haare.

»Was?«

»Ich …« Er bricht ab, als ob er nach den richtigen Worten suchen müsste. Oder als wäre er überrascht, dass ich ihm tatsächlich zuhöre. »Es tut mir leid, okay? Das ging zu weit.«

»Ach, findest du?«

»Es ist nur … Du siehst aus, als hättest du Angst.« Er kommt auf mich zu, hält dann aber inne. »Erwartest du, dass ich das einfach ignoriere?«

Ich schließe kurz die Augen und atme einmal tief ein und aus. Ja, ich habe Angst, ja, mein Herz galoppiert wie verrückt und meine Hände zittern noch immer. Aber das ist nicht sein Problem.

»Wir sind keine Freunde, Caleb«, erinnere ich ihn und spreche dabei so langsam und deutlich, als würde ich mit einem Kind reden. »Selbst *wenn* ich Angst hätte, ginge es dich nichts an. Verstanden? Du kannst dich nicht den einen Tag wie das absolute Arschloch verhalten und am nächsten erwarten, dass ich dir mein Herz ausschütte.« Mit wenigen Schritten überbrücke ich die Distanz zwischen uns. Ich muss den Kopf ein wenig in den Nacken legen, um ihm ins Gesicht sehen zu können. »Und wage es ja nicht, so etwas noch mal mit mir abzuziehen! Ich bin kein Kind, und es ist mir scheißegal, wie besorgt oder neugierig du warst. Wenn du mir noch einmal mein Handy wegnimmst, breche ich dir den verdammten Arm!«

Okay, das ist ein bisschen hoch gepokert. Ich habe noch nie jemandem den Arm gebrochen und bin mir ziemlich sicher, dass ihm das ebenfalls bewusst ist. Aber egal. Ich brauche ein Ventil für meine Wut, meinen Frust und meine Sorgen. Und Caleb ist gerade das perfekte Ziel.

Er hebt die Hände und weicht erstaunt ein Stück zurück. Was ein Fünkchen Genugtuung in mir auslöst. »Ich habe mich entschuldigt«, sagt er. »Aber die Lage hat sich geändert, Julie. Wir müssen ein Team werden. Wenn wir uns die ganze Zeit gegenseitig bekriegen, schaden wir damit der Firma.«

Natürlich!

Natürlich geht es ihm um die Firma. Wie konnte ich auch nur eine Sekunde lang davon ausgehen, dass es bei seiner offensichtlichen Sorge tatsächlich um mich geht?

»Falls du Angst hast, dass ich mit der Presse spreche, kannst du dich beruhigen, okay?« Ich atme noch einmal tief durch und versuche, meine flatternden Nerven zu beruhigen. »Ich habe wirklich kein Interesse an der ganzen Aufmerksamkeit und kann dir versichern, dass ich nichts mache, was das Ganze noch befeuert. Richte das deinem bescheuerten Aufsichtsrat aus! Dieser Anruf war … privat.«

Calebs Blick wird eine Spur abschätzig und auf einmal erinnert er mich wieder deutlich mehr an den Kerl, der mir in der Lobby der Anwaltskanzlei gedroht hat. »War das eine eifersüchtige Exfreundin oder ein Exfreund? Eine unerwiderte Liebe? Denn, ganz ehrlich, Julie, auch so etwas in der Art können wir uns im Moment nicht leisten.«

Mit einem frustrierten Schnauben drehe ich mich um und gehe Richtung Tür, um Abstand zwischen ihn und mich zu bringen. »Das hier ist die reinste Zeitverschwendung. Keine Ahnung, warum ich mich darauf eingelassen habe.«

CALEB

Ein wenig überrascht beobachte ich Julie, die wütend ihren Rucksack schultert. Wenn ich ehrlich bin, hatte ich mit solch einer Reaktion nicht gerechnet. Wobei, das ist nicht ganz richtig. Ich hatte nicht damit gerechnet, sie so verletzlich zu erleben, nur um dann von einer Sekunde auf die andere wieder zur gewohnten Kratzbürstigkeit zu switchen. Das hat beinahe etwas Unheimliches.

Ich weiß zwar nicht, was genau der Anrufer gesagt hat, aber Julies Gesicht war zweifellos anzusehen, dass es ihr nicht gefallen hat. Sie wirkte verängstigt, und es wundert mich, dass sie sich mir nicht anvertraut hat. Viele Menschen neigen dazu, in emotionalen Situationen besonders gesprächig zu werden. Sich ein wenig Mitgefühl abzuholen, ein offenes Ohr, eine starke Schulter.

Julie gehört offenbar nicht zu dieser Sorte Menschen, und ich bin mir noch nicht im Klaren darüber, was ich von dieser Erkenntnis halten soll. Auf der einen Seite gefällt sie mir, macht mich neugierig. Auf der anderen steht sie mir gehörig im Weg.

Fuck. Mein Plan, mit ihr Frieden zu schließen und das Kriegsbeil zu begraben, hat ja wirklich hervorragend funktioniert.

»Julie«, versuche ich es noch einmal, als sie auf die Tür zusteuert. Ich strecke die Hand aus und will nach ihrer Schulter greifen, ziehe sie aber hastig wieder zurück. Bei der Sache mit dem Handy bin ich zu weit gegangen, da sollte ich sie im Moment vermutlich besser nicht berühren, wenn ich es nicht noch schlimmer machen will.

»Lass mich einfach in Ruhe, okay?« Ihre Schultern heben und senken sich, als sie tief durchatmet. Dann strafft sie sich und dreht sich zu mir um. »Nächste Woche unterschreiben wir die Verträge, und ab dann arbeiten wir zusammen. Wir sind Kollegen, Caleb. Wir müssen uns nicht mögen.«

»Du magst mich also nicht?«

Ihre Antwort kommt so schnell, dass es mich beinahe ein wenig trifft. »Nein.«

»Ich kann wirklich charmant sein«, gebe ich in gespieltem Ernst zu bedenken. »Wenn du mir eine Chance gibst, beweise ich dir, wie nett ich sein kann.«

Ich weiß, wie ich auf andere Menschen wirke. Wie ich auf Frauen wirke. Ich sehe objektiv betrachtet gut aus, ich weiß mich zu benehmen und ich habe Geld. Ohne arrogant klingen zu wollen – das ist eine verdammt gute Mischung, die es mir ermöglicht, Partys oder Clubs niemals allein verlassen zu müssen. So ist es schon immer gewesen. Selbst wenn ich aussehen würde wie Rumpelstilzchen: Mein Nachname und mein Bankkonto würden in dieser Stadt ausreichen, um mir ein Date nach dem anderen einzubringen.

Julie hingegen scheint nicht im Mindesten empfänglich für all das zu sein. Dass sie nicht an meinem Geld interessiert ist, ergibt Sinn, immerhin erhält sie in knapp einem Jahr exakt die Hälfte dieses Vermögens. Aber als mir klar geworden ist, dass meine Einschüchterungsversuche bei ihr nicht gewirkt haben und sie entschlossen ist, das Erbe anzutreten, sah ich mich gezwungen, meine Taktik zu ändern – ein wenig mit ihr flirten, ihr das Gefühl vermitteln, auf ihrer Seite zu stehen. Um zu verhindern, dass sie Alleingänge unternimmt oder etwas tut, was der Firma schadet.

Dem Blick nach zu urteilen, den sie mir genau in diesem Moment zuwirft, ist auch dieser Plan gescheitert.

»Lass es gut sein«, antwortet Julie und wirkt plötzlich sehr erschöpft. »Ich fahre jetzt nach Hause. Komme ich ohne deine Karte hier raus?«

Alles in mir schreit danach, sie aufzuhalten. Aus vielerlei Gründen. Unter anderem, weil ich herausfinden will, wer dieser verdammte Anrufer war und sie aussieht, als würde sie gleich aus den Latschen kippen. Sie ist blass, ihre Augen huschen unruhig durch den Raum, und auch wenn sie es zu verbergen versucht, fällt mir auf, dass ihre Finger kaum merklich zittern.

»Setz dich«, wage ich einen letzten Versuch und deute auf den ungemütlich aussehenden Ledersessel neben mir. »Rede mit mir.«

Sie reckt das Kinn. »Warum?«

»Was warum?«

»Warum sollte ich ausgerechnet mit *dir* reden?« Sie funkelt mich herausfordernd an. »Selbst wenn ich ein Problem hätte, Caleb, wieso sollte ich damit ausgerechnet zu dir kommen?«

Eine berechtigte Frage, auf die ich keine wirklich zufriedenstellende Antwort habe. Also zucke ich nur ein wenig hilflos mit den Schultern. »Warum nicht?«, halte ich dagegen. »Mal angenommen, du hast Scheiße gebaut.« Als sie empört den Mund öffnet, hebe ich die Hand, um sie zu stoppen. »Rein hypothetisch, okay? Du hast Scheiße gebaut, steckst in Schwierigkeiten, was auch immer. Du willst es vermutlich nicht hören, Julie, aber es gäbe in der Situation vermutlich keinen perfekteren Gesprächspartner als mich.«

»Ach ja?«, fragt sie mit hörbarer Skepsis in der Stimme. »Und was genau macht dich dessen so sicher?«

Ich mache einen Schritt nach vorn und trete dichter an sie heran. Nicht, um sie einzuschüchtern. Nicht, um ihr Angst zu machen, sondern … keine Ahnung. Meinen Worten Nachdruck zu verleihen, womöglich. »Du magst das alles hier verurteilen und uns für arrogante Snobs halten. Und damit liegst du vielleicht sogar richtig.«

»Nicht nur vielleicht.«

»Aber wir können Geheimnisse bewahren«, sage ich mit tiefer Stimme. »Wir sind damit aufgewachsen. Mit Intrigen und Skandalen und gedämpften Stimmen hinter verschlossenen Türen. Wir sitzen jetzt im selben Boot, Julie, was bedeutet: Wenn du ein Problem hast, dann kommst du damit zu mir und lässt mich dir beweisen, dass ich kein schlechter Kerl, sondern einer von den Guten bin.«

Ihr Lippen öffnen sich, doch sie bleibt stumm. Stattdessen sieht sie mir in die Augen und hält meinen Blick fest. Auch wenn ich derjenige war, der auf sie zugegangen ist, wird mir erst jetzt richtig klar, wie nahe wir einander sind. Anders als bei der Testamentseröffnung trägt sie heute kein Make-up.

Was bedeutet, dass ich die Sommersprossen auf ihrer Nase, ihren Wangen und ihrer Stirn erkennen kann. Ein Teil meines Verstandes beschäftigt sich mit der Frage, warum sie sie überhaupt überschminken sollte, ein anderer konzentriert sich auf ihre Lippen. Sie hat wirklich schöne Lippen – voll und rosa, zum Küssen gemacht.

Fuck.

Ich spüre, wie ich unwillkürlich hart werde. Was nicht weiter überrascht, denn man kann nicht übersehen, dass Julie verdammt heiß ist. Was mir bereits bei unserer ersten Begegnung aufgefallen ist und auch bei unserer zweiten. Allerdings waren wir immer viel zu sehr damit beschäftigt, uns gegenseitig an die Gurgel zu gehen, als dass ich mich sonderlich auf ihre weiblichen Vorzüge hätte konzentrieren können. Nicht, dass eine wütende Julie nicht auch etwas Anziehendes hat, aber jetzt … Wir stehen so nahe voreinander, dass ich den leichten Kokosduft wahrnehme, der von ihren Haaren ausgeht.

Als hätte sie meine Gedanken gelesen, lehnt sie sich noch ein wenig mehr zu mir. Mein Gehirn scheint einen Kurzschluss zu haben, denn einen Moment lang erinnere ich mich nicht mehr daran, worüber wir gerade gesprochen haben. Alles, worauf ich mich konzentriere, sind ihre Lippen, die Zentimeter für Zentimeter näher kommen, und den Stoff meiner Jeans, der sich inzwischen unangenehm über meiner Leistengegend spannt.

Und gerade als ich mir sicher bin, dass sie mich küssen wird, als ich die Hand hebe, um sie in ihrem Haar zu vergraben und sie an mich zu ziehen, weicht sie abrupt zurück.

Ein wenig perplex lasse ich die Hand sinken, versuche hastig meine Gedanken zu ordnen, aber es gelingt mir nicht so richtig.

»Du bist keiner von den Guten, Bonham«, sagt sie so kalt,

dass ich irritiert blinzle. Dann zwinkert sie mir spöttisch zu, reißt die Tür auf und stürmt hinaus.

Ohne darüber nachzudenken, folge ich ihr auf den Flur. Überfordert durchsuche ich meinen Verstand nach Worten, doch sie drückt bereits auf den Knopf neben dem Aufzug, dessen Türen sich kaum eine Sekunde später öffnen. Sie tritt ein und als sie sich umdreht, begegnen sich erneut unsere Blicke. Bevor sich die Türen zwischen uns schließen, meine ich so etwas wie Stolz in Julies Augen aufblitzen zu sehen.

Eine kleine Weile stehe ich wie ein Trottel da und versuche zu verstehen, was gerade passiert ist. Ich habe die Spannung zwischen uns gespürt, ich habe das Prickeln gespürt, die Funken, die zwischen uns hin- und hergeflogen sind. Julie hat sich in meine Richtung gelehnt, das habe ich mir nicht eingebildet. Ich war davon überzeugt, gewonnen zu haben.

Aber sie hat mich verarscht. Die unschuldige, unwissende Juliette Penn hat mich verarscht.

Ein trockenes Lachen entweicht mir, und ich fahre mir etwas ratlos durch die Haare, während ich zurück in mein Büro gehe. Das ist neu, wenn ich ehrlich sein soll. Nicht, dass mir noch nie ein Mädchen oder eine Frau auf dieser Welt die Stirn geboten hat. Nicht, dass ich noch nie einen Korb bekommen habe oder benutzt worden bin. Aber bislang hat es keine Frau geschafft, ein derartiges Chaos in mir auszulösen wie Julie. Abgesehen vielleicht von Charlotte, die mich in der dritten Klasse gefragt hat, ob ich mit ihr gehen will und als Bedingung einen toten Frosch in Geschenkpapier von mir haben wollte.

Das, was mich am meisten aus der Fassung bringt, ist die Tatsache, dass ich einen Moment lang tatsächlich erwartet habe, Julie würde mich küssen. Ich hätte es zugelassen, mehr noch: Ich habe mich danach gesehnt. Das Problem daran ist, dass ich in diesem Augenblick keinen einzigen Hintergedanken hatte. Hinter meinem Wunsch, ihre Lippen auf meinen zu spüren, stand keine Strategie, kein Ziel.

Verdammte Scheiße! Ich darf nicht scharf auf Juliette Penn sein. Völlig egal, wie heiß sie ist oder wie sehr sie mich reizt. Völlig egal, was ich ihr gegenüber gerade noch behauptet habe – wir stehen nicht auf derselben Seite. Sie sägt an meinem Stuhl, auch wenn ihr das selbst nicht einmal bewusst zu sein scheint. Und ich werde alles dafür tun, um zu verhindern, dass sie mich tatsächlich von Sylvias Thron stürzt.

Fluchend schüttle ich den Kopf und greife nach meinem Handy, um Rahel zu schreiben. Wir müssen uns heute Abend treffen. Diese Szene gerade hat mir deutlich gemacht, dass ich das Ziel keine Sekunde lang aus den Augen verlieren darf. Und der einzige Mensch, dem ich hundertprozentig vertraue und von dem ich weiß, dass er in dieser Sache voll und ganz hinter mir steht, ist meine Schwester.

Ich tippe hastig eine Nachricht und sehe mich dann ein wenig unschlüssig um. Bevor ich mich den neugierigen Fragen und Blicken der Angestellten stelle, brauche ich dringend einen Drink.

Bis ich das Penthouse erreiche, habe ich mich immer noch nicht richtig beruhigt. Ständig taucht Julies Gesicht vor meinem inneren Auge auf, ihre Lippen, der beinahe sehnsüchtige Blick in ihren Augen, kurz bevor sie sie geschlossen hat. Der Drink muss bis heute Abend warten, was ich jetzt erstmal brauche, ist eine Dusche. Eine kalte Dusche.

Auf dem Weg nach oben ins Bad komme ich an einer Reihe Familienfotos in schlichten silbernen Rahmen vorbei. Obwohl das hier die einzigen persönlichen Gegenstände in der gesamten Wohnung sind, wirken selbst sie irgendwie arrangiert. Ganz links hängt eine Schwarz-Weiß-Aufnahme von Sylvias

Eltern, die ich nie kennengelernt habe. Daneben ein Kinderfoto von Sylvias Schwester, die bereits früh an Knochenkrebs gestorben ist. Ich weiß, dass sie der Grund für Sylvia gewesen ist, in die Pharmaindustrie einzusteigen. Ihre Schwester konnte wegen einer Unverträglichkeit gegen die gängigen Medikamentenwirkstoffe nicht ausreichend behandelt werden. Der Markt deckte Allergien gegen Pharmaka einfach noch nicht genügend ab und Sylvia wollte das ändern.

Neben dem Bild der Schwester hängt ein Schnappschuss von Sylvia und meinem Dad. Der Anblick versetzt mir einen leichten Stich, wie immer, wenn ich daran vorbeigehe. Ich habe keine Ahnung, wann oder wo dieses Bild aufgenommen wurde. Darauf sitzen die beiden in irgendeinem Park oder einem Garten auf einer Bank, mein Dad lacht mit geöffnetem Mund und sieht Sylvia an, die erschrocken Richtung Kamera guckt. Auf ihrer Schulter hockt ein Eichhörnchen. Mein Vater hat mir unzählige Male erzählt, dass das Tier Sylvia quasi überfallen hat, um an den Rest Eiswaffel zu kommen, den sie gerade gegessen hat. Ich liebe dieses Foto, weil es die Beziehung zwischen den beiden perfekt wiedergibt. Ich bin weiß Gott kein Romantiker, trotzdem weiß ich mit hundertprozentiger Sicherheit, dass das, was Sylvia und mein Dad miteinander hatten, auf echter Liebe beruhte. Als mein Vater vor vier Jahren an einem Herzinfarkt starb, hat sein Tod auch ein Stück von Sylvias Herzen zerschmettert. Seitdem war sie nicht mehr die Gleiche.

Entschlossen reiße ich mich von den Bildern los und beschleunige meine Schritte Richtung Bad. Ich muss duschen, mich umziehen und danach ins Büro. Zurück zum Ernst des Lebens.

14

JULIE

Hein Herz klopft wie wild, als ich die Lobby des Bonham Towers erreiche. Ich habe mich zwei Mal auf dem Weg nach unten verlaufen und mich mehrfach verflucht, meinen dramatischen Abgang nicht irgendwo durchgezogen zu haben, wo ich mich besser auskenne. Dieses Gebäude ist wie ein verdammtes Labyrinth, da hat auch Calebs Rundgang nicht viel gebracht.

Dieser ganze Besuch bei *Bonham Industries* löst unzählige gemischte Gefühle in mir aus – Unsicherheit, Überforderung, Angst, aber auch Aufregung angesichts der unvorstellbaren Möglichkeiten für meine Zukunft. Ich habe meinem Vater gegenüber zwar behauptet, dass der Preis für ein Leben in finanzieller Unabhängigkeit verhältnismäßig gering sei, bin mir dessen allerdings überhaupt nicht mehr sicher. Die Aufgabe, die vor mir liegt, erscheint mir mitunter so übermächtig, dass ich mich fühle, als würde sie mich unter sich zerquetschen. Als wäre ich dem nicht gewachsen.

Mein verwirrendes Verhältnis zu Caleb kommt als Sahnehäubchen obendrauf. Ich bin zwar stolz darauf, ihn ein bisschen verarscht und ihn in seine Schranken gewiesen zu haben, trotzdem befürchte ich, dass er zu einem Problem werden könnte.

Ich atme einmal tief durch und werfe einen Blick auf meine Uhr. Ich habe die ersten beiden Kurse verpasst, aber wenn ich mich beeile, schaffe ich es noch pünktlich zur nächsten Vorlesung. Außerdem muss ich einen Termin bei der Studienberatung machen, um meine Zeit bei *Bonham* zu besprechen. Ein temporäres Aussetzen des Studiums ist nichts, was man mal eben …

»Miss Penn?«, unterbricht eine tiefe, männliche Stimme mein Gedankenkarussell.

Ich fahre ein wenig zusammen und wirbele herum, halb in der Erwartung, einen muskelbepackten Sicherheitsmann zu entdecken. Es wäre Caleb absolut zuzutrauen, dass er mir die Security auf den Hals hetzt, um sich an mir zu rächen.

Aber hinter mir steht kein Typ in Uniform. Stattdessen stehe ich einem älteren Herrn in dunkelblauem Nadelstreifenanzug gegenüber, den ich noch nie in meinem Leben gesehen habe.

»Ja?« Meine Nervosität lässt meine Antwort wie eine Frage klingen.

Der Mann reicht mir die Hand. Sein Händedruck ist so fest, dass ich mich nicht wundern würde, wenn er ihn als Einschüchterungsmittel benutzt. Was bei mir durchaus funktioniert. Erst jetzt bemerke ich einen zweiten, ebenfalls älteren Mann im Anzug, der uns aus ein paar Metern Entfernung beobachtet.

»Mein Name ist Mortimer Freeman«, stellt sich der Typ, der mich angesprochen hat, vor und lenkt damit meine Aufmerksamkeit wieder auf sich. »Ich bin Mitglied des Vorstandes von *Bonham Industries.*«

Shit. Mein ohnehin schon unsicheres Lächeln verrutscht ein wenig. »Freut mich, Sie kennenzulernen. Ich bin Julie Penn, aber das scheinen Sie bereits zu wissen.«

Er lächelt mich schmallippig an. »Durchaus. Man hat mich informiert, dass Sie im Haus sind. Ich bin ein wenig enttäuscht, dass Caleb und Sie mir keinen Besuch abgestattet haben.«

Kurz wundere ich mich darüber, dass dieser Typ Caleb mit seinem Vornamen anspricht. Wenn ich es richtig verstanden habe, steht Caleb – und demnächst auch ich – dem Vorstand vor. Er ist dementsprechend der Chef von diesem Mr Freeman. Allerdings erwähnte Caleb auch, dass der Vorstand aus alten, grimmigen Menschen besteht. Ein Bild, das zu hundert Prozent auf diesen Mann zutrifft. Wahrscheinlich gehört er bereits seit Ewigkeiten dem Vorstand an und kannte Caleb vielleicht schon als Kind. Oder der Gebrauch seines Vornamens stellt eine subtile Methode dar, Caleb auf seinen Platz zu verweisen.

»Bitte entschuldigen Sie«, antworte ich bemüht freundlich. »Mein Besuch war eine spontane Entscheidung, und Caleb hat mich nur ein bisschen herumgeführt. Ich bin mir sicher, er hat sich nichts dabei gedacht.«

Freemans Blick wandert kurz über mich, mustert mich von oben bis unten. Mir schießt das Blut ins Gesicht, und zum gefühlt zehnten Mal an diesem Tag wünsche ich mir, ich hätte mich heute Morgen für ein anderes Outfit entschieden. Ich werde nie wieder im Schlabberlook aus dem Haus gehen, so viel steht fest. Aber etwas in Freemans kleinen Augen verrät mir, dass ich auch ein maßgeschneidertes Kostüm tragen könnte – sein Blick wäre immer noch abschätzend.

Ich fühle mich wie ein Käfer, den man unter ein Mikroskop gelegt hat.

»Bitte begleiten Sie mich doch, Miss Penn«, sagt er schließlich, worauf mir kurz der Schweiß ausbricht. »Mr Hudson dort drüben«, mit einer Handbewegung deutet er auf den zweiten Anzugträger, »ist ein geschätztes Mitglied des Aufsichtsrates. Wir würden uns gerne einen Moment mit Ihnen unterhalten.«

Nur über meine Leiche. Meine Nerven sind zum Zerreißen gespannt und hinter meiner Stirn beginnt es unangenehm zu pochen. Natürlich habe ich rein praktisch gesehen nichts von ihnen zu befürchten, dennoch schwingt eine unausgesprochene Drohung in seinen Worten mit. Sie wollen mich prüfen, feststellen, ob ich den hohen Ansprüchen gerecht werde. Was ich definitiv nicht tue, vor allem nicht in diesen Klamotten und dermaßen nervös. Wenn ich mich schon mit diesen Leuten treffen muss, dann vorbereitet und mit einem Plan.

Daher kleistere ich mir noch einmal ein freundliches Lächeln aufs Gesicht, schüttle aber den Kopf. »Ich bedaure sehr, Sir, aber ich befürchte, wir müssen das auf einen anderen Tag verschieben. Ich bin leider sehr in Eile und muss sofort los, wenn ich meinen Termin noch pünktlich wahrnehmen möchte.«

Wie erwartet presst er unzufrieden die Lippen zusammen. Im Gegensatz zu mir bemüht er sich gar nicht erst, seinen Unmut zu verbergen. »Das ist sehr bedauerlich. Bitte lassen Sie uns einen Termin vereinbaren, so schnell wie möglich. Wir können es kaum erwarten, Sie kennenzulernen.«

Ich nicke, schüttle noch einmal seine Hand, drehe mich dann um und fliehe förmlich aus dem Bonham Tower. Als ich auf den Gehweg voller Passanten trete und der New Yorker Stadtlärm mich umfängt, atme ich zischend aus. Mir war nicht einmal aufgefallen, dass ich die Luft angehalten habe. Caleb hat mich gewarnt, dass uns Vorstand und Aufsichtsrat im Auge haben. Aber diese Begegnung hat noch mal eindrucksvoll bewiesen, wie ernst die Lage wirklich ist.

Das war gefühlt einer der längsten Tage meines Lebens. Meine Kopfschmerzen sind im Laufe der letzten Stunden so schlimm geworden, dass die Lichter der Autos und Straßenlaternen mittlerweile vor meinen Augen verschwimmen und ich immer wieder blinzeln muss, um meine Sicht zu klären. Vielleicht war es keine gute Idee, nach meinem Besuch im Bonham Tower doch noch zur Uni zu gehen. Vielleicht hätte ich nach Hause fahren, mich in mein Bett legen und eine Weile so tun sollen, als wäre alles in bester Ordnung.

Was es ganz und gar nicht ist.

Nach dem verdammten Anruf heute Morgen habe ich den ganzen Tag lang gegrübelt, ob es nicht besser wäre, die Polizei zu informieren. Mich schlussendlich aber dagegen entschieden. Zum einen, weil ich nicht noch mehr Aufmerksamkeit auf meine Person lenken will, und zum anderen, weil ich mir nicht vorstellen kann, dass das NYPD etwas aufgrund eines einzigen merkwürdigen Anrufs und eines Briefs unternehmen würde. Zumal man beides locker als schlechten Scherz auslegen könnte. Plus der Tatsache, dass ausgerechnet heute meine Adresse geleakt wurde und es ziemlich naheliegend ist, dass auch meine Telefonnummer in irgendwelchen Journalisten-Netzwerken herumschwirrt.

Also habe ich beschlossen, einfach nichts zu tun. Was nichts daran geändert hat, dass ich den Dozierenden kaum zuhören, mich auf keines ihrer Worte konzentrieren konnte, weil ich den Besuch im Bonham Tower, die Begegnung mit diesem Mr Freeman und den Anruf von heute Vormittag immer und immer wieder durchgegangen bin. Ich fühle mich wie in einem richtig schlechten Film. Die mechanische Stimme des Anrufers, die abgedroschene Wortwahl – all das ist viel zu klischeehaft, um wirklich zu passieren. Eine Frage, die ich mir außerdem immer wieder stelle, ist, was dieser Brief und der Anruf eigentlich bezwecken sollen. Sie beinhalteten keinerlei Forderung oder Drohung. Nichts, wovon derjenige irgendeinen Nutzen haben könnte. Außerdem hat der Unbekannte von einer echten Telefonnummer aus angerufen, anstatt die Nummer ganz einfach zu unterdrücken. Wer auch immer sich hier einen Scherz erlaubt, ist offenbar kein Profi. Was schon mal positiv ist.

Als wäre das nicht alles schon genug, trudelte gegen Nachmittag noch eine E-Mail von einer gewissen Mrs Manó in meinem Postfach ein. Einer Frau, die sich als meine neue PR-Beraterin vorgestellt hat und selbstverständlich bei *Bonham* angestellt ist. Sie möchte mit mir über meine Darstellung in der Presse und eine öffentliche Stellungnahme sprechen.

Ich habe ihr noch nicht geantwortet, eine öffentliche Stellungnahme allerdings der Liste an Dingen hinzugefügt, über die ich mir Sorgen machen kann. Ich war noch nie gut darin, vor Menschen zu sprechen. Und da ging es jeweils *nur* um Klassenkameraden oder Kommilitonen. Nicht um die halbe New Yorker Presse. Ich würde gerne einfach ablehnen, aber ein ungutes Gefühl in meiner Magengegend sagt mir, dass diese Angelegenheit damit nicht vom Tisch wäre.

Zu meiner Erleichterung sind die Reporter vor meiner Tür verschwunden, als ich nach Hause komme. Halb hatte ich damit gerechnet, mich erneut durch eine Gruppe kameraschwingender Menschen quetschen zu müssen. Vielleicht haben sie den ganzen Tag hier gewartet und irgendwann die Lust verloren. Immerhin ist es beinahe halb zehn, und die Nächte in New York sind immer noch verdammt kühl. Während ich unser wie immer klemmendes Tor öffne und die Treppen nach oben steige, beschließe ich, mir noch etwas zu essen zu bestellen. Mir war den ganzen Tag über flau im Magen und in der Mittagspause habe ich mir deshalb nur einen Joghurt geholt.

»Hallo?«, rufe ich, als ich die Wohnungstür hinter mir schließe. Als Erstes fällt mein Blick auf Mr Norris, der wie selbstverständlich auf unserem Küchentresen hockt und mich aus großen braunen Augen mustert. Er erinnert mich an einen Vater, der nachts auf seine Teenagertochter wartet, weil sie zu spät nach Hause gekommen ist. Ich stelle meinen Rucksack ab und beginne ihn hinter den Ohren zu kraulen, als Bonnie ins Wohnzimmer stürmt.

»Gott sei Dank!«, keucht sie. Ihre Augen sind weit aufgerissen, und sie stolpert beinahe, als sie mich erblickt. »Heilige Scheiße, Jules, wo bist du denn gewesen?«

»Uni und danach bei einem Treffen mit der Lerngruppe«, sage ich irritiert.

Hinter Bonnie taucht Saheera auf und auch sie wirkt, als ob sie einen Geist gesehen hätte. »Was ist mit deinem Handy?«, fragt sie barsch. »Wir haben ein Dutzend Mal versucht, dich zu erreichen.«

Schuldbewusst verziehe ich das Gesicht. »Mein Akku war leer.« Okay, das ist gelogen. Nach dem gruseligen Anruf habe ich es ausgestellt und nur einmal gegen Nachmittag eingeschaltet, um zu checken, ob mein Chef mich angerufen oder mir eine Nachricht geschickt hat.

Bonnie atmet geräuschvoll aus und scheint ein wenig in sich zusammenzufallen. Sie kommt auf mich zu und zieht mich in ihre Arme. Ich versteife mich unwillkürlich. Bonnie und Saheera sind nicht nur meine Mitbewohnerinnen, sie sind vor allem meine besten Freundinnen. Aber wir umarmen einander nicht. Wir führen nicht diese Art von Kuschelfreundschaft, bei der man Händchen hält oder ständig aneinanderhängt. Deswegen überrumpelt es mich etwas, dass Bonnie mich ein paar Sekunden lang umarmt und mich noch einmal fester an sich drückt, bevor sie von mir ablässt.

»Was ist denn los?«, frage ich mit einem nervösen Lachen und streife mir die Sneaker von den Füßen.

Saheera mustert mich ernst. »Komm mit.« Sie dreht sich um, ohne eine Antwort abzuwarten.

Perplex schaue ich ihr nach, doch als auch Bonnie auf dem Absatz kehrtmacht und ihr hinterherläuft, folge ich den beiden zu meinem Zimmer. Stirnrunzelnd sehe ich dabei zu, wie Saheera die Tür öffnet und zur Seite tritt. Leicht beunruhigt betrete ich mein kleines Schlafzimmer.

Auf den ersten Blick erscheint alles wie immer, doch dann fällt mir eine blaue Plane auf, die vor das Fenster über meinem Bett gespannt ist. Es ist kalt im Raum und neben meinem Schreibtisch lehnt unser Besen.

Meine Kehle ist auf einmal staubtrocken. »Was ist passiert?«

Bonnie tritt neben mich. »Jemand hat einen Stein durchs Fenster geworfen.«

»Was?« Ich wirbele zu ihr herum. »Wann?«

Sie zuckt mit den Schultern. »Keine Ahnung, wir waren auch nicht zu Hause. Als ich heimgekommen bin, hat es in der Wohnung stark gezogen, und als ich nachgucken wollte, ob du dein Fenster offen gelassen hast, habe ich das hier gefunden.« Sie deutet auf meinen Schreibtisch. Dort liegt ein roter Backstein, der mir bislang noch nicht aufgefallen ist. Mein Blick wandert zurück zu der Plane, die anscheinend das Loch in der Scheibe abdecken soll.

»Das kann doch nicht sein«, flüstere ich mit erstickter Stimme. Ich gehe hinüber und werfe einen Blick durch das unversehrte Fenster nach draußen.

Unsere Wohnung befindet sich in der dritten Etage. Einen Backstein so weit zu werfen, ist beinahe unmöglich. Außer derjenige, wer auch immer es war, ist auf die Feuerleiter geklettert, die sich an dieser Seite des Hauses entlangzieht und in einen kleinen Innenhof führt. Dafür wäre ein gewaltiger Sprung notwendig, aber es wäre nicht vollkommen unmöglich.

Überfordert fahre ich mir mit der Hand durch die Haare, die sich allmählich aus meinem Dutt lösen, und sehe abwechselnd Bonnie und Saheera an. »Habt ihr die Polizei gerufen?«

»Das hatte ich vor«, sagt Bonnie und wirft einen demonstrativen Blick zu Saheera.

Die knabbert an ihrem Daumennagel. »Ich wollte zuerst mit dir reden. Nach dem Presseauflauf heute Morgen hatte ich Angst, noch weitere Aufmerksamkeit auf uns zu ziehen, ohne es vorher mit dir abzusprechen. Ein Polizeiauto direkt vorm Haus wäre sicher ein gefundenes Fressen gewesen.«

Ich nicke ein paar Mal. Es wäre nur vernünftig, die Polizei zu holen, aber genau wie bei dem Anruf und dem Brief gibt es einfach keinen Beweis, dass all diese Dinge eine böse Absicht verfolgen oder überhaupt miteinander in Verbindung stehen. Wir befinden uns mitten in New York City und unsere Wohngegend ist nicht unbedingt die nobelste oder sicherste, weshalb wir uns die Miete überhaupt leisten können. Die Polizei wird so einer Sache kaum nachgehen, und Saheera hat absolut recht: Es wäre ein gefundenes Fressen für die Reporter.

»Wart ihr das?«, frage ich und deute auf die Folie, die überraschend professionell über die Scheibe geklebt wurde.

»Wir haben den Hausmeister angerufen«, sagt Bonnie. »Und ihm erzählt, dass eine Taube durchs Fenster geflogen ist. Morgen schickt er jemanden, der die Scheibe ersetzt.«

»Eine Taube?«, wiederhole ich skeptisch. »Das muss eine verdammt dicke Taube gewesen sein.«

Ihre Mundwinkel zucken kurz. »Ich bin mir sicher, dass er uns nicht geglaubt hat. Aber er hat auch nicht weiter nachgefragt.«

In meinem Kopf herrscht totales Chaos. Der Brief, der Anruf und jetzt das. Die ersten beiden Dinge hängen mit Sicherheit zusammen, aber ist es möglich, dass dieser Stein einfach nur ein Zufall war? Ein dummer, willkürlicher Streich und gegen keine spezielle Wohnung gerichtet? Vielleicht ein Unfall? Ein paar Jugendliche, die Scheiße gebaut haben und dann abgehauen sind, weil sie Angst vor den Konsequenzen hatten? Klingt nachvollziehbar, allerdings glaube ich nicht sonderlich an Zufälle. Nicht im Moment, nach all den Wendungen, die mein Leben in den vergangenen Tagen genommen hat.

»Danke«, sage ich etwas verspätet und drehe mich zu meinen Mitbewohnerinnen um. »Dass ihr euch darum gekümmert habt. Und nicht die Polizei gerufen habt.«

Bonnie schnaubt. »Das ist Vandalismus. Mindestens. Ich will ja wirklich nicht die Spielverderberin sein, aber wir sollten zur Polizei gehen. Schon allein wegen der Versicherung.«

Ich presse die Lippen zusammen. »Um die Kosten müssen wir uns wohl keine Gedanken machen, denke ich.«

Sie schüttelt den Kopf. »Die Tatsache, dass du bald millionenschwer bist, macht das hier nicht weniger bedrohlich, Julie. Im Gegenteil.«

Mir ist klar, was sie meint. Drei einfache, arme Studentinnen sind möglicherweise kein attraktives Ziel. Wenn eine von ihnen die Erbin eines Milliardenunternehmens ist, ändert sich die Sache. »Das hier war kein Einbruch, Bonnie«, versuche ich sie zu beruhigen. »Wenn es jemand ernsthaft darauf anlegt, hier reinzukommen, dann nimmt er die Tür. Ich wette, die bekommt jeder Hobbyeinbrecher innerhalb von Sekunden auf. Einen Stein durch ein Fenster im dritten Stock zu werfen, ist ein ziemlich beschissener Plan.«

Saheera legt einen Arm um Bonnie. »Vor zwei Wochen wurden bei einer Freundin Feuerwerksraketen durch die Fenster geschossen«, meint sie mit völlig ungerührter Miene. »Völlig grundlos, einfach aus Spaß.«

Ich sehe sie schockiert an. »Im Ernst?«

Sie zuckt ungerührt mit den Schultern. »Das ist New York.«

Manchmal vergesse ich, dass Saheera in New York geboren und aufgewachsen ist. Sie wirkt so lieb, manchmal sogar ein bisschen naiv. Dabei ist sie vermutlich die Toughste von uns dreien. New York hat sie gut erzogen.

Während sie und Bonnie über Straßengangs und außer Kontrolle geratene Klingelstreiche diskutieren, inspiziere ich mein Bett. Auf der Bettdecke und auch dem Kissen sind überall feine Glassplitter verteilt. *Toll.* Das ist der perfekte Abschluss eines perfekten Tages.

Dann gehe ich zum Schreibtisch hinüber, nehme den Backstein in die Hand und drehe ihn in alle Richtungen. Halb erwarte ich, einen Zettel daran befestigt zu finden oder irgendeine Botschaft, mit Edding darauf geschrieben. Aber es ist einfach nur ein Backstein, an dem eine Ecke abgebrochen ist und der wahrscheinlich irgendwo draußen herumlag. Den derjenige, der ihn geworfen hat, einfach gefunden hat. Vielleicht sogar unten im Innenhof. Der Hausmeister lagert dort immer allerlei Zeug.

»Wie bist du denen heute Morgen eigentlich entkommen?«, reißt Bonnie mich aus meinen Gedanken, die sich an die Wand gelehnt hat und von dort aus noch einmal das vor uns liegende Chaos betrachtet.

»Den Reportern?«, frage ich und seufze, als sie nickt. »Caleb hat mich eingesammelt.«

Natürlich reicht den beiden diese Erklärung nicht. Also gehen wir zusammen rüber ins Wohnzimmer, wo ich ihnen – während ich mir ein Sandwich zubereite – von unserem Treffen und dem Gespräch im Auto erzähle. Ich beschreibe ihnen den Bonham Tower, Calebs Wohnung und sein Büro, gerate dann aber ein wenig ins Stocken. Keine Ahnung warum, aber aus irgendeinem Grund zögere ich, ihnen von dem Anruf zu erzählen. Vielleicht aus dem gleichen Grund, warum ich ihnen auch nichts von dem Brief erzählt habe: Ich möchte nicht, dass sie sich Sorgen machen. Ich versuche, sowohl Brief als auch Anruf als humorlose Streiche abzutun. Die Alternative, nämlich die, dass jemand mich tatsächlich bedroht, will ich nicht akzeptieren … noch nicht. Womit sich lediglich die Frage stellt, ob ich meinen Verstand nach allem, was heute passiert ist, davon noch länger überzeugen kann. Wenn Bonnie und Saheera davon erfahren, werden sie eine Riesenwelle machen. Sie werden von mir verlangen, die Polizei zu verständigen, meinen Vater, dass ich vielleicht sogar mit Caleb darüber spreche. Ich habe ohnehin schon das Gefühl, dass er mich nicht ernst nimmt und mich für nicht ebenbürtig hält. Es mag kindisch oder die Schuld meines angekratzten Stolzes sein, aber ich habe nicht vor, bei dem erstbesten Problem zu Caleb zu rennen. Er und die gesamte Firma scheinen mich ohnehin für die Wurzel allen Übels zu halten. Ich will ihnen nicht noch mehr Zündstoff liefern. Punkt.

Saheera mustert mich nachdenklich. »Ich weiß, der Typ ist offiziell dein Stiefbruder und so weiter, aber ich verstehe ihn einfach nicht. Was hat er denn für ein Problem?«

Ich schlucke einen großen Bissen von dem Sandwich herunter und zucke mit den Schultern. Eigentlich sollte ich etwas Vernünftiges essen, aber der Schreck hat mir den Appetit verdorben.

»Ist doch ziemlich offensichtlich, oder nicht?«, behauptet Bonnie.

»Bitte, teile deine Weisheit mit uns.« Saheera verdreht genervt die Augen.

»Anfangs wollte er Julie Angst machen und sie dazu bringen, ihren Anteil aufzugeben. Da das nicht geklappt hat, versucht er sie jetzt auf seine Seite zu ziehen. Sie ist deutlich leichter zu kontrollieren, wenn sie ihm vertraut.«

»Ich werde von niemandem kontrolliert«, protestiere ich. »Schon gar nicht von Caleb Bonham.«

Saheera, die inzwischen ihre langen schwarzen Haare aus dem Hijab und der Flechtfrisur befreit hat, massiert mit geschlossenen Augen ihre Kopfhaut. »War er denn nett zu dir?«

»Was spielt das für eine Rolle?« Bonnie bläst die Backen auf. »Selbst wenn er nett zu ihr ist, verfolgt er damit ein Ziel.«

Da kann ich leider nicht widersprechen. Nichtsdestotrotz wandern meine Gedanken ganz automatisch zu dem Moment in Calebs Büro, kurz bevor ich zurückgewichen und abgehauen bin. Zu dem Moment, in dem wir einander so nahe waren, dass ich seine Wimpern hätte zählen können. Ja, ich wollte ihm eins auswischen, ich hatte zu keiner Sekunde ernsthaft vor, ihn zu küssen. Trotzdem hat mich seine Nähe nicht kaltgelassen. Ich wünschte, ich könnte behaupten, dass der Anblick seiner Lippen, seiner Augen nichts in mir ausgelöst hat. Stattdessen habe ich mir einen Augenblick lang tatsächlich vorgestellt, wie es sich wohl anfühlt, Caleb Bonham zu küssen. Ihn an mich zu ziehen, seine Hände an meiner Taille und meinen Hüften zu spüren, seine Zunge an meiner. Irgendetwas sagt mir, dass Caleb verdammt gut küssen kann. Dass ich einen richtigen, leidenschaftlichen Kuss mit ihm nicht so schnell vergessen würde. Mir ist nicht entgangen, dass auch sein Blick zu meinem Mund gewandert ist, und in seinen Augen konnte ich Begierde aufblitzen sehen. Das habe ich mir nicht eingebildet. Für den Bruchteil einer Sekunde habe ich mir gewünscht, er würde dem Gefühl nachgeben.

Ich räuspere mich, als ich bemerke, dass Bonnie mich aufmerksam beobachtet. Verdammt. Mein Gesicht glüht und mein Mund ist trocken, als wäre ich gerade bei einer Lüge erwischt worden.

»Stimmt.« Ich bemühe mich um einen beiläufigen Ton. »Es spielt keine Rolle, wie er sich mir gegenüber benimmt. Ich bringe dieses Jahr hinter mich und dann gehen wir getrennte Wege.«

»Sagt, was ihr wollt, aber ich finde es nett, dass er hergekommen ist, um nach dir zu gucken, nachdem deine Adresse bekannt geworden ist«, beharrt Saheera und sieht mich und Bonnie beinahe trotzig an. »Mag ja sein, dass er sichergehen wollte, dass du nicht mit der Presse sprichst. Aber dafür hätte er auch einfach nur seinen Chauffeur schicken können, oder nicht?«

Ich spare mir eine Antwort. Wir wissen nicht, was Caleb bei alledem antreibt, und es ist auch irgendwie müßig, mir darüber den Kopf zu zerbrechen. Es war ein verflucht langer Tag, zu lang, um mir jetzt auch noch Gedanken über Caleb Bonhams Gefühlsleben zu machen. Zumal ich ahne, dass sein Gesicht im Laufe des Abends noch mehr als einmal in meinen Gedanken auftauchen wird – ob ich es will oder nicht.

»Ich gehe mein Bett abziehen und dann schlafen«, verkünde ich und stehe schwerfällig auf. »Danke noch mal, dass ihr euch um das Chaos gekümmert habt.«

Saheera wedelt mit der Hand. »Ich bin erst später nach Hause gekommen, also musst du Bonnie danken.«

Als ich Bonnie anlächle, legt sie den Kopf schief. »Du würdest es uns sagen, wenn etwas nicht stimmt, oder?«

Ich will sie nicht anlügen, wirklich nicht. Das haben sie nicht verdient. Aber für die Wahrheit ist es einfach schon zu spät. Also ringe ich mir ein Lächeln ab, winke den beiden noch einmal zu und ziehe mich in mein Zimmer zurück.

Nachdem ich die Tür geschlossen habe, lasse ich mich dagegen sinken und schließe die Augen. Was für ein Chaos. Es ist immer noch kälter als gewöhnlich in meinem Zimmer, was mit Sicherheit an der Plane liegt. Ich gebe mir einen Ruck und ziehe vorsichtig die Bettwäsche ab, die direkt in einen Müllbeutel wandert. Das war meine Lieblingsbettwäsche, aber selbst wenn ich sie in die Reinigung bringen würde, weiß ich, dass ich vermutlich nie wieder entspannt darin schlafen könnte.

Abgesehen davon, dass einige der Scherben winzig sind und ich keine Lust habe, auf zersplittertem Glas zu liegen.

Nachdem ich alles frisch bezogen und ein Handtuch vor die Plane geklemmt habe, gehe ich duschen, ziehe meine gemütlichsten Sachen an und ziehe schließlich mein Handy aus meinem Rucksack, um es wieder einzuschalten. Wie erwartet vibriert es ein paar Mal und zeigt mir mehrere verpasste Anrufe und Nachrichten von Saheera und Bonnie an. Ein paar Neuigkeiten in WhatsApp-Gruppen von der Uni und ein Anruf von meinem Dad, der sicher bis morgen warten kann. Außerdem habe ich eine E-Mail von Mr Hoffman mit einem Termin für die Vertragsunterzeichnung mit Caleb, den er gerne von mir bestätigt hätte. Mein Herz sackt augenblicklich noch einmal ein paar Etagen tiefer. Irgendwie paradox, dass ich einen Arbeitsvertrag brauche, um in einer Firma zu arbeiten, die mir in spätestens einem Jahr zur Hälfte gehört. Allerdings hoffe ich, dass mich dieser Vertrag vor allem davor bewahrt, von Caleb über den Tisch gezogen zu werden. Unabhängig von der Tatsache, dass er anscheinend dasselbe von mir erwartet.

Ich schicke Mr Hoffman eine schnelle Antwort und sage für kommenden Montag zu, dann schalte ich das Handy auf lautlos, lösche das Licht und ziehe meine Bettdecke bis zum Kinn nach oben. Und wie befürchtet wandern meine Gedanken wie von selbst zu Caleb, zum Bonham Building, zu meiner Mutter, dem Anruf, dem Brief, dem Stein, der durch mein Fenster geflogen ist … die Liste meiner Sorgen scheint endlos. Was ziemlich traurig ist, wenn man bedenkt, dass der Grund dahinter meine bisherigen Probleme eigentlich verschwinden lassen soll. Bislang drehten sich meine Sorgen und Ängste um die Fragen, ob ich genug Geld für die Miete verdiene, ob mein Dad die Studiengebühren aufbringen kann oder ob ich meine Prüfungen bestehe. All das hat in den letzten Tagen so an

Bedeutung verloren, dass es sich anfühlt, als ob es in einem anderen Leben gewesen wäre.

Kurz bevor mir die Augen zufallen und ich in einen unruhigen Schlaf sinke, fällt mir noch eine Sache auf: Der Innenhof, zu dem mein Fenster hinausgeht und von dem aus man die Feuerleiter erreichen kann, ist rund um die Uhr abgeschlossen. Zu drei Seiten ist er von Wohnhäusern umgeben und die Seite, die an der Straße liegt, wird von einer hohen Mauer abgeschirmt. Man braucht einen Hausschlüssel, um hineinzukommen. Bonnies Fenster hingegen geht zur Seite raus und ist auch über eine Feuerleiter zu erreichen. Sollte sich jemand einfach nur einen Spaß erlauben wollen, warum sollte er dann all diesen Aufwand betreiben, um ausgerechnet mein Fenster zu treffen?

15

JULIE

Freitag, 3. Juni 2022

Die Situation mit den Reportern hat sich auch am Tag darauf nicht verbessert, im Gegenteil. Gefühlt haben sich am nächsten Morgen noch mehr Presseleute auf dem Gehweg vor unserem Haus versammelt, und die Rufe, die mir entgegenschlagen, als ich aus der Tür trete, sind noch lauter. Besorgt sehe ich mich um. Wenn das so weitergeht, bekommen wir Probleme mit den Nachbarn, denn diese beschissene Situation betrifft nicht nur mich. Ich bin schon unfassbar genervt – wie muss es da erst den Nachbarn gehen, die völlig unbeteiligt sind und sich trotzdem dieses Chaos hier antun müssen?

Mit vor Wut zitternden Fingern schließe ich mein Fahrrad auf und bemerke aus den Augenwinkeln, dass sich eine Frau so dicht an das schmiedeeiserne Tor drückt, als würde sie versuchen, sich durch die Gitterstäbe zu quetschen. Bin ich etwa ein verdammtes Zootier? Morgen habe ich einen Telefontermin mit der PR-Beraterin von *Bonham* und ich bete, dass sie irgendwelche hilfreichen Tipps hat, was die Presse angeht. Mit einem energischen Ruck schiebe ich das Rad vom Ständer und ziehe das Tor auf. Der Lärm der Stimmen schwillt an, und einen Moment lang fühle ich Panik in mir aufsteigen. Was, wenn sie mich nicht durchlassen? Mein Vorderrad fährt über einen Fuß, und ein Ellbogen trifft mich schmerzhaft in der Seite.

»Euer beschissener Ernst?«, fluche ich, richte mich auf und fixiere die am nächsten stehenden Reporter. »Habt ihr nichts Besseres zu tun, als mir hier auf die Nerven zu gehen? Passiert in dieser Stadt wirklich nichts Interessantes?«

»Juliette!«, ruft mir die Frau von gerade eben zu, die offensichtlich nicht vorhat, auf meine Frage zu antworten. Natürlich nicht. »Juliette, ich bitte Sie, geben Sie uns fünf Minuten. Fünf Minuten Ihrer Zeit und wir sind weg. Denken Sie nicht, dass das ein besserer Deal ist als diese Show hier?«

»Eine Show, die *Sie* veranstalten«, erinnere ich sie durch zusammengebissene Zähne.

»Wir wollen Ihnen nichts Böses«, sagt sie unbeeindruckt. »Wir machen nur unseren Job.«

Ich denke kurz an das Versprechen, das ich Caleb gegeben habe, nicht mit der Presse zu sprechen. Auf der anderen Seite kann es so nicht weitergehen. Schlimmstenfalls fliegen wir aus der Wohnung, und das kann ich Saheera und Bonnie einfach nicht antun. Ich trage zwar keine Schuld an diesem Wahnsinn, sie können aber noch weniger dafür.

»Okay.« Ich gebe den Versuch auf, mein Fahrrad durch die Menge zu bugsieren, straffe die Schultern und wende mich der Frau zu, die mich erwartungsvoll ansieht. »*Eine* Frage, mehr nicht. Und dann lassen Sie mich in Ruhe.«

Keine Ahnung, ob sie mir überhaupt zugehört hat. Denn sie zückt einfach nur ihr Handy und hält es mir entgegen. »Haben Sie und Caleb Bonham ein sexuelles Verhältnis? Aktuell oder in der Vergangenheit?«

»Was?« Mit einer Mischung aus Überraschung und Empörung starre ich sie an.

»Haben Sie und Caleb Bonham …«

»Ich habe Sie verstanden«, unterbreche ich sie wütend. »Ich habe *kein* sexuelles Verhältnis zu Caleb Bonham. Wir …«

»Finden Sie Caleb nicht attraktiv?«, fragt sie weiter, ohne ansonsten irgendeine Reaktion zu zeigen. »Oder liegt es daran, dass Sie versuchen, seine Nachfolge als CEO von *Bonham Industries* zu torpedieren?«

»Ich torpediere gar nichts«, widerspreche ich heftig. »Mr Bonham und ich kennen uns erst seit Kurzem. Selbst wenn wir einander attraktiv fänden, denken Sie wirklich, wir würden bei der ersten Gelegenheit übereinander herfallen, sobald der Sarg seiner Mutter unter der Erde ist? Besitzen Sie überhaupt so etwas wie Anstand?«

»Soll das heißen, Sie haben ein Problem damit, wie Ihre Beziehung auf die Öffentlichkeit wirken könnte?«

Empört schnaubend greife ich den Lenker meines Rads fester, um mich selbst davon abzuhalten, der Frau ihr verdammtes Handy aus der Hand zu schlagen. »Natürlich habe ich ein Problem damit! Sie alle geben uns kaum Luft zum Atmen und benehmen sich absolut unpassend. Und jetzt gehen Sie mir aus dem Weg!«

»Aber Juliette …«

»Nein!«, unterbreche ich sie erneut, energischer dieses Mal. »Ich habe Ihre Frage beantwortet, und jetzt halten Sie Ihr Wort und gehen mir aus dem Weg.«

Einen Moment lang bin ich mir sicher, dass sie sich weigert. Sie erinnert mich an ein bockiges Kind, das auf ein weiteres Stück Kuchen besteht, nachdem ihre Mom es ihr verboten hat. Doch dann tritt sie tatsächlich einen Schritt zur Seite, sodass eine kleine Lücke in der Menschenmenge entsteht. Ohne ein weiteres Wort schwinge ich mich auf mein Fahrrad und gebe Gas. Hinter mir klicken die Kameras. Was auch immer sie mit einem Foto von mir auf dem Rad anfangen wollen.

Sobald die Geräusche hinter mir verklingen und von dem üblichen New Yorker Stadtlärm abgelöst werden, lässt der

Druck auf meiner Brust ein wenig nach und ich atme ein paar Mal schnell ein und aus. Wenn ich wüsste, dass dieser Albtraum damit vorbei wäre, würde ich das Erbe vielleicht doch ablehnen. Allerdings wage ich zu bezweifeln, dass die Story, die die Presse aus der ganzen Sache stricken möchte, mit meiner Absage vom Tisch wäre. Wahrscheinlich würden sie mich weiterhin belagern, in dem Fall dann schon alleine, um herauszufinden, warum ich auf einen Millionenvertrag verzichte und alles Caleb überlasse.

Ich reiße mich selbst aus meinen düsteren Grübeleien und halte mich an einem Laternenmast fest, während ich darauf warte, dass die Ampel auf Grün schaltet. Mein Blick wandert über die Menschen um mich herum, die mit gehetzten Blicken von A nach B huschen, auf dem Weg zur Arbeit, zur Uni oder nach einer durchfeierten Nacht zurück nach Hause. Ein paar Meter weiter steigt weißer Nebel aus einer kleinen Seitengasse neben einer Bäckerei auf, wie jeden Morgen. Echte New Yorker weichen dem weißen Staub instinktiv aus, während Touristen oder Besucher hindurchlaufen und sich danach wundern, warum sie wie gepudert aussehen. Als ich frisch nach New York gezogen bin, habe ich mich immer gefragt, was es mit diesem wiederkehrenden Nebel auf sich hat. Irgendwann ist mir klar geworden, dass es sich um Mehl handelt, das früh morgens angeliefert und abgeladen wird. Der Staub hängt teilweise noch Stunden danach in der Luft.

Ich lege den Kopf in den Nacken und mustere die Wolkenkratzer um mich herum. Die Dächer der höchsten kann ich kaum erkennen, weil der Nebel und Smog des Morgens sich noch nicht komplett verzogen haben. Männer und Frauen in Anzügen, Kostümen und schicken Kleidern quetschen sich durch die Eingänge, um pünktlich an ihrem Schreibtisch zu sitzen. Ich beobachte sie eine Weile, betrachte die gestressten, freundlichen und neutralen Mienen auf ihren Gesichtern. Ich habe mir oft vorgestellt, wie es sich wohl anfühlt, in so einem riesigen Unternehmen zu arbeiten. Einen Teil von mir hat es immer gereizt. Mich morgens für die Arbeit schickzumachen, aus dem Taxi zu steigen und direkt mittendrin zu sein. Die Vorstellung, dass ich genau das ab nächster Woche tun werde, erfüllt mich jetzt mit Furcht. Vielleicht weil ich nicht bloß eine Angestellte sein werde, sondern weil die Hälfte der Verantwortung für die ganze Firma auf meinen Schultern lasten wird.

Hinter mir hupt ein Auto, und ich zucke zusammen. Die Ampel leuchtet grün, also reiße ich meinen Blick von den Menschen um mich herum los und trete in die Pedale. Heute ist Freitag, und am Montag werde ich meinen Vertrag mit *Bonham Industries* unterschreiben. Es gibt keinen Weg mehr zurück. Was bedeutet, dass ich dringend einen Termin mit meiner Studienberaterin vereinbaren muss. Eigentlich rechne ich mit keinen Schwierigkeiten. Praktika während des Studiums sind keine Seltenheit, genauso wenig wie Collegejobs. Allerdings kam dergleichen bislang nicht für mich infrage, weil man in solchen Anstellungen meistens weniger verdient als bei einem Aushilfsjob in einem Café oder einer Bar. Ich muss abklären, wie wir meine Zeit in Zukunft aufteilen können, welche Kurse ich vielleicht online besuchen darf und bei welchen ich womöglich ein Semester wiederholen muss.

Als ich das Unigelände erreiche und mein Fahrrad abschließe, kommt Daniel auf mich zu und lehnt sich an den Zaun neben uns. »Hi«, sagt er und grinst mich an. Er deutet mit der Hand über die Schulter Richtung Silver Tower, in dem unser Kurs stattfindet. »Brauchst du Geleitschutz?«

Ich lächle gequält. Natürlich spielt er auf unsere letzte Begegnung und den Reporter an, der mir aufgelauert hat. Er kann nicht wissen, dass das inzwischen ein deutlich wunderer Punkt für mich ist. »Klar«, antworte ich und versuche sämtliche Gedanken an Drohbriefe, Anrufe und fliegende Backsteine beiseitezuschieben. Wobei ...

»Darf ich dich was fragen?« Ich drehe mich zu ihm um. Als er nickt, schiebe ich unschlüssig die Hände in die Hosentaschen. »Am Montag, nach dem Treffen mit der Lerngruppe, hat jemand was in meinem Fahrradkorb liegen lassen. Du gehst auf dem Weg in dein Wohnheim hier lang, richtig? Hast du vielleicht irgendetwas gesehen?«

Er runzelt die Stirn. »Was lag denn in deinem Korb?«

Bemüht lässig zucke ich mit den Schultern. »Nichts Besonderes. Aber falls du jemanden gesehen hast ...«

Okay, Daniel glaubt mir kein Wort, das ist ihm deutlich anzusehen. Spielt aber eigentlich auch keine Rolle. Denn er schüttelt den Kopf. »Tut mir leid. Ich kann mich jedenfalls an nichts Auffälliges erinnern. Gib es doch einfach im Sekretariat ab.«

»Ja«, pflichte ich ihm hastig bei. »Gute Idee.«

Nachdem ich meinen Rucksack geschultert habe, schlendern wir gemeinsam Richtung Silver Tower. Ich bin ein bisschen verlegen. Daniel und ich waren nie zuvor richtig allein, abgesehen von dem letzten Mal, und da war ich zu aufgewühlt, um mir Gedanken über peinliche Stille und höfliche Umgangsformen zu machen.

»Also, wie geht es dir?«, fragt er schließlich. Im Gegensatz zu mir wirkt er ziemlich entspannt.

»Man schlägt sich so durch«, antworte ich und lache, als er das Gesicht verzieht. »Das ist eine dämliche Frage, oder nicht?«

»Was? Die Frage, wie es dir geht?«

Ich nicke. »Niemand gibt oder erwartet ernsthaft eine ehrliche Antwort. Außer man liegt im Krankenhaus oder so. Dann ist die Frage berechtigt, denke ich.«

Er sieht mich prüfend an. »Und was, wenn ich tatsächlich eine ehrliche Antwort möchte?«

»Dann wirst du in deinem Leben ziemlich oft enttäuscht werden, befürchte ich.« Ich weiche einer kleinen Gruppe Studentinnen aus. »Stell dir vor, jeder, den du das fragst, würde auf der Stelle all seine Probleme und Sorgen vor dir ausbreiten. Das möchte doch niemand wirklich.«

»Du bist echt unterirdisch im Small Talk, weißt du das?«, lacht Daniel kopfschüttelnd.

»Eigentlich nicht«, halte ich schmunzelnd dagegen. »Hätte ich einfach nur mit ›gut‹ geantwortet, wäre das Thema nach einer Sekunde beendet gewesen. Aber guck, wie gut wir uns gerade unterhalten.«

Wieder lacht er, lauter dieses Mal. Er stößt mit dem Ellbogen gegen meinen, dann streckt er den Arm aus, um mir die Tür aufzuhalten. Genau wie bei unserem letzten kurzen Gespräch frage ich mich, ob Daniel mit mir flirtet. Nicht, dass ich automatisch jedem Mann gleich Hintergedanken unterstellen würde, aber da ist etwas in Daniels Blick, in der Art und Weise, wie er mich immer mal wieder beiläufig berührt, das eindeutig ›INTERESSE!‹ schreit.

Ich bin ein wenig erleichtert, als wir den Hörsaal mit fester Sitzordnung erreichen und uns voneinander verabschieden müssen. Denn sollte er mich noch mal auf das lose angedeutete Kaffeedate ansprechen, weiß ich nicht genau, wie meine Antwort diesmal ausfallen würde. Ich habe das Gefühl, mein Kopf und mein Verstand sind momentan viel zu überfordert, um sich mit Dingen wie Verabredungen und höflichem Kennenlern-Small-Talk zu beschäftigen.

Am Montag unterschreibe ich die Verträge. Danach wird es

mit Sicherheit noch einmal stressig, bis ich mich in dieses neue Leben und den Alltag eingefunden habe. Ich hoffe inständig, dass sich bald wieder so etwas wie Normalität in meinem Leben einstellt.

CALEB

Mit verschränkten Armen beobachtet Rahel mich dabei, wie ich eine weitere Jeans in meinen auf dem Bett liegenden Koffer werfe.

»Du kannst jetzt nicht einfach Urlaub machen«, sagt sie erneut und zieht die Augenbrauen hoch, während ich seufze.

»Und warum nicht?«

»Am Montag hast du den Termin mit Penn und Hoffman«, erinnert sie mich überflüssigerweise. »Findest du nicht, du solltest die Zeit nutzen, um dich vorzubereiten?«

Ehrlich gesagt überrascht es mich ein wenig, dass Rahel sich so sehr für diese Sache interessiert. Sie hat keinerlei emotionale Bindung oder Interesse an *Bonham Industries.* Es hätte mich sogar nicht gewundert, wenn sie mich zu überreden versucht hätte, aus der Firma auszusteigen und etwas Eigenes aufzuziehen. Etwas, auf dem nicht in goldenen Lettern Sylvias Name steht.

»Und was soll ich deiner Meinung nach tun?« Ich greife nach einem T-Shirt mit Polokragen, lege es aber wieder zurück. Eindeutig zu formell für ein Wochenende mit den Jungs. »Ich habe sämtliche Verträge gelesen, ich bin alles mit Hoffman und den Partnern durchgegangen. Der Drops ist gelutscht, Rahel. Julie wird bei uns anfangen, und wenn sie sich querstellt, beschäftige ich mich damit am Montag. Im Moment kann ich gar nichts tun.«

»Hast du noch mal mit ihr gesprochen?«, fragt sie herausfordernd. »Ihr deutlich gemacht, was das alles für sie bedeutet?«

»Das ist nicht nötig. Die Presse belagert ihr Haus. Ich denke, ihr ist auch ganz ohne mich klar, was das bedeutet.«

»Dann legst du deine Zukunft also in die Hände von ein paar bescheuerten Reportern?«

Ich drehe mich genervt zu meiner Schwester um. Ich liebe sie. Rahel ist alles an Familie, was ich noch habe. Trotzdem wünsche ich mir gerade, ich hätte sie nicht angerufen und gebeten, vorbeizukommen. Ja, ich wollte ihre Meinung hören und vor allem ihre Unterstützung. Aber diese Diskussion gerade ist einfach nur sinnfrei.

»Okay, ich spiele mit«, seufze ich und setze mich ihr gegenüber aufs Bett. Als sie mich fragend ansieht, deute ich auf sie. »Ich habe mit Penn gesprochen, habe ihr gedroht, habe versucht mit ihr zu verhandeln. Wir haben einen wasserdichten Vertrag. Was soll ich deiner Meinung nach machen?«

»Keine Ahnung«, gibt sie zähneknirschend zu. »Ich sage ja nicht, dass du ihr Angst einjagen oder sie über den Tisch ziehen sollst. Aber du hast jahrelang für Sylvia gearbeitet. Du warst viel mehr ihr Sohn, als sie jemals ihre Tochter gewesen ist. Ich finde es einfach nicht fair, dass sie auftaucht und sich ins gemachte Nest setzt.«

»Sie hat es sich nicht ausgesucht«, antworte ich und überrasche mich selbst ein wenig mit dieser Aussage. Denn vor ein paar Tagen noch hätte ich genauso argumentiert wie Rahel. Vielleicht liegt es daran, dass ich Julie inzwischen ein wenig kennengelernt habe, im Gegensatz zu meiner Schwester. Sie ist keine Erbschleicherin, sie ist keine Betrügerin, die einfach nur versucht, das größte Stück vom Kuchen abzukriegen. Und falls doch, ist sie eine verdammt überzeugende Schauspielerin.

Rahel rümpft missbilligend die Nase. »Das ändert nichts daran, dass du es mehr verdient hast als sie.«

Am liebsten würde ich sie bitten, einfach die Klappe zu halten und das alles mir zu überlassen. Aber ich halte mich zurück. Rahel hat Sylvia nicht ausstehen können, aber sie war immer eine gute große Schwester für mich. Wir sind nicht im selben Haus aufgewachsen, weil Rahel nach dem Tod unserer Mutter lieber bei einer Tante als bei Sylvia und meinem Vater wohnen wollte. Trotzdem stehen wir uns seit unserer Kindheit nahe und sie hat immer versucht, mich zu beschützen. Vor allem nach dem Tod unserer Mom. Ich kann mich nicht mehr daran erinnern, Rahel allerdings schon. Manchmal habe ich den Eindruck, dass sie das Gefühl hat, sich um mich kümmern zu müssen, weil unsere Mutter es nicht mehr kann.

Deswegen darf ich es ihr nicht übelnehmen, wenn sie auch jetzt versucht, mich zu beschützen. Aber das ist nicht nötig. Ich bin erwachsen und habe alles unter Kontrolle. Dass Julie aus der Versenkung aufgetaucht ist, macht mich auch wütend. Aber man muss erkennen, wann man verloren hat und wann es an der Zeit ist, nachzugeben. Ich werde mich mit Julies Anwesenheit arrangieren. Was mir langfristig mit Sicherheit deutlich mehr bringt, als gegen sie zu arbeiten. Es würde lediglich der Firma schaden und ein schlechtes Licht auf mich als zukünftigen CEO und Mehrheitsanteilseigner werfen.

»Lass es gut sein, okay?«, sage ich, während ich ins Badezimmer gehe und ein paar Sachen vom Waschtisch einpacke. »Vielleicht ist es ja auch ganz gut so. Dass Julie jetzt dabei ist, meine ich.«

»Ach ja?« Sie folgt mir mit skeptischem Gesichtsausdruck. »Weil du sie ficken kannst?«

Ich verdrehe die Augen, auch wenn automatisch Bilder von gestern vor meinem inneren Auge auftauchen. Von Julies Lippen und von all den Szenen, die ich mir danach in der Dusche vorgestellt habe und in denen sie unwillkürlich die Hauptrolle gespielt hat. »Nein«, sage ich mit Nachdruck, wobei ich mir nicht sicher bin, ob ich mit Rahel oder mit mir selbst und meinen außer Kontrolle geratenen Fantasien spreche. »Weil wir zweifellos Fehler machen werden. Ich bin schon eine Weile in der Firma, aber ich bin trotzdem noch nicht bereit, sie komplett allein zu leiten. Juliette Penn allerdings noch viel weniger.«

Rahel runzelt die Stirn. »Du meinst, die Leute werden ihr die Schuld geben, wenn etwas schiefgeht.«

Ich zucke mit den Schultern, was ihr als Antwort genügen muss. Ehrlich gesagt ist mir diese Ausrede gerade spontan eingefallen, aber sie scheint Rahel zumindest für den Moment zufriedenzustellen. Immerhin.

»Versteh mich nicht falsch, Caleb«, seufzt sie und geht zurück ins Schlafzimmer, wo sie sich aufs Bett setzt. »Ich habe nichts gegen sie persönlich. Sie scheint nett zu sein. Aber du bist jetzt Vollwaise, und wenn wir ganz ehrlich sind, hast du niemals gelernt, dich in der echten Welt zu behaupten. Ihr hattet immer Geld, du musstest dir niemals Sorgen um deinen Lebensunterhalt machen. Ich habe einfach nur Angst, dass etwas schiefgeht und du am Ende mit nichts dastehst.«

Reizend von ihr, dass sie mich offensichtlich für unfähig hält, für mich allein zu sorgen. Allerdings hat sie mit einem recht. *Bonham Industries* ist zwar erst nach und nach richtig groß geworden, über Geld mussten wir uns jedoch niemals Gedanken machen. Und solange ich denken kann, hatten wir es im Überfluss – die teuersten Schulen, die luxuriösesten Urlaube, die schönsten Wohnungen. Rein finanziell betrachtet war mein Leben niemals etwas anderes als sorglos.

»Das wird nicht passieren«, beruhige ich sie und versuche, so viel Überzeugung in meine Stimme zu legen wie möglich. »Julie hat es nicht auf mich abgesehen. Du kannst von ihr halten, was du willst, aber sie ist bestimmt kein schlechter Mensch.«

Rahel betrachtet mich eine Weile. »Und da bist du dir sicher? Immerhin ist sie Sylvias Tochter.«

Unwillkürlich muss ich grinsen. »Ihr gewöhnt euch schon aneinander.«

Ein paar Sekunden lang ist sie still, dann seufzt sie erneut und kommt zu mir herüber. Bevor ich sie davon abhalten kann, wuschelt sie mir mit der Hand durch die Haare. Eine Geste, die ich vor allem als Kind und Teenager gehasst habe, die sich inzwischen aber irgendwie vertraut anfühlt. Nach der einzigen Familie, die ich noch habe. »Na gut. Ich gebe auf. Lass trotzdem dein Handy an, okay? Du solltest nicht so tun, als würde dieses ganze Drama nicht existieren, nur weil du ins Strandhaus abhaust.«

Ich erwidere nichts. Denn tatsächlich habe ich genau das vor.

16

CALEB

Samstag, 4. Juni 2022

Als Tony mich am Samstagmorgen abholt, bin ich tatsächlich ein bisschen nervös. Die vergangenen Wochen habe ich quasi im Büro gelebt, bin erst am späten Abend ins Apartment zurückgekehrt, und selbst dann hat mein Handy kaum eine Stunde lang Ruhe gegeben. Die Vorstellung, zwei ganze Tage nicht nur aus dem *Big B*, sondern aus der Stadt zu verschwinden, hat etwas seltsam Befreiendes. Als könnte ich das erste Mal seit Wochen wieder richtig atmen. Die Fahrt zu unserem Haus in den Hamptons dauert etwa zweieinhalb Stunden, die ich zum Arbeiten nutzen werde. Und danach bin ich frei, ganze zwei Tage lang.

»Möchten Sie, dass ich irgendwo zum Lunch anhalte oder soll ich durchfahren, Sir?«, erkundigt sich Tony und wirft mir einen Blick durch den Rückspiegel zu.

»Fahren Sie durch. Sie haben das Wochenende frei, ich will Sie nicht länger als notwendig in Beschlag nehmen.«

»Da richte ich mich gerne nach Ihnen.«

Ich seufze leise. Tony war Sylvias Fahrer. Bis zu ihrem Tod bin ich selbst gefahren, zumindest ab dem Zeitpunkt, an dem ich einen Führerschein und einen eigenen Wagen besaß. Ich kenne Tony, seit ich vierzehn bin. Als Sylvia starb, habe ich überlegt, ihn nicht zu übernehmen. Nicht, weil ich Tony nicht leiden kann oder seine Arbeit nicht zu schätzen weiß, sondern weil ich den Gedanken total bescheuert fand, mich von jemandem herumkutschieren zu lassen. Letztendlich habe ich mich aus zwei Gründen dazu entschieden, ihn zu behalten: Erstens, weil er nicht nur mein Fahrer, sondern auch mein Personenschützer ist, und zweitens, weil ich ihm sonst hätte kündigen müssen. Und das konnte ich nicht. Seitdem versuche ich ihn dazu zu bringen, mich zu duzen oder mit dem Vornamen anzusprechen – aber keine Chance. Der Mann wurde von Sylvia eingearbeitet, was quasi einer Gehirnwäsche gleichkommt.

Mein Handy klingelt, und ich unterdrücke ein Stöhnen. Nur noch ein paar Stunden, dann schalte ich es aus. Nur noch ein paar Stunden, dann muss ich diesen nervtötenden Ton zwei Tage lang nicht mehr hören.

»Ja?«, melde ich mich, als ich den Namen von Sylvias ehemaliger Assistentin lese. Auch sie habe ich vorerst übernommen, aber anders als bei Tony werden wir demnächst getrennte Wege gehen. Was Gott sei Dank auch Abigail von vornherein klar war, als sie sich bereits ein paar Tage nach Sylvias Tod bereiterklärte, ihre Nachfolge einzuarbeiten und danach zu verschwinden.

»Mr Bonham, ich möchte Sie nur schnell darüber informieren, dass wir die Alarmanlage am Strandhaus für das gesamte Wochenende deaktiviert haben«, teilt sie mir in monotonem Ton mit. Jedes Mal, wenn ich mit ihr spreche, habe ich das Gefühl, mit einer automatischen Ansage zu telefonieren. Ihre Stimme ist vollkommen emotionslos, was beinahe beeindruckend ist. »Bei Ihrer Ankunft müssen Sie sie manuell für die Nacht wieder aktivieren. Wissen Sie, wie das funktioniert? Ansonsten schicke ich Ihnen eine Anleitung oder jemanden vom Sicherheitsdienst.«

»Danke, Abigail, ich denke, das schaffe ich auch alleine«, sage ich betont freundlich. »Gibt es sonst noch etwas?«

»Ja, Sir. Ich wurde darüber in Kenntnis gesetzt, dass Sie keinerlei Personal für Ihren Aufenthalt angefordert haben, nicht einmal Sicherheitspersonal. Ist das korrekt, oder liegt hier ein Irrtum vor?«

»Nein, das ist korrekt.«

»Mr Bonham, ich würde Ihnen wirklich raten, dass …«

Ich unterbreche sie ungeduldig. »Ich weiß Ihre Bemühungen zu schätzen, Abigail, aber ich treffe mich weder mit Geschäftspartnern noch mit dem Präsidenten. Das hier ist ein Wochenende unter Freunden, verstehen Sie? Urlaub. Eine Auszeit. Ich wage zu bezweifeln, dass ich mich sonderlich entspannen kann, wenn die ganze Zeit irgendwelche Angestellten um uns herumschleichen.«

»Wie Sie wünschen.« Ihr ist deutlich anzuhören, dass sie anderer Meinung ist. Aber das ist der Vorteil, wenn man Spitzengehälter zahlt – im Zweifelsfall sind sie alle ohne mit der Wimper zu zucken bereit, mir zuzustimmen. Selbst wenn ich behaupte, dass der Himmel grün ist.

»Schön«, bemerke ich und reibe mir mit der Hand über die Stirn. »Dann sehen wir uns am Montag.«

»Mr Bonham, sind Sie sicher, dass …«

»Ich wünsche Ihnen ein schönes Wochenende.« Ich lege auf, bevor sie etwas hinzufügen kann. Für diese Woche reicht es, wenn es nach mir ginge, würden wir überhaupt nicht mehr miteinander arbeiten. Abigail ist die Art von Assistentin, die sich eher als eine Art Kindermädchen aufführt. So etwas brauche ich nicht. Ich brauche jemanden, mit dem ich bei bestimmten Themen auf Augenhöhe zusammenarbeite, den ich in bestimmten Bereichen vielleicht sogar um Rat fragen und auf den ich mich verlassen kann.

Nachdem ich meine Jacke ausgezogen und es mir gemütlich gemacht habe, checke ich noch ein paar E-Mails, beantworte ungelesene Nachrichten und scrolle durch meinen Newsfeed, um nach Neuigkeiten über *Bonham* Ausschau zu halten. Ich überfliege ein paar Börsennachrichten, die ich mir mit einem Lesezeichen markiere, um sie mir später genauer durchzulesen, als mein Finger auf dem Bildschirm plötzlich innehält.

Das Bild, das einen Artikel irgendeines New Yorker Klatschblattes anteasert, zeigt auf der einen Seite Julie, auf der anderen Seite mich. Das Erste, was mir auffällt, ist, dass wir beide in ziemlich ungünstigen Momenten fotografiert wurden, denn wir sehen aus, als hätten wir seit Tagen nicht mehr geschlafen. Julies Haare haben sich beinahe zur Hälfte aus ihrem Dutt gelöst, sie hat dunkle Ringe unter den Augen und schaut so düster in die Kamera, als würde sie gerade Mordpläne schmieden. Mein Foto ist nicht wirklich besser, und nach ein paar Minuten komme ich auch darauf, warum es mir so bekannt vorkommt: Es wurde an dem Tag von Sylvias Tod aufgenommen. Ich war mit Freunden unterwegs, als der Anruf kam. Auf diesem Bild bin ich gerade dabei, ins Bonham Building zu gehen, um mich mit meiner Schwester und unserem Anwalt zu treffen.

Wut explodiert in meiner Magengegend, doch gleichzeitig siegt die Neugierde und ich lese die Überschrift:

*PENN PACKT AUS: VERBOTENE LIEBE TREIBT EINEN KEIL ZWISCHEN BONHAM-ERB*INNEN*

»Euer Scheißernst?«, murmele ich und tippe auf die Überschrift, um den Artikel zu lesen. Und meine Laune sinkt mit jedem Wort. Anscheinend hat Julie mit der Presse gesprochen, und was immer sie auch gesagt hat – die Verfasserin hat daraus eine verdammte Lovestory gebastelt, der zufolge wir unsterblich ineinander verliebt sind, unsere Liebe aber nicht ausleben können, weil wir uns Sorgen um die Außenwirkung und deren Einfluss auf *Bonham Industries* machen.

»Tony.« Ich halte das Handy hoch und sehe Tony in der Reflexion des Rückspiegels an. »Haben Sie das gelesen?«

Offensichtlich, denn er fragt nicht einmal, wovon ich spreche. »Ich habe es überflogen, Sir.«

»Wann?«

»Vor ein paar Stunden.«

»Warum haben Sie nichts gesagt?« Erneut senke ich den Blick auf mein Handy. Zugegebenermaßen passen die Fotos ganz ausgezeichnet zur Headline. Ohne den Kontext zu kennen, sehen wir tatsächlich aus, als würden Julie und ich gerade den Liebeskummer unseres Lebens durchstehen.

»Weil es keine Rolle spielt«, antwortet Tony nüchtern. »Was auch immer Miss Penn denen erzählt hat, *das* da ganz bestimmt nicht.«

»Sicher nicht«, knurre ich. Am liebsten würde ich diesem bescheuerten Klatschblatt sämtliche mir zur Verfügung stehenden Anwälte auf den Hals hetzen. Allein dafür, dass sie Julie dadurch noch mehr Sorgen bereiten, als sie ohnehin bereits hat. Selbst mich ärgert dieser Artikel, dabei bin ich solche Dinge gewohnt, abgesehen davon, dass ich bereits viel Schlimmeres über mich oder meine Familie in der Zeitung lesen musste. Ich kann mir nicht vorstellen, wie das alles auf Julie wirken muss, die mit dieser Welt bislang überhaupt nichts zu tun hatte.

Ich mache einen Screenshot und achte darauf, dass der Name der Autorin zu erkennen ist, dann leite ich ihn an meine Firmen-E-Mail-Adresse weiter. Am Montag werde ich prüfen lassen, ob etwas dagegen unternommen werden kann. Ich bin mir verdammt sicher, dass Julie nichts dergleichen gesagt hat, und wenn ihre Aussagen sich maßgeblich von dem unterscheiden, was in dem Artikel steht, kann man vielleicht doch irgendjemandem dafür an den Karren pissen. Nicht, dass das letztendlich etwas bringen würde. Aber ich würde mich wenigstens besser fühlen.

Den Rest der Fahrt halte ich mich von dem Newsfeed fern, da die Story bestimmt auch noch von anderen Zeitschriften und Gossip-Seiten aufgegriffen wurde. So ist es immer. Der Originaltext kann sogar harmlos sein, es findet sich immer irgendein Käseblatt, das die Geschichte aufbauscht und bis zur Unkenntlichkeit verzerrt.

Als wir endlich die Hamptons erreichen, habe ich das Gefühl, noch dringender Urlaub zu brauchen als bei unserer Abfahrt. Die Bonham Mansion liegt am Ende einer unendlich langen Einfahrt und ist verhältnismäßig schlicht, wenn man es mit anderen Anwesen in der Nachbarschaft vergleicht. Sie gehörte meinem Ururgroßvater väterlicherseits, der sie quasi mit seinen eigenen Händen gebaut hat. Im Laufe der Jahre wurde die Villa immer mal wieder renoviert, vergrößert und ausgebaut. Inzwischen ist die Bonham Mansion ein modernes Strandhaus mit zwei Etagen, einem separaten Gästehaus und einem kleinen Grundstück mit gigantischem Infinity Pool, der zwischen den Steinklippen über einem Privatstrand thront. Früher hat es hier auch mal Stallungen gegeben, aber die wurden bereits vor einer Ewigkeit abgerissen und durch einen Tennisplatz ersetzt. Ein schmaler Weg führt hinunter zum Strand, aber zum Schwimmen im Meer wird es dieses Wochenende wahrscheinlich noch etwas zu kalt sein.

Ich würge Tony entschieden ab, als er Anstalten macht, mein Gepäck ins Haus tragen zu wollen. Ehrlich gesagt will ich ihn so schnell wie möglich loswerden. Ein paar der Jungs sind bereits gestern angereist, und ich brauche dringend ein

Bier, Musik und die Abwesenheit sämtlicher Angestellter von *Bonham Industries*.

Der Kies knirscht unter meinen Schuhen, als ich über den Weg aufs Haus zulaufe. Ich war seit fast einem Jahr nicht mehr hier. Im Winter wird das gesamte Haus eingemottet und ein Anwohner aus dem Ort dafür bezahlt, hin und wieder nach dem Rechten zu sehen. Und nachdem ich während meiner Party zum dreiundzwanzigsten Geburtstag letztes Jahr eine Fensterscheibe zerbrochen habe, hat Sylvia mir das Betreten des Hauses quasi verboten. Jetzt gehört es mir.

Ich finde Sander in der Küche, was mich nicht gerade überrascht. Als ich hereinkomme, zieht er gerade zwei Flaschen Bier aus dem Kühlschrank.

»Das erübrigt wohl die Frage, ob die Lebensmittelbestellung angekommen ist«, sage ich und grinse, als Sander mir eine der Flaschen hinhält.

»Wenn du mich fragst, gibt es zu viel Essen und zu wenig Bier. Aber wir verzeihen dir.«

Lachend sehe ich mich im Raum um. In diesem Haus scheint die Zeit stillzustehen. Nichts hat sich verändert – die gleiche offene Raumgestaltung, die gleiche riesige Glasfront, die den Blick auf den Pool und die Gartenanlage freigibt, die gleiche beigefarbene Einrichtung, die aussieht, als wäre sie ausschließlich zum Angeben ausgesucht worden. Was vermutlich sogar der Fall ist. Ich weiß, dass die Bücher, die wie zufällig hier und da im Raum verteilt sind, niemals gelesen wurden. Weder von Sylvia noch von meinem Vater. Die Blumen auf dem Esstisch, den Kommoden und Beistelltischen werden regelmäßig geliefert und extra mit kleinen Duftkugeln präpariert, um dem natürlichen Duft ein wenig nachzuhelfen. Alles hier drinnen ist künstlich und arrangiert. Im Moment ist mir das allerdings völlig egal.

»Wer ist denn dabei?«, frage ich Sander, der mit dem Rücken gegen den Kühlschrank lehnt und mich stirnrunzelnd mustert.

»Brian und Emir sind gestern mit mir hergefahren, Sam ist vor 'ner Stunde oder so angekommen.«

Ich nehme einen großen Schluck Bier. »Was ist mit Trip?«

»Muss arbeiten.« Sander nickt mit dem Kopf in meine Richtung. »Alles okay bei dir?«

Seufzend lege ich den Kopf in den Nacken. »Wird schon, oder nicht? Dieses ganze Chaos muss schließlich irgendwann vorbeigehen.«

Er schweigt, und ich weiß genau, was er denkt. Vor Jahren haben er und seine Freundin ganz Ähnliches durchgemacht. Auch ihr Privatleben wurde von der Presse nach außen gekehrt und ausgeschlachtet, so lange, bis es die beiden beinahe kaputtgemacht hat.

»Ich gehe schnell nach oben, ich muss noch einmal telefonieren«, sage ich, während ich rückwärts aus der Küche gehe. Als er mich fragend ansieht, grinse ich. »Geht ganz schnell.«

Bevor er protestieren kann, drehe ich mich um, greife nach meinem Koffer und laufe die Treppe nach oben zu den Schlafzimmern. Es gibt insgesamt fünf, und wie erwartet sind die großen Zimmer allesamt schon besetzt. Die Jungs sind nicht das erste Mal hier, obwohl viele von ihnen selbst Häuser in der Gegend besitzen. Beziehungsweise ihre Eltern tun es. Aber nach dem Tod meines Vaters stand dieses Haus eine Zeit lang leer, weil Sylvia die gemeinsamen Erinnerungen nicht ertragen und stattdessen auf einer Yacht übernachtet hat. Dann kam mein Geburtstag und die kaputte Scheibe, und seitdem hat kein Bonham auch nur einen Fuß in dieses Haus gesetzt.

Bis jetzt.

Nach ein paar Minuten finde ich ein leeres Schlafzimmer und schließe die Tür hinter mir, bevor ich meinen Koffer auf das Bett werfe und mein Handy aus der Hosentasche ziehe. Ich habe es ernst gemeint, als ich meinte, ich würde sämtliche Verbindungen zur Firma für dieses Wochenende kappen, und exakt das werde ich auch tun. Aber nach den heutigen Schlagzeilen habe ich das Bedürfnis, mich wenigstens einmal bei Julie zu melden. Ich bin mir nicht sicher, ob ich wirklich wissen will, woher genau dieses Bedürfnis kommt, also denke ich lieber nicht zu viel darüber nach. Stattdessen öffne ich meine Kontakte und tippe auf ihren Namen.

Mein Herz beginnt, ein wenig schneller zu schlagen, während ich darauf warte, dass sie abnimmt. Was total bescheuert ist. Weder bin ich ein Mensch, dem Telefonieren grundsätzlich unangenehm ist, noch habe ich Probleme damit, fremde Menschen anzurufen oder wichtige Dinge am Telefon zu klären. Warum also werde ich mit jedem Freizeichen unruhiger? Vielleicht liegt es daran, dass Julie und ich noch nie miteinander telefoniert haben und sich neunzig Prozent unserer Gespräche als Streit bezeichnen lassen. Vielleicht auch daran, wie wir das letzte Mal auseinandergegangen sind. Ich weiß es nicht und, wie gesagt, ich will es auch gar nicht wissen.

»Caleb?«, meldet sie sich. Ihre Stimme ist schwer zu verstehen. Ich höre Autos im Hintergrund, Stimmengewirr und Fahrtwind.

»Wo bist du?«, frage ich stirnrunzelnd und werfe einen Blick auf meine Uhr. Es ist gerade einmal Mittag.

Es bleibt kurz still. Dann: »Auf dem Weg zur Arbeit. Was willst du?«

Ich denke an all die Informationen, die Abigail nach der Testamentseröffnung für mich zusammengetragen hat. Laut den Unterlagen arbeitet Julie als Aushilfe in einem Kinderbuchverlag und als Modell für Zeichenkurse. Vor allem Letzteres ist etwas, worüber ich unbedingt mit ihr sprechen muss, wenn wir uns das nächste Mal sehen. Dazu habe ich verdammt viele Fragen, die meine Fantasien in letzter Zeit deutlich zu oft befeuert haben.

»Hast du mit der Presse gesprochen?«, frage ich geradeheraus. Es macht keinen Sinn, um den heißen Brei herumzureden.

»Ja.« Selbst durch die Leitung hindurch höre ich die Wut in ihrer Stimme. »Aber ich habe nicht ansatzweise etwas von dem behauptet, was sie geschrieben haben. Das musst du mir glauben, Caleb.«

»Das tue ich«, sage ich, ohne zu zögern. Das zwischen Julie und mir mag kompliziert sein, aber ich bin mir absolut sicher, dass sie nichts tun würde, was noch mehr Aufmerksamkeit auf ihr Privatleben lenkt. Natürlich war es absolut unüberlegt von ihr, überhaupt mit den Reportern zu sprechen, aber die Vorwürfe spare ich mir für unseren nächsten Streit auf.

Sie schweigt ein paar Sekunden, dann höre ich, wie sie sich räuspert. »Okay. Warum rufst du dann an?«

Das ist eine gute Frage. Ich wollte mich vergewissern, dass es ihr gut geht. Dass sie nicht durchdreht. Ich würde mir gerne einreden, dass es mir dabei hauptsächlich um *Bonham* geht und darum, dass sie auf Kurs bleibt. Aber während der Fahrt hierher musste ich die ganze Zeit an ihr Gesicht denken, als sie diesen seltsamen Anruf in meinem Büro erhalten hat. Wer auch immer dort am Telefon gewesen ist – Julie hat ernsthaft erschrocken gewirkt. Und ja, die Erinnerung daran beschäftigt mich noch immer. Ich wollte einfach sichergehen, dass diese Schlagzeilen sie nicht erneut aus der Bahn werfen.

Immerhin sind wir jetzt Partner. Wenn sie die Nerven verliert, wirkt sich das automatisch auch auf mich aus.

»Bist du okay?«, frage ich schließlich. »Lassen die Reporter dich in Ruhe?«

Sie gibt einen angewiderten Laut von sich. »Natürlich nicht. Seit dem Artikel ist es noch schlimmer geworden.«

Ich lasse mich auf das Bett fallen. »Das tut mir leid.«

»Ja.« Ich höre sie leise seufzen. »Ist wohl nicht zu ändern. Meine Mitbewohnerin hat heute Morgen die Polizei gerufen, aber die können nichts machen, solange die Reporter auf der Straße oder dem Gehweg bleiben.«

Das habe ich mir schon gedacht. Als mir ein Gedanke kommt, setze ich mich automatisch aufrechter hin. »Tony hat dieses Wochenende frei.«

»Und?«

»Ich kann ihm Bescheid sagen, dass er sich bei dir melden soll«, erkläre ich nachdrücklich. »Oder ich gebe dir einfach seine Nummer. Er kann dich fahren, wenn du irgendwohin musst und dich von dort wieder abholen. Das ist sicherer als mit dem Fahrrad. Und er hält dir die Reporter vom Hals, bis du auf dem Grundstück bist.«

Und sorgt dafür, dass du nicht wieder mit jemandem redest, füge ich in Gedanken hinzu.

Erneut schweigt sie ein paar Sekunden. Im Hintergrund höre ich ein Auto hupen. »Hast du nicht gerade eben erwähnt, dass er das Wochenende frei hat?«

»Ja, ich bin nicht in der Stadt.« Dann erst verstehe ich, worauf sie anspielt. »Das ist okay. Tony macht das. Ich frage ihn.«

»Nein!«, ruft Julie hastig. »Das tust du nicht.«

»Warum nicht?«

Sie lacht trocken. »Weil ich deinem Fahrer nicht sein freies Wochenende wegnehme, Caleb.«

»Julie, ich weiß …«

»Hör mal«, schneidet sie mir energisch das Wort ab. Die Geräusche des Fahrtwindes verschwinden abrupt, sie scheint also angehalten zu haben. »Ich weiß deine Sorge wirklich zu schätzen, okay? Aber ich werde deinen Fahrer auf keinen Fall anrufen und mich an seinem freien Wochenende von ihm rumkutschieren lassen. Mir egal, wie viel du ihm bezahlst. Abgesehen davon bringt mir das vielleicht zwei Tage lang etwas, danach wäre alles wieder wie vorher. Und da die gesamte New Yorker Presse der Meinung ist, wir hätten eine Affäre, ist es vermutlich auch nicht gerade hilfreich, wenn ich auf einmal mit deinem Fahrer auftauche.«

Sie hat recht. Trotzdem gefällt mir diese Vorstellung immer noch besser als die, dass sie sich auf einem Fahrrad durch die Meute Reporter kämpft. Die Presse glaubt ohnehin, was sie will. Beziehungsweise glauben sie das, was für den größten Umsatz sorgt. Fahrer hin oder her.

»Ich schicke dir die Nummer von Tony«, sage ich. »Wenn du etwas brauchst, meldest du dich bei ihm. Egal wann, egal was. Okay?«

»Ich werde ihn nicht anrufen, Caleb.«

»Und ich werde dir trotzdem die Nummer schicken«, erwidere ich, mindestens genauso hartnäckig wie sie. Dann seufze ich und fahre mir mit der Hand durch die Haare. »Bitte? Speicher sie einfach für alle Fälle ab, okay?«

»Warum?«, fragt sie so leise, dass ich sie beinahe nicht verstehen kann. »Was soll dieser plötzliche Anflug von Fürsorge?«

Tja, auch das ist eine gute Frage. Auf die ich im Moment keine Antwort habe.

»Tu es einfach«, antworte ich, weil mir nichts anderes einfällt. »Wir sehen uns am Montag.«

Sie zögert, und ich ahne, dass sie am liebsten Nein sagen will. Aber vermutlich wird ihr klar, dass das hier ihre einfachste Möglichkeit ist, mich loszuwerden. Also seufzt sie erneut. »Ist gut. Danke.«

»Bis Montag.«

Ich lege auf, bevor ich noch etwas nachschieben und mich damit vollkommen zum Affen machen kann. Dann schicke ich Julie Tonys Kontakt und starre einen Moment lang auf die kleinen Häkchen, die anzeigen, dass sie die Nachricht gelesen hat. Als keine Antwort kommt, schalte ich das Handy tatsächlich aus. Wir mögen an unserem Waffenstillstand arbeiten, trotzdem zählt Julie zu den Sorgen, die ich über das Wochenende in New York lassen und mit denen ich mich erst am Montag wieder beschäftigen will. Das Haus hat einen Festnetzanschluss, auf dem ich notfalls zu erreichen bin, den Klingelton meines Handys aber will ich ein paar Stunden lang nicht mehr hören.

Jetzt brauche ich vor allem eins: Ablenkung.

17

JULIE

Nach der Arbeit gehe ich mit Bonnie in ein kleines Straßencafé in SoHo, das ich bislang noch nicht kannte. Ich bin völlig erledigt und wäre auch mit einem Coffee-to-go im East Village zufrieden gewesen, aber Bonnie liegt mir seit einer Woche beinahe täglich mit diesem Café in den Ohren, in dem es die besten Eclairs der gesamten Ostküste geben soll.

Und da kann ich ihr beim besten Willen nicht widersprechen.

Wir haben uns vier Eclairs mit unterschiedlichen Füllungen bestellt, und auch wenn ich inzwischen befürchte, einem Zuckerschock zu erliegen, habe ich selten etwas Leckereres gegessen.

Ich werfe einen kurzen Blick über die Schulter und mustere die Tische hinter mir, aber keiner der anderen Gäste scheint sich für uns zu interessieren. Nach dem Auflauf der Presse vor unserer Wohnung und den gruseligen Vorfällen der vergangenen Tage fühle ich mich ständig beobachtet. Aber dieses Café wirkt wie eine kleine Oase in all dem Chaos, in das sich mein Leben seit der Testamentseröffnung verwandelt hat.

SoHo ist ein beliebtes Einkaufsviertel und Touristenziel, wovon man in dieser kleinen Seitengasse allerdings kaum etwas merkt. Hier gibt es weniger exklusive Boutiquen und ein paar unscheinbare Bürogebäude, die vermutlich keine Besuchermassen anlocken. Die schmale Terrasse umfasst nur sieben kleine Tische mit zusammengewürfelten Stühlen, bunten Tischdecken und echten Blumen in gemusterten Vasen. Obwohl die Gebäude um uns herum wie überall in New York bis weit in den Himmel ragen, scheinen sie den Großstadttrubel auf magische Weise auszusperren. Allerdings fürchte ich, dass diese beinahe idyllische Atmosphäre nicht mehr allzu lange anhalten wird. Momentan stellt das Café noch eine Art Geheimtipp dar, aber bald wird es sich rumsprechen und dann wird man ohne Reservierung nicht mal mehr einen Kaffee zum Mitnehmen bekommen. So läuft es in New York – entweder musst du sehr schnell sein oder warten, bis der Hype und damit der Ansturm auf bestimmte Lokalitäten nachgelassen hat.

Bonnie, die gerade von der Toilette zurückkommt, lässt sich seufzend auf ihren Stuhl plumpsen. Dann umschließt sie ihre Kaffeetasse mit beiden Händen und sieht mich über den Rand hinweg eindringlich an. Ich schulde ihr ein Update in Sachen Caleb, also erzähle ich ihr von seinem Anruf.

Nachdem ich geendet habe, mustert sie mich beinahe unzufrieden. »Das ist ja nett von ihm.«

Mit den Fingern reibe ich mir über die Stirn, während ich mich zurücklehne. Jetzt, da ich alles noch einmal Revue habe passieren lassen, verwirrt mich Calebs scheinbare Sorge um mich fast noch mehr. »Oder irgendeine Taktik, die ich noch nicht so ganz durchschaut habe.«

Sie legt den Kopf schief. »Du kennst meine Meinung, Jules. Ich glaube, er versucht sich mit dir gutzustellen, weil er eingesehen hat, dass er dich nicht los wird.«

Ich rümpfe die Nase. »Das klingt echt furchtbar.«

»Vielleicht ist er ein furchtbarer Mensch«, sagt sie und zuckt die Schultern, als ich sie strafend ansehe. »Du kennst ihn nicht, Julie. Ihr habt erst ein paar Mal miteinander gesprochen, und wenn ich dich daran erinnern darf, hat er dir dabei die Hälfte der Zeit entweder gedroht oder war grob und unfreundlich. Warum nimmst du ihn in Schutz?«

Abwehrend hebe ich die Hände. »Tue ich doch gar nicht!«

»Tust du wohl.«

»Ich bemühe mich nur, die ganze Sache auch mal aus seiner Perspektive zu betrachten.« Als sie die Augen verdreht, versuche ich es anders. »Stell dir vor, deine Eltern sterben. Rein hypothetisch. Die Bäckerei ginge dann an dich, richtig?« Sie nickt, und ich lehne mich vor. »Und dann stell dir vor, irgendein Kerl würde bei der Testamentseröffnung um die Ecke kommen, dir erzählen, dass er der verschollene Sohn deiner Mutter ist, und die Hälfte des Ladens verlangen. Wie würdest du reagieren?«

»Erstens«, sagt sie und hebt einen Finger, um ihrer Aufzählung Nachdruck zu verleihen, »bist du nicht irgendein um die Ecke kommender Dude. Zweitens hattest du keine Ahnung, dass Sylvia deine leibliche Mutter ist. Drittens ist Caleb gar nicht ihr richtiger Sohn. Er hat sich adoptieren lassen, als er schon volljährig war. Und viertens bist du nicht einfach in diese Kanzlei marschiert und hast deinen Anteil verlangt. Du wurdest genauso davon überrollt wie er. Mindestens.«

Kopfschüttelnd greife ich nach meinem Getränk und nehme einen vorsichtigen Schluck. Bonnies Tasse ist schon beinahe leer, aber ich bin echt ein Baby, wenn es um heißen Kaffee geht. Für gewöhnlich lasse ich ihn erst eine Viertelstunde herumstehen und trinke ihn dann lauwarm oder kalt. »Darum geht es nicht. Ich meine doch nur, dass ich in seiner Geschichte logischerweise die Böse bin.«

Sie schnaubt. »Dann ist er im Unrecht.«

Ich stöhne laut. »Können wir einfach das Thema wechseln? Das ist mir echt zu anstrengend.«

»Okay, willst du lieber über eure heimliche, unglückliche, zum Scheitern verurteilte Romeo-und-Julie-Tragödie reden?«, spielt sie auf den Artikel von heute Morgen an.

Ich blicke mich um, auf der Suche nach etwas, mit dem ich sie bewerfen kann, finde aber nichts. »Nein, aber danke der Nachfrage.« Ich seufze. »Ich hatte heute Morgen ein Zoom-Meeting mit meiner PR-Beraterin von *Bonham*. Sie ist … interessant.«

Sie runzelt die Stirn. »Gut interessant oder schlecht interessant?«

»Sagen wir, sie probiert nett zu sein«, erwidere ich und ziehe eine Grimasse, als Bonnie lacht. »Sie ist wahnsinnig herrisch und irgendwie besitzergreifend. Nächste Woche muss ich wohl für ein ausführliches Gespräch antanzen. Heute ging es nur darum, wie ich mit den Reportern vor dem Haus umgehe. Ehrlich gesagt schüchtert sie mich fast mehr ein als die nervigen Presseleute.«

»Und? Wie sollst du dich den Reportern gegenüber verhalten?«

»Ihnen aus dem Weg gehen.«

»Wie hilfreich.« Als ich ihr den Stinkefinger zeige, wirft sie mir gut gelaunt eine Kusshand zu. »Wie lief es eigentlich bei deinem Chef heute?«

Auf der einen Seite bin ich dankbar für den Themenwechsel, auf der anderen Seite ist dieses nicht unbedingt erfreulicher.

»Wie immer«, antworte ich ein wenig niedergeschlagen. Ich arbeite aushilfsweise bei einem Kinder- und Jugendbuchverlag, und in den letzten Wochen habe ich einen Pitch für ein Projekt ausgearbeitet, von dem ich gehofft hatte, dass ihn mein Chef vielleicht an seine Kollegen aus der Sachbuchabteilung weiterleiten würde. Seit Monaten tüftele ich an einem Design für ein Freundebuch, allerdings für Erwachsene. Eine Art Bullet

Journal, in dem man Begegnungen und Menschen verewigen kann, die man zum Beispiel auf Reisen oder auch einfach an der Uni trifft. Eine Mischung aus Freundebuch, Bullet Journal, Poesiealbum und Tagebuch. Die Idee kam mir auf einer Kinderbuch-Convention in Chicago vor zwei Jahren. Dort habe ich so wahnsinnig viele coole Menschen getroffen – Illustratoren, die ich bewundere, Autoren und Leute, mit denen ich ins Gespräch gekommen bin. All diese Erinnerungen gehen so schnell verloren, Fotos, die man gemacht hat, vergammeln auf dem Handy, bis man sie irgendwann löscht. Nach der Convention habe ich angefangen, an dem Freundebuch zu arbeiten, und mittlerweile bin ich so zufrieden mit dem Design und den ersten Seiten, dass ich sie meinem Chef vorgestellt habe.

»Er hat abgelehnt?«, ruft Bonnie ungläubig aus.

Ich zucke mit den Schultern in dem Versuch, mir meine Enttäuschung nicht ansehen zu lassen, versage aber auf ganzer Linie. »Er meint, die Idee wäre nicht ausgereift und das Design nicht gut genug. Von dem Grundkonzept war er aber überzeugt und hat mir angeboten, die Idee zu übernehmen.«

»Ohne deine Skizzen?«

Niedergeschlagen lehne ich mich nach vorne und lasse den Kopf auf den Tisch sinken. »Ist das nicht bescheuert? Genau das, was ich beruflich machen und worauf ich mich konzentrieren will, ist der Grund, warum es abgelehnt wurde.«

Ich spüre ihre Hand an meinem Haar, als sie mich leicht tätschelt. »Ist das nicht der Grund, warum du studierst?«

»Weil ich scheiße bin in dem, was ich tun will?«

Bonnie lacht. »Nein. Weil du es lernen musst. Erwarte doch nicht, dass du alles schon perfekt kannst.«

Verwundert hebe ich den Kopf und sehe sie an. Bonnie ist wie eine Wundertüte – man weiß nie, was man bekommt, wenn man sich mit ihr unterhält. Entweder man sitzt der pessimistischen, schwarzmalerischen Version gegenüber oder der verständnisvollen, aufmunternden besten Freundin. Wenn ich ehrlich bin, mag ich die Mischung aus beidem.

Mit einer ruckartigen Bewegung richte ich mich auf und streiche mir ein paar Haarsträhnen hinter die Ohren, die sich aus meinem Zopf gelöst haben. »Egal. Ich versuche es in ein paar Wochen noch mal.«

»Oder du versuchst es bei anderen Verlegern. Klar, bei deinem Chef hättest du das Vitamin B, aber es gibt ja auch noch andere Möglichkeiten.«

Ich schenke ihr ein dankbares Lächeln, bevor ich erneut das Thema wechsle. Ich brauche ein wenig Positivität in meinem Leben, also erkundige ich mich nach ihrem letzten Date, woraufhin Bonnie zu einem unterhaltsamen Monolog darüber ansetzt, wie ihrer Meinung nach die perfekte erste Nachricht auf Tinder auszusehen hat. Bonnie datet sowohl Männer als auch Frauen, auch wenn sie bislang nur Beziehungen mit Männern hatte. Trotzdem gewähren uns ihre Tinder-Einstellungen einen ganz praktischen Einblick in die Unterschiede zwischen Männern und Frauen beim Flirten. Und auch wenn ich sehr überzeugt hetero bin, muss ich zugeben, dass Frauen es deutlich besser draufhaben, Gespräche auf Dating-Apps zu beginnen.

Als sich Bonnie nach einer Weile verabschiedet, weil sie einen Friseurtermin hat, bleibe ich unentschlossen sitzen. Ich habe noch keine Lust, nach Hause zu gehen. Saheera ist übers Wochenende zu Freunden nach Massachusetts gefahren, und die Vorstellung, allein in der leeren Wohnung zu hocken, widerstrebt mir. Dann fange ich nur an zu grübeln, und darauf kann ich im Moment wirklich verzichten. Nachdem ich bezahlt habe, beschließe ich spontan, ein bisschen Geld auszugeben. Ich war seit Ewigkeiten nicht mehr shoppen, und selbst wenn sich immer noch alles in mir dagegen sträubt, nächste Woche bei *Bonham* anzufangen, will ich mich wenigstens so wohl wie möglich dabei fühlen. Mein kleiner Besuch im Bonham Tower am Donnerstag hat mir einen ziemlich guten Eindruck von dem Dresscode dort beschert. Und ich muss nicht mal nachgucken, um zu wissen, dass ich kaum etwas in meinem Kleiderschrank hängen habe, was dazu passt.

Also schultere ich meinen Rucksack und gehe Richtung U-Bahn. Heute Morgen, als ich mit dem Rad zur Arbeit gefahren bin, war die Meute Reporter vor unserem Haus noch größer als gewöhnlich. Und selbst vorhin noch, als ich heimkam, um Bonnie abzuholen, drückten sie sich vor unserer Haustür herum. Deswegen habe ich mit Bonnie zusammen ein Uber genommen, das uns ein paar Blocks weiter rausgelassen hat. Auch jetzt bin ich ganz froh darüber, nicht mit dem Fahrrad unterwegs zu sein.

Die meisten Geschäfte in SoHo liegen nicht gerade in meinem preislichen Rahmen, selbst wenn ich offiziell die Erbin eines Milliardenunternehmens bin. Allerdings habe ich bislang noch keinen Penny vom Vermögen meiner Mutter gesehen, und ich bin nun mal niemand, der etwas ausgibt, was er nicht hat. Was bedeutet, dass meine erste Garderobe für den Job bei *Bonham* eher Walmart als Gucci sein wird.

Auf dem Weg zur Haltestelle an der Spring Street komme ich an einem *TK Maxx* vorbei und betrete kurzentschlossen das Geschäft, in der Hoffnung, etwas Hochwertiges zu finden, das in mein Budget passt. Ich schlendere etwas ziellos durch die Gänge mit den Klamottenständern und Regalen, denn ich habe ehrlich gesagt keine Ahnung, wonach genau ich suche. Ich werde sicher kein Kostüm tragen, aber ich möchte gerne etwas anziehen, das mich nicht so wahnsinnig fehl am Platz fühlen lässt wie das letzte Mal. Nach ein paar Minuten entdecke ich ein schlichtes graues Kleid, das mir etwa bis zu den Knien geht, halblange Ärmel hat und hochgeschlossen ist. Damit werde ich mit Sicherheit nicht der schickste Mensch im gesamten Bonham Building sein, aber es ist allemal besser als die Jogginghosen-Shirt-Kombination bei meinem ersten Besuch.

Beladen mit dem Kleid, einer schwarzen Marlenehose und einer gelben Bluse, bei der ich mich noch nicht entschieden habe, ob ich sie liebe oder hasse, suche ich mir eine freie Umkleidekabine. Ich wünschte, Bonnie wäre mitgekommen. Sie ist gnadenlos ehrlich, wenn man sie nach ihrer Meinung fragt, und genau das bräuchte ich jetzt. Ich schlüpfe in das graue Kleid und drehe mich vor dem Spiegel hin und her, um mich von allen Seiten betrachten zu können. Es ist wirklich schön, macht mich allerdings auch kleiner, als ich es ohnehin schon bin. Ich strecke den Kopf aus dem Vorhang und halte nach hohen Schuhen Ausschau, die ich probeweise dazu anziehen kann. Ich erspähe ein Paar in der Nähe, sehe mich rasch um und renne zu dem Regal hinüber, um sie mir zu holen. Die Schuhe sind furchtbar hässlich, aber zweckmäßig. Ich will mir nur einen Eindruck verschaffen, wie dieses Kleid mit Absätzen aussehen wird.

Zurück in der Kabine ziehe ich den Vorhang wieder zu und will mich gerade auf den kleinen Hocker setzen, als ich erstarre.

Dort liegt ein weißer Umschlag. Ein Umschlag, der vor ein paar Minuten ganz bestimmt noch nicht dort war und mich sofort an den erinnert, den ich vor ein paar Tagen in meinem Fahrradkorb gefunden habe.

Ich wirbele herum, reiße den Vorhang auf und stürze aus der Kabine. Mit wild klopfendem Herzen stolpere ich durch die Gänge und sehe nach links und rechts. Wer auch immer ihn dort platziert hat, muss es getan haben, als ich mir die Schuhe geholt habe. Und das waren höchstens ein paar Sekunden, vielleicht eine halbe Minute. Die Person kann noch nicht weit weg sein. Völlig überfordert drehe ich mich im Kreis, kann aber niemanden entdecken, der auch nur halbwegs verdächtig aussieht. Kurz spiele ich mit dem Gedanken, nach draußen zu rennen und auf der Straße zu suchen, allerdings stecke ich in einem nicht bezahlten Kleid. Und bis ich mich umgezogen habe, ist derjenige längst über alle Berge.

»Fuck!«, fluche ich leise und balle die Hände zu Fäusten, während mir Tränen der Wut in die Augen steigen. »Fuck, fuck, fuck!«

Langsam gehe ich zurück Richtung Umkleidekabine. Mit jedem Schritt schlägt mein Herz schneller in meiner Brust, und meine Handflächen werden feucht. Das wird doch immer lächerlicher! Wer verschwendet so viel Zeit und Energie darauf, nur um … ja, um was? Mir Angst einzujagen? Das Ganze nimmt allmählich deutlich zu große Ausmaße an. Zu groß für einen dämlichen Scherz …

Meine Nackenhaare stellen sich auf, und meine Haut beginnt zu kribbeln, als mir etwas einfällt: Das mit dem Brief an der Uni war planbar, immerhin bin ich beinahe jeden Tag da und stelle mein Fahrrad immer an der gleichen Stelle ab. Der Stein, der durch mein Fenster geworfen wurde, hat auch keinen wahnsinnigen Planungsaufwand erfordert, zumal meine Adresse bereits am Donnerstag geleakt wurde. Aber dieser Umschlag … Niemand hätte wissen können, dass ich hier bin. Hier reinzugehen war eine spontane Entscheidung.

Wenn also derjenige mich nicht zufällig entdeckt hat und rein zufällig den Umschlag parat hatte – und mal ehrlich, wie realistisch ist das? –, bedeutet das, dass mir jemand gefolgt ist.

Ich schnappe nach Luft und muss mich gewaltig anstrengen, um die letzten Meter bis zur Kabine nicht zu rennen. Mein Verstand weiß, dass ich nicht in Gefahr bin. Mein Verstand weiß, dass niemand mich angreifen oder mitten in irgendeinem Geschäft über den Haufen schießen wird. Trotzdem frisst sich die Angst wie ein wütendes Untier in meine Eingeweide und presst mir die Kehle zu. Mit zitternden Fingern greife ich nach dem Vorhang und ziehe ihn zu.

Mein Blick fällt erneut auf den Umschlag, der noch immer an derselben Stelle liegt. Er hat sich weder in Luft aufgelöst noch an Bedrohlichkeit verloren.

Ob ich ihn einfach ignorieren und abhauen soll? So tun, als hätte ich ihn nicht gesehen? Oder die Polizei rufen und ihn am besten nicht anfassen, um keine Spuren zu zerstören? Aber was sollte ich denen schon sagen? Das alles hier wird auf keinen Fall reichen, damit sie ermitteln. Außerdem habe ich ja keine Ahnung, was sich in dem Umschlag befindet. Vielleicht ist es nur das Angebot irgendeines Journalisten, und ich mache mich vollkommen lächerlich, wenn ich wegen so etwas die Polizei verständige.

Letztendlich greife ich nach dem Umschlag und drehe ihn einmal herum; wie erwartet ist er nicht beschriftet. Als ich ihn öffne, beben meine Hände so sehr, dass ich mich an der Papierlasche schneide. Tiefrotes Blut quillt aus einem kleinen Schnitt und hinterlässt einen unschönen Fleck auf dem weißen Papier. Ich greife hinein. Als sich meine Finger um den Inhalt schließen, weiß ich direkt, dass es sich um Fotos handelt.

Mit aufeinandergepressten Lippen ziehe ich sie heraus. Mir entfährt ein gedämpftes Schluchzen, als ich erkenne, was darauf abgebildet ist: ich. Es sind drei Fotos, und jedes einzelne zeigt mein Gesicht. Meine Augen sind geschlossen, die Lippen leicht geöffnet und mein Kopf ruht auf einem Kissen. In meinem Zimmer. In meinem Bett.

Das hier sind Fotos, die eindeutig aufgenommen wurden, während ich geschlafen habe.

Der Schock fährt mir durch den ganzen Körper, und meine Muskeln beginnen unkontrolliert zu zittern. Meine Finger werden taub, und der Umschlag und die Fotos fallen zu Boden. Der Innenraum der Kabine verschwimmt, als sich meine Augen mit Tränen füllen. Ein paar Herzschläge lang bin ich mir sicher, dass ich umkippe. Kleine schwarze Punkte tauchen in meinem Blickfeld auf.

Und dann durchzuckt mich plötzlich ein weiterer Gedanke wie ein Blitz. Auch ohne mir die Fotos noch einmal anzusehen, weiß ich, dass sie in einer der letzten beiden Nächte aufgenommen worden sein müssen. Denn das Kissen ist hellblau – die gleiche Farbe wie die Bezüge, die ich vorgestern neu aufgezogen habe, nachdem die alten mit Splittern übersät waren.

Irgendjemand muss nachts auf die Feuerleiter gestiegen sein, in der Dunkelheit vor meinem Fenster gehockt haben und …

»Ich muss hier weg«, flüstere ich erstickt. Gehetzt sehe ich mich um. Ich trage noch immer das Kleid, meine Klamotten liegen in einem unordentlichen Haufen neben den Fotos auf dem Boden. Mechanisch hebe ich sie auf und ziehe mich um, ohne den Blick von dem Umschlag reißen zu können.

Das kann alles nicht wahr sein. Das kann alles nicht wirklich passieren.

Wieder angezogen hebe ich mit spitzen Fingern Umschlag und Fotos auf und stopfe sie in meinen Rucksack. Eigentlich will ich sie nicht mitnehmen, will so viel Abstand zwischen sie und mich bringen wie möglich. Aber sie hier liegen lassen kann ich auch schlecht.

Unschlüssig stehe ich da und starre den Vorhang an. Mein Herz rast noch immer in meiner Brust. Ich weiß, wie albern und lächerlich und kindisch es klingt, aber ich traue mich nicht, die Umkleidekabine zu verlassen. Immer wieder tauchen Bilder in meinem Kopf auf, wie sich irgendein unheimlicher

Typ mit Skimaske hinter den Kleiderständern versteckt und mich beim Shoppen beobachtet. Dem rationalen Teil in mir ist klar, dass der Typ ganz sicher keine Skimaske trägt, trotzdem schaffe ich es nicht, auch nur einen Schritt vorwärts zu machen.

Vielleicht ist Bonnie beim Friseur schon fertig und noch irgendwo in der Nähe. Aber bringe ich sie in Gefahr, wenn ich sie anrufe und herbestelle? Immerhin könnte der Unbekannte noch in der Nähe sein und mich beobachten. Auf der anderen Seite war er offensichtlich bei mir zu Hause, dementsprechend kennt er auch Bonnie. Wir waren vorhin zusammen im Café, es wäre nicht wahnsinnig abwegig, dass wir uns hier noch einmal treffen.

Ich ziehe das Handy aus meiner Hosentasche und brauche mehrere Anläufe, den richtigen Code einzugeben, um es zu entsperren. Als ich endlich Bonnies Nummer wähle, geht sofort die Mailbox dran. *Verdammte Scheiße.* Wahrscheinlich sitzt sie noch beim Friseur oder längst in der U-Bahn und hat keinen Empfang. Verzweifelt überlege ich, wen ich noch anrufen könnte. Saheera ist nicht in der Stadt, und die beiden sind meine einzigen, richtig engen Freunde. Allen anderen würde ich ungern erklären, was hier gerade passiert ist.

Mein Blick fällt auf das WhatsApp-Symbol am oberen Displayrand. Eine ungelesene Nachricht in irgendeiner Gruppe, trotzdem denke ich direkt an Caleb. An Caleb und das kurze Telefonat, das wir heute Morgen geführt haben. Ohne weiter darüber nachzudenken – denn dann würde ich es mir höchstwahrscheinlich anders überlegen –, öffne ich unseren Chat und tippe auf den Kontakt, den er mir geschickt hat. Während des Gesprächs habe ich noch vehement abgestritten, Tonys Nummer jemals zu benutzen. Witzig, wie schnell sich die Lage ändern kann.

Im Gegensatz zu Bonnie meldet Tony sich nach ein paar Sekunden. »Miss Penn?«

Ich stocke kurz, und für den Bruchteil einer Sekunde vergesse ich sogar die Panik, die sich in meinem Inneren eingenistet hat. »Woher wissen Sie, dass ich es bin?«

»Mr Bonham hat mir Ihre Nummer gegeben«, antwortet er. »Was kann ich für Sie tun?«

Plötzlich kommen mir Zweifel. Ich habe Angst und stehe vermutlich kurz vor einem Nervenzusammenbruch. Trotzdem erscheint mir die ganze Situation, jetzt, da ich sie jemandem erzählen soll, ein wenig … wild. Die Alternative, mich in die U-Bahn zu setzen und allein nach Hause zu gehen, kommt allerdings noch weniger infrage.

»Hören Sie, Tony«, beginne ich zögernd und umfasse das Handy fester, »ich weiß, dass Sie eigentlich freihaben, und es tut mir schrecklich leid, Sie an Ihrem freien Tag zu stören, aber ich brauche Ihre Hilfe.«

»Bitte machen Sie sich darüber keine Gedanken, Miss«, sagt er in einem Tonfall, der sich beinahe anhört, als würde er mit mir schimpfen. »Was brauchen Sie?«

Ich atme tief durch. »Können Sie mich abholen, bitte? Ich bin in SoHo.«

Einen Moment lang bleibt es still. Vermutlich fragt er sich, warum ich ihn anrufe, wenn ich eben behauptet habe, ihn eigentlich nicht stören zu wollen.

»Geht es Ihnen gut?«

Nein. »Ja«, antworte ich, doch meine Stimme zittert, ohne dass ich es verhindern kann.

Im Hintergrund raschelt es, was sich anhört, als würde er sich eine Jacke anziehen. »Wo genau sind Sie?«

18

JULIE

Ich fühle mich erbärmlich. Einen Moment lang war ich stolz auf mich, weil ich es tatsächlich geschafft habe, die verdammte Umkleidekabine zu verlassen und vor dem Geschäft auf Tony zu warten. Es wäre zu demütigend gewesen, wenn er mich aus der Kabine hätte holen müssen. Doch jetzt drücke ich mich mit dem Rücken gegen das Schaufenster, umklammere mit einer Hand den Gurt meines Rucksacks, mit der anderen das Handy und zucke jedes Mal zusammen, wenn jemand an mir vorbeigeht. Was durchschnittlich alle zwei Sekunden passiert, weil ich mich nun mal mitten in New York in einer der belebtesten Gegenden der Stadt befinde. Mein Blick springt von einem Gesicht zum anderen, sucht nach irgendetwas Verdächtigem. Vor ein paar Minuten hat mich ein Kerl kurz gemustert, und ich habe mich gefühlt, als wäre ich einen Wimpernschlag von einer erneuten Panikattacke entfernt.

Als plötzlich mein Handy vibriert, erschrecke ich mich so sehr, dass ich mit dem Hinterkopf gegen das Schaufenster knalle und das Handy fallen lasse.

Ich presse mir die Hand auf die Brust und atme kontrolliert ein und aus, um mich zu beruhigen. Bestimmt ist das Bonnie, die zurückruft. Oder Tony, der sich verspätet.

Doch als ich mit zittrigen Fingern das Handy aufhebe und rumdrehe, springt mir eine unbekannte Nummer entgegen.

Wie paralysiert starre ich darauf. Kurz erwäge ich, das Handy einfach von mir zu schleudern, doch genau da hört es auf zu klingeln. Ich weiß nicht, wie lange ich es in der Hand halte, möglichst weit weg von meinem Körper, als würde jeden Moment etwas daraus hervorspringen.

Als ich den schwarzen Tesla entdecke, könnte ich vor Erleichterung losheulen. Der Wagen hält abrupt direkt vor mir am Straßenrand und erntet dafür ein regelrechtes Hupkonzert. Aber das scheint Tony nicht zu interessieren, denn kaum eine Sekunde später steigt er aus und kommt mit schnellen Schritten auf mich zu.

»Geht es Ihnen gut?«, fragt er erneut, sobald er in Hörweite ist. Er beugt sich zu mir hinunter, damit er mir besser ins Gesicht sehen kann, mustert mich prüfend und greift dann nach meinem Unterarm, ohne auf eine Antwort zu warten. Sanft, aber gleichzeitig bestimmt führt er mich zum Auto, öffnet die Beifahrertür und wartet, bis ich eingestiegen bin.

Sobald er neben mir sitzt und losfährt, atme ich geräuschvoll aus. Mir war nicht einmal klar, dass ich die Luft angehalten habe.

»Reden Sie mit mir«, fordert er mich auf, während er sich in den Verkehr einfädelt.

Ich schlucke. »Jemand ist mir gefolgt«, erkläre ich, weil ich einfach keine Ahnung habe, wie ich anfangen soll. »Ich habe nach Klamotten geguckt, und jemand ist mir gefolgt und hat etwas in die Umkleidekabine gelegt, als ich kurz draußen war, um mir Schuhe zu holen.«

Aus den Augenwinkeln bemerke ich seinen Blick, starre aber weiter stur geradeaus.

»Haben Sie ihn gesehen?« Ich schüttle den Kopf. »Was hat derjenige in die Umkleidekabine gelegt?«

Erneut steigen mir Tränen in die Augen, aber ich schaffe es, sie wegzublinzeln. »Fotos«, sage ich erstickt. »Fotos von mir. Während ich schlafe.«

Er stößt einen Fluch aus, der gar nicht zu seiner ansonsten so professionellen Ausdrucksweise passt.

»Sind Sie sicher, dass sie echt sind?« Seine Stimme klingt deutlich wütender als gerade eben noch, aber ich höre ihm auch an, dass er versucht, sich zusammenzureißen. »Kein Photoshop oder Ähnliches?«

Darüber habe ich noch gar nicht nachgedacht. Ich selbst bin dank meines Studiums ziemlich gut darin, Fotos bis zur Unkenntlichkeit zu bearbeiten. Wenn man sich ein wenig mit Bearbeitungsprogrammen auskennt, gibt es beinahe nichts, was nicht möglich ist. Allerdings habe ich meinen Kissenbezug erkannt, den ich erst seit vorgestern benutze. Wenn die Fotos eine Bildmontage wären, wüsste derjenige demnach, wie mein Bett aussieht, oder aber es handelt sich um den größten Zufall der Welt.

»Ich glaube nicht«, sage ich langsam und atme einmal tief ein und aus. Dann erzähle ich ihm zögernd von dem Brief in meinem Fahrradkorb.

Wieder spüre ich seinen Blick, und dieses Mal erwidere ich ihn. In Tonys Augen liegen allerlei Emotionen, aber er schafft es, keine davon an die Oberfläche dringen zu lassen. Es würde mich nicht wundern, wenn er bei der Army gewesen wäre. Diese Selbstbeherrschung ist wirklich beneidenswert.

»Es ist gut, dass Sie mich angerufen haben, Miss Penn«, sagt er schließlich. »Das war das einzig Richtige.«

Ich lache trocken. »Sie an Ihrem freien Tag anzurufen, damit Sie für mich den Babysitter spielen, war ganz sicher nicht das Richtige.«

»Ich arbeite für die Familie Bonham, Miss, schon seit beinahe zehn Jahren. Für Sie den Babysitter zu spielen, wie Sie es ausdrücken, und Ihnen zu helfen, wenn es nötig ist, entspricht also voll und ganz meiner Stellenbeschreibung.«

Das sehe ich ein wenig anders. Erstens gehöre ich nicht zur Familie, nicht wirklich, und zweitens ist seine Stellenbeschreibung völlig unerheblich, da er ja nicht im Dienst war. Allerdings würde es mich auch nicht wundern, wenn Angestellte in dieser Gehaltsklasse niemals *richtig* Feierabend hätten.

Ich behalte meine Gedanken jedoch für mich, weil ich Tony nicht auf die Füße treten will und weil ich zu erschöpft bin, um zu diskutieren. Das Adrenalin, das in der letzten halben Stunde durch meinen Körper gepumpt wurde, lässt allmählich nach.

»Bitte erzählen Sie Caleb nichts von alldem.«

»Ich fürchte, dieser Bitte kann ich nicht nachkommen, Miss.«

Seufzend lehne ich den Kopf zurück. Seine Antwort überrascht mich nicht wirklich, auch wenn ich gehofft habe, sie würde anders ausfallen. Tony mag mich vielleicht als Teil der Familie ansehen, aber er steht auf Calebs Gehaltsliste, nicht auf meiner. Er ist einzig und allein ihm Rechenschaft schuldig.

»Darf ich Ihnen einen Vorschlag machen?«, fragt er mich nach ein paar Minuten, in denen ich mit geschlossenen Augen im Sitz gesessen und dem monotonen Geräusch der Reifen auf dem Asphalt gelauscht habe.

Ich öffne die Augen und sehe ihn an. »Natürlich.«

»Lassen Sie mich Sie zu Mr Bonham bringen.«

»Wie bitte?«, rufe ich lauter als beabsichtigt und richte mich auf. Als ich mit Mr Hoffman den Termin für Montag ausgemacht habe, erfuhr ich von ihm nebenbei, dass Caleb das Wochenende in einem Strandhaus in den Hamptons verbringt. »Ist er denn schon wieder in der Stadt?«

»Nein, Miss.« Als ich den Mund öffne, um zu protestieren,

unterbricht er mich. »Ich bin mir sicher, dass Sie mir noch nicht sämtliche Details dieser Geschichte verraten haben.« Ertappt beiße ich mir auf die Lippen. »Aber das, was ich gehört habe, reicht vollkommen aus, um die Sache ernst zu nehmen. Wenn es stimmt, was Sie sagen, dann werden Sie verfolgt, und dieser Jemand schreckt offenbar nicht davor zurück, Ihnen auch nach Hause zu folgen. Und wenn Sie mir die Bemerkung gestatten: Ihr Wohnhaus wirkt sicherheitstechnisch nicht sonderlich vertrauenerweckend. Ich würde Sie ungern nach Hause fahren, in dem Wissen, dass jemand nachts an Ihrem Bett gesessen hat.«

Seine Worte jagen mir einen eiskalten Schauer über den Rücken. »Ich denke, er war nur auf der Feuertreppe vor meinem Fenster.«

»Das spielt keine Rolle, Miss.«

»Das ist doch lächerlich. Selbst wenn ich mich von Ihnen nach Long Island chauffieren lasse, ist das doch keine Langzeitlösung. Ich kann mich nicht für immer dort verkriechen. Spätestens morgen müsste ich wieder nach Hause.«

»Das mag sein«, gibt er zu und wirft mir einen raschen Seitenblick zu. »Aber damit würden Sie mir ein paar Stunden Zeit geben, um mir einen Plan zu überlegen. Das Anwesen in den Hamptons ist deutlich besser gesichert als Ihre Wohnung. Ich könnte bis zu Ihrer Rückkehr mit der Polizei sprechen und mir Gedanken über eine Alarmanlage oder etwas in der Art machen. Mr Bonham und mir fällt schon etwas ein, aber dafür müssen Sie mir ein wenig Zeit geben. Zeit, in der wir Sie in Sicherheit wissen.«

Entgeistert sehe ich ihn an. Tony erweckt leider nicht den Eindruck, als würde er scherzen. »Auf keinen Fall! Ich kann nicht einfach in den Hamptons auftauchen«, sage ich nachdrücklich. »Ich bin mir ziemlich sicher, dass auch Mr Bonham nicht begeistert wäre von der Idee.«

Tony gibt keine Antwort, setzt den Blinker und biegt auf den Parkplatz eines Fast-Food-Restaurants ab. Sobald wir stehen, greift er nach einem Handy, das auf der Mittelkonsole liegt. Ich ahne bereits, was er vorhat.

»Entschuldigen Sie, dass ich Sie störe, Sir«, meldet er sich nach ein paar Sekunden und wendet sich ein wenig von mir ab. Ich versuche etwas zu verstehen, aber höre nur ein Murmeln vom anderen Ende der Leitung. »Es gibt ein Problem.«

Erschöpft lehne ich mich zurück, während Tony Caleb in knappen Worten schildert, was passiert ist. Ein paar Details, wie den vorherigen Brief, lässt er aus, was ich ziemlich nett von ihm finde. Trotzdem klingt die ganze Geschichte aus seinem Mund selbst für mich wie der Anfang eines billigen Actionthrillers.

»Ja, Sir«, sagt er, nachdem er eine Weile geschwiegen und zugehört hat. Er schaut mich kurz an, dann nickt er. »Ja, sie ist bei mir. Wir sitzen im Wagen … Ja, Sir.«

Tony hält mir das Handy hin.

Mein erster Impuls ist es, ihn einfach zu ignorieren. Oder auszusteigen und abzuhauen. Allerdings befinden wir uns irgendwo auf dem Highway und ich wage zu bezweifeln, dass es hier in der Nähe eine U-Bahn-Station gibt. Trotzdem versuche ich es und schüttle den Kopf. Als Tony mich daraufhin streng ansieht, greife ich seufzend nach dem Telefon und halte es mir ans Ohr, wobei ich verdränge, dass mein Herz schneller schlägt, als es sollte.

»Hey.« Eine ziemlich lahme Begrüßung in Anbetracht der Umstände, aber im Moment fällt mir einfach nichts Geistreiches ein.

»Ich bin fast ein bisschen stolz auf dich, dass du Tony angerufen hast«, sagt er knapp, ohne sich mit einer Begrüßung aufzuhalten. »Nicht, dass ich ernsthaft erwartet hätte, dass du die Nummer so schnell brauchst.«

»Ich auch nicht.« Meine Stimme klingt seltsam belegt und ich räuspere mich ein paar Mal. »Entschuldige das Drama. Das war nicht meine Absicht.«

»Das kann ich mir vorstellen.« Ein paar Sekunden lang schweigt er und ich höre im Hintergrund eine Tür zuschlagen. »Tony bringt dich hierher. Falls du ein paar Sachen einpacken willst, fährt er mit dir zusammen in deine WG, aber wir können dir hier auch alles besorgen, was du brauchst.«

»Das ist doch Blödsinn.« Ich fahre mir mit der freien Hand durch die Haare und schließe kurz die Augen. »Wie lange fährt man in die Hamptons? Der ganze Aufwand für eine Nacht ist doch völlig unnötig.«

»Julie«, seufzt Caleb. Seine Stimme klingt müde. Und unendlich besorgt. »Wenn schon nicht für dich, dann denk bitte an deine Mitbewohnerinnen, okay? Wenn du nach Hause gehst, folgt dir der Unbekannte auch zu ihnen.«

Autsch! Das war ein Schlag unter die Gürtellinie. Trotzdem verfehlt er sein Ziel nicht. Der erste Brief und der Anruf gingen nur mich etwas an, der Stein und der nächtliche Ausflug auf meine Feuerleiter bedrohen indirekt auch Bonnie und Saheera.

»Eine meiner Mitbewohnerinnen wäre heute Nacht allein in der Wohnung.« Allein bei der Vorstellung wird mir schlecht. »Das kann ich nicht zulassen.«

»Dann bring sie mit.«

Ich schüttle den Kopf, auch wenn mir klar ist, dass er mich nicht sehen kann. »Das wird sie nicht machen, glaub mir. Sie hat keine sonderlich hohe Meinung von dir.«

»Vielen Dank«, schnaubt er. Bevor er dazu noch etwas sagen kann, räuspert Tony sich.

»Ich sorge dafür, dass Ihrer Freundin heute Nacht nichts passiert«, sagt er laut genug, dass auch Caleb ihn hört.

Ich drehe den Kopf zu ihm. »Und wie wollen Sie das anstellen?«

»Tony findet schon einen Weg«, antwortet Caleb bestimmt. »Er soll mir Bescheid sagen, wenn er eure Ankunftszeit absehen kann. Ich warte auf euch.«

Natürlich legt er auf, bevor ich darauf reagieren kann. Ich gebe Tony das Handy zurück und sehe ihn anklagend an. »Ich kann einfach nicht glauben, dass Sie ernsthaft von mir verlangen, in die Hamptons zu fliehen. Wissen Sie eigentlich, wie skurril das für normale Menschen klingt?«

Er lächelt mich an, was mich ein wenig überrascht. Tony ist freundlich, aber mir gegenüber bisher eher reserviert. Vermutlich gehört auch das zu seiner Jobbeschreibung.

»Sie können mir später danken, Miss. Ich bin mir sicher, Sie kommen noch darauf.«

Sicher bin ich mir nicht, aber ich habe das dumme Gefühl, gerade von ihm verarscht zu werden. Völlig überfordert drehe ich den Kopf und sehe aus dem Fenster, während ich überlege, was ich tun soll. Ja, mich durchfährt immer noch ein Schauder, wenn ich an die Fotos in meinem Rucksack denke und daran, was sie bedeuten. Ja, ich habe Angst und mir ist alles andere als wohl bei der Vorstellung, mich nachher wieder in mein Bett zu legen. Aber die Alternative, mich in die Hamptons kutschieren zu lassen und Caleb – ausgerechnet Caleb Bonham – zu stören, erscheint mir noch viel abwegiger.

Allerdings war mir eigentlich bereits zu Beginn dieses Telefonats klar, dass ich verloren habe. Denn ich stimme Caleb wohl oder übel zu: Das Letzte, was ich will, ist Bonnie und Saheera in Gefahr zu bringen.

»Gut«, gebe ich nach und seufze. »Ich muss noch einmal nach Hause, um ein paar Sachen zusammenzupacken. Und ich brauche einen Kaffee.«

Tonys Mundwinkel zucken kaum merklich. »Jawohl, Miss.« Er lässt den Motor an und fährt auf den Highway.

Ein Piepton kündigt eine neue WhatsApp an, und prompt beschleunigt sich mein Puls erneut. Gott, ich entwickle mich langsam zu einem nervlichen Wrack! Kurz schwebt mein Daumen über dem Nachrichten-Symbol, dann öffne ich sie.

Sie stammt von der unbekannten Nummer.

Ich überfliege sie, lese sie noch einmal genauer, und dann entweicht mit einem erleichterten Seufzer die angestaute Luft aus meinen Lungen.

Die Nummer gehört Daniel.

Hi, Julie. Mozhan hat mir deine Nummer gegeben. Ich habe dich leider vorhin nicht erreicht, deswegen also so: Wir wollten doch mal einen Kaffee trinken gehen. Hast du heute Abend Zeit? Viele Grüße, Daniel

»Alles in Ordnung, Miss?« Tony ist mein Seufzer wohl nicht entgangen.

»Alles in Ordnung.« Während ich Daniels Nummer abspeichere und ihm antworte, dass ich nicht in der Stadt bin, gratuliere ich mir innerlich dazu, dass ich Tony gegenüber nicht den Anruf vor dem Geschäft erwähnt habe. Das wäre peinlich geworden.

Obwohl ein wenig Verfolgungswahn in meiner aktuellen Lage durchaus okay ist, wie ich finde.

Mit jeder Meile, der wir uns Calebs Haus in den Hamptons nähern, werde ich nervöser. Ich habe eine kleine Tasche gepackt, allerdings war ich so aufgeregt und neben der Spur, dass ich höchstwahrscheinlich die Hälfte vergessen habe. Nicht, dass ich für eine Nacht in einem Strandhaus sonderlich viel Zeug brauche. Tony hat mir erzählt, dass Caleb das Wochenende mit ein paar Freunden verbringt. Und auch wenn ich dieser ganzen Aktion hier zugestimmt habe, werde ich mich sicherlich nicht zu ihnen auf die Couch setzen und ein Bier mit ihnen trinken. Ich werde bestimmt kein Partycrasher sein. Was bedeutet, dass ich mich einfach in mein Schlafzimmer verziehen, mich still verhalten und warten werde, bis wir zurück nach New York fahren.

Ich habe vorhin kurz mit Bonnie telefoniert, um ihr zu sagen, dass ich heute Nacht woanders bin. Allerdings habe ich ihr nicht die Wahrheit erzählt, sondern ihr nur mitgeteilt, dass ich bei einer Freundin übernachte. Mir ist klar, dass ich ihr und Saheera morgen oder spätestens Montag von der ganzen Sache erzählen muss. Diese Fotos sind bedrohlicher als alles zuvor. Ich bin es ihnen schuldig, sie darüber zu informieren, was passiert ist. Und dass offensichtlich jemand nachts auf unserer Feuerleiter unterwegs ist. Aber ich fand, dass wir diese Unterhaltung vielleicht lieber persönlich als am Telefon führen sollten.

Tony hat unterwegs angehalten und mir einen großen starken Kaffee besorgt, wofür ich ziemlich dankbar bin. Die Fahrt nach Long Island dauert bei dem Wochenendverkehr beinahe zwei Stunden, bis raus in die Hamptons sind wir mit Sicherheit noch eine weitere unterwegs. Genug Zeit also, um mir über alles Gedanken zu machen. Das Ausmaß der ganzen Geschehnisse sickert erst nach und nach richtig in mein Bewusstsein. Dass wir diese Sache der Polizei melden müssen und dass ich ohne Sicherheitsmaßnahmen nicht mehr ruhig in meinem eigenen Bett schlafen kann. Trotzdem habe ich immer noch keine überzeugende Lösung dafür gefunden, was der große Unbekannte mit alldem bezweckt. Weder bei der ersten Nachricht und dem Anruf noch bei dem Stein oder den Fotos gab es irgendeine Art von Handlungsaufforderung. Keine Geldforderungen oder etwas in die Richtung. Ich weiß nur, dass ich für irgendetwas bezahlen soll, aber diese Drohungen sind doch ziemlich schwammig.

»Wir sind gleich da«, unterbricht Tony meine Gedanken.

Ich blicke auf und bemerke, dass wir gerade in einen Privatweg einbiegen. Als ich das Straßenschild sehe, schnaube ich. *»Bonham Drive?«*, lese ich laut. »Die haben eine eigene Straße?«

»Dieser Weg führt nur zu einem einzigen Haus, und das gehört den Bonhams«, sagt Tony, als würde das alles erklären. »Das Anwesen gehört seit Generationen Mr Bonhams Familie.«

»Hat es meiner Mutter gehört oder Calebs Vater?«

»Calebs Vorfahren haben es gebaut. Seit dem Tod seines Vaters gehört es ihm.«

Meine Stirn legt sich in Falten. Ich erinnere mich, dass Mr Hoffman oder Caleb selbst mir erzählt haben, Calebs Vater sei an einem Herzinfarkt gestorben. Diese Familie hat wirklich ein unglückliches Händchen für Tragödien. Was wohl mit Calebs leiblicher Mutter geschehen ist? Sie hat er, glaube ich, noch nie erwähnt.

Nach ein paar Minuten kommt das Anwesen in Sicht. Ich hätte erwartet, dass ich nach dem Bonham Tower und der piekfeinen Anwaltskanzlei allmählich ein wenig abgestumpft wäre, aber ich kann nicht verhindern, dass mir beim Anblick des Strandhauses der Mund aufklappt. Die Straße endet in einem ausladenden Wendehammer, in dessen Mitte ein prachtvolles Blumenbeet angelegt ist. Das Haus an sich liegt ein wenig weiter hinten und ist durch einen makellosen Kiesweg mit der Einfahrt verbunden. Ich möchte gar nicht wissen, wie oft dieser Weg wohl geharkt werden muss, um diese Ebenmäßigkeit zu erhalten.

Das Haus selbst ist zwar nicht so riesig, wie ich es erwartet hätte, dafür aber nicht weniger beeindruckend. Strahlendweiß hebt es sich von den grünen Wiesen und Bepflanzungen rundherum ab – weiße Läden an bodentiefen Fenstern und Glasfronten, steinerne, ebenfalls weiße Säulen zu beiden Seiten der überdimensionalen Haustür und leuchtend rote Rosenranken, die sich über die gesamte linke Seite des Hauses zu ziehen scheinen. Links des Haupthauses gibt es ein weiteres, kleineres Gebäude im gleichen Stil. Es wirkt wie ein eigenes kleines Einfamilienhaus, aber vermutlich handelt es sich einfach nur um eine Garage oder einen Abstellschuppen. Neben der Einfahrt prangt ein Schild in dem perfekt gepflegten Blumenbeet. Darauf steht in goldenen Metalllettern: *BONHAM MANSION.*

»Krass«, murmele ich, als Tony den Wagen parkt. »Das gehört Caleb?«

»Ja, Miss. Er hat es eine Weile nicht genutzt, aber für gewöhnlich verbringen die Besitzer dieser Anwesen nur die Sommermonate auf Long Island. Im Winter verliert die Umgebung für viele ihren Reiz.«

Das kann ich mir schwer vorstellen. Klar, New York und mit Sicherheit auch diese Gegend zeigen sich im Winter eher grau und schmuddelig, trotzdem fällt es mir schwer zu glauben, dass dieses Haus überhaupt jemals seinen Reiz verlieren kann. Trotz des Reichtums, den es zweifellos ausstrahlt, wirkt es irgendwie gemütlich. Deutlich freundlicher und einladender als der unpersönliche Tower, in dem Caleb wohnt und in dem auch meine leibliche Mutter gelebt hat.

Als Tony mich auffordernd ansieht, fühle ich auf einmal Unsicherheit in mir aufsteigen. »Gehe ich einfach rein?«

»Ich kann Ihnen bei Ihrem Gepäck behilflich sein, wenn Sie möchten.«

Hastig schüttle ich den Kopf. »Das schaffe ich allein, danke. Ich habe Sie für heute schon genug beansprucht.«

»Soll ich Mr Bonham anrufen und ihm mitteilen, dass Sie eingetroffen sind?«, bietet er an, ohne auf meine Bemerkung einzugehen.

»Besser nicht.« Dann habe ich vielleicht die Chance, meine Nerven ein bisschen zu beruhigen, bevor ich im Zentrum der Aufmerksamkeit stehe. Ich wende mich noch einmal Tony zu und lege meine Hand auf seine. »Vielen Dank, Tony. Das meine ich ernst. Ohne Sie würde ich wahrscheinlich immer noch in der Umkleidekabine sitzen.«

Er wirkt ein wenig überrascht, lächelt mich aber an. »Wann immer Sie mich brauchen, Miss Penn.«

»Julie.«

»Wie Sie meinen.«

Dann steigt er aus, geht um den Wagen herum und öffnet mir die Tür. Mein Herzschlag, der sich im Laufe der Fahrt ein wenig normalisiert hat, legt erneut einen Gang zu, als ich ihm zum Abschied winke und über den Kiesweg auf das Haus zugehe.

19

JULIE

Gerade als ich die Hand nach dem Türknauf ausstrecke, um zu prüfen, ob die Tür unverschlossen ist, schwingt sie auf. Ich schrecke zurück, als Caleb vor mir auftaucht. So viel zu meinem Plan, mich erst einmal ungesehen hineinzuschleichen. Kurz registriere ich seinen nackten Oberkörper und die dunkelblaue Badehose, dann greifen seine Hände nach meinen Schultern, und er beugt sich ein wenig zu mir herunter, sodass unsere Gesichter auf einer Höhe sind.

»Geht es dir gut?«, fragt er ohne Umschweife.

Die plötzliche Nähe bringt mich einen Moment lang aus der Fassung, und für ein paar Sekunden kann ich nichts tun, außer ihn anzustarren wie ein Reh im Scheinwerferlicht. Dann finde ich Gott sei Dank meine Stimme wieder und trete demonstrativ einen Schritt zurück. »Ja«, sage ich energisch. »Was hast du erwartet? Dass wir unterwegs noch einen kleinen Autounfall einschieben?«

Sein Blick verdunkelt sich. »Die Situation ist nicht witzig, Julie.«

»Das weiß ich«, erwidere ich knapp. Daran muss er mich wirklich nicht erinnern. »Mir geht es gut. Ich bin euch echt dankbar, dass ihr euch um mich kümmert, aber ich bin körperlich absolut unversehrt. Die Vorsichtsmaßnahme ist total übertrieben.«

Er mustert mich von oben bis unten, als würde er erwarten, dass mir vielleicht doch irgendein Körperteil fehlt. »Das sehe ich anders. Komm erstmal rein, dann reden wir.«

Um ehrlich zu sein, würde ich lieber nicht reden. Diese ganze Situation macht mir mehr Angst, als ich mir eingestehen will, und alles noch einmal von vorne bis hinten durchzukauen, macht die Sache vermutlich nicht einfacher. Ich wünschte, er würde mich einfach in mein Zimmer gehen und dort in Ruhe den Nervenzusammenbruch haben lassen, den ich schon so lange zu unterdrücken versuche. Auf der anderen Seite ist das hier sein Haus, und es war sein Fahrer, den ich um Hilfe gebeten habe. Ich kann es ihm nicht verdenken, dass er mehr Informationen haben will als die spärlichen Fakten, die er von Tony am Telefon bekommen hat. Es ist sein gutes Recht, Fragen zu stellen.

Caleb nimmt mir meine Tasche ab, tritt zur Seite und gibt den Blick frei auf eine Eingangshalle, die aussieht, als hätte sie den Machern der Serie *Revenge* als Vorlage gedient – hohe Decken, teure Gemälde an den Wänden, ein runder Tisch mit Blumenbouquet in der Mitte des Raumes und eine riesige Treppe, die in die obere Etage führt. Gegenüber der Haustür befindet sich ein breiter offener Türbogen, hinter dem ich ein Wohnzimmer in gedeckten Sandfarben erkennen kann.

»Schönes Haus«, sage ich, weil ich höflich sein möchte. »Ich kann kaum glauben, dass es dir gehört.«

Calebs Achselzucken ist genau die Art abgeklärter Reaktion, die ich von ihm schon kenne. »Es ist schwer, sich von etwas beeindrucken zu lassen, das man schon ein Leben lang kennt, verstehst du?«

Nein, nicht wirklich. Trotzdem nicke ich und folge ihm etwas unbeholfen ins Wohnzimmer, das von einer Eckcouch und einem Kamin dominiert wird. Rechts von uns entdecke ich einen Billardtisch, und dahinter öffnet sich der Raum in einen Wintergarten, in dem ein Esstisch steht, an dem locker zehn oder zwölf Leute bequem Platz finden. Links geht es in eine offene Küche mit Kücheninsel, die mindestens genauso groß ist wie die in Calebs Apartment im Bonham Tower. Beinahe die gesamte Rückseite des Hauses besteht aus einer Glasfront, durch die wir hinaus in den Garten schauen können. Natürlich gibt es einen Pool, doch dahinter kann ich tatsächlich das Meer sehen. Ich kenne mich in der Gegend überhaupt nicht aus, aber den Schildern nach zu urteilen, an denen Tony und ich vorbeigefahren sind, muss es sich um den Lake Montauk handeln, einen See, der sich an der Nordküste zum Block Island Sound und dem Atlantischen Ozean öffnet. Von hier aus kann ich nicht viel erkennen, aber ich bin mir ziemlich sicher, dass ich keine fünf Minuten Fußmarsch zum Strand bräuchte.

Erst jetzt fällt auf, dass sowohl das Wohnzimmer als auch der Garten menschenleer sind und ich auch nirgends Stimmen höre. Stirnrunzelnd drehe ich mich zu Caleb um. »Wo sind denn die anderen?«

»Unten am Hafen in einer Bar, schätze ich. Ich wollte ein paar Minuten mit dir allein, bevor sie über dich herfallen.«

Ich verziehe das Gesicht. Wegen der Vorstellung, dass seine Freunde mich mit Fragen bombardieren könnten, aber auch wegen der Tatsache, dass wir beide allein sind in diesem Haus. Mein Blick fällt erneut auf Calebs nackte Brust und dieses Mal scheint mein Gehirn tatsächlich zu begreifen, dass er halbnackt ist. Meine Augen wandern über seine gebräunte Haut, die sich über wirklich beeindruckende Oberarm- und Bauchmuskeln spannt. Mir wird ein wenig warm, was nichts mit der Temperatur im Haus zu tun hat. Ich wusste, dass Caleb gut aussieht und mir war auch klar, dass er ohne

Shirt ebenfalls gut aussehen würde. Meine Vorstellung kommt allerdings nicht einmal annähernd an die Realität heran. Caleb ist muskulös, ohne aufgepumpt zu wirken. Er sieht einfach nur … stark aus.

Er räuspert sich, und ich reiße mich hastig vom Anblick seiner Bauchmuskeln und dem schmalen Streifen Haar los, der in seiner Badehose verschwindet. Als ich aufsehe, bestätigt mir sein Grinsen, dass er mein Starren bemerkt hat.

»Brauchst du noch ein paar Minuten?«, erkundigt er sich belustigt. »Ich könnte ein bisschen posieren, wenn du willst. Oder besseres Licht …«

»Schon gut«, unterbreche ich und spüre, wie mein Gesicht heiß wird. »Halt einfach die Klappe, okay? Du würdest auch hinschauen, wenn ich im Bikini vor dir stehe.«

Sein Grinsen verrutscht ein wenig, und er verengt die Augen kaum merklich, während sein Blick gleichzeitig intensiver wird. »Diese Behauptung können wir jederzeit überprüfen, wenn du Lust hast.«

»Leider habe ich beim Packen nicht an einen Bikini gedacht.«

»Kein Problem. Die Leute, die das Haus für mich in Schuss halten, legen immer ein paar Badesachen bereit, falls unangemeldeter Besuch kommt.«

Irgendetwas in seinen Augen fesselt mich, verhindert, dass ich den Blick abwenden kann. Die Situation erinnert mich an den Moment in seinem Büro, bevor ich in den Fahrstuhl gestiegen bin. Doch anders als vor zwei Tagen ist das hier kein geplanter Move, mit dem ich ihm eins auswischen will. Die in mir aufsteigende Hitze und das Verlangen, mich in seine Richtung zu lehnen, sind echt.

Aber dieses Mal ist er derjenige, der unseren Blickkontakt unterbricht. Erleichtert atme ich auf. Vielleicht liegt es an dem

Stress der letzten Stunden oder daran, dass ich ihm tatsächlich dankbar für seine Hilfe bin. Aber ein Teil von mir hat sich gerade gewünscht, dass Caleb mich küsst und meine immer noch viel zu lauten Gedanken zum Schweigen bringt. Ein wenig Zerstreuung, bevor wir morgen nach New York zurückkehren und ich mich wieder der beängstigenden Realität stellen muss. Doch das wäre falsch. Caleb ist wohl kaum der richtige Kandidat für bedeutungslosen, Sorgen vergessen lassenden Sex. Daran sollte ich mich dringend immer mal wieder erinnern.

»Willst du was trinken?«, fragt er, während er sich umdreht, meine Tasche auf den Boden stellt und Richtung Küche geht. Über die Schulter wirft er einen Blick zurück. »Oder willst du erst in dein Zimmer gehen und dich frisch machen?«

Dankbar für den Themenwechsel folge ich ihm. »Schon in Ordnung. Ich würde ein Bier nehmen, bitte.«

»Es ist auch Wein da, glaube ich. Im Keller müssten irgendwo ein paar Flaschen sein.«

»Bier ist perfekt.« Ich nehme die Flasche entgegen, die er mir reicht, und deute über die Schulter auf die Terrasse. »Wollen wir uns nach draußen setzen?«

Statt einer Antwort greift Caleb nach einem Hoodie, der über der Lehne einer der Barhocker hängt, und zieht ihn sich über den Kopf. Als er meinen verwunderten Blick bemerkt, grinst er, und sofort erscheint wieder dieser anzügliche Ausdruck auf seinem Gesicht. »Ich war im Pool, bevor du gekommen bist. Der ist beheizt, aber zum halbnackt Rumsitzen ist es draußen leider noch zu kalt.«

Ich verdrehe die Augen, folge ihm aber nach draußen, wo wir uns auf einem Rattansofa niederlassen, von dem aus man einen fantastischen Blick auf die Dünen und das dahinter liegende Wasser hat.

»Also«, beginnt Caleb und nimmt einen Schluck von seinem Bier, bevor er mich ansieht. »Schieß los.«

Ich antworte nicht gleich, sondern nippe ebenfalls erst ein paar Mal an der Flasche. Möglicherweise hilft ein leichter Schwips ja, diesen Abend zu überstehen. »Es fing mit einem Brief an, der nach der Uni in meinem Fahrradkorb gelegen hat.«

»Wann war das?«

Ich überlege kurz. »Am Montag. Ich hatte noch ein Treffen mit einer Lerngruppe und war lange auf dem Campus.«

Während ich ihm in groben Zügen den Abend schildere, verzieht Caleb keine Miene. Hätte ich während unseres kurzen Telefonats im Auto die Beunruhigung in seiner Stimme nicht wahrgenommen, könnte ich jetzt den Eindruck bekommen, die ganze Geschichte würde ihn nicht sonderlich beeindrucken. Er fragt nach ein paar Details – dem Umschlag, dem Papier, dem genauen Zeitpunkt, an dem ich den Brief gefunden habe –, wirkt aber alles andere als zufrieden mit meinen Antworten. Ich bin genauso ratlos wie er, was ihn verdammt zu stören scheint.

Als ich ende, nickt er geschäftsmäßig, als würde er sich innerlich Notizen machen. »Und weiter?«

Ein wenig schuldbewusst blinzle ich ihn an. »Ein Anruf«, sage ich zögernd. »Als du mir das Büro gezeigt hast.«

Die Erkenntnis blitzt in seinen Augen auf, gleich darauf funkelt er mich so wütend an, als hätte ich gerade seinen Welpen überfahren. »Hat man dir gedroht?«

»Nein. Ja. Keine Ahnung.« Ich hebe die freie Hand und lasse sie geräuschvoll auf meinen Oberschenkel fallen. »Der Anrufer hat etwas davon gesagt, dass das Erbe hoffentlich ausreicht, um Sylvias Schulden zu bezahlen. Oh, und er hat sie eine Mörderin genannt.«

»Du standest also neben mir in meinem Büro, während du wiederholt bedroht wurdest«, fasst er wütend zusammen. »Und bist nicht auf die Idee gekommen, mir davon zu erzählen? Sondern hast mich lieber angelogen?«

»Ich habe es für einen dummen Scherz gehalten«, verteidige ich mich müde. »Meine Adresse wurde an dem Morgen geleakt, Caleb. Es wäre nicht unwahrscheinlich gewesen, dass sie auch meine Handynummer rausgefunden haben und irgendjemand versucht hat, witzig zu sein.«

»Du hast einen ziemlich beschissenen Sinn für Humor.«

»Du musst mich nicht absichtlich falsch verstehen.« Seufzend reibe ich mir das Knie. »Ich habe es einfach nicht so ernst genommen. Und du musst zugeben, dass unser Verhältnis nicht grade kuschelig ist. Ich wollte kein Drama machen. Du hast mich mehr als einmal als Problem bezeichnet, Caleb. Da kannst du mir nicht vorwerfen, dass ich dir keinen weiteren Grund dafür liefern wollte, wenn es nicht unbedingt nötig ist.«

Die Unzufriedenheit steht ihm ins Gesicht geschrieben. Aber er belässt es dabei. »Okay, darüber können wir uns später noch streiten. Was noch?«

Am liebsten würde ich lügen und die Geschichte mit dem verdammten Stein einfach unter den Tisch fallen lassen. Er wird nicht gerade glücklich darüber sein, dass ich ihm noch mehr verheimlicht habe. Allerdings wäre es dumm, nach allem, was in den letzten paar Stunden passiert ist, immer noch nicht mit offenen Karten zu spielen. Diese Fotos gehen ein paar Schritte zu weit, und völlig egal, was ich von Caleb halte, er hat deutlich mehr Einfluss und Möglichkeiten als ich.

»Am gleichen Tag hat jemand einen Stein durch mein Fenster geworfen«, sage ich so schnell, dass meine Stimme sich beinahe überschlägt. Als wären meine Worte weniger schlimm, wenn ich sie so schnell wie möglich loswerde. »Ich war nicht zu Hause, auch meine Mitbewohnerinnen nicht. Aber meine Scheibe war hinüber, und es wurde anscheinend ein ziemlicher Aufwand betrieben, um mein Fenster zu treffen. Ich schätze, über die Feuerleiter.«

Caleb schweigt und sieht mich nur an. So lange, dass ich mich schon frage, ob er mich überhaupt verstanden hat. Dann stellt er sein Bier ab und fährt sich mit beiden Händen über das Gesicht. Als er sie sinken lässt, ist sein Blick so durchdringend, dass ich beinahe erschaudere. »Warum hat Tony mir nichts von dem Stein erzählt? Und dem Anruf?«

»Weil er nichts davon wusste.«

»Du hast es auch ihm nicht erzählt?« Ich schüttle den Kopf, und er flucht grob. »Verdammte Scheiße, Julie!«

»Ich erzähle es *dir*«, erinnere ich ihn kleinlaut und nehme einen weiteren Schluck Bier. Ich wünschte, es wäre etwas Stärkeres. »Ich muss Tony nicht vollquatschen, nachdem ich ihm schon seinen freien Tag kaputt gemacht habe.«

Er hebt die Augenbrauen. »Es gibt so unfassbar viel, was ich dazu sagen könnte.«

»Schluck es runter.« Als er schnaubt, zucken meine Mundwinkel. »Ansonsten gibt es nur noch die Fotos von heute.«

»Nur noch«, äfft er mich wütend nach. »Wann hattest du vor, es mir zu erzählen? Oder die Polizei zu rufen?«

»Nach dieser Aktion hätte ich die Polizei angerufen«, behaupte ich und versuche so viel Überzeugungskraft in meine Stimme zu legen wie möglich. Das ist keine Lüge. Je mehr mir die Tragweite dieser Vorfälle bewusst geworden ist, desto sicherer war ich mir, die Polizei verständigen zu müssen. Aber das habe ich nicht, sondern stattdessen Calebs Fahrer angerufen. Über den Grund will ich lieber nicht allzu genau nachdenken.

»Ich will die Fotos sehen.« Calebs Stimme macht deutlich, dass er ein Nein nicht akzeptieren wird.

Ich ziehe mein Handy aus der Hosentasche und entsperre es. »Tony hat sie mitgenommen, aber ich habe sie abfotografiert.« Ich öffne die Bilder und halte Caleb mein Telefon hin.

Er nimmt es mir aus der Hand und betrachtet schweigend die Fotos. »Könnten sie bearbeitet sein?«

Genau wie vorhin bei Tony verneine ich und erzähle ihm von dem Kissenbezug.

Mit versteinerter Miene reicht er mir das Handy zurück. »Das heißt, dass er gestern oder heute Nacht bei dir gewesen sein muss.«

Jetzt erschaudere ich wirklich. Es noch mal laut ausgesprochen zu hören, verursacht mir Bauchschmerzen. »Vor meinem Fenster ist eine Feuerleiter, und mein Bett steht direkt unter dem Fenster. Aber die Feuerleiter erreicht man nur über einen Innenhof, für den man einen Schlüssel braucht. Oder man muss über eine sehr hohe Mauer klettern, wofür derjenige eine Leiter hätte mitbringen müssen.«

»Das Gebäude ist alt«, sagt er nachdenklich. »Gut möglich, dass auch das Schloss alt ist. Ich bezweifle, dass der Innenhof mit einem Sicherheitsschloss ausgestattet ist, und ein normales Türschloss ist nicht schwer zu knacken. Kein Hindernis, wenn jemand es darauf anlegt.«

Ein Zittern durchfährt meinen Körper, und ich umfasse die Bierflasche fester, als könne ich mich an ihr festhalten. »Ich schlafe mit offenem Fenster«, sage ich leise, ohne ihn anzusehen. »Wenn meine Katze nachts noch unterwegs ist, lasse ich das Fenster einen Spaltbreit offen.«

Wieder flucht er, deutlich heftiger dieses Mal. »Fuck, Julie. Das hätte auch anders enden können. Allein die Vorstellung, dass irgendein Wichser dich durch das Fenster beobachtet hat …«

»Ich weiß«, murmele ich, hebe den Kopf und sehe ihn an. »Aber eigentlich ist das doch auch ein gutes Zeichen, oder nicht? Der Typ hätte einsteigen und was weiß ich tun können. Hat er aber nicht. Also will er mir offensichtlich nichts tun.«

»Nimm es mir nicht übel, aber in diesem Fall verlasse ich mich ungern auf vage Schlussfolgerungen oder Vermutungen. Tony zufolge muss dir der Kerl in den Laden gefolgt sein, um die Fotos zu hinterlassen.«

»Ich wüsste nicht, woher er sonst gewusst haben soll, wo ich bin.«

Caleb mustert mich ein paar Sekunden lang prüfend. »Wie geht es dir? Ehrliche Antwort, dieses Mal.«

Sein eindringlicher Blick ist ein wenig entwaffnend, also zucke ich mit den Schultern. »Ich weiß nicht genau. Das Ganze jagt mir echt Angst ein, obwohl nichts passiert ist.«

»Das sehe ich anders.«

»Aber vor allem frage ich mich die ganze Zeit, welchem Zweck das Ganze dienen soll. Am Anfang dachte ich, es wäre einfach nur ein Scherz oder die komische Masche irgendeines Reporters. Aber jetzt? Es ist nicht nur verdammt persönlich, derjenige verstößt auch gegen das Gesetz. Wofür? Er stellt keine Forderungen, er versucht nicht, mich zu erpressen oder sonst irgendwas. Er macht mir einfach nur Angst, und ich sehe nicht so richtig, wohin das führen soll.«

Zu meiner Überraschung rutscht Caleb plötzlich zu mir herüber. Gerade eben noch haben uns sicher gute zwei Meter getrennt, jetzt berührt sein Bein meines, und er streckt den Arm aus, um mich an sich zu ziehen. Ich bin so perplex, dass ich mich in die andere Richtung lehne und beinahe schockiert aufquietsche.

Ein leichtes Lächeln umspielt seine Lippen. »Das hier ist

keine Anmache. Aber ich fühle mich wie ein Arschloch, wenn ich dir dabei zugucke, wie du zitterst. Es ist okay, dass du Angst hast.«

Irgendetwas an seinen Worten treibt mir die Tränen in die Augen. Alles in mir hat sich dagegen gesträubt, ihm von alledem zu erzählen, doch jetzt, da es raus ist, fühle ich mich … erleichtert. Als wäre die Last auf meinen Schultern ein kleines bisschen leichter, weil er sie mit mir trägt. Also entspanne ich mich etwas und lasse mich gegen ihn sinken. Es fühlt sich ein wenig fremd an, und ich habe immer noch das Gefühl, dass diese halbe, seitliche Umarmung deutlich zu unbeholfen ist, um wirklich tröstlich zu sein. Aber ich bin Caleb trotzdem dankbar. Im Gegensatz zu unseren ständigen Streitereien und Drohungen ist das hier wirklich ein Fortschritt. Er ist nett, und er gibt sich Mühe. Das weiß ich zu schätzen.

Eine Weile sitzen wir so da und schauen zu den Klippen und dem dahinter liegenden Meer. Mit jeder Sekunde, die vergeht, entspanne ich mich mehr. Ich würde lügen, wenn ich bestreiten würde, dass ich mich wohl in Calebs Umarmung fühle. Was nicht nur daran liegt, dass ich jetzt weiß, wie er unter diesem Pullover aussieht. Caleb strahlt eine Wärme und Selbstsicherheit aus, die meine Angst und mein Bedürfnis, alle fünf Minuten über die Schulter zu sehen, beinahe komplett verschwinden lassen. Ich fühle mich … sicher mit Caleb. Eine Einsicht, die ihn vermutlich genauso sehr überraschen würde wie mich selbst.

Irgendwann durchbricht er die Stille. »Ich habe keine Ahnung, was dieser Typ von dir will. Aber ich verspreche dir, dass wir es herausfinden werden.«

Ich nicke langsam und stelle fest, dass ich Caleb glaube. Und, was noch viel wahnsinniger ist: dass ich ihm vertraue.

Etwa zwanzig Minuten nachdem ich nach oben gegangen bin, um zu duschen und mein Zimmer zu beziehen, höre ich unten die Haustür zufallen. Ich wollte gerade mein nasses Handtuch in den Wäscheschacht schmeißen, bleibe nun aber wie angewurzelt stehen und lausche. Stimmen, männliche Stimmen, die ziemlich sicher aus der Eingangshalle kommen. Offensichtlich sind Calebs Freunde zurückgekommen, und dem Geräuschpegel nach zu urteilen, haben sie Spaß. Ich muss grinsen. Aus irgendeinem Grund will es mir nicht recht gelingen, mir Caleb ausgelassen mit ein paar Freunden am Pool vorzustellen. Was vielleicht daran liegt, dass ich meinen ersten Eindruck von ihm nach wie vor nicht ganz abschütteln kann und den verwöhnten, arroganten, selbstverliebten, anzugtragenden Snob mit Stock im Arsch einfach noch zu gut in Erinnerung habe. Inzwischen hat sich dieses Bild ein wenig korrigiert, und spätestens seit heute Nachmittag weiß ich, dass sich hinter der glänzenden Fassade ein ganz normaler Mensch verbirgt, mit einem ganz normalen Leben – und Freizeit. Trotzdem bin ich ein bisschen neugierig, welche Version von Caleb ich zu sehen bekomme, wenn er mit seinen Freunden zusammen ist.

Andererseits lerne ich diese Version nur dann kennen, wenn ich zu ihnen nach unten gehe. Und ich habe mich noch nicht entschieden, ob ich das tatsächlich tun will. Das Gespräch vorhin am Pool war freundlich, ich habe mich wohl in Calebs Gegenwart gefühlt … vielleicht ein bisschen zu wohl. Er hat mir keine Sekunde lang das Gefühl gegeben, dass ich hier störe. Allerdings könnte er auch einfach nur höflich gewesen sein. Immerhin habe ich einiges durchgemacht, und in gewisser Weise sind wir jetzt ein Team. Es wäre absolut denkbar, dass er sich verpflichtet fühlt, mich hier aufzunehmen.

Nach unten zu gehen und mich zu ihm und seinen Freunden auf die Couch zu setzen, ist eine ganz andere Nummer.

Ich fühle mich ein wenig wie ein Eindringling. Es ist vielleicht kindisch, aber ich traue mich nicht so richtig, mein Zimmer zu verlassen und mich zu ihnen zu gesellen.

Ich werfe das Handtuch in den Wäscheschacht und gehe dann hinüber zu meiner Tasche, die offen auf dem Bett liegt. Das Zimmer ist mindestens genauso imposant wie der Rest des Hauses. Anders als das Apartment im Bonham Tower wirkt dieses Haus gemütlicher und nicht ganz so clean. Zweifellos hat irgendein Interior Designer versucht, hier drinnen einen bodenständigen Look zu kreieren, woran er maßlos gescheitert ist. Denn trotz der Farbakzente, der maritimen Deko und der Zierkissen ist der Luxus, den dieses ganze Anwesen verströmt, überall gegenwärtig. Was keine schlechte Sache ist. Reiche Leute sollten sich nicht dafür schämen, reich zu sein. Sylvia hat nach allem, was ich bislang über sie erfahren habe, hart für ihr Geld und ihren Erfolg gearbeitet. Es ist nichts Verwerfliches daran, dieses Geld auszugeben und ein wenig extravagant zu leben. Trotzdem fehlt diesem Haus, genau wie der Wohnung in New York, meiner Meinung nach die Persönlichkeit. Es ist wunderschön, es ist komfortabel und luxuriös. Aber nichts hier drinnen erweckt den Anschein eines Zuhauses, in dem man Kinder großzieht und Erinnerungen schafft.

Nachdem ich ein paar Minuten in meiner Tasche gewühlt habe, dämmert mir, dass ich beim Packen offensichtlich nicht ganz bei Sinnen war. Denn darin befindet sich nicht ein ansatzweise akzeptables Outfit, um dieses Zimmer zu verlassen. Alles, was ich finde, ist ein weißes T-Shirt und eine Jogginghose, die ich letztes Jahr von Saheera zu Weihnachten geschenkt bekommen habe. Sie ist dunkelgrün und ziemlich schlicht, bis auf zwei weiße Handabdrücke auf dem Hintern, eine Hand auf jeder Arschbacke, sodass es aussieht, als hätte mir Santa höchstpersönlich mit schneebedeckten Handschuhen an den Hintern gegrabscht. Darüber steht der unfassbar geistreiche Spruch: *I ain't no Ho Ho Ho.*

Ja, exakt der Look, den ich mir vorgestellt habe, um Calebs Freunde kennenzulernen.

Ich zupfe an dem Shirt herum, aber es ist nicht lang genug, um das Motiv auf meinem Hintern zu verdecken. Tatsächlich ist es kaum lang genug, um meinen Bauch zu verdecken. Ich sehe aus wie eine Stripperin in einem fragwürdigen Weihnachts-Setting. *Großartig.* Im Bad bürste ich meine Haare und fahre mit den Fingern hindurch, damit sie mir nicht wie ein Helm am Kopf kleben, und betrachte dann mein Spiegelbild. Die Ereignisse der vergangenen Tage haben sich als beeindruckende Augenringe in meinem Gesicht manifestiert. Meine Haut ist blass, was meine Sommersprossen nur noch mehr hervorhebt, und meine Lippen sind leicht gerötet, weil ich immer darauf herumkaue, wenn ich nervös bin. Ich bin emotional erschöpft, und das sieht man mir auch an. Kurz überlege ich, mich zu schminken, verwerfe den Gedanken aber sofort wieder. Erstens, weil ich bei der Hektik vorhin nicht daran gedacht habe, irgendwelche Kosmetika einzupacken, und zweitens, weil mir das irgendwie albern vorkommen würde. Caleb weiß, dass ich duschen wollte, und meine nassen Haare sind der perfekte Beweis dafür. Mich jetzt zu schminken und mich fertig zu machen, würde aussehen, als würde ich irgendetwas von diesem Abend erwarten. *Falls* ich mich doch noch dazu entscheide, dieses Zimmer zu verlassen.

Unschlüssig gehe ich zurück ins Schlafzimmer, setze mich auf mein Bett und entsperre mein Handy. Ich scrolle ein wenig durch Instagram und TikTok, kann mich aber auf nichts richtig konzentrieren. Ich habe keine Ahnung, was ich mit mir anfangen soll. Ich habe kein Buch mitgenommen, und abgesehen von meinem Handy habe ich keinerlei Beschäftigung. Zum Schlafen ist es noch zu früh, und ich bin sowieso viel zu aufgekratzt, als dass ich jetzt auch nur ein Auge zubekommen würde.

Ich wende mich erneut meinem Handy zu und bleibe an einem Bild hängen, das der Account von *Bonham Industries* gepostet hat. Seit etwa einer Woche folge ich dem Profil und bin ein bisschen überrascht, wie viel Content sich das Social-Media-Team einer Pharmafirma tatsächlich ausdenken kann. Meistens sind es Fotos vom Gebäude, von Umbauten oder von verschiedenen Mitarbeitern, die ihren Arbeitsbereich oder einen Forschungsfortschritt vorstellen. Heute zeigt das Bild diesen Mr Freeman, der die Hand eines anderen Mannes schüttelt. Laut Caption handelt es sich um irgendeinen Architekten, der beauftragt wurde, ein neues Büro in Chicago zu entwerfen.

Ich betrachte die beiden Männer genauer, und erneut wird mir bewusst, wie sehr ich mich von diesen Menschen unterscheide. Man sieht ihnen ihre Macht, ihr Selbstbewusstsein und ihren Reichtum an. Ich hingegen verstecke mich in einem Schlafzimmer in den Hamptons, weil ich Angst habe, was Caleb oder seine Freunde über mich denken könnten. Worüber ich mir keine Gedanken machen sollte. Es sollte mir egal sein – ist es aber nicht.

Mein Blick schweift zur Tür, als ich erneut Stimmen höre. Ich wette, weder Sylvia noch Caleb oder dieser Mr Freeman würden sich hier oben verstecken. Sie würden selbstbewusst zu der Gruppe stoßen, Small Talk betreiben und sich zumindest nach außen hin prächtig amüsieren. Wenn ich dieses Jahr bei *Bonham* überstehen will, muss ich dringend an meinem Selbstbewusstsein arbeiten. Wie soll ich mich als CEO einer verdammten Firma beweisen, wenn ich es nicht einmal schaffe, dieses Zimmer zu verlassen?

Seufzend stehe ich auf, ziehe noch einmal an meinem Shirt und öffne meine Zimmertür. Mir selbst Mut zuflüsternd steige ich die Treppe ins Erdgeschoss hinunter. Langsam durchquere ich die Eingangshalle und folge den lauter werdenden Stimmen ins Wohnzimmer.

20

JULIE

Als ich das Wohnzimmer betrete, entdecke ich Caleb und vier junge Männer, die um den Billardtisch herumstehen und allesamt aufschauen, als ich hereinkomme.

»Da bist du ja«, sagt Caleb mit einem Grinsen, das ich nicht recht deuten kann. Er umrundet den Tisch und stellt sich neben mich. »Leute, das ist Julie. Julie, das sind Sander, Sam, Emir und Brian. Sagt Hallo.«

Die vier heben die Hand und winken mir zu. Ein wenig verlegen tue ich es ihnen gleich. »Hi«, sage ich lächelnd. »Ich will nicht stören. Ich wollte mir nur etwas zu trinken holen.«

Einer von Calebs Freunden – Sander – schüttelt den Kopf. »Bleib ruhig. Wir wollten gerade eine neue Partie anstoßen.«

Ein wenig unschlüssig gucke ich Caleb an, der mir sofort seinen Queue reicht. »Damit hätten wir zur Abwechslung mal zwei gleich starke Teams.« Er wirft mir einen prüfenden Blick zu. »Kannst du spielen?«

Ich zucke mit den Schultern. »So gut wie alle Studierenden, würde ich sagen.«

»Dann spielst du mit Brian und Sander. Ich riskiere ganz bestimmt nicht meinen Sieg für dich.«

»Wow, vielen Dank!«, erwidere ich, während die anderen lachen. Obwohl ich immer noch nicht ganz überzeugt bin, dass das hier eine gute Idee ist, stelle ich mich neben Sander und den Typen, der Brian zu sein scheint, und greife nach der blauen Kreide, um meinen Händen eine Beschäftigung zu geben. Unauffällig mustere ich die Leute um mich herum. Sie alle wirken nett und genau wie die Art von Jungs, die ihr Wochenende in einem Haus in den Hamptons verbringen. Auch ohne Polohemden, Goldschmuck oder Pullunder über den Schultern gehören sie zweifellos hierher.

»Du bist also die mysteriöse Erbin«, sagt Sander und lächelt mich an. Seine Worte wirken nicht unfreundlich oder als würde er sich über mich lustig machen. Trotzdem bekomme ich ein flaues Gefühl in der Magengegend.

»Sieht so aus«, antworte ich bemüht freundlich, während ich mich frage, was Caleb wohl über mich erzählt hat. Keiner von ihnen wirkt über mein Erscheinen überrascht, also muss er sie zumindest vorgewarnt haben. »Wobei meine Mutter wohl eher die Mysteriöse war. Ich bin es sicher nicht.«

Er legt den Kopf schief. Mir fällt auf, dass er mir weder sein Beileid ausspricht noch sonst irgendwie den Tod meiner Mutter kommentiert. »Die Presse ergreift gerne jede Chance für eine Cinderella-Story, glaub mir. Du bist dafür wie geschaffen.«

Ich hebe eine Augenbraue. »Und du kennst dich mit Cinderella-Storys aus?«

Sein Lachen klingt ehrlich. »Wie es der Zufall will, tue ich das.« Auf meinen fragenden Blick hin seufzt er leise. »Meine Freundin wurde ähnlich von der Presse belagert wie du. Das alles ist mir also leider tatsächlich vertraut.«

»Das klingt jetzt vielleicht seltsam, aber wenn du das so sagst, habe ich das Gefühl, ich sollte dich kennen.«

Wieder grinst er und winkt ab. »Nicht wirklich. Mein Vater besitzt ein paar Luxushotels in New York, und zu der Zeit habe ich auch noch dort gearbeitet. Als Lena und ich angefangen haben, miteinander auszugehen, war das eine schöne Geschichte, die immer weiter ausgeschlachtet wurde.«

Ich zermartere mir das Hirn, kann mich aber an keine derartigen Schlagzeilen erinnern. Wobei ich auch erst seit etwas über einem Jahr in New York lebe. Wahrscheinlich hat diese Geschichte vor meiner Zeit stattgefunden.

»Und?«, frage ich, ohne den hoffnungsvollen Tonfall in meiner Stimme ganz unterdrücken zu können. »Wann haben sie aufgehört, deine Freundin zu belagern?«

Er verzieht das Gesicht. »Als wir uns getrennt haben.«

»Oh. Das tut mir leid.«

»Muss es nicht, wir sind wieder zusammen.« Sander zwinkert mir zu. »Lange Geschichte.«

Offenbar. Und leider hilft sie mir nicht weiter. Denn Caleb und ich sind kein Paar, völlig egal, was die Schlagzeilen behaupten. Eine Trennung als Ausweg funktioniert in meinem Fall also leider nicht. Wobei es in meiner Geschichte ja auch weniger darum geht, dass ich den wohlsituierten Erben heiraten will. Ich selbst bin der wohlsituierte Erbe, ein Fakt, an dem sich so schnell nichts ändern wird.

Was wohl passieren würde, wenn ich anfangen würde, einen mittellosen Studenten zu daten? Gäbe das ähnlich brisante Schlagzeilen, oder wäre das weniger interessant, weil die Geschlechterrollen nicht dem klassischen Aschenputtel-Schema entsprächen?

Während einer aus Calebs Team die Kugeln ordnet, geht Caleb in die Küche und kommt mit einem Bier für mich und einem für sich selbst wieder zurück. Als er es mir in die Hand drückt, berühren sich unsere Finger, aber er zieht seine Hand nicht zurück. Als unsere Blicke sich treffen, sieht er mich genauso eindringlich an wie vorhin während unseres Gesprächs am Pool.

»Wie geht es dir?«, fragt er so leise, dass nur ich ihn verstehen kann.

»Ich werde schon nicht zusammenbrechen«, versichere ich ihm nur halb im Spaß. Seine Miene bleibt vollkommen ernst. »Es hat mir Angst gemacht, Caleb. Was eine ziemlich nachvollziehbare Reaktion ist, denke ich. Aber ich bin okay und nicht traumatisiert.«

»Gut.« Er mustert mich noch einen Moment lang, dann zieht er seine Hand zurück. »Sag Bescheid, falls sich an diesem Zustand etwas ändert.«

Statt einer Antwort nicke ich nur, und er geht zurück auf seine Seite des Tisches. Ein wenig irritiert schaue ich ihm nach. Irgendetwas zwischen uns hat sich verändert. Schon bei meinem Besuch im *Big B* war Caleb deutlich netter und *zahmer* als bei unseren kurzen Begegnungen davor. Wie Bonnie bin ich davon ausgegangen, dass er lediglich seine Taktik geändert hat, nachdem er einsehen musste, dass er mich nicht loswird. Um quasi das Beste aus der Situation zu machen. Aber wenn das alles hier – seine Sorge um mich, sein Bedürfnis, dass es mir gut geht – reine Taktik sind, dann ist er ein verdammt guter Schauspieler.

Der Mann gegenüber von mir, der, wenn ich mich richtig erinnere, Emir heißt, klatscht laut in die Hände und reißt mich damit aus meinen Gedanken. »Wollen wir anfangen?«

Sander greift nach einer Münze, die auf dem Rand des Tisches gelegen hat, und sieht mich auffordernd an. »Ladys first?«

»Zahl«, sage ich entschlossen.

Er nickt, wirft die Münze in die Luft und fängt sie mit einer Hand auf. Dann legt er sie auf seinen Handrücken und enthüllt … Kopf.

Caleb grinst und bringt sich in Position, bevor er mit einem kräftigen Schlag anstößt. Die Kugeln stieben auseinander, und er versenkt sowohl eine Halbe als auch eine Volle. Ein paar Sekunden lang mustert er den Tisch und die darauf verteilten Kugeln. »Wir nehmen die Vollen«, sagt er und zwinkert mir zu.

Unwillkürlich verenge ich die Augen. Ich bin wirklich keine überragende Spielerin, trotzdem wächst in mir ein gewisser Ehrgeiz. »Müssen wir vorher ansagen?«

Sander schnaubt und deutet auf Brian, der sich ziemlich deutlich auf seinem Queue abstützt. »Im Gegensatz zu euch haben wir schon vorgeglüht«, sagt er und wedelt mit seiner Flasche. »Ich glaube nicht, dass wir mehr schaffen als Kneipenbillard.«

Erleichtert atme ich aus. Wenn ich eine Chance haben will, gegen Caleb zu gewinnen, dann muss ich mich auf mein Glück verlassen. Das richtige Loch anzusagen, bevor ich eine Kugel versenke, übersteigt eindeutig meine Fähigkeiten.

Während des Spiels beobachte ich immer wieder Caleb und seine Freunde. Es ist offensichtlich, dass sie sich schon lange kennen. Sie sprechen über gemeinsame Freunde und Familienmitglieder, über eine Geburtstagsparty in diesem Haus und geben sich insgesamt total unbefangen. Wenn ich raten müsste, würde ich tippen, dass Caleb und Sander am längsten befreundet sind. Ihre Art miteinander umzugehen, erinnert mich beinahe an eine Familie.

Als ich meine erste halbe Kugel versenke, reiße ich triumphierend die Arme in die Luft und wirbele einmal um die eigene Achse. Wir liegen deutlich zurück, aber ich bin aus irgendeinem Grund sehr optimistisch, dass wir das Ruder herumreißen können. Was vielleicht daran liegt, dass ich den Tag über kaum etwas gegessen, aber inzwischen mein viertes Bier geleert habe.

Gerade als ich mich für einen neuen Stoß bereitmachen möchte, fange ich Calebs Blick auf. Er starrt mich an.

»Was?«, frage ich irritiert.

Er deutet mit einem Finger auf mich. »Dreh dich um.«

»Warum?«

Seine Mundwinkel zucken. »Bitte. Dreh dich um.«

Zuerst habe ich keine Ahnung, was er meint, dann fällt mir wieder ein, welche Hose ich vorhin angezogen habe. Ich lache und schüttle den Kopf. »Ich werde mich sicher nicht umdrehen, damit du meinen Hintern anstarren kannst.«

Seine Augen verdunkeln sich, und sein Blick wird … intensiv. So durchdringend, dass Hitze in mir aufsteigt. »Aber ich würde wirklich gerne deinen Hintern anstarren.«

Okay, kein Bier mehr. Am Rande meines Verstandes ist mir klar, dass wir diese Unterhaltung vermutlich nicht führen würden, wenn wir nüchtern wären. Aber in diesem Moment ist mir das ziemlich egal. Denn dieses Flirten mit Caleb ist tausendmal besser, als mir Sorgen zu machen. Viel, viel besser.

»Ich auch«, mischt sich Brian neben mir ein und wackelt mit den Augenbrauen. »Außerdem würde ich gerne überprüfen, ob meine Hände auf die Abdrücke passen.«

Ich ziehe eine Schnute. »Sehr charmant.«

»Tja, Brian ist ein echter Gentleman«, wirft Caleb ein, allerdings ist der neckende Unterton aus seiner Stimme verschwunden. Er sieht mich noch ein paar Sekunden lang an, dann wendet er sich an Brian. »Tu mir einen Gefallen und such dir einen anderen Hintern zum Begrapschen, okay?«

Brian hebt die Hände und lacht. »Es sei denn, Julie bittet mich darum.«

Ich verdrehe die Augen, grinse aber. Brian ist nett und harmlos, und ich bin froh, dass sie mich ohne Vorbehalte akzeptieren. Wenn das hier als Männertrip geplant war, hätten sie auf mein Auftauchen auch ganz anders reagieren können. Trotzdem finde ich Calebs Reaktion … interessant. Denn er behält seinen Freund immer noch im Auge, und da ist etwas in seinem Blick, das ich nicht ganz deuten kann.

Amüsiert wirkt er allerdings nicht.

Am Ende verliert mein Team haushoch. Was nicht an mir liegt. Schätzungsweise neunzig Prozent der Punkte, die wir einfahren, gehen auf mein Konto. Brian hingegen scheint eher zu versuchen, die Kugeln vom Tisch zu fegen, wenn er an der Reihe ist. Eine Kugel fliegt tatsächlich und landet auf einem kleinen Beistelltisch, der bedächtig wackelt, aber zum Glück nicht zu Bruch geht.

Nach dem Spiel gehen die Jungs nach draußen und machen ein kleines Feuer in dem Feuerkorb auf der Terrasse. Ich überlege kurz, ins Bett zu gehen, entscheide mich aber dagegen. Zwar dreht sich das Zimmer ein bisschen vor meinen Augen, und ich lache deutlich zu laut über die blöden Witze, die Brian reißt, aber … Fakt ist, ich will nicht alleine mit meinen Gedanken sein. Noch nicht. Also hole ich mir ein neues Bier aus dem Kühlschrank und folge den anderen nach draußen.

Die Luft ist merklich abgekühlt und ich fröstele, als ich durch die breiten Glastüren auf die Terrasse trete. Weil mein dünnes Shirt und die billige Hose nicht wirklich etwas dagegen ausrichten können, trete ich hastig in den Schein des Feuers und halte meine Handflächen den Flammen entgegen. Kaum eine Sekunde später tritt Caleb an meine Seite.

»Du siehst aus, als hättest du Spaß.«

Mein Blick ist auf die tanzenden Flammen gerichtet. Trotzdem erkenne ich das Schmunzeln in seiner Stimme. »Das tue ich auch. Deine Freunde sind nett.«

Er lacht. »Sie sind betrunken. Und du auch, deswegen findest du sie witzig.«

»Es ist tausendmal besser, als alleine in meinem Zimmer zu hocken.« Jetzt hebe ich den Blick und sehe ihn an. »Danke. Dass du mich hierher zitiert hast. Das meine ich ernst.«

»Keine große Sache«, erwidert er betont lässig. »Ob du es glaubst oder nicht, aber du bist keine sonderlich große Belastung.«

»Das beruhigt mich«, sage ich lachend. Uns gegenüber rangeln die anderen gerade wegen irgendetwas, und Brian ist nur noch Zentimeter davon entfernt, in den Pool zu fallen. Ich deute mit dem Finger auf ihn. »Ich rette ihn nicht, wenn er da reinfällt.«

Caleb schnaubt. »Brian und Sam sind immer die Vollsten.«

Das überrascht mich ein wenig. Auf mich wirkt Sam eher still, beinahe schüchtern. Seit ich nach unten gekommen bin, hat er kaum zehn Worte gesagt.

Ein paar Minuten lang stehen Caleb und ich nebeneinander und schauen in die Flammen. Das Schweigen ist nicht unangenehm, eher so, als würden wir einander in stillem Einverständnis Gesellschaft leisten.

»Was denkst du, was Tony unternimmt?«, frage ich nach ein paar Minuten über das Knistern des Feuers hinweg. Diese Frage beschäftigt mich schon den ganzen Nachmittag, aber gleichzeitig fürchte ich mich vor der Antwort. Ich habe die Hoffnung, dass ich sie in meiner durch den Alkohol gelösten Stimmung etwas besser ertragen kann.

»Er informiert die Polizei«, knurrt Caleb. »Das müssen wir machen. Selbst wenn sie nichts unternehmen, müssen wir uns absichern, falls …«

Er bricht ab, aber ich weiß auch so, was er gemeint hat. »Falls etwas Schlimmeres passiert und sie wissen wollen, warum wir nichts gemeldet haben.«

»Wir lassen nicht zu, dass dir etwas zustößt.« Caleb klingt

so selbstsicher, dass ich überrascht die Augenbrauen hochziehe. »Aber wir können nicht absehen, was der Kerl noch vorhat, okay? Er könnte auch einfach nur dein Fahrrad kaputt machen, deine Reifen zerstechen, bei euch einbrechen ... keine Ahnung. Es würde seltsam rüberkommen, wenn so viel passiert, ohne dass wir Anzeige erstatten.«

Ich nicke langsam. »Aber du glaubst nicht, dass sie tatsächlich etwas unternehmen.«

»Ich habe die Erfahrung gemacht, dass die Polizei erst etwas unternimmt, wenn es zu spät ist.«

Aufmerksam betrachte ich sein Gesicht, das von den Flammen des Feuers erhellt wird und seltsame Schatten auf seine Haut malt. Da schwingt ein Unterton in seiner Stimme mit, der neu ist. Irgendwie wütend, aber gleichzeitig seltsam kapitulierend. Als hätte er diesen Satz schon viel zu oft gesagt. Ein paar Herzschläge lang warte ich darauf, dass er weiterspricht.

Als er schweigt, frage ich behutsam: »Welche Erfahrungen?«

Ich sehe, wie er die Zähne aufeinanderbeißt. »Meine Mutter wurde ermordet, als ich klein war.«

Erschrocken schlage ich mir die Hand vor den Mund. »Oh nein! Caleb, das tut mir leid.«

»Ich kann mich nicht daran erinnern, ich war noch sehr jung. Aber nach allem, was Dad mir erzählt hat, hat sie den Typen vorher mehrfach angezeigt. Er war ihr Ex und hat sie immer wieder bedroht. Es wurde nichts unternommen, und eines Tages marschierte er in ihre Wohnung und hat sie erschossen.«

»Mein Gott!«

»Ja.« Er schluckt. »Es war Rahels Vater. Sie war dabei, als unsere Mutter gestorben ist.«

Ich habe keine Worte. Denn es gibt einfach nichts, was man dazu sagen kann. Nichts, was dazu beitragen könnte, dass Caleb sich besser fühlt oder dass die Erinnerungen weniger schmerzhaft sind. Also taste ich einfach nach seiner Hand und schiebe meine Finger zwischen seine. Anders als vorhin im Haus versuche ich nicht, mit ihm zu flirten. Ich versuche, einfach da zu sein.

Er dreht den Kopf in meine Richtung und sieht mich an. »Wir haben alle unsere Päckchen zu tragen.«

»Aber manche sind schwerer zu stemmen als andere.«

Sein Lächeln wirkt immer noch traurig, trotzdem bin ich dankbar für die Gefühlsregung. »Ich spreche eigentlich nicht gern darüber.«

»Ich bin mir auch nicht sicher, was es über dich aussagen würde, wenn du es tätest.«

»Auch wieder wahr.« Er lacht leise, wird dann aber wieder ernst. »Diese Welt, die du betreten hast, kann verdammt grausam sein, Julie. Meine Mutter wurde ermordet, mein Vater starb an einem Herzinfarkt, und Sylvia wurde quasi vor dem Grab ihrer Schwester von einem Auto überfahren.«

Ich drücke seine Hand. »Versteh mich nicht falsch, aber ich bin mir ziemlich sicher, dass solche Dinge auch anderen Familien passieren. Familien, die kein Strandhaus in den Hamptons besitzen.«

»Das mag sein«, räumt er ein, sieht aber nicht sonderlich überzeugt aus. »Aber du kannst mir glauben, wenn ich dir sage, dass wir Tragödien buchstäblich anziehen. Sieh dich an.«

»Ich bin eine Tragödie?«, frage ich trocken.

»Diese Fotos, der Stein, der Anruf – all das wäre nicht passiert, wenn du eine normale Studentin ohne Chance auf ein Millionenerbe wärst.«

Vielleicht. Aber vielleicht auch nicht. Die Nachrichten sind täglich voll von verrückten Stalkergeschichten, Männern, die ihre Frauen töten, oder Streichen, die böse enden. Diese Dinge sind nicht abhängig von Vermögen oder Grad der Berühmtheit.

»Hast du je darüber nachgedacht, einfach alles hinter dir zu lassen?«, frage ich ihn, ehrlich neugierig. So wie er über sein Leben spricht, klingt es nicht, als würde er sich sonderlich wohl darin fühlen. »Die Firma zu verkaufen und dir mit dem Geld ein schönes Leben zu machen? Irgendwo, wo dein Nachname keine Rolle spielt?«

Sein Seufzen klingt wie das eines deutlich älteren Mannes. »In letzter Zeit jeden Tag.«

»Aber?«

Er zuckt mit den Schultern. »Dann würden andere Probleme auf mich warten. Kein Leben ist perfekt, und ich habe mir immer gewünscht, die Firma irgendwann einmal zu übernehmen. Ich denke, ich würde es bereuen, wenn ich jetzt alles in die Tonne trete, nur weil es anstrengend wird.«

»Ich werde es tun. Wenn das Jahr vorbei ist, meine ich. Ich werde das Geld anlegen, einen fetten Urlaub buchen und mir nie wieder Sorgen über meine offenen Rechnungen machen. Aber ich kann mir nicht vorstellen, dauerhaft ein Teil dieser … Gesellschaft zu sein.«

Caleb sieht hinab auf unsere noch immer ineinander verschränkten Hände. »Vielleicht änderst du deine Meinung. Ein Jahr ist eine verdammt lange Zeit.«

»Ein Jahr ist nichts«, entgegne ich schlicht. »Das wird so schnell vorbeigehen.«

»Warten wir es ab.« Er schmunzelt, und ich bin froh, die alte Leichtigkeit in seiner Stimme zu hören. Ich bin nicht sonderlich gut darin, Menschen zu trösten. Nicht, dass ich es nicht möchte. Aber ich bin oft damit überfordert, weiß nicht, was ich tun oder sagen kann, damit die andere Person sich besser fühlt. »Ab Montag sind wir Partner.«

Ich erwidere sein Lächeln. »Das kann ja lustig werden. Ganz ehrlich, ich habe überhaupt keine Ahnung, was mich da erwartet.«

»Mach dir keine Gedanken.« Caleb legt den Kopf in den Nacken, um in den Nachthimmel zu schauen.

Als ich seinem Blick folge, entfährt mir ein leises Seufzen. Ich kann mich nicht daran erinnern, wann ich das letzte Mal die Sterne gesehen habe. In New York bekommt man sie kaum zu Gesicht, weil die Lichter der Stadt, die selbst bei Nacht ohne Pause leuchten, den Himmel erhellen. Hier draußen allerdings ist die Sicht schlicht atemberaubend.

»Caleb!«, durchbricht Sanders Stimme die Idylle und reißt uns damit beide aus unseren jeweiligen Gedanken. Sander und Emir sind aufgestanden und beäugen uns, als hätten wir gerade irgendetwas total Beeindruckendes getan.

»Wir holen Nachschub«, verkündet Emir und hält seine leere Bierflasche in die Höhe. »Wollt ihr auch?«

Ich nicke und entziehe Caleb meine Hand. Von der Seite spüre ich seinen Blick, erwidere ihn jedoch nicht. Es ist, als hätte die Unterbrechung eine Blase zum Platzen gebracht, die uns beide von der Realität abgeschirmt hat. Einen Moment lang habe ich tatsächlich alles um uns herum vergessen. Habe vergessen, wer Caleb ist und wer ich bin. Welche Probleme zu Hause auf uns warten.

Demonstrativ mache ich einen Schritt zur Seite, umrunde das Feuer und setze mich neben Brian, der mehr schläft, als dass er wach ist. Immer wieder kippt sein Kopf zur Seite, bevor er sich hastig wieder aufrappelt und in die Runde grinst, ohne jemanden oder etwas zu fokussieren.

»Meint ihr, wir sollten ihn ins Bett bringen?«, frage ich und mustere Brian erneut. Die vier müssen unten am Hafen wirklich ordentlich getankt haben. Ich selbst habe nicht weniger getrunken als er, seit ich nach unten gekommen bin. Und ich fühle mich lediglich ein bisschen beduselt.

Caleb taucht vor uns auf und greift nach Brians Beinen, um sie auf das Polster zu hieven. Sofort rutscht Brian ein wenig nach unten und bleibt mit geschlossenen Augen einfach liegen.

»Er kann hier pennen«, sagt Caleb, und ich beiße mir auf die Lippen, um nicht zu lachen. »Ich schleppe ihn bestimmt nicht die Treppe rauf.«

In diesem Moment kommen Sander und Emir zurück. Sie drücken jedem von uns ein Bier in die Hand, bevor sie eine Flasche mit einer klaren Flüssigkeit zwischen uns auf den Boden stellen.

Ich betrachte die Flasche zögernd.

Ja, ich will die drängenden Sorgen in meinem Kopf zum Verstummen bringen, und ja, in diesem Augenblick ist es mir völlig egal, ob ich morgen einen Kater habe oder nicht. Aber es wäre trotzdem besser, meinen Verstand nicht komplett abzuschalten.

21

JULIE

Ich habe komplett versagt, was mein Vorhaben angeht, bei halbwegs klarem Verstand zu bleiben. Irgendwann haben die Jungs mit *Truth or Dare* angefangen, und ich habe mitgespielt. Ab da ging es bergab.

Vor einer halben Stunde sind wir alle nach oben ins Bett gegangen, aber es gelingt mir einfach nicht, meine Gedanken zum Schweigen zu bringen. Da hilft auch der Alkohol nicht. Jedes Mal, wenn ich das Licht ausschalte und die Augen schließe, bilde ich mir ein, Schritte vor dem Fenster auf dem Kies zu hören. Oder das Klicken einer Kamera. Das Knarzen der Holzdielen auf dem Flur unter schweren Schuhen.

Ich setze mich im Bett auf und fahre mir mit den Händen durch die Haare. Ich bin in den Hamptons, beinahe hundert Meilen von New York City entfernt. Selbst für den unwahrscheinlichen Fall, dass derjenige, der die Fotos von mir gemacht hat, mir hierher gefolgt ist – das hier ist nicht meine WG, sondern ein gut gesichertes Anwesen mit Alarmanlage. Vier erwachsene, gut gebaute Männer schlafen in Hörweite, und ich würde jedes Auto, das sich nähert, hören.

Ich bin in Sicherheit.

Nach ein paar Minuten schlage ich die Bettdecke zurück und stehe auf. Einen kurzen Moment lang dreht sich das Zimmer vor meinen Augen, dann beruhigt es sich. Barfuß schleiche ich zur Zimmertür, öffne sie vorsichtig und laufe dann die Marmortreppe hinunter ins Erdgeschoss. Auf der Couch im Wohnzimmer liegt Brian und schnarcht leise – Caleb und die anderen drei haben ihn doch noch hineingetragen –, die Glut in der Feuerschale auf der Terrasse taucht das Zimmer in ein seltsam orangerotes Licht. Alles ist ruhig, abgesehen von Brians gleichmäßigem Schnarchen. Ich gehe hinüber zur Küche, öffne den Kühlschrank und greife nach einer Wasserflasche. Wenn ich schon nicht schlafen kann, kann ich vielleicht wenigstens verhindern, dass mir morgen früh der Schädel platzt. Ein Blick auf die riesige Uhr über der Tür sagt mir, dass es beinahe vier Uhr morgens ist.

Erschrocken zucke ich zusammen, als hinter mir Schritte erklingen. Ich wirbele herum, atme erleichtert aus, als ich Caleb entdecke. Meine Erleichterung währt allerdings nur kurz, denn im nächsten Moment fällt mir auf, dass Caleb schon wieder sein Shirt vergessen zu haben scheint. Er trägt lediglich eine Jogginghose, die ihm lächerlich tief auf den Hüften sitzt.

»Was machst du hier?«, frage ich ihn leise und lenke den Blick hastig wieder auf sein Gesicht, um nicht erneut beim Gaffen erwischt zu werden. Obwohl mir nicht entgangen ist, dass das seltsame Licht interessante Schatten auf seine Bauchmuskeln wirft.

Er grinst. »Hab dich gehört. Und wollte sichergehen, dass du nicht schlafwandelst oder so.« Er schlendert zu mir herüber und nimmt mir die Flasche aus der Hand. Ohne mich aus den Augen zu lassen, führt er sie an die Lippen und trinkt ein paar große Schlucke.

Ich spüre seinen Blick auf meiner Haut. Als würde er darüberstreicheln und jeden Zentimeter liebkosen.

»Alles okay?«

Scheiße, ich muss mich wirklich zusammenreißen. Der Alkohol und die Unwirklichkeit, die die Nacht mit sich bringt, lassen mich leichtsinnig werden.

Als er mir die Flasche zurückgibt, sind meine Finger beinahe taub, genau wie meine Füße. Meine nackten Beine kribbeln und ich spüre, wie eine Gänsehaut über meinen gesamten Körper kriecht. Ich trage nichts außer einem Slip und einem weiten schwarzen T-Shirt mit *Game of Thrones*-Motiv, das mir gerade einmal bis zu den Oberschenkeln reicht.

Caleb scheint meine Gedanken gelesen zu haben, denn sein Blick wandert an mir herab. »Schade. Deine Hose war wirklich außergewöhnlich.«

Ich schmunzele. »Ich kann mir gerne etwas anziehen, wenn dir das lieber ist.«

»Nein.« Mehr sagt er nicht, nur dieses einzelne kleine Wort, bei dem mein Mund trocken wird. Seine Stimme klingt dunkel und rau wie Schmirgelpapier.

Unweigerlich mache ich einen Schritt auf ihn zu. »Ich wollte nur etwas trinken. Wir sollten wieder schlafen gehen. Ich wette, die kommende Woche wird noch anstrengender als die letzten.«

Er zieht die Augenbrauen hoch. »Ist das überhaupt möglich? Ich habe das Gefühl, ich brauche jetzt schon Urlaub.«

Ich rümpfe die Nase. »Nach diesem Wochenende brauche ich keinen Urlaub, sondern eine Delfin-Therapie.«

Selbst im Dunkeln erkenne ich sein Lächeln – ein Lächeln, das nichts mit seiner knallharten CEO-Persönlichkeit gemein hat. Dieser Mann, der hier vor mir steht, ist nicht Mr Bonham, der Erbe von *Bonham Industries*. Das hier ist einfach Caleb.

»Wird es leichter mit der Zeit?«, frage ich ihn und hebe das Kinn, um ihn direkt ansehen zu können. »Diese ganze Aufmerksamkeit, die Presse und so weiter?«

Er deutet ein Kopfschütteln an. »Nein. Aber du wirst stärker.«

Aus irgendeinem Grund schaffe ich es nicht, den Blick abzuwenden. Die Spannung zwischen uns wird größer, baut sich auf, so weit, bis ich mir sicher bin, ich könne die Funken mit bloßem Auge erkennen. In dieser Sekunde habe ich wieder das Gefühl, dass niemand auf der Welt existiert außer Caleb und mir. Niemand anderes ist von Bedeutung. Vielleicht liegt es an der Uhrzeit, an dem Alkohol in meinem Blut oder der Tatsache, dass wir in den Hamptons sind. An diesem surrealen Ort, von dem ich bis vor ein paar Wochen nicht mal im Traum dachte, ihn jemals zu betreten.

Ohne dass ich mich bewusst dazu entschieden habe, mache ich noch einen kleinen Schritt auf Caleb zu.

Sein Blick streichelt über mein Gesicht, tastet jeden Zentimeter meiner Haut ab und kommt schließlich auf meinen Lippen zum Ruhen. »Wir sollten das nicht«, flüstert er. Seine Stimme klingt zu laut für die Stille, aber gleichzeitig will ich ihn bitten, weiterzusprechen.

»Nein, sollten wir nicht.«

Er kommt näher, so nahe, dass ich seine Wärme auf meiner Haut spüren kann. »Es ist verrückt, wie sehr ich dich küssen will.«

Meine Mundwinkel zucken. »Ja, das ist es.«

Sein Blick huscht zurück zu meinen Augen und fixiert mich mit einer Eindringlichkeit, die mich innerlich erbeben lässt. Er hebt eine Hand und streicht mit dem Daumen über meine Unterlippe.

Ich schnappe leise nach Luft. Seine Berührung entflammt meine Haut, versetzt mir einen Schauder. Ich spüre, wie meine Nippel unter dem leichten Stoff des Shirts hart werden. Ich bin mir sicher, dass auch Caleb die Reaktion meines Körpers nicht entgeht, aber es kümmert mich nicht. Das Einzige, was im Moment zählt, ist, dass er mich berührt.

Als ich sein Zögern bemerke, hebe ich ebenfalls die Hand und lege sie auf seine. »Küss mich«, flüstere ich so leise, dass ich mir nicht sicher bin, ob er mich über das Donnern meines eigenen Herzens hinweg hören kann.

Sein Blick wird glühend, ein entschlossener Ausdruck tritt in sein Gesicht. In der nächsten Sekunde beugt er sich vor und berührt mit seinen Lippen meine.

Mein leises Keuchen wird von seinem Mund aufgefangen, als Caleb sich gegen mich drückt. Sämtliche Zurückhaltung ist verflogen, stattdessen gräbt sich eine Hand in meine Haare, die andere umfasst meine Taille und zieht mich eng an ihn. Ich schließe die Augen und erwidere seinen Kuss mit einer Dringlichkeit, die mich selbst überrascht. Sein Körper presst sich gegen meinen und scheint meine Haut in Flammen aufgehen zu lassen. Uns trennt lediglich der Stoff meines dünnen Shirts und seine Trainingshose, und ich wünschte, auch diese Barriere würde verschwinden. Ich lege meine flache Hand auf seinen nackten Bauch, spüre das Spiel seiner Muskeln unter seiner Haut und erschaudere, als er kehlig stöhnt.

»Julie«, murmelt er, während er langsam ein paar Schritte nach vorn macht und mich damit nach hinten schiebt. Als ich die Kücheninsel in meinem Rücken spüre, löst Caleb die Hand aus meinen Haaren, umfasst meine Hüften und hebt mich auf die Arbeitsfläche. Ich öffne die Beine, und er tritt dazwischen, presst sich gegen mich, ohne den Kontakt zu meinen Lippen auch nur eine Sekunde lang zu unterbrechen.

Mein Stöhnen wird wieder von seinem Kuss erstickt, seine Hüfte drängt sich gegen meine empfindsame Mitte. Ich fühle mich, als würde hinter meiner Stirn ein Feuerwerk explodieren, während gleichzeitig jeder Quadratzentimeter Haut, an dem wir uns berühren, lichterloh brennt. Sämtliche Gedanken daran, wer er ist, wer ich bin und was uns zu Hause in New York erwartet, lösen sich auf und werden überrollt von einer Welle aus Empfindungen und Lust.

Mit den Fingernägeln fahre ich über Calebs Brust, seinen Bauch und hinunter zu dem V aus Muskeln, das im Bund seiner Trainingshose verschwindet. Ich spüre, wie er sich anspannt und leicht zittert. Seine Hand, die auf meinem Oberschenkel lag, streicht sanft über meine Hüfte und meine Taille, schiebt das Shirt Zentimeter für Zentimeter nach oben. Kalte Luft trifft auf meine überhitzte Haut. Ich greife nach seinem Oberarm und ziehe ihn näher an mich, in dem Moment, als seine Hand unter mein T-Shirt wandert und meine Brust umfängt.

Ich stöhne laut auf, presse aber sofort die Lippen aufeinander. Auch wenn Brian uns von seinem Platz auf der Couch aus nicht sehen kann, will ich nicht riskieren, ihn aufzuwecken. Die Tatsache, dass er uns jederzeit erwischen könnte, hat allerdings auch etwas seltsam Aufregendes.

»Shhht«, macht Caleb grinsend, dann drückt er eine Spur Küsse auf meinen Kiefer und meinen Hals.

Ich lege den Kopf in den Nacken, während ich mich seiner Hand entgegendrücke. *Heilige Scheiße.* Es ist schon eine Weile her, dass ich Sex hatte. Allerdings war mir nicht bewusst, wie sehr ich mich offenbar danach gesehnt habe, von jemandem berührt zu werden. Wenn Caleb so weitermacht, dann komme ich, ohne dass wir uns überhaupt ausgezogen haben.

Ungeduldig greife ich nach dem Saum meines Shirts und schiebe es noch weiter nach oben. Caleb hilft mir, und kaum eine Sekunde später sitze ich vor ihm, mit nichts weiter am Leib außer einem Slip. Er lehnt sich zurück und mustert mich, langsam, als würde er mich reizen wollen. Und es funktioniert. Ich spüre die Hitze seines Blicks beinahe körperlich und wünsche mir mit jeder Faser meines Herzens, dass seine Finger diesen Berührungen folgen.

»Du bist wunderschön«, flüstert er. Sein Blick ist dunkel, genau wie seine Stimme, trotzdem klingen seine Worte süß wie Honig.

Statt einer Antwort ziehe ich ihn wieder zu mir heran und küsse ihn. Das erste Mal, als unsere Lippen sich berührt haben, war die Begegnung vorsichtig, beinahe schüchtern. Jetzt begegnen wir einander mit aller Leidenschaft, die wir aufbringen können. Der Kuss wird wilder, ungezähmter, genau wie unsere Hände. Wir erkunden unsere Körper, streicheln, tasten und necken, bis ich das Gefühl habe, am Rande einer Klippe zu stehen.

CALEB

Als Julie ihre Daumen in den Bund meiner Trainingshose schiebt, löst sie damit einen Kurzschluss in meinem Gehirn aus. Sämtliche Zweifel, sämtliche *Wenn* und *Aber* verschwinden und verpuffen in einer einzigen großen Rauchwolke. Ich kann nicht klar denken, nicht, solange ich ihre weiche Haut berühre, ihre Lippen sich auf meinen bewegen und ihr leises Stöhnen mich komplett um den Verstand bringt. Ich will ihr näher sein, jede Stelle ihres Körpers liebkosen. Ich will in ihr sein.

»Bitte sag mir, dass du Kondome hast«, wispert sie an meinen Lippen. Wortlos ziehe ich eine der Schubladen unter ihr auf und wühle kurz darin herum, bis ich ein kleines quadratisches Päckchen ertaste. Ich deute es als Wink des Schicksals, dass wir ausgerechnet neben der Krimskrams-Schublade rummachen.

Julie scheint denselben Gedanken zu haben, denn sie lacht

leise und beißt mir kurz in die Unterlippe. »Als hättest du es geplant.«

Ich schüttle den Kopf und halte ihren Blick fest, während meine Hand ihren Oberschenkel hinaufstreicht und ich mit dem Finger einmal ganz sacht über ihren Slip fahre. Die Berührung ist federleicht, kaum als solche zu erkennen. Trotzdem schließt Julie die Augen, legt den Kopf in den Nacken und beißt sich erneut auf die Lippen. Sie sieht so verdammt heiß aus. Niemals hätte ich *das* hier erwartet, als ich sie das erste Mal gesehen habe. Niemals hätte ich zu träumen gewagt, dass sie es mir je erlauben würde, sie so anzufassen.

Ich streichle Julie weiter, zerre mir mit der anderen Hand die Hose herunter und schüttle sie von den Beinen. Ich bin ungeduldig, und mein Verlangen ist inzwischen beinahe schmerzhaft, trotzdem versuche ich, meine Berührungen sanft und ruhig bleiben zu lassen. Ich will das hier genießen, jede Sekunde auskosten. Nur kurz lasse ich von ihr ab, damit ich das Kondom überstreifen kann.

Julie öffnet die Augen, als ich mich erneut zwischen ihren Beinen positioniere und langsam ihren Slip zur Seite schiebe. In ihren Augen liegen Begierde und Verlangen, und als ich mich an sie presse, vergräbt sie die Hände in meinen Haaren und zieht mich zu einem leidenschaftlichen Kuss zu sich herunter.

Widerstrebend löse ich meine Lippen von ihren und umfasse erneut ihre nackte Brust. Julies Brüste sind perfekt: prall, eine perfekte Hand voll und die Haut so zart wie Seide. Ihre Nippel richten sich unter meiner Berührung auf, und ich presse die Zähne zusammen, um nicht aufzustöhnen.

Als sich unsere Blicke treffen, drücke ich ihr einen Kuss in den Mundwinkel. Ich bewege leicht meine Hüften, necke sie, halte mich aber noch zurück. »Bist du dir sicher?«, frage ich heiser.

»Bitte«, fleht sie beinahe, schiebt das Becken vor und kommt mir entgegen.

Das reicht mir als Antwort. Ich küsse sie, umfasse mit den Händen ihre Hüften und dringe mit einer einzigen, quälend langsamen Bewegung in sie ein. Wir stöhnen gleichzeitig auf. Julie fährt mit den Fingernägeln über meinen Rücken, während ich den Bruchteil einer Sekunde lang in ihr verharre. Sie fühlt sich so unfassbar gut an, viel besser, als ich es mir in meiner Fantasie ausgemalt habe. Ihr ganzer Körper ist absolut vollkommen. Es sollte mich nicht wundern, dass sie sich auch vollkommen anfühlt.

»Caleb«, keucht sie, als ich mich zu bewegen beginne.

Ich presse mich gegen sie, fahre mit den Fingern über ihre nackte Haut, während sie mich dichter an sich zieht und ihre Lippen über meinen Hals wandern. Ein leises Knurren dringt aus meiner Kehle, bevor ich meinen Mund gegen ihre Schläfe drücke, um mein Stöhnen zu ersticken. Meine Bewegungen werden schneller, unkoordinierter. Ich spüre, wie mich die Leidenschaft zu überrollen droht, unaufhaltsam. Meine Haut ist schweißnass vor Lust und Anstrengung, und als Julie ihr Gesicht in meiner Halsbeuge vergräbt und ihre Zähne über meine Haut streifen, verliere ich die Beherrschung.

Ich kann ein tiefes Stöhnen nicht unterdrücken, als ich mich an Julie klammere, tiefer in sie stoße und die Flut all meiner Gefühle wie eine große Welle über mir zusammenbricht. Keuchend nehme ich ihr Gesicht in meine Hände und küsse sie, erkunde mit der Zunge ihren Mund, bevor ich mich aus ihr zurückziehe. Mir ist ein wenig schwindelig, und mein Atem verlässt keuchend meinen Mund. Mit dem Daumen fahre ich über Julies Nippel, die andere Hand streicht mit den Fingerspitzen über ihren Bauch hinunter, bis zu ihrem Slip. Sie schnappt nach Luft, als ich erneut den Stoff zur Seite schiebe, sie streichle, reize und mit den Fingern in sie eindringe. Kaum eine Sekunde später löst sie sich aus meinem Kuss, beißt sich auf die Lippen und drückt ihr Gesicht gegen meine Brust, als sie kommt. Leise keuchend klammert sie sich an mir fest. Ich streichle sie weiter, lasse sie jede Sekunde ihres Orgasmus auskosten, führe sie ein zweites Mal über die Klippe und halte sie, als sie sich schließlich schwer atmend gegen mich sinken lässt.

Fuck. Julie dabei zuzusehen, wie sie die Beherrschung verliert, wie sie die Lust erlebt, die ich ihr bereite, ist ... überwältigend. Es ist beinahe zu viel.

Eine Weile verharren wir in dieser Position, halten einander und versuchen zu Atem zu kommen. Meine Gedanken wirbeln in meinem Kopf umher, als wäre mein Verstand schlicht und ergreifend noch nicht in der Lage, sich auf etwas anderes zu konzentrieren als auf Julie und mich und darauf, Sauerstoff in meine Lungen zu pumpen.

Nach ein paar Minuten dringt ein heiseres Lachen aus ihrer Kehle. »Verdammt. Und dabei wollte ich doch nur was trinken gehen.«

Ich stimme ein, auch wenn mein Lachen eher an ein Husten erinnert. »Ich schwöre dir, ich habe das nicht geplant, als ich nach unten gekommen bin.«

»Ich glaube dir nicht«, antwortet sie, und ich höre das Grinsen in ihrer Stimme. Als ich mit den Fingern über ihre Oberschenkel fahre, erschaudert sie.

Abrupt mache ich einen Schritt zurück und ernte dafür einen fragenden Blick. Ich straffe die Schultern. »Wenn du heute Nacht noch ein paar Stunden Schlaf bekommen willst, sollten wir jetzt hochgehen. Meine Selbstbeherrschung hat Grenzen.«

Eine leichte Röte breitet sich auf ihrem Gesicht und ihrem

Dekolleté aus. Mein Blick wandert über ihre nackten Brüste, den nackten Bauch und den wirklich kleinen Slip, den sie trägt. Es kostet mich tatsächlich sämtliche Selbstbeherrschung, die ich aufbringen kann, einen weiteren Schritt zurückzutreten und zuzulassen, dass sie ihr T-Shirt wieder über den Kopf zieht und mir den Blick auf ihren wunderschönen Körper versperrt. Würde es nach mir gehen, würde ich sie sofort nach oben ins Schlafzimmer tragen, sie auf mein Bett legen und jeden verdammten Zentimeter ihres Körpers küssen. Dieses Mal würde ich mir Zeit lassen, ihr den Slip ausziehen und jedem Quadratzentimeter ihrer Haut huldigen. Der Sex war unglaublich, aber jetzt würde ich gerne herausfinden, wie es sich anfühlt, sie langsam zu verwöhnen. Mit der Zunge über die weiche Haut ihres Schenkels zu fahren, meinen Namen aus ihrem Mund zu hören und …

»Caleb!«

Ich blinzle. Julie steht vor mir, die Arme verschränkt und eine seltsame Mischung aus Belustigung und Ärger auf ihrem Gesicht. Ihr Blick huscht kurz nach unten und erinnert mich daran, dass ich, im Gegensatz zu ihr, immer noch vollkommen nackt bin. Und dass die Richtung, in die meine Gedanken gewandert sind, Wirkung zeigt. Mein Körper reagiert nur allzu deutlich auf das, was ich mir gerade sehr bildlich vorgestellt habe.

Julie räuspert sich und sieht weg. Was ich ziemlich lustig finde, wenn man bedenkt, was wir gerade eben noch getan haben.

»Ich gehe ins Bett.« Sie löst die Arme voneinander, nur um sie sofort wieder zu verschränken. Ich lege den Kopf schief. Sie ist eindeutig nervös. Ihre Wangen sind noch immer gerötet, ihre Augen glänzen aufgekratzt und ihre Haare sind völlig durcheinander, weil ich meine Finger in ihnen vergraben habe.

Dennoch erweckt sie den Anschein, als würde sie jeden Moment die Flucht ergreifen.

Ich mache einen Schritt auf sie zu und strecke die Hand nach ihr aus, ohne zu wissen, was genau ich eigentlich vorhabe. »Hey«, sage ich leise, als sie kaum merklich zurückweicht. »Alles okay?«

Sie schluckt. »Das war ein Fehler, oder?«, wispert sie. »Das wird morgen früh peinlich werden. Wenn wir nüchtern und bei klarem Verstand sind.«

Erneut mustere ich sie, eingehender dieses Mal. Ja, sie wirkt fahrig und ein wenig ausgelassener als gewöhnlich, aber ich habe nicht den Eindruck, dass sie sturzbetrunken ist. Und ich selbst bin allerhöchstens angetrunken. Kein Zustand, in dem ich keine klaren Entscheidungen treffen kann.

Aber sie hat recht. Es fühlt sich an, als würde die Blase, die mich und Julie in der letzten halben Stunde von der realen Welt getrennt hat, sich mit jeder Sekunde mehr auflösen. Ich will es nicht bereuen, will nicht, dass sie sich wünscht, wir hätten nicht miteinander geschlafen. Aber ich verstehe, was sie meint.

»Wir sind erwachsen«, sage ich und bemühe mich, lässig mit den Schultern zu zucken. »Wir haben nichts Falsches gemacht, Jules. Wir hatten Sex, weil wir es beide wollten. Du …«

Ich breche ab, weil mir ein widerlicher Gedanke kommt.

Sie zieht die Augenbrauen hoch. »Was?«

»Du wolltest es, richtig?«, hake ich zwischen zusammengebissenen Zähnen nach. »Ich habe nicht irgendwelche Signale falsch gedeutet, oder?«

Ihre Haare fliegen um ihren Kopf herum, so energisch schüttelt sie den Kopf. Mein Herz, das eben noch beinahe aus meiner Brust gesprungen wäre, beruhigt sich ein wenig. »Mach dir keine Gedanken, Caleb. Ich wollte das genauso sehr wie du.«

»Dann ist doch alles gut.« Mein Lächeln fühlt sich ein wenig verkrampft an. Ich bücke mich und ziehe meine Trainingshose wieder an, weil ich mir allmählich blöd dabei vorkomme, unbekleidet vor ihr zu stehen. »Wir haben das gebraucht. Ein bisschen Zerstreuung. Dafür sind die Hamptons da.«

»Zerstreuung«, wiederholt sie mit einem merkwürdigen Ton in der Stimme. »Ja, du hast recht. Wir sollten kein großes Ding daraus machen.«

Ihre Worte lösen gemischte Gefühle in mir aus. Auf der einen Seite bin ich erleichtert, dass sie keinen Heiratsantrag von mir erwartet, auf der anderen Seite … weiß ich nicht, was ich empfinde. Will es vielleicht nicht wissen. Möglicherweise ist es besser, wenn ich nicht allzu genau darüber nachdenke.

»Geh schlafen«, sage ich sanft und deute auf die Plastikflasche, die wir von der Anrichte gefegt haben. Das Wasser ist ausgelaufen und hat sich über den halben Küchenfußboden verteilt. »Ich wische das noch auf, dann gehe ich auch ins Bett. Wir sehen uns morgen.«

Sie starrt auf die Wasserlache, als hätte sie überhaupt nicht mitbekommen, wie die Flasche zu Boden gegangen ist. Was für mich spricht, finde ich. Dann hebt sie etwas unbeholfen die Hand und winkt mir zu, bevor sie im Foyer Richtung Treppe verschwindet.

Als ich ihre Tür oben leise ins Schloss fallen höre, atme ich geräuschvoll aus, lehne mich gegen die Küchentheke und vergrabe die Hände in den Haaren. Der Höhenflug, den der Sex mit Julie bei mir hinterlassen hat, lässt abrupt nach. Nicht, weil ich ihn bereue oder etwas in der Art, sondern weil Julie es offensichtlich tut. Ja, wahrscheinlich war es nicht die beste Idee, mich mit dem Mädchen einzulassen, das meiner eigenen Aussage nach an meinem Stuhl sägt und mit dem ich mich vor ein paar Tagen noch bis aufs Blut gestritten habe, aber … seitdem hat sich eine Menge verändert. Seit Tonys Anruf fällt es mir verdammt schwer, sie weiterhin als Feindin zu betrachten, weiterhin Pläne gegen sie zu schmieden. Denn ich kann nicht bestreiten, dass der einzige Gedanke, der mir durch den Kopf gegangen ist, als ich von den Fotos erfahren habe, der war, sie zu beschützen. Es ist eine Sache, sich über ihren Anteil des Erbes oder ihre Position in der Firma aufzuregen. Eine ganz andere aber, wenn jemand sie verfolgt und heimlich Fotos von ihr im Schlaf schießt.

Mein Blick fällt auf die Arbeitsplatte, auf die Stelle, auf der Julie gerade eben noch gesessen und meinen Namen geseufzt hat. Nichts davon hat sich falsch angefühlt. Nichts davon hat sich wie ein Fehler angefühlt.

Stöhnend reibe ich mir mit den Händen übers Gesicht, greife dann nach einem Küchentuch und beginne die Pfütze aufzuwischen.

Ich höre Brian leise im Wohnzimmer schnarchen und muss ein Grinsen unterdrücken. Ihn habe ich völlig vergessen. Ich habe alles um mich herum vergessen, während ich Julie berührt und mich in ihr bewegt habe.

Sie hat mich all das vergessen lassen. Und das ist etwas, was schon eine verdammt lange Weile niemand mehr geschafft hat.

22

JULIE

Sonntag, 5. Juni 2022

Mich als Feigling zu bezeichnen, wäre vermutlich die Untertreibung des Jahres. Obwohl Caleb gestern Nacht ziemlich gelassen auf die Sexsache reagiert hat, schaffe ich es am nächsten Morgen nicht, zu den anderen zum Frühstück nach unten zu gehen. Ich habe ein paar Stunden sehr unruhig geschlafen, mich von einer Seite auf die andere gewälzt und versucht, nicht daran zu denken, was da in der Küche zwischen mir und Caleb passiert ist. Was verdammt schwierig war, weil meine völlig aufgekratzten Hormone immer wieder dafür gesorgt haben, dass einzelne Szenen sehr detailliert vor meinem inneren Auge abgespult wurden. Die Art und Weise, wie Caleb mein Gesicht in die Hände genommen und mich geküsst hat, zum Beispiel. Oder den Moment, in dem er in mich eingedrungen ist und innegehalten hat, um mich anzusehen. Er war gleichzeitig leidenschaftlich und bestimmt, aber auch so unfassbar zärtlich. Eine Mischung, die es nicht oft bei Männern gibt und die ich vor allem bei jemandem wie Caleb nicht erwartet hätte. Genau wie die Tatsache, dass er mich zum Höhepunkt gebracht hat, nachdem er gekommen ist. Dass er sich nicht nur genommen hat, was er brauchte, und mich darüber vergessen hat. Es ist mir egal, was er behauptet, ich weiß, dass er ebenfalls betrunken gewesen ist. Dass er trotzdem an mich gedacht und sichergestellt hat, dass ich … versorgt bin, rührt mich irgendwie.

Stöhnend lasse ich mich auf das Bett fallen und vergrabe das Gesicht in meinem Kissen. Tatsache ist, dass das der beste Sex war, denn ich seit Langem hatte. Vielleicht sogar, den ich je hatte. Die perfekte Mischung zwischen Gefühl und reiner, körperlicher Lust. Ich habe mich in Calebs Armen wohlgefühlt, ich habe mich geborgen gefühlt. Ich habe mich vollkommen fallen lassen, ohne mir über irgendetwas anderes Gedanken zu machen als über ihn und mich.

Doch dieser Zustand war schnell vorbei, und im Licht des Tages betrachtet, würde ich mich selbst am liebsten ohrfeigen. Was haben wir uns nur dabei gedacht? Unser Verhältnis ist ohnehin schon angespannt – Sex sorgt garantiert nicht dafür, dass es sich entspannt. Im Gegenteil! Ich habe keine Ahnung, wie ich ihm überhaupt unter die Augen treten soll. Davon abgesehen ist es nicht wirklich hilfreich, dass sich ein sehr unvernünftiger Teil meines Verstandes und mein gesamter Körper sehr energisch eine Wiederholung herbeisehnen. Wäre es nach ihnen und meinen außer Kontrolle geratenen Hormonen gegangen, wäre ich gestern Nacht noch in Calebs Zimmer geschlichen und hätte eine zweite Runde gefordert.

Unwillkürlich durchläuft mich ein Schauder bei dem Gedanken, und ich verfluche mich selbst.

Von der Straße her höre ich Motorengeräusche und springe so schnell auf, dass ich beinahe der Länge nach auf den Holzfußboden geknallt wäre. Ich renne zum Fenster. Draußen hält gerade Tonys Wagen, und ich atme erleichtert auf. Mir ist es tatsächlich gelungen, mich in diesem Zimmer zu verstecken, bis Tony kommt. Die Rückfahrt verspricht schon unangenehm genug zu werden, da muss ich Caleb nicht noch auf dem Flur oder – Gott bewahre – in der Küche über den Weg laufen.

Eilig greife ich nach meiner Tasche, die bereits seit über einer Stunde gepackt neben dem Bett steht, und gehe zur Tür. Nachdem ich sie leise geöffnet habe, bleibe ich kurz stehen und lausche ins Erdgeschoss. Ich höre gedämpfte Stimmen und das Klappern von Geschirr. Die Jungs scheinen noch zu frühstücken. Ich frage mich, ob Tony im Wagen wartet oder hereinkommt, sollte Caleb noch nicht abfahrbereit sein. Wie auch immer, ich werde garantiert draußen im Auto warten. Und es ist mir völlig egal, wie lächerlich das vielleicht aussehen mag. Caleb hatte recht gestern Nacht: Wir sind beide erwachsen. Ich gehe einem Gespräch nicht aus dem Weg, immerhin werden wir die kommenden zwei bis drei Stunden nebeneinander im Wagen sitzen. Ich würde die gemeinsame Zeit einfach gerne so gering halten wie möglich. Gestern Nacht haben wir schließlich genug voneinander gesehen.

Während ich die Treppe nach unten schleiche, werde ich immer nervöser. Ein Teil von mir ist tatsächlich aufgeregt, Caleb wiederzusehen. Ein paar sehr dumme, sehr abenteuerlustige Schmetterlinge steigen jedes Mal in meiner Magengegend auf, wenn ich an ihn denke. Aber das sind keine echten Gefühle. Das ist lediglich die Reaktion auf wirklich guten, wirklich erfüllenden Sex. In ein paar Tagen legt sich das, dessen bin ich mir sicher. Ich muss einfach nur diese Fahrt überstehen und Gras über die Sache wachsen lassen, bis wir so tun können, als wäre nichts von alledem passiert.

Als wären wir nicht verschwitzt und nackt auf einem verdammten Küchentresen in den Hamptons übereinander hergefallen.

In New York erscheint diese Nacht mit Sicherheit in einem ganz anderen, nüchternen Licht.

Gerade als ich denke, dass ich es geschafft habe, höre ich hinter mir ein Räuspern. Die Hand nach der Tür ausgestreckt zucke ich ertappt zusammen und drehe mich um. Ich erwarte, Caleb zu sehen, stattdessen steht Sander vor mir.

Er hat die Arme verschränkt, seine Haare sind nass. »Wolltest du dich gerade rausschleichen?«

Ich spüre, wie mir das Blut ins Gesicht schießt, straffe aber die Schultern. »Ich wollte meine Tasche in den Wagen bringen. Calebs Fahrer ist gerade angekommen.«

»Wir dachten, du würdest noch schlafen.« Er lächelt. »Caleb hat zweimal an deine Tür geklopft, um dich zum Frühstück zu holen.«

»Ich habe einen Kater«, sage ich und verziehe das Gesicht, als er lacht. »Der Schnaps war zu viel.«

»Ja, mag sein.« Er sieht mich noch eine Sekunde lang an, dann kommt er auf mich zu und bleibt einen Meter vor mir stehen. Er sieht sich nach allen Seiten um, bevor er mir einen verschwörerischen Blick zuwirft. »Ich war gestern Nacht auf der Toilette, weißt du?«

Verwirrt ziehe ich die Brauen zusammen. »Das freut mich für dich.«

»Mein Schlafzimmer hat kein eigenes Bad. Als Caleb gestern erfahren hat, dass du kommst, bin ich in das Gästezimmer am Ende des Flurs gezogen.«

Stirnrunzelnd überlege ich, was er mir damit sagen möchte. Sich beschweren, dass ich ihm sein Zimmer weggenommen habe? Was irgendwie kleinlich und abgesehen davon nicht meine Schuld wäre. Ich habe nichts dergleichen verlangt, habe nicht einmal gewusst, dass jemand für mich sein Zimmer räumen muss.

»Tut mir leid«, sage ich, und die Verwirrung lässt meine Entschuldigung eher wie eine Frage klingen. »Falls ihr noch bleibt, kannst du es gerne wiederhaben. Wenn ich gewusst hätte, dass du …«

Er winkt ab. »Darum geht's nicht.«

»Worum dann?«

»Dass ich ins untere Bad gehen wollte. Und euch gehört habe.«

Oh! Fuck! Wieder werden meine Wangen heiß, aber dieses Mal, da bin ich mir sicher, leuchte ich wie eine Ampel. Er muss nicht weiter erklären, was genau er gehört hat. Ich kann es mir lebhaft vorstellen. Aber warum kommt er damit zu mir? Falls er Details will oder Fragen hat, soll er zu Caleb gehen und nicht zu mir.

»Und?« Ich lege so viel Selbstbewusstsein in meine Stimme wie möglich.

Erneut vergewissert Sander sich, dass niemand in Hörweite ist. »Ich weiß, dass ihr eure Differenzen hattet, du und Caleb.« Er lächelt noch immer, aber seine Freundlichkeit wirkt aufgesetzt, auch wenn ich nicht genau benennen kann, woran das liegt. »Aber er ist kein schlechter Kerl, weißt du? Er hat hart für seinen Posten gearbeitet, auch wenn er nicht erwartet hat, *so* hart dafür kämpfen zu müssen.«

»Das weiß ich«, versichere ich ihm knapp. Genau wie bei meiner ersten Begegnung mit Caleb bekomme ich allmählich das Gefühl, dass Sander denkt, er müsse mir die Welt erklären. Worauf ich gut verzichten kann. »Ich verstehe aber immer noch nicht, was genau du von mir willst.«

»Ich will mich nicht als Arsch aufspielen, okay? Ich mag dich, Julie, wirklich. Und ich habe eigentlich nicht den Eindruck, als würdest du Caleb ans Bein pinkeln wollen. Aber falls du hier irgendein Spiel spielst, dann würde ich dir dringend raten, deinen Plan noch einmal zu überdenken. Du bist nett, aber ich bin schon zu vielen freundlichen Menschen begegnet, die einem bei der ersten Gelegenheit ein Messer in den Rücken rammen.« Er senkt die Stimme und schiebt nach einer bedeutungsvollen Pause hinterher: »Und die dann womöglich selbst mit dem Messer im Rücken enden.«

Ich blinzle ein paar Mal, weil ich ihn bestimmt falsch verstanden habe. Dann lache ich entgeistert auf. »Ist das dein verdammter Ernst? Ganz davon abgesehen, dass es dich einen feuchten Dreck angeht, mit wem ich Sex habe und mit wem nicht, bin ich davon überzeugt, dass Caleb gut auf sich selbst aufpassen kann. Im Gegensatz zu dir kennt er mich und braucht sicher keinen Anstandswauwau.«

Mein zorniger Blick scheint Sander nicht im Mindesten zu beeindrucken. Er zuckt bloß mit den Schultern. »Vielleicht *bist* du ein guter Mensch. Was die Angelegenheit nur verkompliziert. Denn so oder so ist das mit euch beiden zum Scheitern verurteilt. Caleb hat in letzter Zeit genug durchgemacht und sollte nicht noch an einer weiteren Front kämpfen müssen. Aber ... lass es mich so formulieren: Falls nötig, dann wird er es tun. Ohne Rücksicht. Diese Welt kann einen bei lebendigem Leibe fressen, wenn man nicht aufpasst. Und anders als du, Julie, ist er in ihr aufgewachsen.« Er sieht mich beinahe entschuldigend und ein wenig mitleidig an. »Du solltest dich einfach darauf einstellen, dass ihm seine Position wichtiger ist als ... Bettgeschichten. Wenn es hart auf hart kommt, meine ich.«

Tony steigt aus, als ich die Haustür hinter mir schließe. Während ich über den weißen Kiesweg laufe, wiederhole ich in Gedanken immer wieder Sanders Worte. Dieser Typ verwirrt mich, seine kleine dramatische Rede war total deplatziert. Es leuchtet mir ein, dass er seinen Freund beschützen will und, genau wie Caleb anfangs, befürchtet, ich hätte es nur auf das Erbe abgesehen oder sei eine Betrügerin. Und dann die Warnung, ich müsse mich vor Caleb in Acht nehmen, ihn ja nicht herausfordern. Als ob ich das vorhätte ... Allmählich frage ich mich wirklich, ob diese Leute niemals gelernt haben, ein vernünftiges Gespräch zu führen. Einschüchterungsversuche scheinen für sie schlicht und ergreifend die naheliegendste Lösung zu sein.

»Guten Morgen, Julie«, begrüßt Tony mich und streckt die Hand nach meiner Tasche aus. Mir entgeht nicht, dass er mich mit meinem Vornamen anspricht, und ich lächle ihn beinahe stolz an. »Wie geht es Ihnen?«

»Müde«, erwidere ich wahrheitsgemäß. Falls die Stimmung auf der Rückfahrt merkwürdig sein sollte, wird Tony einfach nur denken, wir hätten zu viel getrunken und die Nacht hinge uns immer noch in den Knochen. »Und Ihnen?«

»Mir geht es gut. Vielen Dank, Miss.« Er sieht an mir vorbei zum Haus. »Schläft Mr Bonham noch?«

Ich gebe mich ahnungslos. »Ich glaube nicht. Aber ich bin gerade erst heruntergekommen und habe ihn noch nicht gesehen.«

Er sieht mich stirnrunzelnd an. »Sollen wir unterwegs bei einem Starbucks halten?«

»Das wäre himmlisch«, seufze ich mit einem ziemlich dümmlichen Lächeln im Gesicht. Dann öffne ich die hintere Wagentür, ohne auf Tony zu achten, der mir hastig zu Hilfe eilt. »Ich warte im Auto, wenn es Ihnen recht ist. Gehen Sie ruhig rein. Ich mache ein bisschen die Augen zu.«

Der Blick, mit dem er mich bedenkt, ist abschätzend und besorgt zugleich. Einen Moment lang rätsele ich, womit ich den verdient habe, bis er leise sagt: »Ich bleibe lieber hier draußen bei Ihnen, wenn Sie keine Einwände haben.«

Seine Bemerkung lässt die Müdigkeit zuverlässiger aus meinen Knochen verschwinden, als jeder Kaffee es hätte tun können.

Ich gebe zu, dass der Sex mit Caleb und meine daraufolgenden Grübeleien die Dramen aus New York ein wenig haben in den Hintergrund rücken lassen. Was vermutlich mit ein Grund war, warum ich mich Caleb gestern Nacht so bereitwillig an den Hals geworfen habe. Doch jetzt ist es, als hätten Tonys Worte eine Tür in meinem Verstand geöffnet und all die Sorgen, all die Ängste und unbeantworteten Fragen zurück in mein Bewusstsein katapultiert. Die Tatsache, dass Tony mich nicht allein im Auto lässt, reicht aus, um meine Haut unangenehm prickeln zu lassen und mit den Augen die Umgebung absuchen zu wollen.

Weil ich keine Ahnung habe, was ich darauf antworten soll, nicke ich nur und setze mich auf die Rückbank. Hier drinnen riecht es wie die Male zuvor nach einer Mischung aus Zitrone und Minze, nirgendwo ist auch nur ein Anzeichen von Unordnung zu entdecken; keine leeren Getränkeflaschen, keine Kaugummiverpackungen, Kaffeebecher oder herumliegende Klamotten. Ob Tony eigene Angestellte hat, die für ihn für Ordnung sorgen? Ich kenne zwar seine genauen Aufgaben nicht, aber Tony scheint ziemlich beschäftigt zu sein. Er fungiert als Calebs Fahrer und irgendwie auch als sein Personenschutz, wenn ich es richtig verstanden habe. Für mich macht es den Eindruck, als sei er Mädchen für alles bei den Bonhams. Was mit Sicherheit keine einfache Angelegenheit ist.

Zu meiner Erleichterung bleibt Tony vor dem Wagen stehen, statt einzusteigen und mit mir in peinliches Schweigen zu verfallen oder mich – schlimmer noch – über letzte Nacht auszufragen. Mit der Schläfe gegen die angenehm kühle Scheibe gelehnt beantworte ich ein paar ungelesene WhatsApp-Nachrichten, bis ich im Augenwinkel eine Bewegung wahrnehme.

Caleb kommt aus dem Haus, einen Koffer in der einen, eine Tasse in der anderen Hand. Zwar ist er dieses Mal vollständig bekleidet, trotzdem beschwört sein Anblick eine ganze Menge Erinnerungen herauf. Mein Blick wandert unwillkürlich zu seinen Armen und Händen. Seinen Händen, die mich noch vor ein paar Stunden berührt haben. Mein Mund wird trocken, mein Gesicht heiß. Gott sei Dank sind die Scheiben getönt, und die beiden können mich nicht sehen.

Das Beifahrerfenster ist ein Stück heruntergelassen, sodass ich höre, was Caleb und Tony miteinander reden.

»Ich nehme an, Miss Penn ist schon da«, sagt Caleb. Ich höre die Belustigung in seiner Stimme, auch wenn Tony mir aktuell die Sicht auf ihn versperrt. Als Tony nickt, lacht Caleb. »Dann können wir sofort los. Es sei denn, Sie wollen noch einen Kaffee trinken?«

Tony schüttelt den Kopf. »Nein, Sir. Aber ich würde gerne kurz mit Ihnen sprechen bezüglich der …«

»Das wird noch ein paar Stunden warten können«, unterbricht Caleb ihn, bestimmt, aber nicht unfreundlich. »Wir unterhalten uns später in meinem Büro. Nicht hier.«

Er spricht es nicht aus, trotzdem ist es eindeutig, was er damit meint. Nicht hier. Nicht vor *ihr*.

Im ersten Moment ärgert mich diese Aussage, doch im Grunde ist genau das das Problem zwischen mir und Caleb. Wir legen die Worte des anderen auf die Goldwaage und erwarten hinter jedem eine hinterhältige Absicht, einen bösen Plan. Möglicherweise will Caleb mir aber auch nur keine Angst machen, möglicherweise will er mich nicht damit belasten oder möglicherweise geht das, was Tony mit ihm besprechen muss, mich auch einfach nichts an. Es wird allmählich Zeit, dass Caleb und ich aufhören, uns wie reizbare Kleinkinder auf einem Spielplatz zu benehmen. Und einander ein klein wenig vertrauen.

Tony antwortet etwas, das ich nicht verstehen kann, dann nimmt er Caleb den Koffer ab und öffnet die hintere Tür.

Als Caleb einsteigt, erfüllt quasi zeitgleich der Duft nach

frischem Kaffee den Wagen und ich hätte beinahe aufgestöhnt. Kaffee war der einzige Grund, warum ich im Laufe des Morgens mehrfach überlegt habe, mich runter in die Küche zu schleichen. Auf Frühstück kann ich verzichten, auf Koffein hingegen nur schwer.

Caleb fängt meinen Blick auf und mustert mich ein paar Sekunden lang schweigend. »So, ich bin da«, sagt er schließlich und grinst verschmitzt. »Wie lauten deine anderen beiden Wünsche?«

Ich hebe eine Augenbraue. »Dein Ernst?«

Er verdreht die Augen, dann hält er mir die Tasse entgegen. »Beruhige dich. Das war ein Versuch, die Stimmung aufzulockern, aber du hast es mit deiner Humorlosigkeit zerstört.«

»Manchmal bist du der lebende Beweis, dass Gehirnversagen offensichtlich doch nicht direkt zum Tod führt.« Als er lacht, greife ich nach der Tasse. Skeptisch sehe ich Caleb an. »Du bringst mir Kaffee ins Auto?«

Er zuckt mit den Schultern und schnallt sich an. »Da du dich den Morgen über in deinem Zimmer verschanzt und nicht viel mehr geschlafen haben kannst als ich, dachte ich, du könntest ihn vertragen.«

Ich verziehe ertappt den Mund, bevor ich einen großen Schluck trinke und mir prompt die Lippen verbrenne. »Ich wollte vermeiden, dass es seltsam wird. Vor deinen Freunden, meine ich.«

Sein Seufzen klingt beinahe ein wenig gereizt. »Es wird nur seltsam, wenn wir es seltsam machen, Julie. Du hast es selbst gesagt: Wir tun einfach so, als wäre nichts passiert. Wir sind nicht die ersten Menschen auf diesem Planeten, die betrunken Sex miteinander hatten und danach einfach weitermachen.«

»Sex unter Kollegen ist nie eine gute Idee, Caleb.«

»Der Sex ist nicht das Problem«, entgegnet er knapp. »Sondern das Drama, das danach darum entsteht: sich nicht erfüllende Erwartungen, einseitige Gefühle, der Knall am Ende und so weiter. Wenn wir das alles überspringen, wüsste ich nicht, warum wir Schwierigkeiten bekommen sollten.«

Ich suche in seinem Gesicht nach Anzeichen dafür, dass er es nicht ehrlich meint. Dass er bereits einen Schlag gegen mich plant, wie Sander es angedeutet hat – obwohl ich nach wie vor nur raten kann, *was* Sander eigentlich andeuten wollte. Aber Calebs Miene ist offen und ehrlich und erinnert mich so sehr an gestern Nacht, dass ich unwillkürlich den Atem anhalte.

»Okay«, sage ich schließlich. »Wenn du denkst, dass es das Beste ist, dann tun wir so, als wäre nichts passiert.«

Er runzelt kurz die Stirn. »Deine Worte, Julie. Du hast gestern Nacht darauf bestanden, dass es ein Fehler war.«

Verwirrt hebe ich die Brauen. »Wenn es also nach dir gegangen wäre, dann …?«

Ein paar unendlich lang erscheinende Herzschläge sieht er mich an, dann schüttelt er den Kopf. »Es ist das Richtige. Ich wollte nichts anderes damit andeuten. Wir sind Freunde.«

»Freunde«, wiederhole ich, auch wenn sich die Worte in meinem Mund falsch anfühlen.

Ich bin mir nicht sicher, ob ich ihm glauben soll. Da schwebt etwas in seinem Blick, in seiner Stimme, das ich nicht fassen kann. Vielleicht gehört er normalerweise zu der Sorte Mann, die verschwindet, nachdem sie ihren Spaß hatte. Und jetzt wurmt es ihn, dass wir uns nicht gegenseitig aus dem Weg gehen können, zumindest das ganze nächste Jahr nicht.

Aber eigentlich spielt es keine Rolle. Wir müssen es akzeptieren, und uns so vernünftig verhalten wie möglich. Ich schaffe das, und auch Caleb ist dafür professionell genug. Man muss es nur aus der richtigen Perspektive betrachten: Vom Mond aus gesehen verliert das Ganze völlig an Bedeutung.

Als Tony einsteigt und den Motor anlässt, lehne ich mich erleichtert zurück, die Hände um die heiße Tasse gelegt. Der Gedanke an die WG, mein Zimmer und die Feuertreppe vor meinem Fenster bereitet mir immer noch ein wenig Bauchschmerzen, trotzdem freue ich mich auf zu Hause. Diese Nacht kam einer Flucht aus der Realität gleich – die gesamten Hamptons sind eine Flucht aus der Realität. Aber ich habe das Gefühl, ich brauche dringend wieder festen Boden unter den Füßen, damit ich nicht abhebe. Und was wäre da besser geeignet als unsere kleine renovierungsbedürftige Wohnung mit dem kaputten Fahrstuhl, den tropfenden Wasserhähnen und dem klemmenden Eingangstor?

Anscheinend gehört zu Tonys unendlich erscheinenden Fähigkeiten auch das Gedankenlesen, denn er sucht im Rückspiegel meinen Blick. »Miss Penn, ich würde gerne noch ein, zwei Punkte mit Ihnen besprechen, wenn Sie nicht zu müde sind.«

Ich mache eine auffordernde Geste. »Schießen Sie los!«

»Ich habe mit Ihrem Hausverwalter gesprochen, Miss. Tatsächlich war das Schloss, das in den Hinterhof unter Ihrem Fenster führt, defekt. Es wurde bisher nicht repariert, weil man davon ausgegangen ist, der Hinterhof sei für Kriminelle nicht interessant, da dort keine Sachen von Wert lagern. Ich habe dafür gesorgt, dass das Schloss ausgetauscht wird. Falls Sie die Hausverwaltung für die Mängel belangen wollen, gibt es dafür sicher Möglichkeiten. Außerdem wurde der Sicherheitsriegel an der Feuerleiter erneuert, sodass man sie nicht mehr so leicht von unten herunterziehen kann. Ich würde außerdem gerne Ihr Türschloss austauschen lassen, wenn Sie nichts dagegen haben. Aber das wollte ich nicht veranlassen, ohne dass Sie Ihre Mitbewohnerinnen informiert haben.«

Blinzelnd sehe ich von ihm zu Caleb und wieder zurück. »Das alles haben Sie gestern erledigt?«

»Und heute Morgen, Miss. Bevor ich losgefahren bin.«

»Wie haben Sie den Verwalter dazu bekommen, überhaupt mit Ihnen zu sprechen? Sie sind nicht einmal Mieter.«

Seine Mundwinkel zucken, als würde es ihn amüsieren, wie wenig ich ihm zutraue. »Alles hat seinen Preis, Miss Penn. Und mein Arbeitgeber war bereit, diesen zu zahlen.«

Ungläubig sehe ich Caleb an. Keine Ahnung, wie viel Schmiergeld dafür nötig war, und möglicherweise will ich es auch gar nicht wissen. Sobald mein Erbe auf dem Konto ist, werde ich um eine Rechnung bitten.

»Das mit dem Schloss kläre ich ab«, sage ich ein wenig überfordert. »Ich rede mit Saheera und Bonnie.«

Tony nickt geschäftsmäßig. »Außerdem werde ich morgen mit der Polizei sprechen, wenn es Ihnen recht ist. Möchten Sie mich begleiten? Ansonsten würde ich Sie erst hinzuziehen, wenn Sie eine Zeugenaussage machen müssen.«

»Ähm, klar. Ich meine, nein, ich muss nicht dabei sein.«

Wieder nickt er, dieses Mal lächelt er dabei. »Jawohl.«

Ich wende mich Caleb zu, der nicht halb so beeindruckt aussieht, wie es angemessen wäre. »Ich hoffe wirklich, du bezahlst ihn gut.«

Er schmunzelt. »Ich denke nicht, dass er sich beschweren kann.«

»Tony«, sage ich lauter und warte, bis er mich im Rückspiegel ansieht. »Wie lautet eigentlich Ihre exakte Berufsbezeichnung? Was steht auf Ihrer Steuererklärung?«

»Meine Berufsbezeichnung lautet: Chauffeur«, antwortet er glatt. »Ich bin Mr Bonhams Chauffeur.«

Schnaubend trinke ich einen weiteren Schluck Kaffee. »Sie nehmen es mit der rechten Hand jedes Drogenbosses aus jedem Actionfilm dieser Welt auf.«

»Das werte ich als Kompliment, Miss.«

Grinsend erwidere ich seinen Blick, bevor er sich abwendet und wieder dem Verkehr widmet. Ein paar Minuten fahren wir schweigend. Ich versuche die Stimmung abzuchecken, aber erstaunlicherweise fühle ich mich nicht so unwohl, wie ich es befürchtet habe. Caleb tippt auf seinem Handy herum, und auch wenn ich mir seiner Nähe mit jeder Faser meines Körpers bewusst bin, verspüre ich nicht das Bedürfnis, aus dem fahrenden Auto zu springen, um der peinlichen Stille zu entkommen. Was eine erfreuliche Entwicklung ist, wie ich finde.

»Nach dem Treffen mit Hoffman wäre es cool, wenn du dir noch ein, zwei Stunden Zeit nehmen würdest«, sagt Caleb irgendwann, ohne von seinem Handy aufzusehen. »Wir sollten noch ein paar Dinge besprechen. Nachdem die Formalitäten erledigt sind, meine ich.«

»Was für Dinge?«, frage ich vorsichtig.

»Deine Arbeitszeiten, zum Beispiel«, antwortet er und sieht auf. »Oder deinen Umgang mit der Presse. Hat sich Mrs Marnó bei dir gemeldet?«

Ich presse die Lippen aufeinander. »Wir haben telefoniert. Sie ist sehr … bestimmend.«

Er lächelt, aber nur kurz. »Es wäre mir am liebsten, wenn du dich so schnell wie möglich mit ihr triffst. Die ganzen Schlagzeilen machen den Vorstand nervös und mich ehrlich gesagt auch. Und wir müssen uns über Personenschutz unterhalten.«

»Wie bitte?«, frage ich mit einem nervösen Lachen. »Personenschutz im Sinne von Bodyguard?«

Er schmunzelt. »Nein. Eher Personenschutz im Sinne von deinem eigenen Tony.«

Vom Fahrersitz aus ertönt ein Husten, das verdächtig nach einem getarnten Lachen klingt. Ich schüttle ungläubig den Kopf. »Wie er selbst gerade gesagt hat, ist er als Chauffeur tätig. Ja, mir ist klar, dass er nicht nur dein Fahrer ist, aber was sollte jemand wie er die ganze Zeit bei mir machen? Ich brauche keinen Fahrer, weil ich nicht einmal ein Auto habe. Soll er neben meinem Fahrrad her joggen und aufpassen, dass ich nicht von einem Taxi umgenietet werde? Oder neben mir in den Vorlesungen sitzen?«

»Und genau deswegen sollten wir uns morgen in Ruhe unterhalten.« Er grinst, als ich einen unzufriedenen Laut von mir gebe. »Die Einzelheiten müssen wir mit Sicherheit noch einmal überdenken. Aber du bist ab morgen millionenschwer, Julie. Selbst wenn uns das Erbe erst in einem Jahr vollständig ausgezahlt wird, wissen die Menschen, wer wir sind und wie unser Bankkonto in etwa aussieht. Allein das wäre Grund genug für Personenschutz. Angesichts der Vorfälle der letzten Tage hätten wir vermutlich schon viel früher darüber nachdenken sollen.«

»Wir leben in New York«, erinnere ich ihn. »Ich bin mir ziemlich sicher, dass eine ganze Menge Menschen, die dort durch die Straßen laufen, ein dickes Bankkonto haben.«

»Und die meisten von ihnen haben einen Tony, der im Auto auf sie wartet und auf sie aufpasst. Kinder dieser Familien gehen auf Privatschulen, genau aus diesem Grund. Aber abgesehen davon werden vermutlich nicht alle von ihnen aktiv bedroht, Julie.«

Ich muss schlucken. Natürlich weiß ich, dass er recht hat. Theoretisch. Allerdings hat er auch leicht reden. Er ist ein Bonham und der amtierende CEO von *Bonham Industries*. Niemand macht sich Gedanken darüber, wenn er von einem Fahrer durch die Stadt kutschiert oder von einem Personenschützer durch den Bonham Tower begleitet wird. Das alles ergibt ein passendes Bild, anders als bei mir. Und ich habe es ernst gemeint: Ich werde keinesfalls zulassen, dass mir irgendein grimmig dreinblickender, anzugtragender Gorilla auf Schritt und

Tritt folgt. Ich mag Tony, aber ich wage zu bezweifeln, dass alle Leute seines Schlages so normal und nett sind wie er.

»Wir reden morgen über alles«, sage ich und massiere mir mit einer Hand die Schläfe. Allein über all diese Dinge nachzudenken, verursacht hinter meiner Stirn ein schmerzhaftes Pochen. Dafür habe ich eindeutig nicht genug geschlafen, außerdem gestern zu viel getrunken und nicht mal annähernd genug Koffein intus.

Die nächsten zwei Stunden verbringen wir hauptsächlich schweigend. Tony hat in den professionellen Modus geswitcht, was bedeutet, dass er uns höflich ignoriert. Caleb beschäftigt sich mit seinem Handy, und ich habe irgendwann die Augen zugemacht, nachdem ich meinen Kaffee ausgetrunken habe. Calebs Anwesenheit stresst mich, auch wenn ich nicht einmal genau benennen kann, woran das liegt. Er verhält sich absolut vorbildlich, trotzdem macht er mich nervös. Ab und zu berühren wir einander zufällig. Und auch wenn mir klar ist, dass es keine große Sache ist, spüre ich die Berührung jedes Mal bis ins Mark. Sie beschwören Erinnerungen herauf, die wiederum gemischte Gefühle in mir auslösen.

Denn, wenn ich ganz ehrlich bin, ich mag den Caleb, den ich gestern kennengelernt habe. Nicht nur den Caleb, mit dem ich Sex hatte. Sondern den, der sich auf der Terrasse mit mir unterhalten oder mir am Feuer von seiner Mutter erzählt hat. Den Caleb, bei dem ich nicht jede einzelne Sekunde gemerkt habe, wie unterschiedlich wir sind. Ich bezweifle, dass er bei der Arbeit mir gegenüber jemals diese verletzliche Seite zeigen wird. Ich befürchte ein bisschen, dass ich mich durch unseren Deal, die ganze Sache zu vergessen und so zu tun, als wäre nichts passiert, gleichzeitig auch von dieser Version von Caleb verabschiedet habe.

23

JULIE

Mein Vater hat immer zu mir gesagt, dass jeder Tag ein Geschenk ist. Und irgendwann habe ich dieses Mantra verinnerlicht. Je älter ich allerdings werde, desto mehr gelange ich zu der Überzeugung, dass jeder Tag zwar ein Geschenk sein mag, manche von ihnen aber wirklich scheußlich verpackt sind.

Dieser hier gehört eindeutig dazu.

Ich habe auf der Fahrt keine Sekunde lang geschlafen, auch wenn ich es versucht habe. Aber meine Gedanken wollten einfach keine Ruhe geben, haben mich wach gehalten und mich immer wieder fragen lassen, was Caleb gerade wohl denkt.

Es ist total lächerlich. Nach allem, was in der vergangenen Woche passiert ist, und bei allem, was mich noch erwartet, sollten Caleb und sein Innenleben wirklich ganz unten auf meiner Prioritätenliste stehen. Trotzdem konnte ich mich nicht davon abhalten, ständig über ihn nachzudenken, weswegen ich mich jetzt fühle, als wäre ich den Weg von Long Island nach Hause ins East Village gelaufen, anstatt in einem Tesla chauffiert zu werden.

Vollkommen erschöpft schließe ich die Wohnungstür hinter mir und rufe Bonnies und Saheeras Namen. Ich bin ein wenig erleichtert, dass keine von beiden antwortet und ich offensichtlich alleine bin. Ich brauche ein paar Minuten, um durchzuatmen und mich für das Gespräch zu wappnen, das mir heute noch bevorsteht. Ich muss den beiden reinen Wein einschenken. Dass der Stein aller Wahrscheinlichkeit nach kein dummer Streich gewesen ist. Dass jemand Fotos von mir im Schlaf gemacht hat. Sie wohnen ebenfalls hier und haben das Recht, zu erfahren, was um sie herum passiert.

Trotzdem bin ich beunruhigt. Wir sind beste Freundinnen, ja, aber ich frage mich, wie viele Umstände sie wohl akzeptieren, bevor sie mich bitten, mir eine andere Bleibe zu suchen. Immerhin bringe ich sie mit meiner Anwesenheit möglicherweise ebenfalls in Gefahr. Und das will und kann ich nicht verantworten. Auf der anderen Seite hätte ich keine Ahnung, was ich dann tun würde. Eine Wohnung für mich allein reizt mich nicht wirklich, selbst wenn ich sie mir durch die Arbeit bei *Bonham* leisten könnte. Ich liebe das Zusammenleben mit Bonnie und Saheera, und ich liebe unsere kleine WG im East Village. Ich würde sie gegen keine einzige luxuriöse Penthousewohnung irgendwo in Manhattan eintauschen wollen.

Auf dem Weg in mein Zimmer kommt mir Cordelia entgegen. Sie schnurrt laut und drückt ihr kleines Gesicht gegen meine Beine. Ich bücke mich und kraule ihr kurz den Hals, bevor ich meine schmutzigen Klamotten in den Wäschekorb im Bad kippe und in mein Zimmer gehe. Einen Moment lang bleibe ich stehen und schaue mich um. Während meiner Abwesenheit wurde meine Scheibe ausgetauscht. Das überrascht mich nicht, Bonnie hat mich auf dem Laufenden gehalten. Trotzdem habe ich das Gefühl, dass in letzter Zeit deutlich zu viele fremde Menschen in meine Privatsphäre eindringen. Allmählich entwickle ich ein ernstes Vertrauensproblem. Als Bonnie mir geschrieben hat, dass der Hausmeister mit einer neuen Scheibe angerückt ist, habe ich direkt gerätselt, ob er vielleicht etwas mit der ganzen Sache zu tun hat. Er hätte die

Möglichkeit, Schlüssel für alle möglichen Türen, und es würde nicht auffallen, wenn er im oder um das Haus herumschliche. Abgesehen von ihm habe ich auch schon den Postboten verdächtigt und die alte, taube Nachbarin von gegenüber, die Cordelia und Mr Norris ständig mit Thunfisch füttert. Wenn ich mich noch tiefer in die Sache hineinsteigere, verdächtige ich irgendwann vermutlich sogar Bonnie oder Saheera.

Ich schließe die Tür hinter mir und knie mich aufs Bett, um durch das wieder heile Fenster die Feuertreppe in Augenschein zu nehmen. Für gewöhnlich lasse ich mein Fenster offen stehen, um den Katzen einen Ein- und Ausgang zu bieten. Jetzt allerdings überprüfe ich zweimal, ob das Fenster verschlossen ist und nicht nach oben geschoben werden kann. Ich drücke mein Gesicht beinahe an die Scheibe bei dem Versuch, nach unten zu schauen. Laut Tony wurde der Riegel für die Sicherung der unteren Leiter verstärkt oder ersetzt. Davon kann ich nichts erkennen. Aber er hat recht. Vom Innenhof aus ist es verdammt schwer, die untere Leiter zu erreichen, immerhin sind diese Leitern dazu gedacht, daran herunterzuklettern und nicht andersherum. Trotzdem ist es machbar. Ich bin mir sogar ziemlich sicher, dass der Hausmeister ab und zu eine Leiter in dem Innenhof herumstehen lässt. Wer hier hochkommen will, schafft das. Selbst mit gesichertem Riegel an der Leiter.

Seufzend lasse ich mich auf mein Bett sinken. Mein Blick wandert über meinen Kissenbezug, und ich verziehe das Gesicht. Der muss weg, und zwar komplett. Ich kann mir nicht vorstellen, dass ich je wieder auf ihm würde schlafen können, ohne eine Gänsehaut zu bekommen. Nachdem ich ein paar Minuten so dagesessen und vor mich hingestarrt habe, rappele ich mich auf und setze mich an meinen Schreibtisch, um ein paar Dinge für die Uni zu tun.

Ja, ich werde mein Studium pausieren, aber ich habe keine

Lust darauf, dass meine Noten kurz vorher noch in den Keller gehen oder ich komplett den Anschluss verliere. Das würde es mir nur noch schwerer machen, nach meinem Jahr bei *Bonham* wieder einzusteigen. Ich habe mir vorgenommen, heute Abend weiter an den Skizzen meines Freundebuchs zu arbeiten, aber das geht nur, wenn ich den Kram für die Uni erledigt habe. Garantiert werde ich nicht zulassen, dass dieses Chaos, das gerade um mich herum herrscht, mir meine Zukunftspläne verbaut. Ich darf nicht vergessen, dass die Zeit bei *Bonham* nur eine Zwischenstation darstellt. Ein kurzer Halt auf meinem Weg, keineswegs mein Ziel. Und das erreiche ich nur, wenn ich meine Träume nicht aus den Augen verliere. Denn New York hat die Angewohnheit, Träumer mit Haut und Haar zu verschlucken und wieder auszuspucken. Aber das werde ich nicht zulassen.

Ich höre die Wohnungstür zufallen, gefolgt von Bonnies und Saheeras Stimmen. Mein Herz macht einen kleinen Hüpfer, was ziemlich übertrieben ist. Ich fühle mich, als würde ich meinem Dad erzählen müssen, dass irgendein dahergelaufener Barkeeper mich geschwängert hat und ich die Uni abbreche. Das hier sind meine Freundinnen. Und nichts von dem, was passiert ist, ist meine Schuld.

Als ich in die Küche komme, lässt Bonnie sich gerade stöhnend auf die Couch fallen, und Saheera drückt die laut schnurrende Cordelia an sich.

»Wo seid ihr gewesen?«, frage ich und gehe hinüber zum Sofa, um mich neben Bonnie zu setzen.

»Bonnie ist ein Flittchen und war über Nacht bei ihrem Prof, und ich habe sie mit meinem Uber auf dem Weg vom Flughafen nach Hause eingesammelt«, erklärt Saheera trocken.

Ich starre Bonnie an. »Du warst wo, bitte?«

Sie verdreht die Augen. »Ich habe nicht bei *meinem* Prof geschlafen, sondern bei *einem* Prof. Er ist Lehrer an einer Highschool, also kein Drama.«

Saheera setzt Cordelia ab und zeigt mit einem Finger auf Bonnie. »Er ist Lehrer an deiner ehemaligen Highschool. Das ist weird.«

Ich rümpfe die Nase. »Bitte sag mir, dass er nicht schon Lehrer dort war, als du noch zur Schule gegangen bist.«

»Igitt.« Sie macht eine Geste, als würde sie neben sich auf den Boden kotzen. »Nein, wir haben uns gestern Abend kennengelernt. Er ist nur übers Wochenende in der Stadt, und ich glaube an das Schicksal. Deswegen durfte er mich aus dem *Pyramid* abschleppen.«

»Wie großherzig von dir«, spotte ich, während ich darauf warte, dass Saheera sich hinsetzt.

Allerdings greift sie nach ihrer Tasche und verschwindet im Bad.

Bonnie krault Mr Norris hinter den Ohren, der gerade schlaftrunken aus ihrem Schlafzimmer geschlurft ist. »Nicht wahr? Aber er hat sich erkenntlich gezeigt.«

»Ach ja?« Ich strecke die Arme über den Kopf, bis die Gelenke knacken. »Inwiefern?«

»Mit seiner Zunge. Drei Mal.«

»Nett.«

Sie wackelt mit den Augenbrauen. »Das finde ich auch. Du solltest es mal wieder ausprobieren, dann entspannst du dich vielleicht mal ein wenig.«

Ich beiße mir auf die Lippen. »Was genau soll ich ausprobieren? Das *Pyramid* oder einen Orgasmus?«

»Da sich diese beiden Dinge für gewöhnlich ganz hervorragend miteinander kombinieren lassen, sage ich einfach mal: beides.«

»Ehrlich gesagt …«, beginne ich zögernd, doch in diesem Moment kommt Saheera aus dem Bad und setzt sich zu uns.

Sie hat sich umgezogen und trägt jetzt einen Trainingsanzug mit Zebramuster. Als ich die Augenbrauen hebe, winkt sie ab. »Hat meine Mom mir geschenkt. Der ist ultrabequem, also urteile nicht zu voreilig.«

Ich grinse, werde dann aber schnell wieder ernst. Je schneller ich mit der Wahrheit rausrücke, desto eher habe ich es hinter mir. »Ich muss mit euch sprechen«, sage ich knapp und fixiere meine ineinander verschränkten Hände.

»Oha«, murmelt Bonnie und richtet sich auf. »Was ist passiert?«

Mein Lachen klingt absolut freudlos. »Ich hab keine Ahnung, wo ich anfangen soll. Wahrscheinlich am besten damit, dass es mir wirklich leidtut, es euch nicht früher erzählt zu haben. Aber ich habe es nicht ernst genommen und wollte vermeiden, dass ihr euch unnötig Sorgen macht.«

Saheera greift nach meiner Hand. »Spuck es einfach aus, Jules.«

Ich atme einmal tief durch. »Ich war letzte Nacht nicht bei einer Freundin. Ich war bei Caleb in den Hamptons. Aber es ist nicht so, wie ihr denkt«, füge ich hastig hinzu, als Bonnie die Augen aufreißt. Okay, eigentlich ist es exakt so, wie sie denkt, aber *dieses* Gespräch muss noch ein bisschen warten. Eins nach dem anderen. »Calebs Fahrer hat mich gestern dorthin gebracht, nachdem ich eine Art Drohbrief erhalten habe. Jemand hat mir Fotos geschickt, auf denen ich schlafend in meinem Bett liege. Wir vermuten, sie wurden Donnerstag- oder Freitagnacht von der Feuertreppe vor meinem Fenster aus gemacht.«

Ein paar Sekunden lang ist es still, dann schnappt Saheera nach Luft, und die beiden fangen beinahe gleichzeitig an, auf mich einzureden. Weil ich kaum ein Wort verstehen kann, hebe ich die Hände.

»Okay, okay«, rufe ich laut. »Ich erzähle alles von vorne, in Ordnung? Danach dürft ihr ausrasten.«

Und genau das tue ich. Ich erzähle ihnen von dem Brief, dem Anruf, der Annahme, dass hinter dem Stein mehr steckt, und den Fotos in der Umkleidekabine. Davon, dass ich Tony angerufen habe und welche Vorkehrungen er bereits getroffen hat.

Nachdem ich geendet habe, wirken Saheera und Bonnie so ehrlich schockiert, dass es mir eiskalt den Rücken runterläuft. Genau das ist es, wovor ich mich gefürchtet habe. Mir im Stillen Sorgen zu machen, ist etwas ganz anderes, als sie mit dieser Sorge zu belasten. Die Angst in den Augen meiner Freundinnen zu sehen, lässt mich erschaudern. Und dabei spielt es keine Rolle, ob diese Angst ihnen selbst oder nur mir gilt.

»Heilige Scheiße, Jules«, stößt Bonnie schließlich hervor, rutscht zu mir und nimmt mich so fest in den Arm, dass ich beinahe keine Luft mehr bekomme. »Warum hast du denn gestern nicht schon etwas gesagt? Ich wäre mit dir gekommen, oder wir hätten uns zusammen ein Motelzimmer nehmen können oder so.«

Ich schüttle den Kopf, lächle sie aber an. »Ehrlich gesagt war ich total durcheinander. Als Tony vorgeschlagen hat, mich in die Hamptons zu bringen, habe ich ohne nachzudenken zugestimmt.«

»Das sind am Wochenende doch sicher drei Stunden Fahrt«, bemerkt Saheera. »Und Caleb hat dich einfach aufgenommen?«

»Ja. Er war wirklich nett. Er hat nicht eine Sekunde überlegt, sondern es quasi von mir verlangt.«

»Bist du zur Polizei gegangen?«

»Tony übernimmt das für mich, gleich morgen. Ich muss

bestimmt auch persönlich mit ihnen sprechen, aber ich habe das Gefühl, er weiß, was er tut.«

Bonnie lacht trocken. »Ja, das habe ich auch. Das ist so krass, Julie.«

»Ich weiß.« Stöhnend vergrabe ich das Gesicht in den Händen. »Warum tut jemand so etwas? Straftaten begehen, um mir Angst zu machen, ergibt einfach keinen Sinn. Wer hätte etwas davon?«

»Du hast wirklich keine Ahnung, wer dahinterstecken könnte?«

Ich schüttle den Kopf. »Anfangs dachte ich, es wären irgendwelche übereifrigen Reporter. Deswegen habe ich auch nichts gesagt, ich habe es auf die leichte Schulter genommen. Aber diese Fotos waren Hausfriedensbruch und bestimmt Stalking oder was auch immer. Ich bin mir verdammt sicher, dass es nicht legal ist, Leute beim Schlafen durch ihre Fenster zu fotografieren.«

Saheera schüttelt sich demonstrativ. »Vielleicht solltest du heute Nacht auf der Couch schlafen.«

»Julie«, sagt Bonnie ernst und sieht mich an. »Ich will nicht den Teufel an die Wand malen oder so, aber bist du dir sicher, dass es nicht Caleb war?«

»Worauf willst du hinaus? Meinst du, er ist nachts auf meine Feuerleiter geklettert?«

Sie zuckt ein wenig schuldbewusst mit den Schultern. »Natürlich nicht er selbst. Aber so wie es sich anhört, kennt er durchaus Leute, die unangenehme Dinge für ihn erledigen.«

»Denkst du, er will mir Angst machen, um mich aus der Firma zu ekeln?«, greife ich ihren Gedanken auf, schüttle aber noch einmal den Kopf. Energischer dieses Mal. »Ich verstehe, was du meinst, aber du kennst ihn nicht. Er war am Anfang ein Arschloch, aber das hat sich geändert. Er hat nicht einmal versucht, mich zu ermutigen, deswegen auf das Erbe zu verzichten. Wenn er dahintersteckt, hätte er das Wochenende sicher dafür genutzt, mich zu überzeugen. Oder hätte mich gar nicht erst zu sich geholt.«

»Julie hat recht«, sagt Saheera nachdenklich. »Wenn er ihr Angst machen wollte, dann hätte er sie in der Wohnung gelassen, anstatt sie wegzuholen und dafür zu sorgen, dass sie sich sicher fühlt.«

Er hat nicht nur dafür gesorgt, dass ich mich sicher fühle. Er hat dafür gesorgt, dass ich alles um mich herum vergesse. Und zwar sehr *aktiv*. Aber das behalte ich vorläufig für mich. Sobald sie es erfahren, werden sie nachfragen, und da habe ich keine Lust drauf. Bonnie würde mich vermutlich ohrfeigen, wenn sie davon wüsste. Und darauf habe ich noch weniger Lust.

»Mir fällt wirklich niemand ein, der irgendeinen Nutzen davon hätte«, seufze ich und werfe ratlos die Hände in die Luft. »Irgendwelche Partner der Firma vielleicht oder Vorstandsvorsitzende, die keine Lust haben, dass irgendeine Studentin ihnen Befehle erteilt. Wahrscheinlich gibt es einen ganzen Haufen Leute, die mich da nicht haben wollen. Aber wer würde *so* weit gehen? Für seinen Job?«

Es ist Bonnie anzusehen, dass sie immer noch nicht überzeugt ist. Und ich kann sie verstehen: Sie kennt Caleb nicht. Sie hat ihn nur einmal getroffen, und das war zu einem Zeitpunkt, an dem wir uns gehasst haben und Caleb sich nicht gerade von seiner besten Seite gezeigt hat.

»Der Einzige, der persönlich involviert ist, sowohl Motiv als auch die Möglichkeiten hat, ist Bonham.« Sie sieht mich entschuldigend an. »Tut mir leid, aber das ist meine Meinung.«

»Wenn nicht Caleb, dann vielleicht ein Freund oder jemand aus der Familie? Er hat doch eine Schwester, oder nicht?«, wirft Saheera ein. »Was ist mit der?«

Müde schüttle ich den Kopf. »Ich bin ihr bis jetzt nur einmal begegnet, sie spielt keine große Rolle in der Firma. Ich glaube, sie war weder mit Sylvia noch mit deren Mann verwandt, deswegen ist sie nicht direkt involviert. Und sie war nett.«

»*Bonham Industries* ist eine Pharmafirma, richtig?« Als ich nicke, schürzt sie die Lippen. »Haben Pharmafirmen Feinde?«

Bonnie neigt den Kopf zu einer Seite. »Jede große Firma hat Feinde. Entlassene Mitarbeiter, Investoren, die baden gegangen sind, vielleicht Patienten, bei denen die Medikamente nicht gewirkt haben. Die Liste ist endlos.«

»Aber wer auch immer mir die Drohungen schickt, stellt keine Forderungen«, sage ich matt. »In dem Brief war von irgendwelchen Schulden die Rede, aber nichts Konkretes. Ich sollte kein Geld bezahlen oder etwas in der Art. Ich habe eher den Eindruck, dass es einfach nur dramatisch klingen sollte.«

»Außerdem würde sich vermutlich jeder, der die Firma erpressen will, an Bonham wenden. Nicht an dich.«

»Das ist echt super seltsam.« Saheera lehnt sich zurück, damit Cordelia sich auf ihrem Schoß zusammenrollen kann. Gedankenverloren beginnt sie, sie zu streicheln. »Die Polizei findet bestimmt was raus. Dafür sind sie ja da.«

»Ich bin mir nicht sicher, ob sie überhaupt etwas unternehmen können. Es ist schließlich nichts passiert, und ich habe keinerlei Anhaltspunkte, um wen es sich handeln könnte. Die fischen ganz schön im Trüben, oder nicht?«

Sie wirft mir einen aufmunternden Blick zu. »Abwarten, Jules. Vielleicht solltest du dich in der Zwischenzeit von Caleb beschützen lassen.«

»Klar«, schnaube ich. »Er möchte mir einen Fahrer Schrägstrich Bodyguard aufs Auge drücken.«

»Das ist eine ziemlich gute Idee«, meint Bonnie.

»Ich brauche keinen Babysitter.« Beide ziehen gleichzeitig die Augenbrauen hoch. »Ganz ehrlich. Niemand hat mich angegriffen oder auf mich geschossen oder mich vor ein Auto geschubst. Das sind Dinge, vor denen mich ein Bodyguard beschützen könnte. Nicht davor, dass ich gruselige Anrufe erhalte oder Briefe oder dass jemand Steine durch mein Fenster wirft.«

»*Noch* hat dich niemand angegriffen, dich vor ein Auto geschubst oder auf dich geschossen, Julie«, erwidert Bonnie ernst. »Und wenn ein Bodyguard verhindern kann, dass das in Zukunft passiert, solltest du diese Idee nicht kategorisch ablehnen, finde ich.«

Ich sacke in mich zusammen. Saheera greift wieder nach meiner Hand und drückt sie kurz, aber ich kann mir kein Lächeln abringen. Alles in mir schreit danach, die Situation nicht zu überdramatisieren. Mich nicht verrückt zu machen und paranoid zu werden. Wenn ich allerdings in die besorgten Gesichter von Saheera und Bonnie blicke, fällt mir das verdammt schwer.

Also wechsle ich das Thema und bin erleichtert, dass Saheera von ihrem Wochenende zu erzählen beginnt, als ich sie danach frage. Ich bin nicht naiv, ich weiß inzwischen, wie ernst die ganze Sache ist. Aber es führt zu nichts, die Geschichte immer und immer wieder durchzukauen. Ich habe keine Ahnung, wer für all diese Dinge verantwortlich ist, ich habe keine Ahnung, welches Ziel derjenige verfolgt. All unsere Überlegungen laufen ins Leere, sodass ich aktuell nun mal nichts tun kann. Es bringt nichts, mir Tag und Nacht Sorgen zu machen und mir darüber den Kopf zu zerbrechen. Nichts, abgesehen von schlechter Laune und einem pochenden Schmerz hinter der Stirn, der einfach nicht mehr verschwinden will.

Irgendwann steht Bonnie auf und bestellt Pizza, während Saheera und ich einen Film aussuchen. Offensichtlich haben sie verstanden, dass ich eine Pause brauche. Den Rest des Abends verbringen wir mit belanglosen Gesprächen und einer wirklich hitzigen Diskussion darüber, ob Spiderman oder Batman in einem Kampf gegeneinander gewinnen würde. Ich argumentiere ziemlich energisch für Spiderman, werde letztendlich aber überstimmt.

Als die beiden sich schließlich ins Bett verabschieden, schleppe ich meine Bettwäsche ins Wohnzimmer. Mein Fenster ist verschlossen, und ich könnte die Vorhänge zuziehen, damit niemand mehr hineinsehen kann. Außerdem hat Tony Vorkehrungen getroffen, die es einem potenziellen Einbrecher deutlich erschweren, auf die Feuertreppe zu gelangen.

Trotzdem jagt mir die Vorstellung, mich wieder in mein Bett zu legen, einen Schauer über den Rücken.

24

CALEB

Montag, 6. Juni 2022

Julie kommt herein, und einen Moment lang kann ich nichts anderes tun, als sie anzustarren. Wir haben nicht mehr miteinander gesprochen, seit Tony und ich sie gestern vor ihrer Wohnung abgesetzt haben. Und das ist mir verdammt schwergefallen. Wäre es nach mir gegangen, wäre sie mit ins Bonham Building gekommen. In mein altes Apartment oder, besser noch, direkt mit in meine Wohnung. Dort wäre sie in Sicherheit und in meiner Nähe gewesen. Eine Win-win-Situation. Julie dagegen schien es kaum erwarten zu können, von mir wegzukommen – sie sprang beinahe aus dem Auto, als wir vor dem Haus gehalten haben. Tony musste rennen, um sie einzuholen und nach oben zu begleiten.

Allerdings fällt es mir verdammt schwer, das Bild von gestern – Julie mit zerzausten Haaren, Jogginghose und T-Shirt – mit der Frau in Einklang zu bringen, die kurz in die Runde nickt und sich dann mir gegenüber an den Konferenztisch setzt.

Ihre Haare sind in einen ordentlichen Mittelscheitel geteilt und in ihrem Nacken zu einem Knoten zusammengesteckt. Nur ein paar Strähnen umspielen ihr Gesicht. Sie ist eindeutig geschminkt, aber nicht übertrieben. Außerdem trägt sie ein schwarzes eng anliegendes Kleid. Es hat lange Ärmel, ist nicht ausgeschnitten und reicht ihr bis zu den Knien, trotzdem betont es ihre Kurven so perfekt, dass ich automatisch an die Nacht in den Hamptons denken muss.

Julie sieht unfassbar sexy aus und gleichzeitig knallhart. Als könnte sie mit einem einzigen Augenaufschlag einen erwachsenen Mann zum Heulen bringen.

»Hi«, sage ich, als unsere Blicke sich treffen. »Ausgeschlafen?«

Sie verengt kaum merklich die Augen. »Mir geht es ausgezeichnet, vielen Dank. Und dir?«

Ich lasse meinen Blick langsam an ihr hinabwandern, auch wenn der Tisch leider einen Großteil ihres Körpers verdeckt. »Mein Tag ist gerade um einiges besser geworden, wenn du es wissen willst.«

Von der Seite bemerke ich Hoffmans Blick, der am Kopf des Tisches sitzt. Ich kann ihm die Verwirrung, die ihm ins Gesicht geschrieben steht, nicht verdenken. Immerhin haben wir uns das letzte Mal, als wir zusammen in diesem Raum waren, beinahe gegenseitig die Köpfe eingeschlagen, und ich habe ihn danach mehrfach angefleht, Julie irgendwie aus dem Testament zu streichen. Und mir ist auch klar, dass ich nicht mit Julie flirten sollte. Es war abgemacht, so zu tun, als wäre nichts zwischen uns gewesen. Allerdings fällt mir das beschissen schwer und ich beobachte zu gerne, wie ihr das Blut ins Gesicht schießt und es ihr offenbar die Sprache verschlägt. Das kommt immerhin selten genug vor.

»Können wir anfangen?«, erkundigt sich Hoffman und sieht erst mich, dann Julie an. Ich nicke, genau wie sie. »Nun ja, es mag ein wenig ungewöhnlich sein, dass beide Parteien von ein und demselben Anwalt vertreten werden, aber wenn keiner von Ihnen Einwände hat, sollte das kein Hindernis darstellen.«

»Wir wollen uns nicht streiten«, sagt Julie und wirft mir ein scheißfreundliches Lächeln zu. »Oder, Caleb?«

»Nein, das wollen wir nicht.« Ich nicke Hoffman zu. »Lassen Sie uns die Vertragspunkte durchgehen und das Ganze hinter uns bringen.«

Er öffnet die dicke Mappe vor ihm auf dem Tisch und zieht mehrere Kopien des Arbeitsvertrages heraus, die er uns zuschiebt, bevor er seine eigene aufblättert. Ehrlich gesagt finde ich dieses Aufheben um einen einfachen Vertrag ein wenig affig. Hier geht es nicht direkt um das Erbe oder die Verteilung, sondern lediglich um meine und Julies Anstellungsverhältnisse in der Firma. Wir werden uns in einem Jahr erneut zusammensetzen und die Erbkonditionen diskutieren müssen, aber das ist zu diesem Zeitpunkt noch Zukunftsmusik.

Julie kramt kurz in ihrer Handtasche, dann zieht sie ein schwarzes Brillenetui heraus und setzt sich eine Lesebrille auf. Die sehe ich an ihr zum ersten Mal. Der dünne Rahmen ist goldfarben und betont die Sommersprossen auf ihrer Nase. Sie steht ihr gut. Und ist wahnsinnig sexy.

Die nächste halbe Stunde verbringen wir damit, Hoffman dabei zuzuhören, wie er einen Vertragspunkt nach dem anderen vorliest und erläutert, wobei er sich überwiegend an Julie richtet. Ich nehme das nicht persönlich. Ich habe bereits eigenständig Leute eingestellt und im Laufe des Studiums sowohl ein Praktikum in der Rechts- als auch in der Personalabteilung der Firma absolviert. Abgesehen davon habe ich mir den Vertrag bereits am Freitag zuschicken lassen und konnte ihn deswegen schon durchgehen. Es gibt kein Schlupfloch oder einen doppelten Boden. Ich kann es selbst kaum glauben, aber tatsächlich versuchen wir Julie mit diesem Vertrag nicht über den Tisch zu ziehen. Nicht, dass ich nicht darüber nachgedacht hätte. Aber es war immerhin abzusehen, dass sie sich einen Anwalt nimmt oder direkt von Hoffman beraten lässt. Und es hätte unserer neuen Verbindung sicher nicht gutgetan, wenn herausgekommen wäre, dass wir sie verarschen wollten. Wenn ich dieses Spiel gewinnen – oder zumindest nicht verlieren – will, dann müssen meine Züge sorgfältig gewählt sein.

»Nun kommen wir zur Vergütung«, sagt Hoffman. Mein Blick huscht zu Julie hinüber, die sich kaum merklich aufrichtet. »Ich hoffe, Sie erwarten als ungelernte Kraft kein Vermögen. Im Testament von Mrs Bonham wurden keine exakten Gehaltsangaben festgelegt.«

Julie sieht mich kurz an, bevor sie sich wieder an Hoffman wendet. »Verdient Mr Bonham denn ein Vermögen?«

»Ja.« Als ihre Augen schmal werden, seufzt er leise. »Mr Bonham hat bereits vor Mrs Bonhams Tod in der Firma gearbeitet, Miss Penn. Er steht in einem Anstellungsverhältnis, das zu Mrs Bonhams Lebzeiten geschlossen wurde, und leitet zudem als ihr direkter Nachfolger bis dato die Firma. Die Bedingungen, die Ihre Mutter in ihrem Testament aufführt, gelten für Sie auf andere Weise als für Mr Bonham.«

»Ich hatte bereits einen Arbeitsvertrag, bevor Sylvia gestorben ist, das will er damit sagen«, springe ich ein. »Ich arbeite nicht nur bei *Bonham*, um die Bedingung des Testaments zu erfüllen. Es gibt unserer Meinung nach keinen Grund, warum wir meinen bestehenden Vertrag auflösen sollten, da ich auch nach dem einen Jahr noch dort arbeiten werde. Und eindeutig mehr Stunden aufbringe.«

Sie nickt. »Ich verstehe. Und wie hat sich *Bonham Industries* in Bezug auf meine Vergütung entschieden? Wenn ich meine Nebenjobs kündige, muss ich meine Miete und meine Lebenshaltungskosten bezahlen können.«

»Wir würden Ihnen gerne eine etwas … nun, außergewöhnliche Form der Vergütung anbieten, Miss Penn. Da Sie weder Berufserfahrung noch einen abgeschlossenen Studiengang vorweisen können, ist ein Gehalt wie das von Mr Bonham gegenüber den übrigen Mitarbeitern des Unternehmens schwer zu rechtfertigen. Aus diesem Grund hat der Vorstand von *Bonham* sich dazu entschieden, Ihnen unter anderem ein Stipendium anzubieten.«

Wieder liegt Misstrauen in ihrem Blick. »Ich fürchte, das müssen Sie genauer erklären, Mr Hoffman.«

»Natürlich, Miss.« Er zieht einen weiteren Ausdruck aus der Mappe und schiebt ihn zu Julie hinüber. »*Bonham Industries* übernimmt mit sofortiger Wirkung die vollen jährlichen Studiengebühren, die für die Zeit anfallen, in der Sie Ihr Studium an der NYU unterbrechen. Dies bezieht sich rückwirkend auch auf das aktuelle Jahr sowie das kommende. Die gesamte Zeit bei der Firma ist damit also abgedeckt. Zusätzlich gibt es eine Regelung zur Kostenübernahme für einen persönlichen Fahrer, Personenschutz und ein paar weitere Posten, die Sie während Ihrer Zeit bei *Bonham Industries* in Anspruch nehmen werden. Eine ausführliche Aufstellung finden Sie in den Unterlagen. Natürlich erhalten Sie außerdem eine monatliche Aufwandsentschädigung von zweitausend Dollar netto.«

»Machen Sie Witze?«, entfährt es Julie, und sie beugt sich über die Liste der Spesen, die Hoffman ihr gerade eben gegeben hat. Als sie den Kopf wieder hebt, schiebt sie ihre Brille ein wenig höher und sieht erst den Anwalt, dann mich an. »Allein die Studiengebühren belaufen sich auf über vierundfünfzigtausend Dollar im Jahr. Zusammen mit der«, sie malt mit den Fingern Anführungsstriche in die Luft, »*Aufwandsentschädigung* und den Spesen zahlt mir *Bonham* sechstausendfünfhundert Dollar. Im Monat.«

»Das ist eine ganze Menge, wenn Sie bedenken, dass Sie noch mitten in der Ausbildung stecken und über keinerlei Berufserfahrung verfügen, Miss Penn«, sagt Hoffman pikiert. »Vergessen Sie bitte nicht, dass Sie keinerlei Qualifikationen mitbringen. Außerdem bin ich mir sicher, dass Sie bei Ihren Nebenjobs …«

»Sie haben sie falsch verstanden«, unterbreche ich ihn, während Julies Gesichtsausdruck immer ungläubiger wird. »Sie hält unser Angebot für übertrieben. Nicht für zu niedrig.«

»Natürlich halte ich es für übertrieben!« Ihr Lachen gleicht einem Bellen. Sie schaut mich an. »Was bitte zahlt ihr euren anderen Angestellten, wenn ihr diese Summe für angemessen haltet? Und warum, zur Hölle, brauche ich eine Kleiderpauschale? Soll ich im Abendkleid bei der Arbeit erscheinen?«

»Von Ihnen und Mr Bonham wird erwartet, dass Sie sich der Öffentlichkeit als Team präsentieren«, wirft Hoffman ein. »Dazu gehören Pressetermine, aber auch Abendveranstaltungen. Dieser Posten gewährleistet, dass Sie sich über die Kosten für die passende Garderobe keine Gedanken machen müssen.«

Julie schaut so schockiert, dass ich ein Schmunzeln unterdrücken muss und in Versuchung gerate, die ganze Sache mit einem einfachen Witz abzutun. Entscheide mich dann aber dagegen. Ich habe Julie von Anfang an falsch eingeschätzt. Sie war nie auf den Reichtum meiner Stiefmutter aus, sie wollte kein Teil dieser oberflächlichen, berechnenden Welt sein. Sie ist zu gut für sie.

»Du bist Sylvias Tochter«, rufe ich ihr in Erinnerung. »Offensichtlich wollte sie, dass du gut versorgt bist. Weder ich noch irgendjemand aus dieser Firma wird es wagen, sich diesem Wunsch entgegenzustellen.«

Julie sieht mich an. Wie gerne würde ich in diesem Augenblick in ihren Kopf hineinschauen können. Unendlich viele Gefühle spiegeln sich in ihren großen Augen, aber ich schaffe es nicht, auch nur ein einziges klar zu erkennen.

»Das ist Wahnsinn«, flüstert sie, ehe sie den Blick abwendet und sich erneut den Unterlagen widmet.

Zögernd ergreift Hoffman wieder das Wort und macht weiter. Ich höre ihm nicht richtig zu, meine ganze Konzentration geht dafür drauf, nicht Julie anzustarren. Ich will unbedingt wissen, was sie denkt. Will wissen, wie es ihr geht und sie fragen, ob noch einmal etwas vorgefallen ist. Zwar hoffe ich inständig, dass sie mir inzwischen Bescheid geben würde, aber darauf verlassen kann ich mich nicht.

Eine weitere halbe Stunde zerlegt Hoffman den Vertrag in seine Einzelteile, bevor Julie und ich endlich unterschreiben können. Es ist seltsam: Ich unterschreibe ihren Arbeitsvertrag als CEO von *Bonham*, trotzdem sind wir ab sofort gleichgestellt. Partner.

»Ich würde Sie beide gerne zeitnah einzeln wiedersehen«, verkündet Hoffman, als er sich erhebt und mir die Hand schüttelt. »Bitte vereinbaren Sie einen Termin oder ich melde mich nächste Woche noch einmal persönlich bei Ihnen. Wir sollten ein paar Einzelheiten des Testaments besprechen und überlegen, wie wir es mit dem öffentlichen Interesse handhaben.«

Ich bedanke mich, stehe ebenfalls auf und schließe den Knopf meines Jacketts. »Tony wartet unten, Julie. Was hältst du davon, wenn wir irgendwo einen Kaffee trinken gehen?«

Julie öffnet den Mund, wird aber von Hoffman unterbrochen. »Ich würde Sie gerne noch unter vier Augen sprechen, wenn es Ihnen nichts ausmacht, Miss Penn. Es dauert nur eine Minute.«

Stirnrunzelnd mustere ich ihn. Wir haben alles besprochen, ich wüsste nicht, worüber er unter vier Augen mit Julie reden müsste.

Sie wendet sich mir zu, sieht aber genauso verwirrt aus wie ich. »Wenn du willst, könnt ihr auf mich warten. Ich komme dann runter.«

Ich nicke, wenn auch widerstrebend. Dann verabschiede ich mich von Hoffman und verlasse mit einem unguten Gefühl in der Magengegend das Büro.

JULIE

Als sich die Türen des Fahrstuhls vor Calebs misstrauischem Gesicht schließen, drehe ich mich neugierig wieder zu Hoffman um. »Geht es um den Vertrag?«

Er schüttelt den Kopf. Seine professionelle Haltung ist verschwunden, und plötzlich wirkt er irgendwie nervös. »Ich wollte nicht unhöflich sein, Miss Penn.«

»Sind Sie nicht. Was kann ich für Sie tun?«

Räuspernd nimmt er wieder Platz. »Wie Ihnen bekannt ist, arbeite ich bereits seit Jahren für Ihre Mutter. Mein Vater hat die Familie Bonham vor mir betreut und schon vor dreißig Jahren die Angelegenheiten der Familie geregelt.«

»Das ist interessant. Aber ich verstehe nicht, was das mit mir zu tun hat.«

Ich sehe ihm an, dass er nach den richtigen Worten sucht, und meine innere Unruhe wächst. Ich habe ihn noch nie so fahrig erlebt.

»Mr Robins rief mich heute Morgen an und erzählte mir von den … Vorfällen«, beginnt er zögernd, ohne mich aus den Augen zu lassen. »Er teilte mir mit, dass er mit der Polizei sprechen würde, und da ich aktuell als Ihr Anwalt fungiere, wollte er mich darüber informieren.«

»Entschuldigung, ich fürchte, ich kann Ihnen nicht folgen«, sage ich und schüttle den Kopf. »Wer ist Mr Robins?«

»Tony Robins, Miss. Er ist der Fahrer von Mr Bonham.«

Ich hätte beinahe vergessen, dass Tony auch so etwas wie

einen Nachnamen besitzen muss. »Okay. Ich wusste nicht, dass er vorhatte, Sie anzurufen. Ist das denn ein Problem?«

Er antwortet nicht sofort. Es ist offensichtlich, dass er seine nächsten Worte abwägt. Einen wahnsinnigen Moment lang erwarte ich, dass er mir gleich erzählt, die Fotos kämen von ihm.

»Wissen Sie, dass wir als Kanzlei der Schweigepflicht unterstehen, Miss Penn?«, fragt er schließlich und verwirrt mich damit nur noch mehr.

»Davon gehe ich aus, ja.«

»Zu meinen Klienten gehören jede Menge Familien aus der New Yorker Oberschicht. Einflussreiche Familien, genau wie die Bonhams. Und viele von ihnen haben Geheimnisse, die, wenn sie herauskämen, mehr als nur einen Skandal in der Klatschpresse auslösen würden.«

»Mr Hoffman«, sage ich und sehe ihn fest an. »Was genau wollen Sie mit mir besprechen, das nicht auch Caleb hören darf?«

Er senkt die Stimme. Als würde er befürchten, Caleb könne in seinem Tausenddollaranzug hinter der Tür stehen und sein Ohr dagegendrücken, um zu lauschen. »Ich möchte, dass Sie auf sich aufpassen, Miss Penn. Ich befürchte, Sie wissen nicht, in was genau Sie da hineingeraten sind.«

Schwerfällig lehne ich mich zurück. Mein Herz beginnt ein wenig schneller zu schlagen. »Sie müssen leider konkreter werden, Mr Hoffman.«

»Ich wünschte, ich könnte«, antwortet er mit Bedauern in der Stimme. »Das müssen Sie mir glauben. Sie sind ein liebes Mädchen, Miss Penn, und auch wenn es Ihnen vielleicht anders vorkommen mag, wollte Mrs Bonham nur Ihr Bestes. Aber sie ist gestorben, ohne vorher gewisse … Vorkehrungen zu treffen. Niemand konnte ahnen, dass sie so früh von uns gehen würde.«

Überfordert schüttle ich den Kopf, während ich versuche, aus seinen Worten schlau zu werden. »Geht es um etwas, das Sylvia getan hat? Worüber Sie nicht sprechen können, weil Sie sonst Ihre Schweigepflicht verletzen?«

Er öffnet den Mund, schließt ihn dann aber wieder und überlegt. Dann seufzt er. »Unter Umständen könnte ich mich in diesem Fall von der Schweigepflicht freisprechen, da Sylvia Bonham tot ist. Aber das ist nicht das Problem.«

»Was soll das heißen?«

»Ich kann es Ihnen nicht sagen, Miss Penn. Aber versprechen Sie mir, dass Sie auf sich aufpassen und die jüngsten Vorfälle nicht auf die leichte Schulter nehmen.«

Seine Stimme klingt so ernst, dass es mir einen Schauder über den Rücken jagt. »Mr Hoffman, wenn Sie etwas wissen, dann müssen Sie zur Polizei gehen. Oder wenigstens mit Tony darüber sprechen, wenn Sie es mir schon nicht verraten wollen.«

»Ich weiß nicht, wer Ihnen diese Briefe geschickt hat«, sagt er. »Was ich weiß, ist, dass es in Familien wie den Bonhams viele dunkle Kapitel gibt. Und Sylvia hätte nicht gewollt, dass Sie zwischen die Fronten geraten.«

Völlig perplex starre ich ihn an. Er klingt, als würde er aus einem Mafiafilm zitieren. Doch als ich den Mund aufmache, um nachzuhaken, streckt er mir die Hand entgegen und schenkt mir dabei erneut einen entschuldigenden Blick.

»Wir melden uns bezüglich eines neuen Termins bei Ihnen, Miss Penn.«

»Ist das Ihr Ernst?«, frage ich fassungslos. Meine Stimme zittert ein wenig vor Unglaube und Hilflosigkeit, aber das ist mir in diesem Moment egal. »Sie wollen, dass ich jetzt gehe?«

»Ich fürchte, ja. Mr Bonham wartet unten auf Sie. Wir sollten seine Geduld nicht noch weiter auf die Probe stellen.«

Meine Augen verengen sich argwöhnisch. »Warum wollten Sie nicht, dass Caleb hört, was Sie zu sagen haben?«

Statt einer Antwort greift er nach den Papieren auf dem Tisch und klopft sie auf die Tischplatte, um sie zu ordnen. Ein paar Sekunden lang warte ich darauf, dass er etwas erwidert, aber als er es nicht tut, stehe ich wütend auf und nehme mir meinen Mantel von der kleinen Garderobe. Keine Ahnung, was genau dieser Typ für einen Plan verfolgt. Mich erst zu warnen und dann einen auf geheimnisvoll zu machen, ist einfach nur kindisch und dumm und albern.

Als die Aufzugtüren sich vor mir öffnen, räuspert Mr Hoffman sich noch einmal.

Mit zusammengebissenen Zähnen drehe ich mich um. »Was noch?«

»Bitte erzählen Sie niemandem von unserem Gespräch«, sagt er leise, aber mit Nachdruck. »Ich riskiere meine Zulassung.«

»Was sollte ich ihm schon erzählen?«, frage ich schnippisch, weil ich weiß, dass er auf Caleb anspielt. Dann betrete ich die Kabine und drücke ein wenig zu heftig auf den Knopf fürs Erdgeschoss.

Was, zur Hölle, war das denn bitte?

Reflexartig ziehe ich den Stoppschalter, und der Fahrstuhl hält mit einem Ruck. Mit dem Rücken lasse ich mich gegen die Wand sinken, schließe die Augen, lehne den Kopf zurück und atme ein paar Mal tief ein und aus. Ich brauche ein paar Sekunden, um meine Gedanken zu ordnen. Caleb wartet unten in der Lobby auf mich, und bis dahin muss ich mich entschieden haben, was genau ich ihm erzähle, wenn er fragen sollte. Das Naheliegendste wäre, einfach mit der Wahrheit rauszurücken. Ich meine, was genau hat Hoffman schon gesagt? Nichts. Nichts Konkretes, zumindest. Nichts, was mir in irgendeiner Art und Weise weiterhilft oder mich beruhigt. Im Gegenteil.

Seine kryptische Warnung sorgt lediglich dafür, dass ich die Menschen um mich herum noch mehr hinterfrage.

Ist es möglich, dass er mich vor Caleb warnen wollte? Und nicht weiter ins Detail gehen konnte, weil Caleb zu seinen Klienten gehört und er im Gegensatz zu Sylvia noch lebt? Aber wenn das der Fall ist, hätte er doch sicher einen geeigneteren Zeitpunkt gewählt. Er hätte mich anrufen oder ins Büro zitieren können, mir sogar einen Besuch abstatten können. Wenn es um Caleb geht, warum sollte er mich dann vor seinen Augen um ein Gespräch bitten? Das ist total auffällig.

Oder aber Hoffman ist ein weit größerer Stratege, als ich es ihm zugetraut hätte. Er vertritt seiner eigenen Aussage nach die Familie Bonham bereits in der zweiten Generation. Bislang hat es gereicht, sich bei Caleb einzuschleimen, aber jetzt bin ich auf den Plan getreten. Eventuell sorgt er einfach nur vor, für den Fall, dass sich in der Führungsebene von *Bonham Industries* etwas ändert. Gut möglich, dass er meinen Verbündeten spielt, um seine Eisen im Feuer warmzuhalten und dass in Wahrheit recht wenig hinter seinen Andeutungen steckt.

Was hat er schon gesagt? Dass die reichen Familien New Yorks Geheimnisse haben. Ach was. Das weiß ich auch, ohne sie vor Gericht vertreten zu müssen. Und dass ich auf mich aufpassen soll – eine Äußerung, die in Anbetracht der jüngsten Ereignisse ziemlich nachvollziehbar ist.

Ich atme ein paar Mal tief durch, streiche über mein Kleid und ziehe dann den braunen dünnen Mantel über, den ich mir von Saheera geliehen habe. Ich werde Caleb nichts von dem Gespräch erzählen, aus zwei Gründen: Entweder Hoffman sagt die Wahrheit und es gibt Dinge, die Caleb mir verschweigt. Dann halte ich es für das Beste, meine Informationen für mich zu behalten. Oder aber der Anwalt spielt seine eigenen Spielchen, dann ist es schlichtweg nicht nötig, Caleb zu beunruhigen.

Als ich mir sicher bin, nicht mehr auszusehen wie ein verschrecktes Reh, richte ich mich auf und drücke den Schalter, um den Aufzug wieder in Bewegung zu setzen.

25

JULIE

Natürlich war Caleb neugierig. Ich habe versucht, ihn davon zu überzeugen, dass Hoffman mir lediglich angeboten hat, mein Haus- und Hofanwalt zu werden, aber ich sehe ihm an, dass er mir nicht glaubt. Auf dem ganzen Weg von der Kanzlei bis zu einem kleinen Café in Midtown horcht er mich aus, aber zu meiner eigenen Überraschung schaffe ich es irgendwie, seinen Fragen auszuweichen, bis er schließlich aufgibt.

Jetzt sitzen wir an einem kleinen runden Tisch auf einer Terrasse, und ich ziehe meinen Löffel durch den festen Schaum auf meinem Latte macchiato. Caleb telefoniert. Tatsächlich habe ich das Gefühl, dass Calebs Handy niemals stillsteht. Erstaunlicherweise ist die Stimmung zwischen uns heute deutlich gelöster als gestern. Wofür ich verdammt dankbar bin.

Als er auflegt, wirft er mir einen entschuldigenden Blick zu. »Tut mir leid. Ich habe ihnen gesagt, dass ich heute Nachmittag ins Büro komme. Es besteht die Möglichkeit, dass sie mich bis dahin in Ruhe lassen.«

Ich lecke meinen Löffel ab. »Wird das bei mir auch so laufen?«

»Genau darüber wollte ich mit dir reden«, sagt er, bevor er einen Schluck von seinem Kaffee nimmt. Allein bei dem Anblick verziehe ich das Gesicht. Caleb hat einen Vanille Latte mit Kokos-Sirup bestellt und dann einen lächerlich großen

Haufen Zucker reingeschüttet. Ich wette, einer davon reicht, um einen diabetischen Schock auszulösen. »Lass uns mal über deine Aufgaben im Unternehmen sprechen.«

»Schieß los.« Ich lehne mich in meinem Stuhl zurück und sehe ihn auffordernd an.

»Wenn du nicht vorhast, langfristig in dem Unternehmen zu arbeiten, macht es wenig Sinn, dich richtig einzulernen.«

»Ach ja?«

Er nickt. »Sylvia wollte anscheinend, dass wir uns den Posten der Geschäftsleitung teilen. Womit ich kein Problem habe, ehrlich. Aber man lernt nicht innerhalb weniger Wochen, CEO zu sein. Wir würden vermutlich länger als ein Jahr brauchen, um dich fit zu machen.«

»Was verschwendete Zeit wäre, wenn ich ohnehin nicht bleibe«, beende ich seinen Gedankengang.

Grinsend sieht er mich an. »Ganz genau.«

»Und was schlägst du stattdessen vor?«, frage ich und schaue ihn über den Rand meines Glases hinweg an. »Dass ich dir wie eine kleine Assistentin hinterherlaufe und dir Kaffee koche?«

Sein Grinsen wird eine Spur verschlagen. »Wenn du das gerne möchtest, würde ich dich nicht davon abhalten.«

Ich verdrehe die Augen. »Träum weiter, Bonham.«

»Glaub mir, das tue ich.« Er räuspert sich. »Ich dachte tatsächlich daran, dass du mich in der ersten Zeit einfach nur begleitest, das Unternehmen kennenlernst und so weiter. Du könntest dich umschauen und selbst entscheiden, in welcher Abteilung du dich am liebsten nützlich machst. So erfüllen wir Sylvias Bedingung, der Aufsichtsrat wird nicht zu nervös, und wir vergeuden nicht beide unnötig unsere Zeit.«

»Das geht für mich klar«, stimme ich zu. »Ich will niemandem im Weg stehen, Caleb. Auch wenn du mir das nicht glaubst, bin ich wirklich nicht darauf aus, dir Probleme zu bereiten.«

Er mustert mich ein paar Sekunden lang. »Ich war nicht fair dir gegenüber. Am Anfang, meine ich.«

»Ich weiß.« Ich schmunzele. »Aber es ist okay, dass du länger gebraucht hast, um das zu begreifen.«

Gerade als er zu einer Antwort ansetzt, richtet sich sein Blick ruckartig auf etwas hinter meinem Rücken. Ich drehe mich um und brauche nicht lange, um zu erkennen, was seine Aufmerksamkeit erregt hat. Ein paar Meter hinter mir haben sich eine Handvoll Reporter hinter der hüfthohen Mauer versammelt, die die Terrasse des Cafés umfasst. Sofort ertönt das inzwischen beinahe vertraute Geräusch von klickenden Kameras, und ich wende mich hastig wieder ab.

»Na toll«, seufze ich und stelle mein Glas ab. »Woher wussten die, dass wir hier sind?«

Er zuckt mit den Schultern. Zu meiner Überraschung wirkt Caleb weder genervt noch sonderlich schockiert. »In New York bleibt man nicht lange unentdeckt.«

»Ich verstehe immer noch nicht, warum die es auf uns abgesehen haben. Wir sind doch total uninteressant.«

Seine Augenbrauen heben sich. »Versteh das jetzt bitte nicht falsch, aber guck uns doch einmal an.«

Verwirrt kontrolliere ich, ob die Naht an meinem Kleid aufgeplatzt ist oder etwas in der Art. Aber soweit ich das beurteilen kann, sitzt alles noch an Ort und Stelle. »Und was soll ich da sehen?«

»Du siehst heiß aus«, erwidert er gelassen. »Beinahe sämtliche Fotos bisher zeigen dich in Jeans und Hoodie oder T-Shirt. Und da sie aus dir eine Art Cinderella machen wollen, passt dieses Glow-up vermutlich ganz gut in ihr Beuteschema.«

»Glow-up«, wiederhole ich und rümpfe die Nase. »Falls du erwartest, dass ich mich jedes Mal drei Stunden lang aufbrezele, bevor ich zur Arbeit komme, muss ich dich enttäuschen, fürchte ich. Ich werde garantiert nicht in High Heels durchs Büro klappern.«

»Ich erwarte gar nichts.« Plötzlich ist er wieder ernst. »Sylvia erwartet das. Hat das erwartet. Wenn es nach mir ginge, würde ich dir deinen Anteil einfach auszahlen, und die Sache wäre erledigt.«

Erstaunt sehe ich ihn an. »Das sind ja ganz neue Töne.«

»Wie gesagt, ich habe dich anfangs nicht ganz fair behandelt. *Freundin.*«

Nachdenklich mustere ich ihn und denke wieder an das, was Hoffman angedeutet hat. Und Bonnie. Ich kann mir beim besten Willen nicht vorstellen, dass Caleb mir seine Freundlichkeit nur vorgaukelt. Und das hat nichts damit zu tun, dass wir miteinander geschlafen haben. Ich hoffe, mein Radar für Menschen funktioniert wenigstens noch so weit, dass ich Gut von Böse unterscheiden kann, wenn sie mir gegenübersitzen. Caleb mag kein Heiliger sein, aber ganz sicher auch kein Lügner.

»Woran denkst du?«, fragt er plötzlich und legt den Kopf schief, als ich erröte.

Ich winke ab, dann lehne ich mich nach vorn und sehe ihn eindringlich an. »Ich habe eine Bitte.«

»Okay.«

»Ich würde gerne Sylvias Grab besuchen«, sage ich zögernd, während ich seine Reaktion beobachte. Aber er verzieht keine Miene. »Ich weiß, dass ich im Grunde nur durch meine DNA zur Familie gehöre und gesagt habe, ich würde keinen Wert auf irgendeine Beziehung zu ihr legen. Was auch stimmt.«

Er lächelt beinahe verständnisvoll. »Aber?«

»Aber ich finde es komisch, dass ich in letzter Zeit so viel über sie spreche, ihre Wohnung betrete und tausend Dinge über sie erfahre, ohne sie jemals getroffen zu haben.« Ich nage an meiner Unterlippe. »Das klingt irgendwie makaber, aber da ich sie nicht mehr kennenlernen kann, dachte ich mir, ich könnte wenigstens an ihr Grab gehen.«

Caleb nickt. »Klar, ich begleite dich. Ich gucke nachher in meinen Kalender und sage dir dann Bescheid.«

Das war einfach. Keine Ahnung, warum ich befürchtet hatte, er könne etwas dagegen haben. Immerhin könnte ich wahrscheinlich auch alleine herausfinden, auf welchem Friedhof sie begraben ist, und einfach hinfahren. Aber irgendwie kam es mir anständiger vor, ihn darum zu bitten. Sylvia war mehr seine Mutter, als sie meine gewesen ist.

»Hast du dir die Sache mit dem eigenen Fahrer durch den Kopf gehen lassen?«

»Nein«, sage ich knapp. »Was daran liegt, dass sich meine Meinung, was das angeht, nicht geändert hat.«

»Das habe ich befürchtet«, murmelt er und seufzt, als ich leise lache. »Okay, Vorschlag zur Güte: Du lässt dich jeden Morgen von zu Hause abholen und zur Arbeit fahren. Abends bringt dich jemand wieder zur WG. Könntest du damit leben?«

Ich denke einen Moment lang darüber nach, dann nicke ich. »Klingt fair.«

Es überrascht mich, wie erleichtert er aussieht. Er scheint sich tatsächlich Sorgen um mich zu machen, was mich wirklich immer noch verwirrt. Ich glaube inzwischen, dass er mich nicht mehr hasst. Ich gehe nicht so weit, dass ich denke, die Nacht in den Hamptons hätte irgendwelche ungeahnten Gefühle mir gegenüber in ihm hervorgerufen. Es war nur Sex, wir waren beide mindestens angetrunken und haben uns mitreißen lassen. Trotzdem hätte ich nicht erwartet, dass er sich von etwas beunruhigen lässt, das nicht unmittelbar mit der Firma zusammenhängt.

Auf der anderen Seite … Womöglich würde es auch ein schlechtes Licht auf *Bonham* werfen, wenn der kleinen neuen

Erbin etwas zustoßen würde. Möglicherweise würde es Fragen aufwerfen, die die Rechtsabteilung ungern beantworten würde.

Ich frage Caleb, ob es was Neues von der Polizei gibt und ob Tony noch etwas unternommen hat, wovon ich wissen sollte. Er erzählt mir, dass in meinem Namen offiziell Anzeige erstattet wurde und die Beamten sich bei mir melden, wenn sie Fragen haben. Was mich ein wenig verwundert, weil ich davon ausgegangen bin, direkt eine Aussage machen zu müssen. Allerdings kann ich vermutlich keine nennenswerten Informationen beisteuern, immerhin habe ich den Brief und die Fotos nur gefunden, den Stein nicht einmal persönlich, sondern meine Mitbewohnerinnen. Ich kann nichts aussagen, was sie nicht ohnehin schon wissen.

Danach unterhalten sich Caleb und ich noch eine Weile über die Arbeit, besprechen meine Arbeitszeiten und die Ausstellung meines Mitarbeiterausweises. Mit jeder Minute werde ich ruhiger. Die Anspannung, die sich nach der Nacht in den Hamptons zwischen uns eingestellt hat, verschwindet allmählich. Mein Blick wandert immer noch ständig zu seinen Lippen, wenn er spricht, zu seinen Oberarmen und den Muskeln, die sich unter dem Stoff seines Anzugs abzeichnen. Das kann ich nicht verhindern. Genauso wenig, dass ich mir vorstelle, was er mit seinen Lippen und seinen Händen anstellen könnte, wären wir beide allein, statt in einem überfüllten Café zu sitzen, beobachtet von Reportern mit gezückten Kameras.

Aber immerhin habe ich nicht mehr das Gefühl, man könne mir meine Gedanken mit einem einzigen Blick von der Stirn ablesen, und das empfinde ich durchaus als Schritt nach vorn.

Bis zum Abend habe ich drei WhatsApp-Nachrichten einer unbekannten Nummer ohne Profilbild oder irgendwelche persönlichen Angaben. Sie stammen nicht von der gleichen

Nummer wie der, die mich in Calebs Büro angerufen hat, trotzdem weiß ich, dass sie von derselben Person kommen. Was nur noch unheimlicher ist. Verschiedene Nummern bedeuten mehr Aufwand, einen gut organisierten Plan hinter den Drohungen. Den Brief habe ich kaum ernst genommen, und auch bei dem Anruf konnte ich mir irgendwie einreden, dass es sich um einen dummen Streich handelt. Aber betrachte ich das Gesamtbild in Kombination mit dem Nummernwechsel und den Nachrichten, erscheint die Sache mehr und mehr wie ein durchdachter Plan als die gedankenlose, geschmacklose Aktion irgendeines Arschlochs. Und das macht mir mittlerweile echt Angst. Keine der Nachrichten ist wahnsinnig originell, trotzdem lösen sie einen Anflug von Panik in mir aus.

Die erste Mitteilung wurde zugestellt, als ich aus dem Büro der Studienberaterin kam, um meine einjährige Pause zu besprechen. Ich stand mitten in einem Korridor voller Menschen, und trotzdem hatte ich in dem Moment das Gefühl, als hätte jemand eine Glaskuppel über mich gestülpt – alles um mich herum wurde still, und ich hörte nur noch das Donnern meines eigenen Herzens, während ich die Nachricht las. Ich habe mich im Flur unauffällig umgesehen, mich dabei ertappt, wie ich die Kommilitonen beobachtet habe, die ihr Handy in der Hand hielten. Die Wahrscheinlichkeit, dass der Verfasser dieser Nachrichten mir auf Schritt und Tritt folgt und sich irgendwo hinter einer Vitrine versteckt, ist eher gering, aber ich fühlte mich, als hätte ich eine Zielscheibe auf dem Rücken kleben. Die zweite Message wurde zugestellt, während ich bei der Arbeit war, und die dritte kam auf dem Weg nach Hause.

Sie alle beinhalten mehr oder weniger das Gleiche: dass ich gewarnt bin, dass ich für Sylvias Fehler bezahlen muss und dass ich es bereuen würde, die Tochter meiner Mutter zu sein. Jedes Mal, wenn mein Handy in meiner Hosentasche vibrierte, zuckte ich zusammen, und mein Herz fing an zu rasen. Das ist Stalking, mindestens Belästigung. Es muss aufhören.

Ich habe es aufgegeben, den Inhalt der Nachrichten analysieren zu wollen. Inzwischen befürchte ich, dass es gar keinen tieferen Sinn gibt, außer dem, mich einzuschüchtern und mir Angst einzujagen – was funktioniert. Natürlich habe ich direkt die Nummer der Polizeidienststelle angerufen, die Tony mir gegeben hat. Aber die Frau am Telefon hat mir wenig Hoffnung gemacht – es handele sich um ein Wegwerfhandy, und Nachrichten könne man nicht so einfach zurückverfolgen. Mir ist klar, was das unterschwellig heißt: Es ist niemandem etwas passiert, und ich werde nicht körperlich bedroht. Die Polizei wird nichts unternehmen.

Bereits als ich in unsere Straße einbiege, bemerke ich die Menschen vor unserem Haus. Abrupt bremse ich und lenke das Rad hinter einen kleinen Transporter, der am Straßenrand parkt. Ich atme zitternd aus und fluche leise. Mein Google Alert hat sich heute ein paar Mal gemeldet, aber ich habe mir die Schlagzeilen nicht durchgelesen. Nachdem Caleb und ich heute Vormittag in dem Café zusammen fotografiert wurden, kann ich mir schon vorstellen, was so alles über uns geschrieben wird. Ich hätte wissen müssen, dass die neuen Fotos noch mehr Presse auf den Plan rufen.

Unschlüssig sehe ich hinüber zum Haus. Ich stelle meine Musik leiser, damit ich mitbekomme, wenn sich ein Auto oder ein Reporter von hinten nähert. Ich habe jetzt keine Nerven dafür. Ich will mich nicht an ihnen vorbeiquetschen, will nicht von ihnen mit Fragen bombardiert werden. Ich will einfach nur nach Hause, mit meinem Vater telefonieren und mich den Rest des Abends mit zehn Folgen *New Girl* ablenken. Auch wenn der Termin beim Anwalt heute gut lief, habe ich das Gefühl, dass die ganze Sache mehr und mehr aus den Fugen gerät.

Rein finanziell ist es mir noch nie in meinem Leben so gut gegangen. Anscheinend ist das der Preis dafür, dass alles andere im Chaos versinkt.

Nachdem ich mich ein paar Minuten hinter dem Transporter versteckt habe, ziehe ich mir die Kapuze des Hoodies über den Kopf, wende und fahre in die entgegengesetzte Richtung. Vielleicht geben sie irgendwann auf. Heute will ich mich einfach nicht mit ihnen auseinandersetzen. Ohne Ziel fahre ich los. Saheera ist noch bei der Arbeit, und Bonnie wollte nach der Uni direkt zu ihrer Schwester. Ich überlege, eine Freundin aus der Uni anzurufen oder spontan Daniel zu fragen, ob er sich heute auf den Kaffee treffen will, verwerfe aber beides sofort wieder. Ich habe nicht das Gefühl, als könnte ich im Augenblick Small Talk oder Fragen über das Erbe oder *Bonham* ertragen.

Ein paar Minuten fahre ich ein wenig planlos herum, dann geht plötzlich ein Ruck durch meine Pedale und meine Füße treten durch.

»Scheiße«, fluche ich und bremse. Ich brauche gar nicht erst nachzusehen, um zu wissen, dass meine Kette abgesprungen ist. »Fuck! Fuck! Fuck!«

Wütend steige ich ab und kippe das Fahrrad mit so viel Schwung wie möglich um. Es kracht mit einem unschönen Knirschen auf den Asphalt.

Und plötzlich ist es, als würden sich sämtliche angestauten Gefühle in meinem Inneren in einer einzigen großen Sturzflut entladen. Ich schluchze leise auf, und meine Augen füllen sich mit Tränen. Ich lasse mich auf die Bürgersteigkante sinken und achte nicht darauf, dass meine Jeans sich sofort mit Wasser vollsaugt. Es hat den halben Nachmittag und Abend geregnet, und die Straßen sind noch immer klatschnass, aber das ist mir egal. Ich vergrabe das Gesicht in den Händen.

Ich will hier weg.

Dieser Gedanke rast durch meinen Kopf wie ein unangenehmes Echo. Dabei habe ich nicht einmal eine Ahnung, wovor genau ich fliehen will. Und wohin.

Vielleicht sollte ich Caleb bitten, aus dem Vertrag aussteigen zu dürfen, und das Erbe doch ablehnen. Bislang hat es mir nur Schwierigkeiten gebracht, wenn ich ehrlich bin. Die Reporter, der rätselhafte Stalker, meine Unsicherheiten in Bezug auf meinen neuen Job bei *Bonham Industries*. Und Caleb. Mit dem Ablehnen des Erbes wäre ich auch Caleb los. Denn auch wenn ich ihm gegenüber auf kaltschnäuzig und emotionslos mache, entwickelt er sich zu einem Problem. Deal hin oder her, ich sehe ihn nicht mehr so wie vor der Nacht in den Hamptons. Mein erster Impuls, als ich heute Mittag die Nachricht des unbekannten Absenders gelesen habe, war, Caleb anzurufen. Nicht, um ihn auf den neuen Stand zu bringen oder ihn auf dem Laufenden zu halten. Nicht, weil ich wie in der *TK Maxx* Filiale Angst hatte und er der Einzige war, der mir helfen könnte. Nein, ich wollte mich von Caleb trösten lassen.

Er ist der einzige Mensch, den ich kenne, der meine Situation wenigstens ansatzweise nachvollziehen kann. Samstagabend am Feuer auf der Terrasse und auch später in der Küche hat er es geschafft, dass ich mich sicher fühle. Dass mir die ganze Sache weniger Angst macht und dass ich das Gefühl habe, nicht allein zu sein.

Ich befürchte, auf dieses Gefühl irgendwann nicht mehr verzichten zu können. Oder zu wollen. Dass ich den Abstand, auf den wir uns geeinigt haben, nicht mehr halten kann, wenn wir uns weiter so oft sehen.

Auch wenn ich selbst nicht benennen kann, was genau es ist, fühle ich etwas für Caleb. Irgendetwas.

Und dieses Etwas wird irgendwann beginnen wehzutun. Dessen bin ich mir sicher.

Als die ersten Regentropfen vor mir auf dem Asphalt zerplatzen, rapple ich mich mühsam auf. Ich würde gerne noch ein wenig hier herumsitzen und mich selbst bemitleiden, aber wenn mich irgendein verirrter Reporter zusammengesunken im Regen findet ... Die Schlagzeile will ich mir gar nicht erst vorstellen. Also hebe ich mein Fahrrad auf und fange an zu schieben.

Kaum ein paar Minuten später kleben mir meine Haare in nassen Strähnen im Gesicht. Die Mühe, die ich mir heute Morgen mit dem Make-up und der Frisur gemacht habe, wird vom kalten New Yorker Regen einfach davongewaschen. Ich lege den Kopf in den Nacken und schaue hinauf zu den Dächern der umstehenden Hochhäuser. Sie ragen über mir empor und erleuchten den Nachthimmel. Man nennt New York nicht ohne Grund die Stadt, die niemals schläft. Um mich herum hupen Autos, Taxis fahren auf der nicht weit gelegenen Hauptstraße vorbei, aus einem der Wohnhäuser dringt laute Technomusik. Und trotzdem fühle ich mich allein, als wäre ich in diesem Moment der einzige Mensch auf der ganzen Welt.

Ich beschließe, eine Abkürzung zu nehmen, und biege ab in eine Seitenstraße. Hier ist es ruhiger. Und ... dunkler. *Verdammt.*

Als ich hinter mir ein Geräusch höre, werfe ich einen Blick über die Schulter, kann aber nichts erkennen. Zögernd bleibe ich stehen. Der Gehweg ist leer, abgesehen von mir und meinem Fahrrad. Alle paar Meter wird der Weg entweder durch das Licht aus einem der umstehenden Gebäude oder einer Straßenlaterne erhellt, aber ich kann niemanden entdecken. Ich drücke auf einen Knopf an meinen Kopfhörern, und sofort es wird es ruhig um mich herum, abgesehen von dem gewöhnlichen Stadtlärm. Ein paar Sekunden lang stehe ich da und lausche. Vielleicht habe ich mir das Geräusch nur eingebildet, es war irgendein Tier oder Papier, das auf den nassen Asphalt geweht wurde.

Ich drehe mich wieder um und schiebe weiter. Hoffentlich hat der Regen die Reporter vor meinem Haus vertrieben. Es ist eine Sache, bei schönem Wetter dort herumzulungern, einen Kaffee zu trinken und auf mich zu warten. Eine völlig andere, sich bei strömendem Regen abends die Beine in den Bauch zu stehen, nur um ein Foto davon zu bekommen, wie ich mein verdammtes Haus betrete.

Erneut ertönt dieses Geräusch. Jetzt erkenne ich es – eindeutig Schritte. Mir wird kalt, als sich der anfängliche Argwohn in Furcht verwandelt, die wie eisiges Wasser durch meine Adern sickert.

Mit klopfendem Herzen wirbele ich herum, doch wieder ist niemand zu sehen. Das ist doch lächerlich. Ich fühle mich wie in einem bescheuerten Horrorfilm. Diejenigen, die loslaufen und überprüfen, woher das gruselige Geräusch gekommen ist, sterben immer zuerst. Also werde ich das ganz sicher nicht tun. Ich befinde mich in einer verhältnismäßig ruhigen Seitenstraße, aber kaum fünfzig Meter vor mir liegt die 1st Avenue, die zu jeder Tages- und Nachtzeit gut bevölkert ist. Von hier aus kann ich die vorbeifahrenden Autos und Busse sehen. Also drehe ich mich wieder um und beschleunige meine Schritte. Auf dem Fahrrad wäre ich natürlich deutlich schneller, aber ich traue mich nicht, mich hinzuhocken und die Kette zu reparieren. Vielleicht spielt mir meine Fantasie einfach nur Streiche, oder die Person, deren Schritte ich gehört habe, legt es überhaupt nicht drauf an, mich zu erschrecken, sondern drückt sich aus anderen Gründen irgendwo im Schatten herum.

Es gibt Millionen Möglichkeiten, Millionen Erklärungen, trotzdem landet mein Verstand immer wieder bei der einen Vermutung: Derjenige, der die Fotos von mir gemacht und sie in die Umkleide gelegt hat, ist mir erneut gefolgt. In eine ruhige Seitenstraße.

Ein Zittern läuft durch meinen Körper, was nichts mit dem kalten Regen zu tun hat, der sich mit jeder Sekunde mehr durch den Stoff meiner Kleider frisst. Allein bei der Vorstellung, dass der Stalker sich in meiner Nähe befinden könnte, schießt mein Puls in die Höhe. Er hat mir bis jetzt nichts getan, aber wer kann mir versichern, dass das auch so bleibt? Dass seine Aktionen nicht radikaler werden, weil ich kaum darauf eingehe? Was auch immer er für ein Ziel verfolgt, er muss doch irgendwann einmal das Tempo anziehen.

Mein Atem geht viel zu schnell, und mein Keuchen übertönt beinahe alles um mich herum. Trotzdem höre ich es wieder. Schritte, das Rascheln von Klamotten. Da ist ganz sicher jemand hinter mir. Als ich mich erneut umdrehe, erkenne ich einen Schatten, der eilig hinter einem parkenden Auto verschwindet. Vor Angst bleibt mir die Luft weg.

Ein Teil von mir will sofort das Arschloch zur Rede stellen. Ihm ins Gesicht schauen und endlich herausfinden, was der ganze Scheiß soll. Ein anderer hingegen will mein Fahrrad fallen lassen und wegrennen, so viel Abstand zwischen mich und diesen Irren bringen wie möglich.

»Hallo?«, rufe ich, ohne das Zittern in meiner Stimme komplett unterdrücken zu können. »Was wollen Sie?«

Keine Antwort. Natürlich nicht. Mit klopfendem Herzen mache ich einen Schritt auf das Auto zu, hinter dem ich den dunklen Umriss gesehen habe.

In diesem Augenblick biegt ein Taxi in die Straße ein und hält mich davon ab, etwas wirklich Dummes zu tun. Ich drehe mich wieder um und verlasse mit schnellen Schritten die Seitenstraße. Erst als ich die 1st Avenue erreiche, entspanne ich mich ein wenig. Als ich zurücksehe, runzle ich die Stirn. Von meiner jetzigen Position aus kann ich hinter das Auto schauen, das am Straßenrand steht.

Wer auch immer sich dahinter versteckt hatte, ist verschwunden.

26

JULIE

Mittwoch, 8. Juni 2022

Heute habe ich offiziell meinen ersten Arbeitstag bei *Bonham Industries*. Ich würde gerne behaupten, dass ich völlig entspannt bin und mir kaum Gedanken um meinen Einstand in der Firma mache. Aber das stimmt nicht. Ich bin lächerlich früh aufgestanden, habe mir bereits am Abend ein Outfit rausgesucht und ziemlich viel Zeit in meine Haare und mein Make-up investiert. Meine Erscheinung ist ein verdammtes Gesamtkunstwerk, und ich hoffe wirklich, dass irgendjemand das zu schätzen weiß. Ich habe extra zwei frühere Bahnen genommen, um genug Zeit zu haben, mich zu akklimatisieren. Auf dem Weg habe ich mir einen Kaffee geholt, um meine Nerven zu beruhigen.

Als ich jetzt vor dem Bonham Tower stehe, lege ich erneut den Kopf in den Nacken und schaue die vielen Etagen hinauf. Dort oben irgendwo ist Calebs Büro mit dem gigantischen Ausblick. Auch wenn ich das Gebäude bereits kenne, die Firma in den letzten Tagen mehrmals gegoogelt und mich auf der Internetseite umgeschaut habe, fühle ich mich dennoch ziemlich unvorbereitet. Als würde ich kopfüber in einen trüben See springen, ohne zu wissen, ob das Wasser tief genug ist.

Mein Blick fällt auf mein Spiegelbild, das sich in der Glasfront reflektiert, vor der ich stehe. Nach einigem Hin und Her und einer ganzen Menge Hilfe von Saheera habe ich mich schließlich für eine dunkelblaue Marlenehose mit hoher Taille und ein einfaches weißes T-Shirt mit Turtleneck entschieden. Dazu die einzigen Markenschuhe, die ich besitze – schwarze Blaine Loafer Slipper –, eine schwarze Handtasche und dezenten Goldschmuck. Darüber trage ich den gleichen dünnen braunen Mantel wie bei der Vertragsunterzeichnung, obwohl es dafür heute viel zu warm ist, und ich habe mich auch wieder für eine ähnliche Frisur entschieden. Ein schlichter, tiefer Dutt erschien mir irgendwie am passendsten. Ich komme mir selbst ein wenig overdressed vor angesichts der Tatsache, dass ich am Anfang hauptsächlich Calebs Schatten spielen werde, bevor ich meinen Platz in dem Unternehmen finde und eigenständig arbeiten kann. Wäre das hier lediglich irgendein Studierendenjob, hätte ich mich niemals so herausgeputzt. Im Gegenteil, ich hätte mich vermutlich für eine bequeme Jeans und Turnschuhe entschieden. Aber immerhin habe ich Caleb mehr als einmal in seinen Arbeitsklamotten erlebt, und jedes Mal sah er aus wie aus dem Ei gepellt. Selbstbewusstsein ist wahnsinnig wichtig, und ich möchte mich ungern wieder so unwohl fühlen wie bei meinem letzten Besuch. Allein die Erinnerung an mein kurzes Gespräch mit Mr Freeman lässt mich erschaudern.

Nachdem ich noch einmal tief durchgeatmet habe, setze ich meine Sonnenbrille ab, schiebe sie in meine Handtasche und betrete das Gebäude. Letzten Donnerstag habe ich mich so unglaublich fehl am Platz gefühlt, als ich mit Caleb an meiner Seite in dieser Eingangshalle war. Heute habe ich immer noch den Eindruck, als würde ich nicht hierhergehören, aber immerhin sollte nicht jeder Mensch sofort erkennen können, dass ich eigentlich aus einer ganz anderen sozialen Schicht stamme.

Ein wenig unschlüssig blicke ich mich um, dann gehe ich zu dem von der Decke hängenden Empfangstresen und lächle der Frau dahinter freundlich zu.

»Mein Name ist Juliette Penn«, sage ich mit so viel Selbstbewusstsein, wie ich aufbringen kann. »Mir wurde gesagt, dass hier unten ein Mitarbeiterausweis für mich hinterlegt ist. Ich soll mich bei Mr Bonham melden.«

Die Frau erwidert mein Lächeln, allerdings mit geschäftsmäßiger Distanz. »Willkommen bei *Bonham Industries*, Miss Penn. Mein Name ist Talisha.« Sie deutet auf ihren Kollegen, der gerade mit einer Frau mittleren Alters spricht. »Das ist Valentin. Falls Sie Fragen haben, stehen wir Ihnen selbstverständlich zur Verfügung.«

Ich nicke ein wenig unsicher. Ist das ihre grundsätzliche Höflichkeit gegenüber neuen Mitarbeitenden, oder weiß sie, wer ich bin? Was naheliegend ist, wenn ich darüber nachdenke. Wenn schon die New Yorker Presse an mir interessiert ist, werden *Bonhams* Mitarbeiter die ganzen Schlagzeilen nach Sylvias Tod vermutlich erst recht verfolgt haben.

Sie reicht mir eine Chipkarte, die genauso aussieht wie die, mit der Caleb den Aufzug in die Privatetage bedient hat: weiß und dunkelblau mit goldfarbenen Applikationen. Als ich sie umdrehe, bemerke ich, dass am unteren Rand in goldenen Buchstaben mein Name eingeprägt wurde.

Als ich wieder aufsehe, stelle ich fest, dass Talisha mich immer noch ansieht. »Ich hoffe, ich trete Ihnen nicht zu nahe, aber wir alle nehmen großen Anteil an Ihrem Verlust.«

Mein Gesicht wird warm. Mir ist klar, dass sie über Sylvia spricht, dennoch sind mir derartige Bemerkungen immer ein wenig unangenehm. Ich habe eigentlich kein Recht auf Beileidsbekundungen, immerhin habe ich nichts verloren. »Vielen Dank«, antworte ich trotzdem und erwidere ihr Lächeln. »Ich habe sie leider nicht persönlich gekannt, aber es ist schön zu hören, dass sie offensichtlich gemocht wurde.«

»Sie war eine beeindruckende Frau, Miss Penn.«

»Ja, das war sie wohl.«

Talisha nickt und wechselt zum Glück das Thema. »Würden Sie bitte hier warten? Mr Bonham bat mich, ihn zu informieren, sobald Sie eintreffen.«

Ich mache eine zustimmende Handbewegung und gehe ein paar Schritte zur Seite, um den Platz für andere Besucher freizumachen, während Talisha nach dem Telefon greift. Unauffällig atme ich aus. Ich bin ein wenig erleichtert. Natürlich ist mir klar, dass Freundlichkeit quasi zu den Grundqualifikationen in ihrem Job am Empfang gehört, trotzdem hatte ich ein wenig Bammel davor, den Mitarbeitern hier zu begegnen. Talisha war ein wirklich guter Einstieg und lässt mich ein wenig entspannen.

Während ich auf Caleb warte, beobachte ich die einzelnen Leute in der Empfangshalle. Genau wie beim letzten Mal frage ich mich, wer genau sie sind oder was sie hier tun. Einige von ihnen sind vielleicht Mitarbeiter auf dem Weg nach draußen oder drinnen, aber der Rest? Hat ein Pharmahersteller direkte Kundschaft? Ich wage zu bezweifeln, dass Patienten direkt mit einem Rezept in den *Big B* spazieren, um sich ihre Tabletten abzuholen. Und die Männer und Frauen, die dort drüben mit Aktentaschen bewaffnet auf den Bänken sitzen und immer wieder auf die Uhr schauen? Sind das Vertreter oder Apotheker?

Schätze, all das werde ich in den nächsten zwölf Monaten lernen. Aber ich ahne, dass ich mich trotzdem niemals genauso frei und selbstsicher durch diese Lobby bewegen werde wie Caleb und seine Angestellten. Ich fühle mich wie ein Fremdkörper.

Als Talisha winkt und auf den Fahrstuhl deutet, folge ich ihrer Handbewegung. Mein Blick fällt auf Caleb, der gerade den Aufzug verlässt. Und einen Moment lang kann ich nichts anderes tun, als ihn anzustarren. Wie erwartet trägt er einen Anzug, wieder ohne Weste und Krawatte. Der Stoff ist dunkelgrau und schmiegt sich so perfekt an Calebs Körper, als hätte man ihn direkt in ihn hineingenäht. Seine Haare sind zerzaust, als wäre er gerade mit der Hand hindurchgefahren, sehen aber nicht unordentlich aus. Genauso wenig wie der Bartschatten, der sich wie üblich auf seinen Wangen und seinem Kiefer abzeichnet. Caleb hat ein unvergleichliches Gespür dafür, gleichzeitig rau und seriös auszusehen.

Eine verdammt gute Mischung, wenn man mich fragt.

»Du bist tatsächlich hier«, sagt er grinsend, sobald er in Hörweite ist. Der Klang seiner Stimme und das Funkeln in seinen Augen lösen etwas in meiner Magengegend aus, das ich lieber nicht so genau ergründen will.

Stattdessen hebe ich das Kinn. »Was hast du erwartet?«

Er bleibt vor mir stehen und betrachtet mich eingehend. Kurz überlege ich, wie wir uns überhaupt begrüßen sollen. Die Hand geben ist deutlich zu förmlich, aber es käme mir auch seltsam vor, ihn zu umarmen. Also tue ich einfach gar nichts, umklammere die Träger meiner Handtasche und warte darauf, dass er seine Musterung beendet.

»Du siehst gut aus«, meint er schließlich und räuspert sich kurz, als ich ihn belustigt ansehe. »Ich meine es ernst. Du siehst … irgendwie badass aus.«

Ich lache laut auf, schlage mir aber hastig die Hand vor den Mund, als sich ein paar Leute zu uns herumdrehen. »Vielen Dank. Falls das als Kompliment gemeint war.«

»War es.« Er zwinkert mir zu, dann bietet er mir seinen Arm an. Zögernd hake ich mich unter. »Ich denke, wir beginnen mit einem Rundgang, und ich stelle dir die Leute vor, mit denen du am meisten zu tun haben wirst. Meinen Tag habe ich mir überwiegend freigehalten, damit du dich erst einmal zurechtfinden kannst.«

Erstaunt sehe ich ihn von der Seite an. »Das ist ja richtig nett.«

»Du klingst, als hättest du etwas anderes erwartet.«

Habe ich auch. »Na ja, es hätte mich jetzt auch nicht gewundert, wenn du den Tag mit Absicht stressig geplant hättest, damit ich spätestens heute Abend wieder kündige.«

Ich rechne mit einem Lachen oder einer frechen Retourkutsche. Aber stattdessen ist er so lange still, dass ich mich frage, ob er mich überhaupt verstanden hat. Als sich die Aufzugtüren vor uns schließen – es irritiert mich ein wenig, dass niemand sonst mit uns einsteigt, obwohl mehrere Leute darauf warten –, lässt er meinen Arm los und dreht sich zu mir.

»Ich weiß, dass du mir nicht vertraust, Julie«, sagt er leise und mit einem seltsamen rauen Unterton in der Stimme. »Aber ich will dir nichts Böses. Ich versuche dich weder gegen diese Firma auszuspielen noch dich in einem schlechten Licht dastehen zu lassen. Okay?«

Verwirrt nicke ich. »Das war kein Angriff, Caleb. Ich wollte nur sagen, dass …«

»Ich weiß«, unterbricht er mich, wendet sich wieder nach vorne und drückt auf einen Knopf. »Alte Verhaltensmuster sind schwer abzulegen. Aber ich gebe mir Mühe.«

Reflexartig strecke ich die Hand aus und lege sie auf seinen Oberarm. Er dreht den Kopf und sieht mich eindringlich an, aber ich weiche nicht zurück. »Worum geht es hier, Caleb?«

Seine Stirn legt sich kaum merklich in Falten. Ohne mich aus den Augen zu lassen, betätigt er den Notschalter und bringt den Aufzug zum Halten. »Hast du die Artikel gestern nicht gelesen?«

Ich schüttle den Kopf. Seit wir uns am Montag in dem Café unterhalten haben, hat mein Google Alert mehr als einmal angeschlagen, aber ich habe es ignoriert. Es bringt nichts. Ich kann derartige Schlagzeilen nicht verhindern, habe keinerlei Einfluss darauf, was die Leute schreiben und abdrucken. Also bringt es mir auch nichts, die Gerüchte zu lesen und mich danach darüber aufzuregen. Außerdem hat die Begegnung in der dunklen Straße Montagnacht mich ein wenig aus dem Konzept gebracht. Aber davon weiß Caleb nichts.

»Sie schreiben, dass ich dich ausnutze«, sagt er mit zusammengebissenen Zähnen. »Irgendein Börsenblatt hat den Nettowert des Pflichtanteils ermittelt, den du erhalten würdest, wenn du auf dein Erbe verzichtest. Und wie viel meine Anteile der Firma wert wären, würdest du sie mir überschreiben. Offensichtlich ist die einzig logische Schlussfolgerung daraus, dass ich mich an dich heranschmeiße, um dich quasi zu meiner eigenen kleinen Marionette zu formen.« Er schnaubt wütend. »Als wäre das so einfach. Wenn die dich kennen würden, wüssten sie, dass du dir von mir nichts sagen lässt.«

»Schön, dass du das inzwischen eingesehen hast«, sage ich und grinse. Trotz meines Versuches, die Stimmung aufzulockern, schießen mir unwillkürlich Bonnies Worte durch den Kopf. Im Grunde vertritt sie die gleiche Meinung wie der Verfasser dieses Artikels: dass Caleb mit seinem plötzlichen Sinneswandel einen Plan verfolgt. Allerdings hat Bonnie auch keine Ahnung, dass Caleb und ich miteinander geschlafen haben. Wenn auch das nur als Mittel zum Zweck diente, dann ist er noch zielstrebiger als bislang angenommen. Wobei er auch nicht der erste Mensch auf diesem Planeten wäre, der Sex dafür einsetzt, seinen Willen durchzusetzen.

»Das ist nicht witzig«, erwidert er. Ich bin ein bisschen überrascht, wie wütend er klingt. Ehrlich gesagt hätte ich erwartet, dass er sich darüber lustig macht. »Ist dir klar, wie viel Einfluss die Presse auf die Meinung der Leute hat? So etwas kann schon reichen, um einen Shitstorm auszulösen.«

Als der Groschen fällt, verfinstert sich meine Miene. »Ah, alles klar. Hier geht es nicht um mich oder meine Ehre, sondern darum, dass du Angst hast, im Ansehen der Leute zu sinken.«

Plötzlich ist er mir so nahe, dass ich unwillkürlich die Luft anhalte. »Nein, Julie. Hier geht es darum, dass sie dich als naives kleines Mädchen hinstellen, das sich von mir über den Tisch ziehen lässt. Und mich als den fucking großen bösen Wolf. Und darum, dass ich befürchte, dass du diesen Dreck liest und ihn glaubst. Entschuldige bitte, dass ich ein Problem damit habe.«

»Selbst wenn *sie* denken, dass du mich verarschst«, sage ich leise. Mein Blick wandert hinunter zu seinen Lippen, aber ich zwinge ihn zurück zu seinen Augen. »Ich tue es nicht.«

»Ach nein?«

»Nein.« Ich lege so viel Entschlossenheit in meine Stimme wie möglich, hebe eine Hand und lege meine Fingerspitzen an seine Wange. Ich weiß, dass ich das nicht tun sollte, aber es fällt mir eindeutig zu schwer, mich davon abzuhalten. »Du bist einer von den Guten, Caleb.«

»Vielleicht ist das ein verdammter Fehler.« Seine Stimme ist kaum mehr als ein Flüstern.

Meine Lippen zucken, und ich ziehe die Hand zurück. »Kann ich dich etwas Dummes fragen?«

»Besser als jede andere, die ich kenne.« Mit diesen Worten drückt er den Schalter, und der Aufzug setzt sich wieder in Bewegung.

Ich rolle mit den Augen. »Wenn ich dir anbieten würde, auf mein Erbe zu verzichten und dir die Firma zu überlassen … und wir einfach wieder zur Normalität zurückkehren würden, als wäre nie etwas gewesen …«

»Ja?«

»Würdest du dich darauf einlassen?«

Mein Gesicht wird warm, als er den Kopf schief legt und mich ansieht. »Du meinst, ob ich mich darauf einlassen würde, dass du verschwindest?«

Ein wenig verlegen zucke ich mit den Schultern. »Ja. Versteh mich nicht falsch«, schiebe ich hastig nach, als er lächelt. »Das hier ist kein *fishing for compliments* oder so, ich frage mich einfach, ob wir nur nett zueinander sind, weil wir es sein müssen und es die nächste Zeit erträglicher macht …«

»Oder ob ich dich mag«, führt er den Gedanken zu Ende. Er lehnt sich vor und bringt sein Gesicht so nahe an meines, dass ich seine Wimpern zählen könnte. Dieses Mal sind es seine Finger, die meine Wange berühren. Als sein Daumen hauchzart über meine Unterlippe gleitet, halte ich die Luft an. »Ich kann dir nicht sagen, wie ich mich entscheiden würde, Julie. Diese Firma ist mein Leben. Aber ich glaube nicht, dass ich riskieren würde, dich nicht mehr wiederzusehen.«

Ich will Caleb küssen. Das abzustreiten, wäre einfach nur lächerlich.

Aber ich kann nicht. Wir haben es verkompliziert, indem wir in den Hamptons übereinander hergefallen sind. Allerdings bot der Alkohol eine ziemlich unkomplizierte Ausrede, und wir konnten glücklicherweise mehr oder weniger normal weitermachen. Dieses Mal wäre es eine bewusste, kalkulierte Entscheidung, die sich nicht rechtfertigen ließe.

Egal, wie sehr ich es will, egal, wie sehr alles in mir schreit, ihn an mich zu ziehen. Es wäre ein Fehler.

Ich habe keine Ahnung, was passiert wäre, wenn die Aufzugtüren sich nicht in diesem Moment geöffnet und damit die Spannung zwischen uns unterbrochen hätten. Meine innerlich aufgezählten Argumente sind durchaus überzeugend, trotzdem traue ich meiner Selbstbeherrschung nicht genug, um sicher zu sein, dass ich Caleb nicht geküsst hätte.

Räuspernd mache ich einen Schritt zurück, und seine Hand gleitet von meiner Wange. Sein Grinsen wirkt ein wenig angestrengt, aber auch er geht auf Abstand. Er strafft die Schultern und schließt den Knopf seines Jacketts, bevor er die Kabine verlässt.

Ich folge ihm mit weichen Knien. »Caleb«, beginne ich leise, auch wenn ich selbst nicht genau weiß, was ich sagen möchte.

Viel zu schnell hebt er die Hand und streicht mir eine verirrte Strähne hinters Ohr. »Mach dir keine Gedanken. Lass uns erstmal diesen Tag hinter uns bringen, in Ordnung?«

Ich nicke. Er hat recht. Wir müssen uns konzentrieren. Es hilft keinem von uns weiter, wenn wir auch noch im Büro die Gerüchteküche zum Brodeln bringen.

Die nächste Stunde verbringen wir damit, wichtige Leute zu besuchen. Ein paar von ihnen habe ich bereits bei unserem letzten Rundgang kennengelernt, aber da habe ich mich mehr wie ein Besucher gefühlt als eine Mitarbeiterin. Als Touristin in dieser glänzenden neuen Welt. Heute schüttle ich einer ganzen Menge Leute die Hand und werde von Caleb offiziell als neue CEO vorgestellt. Jedes Mal, wenn er mich so nennt, schießt mir das Blut in die Wangen. Es ist mir ein bisschen peinlich, meine neue Stellung vor diesen Menschen zu erwähnen. Immerhin sind alle älter als ich und arbeiten bereits viel länger in diesem Unternehmen. Vermutlich wäre jeder Einzelne von ihnen qualifizierter für den Job als ich.

Aber zu meiner Erleichterung begegne ich kaum einem

bösen Blick, und niemand äußert seinen Unmut mir gegenüber. Was natürlich nicht bedeutet, dass sämtliche Angestellten von *Bonham* mich mit offenen Armen begrüßen werden. Oder dass hinter verschlossenen Türen oder an der Kaffeemaschine nicht über mich gesprochen wird. Das ist mir klar. Aber direkt an meinem ersten Tag in eine Diskussion über meine Daseinsberechtigung verwickelt zu werden, hätte meinem Selbstbewusstsein alles andere als gutgetan.

Als wir gegen Mittag die Marketingabteilung ansteuern, steigt meine Nervosität noch einmal ins Unermessliche. Inzwischen habe ich so viele Hände geschüttelt und so viel Small Talk betrieben, dass ich darin fast schon Routine habe. Doch das bei den anderen Abteilungen waren bislang eher Höflichkeitsbesuche. Dieser ist mir wichtiger, weil ich hoffe, hier möglicherweise eine richtige Aufgabe zu finden, die mein lächerlich hohes Gehalt zumindest ansatzweise rechtfertigt.

Das Marketingteam arbeitet in einer Art Großraumbüro in der neunten Etage und unterscheidet sich damit ziemlich deutlich von den übrigen Abteilungen, die entweder aus einer Reihe Arbeitskabinen oder einzelnen Büros bestehen. Caleb und ich betreten einen großen offenen Raum, der ähnlich wie sein Büro an zwei Seiten komplett über eine Glasfront verfügt. Der Boden besteht wie im gesamten Gebäude aus weißem Marmor, die Decken sind hoch und der Geräuschpegel ist beeindruckend. Überall stehen große Gruppenarbeitsplätze, an denen jeweils fünf oder sechs Leute zusammensitzen und arbeiten. Der eigentliche Hingucker ist allerdings der gigantische Glaskasten in der Mitte des offenen Raumes. Dabei handelt es sich anscheinend um einen Konferenzsaal, in dessen Mitte ein großer Tisch mit mehr als zwei Dutzend Sitzplätzen thront. Die Stimmung auf dieser Etage gleicht der eines Bienenschwarms – überall quasseln Leute, eilen mit Handys am

Ohr, Klemmbrettern und Tablets im Arm von Schreibtisch zu Schreibtisch oder drängeln sich in kleinen Grüppchen vor den Computern. Auf der anderen Seite des Raumes entdecke ich ein paar Türen, die wahrscheinlich in separate Büros der Abteilungsleiter oder zu den Toiletten führen.

Calebs leises Lachen neben mir reißt mich aus meinem Staunen. Ich drehe mich ihm zu und bemerke, dass er mich beobachtet. Ich hebe fragend die Augenbrauen. »Du siehst aus wie ein Kind in einem Spielzeugladen.«

»So fühle ich mich auch.« Erneut beobachte ich das geordnete Chaos, das sich vor uns abspielt. »So habe ich mir die Marketingabteilung eines Pharmaunternehmens nicht vorgestellt, wenn ich ehrlich bin. Das hier sieht aus wie die Redaktion einer Zeitung oder so ähnlich.«

»Bis vor drei Jahren wurden Aufgaben, die in die Marketing- oder Designbereiche gefallen sind, an externe Unternehmen outgesourct«, erklärt er und führt mich am Ellbogen in das Büro hinein. Ein paar Mitarbeitende schauen auf und nicken uns zu, keiner lässt sich aber sonderlich durch unsere Anwesenheit stören. »Dann haben wir ein eigenes Team aufgebaut. Die Kreativabteilung ist also noch relativ neu, und unsere Abteilungsleiterin Mrs Yeon hat sich zusammen mit dem Innenarchitekten ziemlich ausgetobt, als es um die Raumplanung ging.«

Grinsend lasse ich den Blick schweifen. »Ja, das kann ich mir vorstellen. Was genau macht die Kreativabteilung? Medikamentenverpackungen entwerfen?«

Meine letzte Frage war eher sarkastisch gemeint, doch Caleb nickt. »Unter anderem. Normale Verpackungen sind nicht so anspruchsvoll, aber Medikamente speziell für Kinder werden aufwändiger gestaltet. Die Leute kümmern sich um Werbekampagnen, Print- und Digitalmarketing, unsere

Social-Media-Kanäle, die gesamte Öffentlichkeitsarbeit und so weiter.«

Wow. Calebs Erklärungen ergeben absolut Sinn, allerdings hatte ich mir die Arbeit des Marketingteams ganz anders vorgestellt. *Bonham Industries* hat sich mir bislang so elegant, so konservativ präsentiert, dass ich mit einer nüchternen Pressesprecherin und Schreibtischen in Reih und Glied gerechnet habe.

Das hier … das hier ist unvorstellbar cool.

Eine Frau tritt uns in den Weg und mustert mich neugierig, bevor sie die Hand ausstreckt und mich anlächelt. »Sie müssen Miss Penn sein«, sagt sie mit fester Stimme. »Wir haben schon auf Sie gewartet.«

Ach ja? Ich versuche, mir meine Überraschung nicht anmerken zu lassen, sondern schüttle stattdessen ihre faszinierend kleine Hand. »Ja, das bin ich. Aber bitte nennen Sie mich Julie.«

»Julie, das ist Mrs Yeon.« Caleb legt mir eine Hand auf den Rücken, was mich kurz aus dem Konzept bringt. Ein leichtes Kribbeln breitet sich unter seiner Berührung aus, was es nicht gerade einfach macht, mich auf das Gespräch zu konzentrieren. »Sie ist das Herz dieser Abteilung.«

Mrs Yeon winkt ab, allerdings habe ich das Gefühl, sie tut es mehr aus Höflichkeit. Diese Frau strahlt Selbstbewusstsein aus. »Mr Bonham ist ein Charmeur.« Sie zwinkert ihm beinahe mütterlich zu. »Aber leider ein überzeugender.«

Caleb lacht, und ich stimme leicht irritiert mit ein. Mrs Yeon verwirrt mich. Sie wirkt freundlich, aber gleichzeitig verströmt sie eine Autorität, die mich ein wenig einschüchtert. Wie eine nette, aber sehr strenge Dozentin an der Uni. Sie ist zweifellos eine großartige Chefin – solange man sie nicht verärgert.

Allerdings sollte ich mich wohl regelmäßig daran erinnern, dass niemand in diesem Laden mein Chef ist. *Ich* bin ihre Vorgesetzte.

»Mrs Marnó erzählte mir bereits, dass Sie eine kreative Ausbildung anstreben?«

Ich nicke hastig, während ich das Bedürfnis unterdrücke, mich nach Mrs Marnó umzusehen. »Ich studiere Grafikdesign im Hauptfach und interessiere mich vor allem für Buchillustrationen. Ich bin sehr beeindruckt von Ihrem Büro.«

Ihr Lachen ist hell und beinahe melodisch. »Das ist sehr freundlich von Ihnen. Ich stelle Ihnen gerne das Team vor, wenn Sie Zeit dafür finden. Heute ist Ihr Terminkalender geblockt, aber ich schließe mich gerne mit Ihrer Assistentin kurz und vereinbare ein gemeinsames Meeting, in dem wir das weitere Vorgehen besprechen. Wenn das in Ihrem Sinne ist.«

Mein Verstand hat einen Moment lang Probleme damit, Worte zu bilden. Ein wenig hilflos sehe ich Caleb an, der sich im Hintergrund gehalten hat, jetzt aber zu meiner Erleichterung einspringt. »Melden Sie sich am besten bei Abigail, sie wird Miss Penns Termine fürs Erste koordinieren, bis sich alles eingespielt hat.«

»Wunderbar«, erwidert Mrs Yeon und strahlt mich dermaßen an, dass ich kurz das Gefühl habe, gegen die Sonne anblinzeln zu müssen. »Dann will ich Sie nicht weiter aufhalten. Hat mich gefreut, Sie kennenzulernen, Miss Penn.«

»Julie«, verbessere ich reflexartig, aber sie hat sich bereits abgewendet und eilt davon. Perplex drehe ich mich zu Caleb, der verhalten grinst. »Was war das denn?«

»Das war Mrs Yeon«, antwortet er und beißt sich auf die Lippen. »Sie ist eine Naturgewalt. Aber ich arbeite gern mit ihr zusammen.«

Den Eindruck habe ich auch. Wir haben kaum fünf Minuten

miteinander gesprochen, trotzdem bilde ich mir plötzlich ein, freier atmen zu können. Eine meiner größten Sorgen, was die Arbeit bei *Bonham Industries* angeht, war, nicht hineinzupassen. Mich ein Jahr lang wie ein Eindringling zu fühlen und nirgends dazuzugehören. Jetzt schöpfe ich allmählich ein bisschen Hoffnung, meinen Platz finden zu können.

Ich atme geräuschvoll aus und zupfe mein Oberteil zurecht, bevor ich Caleb ansehe. »Und nun?«

»Komm.« Er winkt mich zurück zum Fahrstuhl. »Ich stelle dir deinen Tony vor.«

27

JULIE

»Abigail ist deine Assistentin, richtig?«, frage ich, als wir den Fahrstuhl im siebzehnten Stock verlassen. Erneut stehen wir in einem schlichten, aber eleganten Korridor, von dem mehrere Bürotüren abgehen.

»Noch«, antwortet er und hebt ein wenig verlegen die Schultern, als er meinen Gesichtsausdruck bemerkt. »Abigail war Sylvias persönliche Assistentin, und ich habe sie nach Sylvias Tod übernommen. Das hat Sinn gemacht, weil sie über alles Bescheid weiß und sich mit den Abläufen auskennt. Aber wir kommen nicht so gut miteinander klar.«

»Warum nicht?«

»Nichts Bestimmtes. Ich glaube, wir sind uns einfach nicht sonderlich sympathisch. Dein Assistent ist die Person, mit der du am engsten zusammenarbeitest. Da sollte die Chemie also stimmen.«

Nachdenklich mustere ich eine der unzähligen Zimmerpflanzen, die hier überall auf den Fluren und in den Büros stehen. Sie sehen echt aus und ich frage mich, wer sie wohl alle gießen muss. »Bekomme ich auch einen eigenen Assistenten?«

Caleb hebt einen Mundwinkel. »Du bekommst alles, was du willst.«

Ich verdrehe die Augen, kommentiere es aber nicht weiter, weil er in diesem Moment vor einer der Türen stehen bleibt.

Dann hebt er die Hand und klopft, wartet gar nicht erst auf eine Antwort, sondern betritt eine Sekunde später den Raum. Neugierig folge ich ihm in ein geschmackvolles Büro: weiße Möbel, mehrere der besagten Topfpflanzen, Schwarz-Weiß-Fotografien an den Wänden und eine riesige Fensterfront, die einen ziemlich imposanten Blick auf Manhattan gewährt.

Als wir eintreten, erhebt sich eine Frau aus ihrem Bürostuhl und lächelt uns wissend an, als hätte sie damit gerechnet, dass wir jeden Moment hineinschneien. Sie ist groß, wahrscheinlich sogar ein paar Zentimeter größer als Caleb, trägt Jeans und ein schwarzes T-Shirt und wirkt damit lässiger als jeder Mensch, dem ich während unseres Rundgangs begegnet bin.

»Entschuldigen Sie die Störung«, sage ich, weil ich Calebs Auftritt beinahe ein wenig unhöflich finde.

Sie winkt ab und kommt auf uns zu. »Kein Problem, Miss Penn, ich habe auf Sie gewartet. Es freut mich sehr, Sie kennenzulernen.«

Caleb stellt sich zwischen uns. »Julie, das ist Estha Pollock, deine Fahrerin und Personenschützerin. Mrs Pollock, darf ich Ihnen Miss Juliette Penn vorstellen?«

Ich schüttle ihre Hand. »Bitte nennen Sie mich Julie. Ich bin kein großer Fan von meinem vollständigen Namen.«

Caleb runzelt die Stirn. »Warum eigentlich nicht?«

»Ist eben so.« Ich lächle ihn übertrieben freundlich an, bevor ich mich meiner neuen Babysitterin zuwende. »Ich hoffe, ich kann Sie dazu überreden, mich mit meinem Vornamen anzusprechen. Tony weigert sich hartnäckig.«

Sie lächelt. »Das überlasse ich selbstverständlich Ihnen, Miss Penn. Bitte nennen Sie mich Estha.«

»Hat man Sie darüber in Kenntnis gesetzt, dass Sie quasi nichts zu tun haben werden?«, erkundige ich mich mit einem Seitenblick in Calebs Richtung. »Sie werden mich nur von zu

Hause abholen müssen und nach der Arbeit zurückkutschieren. Ich bin mir nicht einmal sicher, ob die Stunden einem Teilzeitjob entsprechen.«

Neben mir stößt Caleb einen ziemlich dramatischen Seufzer aus. »Mrs Pollock arbeitet seit Jahren in der Firma, Julie. Glaub mir, sie weiß, worauf sie sich einlässt.«

Interessiert nehme ich Estha in Augenschein. Ich kann super schlecht einschätzen, wie alt sie ist. Mitte dreißig vielleicht. »Haben Sie auch für Sylvia Bonham gearbeitet?«

Den Bruchteil einer Sekunde lang wirkt sie irritiert. Vielleicht wundert sie sich, warum ich meine Mutter beim vollen Namen nenne. »Nicht persönlich, Miss. Ich habe hauptsächlich Kunden gefahren und im Securitybereich gearbeitet. Aber ich versichere Ihnen, ich bin mehr als qualifiziert für diese Arbeit.«

»Oh, keine Sorge. Ich bin mir sogar sicher, dass Sie überqualifiziert sind.«

Caleb stöhnt leise auf. »Ich gebe Miss Penn die Nummer Ihres Firmenhandys. Und melden Sie sich bitte noch einmal bei Mr Alvarado bezüglich des Fuhrparks, der wartet auf Ihren Anruf.«

Estha nickt und lächelt mir zu. »Natürlich, Mr Bonham. Miss Penn … Julie, ich warte dann im Foyer auf Sie, wann immer Sie aufbrechen möchten.«

Ein wenig verlegen erwidere ich ihr Lächeln. Mir fällt dieses Angestellten-Vorgesetzten-Ding echt schwer. »Danke schön. Bis später.«

Caleb verabschiedet sich, dann öffnet er die Tür und hält sie mir auf. Ein Teil von mir fragt sich, wofür eine Chauffeurin Schrägstrich Personenschützerin Schrägstrich Babysitterin eigentlich ein Büro benötigt. Muss sie meinen Tagesablauf protokollieren? Wo ich wann hinfahre, wie viel ich esse und wie oft ich aufs Klo gehe? Wundern würde es mich nicht.

»Sie ist nett«, sage ich, als wir erneut die Aufzüge ansteuern. Nur mit Mühe kann ich ein Seufzen unterdrücken. Fahrstühle haben eine seltsame Wirkung auf Caleb und mich, und ehrlich gesagt wären mir die Treppen deutlich lieber. »Aber ich habe das ernst gemeint: Weiß sie, dass sie nicht ansatzweise die gleichen Aufgaben haben wird wie Tony? Oder auch nur eine ähnliche Arbeitsauslastung?«

Gemeinsam betreten wir eine Kabine, und er drückt einen der Knöpfe. »Ich wünschte wirklich, du würdest dir das Ganze noch einmal überlegen und sie dich begleiten lassen.«

»Das hier ist nicht meine Zukunft, Caleb«, erinnere ich ihn, während ich auf die kleine Etagen-Anzeige starre, die über der Tür leuchtet. »Ich würde gerne irgendwie in mein normales Leben zurückkehren, wenn das hier vorbei ist. Was aber schwierig wird, wenn ich mich daran gewöhne, mit einem verdammten Bodyguard herumzulaufen, der alles für mich regelt.«

»Wen juckt es, was die Leute denken?«

Ich sehe ihn demonstrativ an und denke an die Szene im Aufzug vorhin. »Dich. Aber darum geht es nicht, zumindest nicht in erster Linie. Ich brauche keinen Personenschutz.«

Jetzt ist er derjenige, der mich ansieht, als hätte ich sie nicht mehr alle. »Das sehe ich anders. Tony sieht das anders, die Cops sehen das anders, ich wette, deine Mitbewohnerinnen und dein Vater ebenso. Auch wenn ich bezweifle, dass du ihm erzählt hast, was in den letzten Tagen passiert ist.«

»Woher willst du das wissen?«

Er zuckt mit den Schultern, als die Türen sich öffnen und wir eine neue Etage betreten. »War geraten. Aber es stimmt, oder nicht?«

Meine Schultern sacken ein wenig nach unten. Er hat einen verdammt wunden Punkt getroffen. »Es würde nichts bringen, außer dass er sich schreckliche Sorgen machen würde. Er wohnt nicht einmal im gleichen Bundesstaat, könnte also rein gar nichts unternehmen. Ich würde ihn nur unnötig beunruhigen und ihm ein schlechtes Gewissen machen, weil er sich verpflichtet fühlen würde, nach New York zu kommen, wo er letztendlich auch nur herumsitzen und mir die Hand halten könnte. Das bringt ganz ehrlich keinem von uns etwas.«

»Ich verstehe das«, erwidert Caleb überraschend sanft. »Du bist selbstständig und du bist kein Kind mehr. Es ist okay, seine Eltern beschützen zu wollen.«

Ein wenig überrascht pfeife ich durch die Zähne. »Sie werden weich, Mr Bonham. Was ist nur mit Ihnen passiert?«

»Ich kann auch gerne wieder das Arschloch raushängen lassen«, meint er grinsend. »Kein Problem, ein Wort von dir reicht. Soll ich dich für deine Frisur aufziehen oder für die Hose, in der dein Arsch aussieht, als würdest du eine Windel drunter tragen?«

»Später vielleicht.« Ich zwinkere ihm zu, ehe ich erstmals registriere, wo wir uns befinden.

Wir sind in der Chefetage, die ich bereits von meinem ersten Besuch im Bonham Building kenne. Neben Caleb passiere ich eine Reihe gigantischer Fotodrucke, die rechts von uns an der Wand hängen und jeweils von einem Strahler ausgeleuchtet werden. Sie sind mir damals nicht aufgefallen – wahrscheinlich haben die Aufregung und der Überfluss an Eindrücken mich abgelenkt –, aber dieses Mal stechen sie mir direkt ins Auge. Ich trete näher heran und lege den Kopf schief, in dem Versuch, etwas zu erkennen. Die Fotos zeigen verschiedene Arten von Mustern oder Strukturen in unterschiedlichen Farben, aber ich kann nicht sagen, um was genau es sich handelt.

»Was ist das?« Ich deute auf das Bild, vor dem er steht. Das Muster erinnert an Kristalle oder Blütenblätter in leuchtenden Farben: Violett, Blau, Grün, Gelb, Schwarz und Weiß.

»Das ist Paracetamol«, sagt er und grinst, als ich ihn verwirrt ansehe. »Eine Aufnahme des Schmerzmittels unter einem Polarisationsmikroskop.«

»Im Ernst?«, frage ich lachend und mustere das Bild noch einmal genauer. Rein objektiv betrachtet ist das Foto wirklich schön, beinahe künstlerisch. »Da hatte jemand wirklich Humor.«

»Mein Dad. Er hat sie ausgesucht. Er fand es witzig.«

»Es *ist* witzig!«, bestätige ich energisch und gehe zum nächsten Bild. Dieses Foto ist nicht weniger bunt, allerdings wirken die Farben verwaschener und die Struktur erinnert mehr an eine Feder oder ein Blatt als an einen Kristall. »Und das?«

Caleb runzelt die Stirn. »Zitronensäure, glaube ich. Sie wirkt gerinnungshemmend und wird beispielsweise bei Bluttransfusionen verwendet.« Er deutet auf die breite Flügeltür aus Milchglas am Ende des Ganges. »Lass uns in unser Büro gehen.«

Unser Büro.

Im Büro zieht mich die Aussicht sofort wieder in ihren Bann. Vielleicht liegt es daran, dass ich nicht in New York aufgewachsen bin und erst seit verhältnismäßig kurzer Zeit hier lebe. Diese Stadt fasziniert mich jedes Mal aufs Neue, vor allem dann, wenn ich wie jetzt auf sie hinabsehe. Das Sonnenlicht wird von unzähligen Fenstern und den verspiegelten Fassaden der umstehenden Hochhäuser reflektiert und die allgegenwärtigen Taxis drängeln sich wie kleine gelbe Punkte weit unten durch den Stadtverkehr.

Als ich Caleb hinter mir ächzen höre, drehe ich mich um. Er steht an seinem Schreibtisch und hat sich das Jackett ausgezogen. Ich fühle mich ein wenig erschöpft, allerdings nicht körperlich. Eher so, als bräuchte mein Kopf eine Pause von der

Informationsflut und all den Eindrücken, die in den letzten Stunden auf mich eingeprasselt sind. Und Caleb sieht so aus, als würde es ihm ähnlich gehen.

Ich deute auf die beiden Schreibtischstühle, die einander gegenüber tatsächlich zwei Arbeitsplätze bilden. Der eine ist neu. »Wie geht es dir damit, dein Reich ein Jahr lang teilen zu müssen?«

Er legt sich die Hand auf die Brust. »Wir müssen uns noch einmal gemeinsam Gedanken darüber machen, ob ein zweiter Schreibtisch oder ein eigenes Büro sinnvoller wäre. Das hier ist nur eine Übergangslösung. Aber es schmerzt, ich will nicht lügen.«

Lachend schlendere ich zu ihm hinüber und lehne mich gegen den Tisch, bevor ich die Arme vor der Brust verschränke. »Also, was steht als Nächstes an?«

Er wirft einen Blick auf seine silberfarbene Armbanduhr, die mindestens ein Monatsgehalt von mir gekostet haben muss. »In einer halben Stunde treffen wir uns mit dem Vorstand zum Lunch.«

Großartig. Ich bin nicht überrascht – spätestens, als Caleb mir gesagt hat, dass er mich ein paar Leuten vorstellen wird, war mir klar gewesen, dass der Vorstand eine Etappe auf unserer kleinen Tour darstellen wird. Immerhin schien Mr Freeman schon bei meinem ersten Besuch nicht gerade erfreut darüber, dass wir ihn nicht aufgesucht hatten.

»Yay«, sage ich übertrieben begeistert. Er ist amüsiert, sagt aber nichts. Am Rand des Tisches steht ein schwarzer Korb, der beinahe überquillt vor Briefumschlägen. Um mich nicht allzu sehr in meine Angst vor dem bevorstehenden Essen hineinzusteigern, deute ich auf den Poststapel und sehe Caleb tadelnd an. »Ich glaube, du musst dich mal um deine Ablage kümmern.«

Sein Gesichtsausdruck wird dermaßen arrogant, dass ich die Augen verdrehe. »Das sind rein formelle oder persönliche Dinge. Um den wichtigen Kram kümmern sich andere, oder meine Assistentin legt sie mir vor.« Als würde er es mir beweisen wollen, greift er nach einem schweren beigefarbenen Umschlag und reißt ihn auf. Er zieht eine Karte heraus, bei der ich schon von Weitem erkenne, dass es sich um eine Beileidskarte handelt. »Davon gibt es täglich einige. Meistens von Leuten, die ich nicht kenne.«

Ich fische mir ebenfalls einen Umschlag aus dem Stapel und halte ihn fragend in die Höhe. Auf Calebs Nicken hin öffne ich ihn. Ebenfalls eine Karte, allerdings deutlich farbenfroher. Ich klappe sie auf und überfliege kurz den Text. »Du bist zu einem sechzehnten Geburtstag eingeladen.« Ich schneide eine Grimasse. »Irgendwie schräg.«

Er lacht und nimmt mir die Einladung ab. »Das ist sicher so eine Einführung in die Gesellschaft. Keine richtige Geburtstagsparty. Es gibt verdammt altmodische Menschen in New York, das überrascht mich immer wieder.«

»Ich bleibe dabei, es ist schräg.«

Caleb hält bereits einen anderen Umschlag in der Hand, wieder eine Kondolenzkarte.

Die nächsten zwanzig Minuten verbringen wir damit, die ungeöffnete Post durchzusehen. Neben den Beileidsbekundungen finden sich erstaunlich viele Einladungen zu irgendwelchen Veranstaltungen: Firmenjubiläen, Eröffnungsgalas, Wohltätigkeitsevents oder Präsentationen neuer Produkte oder Dienstleistungen. Das hier entspricht genau meiner Vorstellung von einem Leben unter den oberen Zehntausend New Yorks. Theoretisch könnte Caleb jeden Tag der Woche mit einer dieser Einladungen ausfüllen. Und nach allem, was ich bislang über Sylvia erfahren habe, hat sie genau das getan. Sie war eine bekannte Größe in diesen Kreisen, ein fester Bestandteil der High Society dieser Stadt.

Ob ich irgendwann genauso werden würde? Wenn meine Arbeit bei *Bonham* und mein Aufenthalt in dieser Welt kein Ablaufdatum hätten? Hätte Sylvia meine Familie damals nicht verlassen und sie mich großgezogen, würde ich auch auf den Gästelisten all dieser Partys stehen? Würde ich jetzt in dem Penthouse sitzen, mir ein Outfit für den Abend raussuchen und Champagner schlürfen? Oder säße ich hinter diesem Schreibtisch und würde lernen, die Firma zu leiten, weil alles in meinem Leben genau darauf abzielt?

Wir werden es nie erfahren. Denn es ist Calebs Leben und nicht meins. Und so wohl ich mich auch unten in der Kreativabteilung gefühlt habe – ich werde mich hier niemals zu Hause fühlen, wie Caleb es offenbar tut.

Das Essen mit dem Vorstand verläuft … angespannt. Wenn ich es positiv ausdrücken wollen würde. Meiner ehrlichen Einschätzung nach kommt das hier allerdings meiner persönlichen Hölle recht nah.

Caleb und ich wurden von Tony zu einem naheliegenden Restaurant gefahren. Ich wette, wir hätten zu Fuß nicht einmal fünf Minuten gebraucht, aber Fußmärsche sind in diesen Kreisen offensichtlich nicht sonderlich beliebt. Das Restaurant ist klein und gemütlich, aber selbstverständlich wahnsinnig schick und wahnsinnig teuer. Unser Tisch steht in einem kleinen Separee und so, wie der Kellner Caleb und die anderen Vorstandsmitglieder begrüßt hat, stellt das Lokal eine beliebte Anlaufstelle für derartige Treffen dar. Als Caleb mich vorstellt und ich den vier Männern und drei Frauen nacheinander die Hand schüttele, befürchte ich, mich jeden Moment übergeben zu müssen. Auch das Wissen, dass ich theoretisch die

Vorgesetzte all dieser Leute bin, änderte nichts an meiner Nervosität.

Caleb und Mr Freeman führen mir deutlich vor Augen, wie viel Macht und Einfluss der Vorstand besitzt. Mein Verhalten beeinflusst nicht nur mich und meine Stellung in dem Unternehmen, sondern auch Calebs. Und ich möchte ungern verantwortlich dafür sein, dass Caleb Probleme mit dem Vorstand oder dem Aufsichtsrat bekommt.

Also halte ich mich zurück, bin höflich und freundlich und antworte, wenn ich etwas gefragt werde. Was nicht allzu schwer ist, da wir anfangs nur unverbindlichen Small Talk betreiben und ich mich nicht in die Ecke gedrängt fühle. Mr Freeman sitzt zu meiner Erleichterung am anderen Ende des Tisches und scheint sich damit zu begnügen, mich skeptisch über gefaltete Hände hinweg zu beobachten. Die Frau, die zu meiner Rechten sitzt und sich als Mrs Joyn vorgestellt hat, ist freundlich, aber reserviert. Sie alle wahren die Etikette, aber jedem Einzelnen von ihnen ist deutlich anzumerken, dass sie mich mit Vorsicht betrachten. Dass ich eine Unbekannte in ihrer seit Jahren sorgfältig aufgebauten Gleichung darstelle und sie sich noch nicht entschieden haben, was sie von mir halten sollen. Sie erkundigen sich nach meinem Studium, meiner Familie und meinem Leben im Allgemeinen. Aber in jeder Frage schwingt unmissverständlich ein gewisser Unterton mit. Als würden sie nach etwas Ausschau halten, das sie gegen mich verwenden können.

Vielleicht werde ich aber inzwischen auch einfach nur paranoid.

Als zwei Kellner das Essen servieren, schaue ich irritiert zu Caleb. Ich habe nichts bestellt, habe nicht einmal einen Blick auf die Karte geworfen. Doch Caleb unterhält sich gerade mit einem Mann aus der Rechtsabteilung und bemerkt meinen

Blick nicht. Keiner der anderen Anwesenden scheint sich an der Essensauswahl zu stören, also beiße ich mir auf die Lippen und greife nach meinem Besteck. Ob das üblich ist? Ob der Vorstand möglicherweise jede Woche hier isst und sie immer das Gleiche bestellen? Oder ist das hier eines dieser Restaurants, in denen man einfach das bekommt, was der Chefkoch am Morgen frisch auf dem Markt gekauft hat? Davon gibt es in New York eine ganze Menge, allerdings wage ich zu bezweifeln, dass diese Männer und Frauen hier, die sich selbst so wichtig nehmen, derart abenteuerlich unterwegs sind.

Innerlich schicke ich verschiedene Stoßgebete gen Himmel, als ich das Essen inspiziere. Wenn jetzt Hummer oder Austern oder etwas anderes Kompliziertes serviert wird, bin ich geliefert. Aber zu meiner Erleichterung gibt es ein mageres Steak und Kartoffeln. Dass ich möglicherweise Vegetarierin oder Veganerin bin, ist diesen Leuten wohl überhaupt nicht in den Sinn gekommen. Oder es ist ihnen egal.

Caleb, der neben mir sitzt, übernimmt einen Großteil der Konversation, wofür ich dankbar bin. Ja, ich will diesen Menschen beweisen, dass sie mich unterschätzen. Aber nicht heute. Ich kenne meine Fähigkeiten und werde nicht den Fehler machen, zu schnell zu viel zu wollen. Heute geht es mir darum, keinen schlechten Eindruck zu machen. Ihre möglicherweise negative Meinung über mich zu revidieren und quasi eine leere Leinwand zu schaffen. In den kommenden Wochen und Monaten werde ich genügend Zeit haben, sie von meinem Können zu überzeugen. Oder zumindest von meinem guten Willen.

Als der Kellner die leeren Teller abräumt und Mr Freeman eine Runde Scotch für die Männer bestellt, ändert sich die Stimmung schlagartig. Die kleinen vereinzelten Unterhaltungen verstummen. Vielleicht habe ich irgendein Signal verpasst, aber von einer Sekunde auf die andere ist die Atmosphäre geschäftsmäßig, beinahe angespannt. Ich setze mich automatisch aufrechter hin und versuche meine flatternden Nerven zu beruhigen. Am liebsten würde ich unter dem Tisch nach Calebs Hand tasten, aber ich traue mich nicht.

»Wie gefällt Ihnen die Firma, Miss Penn?«, fragt Mr Hudson, der Mann, den ich schon bei meiner ersten Begegnung mit Freeman in der Lobby des Bonham Towers gesehen habe. Mr Hudson ist ein ruhiger und humorloser Mann. Er ist ein wenig jünger als Mr Freeman und als Einziger der Anwesenden kein Vorstandsmitglied, sondern ein Abgesandter des Aufsichtsrates. »Jetzt, da Sie sich mit ihr beschäftigt haben.«

Ich ignoriere den Seitenhieb und stelle hastig mein Wasserglas ab. Obwohl ich gerade eben einen Schluck getrunken habe, ist mein Mund staubtrocken. »Ich bin wahnsinnig beeindruckt von dem, was Sylvia aufgebaut hat. Und ich wurde sehr freundlich empfangen.«

»Wie ich hörte, wollen Sie Ihre Fähigkeiten im Marketingteam einsetzen«, fährt er emotionslos fort. »Ist das richtig?«

Verlegen sehe ich Caleb an, der mich angespannt anlächelt. »Das ist aktuell der Plan, ja. Caleb und ich sind der Meinung, dass ich das Unternehmen auf diese Weise am besten unterstützen kann.«

Freeman lacht, aber es klingt alles andere als amüsiert. »Ich hätte niemals für möglich gehalten, dass die Hälfte der Firmenanteile von einem CEO gehalten wird, der Stockfotos auf unsere Internetseite einfügt.«

Hudsons Mundwinkel verziehen sich zu einem nachsichtigen Lächeln. »Wir gehen mit der Zeit, mein Freund. Vielleicht retten uns Mr Bonham und Miss Penn davor, den Anschluss zu verlieren.«

»Spaß beiseite«, wirft eine Frau in einem weinroten Zweiteiler ein, deren Namen ich dummerweise vergessen habe. Sie ist schätzungsweise die jüngste unter den Vorstandsmitgliedern und, so viel weiß ich noch, die Leiterin der Forschungsabteilung. »Wir müssen besprechen, wie wir die Öffentlichkeitsarbeit gestalten. Ich finde es löblich, dass Sie Ihre Fähigkeiten einbringen wollen, Miss Penn, aber ich denke, ich spreche für alle, wenn ich sage, dass wir auch zufrieden damit wären, wenn Sie in Mr Bonhams Büro Mandalas ausmalen würden. Solange Sie dem Unternehmen in Ihrer begrenzten Zeit bei uns keine Schwierigkeiten bereiten.«

Ich öffne den Mund, bringe aber kein Wort heraus. Ganz offensichtlich ist die Phase der aufgesetzten Höflichkeit vorbei. Ich hatte mit Kritik gerechnet, mit Unmut … aber nicht mit dieser unverhohlenen Arroganz. *Scheiße.* Meine Augen beginnen zu brennen – ob aus Wut oder purer Fassungslosigkeit, weiß ich nicht.

»Mrs Gray«, mischt sich Caleb ein und erspart mir damit zu meiner Erleichterung eine Antwort. Seine Stimme klingt so kalt, dass ich ihn überrascht ansehe. Seine Augenbrauen sind wütend zusammengezogen, und er hat diesen harten Zug um den Mund, den ich bereits kenne. Er ist alles andere als begeistert, was ich ihm nicht verübeln kann. »Ich habe vollstes Verständnis dafür, dass Sie sich Sorgen machen. Ich verstehe, dass Ihnen das Wohl der Firma am Herzen liegt und Sie um die Aktienkurse besorgt sind. Aber ich würde es sehr begrüßen, wenn wir respektvoll miteinander umgehen könnten. Vergessen Sie bitte nicht, dass Miss Penn Sylvia Bonhams Tochter ist. Und Sylvia diejenige war, die entschieden hat, dass Miss Penn die richtige Wahl für diesen Posten ist. Miss Penn sitzt diesem Vorstand genauso vor wie ich, und ich erwarte, dass sie dementsprechend behandelt wird. Auch wenn Sie Ihre Bedenken äußern.«

Heilige Scheiße. Am liebsten würde ich applaudieren, was der Stimmung allerdings wohl nicht gerade guttun würde.

Vorsichtig schiele ich zu Mrs Gray hinüber, die leider nicht halb so eingeschüchtert aussieht, wie ich es mir gewünscht hätte.

Ihr Blick ruht auf mir. »Falls ich mich im Ton vergriffen habe, möchte ich mich dafür entschuldigen. Was jedoch nicht bedeutet, dass ich unrecht habe.«

»Wie genau lauten Ihre Forderungen?«, fragt Caleb und übernimmt damit erneut das Ruder. »Wenn Sie über die Öffentlichkeitsarbeit sprechen möchten, dann sprechen wir darüber.«

»Wir brauchen ein öffentliches Statement.« Sie schaut Mr Freeman an, der zustimmend nickt. »Die aktuellen Schlagzeilen, die über Miss Penn und auch über Sie, Mr Bonham, gedruckt werden, entsprechen nicht dem Bild, das *Bonham Industries* im Laufe der letzten Jahrzehnte in mühevoller Arbeit von sich gezeichnet hat. Wir stehen für Integrität, Vertrauen und Gewissenhaftigkeit. Nicht für Skandale, verbotene Liebschaften und Drama. Das müssen wir korrigieren.«

Caleb nickt. »Da sind wir einer Meinung.«

Mr Freeman räuspert sich. »Wir brauchen einen gemeinsamen Auftritt von Ihnen beiden in der Öffentlichkeit. In einem sicheren Rahmen, bei dem wir kontrollieren können, dass Sie beide in das richtige Licht gerückt werden.«

»Was ist das richtige Licht, Ihrer Meinung nach?«, frage ich und bin ein bisschen stolz auf mich, dass ich überhaupt ein Wort herausgekriegt habe.

Sein durchdringender Blick richtet sich auf mich. »Wie Mrs Gray bereits treffend auf den Punkt gebracht hat: Sie sollen Integrität, Vertrauen und Gewissenhaftigkeit ausstrahlen.«

Ich habe zwar keine Ahnung, was er mir damit sagen will, aber frage auch nicht weiter nach.

»Ich stimme Ihnen zu«, lenkt Caleb ein. Ich würde gerne wissen, ob er tatsächlich einer Meinung mit Mr Freeman und

Mrs Gray ist oder ob er versucht, die Situation zu deeskalieren.

Mrs Gray neigt den Kopf. »Stimmen Sie mir auch zu, wenn ich sage, dass die Gerüchte, die über Ihr Verhältnis zu Miss Penn kursieren, so schnell wie möglich aus der Welt geschafft werden müssen?«

Ohne dass ich etwas dagegen tun kann, schießt mir das Blut in die Wangen. Ich kann nur hoffen, dass ich sowieso bereits vor Nervosität und Anspannung glühe und niemandem auffällt, wie sehr ich gerade erröte. Aber natürlich wandern meine Gedanken sofort zu der Nacht in den Hamptons.

Caleb ist im Gegensatz zu mir die Ruhe selbst. Lediglich das leichte Trommeln seiner Finger auf seinem Knie weist darauf hin, dass auch seine Nerven angespannt sind. »Ja, auch in dieser Hinsicht teile ich Ihre Meinung, Mrs Gray.«

Mr Freeman lehnt sich ein Stück nach vorn und schiebt Caleb einen dicken, verschlossenen Umschlag über den Tisch. »Darin finden Sie die Einladung zu einer Wohltätigkeitsveranstaltung heute Abend. Sie richtet sich an Sie und Miss Penn. Es wäre die passende Gelegenheit für einen ersten öffentlichen Auftritt. Es wird Presse anwesend sein, aber die Aufmerksamkeit ist noch nicht überwältigend groß.«

»Heute Abend?«, wiederhole ich. Dieses Mal zittert meine Stimme ein wenig, weil sich Panik in meiner Magengegend breitmacht. »Warum so kurzfristig?«

»Wenn die Medien erfahren, dass Sie gemeinsam eine Veranstaltung besuchen, stürzen sie sich auf Sie. Ein spontaner Besuch verhindert, dass etwas durchsickert.«

Flehend sehe ich Caleb an, aber er erwidert meinen Blick nicht. Ich bemerke, dass er die Zähne zusammenbeißt, aber ansonsten ist sein Gesicht das absolute Pokerface. Er steckt den Umschlag ungeöffnet in die Innentasche seines Jacketts.

»Außerdem«, fügt Freeman mit verkniffenem Gesichtsausdruck hinzu, »achten Sie beide bitte darauf, dass Sie die Gerüchte nicht weiter anheizen. Auf weitere Schlagzeilen bezüglich einer körperlichen Beziehung zwischen Ihnen beiden würden wir gerne verzichten.«

»Das ist eine fantastische Idee, Mr Freeman«, sagt Caleb zu meinem Entsetzen und lächelt freundlich. »Vielen Dank für Ihre Mühe.«

Meine Kinnlade klappt auf. Ich hätte gerne protestiert oder Freeman an den Kopf geworfen, dass ihn meine körperlichen Beziehungen einen Scheiß angehen, doch plötzlich spüre ich Calebs Hand auf meinem Bein. Er drückt es leicht. Ich verstehe die stumme Aufforderung. Und ausnahmsweise einmal höre ich auf ihn und klappe den Mund wieder zu. Ich habe keine Lust auf diese Veranstaltung, aber noch weniger will ich vor diesen Leuten eine Szene machen.

Erschöpft lasse ich mich in meinem Stuhl zurücksinken und trinke noch einen Schluck Wasser. Die anderen haben bereits wieder begonnen, sich zu unterhalten, aber ich habe nicht vor, mich noch weiter an ihren Gesprächen zu beteiligen. Ich kleistere mir das höfliche, distanzierte Lächeln ins Gesicht, das ich mit jedem Tag mehr perfektioniere, und bete, dass dieses Essen so schnell wie möglich vorbeigeht.

28

JULIE

Erst als Caleb und ich zurück in seinem Büro sind und er die Türen hinter uns schließt, traue ich mich, wieder richtig durchzuatmen.

Meine Gesichtsmuskeln schmerzen vom unechten Lächeln, meine Nerven liegen blank, und ich brauche ganz dringend ein Deo. Dafür, dass der Vorstand uns unterstützen und mit uns gemeinsam für das Wohl der Firma agieren soll, ziehen sie einen verdammt tiefen Graben zwischen uns. Auch wenn ich mich nach der Sache mit der Wohltätigkeitsveranstaltung weitestgehend aus allem herausgehalten habe und sich die Gespräche eher um oberflächliche Themen drehten, habe ich die ganze Zeit über den Druck gespürt, der von diesen Leuten ausgeht. Sie lassen keinen Zweifel daran, dass sie jeden unserer Schritte beobachten und alles bewerten, was Caleb und ich tun. Fraglos werden sie schon den kleinsten Fehltritt ausnutzen, um uns oder zumindest mich loszuwerden, um ihre finanziellen Interessen zu schützen. Freeman erscheint dermaßen verbittert, dass ich mich schon gefragt habe, ob er es nach Sylvias Tod selbst auf den Posten des CEO abgesehen hatte. Seine offene Feindseligkeit stinkt nach verletztem Stolz. Theoretisch kann mir das alles egal sein, ich habe immerhin keine emotionale Verbindung zu *Bonham* und keine Angst, irgendjemanden persönlich zu enttäuschen. Aber ich kann mir vorstellen, wie schwer das alles für Caleb sein muss. Seine Stiefmutter ist gestorben, er musste von heute auf morgen die Firma übernehmen, und auch wenn er davon immer geträumt hat, sitzt ihm dabei ständig der Vorstand und der Aufsichtsrat im Nacken. Allmählich beginne ich zu verstehen, warum er die ganze Zeit über so angespannt ist.

Ich ziehe mein Handy aus der Handtasche, um meine Nachrichten zu checken, halte aber inne, als sich Caleb auf einen der kleinen Polstersessel fallen lässt und sich mit den Handflächen übers Gesicht reibt.

»Bist du okay?«, frage ich. Ja, er sieht gestresst aus. Seine Augen sind gerötet, als müsste er dringend ein paar Mal blinzeln, und der strenge Zug um seinen Mund scheint sich in seine Haut eingegraben zu haben. Wie gerne würde ich mit dem Finger darüberstreichen und die Falte glätten.

»Ich?« Irritiert lässt er die Hände sinken. Als würde ihn die Frage nach seinem Befinden komplett aus dem Konzept bringen. Als hätte er die Frage schon eine Weile von niemandem mehr gehört.

»Der Vorstand macht ganz schön Druck, vor allem Freeman. Das muss hart für dich sein.«

Caleb ist eindeutig überfordert, was mich ein wenig amüsiert. Aber auch traurig macht. Ob er sich seit Sylvias Tod auch nur eine Sekunde lang Zeit genommen hat, um durchzuatmen? Um sich selbst zu fragen, was er braucht, was seine Bedürfnisse in dieser schwierigen Situation sind? Nicht die der Firma.

»Ich habe gerade darüber nachgedacht, was für heute Abend am sinnvollsten ist«, weicht er mir aus und steht wieder auf. Im Gehen zieht er den Umschlag mit der Einladung hervor, öffnet sie und liest sich den Text durch. Danach reicht er sie an mich weiter. »Es ist eine Wohltätigkeitsgala zugunsten des

Judith Isaac Medical Centers. Sie sammeln für den Ausbau der Kinderstation. Wir haben noch ein paar Stunden, aber ich nehme an, du möchtest dich in Ruhe fertig machen.«

»Ich kann auf keine Wohltätigkeitsveranstaltung«, sage ich entschlossen. »Nicht heute Abend.«

»Und warum nicht?«

Ich falte das schwere beigefarbene Papier auseinander und überfliege es kurz. Dann tippe ich auf das Detail, nach dem ich gesucht habe. »Der Dresscode lautet Black Tie.«

Er grinst. »Ich kann dir eine schwarze Fliege leihen, wenn du willst.«

»Witzig. Ich habe nichts Passendes zum Anziehen, Caleb. Allerhöchstens das Kleid von meinem Abschlussball, aber glaub mir, wenn du das siehst, würdest du Freeman anflehen, die Einladung zurückzuziehen.«

»So schlimm?«

Statt ihn abzuschrecken, habe ich wohl eher seine Neugier geweckt. *Verdammt.*

Missmutig nicke ich. »Sagen wir so, ich hatte eine ausgeprägte Gothic-Phase an der Highschool. Ich war quasi die Königin der Unterwelt.«

Sein Mund klappt auf, und ich sehe ihm an, dass er nach Worten ringt. »Ich muss dieses Kleid sehen. Ich flehe dich an, Julie, versprich mir, dass du es irgendwann einmal für mich anziehst.«

»Ich verspreche dir gar nichts.«

Sein Gesichtsausdruck wirkt so unzufrieden, dass ich lachen muss. Er nimmt mir die Einladung aus der Hand und studiert sie erneut. »Tony und ich holen dich um zwanzig Uhr ab.«

»Hast du mir nicht zugehört?«

Er wirft einen Blick auf die Uhr. »Doch, habe ich. Ich sage Mrs Marnó Bescheid, dass sie mit dir zusammen nach einer passenden Garderobe gucken soll. Es ist vierzehn Uhr, ihr habt also noch genug Zeit. Estha wird dich fahren und danach zu Hause absetzen. Ich hole dich später von dort ab und wir fahren zusammen zur Upper East Side.«

»Du hältst es mal wieder nicht für nötig, mit mir vernünftig darüber zu sprechen, was?«

»Das tun wir gerade. Und dein einziges Argument gegen die Veranstaltung ist das Kleid. Das habe ich gelöst, also können wir hingehen.«

Ich verschränke die Arme vor der Brust, lehne mich gegen den Schreibtisch und mustere Caleb, der tatsächlich … verwirrt aussieht. Als würde er ganz ehrlich nicht verstehen, was ich für ein Problem habe.

»Hör mal, Caleb«, sage ich langsam. Ich lächle ihn an, um meinen Worten die Schärfe zu nehmen. »Lass uns bitte etwas klarstellen. Ich weiß, dass dieses *liebenswürdige* Herumkommandieren in Filmen und so weiter ziemlich heiß rüberkommt. Aber das funktioniert nicht. Nicht, wenn wir verhindern wollen, dass wir uns auf Dauer gegenseitig die Köpfe einschlagen. Du willst den Vorstand nicht gegen dich aufbringen, kapiert, und ich finde es irgendwie süß, dass du mir ein Kleid organisieren willst. Aber es wäre nicht weniger süß, wenn du mich vorher nach meiner Meinung fragen würdest. Über meinen Kopf hinweg zu bestimmen, ist weder süß noch liebenswert, sondern herrisch.«

Er blinzelt ein paar Mal. »Ich habe das nicht böse gemeint, Julie.«

»Das weiß ich«, antworte ich ernst. »Deswegen sitze ich hier auch und erkläre dir, was das Problem ist, anstatt dich anzuschreien und aus dem Raum zu stürmen.«

Seine Verwirrung steht ihm nach wie vor ins Gesicht geschrieben. »Also, kommst du nun mit oder nicht?«

»Sprich mir nach: *Julie, würdest du gerne mit mir heute Abend auf diese Veranstaltung gehen? Du kannst gerne früher gehen und dir ein Kleid besorgen, wenn du das möchtest.*«

Calebs Miene ist so einmalig, dass ich lospruste. Dann richtet er sich auf und stellt sich direkt vor mich. Als ich nicht reagiere, greift er nach meinen Händen und sieht mir mit ernstem Gesicht tief in die Augen. Ich beiße mir auf die Lippen, um nicht wieder zu lachen. »Verehrte Juliette Penn. Würdet Ihr mir die Ehre erweisen, mich am Abend zu diesem Dinner zu begleiten? Es würde mich mit Glück erfüllen.«

»Wow«, erwidere ich trocken. »Es wäre mir ein Vergnügen.«

»Um acht bei dir.«

Sein Lächeln nimmt mir einen Moment den Atem. »Gut. Ich habe ehrlich gesagt keine Ahnung, warum ich mir das antue. Aber vielleicht geben ein paar der Reporter ja Ruhe, wenn sie uns bei einem offiziellen Anlass auflauern können und merken, wie langweilig wir sind. Und Freeman bekommt seinen Willen.«

Caleb zwinkert. »Möglicherweise hast du ja sogar aus Versehen Spaß.«

Ich entziehe ihm meine Hände. »Solange du mich nicht zum Tanzen zwingst, bin ich ergebnisoffen. Aber ich muss jetzt wirklich los und mir ein Kleid kaufen. Irgendwelche Ratschläge bezüglich der Farbe?«

Ich bemerke, dass sein Blick vorsichtig wird. »Ehrlich gesagt wäre es mir lieber, wenn Mrs Marnó dich berät.«

Energisch schüttle ich den Kopf. Die Unbeschwertheit verschwindet mit einem Schlag, und die Mischung aus Unsicherheit und Nervosität kehrt zurück. »Ich will wirklich nicht schwierig sein, aber diese Mrs Marnó macht mir Angst. Sie macht mich nur noch nervöser.«

Nachdenklich betrachtet er mich, dann nickt er kurz. »Rahel

begleitet dich. Sie arbeitet in einer Marketingagentur. Zwar nicht als PR-Beraterin, aber sie weiß, worauf es ankommt.«

Ich beiße mir auf die Lippen, um die Worte zurückzuhalten, die mir auf der Zunge liegen. Dass seine Schwester mich genauso sehr einschüchtert wie Mrs Marnó. Ich habe Rahel als eine wahnsinnig selbstbewusste Frau wahrgenommen, die kaum ein Blatt vor den Mund nimmt. Eigenschaften, die ich normalerweise ziemlich cool finde. Ich bin auch davon überzeugt, dass man eine Menge Spaß mit Rahel haben kann. Aber in dieser Situation, in der mir ohnehin schon die Nerven flattern, will ich mir nicht noch Gedanken darüber machen, ob Calebs Schwester mich nett findet oder nicht.

Andererseits ist das hier ein Kompromiss. Der starrköpfige, zu sehr von sich selbst überzeugte Caleb Bonham ist auf meinen Einwand eingegangen und hat eine Lösung gefunden, die uns beide mehr oder weniger zufriedenstellen könnte. Ich bin wahnsinnig erleichtert, dass wir allmählich lernen, miteinander umzugehen.

Also zwinge ich mich zu einem Lächeln und nicke brav. »Okay. Klingt gut. Muss ich darauf achten, dass mein Kleid zu deiner Krawatte passt oder so?«

Er grinst. »Ohne Zweifel wird Rahel meine Krawatte auf dein Kleid abstimmen. Nicht umgekehrt. Du darfst dich also austoben.«

Ich deute einen Knicks an, winke noch mal kurz in seine Richtung und verlasse das Büro. Unser Büro. Dieser Tag hat sich nicht annähernd in die Richtung entwickelt, die ich erwartet habe. Ich habe nicht damit gerechnet, mich auf den Weg zum Shoppen zu machen. Ich habe nicht damit gerechnet, dass sich trotz der Sorgen und meiner Erschöpfung ein Lächeln auf meinem Gesicht ausbreitet, während ich auf den Fahrstuhl warte.

CALEB

Julie schließt die Türen hinter sich, und ich schaue ihr noch ein paar Sekunden lang hinterher. Was zur Hölle hat mich da eben geritten? Ich hatte definitiv nicht vor, auf irgendeinen Empfang mit ihr zu gehen und bin mir ehrlich gesagt auch nicht sicher, ob das eine gute Idee ist. Die Presse stürzt sich ohnehin schon auf uns wie ein Rudel ausgehungerter Wölfe. Ein gemeinsamer Auftritt in Abendgarderobe trägt bestimmt nicht dazu bei, Gras über die Sache wachsen zu lassen.

Auf der anderen Seite könnte es helfen, die Vorstandsmitglieder in Schach zu halten. Zumindest fürs Erste. Mit der Zeit werde ich meine Meinung hartnäckiger vertreten und tun, was ich für richtig halte. Aber im Moment ist es das Beste, Freeman und den anderen entgegenzukommen und Julie aus der Schusslinie zu holen. Abgesehen davon, dass ein Teil von mir absolut begeistert ist von der Aussicht, Julie einen ganzen Abend lang als meine Begleitung an meiner Seite zu haben.

Ich greife nach meinem Handy und rufe meine Schwester an, um sie zu bitten, Julie bei der Kleiderwahl zu helfen. Wie erwartet sträubt sie sich ein wenig, willigt dann aber ein, in einer halben Stunde in der Boutique zu sein und sich mit Estha in Verbindung zu setzen. Rahel war schon immer ein wenig schwierig, wenn es um Sylvias Firma ging. Sie will nichts damit zu tun haben – eine Entscheidung, die ich normalerweise absolut akzeptiere. Aber ich bin mir sicher, dass sie gut mit Julie zusammenarbeiten könnte, und hoffe daher, dass sie sich bereiterklärt, den Job als Julies PR-Beraterin zu übernehmen. Damit stelle ich den Aufsichtsrat zufrieden, aber Julie fühlt sich hoffentlich nicht wieder wie eine Laborratte, an der man Experimente durchführt. Daher spiele ich die Tu-deinem-kleinen-

Bruder-den-Gefallen-Karte. Rahel konnte mir schließlich noch nie etwas abschlagen.

Als ich auflege, fällt mein Blick auf die Uhr und ich gehe seufzend um meinen Schreibtisch herum, um endlich mit der Arbeit anzufangen. Ich und meine Arbeit stehen unter Beobachtung und werden permanent bewertet. Vom Aufsichtsrat, von *Bonhams* Partnern und mit Sicherheit auch von den Angestellten. Wäre Julie nicht aufgetaucht, hätte niemand Einwände gegen meine Stellung als CEO gehabt. Man hätte sich darauf geeinigt, dass ich einen der älteren Partner oder ein Mitglied des Vorstandes an meine Seite gestellt bekomme und mir eine Weile die Aufgaben der Geschäftsleitung teile, bis ich mich bewährt habe und eigenständig agieren kann. Aber ich bin in der Firma gesetzt, habe jahrelang für Sylvia gearbeitet. Die Leute vertrauen mir, kennen meinen Stil und meine Arbeitsweise. Mit Julie hat sich die ganze Sache geändert, und die Schlagzeilen, die ständig über uns beide auftauchen, stärken das Vertrauen der Leute in uns als Team nicht unbedingt. Gestern bekam ich den Anruf eines pensionierten Aufsichtsratsmitgliedes, der mehrfach seine Sorge darüber zum Ausdruck gebracht hat, dass wir dem Ruf von *Bonham Industries* schaden. Wir würden die Firma zur Bühne unserer kleinen Romanze machen und dadurch sämtliche Seriosität zerstören, auf die Sylvia zu Lebzeiten so viel Wert gelegt hat.

Und irgendwie hat er recht. Unser Rundgang heute war der beste Beweis dafür. Von der Geschäftsleitung erwartet man harte Arbeit, Hingabe und Professionalität. Stattdessen haben wir einen auf Touristen gemacht: Leute begrüßt, Bilder bewundert, Daten und Fakten über das Unternehmen heruntergerattert. Es ist gut denkbar, dass sich die Angestellten von *Bonham* etwas anderes unter ihrer neuen Führungsebene vorgestellt haben.

Ich muss sie einfach davon überzeugen, dass ich Julies Unerfahrenheit ausgleichen kann. Ich kann die Verantwortung tragen, ein Team leiten, ich kann Entscheidungen treffen. Unterm Strich kann ich nur hoffen, dass meine Qualifikationen reichen, um sie alle von der Tatsache abzulenken, dass Julie nur hier ist, um ihre Zeit abzusitzen und an ihr Erbe zu kommen. Daraus macht sie keinen Hehl und die Tatsache, dass sie sich im Marketingteam einbringen möchte, ändert nichts daran.

Routiniert starte ich den PC und greife gleichzeitig nach dem Stapel Post, den Abigail mir zur Durchsicht bereitgelegt hat. Darunter sind wie immer ein bisschen Werbung, Spendenaufrufe, Einladungen zu irgendwelchen Veranstaltungen oder Tagungen und zwei weitere Kondolenzkarten. Ich seufze. Ich kenne einen Großteil dieser Leute nicht, und ich frage mich wirklich, was sie sich durch ihre Beileidsbekundungen erhoffen. Ein großer Umschlag, auf dem ein fetter Stempel mit der Aufschrift *PERSÖNLICH* prangt. Stirnrunzelnd öffne ich ihn und stutze, als der Inhalt auf den Schreibtisch fällt. Drei Fotos liegen vor mir, und auch wenn ich nur das obere deutlich erkennen kann, weiß ich sofort, worum es sich handelt.

Erneut nehme ich den Umschlag und betrachte ihn von allen Seiten. Auf der Vorderseite stehen mein Name und die Adresse, aber es gibt keinen Poststempel. Der Brief muss persönlich abgegeben oder eingeworfen worden sein.

Meine Hand greift beinahe automatisch nach dem Telefon. Ohne den Blick von den Fotos zu lösen, halte ich mir den Hörer ans Ohr und warte darauf, dass Tony sich meldet.

»Kommen Sie ins Büro«, sage ich knapp. »Sofort.«

JULIE

»Was sagst du?«, frage ich und suche Saheeras Blick im Spiegel. Sie steht mit gerunzelter Stirn hinter mir und inspiziert prüfend das Kleid, das ich gerade angezogen habe. Sie macht eine Geste, und ich drehe mich einmal um die eigene Achse.

»Ich denke nicht«, sagt sie schließlich und grinst, als ich entnervt stöhne. »Frag mich nicht nach meiner Meinung, wenn du sie nicht hören willst!«

»Ich will, dass du zu irgendetwas auch mal Ja sagst. Es bringt mir nichts, wenn ich am Ende kein Kleid habe, nur weil du zu kritisch bist.«

Ich hätte es wissen müssen. Saheera ist quasi die Miranda Priestly unserer WG und hat deutlich höhere Ansprüche als ich, wenn es um Klamotten geht. Allerdings brauche ich dringend eine zweite Meinung – und vor allem Rückendeckung. Rahel ist nett, aber sie schüchtert mich ein. Alles um mich herum schüchtert mich ein: Rahel, die Tatsache, dass ich mit einer eigenen Fahrerin und einer PR-Beraterin unterwegs bin, diese superteure Boutique … Ich fühle mich deutlich wohler, eine Freundin an meiner Seite zu wissen.

Ich werfe einen Blick durch die Schaufensterscheibe auf den Wagen, mit dem ich hergekommen bin. Estha steht davor, die Arme verschränkt und schaut immer wieder die Straße auf und ab. Ich habe ihr angeboten, mit hineinzukommen, aber ihrer Aussage nach ist ihr Platz vor dem Geschäft strategisch günstiger. Falls überhaupt noch ein Zweifel daran bestand, dass sie mehr Bodyguard als Chauffeurin ist, ist dieser damit beseitigt.

»Darfst du das Auto eigentlich auch privat nutzen?«, fragt Saheera, die meinem Blick gefolgt ist.

Ich zucke mit den Schultern. »Ich glaube nicht, Caleb hat zumindest einen Privatwagen. Abgesehen davon stellt sich ja auch die Frage, ob ich überhaupt mit einem brandneuen Tesla durch East Village fahren will.«

Sie lacht. »Guter Punkt.«

Unschlüssig zupfe ich an dem tiefblauen Stoff herum, als Rahel den Umkleidebereich betritt. Sie hält beide Arme ausgestreckt, auf denen sich ein Berg an Kleidern auftürmt.

Ich seufze. »Ich will wirklich nicht undankbar sein oder so, aber wir sind seit beinahe einer Stunde hier«, bemerke ich und deute auf die mindestens ein Dutzend Kleider in ihren Armen. »Das Nächste, was nicht total scheußlich aussieht, nehmen wir.«

Calebs Schwester verdreht die Augen und winkt eine Verkäuferin heran, die bislang höflich zurückhaltend in einer Ecke gestanden und auf Anweisungen gewartet hat. Im Gegensatz zu mir ist Rahel hier eindeutig in ihrem Element.

Als ich diese Boutique betreten habe, hätte ich am liebsten auf dem Absatz kehrtgemacht und wäre wieder in den Wagen gestiegen. Sie liegt im Herzen Manhattans und damit meilenweit außerhalb meiner gewöhnlichen Wohlfühlzone, wenn es ums Einkaufen geht. Die Mieten in dieser Gegend müssen horrend sein. Heute Morgen vor dem Spiegel war ich mit meinem Aussehen und meiner Kleiderauswahl noch ziemlich zufrieden. Diese Umgebung führt mir allerdings wieder einmal vor Augen, wie weit ich davon entfernt bin, mich unauffällig in der Welt der New Yorker High Society zu bewegen. Alles hier drinnen schreit nach Reichtum: der polierte Fußboden aus dunkelbraunem Marmor, die glitzernden Kronleuchter über den glänzend weißen Verkaufstischen und der allgegenwärtige Geruch nach Rosen. Bei unserem Eintreten klingelte die kleine Glocke über der Tür, und direkt eilte eine Verkäuferin auf uns zu und begrüßte uns. In den Läden, in denen ich normalerweise einkaufe, ist es manchmal eine echte Herausforderung, einen Angestellten überhaupt aufzutreiben. Rahel erwähnte lediglich den Namen Bonham, und sofort wurden uns Getränke angeboten. Calebs Schwester verlangte Champagner, den ich bislang allerdings noch nicht angerührt habe, und übernahm dann das Kommando. So energisch, dass unsere zuständige Verkäuferin sich irgendwann auf ihren Beobachtungsposten zurückzog und nur noch Anweisungen von Rahel entgegennahm.

Ein wenig unsicher streiche ich über den Stoff. Ich fühle mich unwohl, was nicht daran liegt, dass irgendjemand mich unfreundlich behandelt. Eher daran, dass ich Angst habe, etwas falsch zu machen – mich falsch zu verhalten oder gegen eine Etikette zu verstoßen, mit der ich mich schlicht und ergreifend nicht auskenne.

Die Kleidungsstücke, die hier verkauft werden, liegen deutlich über meinem üblichen Shoppingbudget. Saheera kennt den Laden, weil ihre Eltern finanziell ziemlich gut aufgestellt sind und sie sich diese Kleider leisten könnten. In meiner Realität ist es totaler Wahnsinn, dreihundertzwanzig Dollar für einen Minirock auszugeben, der nicht einmal besonders gut aussieht. Aber ich muss auch zugeben, dass ich diesen Ausflug in die Welt der Schönen und Reichen total aufregend finde. Rahel hat mich daran erinnert, dass die Rechnung auf *Bonham* geht und mein Budget dementsprechend beinahe grenzenlos ist. Was ziemlich beruhigend ist, weil das tiefblaue Kleid, das ich gerade trage, lächerliche eintausendsiebenhundert Dollar kostet. Falls ich hier fündig werde, traue ich mich wahrscheinlich den ganzen Abend über weder zu trinken noch zu essen oder mich hinzusetzen, um ja nichts kaputt zu machen.

Rahel hängt die neuen Kleider in die Kabine und dreht sich zu mir um, bevor sie die Hände in die Seiten stemmt und mich mustert. »Wir werden etwas finden, das hoffentlich höhere Standards erfüllt als *nicht scheußlich.*« Mit dem Finger deutet sie auf den blauen Stoff meines Kleides. »Aber das ist es nicht.«

Ich drehe mich noch einmal, um meinen Hintern im Spiegel zu begutachten. Der in dem Kleid wirklich nicht sehr gut zur Geltung kommt. Meine Gedanken wandern zu Caleb und daran, dass wir in ein paar Stunden gemeinsam auf eine extravagante Abendveranstaltung gehen. Prompt legt mein Herzschlag einen Gang zu. »Ein letztes Kleid noch. Wenn das auch nicht passt, gehe ich entweder nackt oder sage ab.«

Gespielt nachdenklich legt Saheera den Kopf schief. »Dann geh nackt. Das beeindruckt Caleb Bonham sicher mehr, als wenn du einen Rückzieher machst.«

Mir schießt das Blut in die Wangen, und ich werfe einen raschen Blick in Rahels Richtung, die sich allerdings schon wieder abgewendet hat und leise mit der Verkäuferin spricht. Mich überrascht Rahels Professionalität ein wenig. Ich habe sie als nüchtern und einschüchternd erlebt, aber genau wie anfangs bei Caleb habe ich erwartet, dass nicht allzu viel dahintersteckt. Dass sie ein reiches, verwöhntes Mädchen ist, das das Geld seiner Eltern mit beiden Händen ausgibt. Stattdessen weiß Rahel zweifelsfrei, was sie tut. Sie wählt passende Kleider aus, fotografiert mich mit dem Handy, sobald eines in die engere Auswahl kommt, um zu sehen, wie es auf Fotos wirkt. Sie zeigt mir, wie ich mich in den verschiedenen Modellen am besten bewege, was ich mit meinen Händen tun soll, und vor allem lässt sie mich überprüfen, ob ich in den verschiedenen Kleidern sitzen kann. Eine Sache, die zu meinem Entsetzen gar nicht selbstverständlich ist.

Während ich wieder in die Kabine gehe und in das Kleid schlüpfe, das ganz vorne in Rahels Auswahl hängt, versuche ich meine Gedanken von dem anstehenden Abend abzulenken.

Ich habe zwar zugesagt und ein Teil von mir freut sich sogar über die Chance, mal auf eine solche Veranstaltung gehen zu dürfen. Der andere allerdings ist alle fünf Minuten kurz davor, das ganze Vorhaben abzublasen. Denn ich bin wahnsinnig nervös. Zum einen, weil ich vermutlich einem ganzen Haufen wichtiger Menschen begegnen werde, und zum anderen, weil sich das Ganze schon wie ein Date anfühlt und ich nicht genau weiß, was ich davon halten soll.

»Komm jetzt raus!«, ruft Saheera ungeduldig. »Wir haben nur noch ein paar Stunden und müssen uns noch um deine Haare und dein Make-up kümmern.«

Nach einem resignierten Blick Richtung Decke schiebe ich den Vorhang der Umkleidekabine zur Seite. Bei meinem Anblick breitet sich ein Leuchten auf Saheeras Gesicht aus. »Das ist es!«

Statt einer Antwort laufe ich an ihr vorbei und stelle mich zum keine Ahnung wievielten Mal heute vor den Spiegel.

Rahel tritt neben mich und betrachtet mich von allen Seiten, dann nickt sie geschäftsmäßig. »Perfekt. Es fällt recht eng an den Beinen, also versuch beim Essen nicht allzu breitbeinig zu sitzen, in Ordnung?«

Ich werfe ihr einen übertrieben genervten Blick zu, während ich mich in jede Richtung drehe und mein Herz einen kleinen Hüpfer macht. Das Kleid ist schlicht, auf den ersten Blick nichts Besonderes. Es ist komplett schwarz, bodenlang und der Stoff so leicht, dass ich mir beinahe nackt vorkomme. Das Raffinierte daran ist der Rückenausschnitt, der mir bis knapp über den Hintern reicht. »Es ist wunderschön. Sicher, dass das nicht zu freizügig ist?«

Beide schütteln den Kopf.

»Man sieht weder Bein noch Ausschnitt«, sagt Rahel und wackelt mit den Augenbrauen, als unsere Blicke sich begegnen.

»Und solange dein Hintern nicht rausfällt, wüsste ich nicht, was jemand dagegen haben sollte.«

»*Sollte* mein Hintern rauspurzeln, bist du wahrscheinlich deinen Job los«, gebe ich nur halb im Spaß zu bedenken.

Sie wirkt völlig ungerührt, während sie am Saum meines Kleides zupft und die Länge überprüft. »Keine Sorge. Caleb braucht mich mehr als umgekehrt.« Als sie meinen fragenden Blick bemerkt, schnalzt sie mit der Zunge. »Ich glaube, dass dir immer noch nicht ganz klar ist, wie viel von eurem gemeinsamen Auftritt abhängt. Sylvia stand gern im Rampenlicht. Selbst wenn Caleb als CEO in Zukunft anders verfahren will, *erwartet* die Öffentlichkeit, dass ihr sie bis zu einem bestimmten Punkt auf dem Laufenden haltet. Zumindest am Anfang. Und Sylvia war für die Menschen perfekt.«

Mir entgeht der spottende Ton in ihrer Stimme nicht. »Das klingt anstrengend.«

»War es sicher auch. Du brauchst hohe Schuhe dazu.« Rahel tritt einen Schritt zurück und betrachtet mich. Dann seufzt sie. »Deine Mutter und ich waren uns nicht immer einig, und ich würde sie nicht als Familie bezeichnen, okay? Aber sie war phänomenal in ihrem Job und hat sich selbst zu einer Marke gemacht. Das sind große Fußstapfen, in die du und Caleb da zu treten versucht. Alles, was ich damit sagen will, ist also, dass Caleb dringend eine PR-Beraterin für dich braucht und ich die beste Wahl für diese Position bin.«

Kurz überlege ich, etwas dazu zu sagen. Zu Sylvia oder darüber, dass diese Frau auch für mich keine Familie ist, obwohl sie mich geboren hat. Aber ich verkneife es mir, weil ich die überraschend vertraute Stimmung zwischen uns nicht zerstören will. Stattdessen konzentriere ich mich wieder auf das Kleid, drehe und wende mich vor dem Spiegel und versuche, den wirklich tiefen Rückenausschnitt ein wenig hochzuziehen.

Die Verkäuferin taucht nun ebenfalls neben mir auf. Sie schaut erst mich, dann Rahel an, bevor sie auf meinen Rücken deutet. »Falls Sie sich nicht sicher sind, können Sie den Ausschnitt hier ein wenig schließen.« Sie deutet auf eine unauffällige Knopfleiste, die ich übersehen habe.

»Vielen Dank, das ist hilfreich«, erwidere ich und betrachte mich zufrieden im Spiegel. Ich werde sicher keinen normalen BH tragen können und brauche hohe Schuhe, aber es ist perfekt. Nicht zu aufregend, nicht zu auffällig und es bringt meine Kurven zur Geltung und schmeichelt meiner Figur. »Das nehme ich.«

29

JULIE

Nachdem ich mich von Rahel verabschiedet und mich tausendfach bei ihr bedankt habe, sind Saheera und ich nach Hause gefahren, um mich für den Abend fertig zu machen. Rahel wollte mich zu einer Stylistin bringen, aber ich habe abgelehnt. Immer häufiger sind meine Gedanken zu dem bevorstehenden Abend mit Caleb gewandert, und ich habe gespürt, wie die Aufregung größer und größer geworden ist. Ich brauchte einen Moment für mich, eine Verschnaufpause von all der Reizüberflutung.

Ein paar Stunden später fühle ich mich wie ein neuer Mensch. Ich trage das neue Kleid, dazu schwarze Riemchensandalen mit Absatz und eine bronzefarbene Clutch, die ich mir von Bonnie geliehen habe. Außerdem hat Bonnie mir mit Nippelpads ausgeholfen, die verhindern, dass ich trotz fehlenden BHs unerwünschte Aufmerksamkeit auf meine Brüste lenke. Saheera hat mir die Haare gelockt und mit einer ordentlichen Portion Haarspray und Klammern seitlich über die Schulter gelegt, damit sie den Rückenausschnitt nicht verdecken. Ich fühle mich schön und ziemlich selbstbewusst, was definitiv die richtige Stimmung für diesen Abend ist.

Als es an der Tür klingelt, springe ich so schnell auf, dass Bonnie laut auflacht.

»Wow!« Sie wackelt mit den Augenbrauen. »Du bist ja die Ruhe selbst.«

Ich nehme die beiden kurz in den Arm, dann schnappe ich mir meine Clutch und gehe zur Wohnungstür. »Danke euch beiden! Wünscht mir Glück!«

»Hab Spaß, Schatz!«, ruft Saheera und legt eine flache Hand auf die Brust, als ich sie belustigt ansehe. Eigentlich wollte sie vor einer halben Stunde zu einer Freundin aufbrechen, wollte aber unbedingt dabei sein, wenn ich abgeholt werde. Ziemlich sicher hängen die beiden am Fenster, sobald ich die Wohnungstür hinter mir schließe. »Tu nichts, was ich nicht auch tun würde. Sei vor Mitternacht wieder zu Hause, und nimm keine Süßigkeiten von fremden Männern an. Oder Frauen.«

Lachend werfe ich den beiden eine Kusshand zu, dann verlasse ich die Wohnung und laufe die Treppen hinunter, so schnell, wie meine hohen Schuhe es zulassen. Ich bin tatsächlich aufgeregt und immer noch nervös, aber habe mir vorgenommen, einfach nicht weiter darüber nachzudenken.

Als ich durch die Haustür trete, fällt mein Blick als Erstes auf zwei Reporterinnen, die in einem weißen Toyota sitzen und offensichtlich darauf warten, dass ich etwas Spannendes tue. Ich kenne die beiden bereits, aber ich achte nicht weiter auf sie. Ich bin zu aufgeregt, um mir in diesem Moment Gedanken um die Presse zu machen. Vielleicht gewöhne ich mich allerdings auch einfach langsam an die ständige Belagerung, sodass zwei einzelne Reporterinnen mich kaum noch aus der Fassung bringen können.

Als eine von ihnen das Wagenfenster herunterfährt und die Kamera herausstreckt, um ein paar Fotos zu machen, straffe ich die Schultern und gehe auf den anderen Wagen zu, der mit laufendem Motor am Straßenrand steht. Ich blinzle irritiert, weil es sich nicht um den schwarzen Tesla, sondern um einen grauen Audi R8 handelt, doch meine Aufmerksamkeit wird sofort von Caleb abgelenkt, der am Auto lehnt und mir lächelnd entgegensieht. Es ist nicht das erste Mal, dass ich Caleb im Anzug sehe, aber noch nie war er so schick. Er trägt einen schwarzen Smoking, inklusive Einstecktuch, ein weißes gestärktes Hemd und eine schwarze Fliege. Er sieht unfassbar gut aus. Unter dem Stoff zeichnen sich seine Muskeln ab, seine breiten Schultern. Er hat sich rasiert, trotzdem betont ein dunkler Bartschatten die scharfen Konturen seines Gesichts.

Er stößt sich vom Auto ab. Etwa einen Meter vor mir bleibt er stehen und schaut mich an. Seine Augen glühen, als er seinen Blick zurück auf mein Gesicht richtet. »Du bist atemberaubend schön, Julie.«

Mein Herz schlägt ein paar Purzelbäume, und ich spüre, wie mein Gesicht heiß wird. »Vielen Dank. Das kann ich nur zurückgeben.«

Ein Grinsen huscht über sein Gesicht. »Du findest, dass ich atemberaubend schön aussehe?«

»Das werde ich nicht zurücknehmen.« Ich sehe an ihm vorbei zum Auto und bemerke, dass Tony nirgends zu sehen ist. »Fährst du heute Abend selbst?«

»Ich habe Tony freigegeben. Er soll nicht die ganze Nacht auf uns warten müssen.«

Die ganze Nacht. Mir ist klar, dass er auf den simplen Umstand anspielt, vermutlich einfach nicht genau absehen zu können, wie lange wir auf der Veranstaltung bleiben. Trotzdem muss ich bei seinen Worten an das letzte Mal denken, als wir eine Nacht zusammen verbracht haben.

Ich setze ein möglichst unbeteiligtes Lächeln auf und gehe an ihm vorbei Richtung Wagen. Ich komme jedoch nicht weit. Denn plötzlich stößt er einen so groben Fluch aus, dass mein Vater vermutlich in Ohnmacht gefallen wäre, hätte er es gehört.

»Was ist?« Verwirrt drehe ich mich zu ihm um.

»Du hättest mich vorwarnen sollen«, knurrt er. Sein Blick ist auf einmal dunkler als vorher, irgendwie wilder. »Möchtest du meine Jacke haben?«

Zuerst verstehe ich nicht, was er meint, doch dann fällt mir der eigentliche Hingucker meines Kleides ein – der tiefe Rückenausschnitt – und ich deute betont lässig an mir herunter. »Bringt dich so ein bisschen nackte Haut tatsächlich dermaßen aus der Fassung?«

»So ein bisschen?«, wiederholt er trocken. »Wie konnte Rahel das zulassen?«

Lachend zucke ich mit den Schultern. »Es war ihre Wahl.«

»Ich wette, wenn man nahe genug bei dir steht, könnte man deinen Hintern sehen.«

Ich hebe die Augenbrauen. »Ich hoffe doch sehr, dass mir niemand so auf die Pelle rückt, dass er in mein Kleid schauen kann, Caleb.«

Er verzieht den Mund. »Ich würde lieber kein Risiko eingehen. Auf dieser Veranstaltung sind eine Menge ältere Menschen, Julie. Wir wollen doch keine Reihe von Herzinfarkten auslösen.«

»Du bist so ein Idiot«, lache ich.

»Wir sind jetzt Freunde, das bringt Verpflichtungen mit sich. Also, willst du meine Jacke?«

»Nein danke.«

»Einen Schal?«

Ich mache eine Handbewegung Richtung untergehender Sonne. »Wir haben Juni.«

Er verengt die Augen und macht einen Schritt auf mich zu. »Ich werde Sie keine Sekunde lang aus den Augen lassen, Miss Penn. Aber ich verrate dir etwas: Wenn das Ziel unseres Abends gewesen ist, die Aufmerksamkeit von dir abzulenken, dann ist dieses Kleid mit Sicherheit nicht förderlich.«

In dem verzweifelten Versuch, ein Lachen zu unterdrücken, beiße ich mir auf die Lippen. »Das Risiko gehe ich ein, denke ich.«

Nach ein paar Sekunden, die sich anfühlen wie eine Partie Augenkrieg, geht er an mir vorbei, um mir die Beifahrertür zu öffnen. Ich steige ein und sorge dafür, dass er einen guten Blick auf meine Rückseite hat. Wenn ich ehrlich sein soll, habe ich nur seinetwegen die unteren Knöpfe des Ausschnitts offen gelassen. Ich wollte ihn ein wenig reizen. Bevor wir aussteigen, werde ich sie ganz sicher schließen, denn in einem Punkt hat Caleb recht: Aus einem bestimmten Winkel kann man tatsächlich meinen Hintern sehen, wie Bonnie und Saheera freundlicherweise für mich überprüft haben.

Caleb steigt ebenfalls ein und startet den Motor, während ich mich im Wageninneren umsehe. Der Audi ist nicht weniger schick als der Tesla, in dem er normalerweise unterwegs ist, aber er wirkt irgendwie sportlicher. Moderner und deutlich passender für einen Vierundzwanzigjährigen.

»Ist das dein Auto?«

Er nickt stolz. »Nachdem ich meinen Führerschein gemacht habe, wollte Dad mir einen Kleinwagen kaufen. Irgendetwas, was ich zu Schrott fahren kann, ohne großen Schaden zu hinterlassen«, erzählt er grinsend. »Ich habe abgelehnt und mich noch ein paar Jahre herumkutschieren lassen, bevor ich mir den hier leisten konnte.«

»Den hast du dir selbst gekauft?«, frage ich ungläubig. Ich bin wirklich keine Expertin, aber dank meines Dads habe ich eine ungefähre Vorstellung von Autos und bin mir ziemlich sicher, dass dieser Wagen teuer war. Mit Sicherheit im sechsstelligen Bereich, wenn er ihn neu gekauft hat. Wovon ich ausgehe.

Sein Schulterzucken wirkt beinahe verlegen. »Ich habe

damals schon gearbeitet, aber wenn man reiche Eltern hat, ist *selbst gekauft* immer ein bisschen relativ, verstehst du?«

Nein, eigentlich nicht. Aber ich kann mir vorstellen, was er meint. »Wie war dein Dad so?«, frage ich stattdessen.

»Er war der beste Vater, den ich mir hätte wünschen können«, antwortet er so inbrünstig, dass ich lächeln muss. »Wie ist deiner?«

»Ähnlich wie deiner, würde ich sagen. Er liebt mich von Herzen, und das ist das Wichtigste, oder nicht? Wir hatten nie sehr viel Geld, aber er hat sich bemüht. Meine Stiefmutter ist toll, und die beiden haben es mir ermöglicht, auf die NYU zu gehen. Das ist nicht selbstverständlich.«

»Das stimmt«, erwidert Caleb, obwohl ich nicht glaube, dass er das wirklich nachvollziehen kann. »Hast du Sylvia vermisst? Die verschollene Mutter, meine ich. Nicht die Person Sylvia.«

Ich richte meinen Blick nach vorne auf die Straße. »Nein, eigentlich nicht. Ich meine, klar, als ich noch kleiner war, habe ich mir eine Mutter gewünscht und wahrscheinlich habe ich die Rolle vermisst, die eine Mutter einnehmen sollte. Aber ich kann nicht behaupten, dass sie mir wirklich gefehlt hat. Mein Vater hat Grace geheiratet, als ich fünf war. Es war also nicht viel Zeit, eine Mutter zu vermissen.«

Caleb sieht mich kurz an, ehe er sich wieder auf den Verkehr konzentriert. »Dann hattest du Glück«, stellt er schlicht fest. »In letzter Zeit habe ich mich oft gefragt, ob Sylvia dich in ihrem Erbe bedacht hat, weil es sich einfach so gehört oder weil sie etwas wiedergutmachen wollte.«

»Das habe ich mich auch schon gefragt.« Nachdenklich sehe ich aus dem Fenster. »Ehrlich gesagt kann ich mir nicht vorstellen, dass sie ein schlechtes Gewissen hatte oder etwas bereut hat. Immerhin war sie Sylvia Bonham. Mein Dad hat weder seinen Namen geändert noch es sonst drauf angelegt, nicht gefunden zu werden. Hätte sie gewollt, hätte Sylvia mich kontaktieren können, oder nicht?«

»Ja, vielleicht.« Er hebt ein wenig unschlüssig die Schultern. »Vielleicht hatte sie es vor. Wäre der Unfall nicht gewesen, hätte sie noch viele Jahre Zeit dafür gehabt.«

Ich nicke langsam, bevor ich den Kopf wieder in seine Richtung drehe. »Was hatte es eigentlich mit diesem Unfall auf sich? Hoffman hat darüber nicht viel erzählt.«

»Weil es nicht viel zu erzählen gibt.« Caleb lächelt matt. »Sie wurde angefahren und trug schwere Kopfverletzungen davon, an deren Folgen sie gestorben ist. Der Fahrer des Autos hat sich aus dem Staub gemacht, und da es keine Zeugen gab, liefen die Ermittlungen ins Leere. Es gab Bremsspuren, die ganze Sache sieht nach einem einfachen, sinnlosen Unfall aus.«

»Komische Vorstellung, oder?«, frage ich leise. »Dass so ein winziger, unaufmerksamer Moment ein ganzes Leben auslöschen kann?«

»Ja.« Er streckt sich und lacht leise. »Wow, wie konnten wir so die Stimmung killen?«

»Du beherrschst diese Fähigkeit ziemlich gut«, sage ich schmunzelnd und lehne mich in meinem Sitz zurück, während ich das dunkler werdende New York beobachte. Heute war ein schöner, sonniger Tag, und die ganze Stadt wird in ein orangerötliches Licht getaucht. New York hat die seltene Fähigkeit, zu jeder Jahreszeit hübsch zu sein. Im Sommer sprüht es nur so vor Leben und Geschäftigkeit, und im Winter versprüht es einen ganz besonderen, irgendwie gemütlichen Charme.

Den Rest der Fahrt plaudern wir über Belanglosigkeiten. Ich erzähle ihm von der Uni, meinen Kursen und meinem Wunsch, irgendwann einmal als Kinderbuchillustratorin zu arbeiten. Er erzählt mir von seinen Freunden und davon, dass er die Bonham Mansion in den Hamptons gerne renovieren lassen würde, damit es sich mehr nach seinem Zuhause anfühlt. Unsere Leben könnten unterschiedlicher nicht sein, trotzdem habe ich endlich das Gefühl, dass Caleb und ich einander auf Augenhöhe begegnen.

»Dort ist es«, sagt er und deutet auf ein hell erleuchtetes Gebäude am Ende der Straße. Es handelt sich um ein Hotel, eines von der altmodischen Sorte: Säulen umfassen die breite Eingangstür, es gibt Zinnen und Türmchen, Stuck an jedem Ende und alles wird von riesigen Scheinwerfern in einem orangenen Licht beleuchtet. Vor dem Eingang ist ein roter Teppich ausgerollt, an dessen Ende ein Butler wartet, der den eintreffenden Gästen die Türen öffnet und die Schlüssel an den Parkservice übergibt.

Ich pfeife durch die Zähne. »Das sieht nobel aus.«

»Das ist es auch. Immerhin sind wir nur hier, um uns das Geld aus der Tasche ziehen zu lassen.«

Vorwurfsvoll sehe ich ihn an. »Es ist für einen guten Zweck. Bei dir klingt es, als wären das Verbrecher.«

»Die Veranstalter solcher Charityaktionen sind in erster Linie Geschäftsfrauen, keine Wohltäterinnen, Julie.«

»Wie du meinst«, sage ich mit einer abwehrenden Handbewegung. »Leb du nur weiter in einer niederträchtigen, pessimistischen Das-Glas-ist-halb-leer-Welt. Aber wenn es dir nichts ausmacht, bleibe ich gerne hier auf der sonnigen Seite.«

Lachend hält er an und steigt aus, während der Butler meine Tür öffnet. »Guten Abend, Miss.«

»Guten Abend«, erwidere ich ein wenig verlegen, als ich aussteige. An diese zuvorkommende Behandlung muss ich mich wirklich noch gewöhnen.

Caleb schließt zu mir auf und bietet mir seinen Arm an, bevor wir über den roten Teppich auf den Eingang zulaufen. Am Ende des Teppichs wurde ein Backdrop aufgebaut, auf dem das

Logo des Krankenhauses und ein paar der größeren Sponsoren abgedruckt sind und vor dem sich eine kleine Gruppe Reporter versammelt hat, die die eintreffenden Gäste fotografieren. Als eine ältere Dame in einem samtroten Abendkleid zur Seite tritt, entdecke ich das Logo von *Bonham* auf dem Banner und beuge mich zu Caleb.

»Ihr seid einer der Hauptsponsoren des Krankenhauses?«

»Schon seit Ewigkeiten, ja. Sylvia hat das Krankenhaus immer unterstützt.«

Bevor ich das kommentieren kann, legt Caleb mir eine Hand auf den Rücken und führt mich vor das Backdrop-Banner, wo er anhält und den Männern und Frauen mit den Kameras zulächelt, die uns gegenüberstehen, Fotos schießen und uns Fragen zurufen. Vor uns hat sich bereits ein Pärchen ablichten lassen, der Geräuschpegel durch die Presseleute nimmt allerdings merklich zu, als Caleb und ich uns positionieren.

Ein wenig verkrampft lächle ich in die Richtung der Reporter, die sich deutlich rücksichtsvoller verhalten als die, mit denen ich bislang das Vergnügen hatte. Die Blitzlichter und Scheinwerfer blenden mich und machen es mir unmöglich, in der Masse einen von ihnen genau zu erkennen. Ich bin ganz froh darüber. Calebs Selbstsicherheit hat meine Nervosität in ein erträgliches Hintergrundsummen verwandelt, das ich kontrollieren kann. Die Tatsache, dass ich keinen der Reporter richtig sehe und sich die ganze Situation dadurch wahnsinnig unwirklich anfühlt, hilft mir, meine Nerven zu bewahren. Auch wenn mein Lächeln mir aufgesetzt vorkommt und ich plötzlich nicht weiß, was ich mit meinen Händen tun soll, habe ich komischerweise nicht das Bedürfnis, umzudrehen und wieder nach Hause zu fahren.

Nein, es sind weder die Reporter noch die blendenden Lichter oder das superteure Kleid, die mir den Kopf schwirren lassen und es unmöglich machen, mich zu konzentrieren. Vielmehr sind es Calebs Finger, die langsam über die nackte Haut an meinem Rücken gleiten. Sie lösen ein wohliges Beben in mir aus, ohne dass ich etwas dagegen unternehmen kann. Freemans Ermahnungen kommen mir in den Sinn, aber ich wische sie energisch beiseite. Meine Selbstbeherrschung reicht nicht aus, um Calebs Hände zur Seite zu schieben. Stattdessen zwinge ich mich, gleichmäßig zu atmen und nicht nach Luft zu schnappen.

»Alles okay?«, fragt Caleb leise, ohne mich anzusehen.

Ich beiße die Zähne zusammen. Ich habe den neckenden Unterton in seiner Stimme gehört, der mir verrät, dass ihm sehr wohl bewusst ist, was er da gerade tut und welche Reaktion er damit bei mir auslöst. Die zarten Härchen auf meinen Armen stellen sich auf, als sein Atem meine Schläfe trifft, und ich hoffe inständig, dass er es nicht bemerkt.

»Ich habe vergessen, die Knöpfe hinten am Kleid zu schließen«, flüstere ich, behalte mein Lächeln aber bei und wende den Blick auch nicht von den Reportern ab.

Neben mir höre ich ein leises Knurren. »Ich könnte das für dich übernehmen.«

»Freeman wäre sicher begeistert. Aber vielleicht hilft ein wenig nackte Haut ja dabei, Spenden zu sammeln. Du weißt schon …«

Aus den Augenwinkeln sehe ich, wie er sich noch weiter zu mir lehnt, und seine Finger an meinem Rücken wandern tiefer. »Ich habe diesen Hintern schon einmal in all seiner Pracht aus der Nähe betrachten dürfen, Julie. Und ich würde es bevorzugen, wenn ich der einzige Mann auf dieser Gala bleibe, der das von sich behaupten kann.«

Nach ein paar Minuten wenden wir uns ab, und ich hake mich wieder bei Caleb unter, um endlich reinzugehen. Die Reporter rufen noch immer unsere Namen, aber wir ignorieren sie. Wir haben ihnen mehr als ein Bild geliefert, das sollte fürs Erste reichen. Das Innere des Anwesens ist nicht weniger prunkvoll, als es von außen den Anschein gemacht hat. Keine Ahnung, wie alt dieses Haus ist, aber ich fühle mich ein wenig, als wäre ich in eine Episode von *Downton Abbey* eingetaucht. Hohe, mit Stuck verzierte Decken, eine breite, geschwungene Marmortreppe in die obere Etage, Gemälde an den Wänden, Angestellte in schwarzen Fracks, die sich mit Champagner beladenen Silbertabletts ihren Weg durch die Menschengruppen in schwarzen Anzügen, teuren Kostümen und bodenlangen Kleidern bahnen. In der Mitte der Halle hängt ein riesiger Kronleuchter von der Decke, der schätzungsweise einen Durchmesser von drei Metern hat und dessen unzählige Kristalle kleine Lichtreflexe auf die Wände, den Boden und die Gäste werfen. Sprachlos lege ich den Kopf in den Nacken und mustere das Geländer an der oberen Galerie, das aussieht, als wäre es mit Blattgold überzogen. Der gesamte Raum wirkt trotz des ganzen Protzes und den Details nicht überladen, im Gegenteil. Es ist wunderschön, auch wenn ich mir nicht vorstellen könnte, in solch einem Anwesen zu leben. Ich hätte ständig Angst, etwas anzufassen und versehentlich kaputt zu machen.

Links von uns gibt es eine hohe geschlossene Flügeltür, rechts führt ein großer Türbogen in einen Ballsaal, in dem unzählige runde gedeckte Tische platziert wurden. Das polierte Silber und das Kristall der Gläser funkeln im Schein der Lampen. Hinter den Tischen erstreckt sich eine Tanzfläche vor einer leeren Bühne. Aus den Lautsprechern dringt leise Pianomusik. Ich sehe mich um und stelle zufrieden fest, dass meine Kleiderwahl genau richtig war: elegant genug, um nicht unangenehm aufzufallen, aber auch nicht zu aufreizend oder abenteuerlich, um einen kleinen Skandal auszulösen.

Caleb geleitet mich selbstsicher durch den Raum und steuert eine Bar an, auf der eine Reihe Gläser stehen, die mit Champagner, Wein, Saft und Wasser gefüllt sind.

»Warst du schon einmal hier?«

Er nickt. »Das ist eine beliebte Location für derartige Veranstaltungen. Was möchtest du trinken?«

»Ich habe noch nie Champagner getrunken«, antworte ich, und er hält mir lächelnd eine Flöte hin. Ich nehme einen Schluck und verziehe das Gesicht. »Trocken«, bemerke ich und ernte dafür ein lautes Lachen von Caleb, während er selbst nach einem Wasserglas greift.

Die nächsten Minuten verbringt Caleb damit, mir einen Überblick über die Gäste zu verschaffen. Mir war klar, dass auf solchen Events vermutlich jeder jeden kennt. Und Caleb, der in diesen Kreisen aufgewachsen ist und Sylvia vor ihrem Tod vermutlich ab und an begleitet hat, gehört eindeutig zu ihnen. Zwischendurch hebt er grüßend die Hand, winkt Bekannten zu und hält höflichen Small Talk, wenn ihn jemand anspricht. Ich bin ein bisschen beeindruckt, wie schnell er zwischen den verschiedenen Versionen seines Selbst hin und her wechseln kann – dem ausgelassenen, sarkastischen, *normalen* Caleb, bei dem ich mich so wohlfühle, und Mr Bonham junior, der ein milliardenschweres Unternehmen leitet. Aber anders als zum Beispiel während der Testamentseröffnung wirkt Caleb nicht arrogant oder großspurig, sondern lediglich selbstsicher. Er lächelt freundlich und dominiert jede Unterhaltung, ohne aufdringlich zu werden.

Jedes Mal, wenn er mich seinen Gesprächspartnern vorstellt, versuche ich es ihm gleichzutun. Diese Menschen verunsichern mich, ich fühle mich immer noch unwohl in der Rolle, die ich heute Abend zu spielen habe – die Bonham-Erbin und verschollene Tochter der tragisch verstorbenen Sylvia Bonham.

Aber zum ersten Mal, seitdem ich Caleb kenne, überlege ich, ob es ihm nicht manchmal genauso geht. Auch er wurde in gewisser Weise ins kalte Wasser geworfen, als er die Firmenleitung von heute auf morgen innehatte. Auch er ist noch ein bisschen zu jung für solch eine große Aufgabe. Der Unterschied zwischen uns beiden besteht vermutlich darin, dass er bereits früh gelernt hat, gute Miene zum bösen Spiel zu machen. Im Gegensatz zu mir weiß er, wie er sich bewegen, was er mit seinen Händen tun soll und wie er sich geben muss, um nicht eingeschüchtert zu wirken. Er beherrscht die hohe Kunst des Small Talks. All das sind Dinge, die ich lernen kann. Die ich lernen muss, wenn ich dieses Jahr überstehen möchte.

30

JULIE

Caleb stößt mich sanft mit dem Ellbogen an und deutet mit einem Nicken auf die Menschenmenge vor uns. Nach ein paar Sekunden erkenne ich, was beziehungsweise wen er meint: Mr Freeman steht ein paar Meter von uns entfernt, einen kleinen Schwenker mit bernsteinfarbener Flüssigkeit in der Hand, und unterhält sich mit einem Mann mittleren Alters, den ich nicht kenne. Die Frau an Freemans Seite lächelt das gleiche unverbindliche Lächeln, das ich heute Abend bereits unzählige Male bei Caleb beobachtet habe.

Mir rutscht das Herz ein wenig in die Hose. Ich habe befürchtet, dass Vorstandsvorsitzende von *Bonham* hier sein würden, aber irgendwie habe ich gehofft, ihnen aus dem Weg gehen zu können. Am liebsten würde ich mich auf der Toilette verstecken. Mr Freeman verströmt die Art von Autorität, die eher Angst hervorruft als Bewunderung und Ehrfurcht. Wie ein wütender Großvater, mit dem man als Kind nicht gerne alleine in einem Raum ist. Ich spüre, wie ich mich innerlich anspanne und mich unwillkürlich ein wenig aufrechter hinstelle. Ich mag diesen Mann nicht und bin der Meinung, dass er mich nicht fair behandelt. Trotzdem will ich ihm keinen Anlass zu Kritik geben. Also umfasse ich den Stiel des Glases ein wenig fester, um meinen Händen eine Aufgabe zu geben, und atme tief durch.

Ich spüre Calebs Hand auf meinem Arm. »Wir sagen kurz Hallo, dann gehen wir an unseren Tisch, okay? Kurz und schmerzlos.«

In dem Geräusch, das ich von mir gebe, liegt sämtlicher Spott, den ich aufbringen kann, trotzdem arrangiere ich meine Mundwinkel zu einem hoffentlich überzeugenden Lächeln. Die Nervosität kribbelt wie eine Schar Ameisen durch meinen Körper, aber innerlich feuere ich mich selbst an.

Seite an Seite nähern wir uns Mr Freeman, der sich gerade von seinem Gesprächspartner verabschiedet und sich zu uns umdreht. Als sein Blick auf uns trifft, wäre ich beinahe erstarrt. Ich fühle mich, als müsste ich ein Referat halten, für das ich kaum gelernt habe. Und Freeman ist der viel zu strenge Lehrer.

»Mr Freeman«, sagt Caleb, sobald wir in Hörweite sind. Dann wendet er sich an die Frau an dessen Seite und schüttelt ihre Hand. »Mrs Freeman, wie schön, Sie hier zu treffen. Sie sehen fantastisch aus.«

Ich unterdrücke ein Grinsen. Mrs Freeman bedankt sich, wobei ihre Wangen eine leichte Röte annehmen.

»Miss Penn«, sagt Mr Freeman mit dunkler, beinahe vibrierender Stimme. Ich bemerke, dass er mich von Kopf bis Fuß mustert, und zwinge mich, nicht zurückzuweichen. »Wie geht es Ihnen? Genießen Sie den Abend?«

Ich ergreife die dargebotene Hand, lasse sie aber schnell wieder los, weil ich befürchte, dass meine Handflächen schweißnass sind. »Vielen Dank, es ist wirklich wunderschön. Ich bin sehr beeindruckt.«

Seine Lippen verziehen sich zu einem schmalen Lächeln, dann deutet er auf seine Begleitung. »Darf ich Ihnen meine Frau vorstellen? Truly, das ist Miss Juliette Penn. Sylvias Tochter.«

Zu meiner Überraschung huscht ein betroffener Ausdruck über Mrs Freemans Gesicht, der nicht aufgesetzt wirkt. Sie tritt einen Schritt vor und berührt kurz meinen Ellbogen. »Mein aufrichtiges Beileid, Miss Penn. Sylvias Tod hat uns alle zutiefst getroffen.«

»Vielen Dank«, antworte ich perplex, weil sich mein Kopf wie leergefegt anfühlt und sich weigert, weitere Worte zu bilden. Ich hätte mir Freemans Frau anders vorgestellt, eine reiche, hochnäsige Zicke, die sich für etwas Besseres hält. Aber Mrs Freeman wirkt nett, ihre Augen sind warm und ihr Blick herzlich. Mir ist schleierhaft, wie diese beiden Menschen zueinanderfinden konnten.

Ihr Mann sieht Caleb an und deutet auf die leere Bühne am anderen Ende der Tanzfläche. »Ich hatte gehofft, ich würde Sie heute Abend auf der Liste der Redner finden, Caleb. Ein paar Worte des neuen CEO von *Bonham Industries* wären angebracht gewesen.«

Caleb lacht, trotz des nicht gerade dezenten Seitenhiebs. Ich bin ehrlich beeindruckt von seiner Souveränität. Sie macht ihn höllisch attraktiv.

»Ein andermal«, antwortet er, dann legt er mir eine Hand auf den Rücken. »Heute Abend bin ich ganz und gar in der Funktion als Miss Penns Begleiter hier.«

Das leichte Stirnrunzeln Freemans ist kaum zu übersehen. Am liebsten hätte ich Caleb meinen Ellbogen in die Seite gerammt oder die Augen verdreht. Mir ist vollkommen klar, was er da gerade tut. Trotz seines freundlichen Tonfalls, trotz des Lächelns und der formvollendeten Manieren weist er Freeman in seine Schranken. Er steht hierarchisch über dem Vorstandsvorsitzenden und hat Freeman in diesem Moment genau an diese Tatsache erinnert. Ein Teil von mir hätte gerne applaudiert, doch den anderen beunruhigt es. Nach allem, was ich bislang weiß, hat der Vorstand eine nicht zu unterschätzende Macht bei *Bonham* und ist aus Prinzip schon nicht sehr begeistert von mir, auch ohne dass Caleb ihnen einen Anlass zur Verärgerung liefert.

Ich nehme all meinen Mut zusammen und lache gespielt belustigt auf. »Wir fühlen uns geehrt, *Bonham Industries* bei einem so wichtigen Anlass repräsentieren zu dürfen. Es wird bestimmt ein ganz wundervoller Abend.«

Mrs Freeman lächelt. »Ganz bestimmt.«

Die Stirn ihres Mannes glättet sich zu meiner Erleichterung. »Da bin ich mir sicher. Genießen Sie die Gesellschaft, Miss Penn.« Dann wirft er Caleb einen kurzen Blick zu. »Wir sehen uns am Montag.«

Erst als die beiden in der Menge verschwunden sind, traue ich mich, wieder durchzuatmen. Erleichtert sacke ich in mich zusammen und nehme einen großen Schluck von dem trockenen Champagner. Er brennt in meiner Kehle und ich muss ein Husten unterdrücken, aber wenigstens beruhigt er meine flatternden Nerven.

»Das lief doch gut«, bemerkt Caleb grinsend.

Fassungslos sehe ich ihn an. »Was sollte das? Er sagt, du hättest eine Rede halten sollen, und du schiebst mich als Grund vor, es nicht zu tun? Denkst du, das hilft, seine Meinung über mich zu ändern?«

Calebs Lächeln erstirbt und nimmt erneut diesen geschäftsmäßigen Zug an, der mir inzwischen so vertraut ist. »Ich weiß, was ich tue, Julie.«

»Und das wäre?«, frage ich herausfordernd.

Er nimmt meinen Arm und führt mich durch die Menge auf die runden Tische zu. »Wir brauchen den Vorstand auf unserer Seite, das stimmt. Und wir sollten ihn nicht verärgern. Aber genauso wenig sollten wir uns von ihm einschüchtern lassen, okay? Männer wie Freeman dürfen nicht das Gefühl vermittelt bekommen, die Oberhand zu haben. Wir sind die CEOs und es schadet nicht, sie hin und wieder daran zu erinnern.«

Ich schüttle den Kopf, spare mir allerdings eine Antwort. Ich verstehe seinen Standpunkt. Dennoch bin ich der Meinung, dass es möglicherweise auch nicht schaden könnte, den Vorstandsleuten eine Zeit lang Honig ums Maul zu schmieren. Die Situation ist bereits angespannt genug, auch ohne dass Caleb mit den alteingesessenen Vorstandsvorsitzenden Machtkämpfe austrägt.

Caleb führt mich weiter zu einem Tisch, auf dem zwei Platzkarten mit unseren Namen stehen. Kurz bin ich überrascht, meinen eigenen Namen in den geschwungenen silbernen Lettern geschrieben zu sehen. Ich habe mich die ganze Zeit als Calebs Begleitung gesehen, als sein namenloses Plus Eins. Es mag sich total skurril anhören, aber meinen Namen auf diesem Platzkärtchen zu lesen, lässt mich auf einmal realisieren, dass ich jetzt dazugehöre. Dass ich mich mit meiner Vertragsunterzeichnung ganz offiziell selbst zu einem Teil dieser Welt gemacht habe, in die ich vor ein paar Wochen nicht einen Fuß hatte setzen wollen.

Auf einmal spüre ich einen unangenehmen Druck in der Brust. Als würde die Schwere der Erkenntnis sich um meine Lunge schließen und zudrücken. Das hier war das Leben meiner Mutter, und für die nächsten dreihundertfünfundsechzig Tage wird es auch meins sein. Die Vorstellung jagt mir Angst ein, aber gleichzeitig empfinde ich auch so etwas wie … Kampfgeist. Ich will mir selbst, dem verdammten Vorstand und dem Andenken meiner Mutter beweisen, dass ich es schaffen kann. Dass ich weder mit einem goldenen Löffel im Mund geboren noch auf Privatschulen gegangen sein muss, um mich hier zu beweisen.

»Alles okay?« Calebs Frage holt mich zurück ins Hier und Jetzt. Ich reiße mich von dem Namensschild los und lächle ihn an, bevor ich nicke.

»Ja, tut mir leid. Es ist nur … beeindruckend.«

Er winkt ab. »Man gewöhnt sich dran.« Ehrlich gesagt wage ich das zu bezweifeln, aber ich lasse mich gerne überzeugen. Caleb rückt mir einen Stuhl zurecht, danach setzt er sich neben mich.

Nach und nach finden auch die anderen Gäste ihre Plätze, wir tauschen erneut ein bisschen Small Talk mit unseren Tischnachbarn aus, dann geht es los. Die nächste Stunde verbringen wir damit, Rednern dabei zuzuhören, wie sie Vorträge zu unterschiedlichen Themen halten, Erfahrungsberichte schildern oder verschiedene Stationen und Kliniken des Krankenhauses vorstellen. Immer wieder werden die Anwesenden zu Spenden aufgerufen, aber keinesfalls so fordernd, wie ich es nach Calebs Beschreibung erwartet hätte.

Als eine ältere Frau auf die Bühne tritt und eine Auktion ankündigt, werfe ich Caleb einen überraschten Blick zu. Ich lehne mich in seine Richtung. »Das ist ja richtig Programm hier«, flüstere ich ihm zu.

»Ich will dir doch etwas bieten«, antwortet er leise und zwinkert. »Vielleicht machen wir ja ein Schnäppchen.«

Ich lache und ziehe eine Grimasse. Als ob es bei dieser Auktion irgendetwas gäbe, was interessant für mich sein könnte. Zuerst werden ein paar Gemälde versteigert, deren Wert ich nicht wirklich einschätzen kann. Ab und zu lehnt Caleb sich zu mir herüber und gibt einen witzigen Kommentar zu einem der Auktionsgegenstände ab. Ich versuche jedes Mal, eine neutrale Miene zu wahren, um nicht respektlos zu erscheinen, trotzdem tut mir irgendwann das Gesicht weh vom vielen Grinsen.

Als schließlich die lebensgroße Skulptur eines nackten Mannes versteigert wird, beiße ich mir auf die Lippen, um nicht laut loszuprusten. Ich habe selbst bis vor ein paar Tagen als Modell in Kunstkursen gestanden, aber diese Skulptur ist wirklich furchtbar. Möglicherweise besteht dabei ein für mich nicht offensichtlicher künstlerischer Anspruch, aber … Die Statue wurde im Auftrag einer reichen Gönnerin angefertigt, was die Erklärung dafür ist, dass sie hier versteigert wird.

»Das Startgebot liegt bei viertausend Dollar«, verkündet die Auktionsdame und lässt den Blick erwartungsvoll über das Publikum schweifen.

Ich hätte mich beinahe an dem Shrimp verschluckt, von dem ich gerade abgebissen habe. »Viertausend US-Dollar? Für das da?«, flüstere ich Caleb zu.

Er grinst. »Hat doch Stil. Vielleicht in die Eingangshalle, nachdem ich das Haus in den Hamptons renoviert habe?«

»Oh Gott.«

»Oder ins Schlafzimmer?«

Kopfschüttelnd nehme ich einen Schluck Champagner. »Ins Badezimmer. Direkt neben den Whirlpool.«

»Du hast recht.« Caleb wendet sich ab und hebt den Arm.

Erst mit Verzögerung kapiere ich, was er vorhat, und ich lache auf, während ich gleichzeitig nach seinem Arm greife und versuche, ihn herunterzuziehen.

»Viertausendfünfhundert Dollar von Mr Bonham«, ruft die Frau auf der Bühne und deutet auf Caleb. »Vielen Dank.«

Irgendjemand scheint, warum auch immer, dagegen zu bieten, denn die Dame wendet sich wieder ab, und ich rutsche näher an Caleb heran. »Lass das«, zische ich und verleihe meiner Stimme so viel Strenge wie möglich. »Das Ding sieht aus wie eine Puppe aus *The Walking Dead.*«

»Passt doch, ich mag die Serie.«

»Fünftausend Dollar«, verkündet die Auktionatorin. »Zum Ersten, zum Zweiten …«

»Fünftausendfünfhundert«, ruft Caleb mit Belustigung in der Stimme und hebt erneut die Hand.

Ich lasse das Gesicht in die Hände sinken und schüttle lachend den Kopf. Ich höre, wie die Frau auf der Bühne runterzählt und Caleb den Zuschlag bekommt. Fassungslos schaue ich auf. Caleb nimmt grinsend den aufbrandenden Applaus entgegen, erhebt sich kurz und winkt, bevor er mir triumphierend zuzwinkert.

Das hier ist völlig verrückt. Wie in einem Traum oder einem Film. Bis vor zwei Wochen habe ich mir Sorgen über die Miete und die Reparatur meines Fahrrads gemacht. Heute sitze ich als CEO einer verdammten Pharmafirma in einem beinahe eintausend Dollar teuren Kleid inmitten einer Wohltätigkeitsveranstaltung, die in einer Art Schloss stattfindet, und sehe meinem verdammt gut aussehenden Begleiter dabei zu, wie er für Tausende von Dollars eine furchtbar hässliche Statue ersteigert. Was aber das Seltsamste an der ganzen Situation ist: Ich amüsiere mich. Hätte ich die Wahl, ich würde in diesem Moment nirgendwo anders sein wollen. Und das überrascht mich mehr als die lächerlich hohe Summe, die Caleb für dieses Ding zu zahlen bereit ist.

Nachdem er Platz genommen hat, hält er mir sein Glas hin. Grinsend stoße ich mit ihm an.

»Ich kann nicht glauben, dass du das getan hast.«

Sein Lachen ist so frei und gelöst, wie ich es selten bei ihm höre. Der Klang scheint auf angenehme Weise in meinen Knochen zu vibrieren. »Ich nehme dich beim Wort. Neben den Whirlpool.«

Ich drehe mein Glas in der Hand. »Es ist dein Haus. Wenn

du dir dieses Monstrum beim Baden angucken willst, dann ist das deine Sache.«

Er senkt die Stimme. »Ich werde dabei jedes Mal an dich denken, ich hoffe, das ist dir klar.«

Hitze steigt in mir auf, und ich sehe hastig weg. Einige der Leute, die mit uns am Tisch sitzen, werfen uns immer wieder neugierige Blicke zu. Ich kann es ihnen nicht verdenken. Genau diese Menschen lesen die Schlagzeilen über uns mit persönlichem Interesse. Wahrscheinlich wirke ich wie ein streunendes Zootier, das aus seinem Käfig im East Village ausgebrochen ist.

Calebs Tischnachbar klopft ihm auf die Schulter und beglückwünscht ihn zu seinem Bieterglück. Ich verberge mein Grinsen, indem ich rasch an meinem Champagner nippe. Caleb hat mir den Mann als pensionierten Börsenmakler vorgestellt. Während der Reden ist er immer mal wieder eingenickt. Dass er sich jetzt so ehrlich für Caleb freut, macht ihn irgendwie sympathisch.

Nach der Auktion ist der offizielle Teil der Veranstaltung beendet. Caleb entschuldigt sich kurz, um den Kauf der furchtbaren Skulptur abzuwickeln, und ich stehe ebenfalls auf. Ich muss mir ein bisschen die Beine vertreten und mich auf die Suche nach einer Toilette machen. Ich streiche mein Kleid glatt und sehe mich im Raum um, leider ohne ein Schild oder etwas in der Art zu entdecken. Vermutlich ist dieser Saal einfach zu fein, um ihn mit so banalen Dingen wie Toilettenschildern zu verunstalten.

Nach ein paar Runden beschließe ich, zu der kleinen Bar zu gehen, um einen der Angestellten nach dem Weg zu fragen. Ich stutze, als ich ein bekanntes Gesicht entdecke.

»Daniel?«, rufe ich überrascht aus. »Was machst du denn hier?«

Grinsend berührt er die weiße Fliege an seinem Hals. »Arbeiten.«

Ich kann nicht verhindern, dass ich einen verdutzten Laut von mir gebe. Wenn ich es richtig verstanden habe, ist Daniels Vater ein ziemlich großes Tier an der Börse. Das klingt furchtbar oberflächlich, aber irgendwie habe ich nicht erwartet, dass Daniel jemand ist, der neben dem Studium arbeiten gehen muss.

Er scheint mir meine Gedanken anzusehen, denn er lächelt schief. »Meine Eltern weigern sich, einen geplanten Männertrip nach Vegas zu bezahlen. Deswegen jobbe ich hin und wieder als Tellertaxi auf Events der wohlbetuchten Gesellschaft. Allein das Trinkgeld reicht, um das Geld innerhalb von zwei Wochen zusammenzukriegen.«

»Frechheit«, sage ich schmunzelnd. »Um ehrlich zu sein bin ich auf der Suche nach einer Toilette. Aber ich befürchte, reiche Menschen gehen gar nicht pinkeln, weil ich kein Schild finden kann.«

Lachend weist Daniel auf einen unauffälligen Ausgang am Ende der Halle. »Versuch es mal da.«

Ich verabschiede mich und laufe dann in die Richtung, in die er gedeutet hat. Irgendwie komme ich mir komisch vor, mich in meinem teuren Kleid durch die Menge der glamourös gekleideten Gäste zu schieben und mich dabei an einem Glas Champagner festzuhalten. Vor dieser ganzen Erbsache hätte ich, wenn überhaupt, mit Daniel hinter der Bar gestanden. Ich fühle mich ein bisschen wie eine Heuchlerin.

Etwa auf halber Strecke fällt mir eine kleine Gruppe junger Frauen auf, die mich nicht gerade unauffällig beäugt. Zuerst denke ich an einen Zufall, doch auch als ich stehen bleibe, wenden sie die Blicke nicht ab. Das Stimmengewirr und die Musik sind zu laut, um zu verstehen, was genau sie sagen, aber es ist ziemlich offensichtlich, dass sie über mich reden. Mein Lächeln gefriert, und mein Mund wird trocken. Ich habe damit gerechnet, dass einige der Gäste mich erkennen, weil sie die Schlagzeilen über mich und über Caleb gelesen haben. Bislang war ich abgelenkt von Calebs Vorstellungsrunde und dem Programm – falls es neugierige Blicke oder Getuschel gegeben hat, ist es mir nicht aufgefallen.

Ich schlucke schwer und reiße mich von dem Anblick der Frauen los. Ich habe keine Ahnung, was sie über mich tratschen, und es sollte mir auch egal sein. An das Interesse an meiner Person muss ich mich wohl gewöhnen, und es wird vermutlich auch nicht das letzte Mal gewesen sein.

Ein wenig erleichtert atme ich auf, als ich die Tür zu den Toiletten hinter mir schließe und mich endlich Ruhe umfängt. Ich bin allein hier drin und froh um die kleine Auszeit. Ständig höflich lächeln zu müssen, ist auf Dauer ganz schön anstrengend. Aber der Abend gestaltet sich um einiges lustiger, als ich befürchtet habe. Vor meinem inneren Auge taucht das Bild dieser bescheuerten Statue auf, und unwillkürlich muss ich grinsen. Inzwischen ahne ich, dass der Caleb heute der *echte* Caleb ist. Der, der sich nicht verstellt und sich keine Gedanken über sein Image macht. Und diese Version von ihm gefällt mir mit Abstand am besten.

Nachdem ich die Toilette benutzt, meine Spanx wieder an Ort und Stelle gerückt und mir die Hände gewaschen habe, staune ich kurz über den Unterschied zwischen normalen und First-Class-Toiletten. Denn auf dem marmornen Waschtisch stehen unzählige kleine Glastiegelchen mit Cremes, Seifen, Lotions und Seren. Außerdem gibt es Proben verschiedener Parfüms und alle erdenklichen Damenhygieneartikel – sehr vorbildlich. Ich pudere mir die Nase, mache mich ein bisschen frisch und verlasse den Raum mit dem Vorsatz, Caleb zu suchen. Die zwei Gläser Champagner, die ich getrunken habe, machen mich mutig, und ich möchte tatsächlich tanzen. Ich gehe davon aus, dass Caleb gelernt hat zu tanzen und damit meine mangelnden Fähigkeiten ausgleichen kann.

Allerdings komme ich nicht weit. Als ich die Tür hinter mir schließe, ertönt neben mir ein Räuspern. Ich wirbele herum und bemerke Daniel, der an der Wand lehnt und breit grinst.

Ich lege eine Hand auf die Brust und lache. »Heilige Scheiße, du hast mich erschreckt. Das ist die Damentoilette, Daniel.«

»Ist mir aufgefallen.«

»Was willst du hier?«

Sein Grinsen wird breiter, und er deutet mit einem Nicken den Flur hinunter, weg vom Tanzsaal. Keine Ahnung, welche Räume sich da hinten befinden, aber ich gehe mal davon aus, dass sie nicht für die Gäste bestimmt sind. »Ich rette dich.«

Irritiert lächelnd sehe ich ihn an. »Was? Wovor?«

»Vor dem ganzen Theater da drinnen«, meint er und zeigt auf den Türbogen, der zurück in die Festhalle führt. »Ich habe gesehen, dass du mit Bonham da bist. Gehört das zu eurer Arbeitsvereinbarung oder so ähnlich?«

»Nein«, antworte ich verwirrt. »Er wurde eingeladen und hat mich gefragt, ob ich mitkommen möchte. Hör mal, Daniel, es ist nett, dass du mich retten willst, aber das ist nicht nötig.«

Daniel schnaubt. »Ach, komm schon, Julie.«

»Ich verstehe wirklich nicht, was du meinst. Aber ich denke, du solltest weiterarbeiten, und ich sollte jetzt zurückgehen.«

Er stößt sich von der Wand ab und kommt einen Schritt auf mich zu. Dabei sieht er mich verschwörerisch an. »Ich habe genug Trinkgeld für den Abend. Und ich bin mit dem Auto da. Wir könnten einfach abhauen und irgendwo was trinken gehen. Irgendwo, wo es ein bisschen entspannter ist als hier.«

Ich schüttle den Kopf, behalte das freundliche Lächeln aber bei. Es ist ja irgendwie niedlich, dass er mir zur Flucht verhelfen will, und immerhin habe ich auch zugestimmt, mit ihm mal irgendwann einen Kaffee zu trinken. Wenn ich daran denke, wie abwertend ich noch vor einer Woche über die Firma und Caleb gesprochen habe, kann ich seine Schlussfolgerung sogar nachvollziehen. Dass sich die Lage seit unserem Gespräch verändert hat, kann er ja nicht ahnen.

»Wie gesagt, ich weiß das zu schätzen, aber es ist wirklich nicht nötig.« Ich wende mich ab und sehe über die Schulter zurück. »Kommst du mit rein oder nicht? Ich muss jetzt zurück, sonst schickt Caleb einen Suchtrupp los.«

»Ich hätte nicht gedacht, dass du dich von seiner Masche einwickeln lässt.« Da liegt etwas in seiner Stimme und seinem Gesichtsausdruck, das mir nicht gefällt. Der herausfordernde, beinahe spielerische Ausdruck in seinen Augen ist verschwunden. Stattdessen sieht er mich beinahe wütend an.

»Wie bitte?«

»Ich hätte nicht gedacht, dass du so eine bist«, erklärt er langsam und deutlich, als wäre ich schwer von Begriff. »Eine, die für ein paar Dollar die Beine breitmacht. Ihr Studium hinschmeißt, nur weil irgendein reicher Penner das von ihr verlangt.«

Ich blinzle ein paar Mal. Wie ist es möglich, dass sich der nette, beinahe zurückhaltende Daniel vor meinen Augen in ein ausgewachsenes Arschloch verwandelt?

»Okay«, sage ich gedehnt und lache trocken auf. »Wie du meinst. Ich werde jetzt gehen, und vielleicht wäre es nicht verkehrt, wenn du das auch tust.«

Bevor ich mich umdrehen und verschwinden kann, packt er mein Handgelenk und zieht mich zurück. Nicht grob, nicht schmerzhaft. Aber wir kennen uns kaum. Dass er mich ungefragt anfasst, passt mir überhaupt nicht.

»Komm schon«, sagt er wieder in seinem verschwörerischen Ton. »Ich wette, mit mir hast du mehr Spaß als mit dem Geldsack.«

Wütend funkele ich ihn an. »Du bist genauso ein Geldsack wie er, Daniel. Mit dem Unterschied, dass du noch am College rumhängst und er bereits eine Firma leitet. Tu mir einen Gefallen und lass deine Eifersucht nicht an mir aus.«

Der Griff um mein Handgelenk wird bei meinen Worten fester, bis es schmerzt, und ich ziehe zischend die Luft ein. Ich mache einen Schritt rückwärts und versuche mich ihm zu entziehen, aber habe keine Chance. Wobei, doch, ich hätte durchaus eine Chance: Ich könnte ihm meinen Absatz auf die Zehen rammen, ihn zwischen die Beine treten oder ihm einen hübschen Schlag gegen den Kehlkopf verpassen. Damit würde er mit Sicherheit nicht rechnen. Allerdings würde das vermutlich auch eine ganze Menge unerwünschte Aufmerksamkeit auf mich lenken, also bewahre ich mir das lieber als letzten Ausweg.

»Du denkst, ich bin eifersüchtig?«, spuckt er zornig aus. Sein Atem trifft mein Gesicht, und ich rieche Alkohol. »Auf Bonham?«

»Lass mich los!«, sage ich langsam, aber bestimmt, ohne auf seine Frage einzugehen. Ich wage zu bezweifeln, dass er im Moment für logische Argumente empfänglich ist. Ich schaue hinab auf seine Finger, die sich um mein Handgelenk schließen. Mein Herz rast inzwischen. Daniel erscheint mir nicht wie ein Typ, der zu Gewalt neigt. Aber ich würde mich deutlich wohler fühlen, wenn noch andere Leute in diesem Flur wären oder man uns vom Saal aus besser sehen könnte.

Statt den Griff zu lockern oder mich tatsächlich loszulassen, schiebt er sich noch näher an mich heran und beugt sich zu mir runter. Einen völlig irren Moment lang denke ich, dass er mich küssen will, und straffe bereits die Schultern, um ihm einen Kopfstoß zu verpassen. Doch dann hält er inne und verengt die Augen zu schmalen Schlitzen.

»Du Schlampe!«, zischt er.

Ich öffne den Mund, obwohl mir zu dieser absolut geistreichen Bemerkung auf Anhieb keine Antwort einfällt. Doch ich komme auch gar nicht dazu, etwas zu erwidern, denn in der nächsten Sekunde wird Daniel von mir weggerissen. Ich stolpere und wäre beinahe von seinem Schwung mitgerissen worden, doch seine Finger lassen gerade noch rechtzeitig los, und ich kann mich fangen, bevor ich bäuchlings auf ihn falle.

Caleb tritt zwischen uns und wirft mir über den Rücken einen prüfenden Blick zu.

»Geht es dir gut?«, fragt er mit vor Wut zitternder Stimme.

Ich streiche mir eine Strähne aus dem Gesicht. »Nichts passiert. Er ist nur betrunken.«

Ein seltsamer Ausdruck huscht über sein Gesicht, aber er ist genauso schnell verschwunden, wie er gekommen ist. »Und schon wieder sind wir nicht einer Meinung, Julie.«

Nur mit Mühe kann ich ein Augenrollen unterdrücken. Ja, mir klopft das Herz immer noch bis zum Hals und ja, kurz bevor Caleb aufgetaucht ist, hatte ich tatsächlich ein bisschen Angst vor Daniel. Aber es ist nichts passiert. Als Schlampe bezeichnet zu werden, ist nun nichts, was mich nachhaltig traumatisiert.

»Lass gut sein«, bitte ich Caleb und zupfe an seinem Ärmel, damit er sich zu mir umdreht. Hinter ihm rappelt sich Daniel gerade mühsam auf. »Er hat nichts gemacht, ehrlich nicht. Kein Grund, ein Drama zu veranstalten.«

»Nimm es mir nicht übel, aber ich will gerade wirklich, *wirklich* ein Drama veranstalten.«

Ich unterdrücke ein Grinsen. Ich bin sehr dankbar über

Calebs Erscheinen. Trotzdem würde ich gerne verhindern, dass die anderen Gäste auf diese Szene hier aufmerksam werden. Es wäre für die Medien sicher ein gefundenes Fressen, wenn Caleb sich vor den Frauentoiletten mit einem Hilfskellner prügelt.

»Reiß dich bitte zusammen«, warne ich ihn leise und greife nach seiner Hand. Meine Finger verflechten sich mit seinen, und er erwidert meinen Druck. »Wir wollen keine Aufmerksamkeit, schon vergessen? Er verschwindet.« Mein Blick fixiert Daniel, der inzwischen wieder aufrecht steht. »Hab ich recht?«

Er nickt, allerdings sehe ich ihm an, dass ihn dieser Verlauf unseres Gesprächs überhaupt nicht passt. Doch anscheinend ist er klug genug, seine Chancen einzuschätzen: Caleb ist deutlich muskulöser als er und mindestens einen halben Kopf größer.

Ohne meine Hand loszulassen, geht Caleb einen drohenden Schritt auf Daniel zu. Unwillkürlich halte ich die Luft an.

»Verschwinde«, sagt er leise, mit mühsam beherrschter Wut. »Und wenn ich dich noch einmal auch nur in ihre Richtung atmen sehe, mache ich dich fertig. Du weißt, dass ich das kann. Hast du mich verstanden?«

Ich sehe die Abscheu in Daniels Blick, aber er nickt. Dann dreht er sich steif um und geht den Gang hinunter, in den er mich vorhin mitnehmen wollte. Ich hoffe, dass es dort hinten einen Ausgang gibt und dass er tatsächlich die Biege macht. Es ist einigermaßen glimpflich abgelaufen, aber ich wage zu bezweifeln, dass ich Caleb ein zweites Mal davon abhalten könnte, seine Faust Bekanntschaft mit Daniels Gesicht machen zu lassen.

Sobald Daniel außer Sichtweite ist, dreht Caleb sich zu mir um, hebt die freie Hand und legt sie vorsichtig an meine Wange. »Ist wirklich alles okay?«

»Völlig unversehrt.«

Er blickt hinab auf unsere ineinander verschlungenen Hände. Auf die Hand, die Daniel vor ein paar Minuten noch umklammert hat. »Ich habe gesehen, dass er dich angefasst hat.«

Ich seufze leise, lächle aber trotzdem zu Caleb hoch. »Ja, er hat mich festgehalten, aber – das wird dich jetzt vielleicht überraschen – ich bin nicht so zerbrechlich. Lass uns einfach zurückgehen. Ich will tanzen.«

Einen Moment lang betrachtet er mich prüfend, als würde er an meinen Worten zweifeln. Dann entzieht er mir seine Hand, nur um mich in seine Arme zu schließen.

Kurz versteife ich mich. Nicht, weil mir Calebs Nähe unangenehm ist, sondern weil mich die Geste überrascht. Es mag seltsam klingen, wenn man bedenkt, was wir in den Hamptons getrieben haben. Aber diese Umarmung fühlt sich intimer an als alles, was wir bisher miteinander geteilt haben. Umarmungen sind eine sehr spezielle Sache für mich. Man kann gleichzeitig wahnsinnig viel falsch und so viel richtig machen. Ich schließe die Augen und lasse meinen Kopf an seine Brust sinken. Calebs Umarmung ist perfekt – sanft und fest zugleich. Durch den Stoff seines Hemdes höre ich seinen Herzschlag, der ein wenig zu schnell ist, um als entspannt durchzugehen. Seine starken Arme bilden eine Art Käfig um mich herum, und eine Sekunde lang bilde ich mir ein, dass sie sämtliche Bedrohungen, die da draußen auf uns warten, einfach von mir abschirmen können. Als ich seine Lippen auf meinem Haar spüre, atme ich tief und erleichtert aus. Die Anspannung lässt allmählich nach.

»Man kann dich keine Sekunde lang alleine lassen, Julie«, murmelt er.

Ich lächle an seiner Brust. »Ich wollte ihm gerade auf den Fuß treten«, sage ich und blicke zu ihm auf, als er spöttisch schnaubt. »Falls du dich über mich lustig machen willst, kann ich dir gerne demonstrieren, wie es sich anfühlt, wenn ich dir meine Absätze auf die Zehen ramme.«

»Danke, aber ich glaube dir«, erwidert er und lacht leise. Dann seufzt er und löst sich langsam von mir. »Komm. Geben wir denen da drinnen etwas, über das es sich zu reden lohnt. Lass uns tanzen.«

Mein Herz macht einen kleinen Hüpfer, als er mir die Hand anbietet. Ohne zu zögern, schiebe ich meine Finger erneut zwischen seine und folge ihm zurück in den Saal.

31

JULIE

Ich bin beinahe ein wenig verlegen, als Caleb sich vor mir in Position bringt und erwartungsvoll auf mich runterschaut. Er hebt unsere ineinander verschränkten Hände und legt die andere an meine Taille. Ich unterdrücke ein Schaudern. Der Stoff meines Kleides ist so dünn, dass es sich anfühlt, als würde er meine nackte Haut berühren. Und diese Vorstellung ist nicht gerade hilfreich, wenn ich meine ohnehin begrenzten Tanzkünste unter Beweis stellen soll.

»Darf ich bitten?« Mit dunkler Stimme deutet er eine Verbeugung an.

Lächelnd platziere ich meine freie Hand auf seiner Schulter. Dann schiele ich hinunter zu unseren Füßen. »Ich entschuldige mich im Vorfeld für deine blauen Flecken. Ich habe das letzte Mal auf meinem Abschlussball getanzt, und das ist kein Erlebnis, an das ich gerne zurückdenke.«

Er lacht, während wir uns zu bewegen beginnen. Wenn ich mich nicht sehr täusche, handelt es sich bei dem Tanz um einen langsamen Walzer. Was gut ist, denn an die Schrittfolge kann ich mich immerhin bruchstückhaft erinnern.

»Wegen deiner Tanzkünste oder wegen deines Begleiters?«, fragt Caleb, während er uns in einem weiten Bogen über das Parkett führt. Wir sind nicht das einzige tanzende Pärchen, aber wir senken den Altersdurchschnitt erheblich. Ich halte unauffällig Ausschau nach Freeman, kann ihn aber zu meiner Erleichterung nirgendwo entdecken.

»Letzteres. Mein eigentliches Date wurde zwei Tage vor dem Ball beim Kiffen erwischt und bekam deswegen Hausarrest. Also bin ich mit dem Bruder einer Freundin hingegangen. Er hatte kein Interesse an mir, ich keins an ihm, und wir haben uns zu einem sehr unangenehmen, sehr schweigsamen Tanz überwunden. Heißer wurde es an dem Abend nicht mehr.«

Schamlos lacht er auf. »Das ist traurig. Sollte der Abschlussball für Pärchen nicht eine magische Nacht sein?«

»Falls du mich fragst, ob ich in dieser Nacht entjungfert wurde, muss ich dich leider enttäuschen. Das hatte ich schon vorher erledigt.«

Er sieht mich so schockiert an, dass ich grinsen muss. »Jetzt bin ich vollkommen desillusioniert. Dabei habe ich gedacht, unsere gemeinsame Nacht wäre deine erste gewesen.«

»Sex auf einem Küchentresen, während der betrunkene Kumpel nur ein paar Meter entfernt auf der Couch pennt, entspricht also deinen Vorstellungen von einer magischen Nacht?«

Ich schnappe nach Luft, als er eine Hand auf meinen Rücken gleiten und mich vorsichtig nach hinten fallen lässt. Meine Finger krallen sich in seine Schulter, bis er mich wieder aufrichtet. Doch er tanzt nicht direkt weiter, stattdessen kommt er mir so nahe, dass unsere Münder sich beinahe berühren. »Das war eine perfekte Nacht. Und das weißt du.«

Unfähig, etwas Geistreiches zu erwidern, nicke ich. Weil ich meiner Selbstbeherrschung nicht wirklich traue, weiche ich zurück und straffe die Schultern. »Du bist ziemlich überzeugt von dir, was?«

Er zuckt mit den Schultern. »Ich war dabei. Und auch wenn Brian besoffen auf der Couch gelegen hat, fand ich den Sex fantastisch.«

»War er auch«, pflichte ich ihm ein wenig atemlos bei. »Was vermutlich genau an der Tatsache liegt, dass es für keinen von uns das erste Mal gewesen ist.«

Immerhin tanzt Caleb jetzt weiter, anstatt reglos mitten auf der Tanzfläche herumzustehen. Seine Bewegungen sind flüssig und … heiß. Verdammt, ich hatte keine Ahnung, dass ein klassischer Tanz so heiß sein kann. Am liebsten hätte ich mir Luft zugefächelt, aber das käme mir dann doch ein bisschen albern vor.

Gott sei Dank endet in diesem Moment das Lied und wir lassen die Arme sinken, um der kleinen Band zu applaudieren, die nach dem Beenden der Auktion die Bühne übernommen hat. Ich nutze die kurze Verschnaufpause, um einmal tief durchzuatmen. Bereits in dem Moment, als Caleb mich hierzu eingeladen hat, ahnte ich, dass der Abend eine Herausforderung wird. Dass er allerdings so sehr an meinen Nerven zerren würde, habe ich nicht erwartet. Wäre Caleb bloß irgendein Kerl, würde ich sofort mit ihm nach Hause gehen. Oder ihn bitten, mit zu mir zu kommen. Ihn in irgendein freies Zimmer ziehen, mit ihm ins Auto verschwinden … egal was. Ich würde es auf einen Versuch ankommen lassen und nicht nur auf guten, bedeutungslosen Sex. Denn ich mag Caleb, so wie er ist.

Aber Tatsache ist nun mal, dass wir uns nicht einfach voneinander verabschieden und getrennte Wege gehen können, sollte es mit uns nicht funktionieren. Ein glatter Schnitt wäre nur dann möglich, wenn ich auf mein Erbe verzichten würde. Und das steht außer Frage.

Caleb ist tabu. Zumindest das kommende Jahr über. Mein Verstand weiß das. Mein Herz und meine Libido weigern sich allerdings aktuell noch hartnäckig, diese Tatsache zu akzeptieren.

Was gäbe ich dafür, in diesem Moment in Calebs Kopf hineinschauen zu können. Er flirtet eindeutig mit mir, aber was genau sind seine Absichten? Will er einfach nur ein wenig Spaß haben, eine Wiederholung der Nacht in den Hamptons? Will er einen weiteren One-Night-Stand, Freundschaft Plus oder womöglich sogar mehr? So sehr mich all diese Sachen auch interessieren, ich werde ihn sicher nicht danach fragen. Denn völlig egal, wie seine Antwort ausfällt, es würde so aussehen, als ob ich mir Hoffnungen mache.

Ich seufze leise. Wer weiß schon, wie viele Menschen auf dieser großen Welt heimlich ineinander verliebt sind und es für sich behalten, weil es ihr Leben durcheinanderbringen würde?

Als wir wieder im Auto sitzen, bin ich völlig erschöpft. Ich wackle mit meinen schmerzenden Zehen, bevor ich mich nach vorn beuge und meine Schuhe ausziehe. Sie sind wirklich schön, aber ich bin mir verdammt sicher, dass ich morgen vor Blasen kaum laufen können werde. Auf den Walzer folgte schnellere Musik, und Caleb und ich haben beinahe eine Stunde lang durchgetanzt. Ich habe nur noch Wasser getrunken, genau wie Caleb, trotzdem fühle ich mich seltsam aufgeputscht. Es fällt mir schwer, mich daran zu erinnern, wann ich mich das letzte Mal so amüsiert habe.

Caleb startet den Motor und fährt los, während ich mich im Sitz zurücksinken lasse und einen Moment lang die Augen schließe. Es ist bereits nach zwölf, aber trotz der Erschöpfung, die sich allmählich überall in meinem Körper ausbreitet, will ich noch nicht ins Bett.

»Das hat überraschend viel Spaß gemacht«, sage ich, als Caleb auf den Highway abbiegt und das Anwesen hinter uns außer Sicht gerät. »Danke.«

»Streng genommen hat das Krankenhaus dich eingeladen, und du müsstest dich dementsprechend bei ihnen bedanken, aber ich will meine Großartigkeit auch nicht kleinreden.«

»Ist Großartigkeit überhaupt ein richtiges Wort?«

»Es wurde für mich erfunden«, meint er grinsend.

»Oh wow!«, lache ich.

Caleb zwinkert mir kurz zu. »Du wirst das selbst noch früh genug feststellen. Ich habe es nicht nötig, dich davon zu überzeugen.«

Ich verdrehe die Augen. »Da bin ich mir sicher.« Ich öffne meine Clutch und ziehe das Handy hervor, um meine Nachrichten zu checken. Ich antworte Bonnie, die mir vor einigen Stunden schon geschrieben hat und wissen will, wie mein Abend läuft und ob Caleb sich benimmt. Dann bemerke ich das kleine Symbol am oberen Bildschirmrand, das verpasste Anrufe anzeigt. Ich tippe darauf und stutze.

»What the …«, murmele ich und öffne mit klopfendem Herzen meine Anruferliste.

»Was ist?«, fragt Caleb von der Seite. Als ich ihn ansehe, bemerke ich, dass er mich besorgt mustert.

»Ich habe vierunddreißig verpasste Anrufe.« Ich schlucke, weil meine Stimme bricht.

»Von wem?« Seine Stimme klingt alarmiert. »Ist etwas passiert?«

Ich schüttle den Kopf, halte dann aber inne, weil ich mir nicht sicher bin, ob das der Wahrheit entspricht. Die Gedanken fahren in meinem Kopf Achterbahn, aber ich versuche, mich auf Caleb und seine Frage zu konzentrieren. »Das ist die gleiche Nummer, die mich in deinem Büro angerufen hat. Die Nummer von dem Typen, der mir die Fotos geschickt hat.«

»Was?« Das einzelne Wort hallt durch den Wagen wie ein Peitschenknall. »Von wann sind die Anrufe?«

Verunsichert schaue ich auf das Display. »Über den Abend verteilt. Ich hatte das Handy im Flugmodus, deswegen habe ich es nicht mitbekommen.« Ich tippe auf die Liste, in der die verpassten Anrufe angezeigt werden. Meine Hände beginnen kaum merklich zu zittern. »Es wurde keine Nachricht hinterlassen. Das letzte Mal hat er es vor fünf Minuten versucht.«

Caleb knurrt wütend. »Wir lassen gleich morgen die Nummer zurückverfolgen«, sagt er knapp. »Nein, heute Nacht noch. Wir können direkt zur Polizei fahren und …«

»Das bringt nichts«, unterbreche ich ihn schwach. »Ich habe Tony die Nummer schon gegeben, aber sie gehört wohl zu einem Wegwerfhandy. Die Polizei kann da nichts machen.«

»Das ist doch Bullshit«, flucht er. »Es muss eine Möglichkeit geben, herauszufinden, wem das Handy gehört.«

Ich schließe die Augen und lasse den Kopf gegen die Lehne sinken. Genau wie vorhin auf der Veranstaltung fühle ich mich wie in einem Traum. Aber dieses Mal ist es ein Albtraum, aus dem ich einfach nicht aufwache. »Ich weiß, wie naiv das klingt, aber ich hatte gehofft, dass er damit aufhört. Dass er mich in Ruhe lässt, wenn ich nicht darauf reagiere.«

Caleb bleibt so lange stumm, dass ich die Augen wieder aufmache, um ihn anzusehen. Unsere Blicke treffen sich, und ich entdecke einen Ausdruck darin, den ich nicht richtig deuten kann.

»Ich muss dir etwas sagen«, presst er schließlich hervor. Ich bemerke, dass er das Lenkrad so fest umklammert, dass die Knöchel seiner Hand weiß hervortreten.

Angst erfasst mich. »Was?«, frage ich mit zitternder Stimme. Er zögert, und ich erkenne die Unentschlossenheit in seinen Augen. »Sag es mir, Caleb.«

Er schluckt, dann schüttelt er den Kopf und richtet den

Blick wieder auf die Straße. »Vergiss es. Das ist jetzt nicht so wichtig.«

»Caleb«, begehre ich auf. »Wenn es etwas gibt, das du …« Ich werde vom Klingeln meines Handys unterbrochen. Erschrocken zucke ich zusammen, so heftig, dass es beinahe von meinem Schoß rutscht. Im letzten Moment fange ich es auf und drehe es so zu mir, dass ich die Nummer des Anrufers erkennen kann. »Das ist er wieder«, sage ich mit bebender Stimme. Mein Atem beschleunigt sich, und ich spüre, wie mir das Blut aus dem Gesicht weicht.

Kommentarlos streckt Caleb die Hand aus, und ich gebe ihm das Handy, ohne zu zögern. Er nimmt den Anruf an und hält sich das Handy ans Ohr. Er sagt kein Wort, sondern hört nur zu. Über das Motorengeräusch hinweg verstehe ich die Worte nicht, aber ich höre, dass es dieselbe blecherne, künstlich klingende Stimme wie beim letzten Mal ist. Ein Schauer rieselt meinen nackten Rücken herunter, und plötzlich ist mir furchtbar kalt.

Mein panischer Herzschlag pulsiert so laut in meinen Ohren, dass er sämtliche anderen Geräusche übertönt. Ich sitze stocksteif da, lausche dem Rhythmus meiner Angst und beobachte Calebs versteinertes Gesicht. Dann lässt er die Hand sinken und legt mir das Handy wieder auf den Schoß. Der Anruf wurde beendet.

»Was hat er gesagt?«, frage ich mit brüchiger Stimme. Ein Teil von mir will es nicht wissen. Ein Teil von mir will sich die Ohren zuhalten wie ein Kind und die Verantwortung für diesen Anruf einfach auf Caleb abladen. Aber ich tue es nicht. Ich sitze da wie erstarrt, meine Aufmerksamkeit auf Caleb gerichtet, dessen Kiefermuskeln wütend arbeiten.

»Er sagt, dass ihn ein neues Schloss nicht davon abhalten kann, dich zu *besuchen.*« Er klingt, als würden die Worte seinen

Mund verbrennen wie Säure. »Dass du das nicht vergessen sollst.«

Ich reagiere nicht. Ich kann nicht reagieren. Erstens, weil mir meine Muskeln nicht gehorchen, um überhaupt Worte zu formen. Und zweitens weiß ich nicht, was ich dazu sagen soll. Was ich denken soll. Was ich fühlen soll. Abgesehen von der Angst, die sich in meine Eingeweide frisst und mich von innen zu vergiften droht.

Den Blick immer noch auf das Handy in meinem Schoß gerichtet, spüre ich, dass Caleb nach meinen kalten Fingern greift. Seine Hand umschließt meine, als wolle er mir Mut spenden, aber auch er sagt nichts. Vermutlich ist er genauso ratlos wie ich.

Fest steht, dass der Kerl bei mir zu Hause oder zumindest vor meinem Haus gewesen sein muss. Woher weiß er sonst, dass das Schloss zum Hinterhof ausgetauscht wurde? Es sei denn, er hat das Gespräch mit Tony mit angehört. Aber das würde bedeuten …

Plötzlich bahnt sich ein Schluchzen aus meiner Kehle. Vielleicht haben Panik und Fassungslosigkeit einen Kurzschluss in meinem Gehirn verursacht, denn im nächsten Moment entziehe ich Caleb meine Hand, öffne das Fenster und werfe das Handy hinaus. Es verschwindet lautlos in der vorbeirauschenden schwarzen Nacht. Wir fahren zu schnell, um den Aufprall auf dem Asphalt des Highways hören zu können.

Ich spüre Calebs Blick von der Seite, erwidere ihn aber nicht. »Er hat meine Nummer. Vielleicht hat er mein Handy angezapft oder so.«

Erneut greift er nach meiner Hand. Vielleicht fürchtet er, dass ich durchdrehe, dass ich den Verstand verliere und noch mehr Sachen aus dem Fenster werfe. Eine Sorge, die meiner eigenen Bestandsaufnahme nach nicht ganz unbegründet ist.

»Wir besorgen dir morgen ein neues Handy.« Als ich ihn immer noch nicht ansehe, drückt er meine Hand ein wenig fester. »Hörst du, Julie? Wir schaffen das. Zusammen. Wir kriegen den Kerl, und ich werde nicht zulassen, dass er dir etwas tut.«

Ein wenig kraftlos hebe ich die Schultern. »Vielleicht will er mir gar nichts tun. Vielleicht gibt er uns gar nicht die Möglichkeit, ihn bei irgendetwas zu erwischen. Vielleicht geht ihm einer dabei ab, wenn er mich bedroht und mir Angst macht.«

Caleb bleibt still. Auch wenn ich vorhin noch behauptet habe, ein optimistischer Mensch zu sein, fällt es mir jetzt gerade wahnsinnig schwer, die Dinge positiv zu sehen. Nein, jetzt gerade versinkt meine Welt in verdammter Trostlosigkeit, und es quält mich, dass ein wildfremder Mensch so viel Macht über meine Emotionen hat.

»Was will der nur?«, frage ich leise. Meine Augen werden feucht. »Was ist der große Plan hinter der ganzen Sache?«

Als Caleb spricht, klingt er beinahe so verzweifelt, wie ich mich fühle. »Ich weiß es nicht, Julie. Wenn ich es wüsste, würde ich alles in meiner Macht Stehende tun, damit es aufhört. Das musst du mir glauben.«

»Ich glaube dir«, sage ich, ohne sonderlich darüber nachzudenken.

Er räuspert sich. »Hältst du es für möglich, dass dieser Typ von vorhin dahintersteckt?«

Mein Kopf ruckt hoch, und ich reiße die Augen auf. Er wirft mir einen kurzen Blick zu, bevor er sich wieder auf die Straße konzentriert. »Daniel?«

Überrascht keucht er auf. »Du weißt, wie der Kerl heißt?«

Verwirrt runzle ich die Stirn, doch dann wird mir klar, dass ich schlichtweg vergessen habe, zu erwähnen, dass Daniel und ich uns kennen. Für Caleb muss es ausgesehen haben, als würde mich irgendein fremder Kerl belästigen.

Ich seufze leise. »Daniel ist ein Kommilitone von mir. Wir haben an der Uni einen Kurs zusammen. Ich wusste nicht, dass er auf der Gala arbeitet, wir haben uns kurz davor an der Bar getroffen.«

»Meine Fresse, Julie!« Auch wenn er mich nicht ansieht, ist mir klar, dass er vermutlich genau in diesem Moment an meiner geistigen Zurechnungsfähigkeit zweifelt. »Das hättest du mir sagen müssen.«

»Nein, hätte ich nicht«, halte ich dagegen. »Daniel hat damit nichts zu tun. Er hat vielleicht ein bisschen viel getrunken, aber er ist kein irrer Stalker.«

»Woher willst du das wissen?«, fragt er herausfordernd. »Wie gut kennst du ihn, hm? Kannst du zweifelsfrei ausschließen, dass er es nicht war?«

»Natürlich kann ich das!« Meine Antwort kommt reflexartig, beinahe zu schnell. Doch dann halte ich inne. Theoretisch wäre es für Daniel kein Problem gewesen, den Brief in meinen Fahrradkorb zu legen. Immerhin hielt er sich davor ebenfalls auf dem Unigelände auf. Und bei unserer Unterhaltung auf dem Campus hat er sich nach Caleb und Sylvia erkundigt, obwohl wir vorher nie über private Dinge geredet haben. Wo er zu den Zeitpunkten des Anrufs, der Nachrichten oder der Fotos gewesen ist, weiß ich nicht. Woher auch?

Aber heute Abend *war* er da und hat sich unmöglich benommen. Er hat sich verhalten, als hätte er irgendeinen Anspruch auf mich, und seine Reaktion auf Caleb war total übertrieben.

»Er hat gearbeitet«, argumentiere ich, allerdings höre ich selbst, dass meine Worte nicht einmal mehr halb so entschlossen klingen wie noch vor ein paar Sekunden. »Die Anrufe kamen über den ganzen Abend verteilt. Während er gearbeitet hat.«

»Er hätte sein Handy in der Tasche haben können, Julie«,

sagt Caleb vorsichtig. »Vielleicht wollte er dir zuerst gar nicht drohen, aber dann hast du ihn abblitzen lassen.«

Erneut schüttle ich den Kopf. »Wir kennen uns kaum, Caleb. Selbst *wenn* er ernsthaftes Interesse hätte, ist dieses Maß an Interesse völlig übertrieben. Was würde es ihm bringen, mir Angst einzujagen und Sylvia mit reinzuziehen? Er kannte sie überhaupt nicht.«

»Wann hat das Ganze angefangen?«, fragt Caleb, beantwortet seine Frage aber direkt selbst. »Der erste Brief kam, nachdem das Foto von uns online gegangen ist, richtig? Das aus der Kanzlei von Hoffman, auf dem es so aussieht, als würden wir uns küssen.«

»Du meinst, er ist seit Ewigkeiten unsterblich in mich verliebt, hat die Bilder gesehen und sich daraufhin entschlossen, drastische Maßnahmen zu ergreifen, um mich aus deinen in seine Arme zu treiben?«

»Ich hätte es weniger sarkastisch und weniger dramatisch formuliert, aber im Grunde ja, das meine ich.«

»Das ist doch Blödsinn. Er hätte mich einfach fragen können, ob ich mit ihm ausgehe. Was er übrigens kürzlich sogar getan hat. Und ich habe nicht mal Nein gesagt.«

»Darüber, dass du dich mit diesem Vogel verabredet hättest, reden wir noch einmal«, sagt er trocken, und ich werfe ihm einen genervten Blick zu. »Ich bin ja kein Experte, aber ich glaube nicht, dass du bei Stalkern mit Vernunft sonderlich weit kommst. Die handeln nicht rational, Julie. Was, wenn in seinem verdrehten Hirn genau das der richtige Weg war, an dich heranzukommen? Vielleicht wollte er dich trösten oder den Beschützer spielen? Und heute Abend ist er ausgetickt, als er dich mit mir gesehen hat.«

Ich öffne den Mund, um zu antworten, doch die Worte bleiben mir im Hals stecken.

Caleb ist gerade in unsere Straße eingebogen und muss abbremsen, denn da vorne geht es nicht weiter. Auf Höhe des Waschsalons, quer über der Fahrbahn, steht ein Rettungswagen. Die umstehenden Gebäude werden in das grelle Licht der Warnsignale getaucht und werfen abstrakte Schatten an die Hauswände. Erst auf den zweiten Blick entdecke ich die beiden Polizeiautos, die hinter dem Rettungswagen parken und ebenfalls die Blaulichter eingeschaltet haben.

Schlagartig wird mir eiskalt. Ein paar Sekunden lang sitze ich reglos da, dann trifft mich die Erkenntnis, und ich reiße die Beifahrertür auf.

Es ist die Tür unseres Hauses, die offen steht. Und die Frau, die in diesem Augenblick auf eine Bahre geschnallt aus dem Haus getragen wird, ist Bonnie.

32

JULIE

Mir rauscht das Blut in den Ohren. Ich höre Caleb meinen Namen brüllen, aber ich achte nicht auf ihn. Genauso wenig wie auf die Tatsache, dass das Auto noch rollt, als ich hinausspringe. Meine nackten Füße landen auf dem kalten Asphalt, und ich bin mir ziemlich sicher, in eine Scherbe zu treten. Den stechenden Schmerz, der durch meinen Fuß schießt, nehme ich kaum wahr. Alles, was ich sehe, ist Bonnies aschfahles Gesicht unter einem weißen Verband, der um ihren Kopf gewickelt ist.

Ich renne hinüber zum Krankenwagen und bleibe stolpernd neben der Trage stehen. Mein Atem geht stoßweise, und meine Lippen zittern. Ich hebe die Hände, traue mich aber nicht, Bonnie zu berühren. Ihre Augen sind geschlossen, in ihrem Mundwinkel klebt Blut. Sie hat mehrere kleine Schnitte im Gesicht, aber die sind nichts gegen den faustgroßen dunkelroten Fleck, der sich erschreckend grell von dem Weiß der medizinischen Mullbinde abhebt.

»Was ist passiert?«, schreie ich einen der Sanitäter an. Meine Stimme überschlägt sich, ohne dass ich etwas dagegen tun kann.

»Miss, bitte treten Sie zurück und stellen Sie sich zu den anderen«, erwidert er barsch. Er deutet auf eine Gruppe aus Reportern und Schaulustigen auf dem Bürgersteig, unter denen ich ein paar Nachbarn erkenne. Das inzwischen vertraute Geräusch von klickenden Kameras dringt an meine Ohren, aber ich schiebe die Wut darüber zur Seite. Ich würde ihnen gerne ein paar Schimpfwörter entgegenschleudern, aber ich reiße mich zusammen.

»Mein Name ist Juliette Penn.« Verzweifelt versuche ich, mich zu konzentrieren. »Und das ist Bonnie Hill. Sie ist meine Mitbewohnerin. Wir wohnen zusammen! Bitte, sagen Sie mir, was passiert ist!«

»Sie wohnen mit Miss Hill zusammen?« Seine Gesichtszüge werden ein wenig weicher. »Bitte melden Sie sich bei einem der Officers. Wir müssen Ihre Mitbewohnerin ins Krankenhaus bringen.«

Panik schließt sich wie eine eiskalte Hand um mein Herz. »Kann ich mitkommen?«

Der Mann schüttelt den Kopf. »Es tut mir leid, aber Sie müssen zuerst mit den Officers sprechen. Bitte, gehen Sie aus dem Weg.«

Er wartet keine Antwort ab, sondern schiebt mich zur Seite und hievt die Trage zusammen mit seinen Kollegen in den Rettungswagen. Ich schluchze laut auf, schlage mir eine Hand vor den Mund. Mechanisch mache ich ein paar Schritte zurück, als die Türen hinter Bonnie zuknallen und mir die Sicht versperren. Kaum eine Sekunde später dröhnen die Sirenen durch die Straße, und der Rettungswagen fährt los.

Eine Hand legt sich auf meine Schulter. Ich schreie auf und wirbele herum.

Caleb.

Mit ernstem Gesicht umfasst er sanft meine Oberarme und geht ein wenig in die Knie, um mir in die Augen sehen zu können. »Was ist passiert?«

»Ich weiß es nicht«, schluchze ich. Tränen laufen mir übers

Gesicht und verwischen das Make-up, das ich heute Nachmittag so sorgfältig aufgetragen habe. Es scheint eine Ewigkeit her zu sein. »Bonnie ist verletzt, aber sie haben mir nichts gesagt.«

Caleb nimmt mein Gesicht in seine Hände. »Tief atmen, Jules«, sagt er eindringlich, dann berühren seine Lippen kurz meine Stirn. »Wir finden heraus, was passiert ist, und dann fahren wir ins Krankenhaus.« Ich nicke ein paar Mal schnell hintereinander. »Du bleibst in meiner Nähe, verstanden? Bleib zu jeder Zeit in meiner Nähe!«

Mein völlig überfordertes Gehirn versteht die Eindringlichkeit in seiner Stimme nicht, aber das spielt auch keine Rolle. Ich muss wissen, wie es Bonnie geht. Ich muss wissen, was passiert ist, und ich muss Saheera anrufen und Bonnies Eltern und …

»Sind Sie eine der Mitbewohnerinnen?«, reißt mich eine dunkle Stimme aus meinen rasenden Gedanken. Als Caleb zur Seite tritt und sich dicht neben mich stellt, um mir eine Hand auf den Rücken legen zu können, bemerke ich einen Polizisten mittleren Alters, der mich streng mustert.

Ich nicke. »Ja. Mein Name ist Juliette Penn. Ich wohne mit Bonnie in Apartment 3A, dritter Stock, die blaue Tür rechts.«

Er sieht mich ausdruckslos an. Durchaus möglich, dass ich ein bisschen wirr rede.

»Bitte kommen Sie mit«, fordert er mich auf und deutet zu den Polizeiwagen, die ein wenig abseits der Gaffer stehen und vermutlich ein Mindestmaß an Privatsphäre bieten.

»Wir können nach oben gehen«, stammele ich. »Ich habe einen Schlüssel und …«

»Ich fürchte, Sie dürfen die Wohnung vorerst nicht betreten. Bitte folgen Sie mir.«

Mir wird schlecht. Einen furchtbaren Augenblick lang bin ich mir sicher, direkt zwischen Caleb und den Polizisten auf die Straße zu kotzen. Denn einem Teil von mir ist klar, was das bedeutet. Was die Tatsache bedeutet, dass die Polizei mir verbietet, die Wohnung zu betreten. Aber ein anderer weigert sich, diese Vermutungen in mein Bewusstsein durchdringen zu lassen.

Caleb legt einen Arm um meine Schulter, als würde er befürchten, dass ich zusammenbreche, und gemeinsam folgen wir dem Officer zu seinem Wagen. Dort wartet eine weitere Polizistin mit ausdrucksloser Miene.

»Und wer sind Sie?«, fragt der männliche Officer Caleb.

»Ihr Freund«, antwortet er, ohne zu zögern und ohne auch nur mit der Wimper zu zucken.

Unter normalen Umständen hätte ich protestiert. Weil man Polizisten nicht anlügt und weil er weit davon entfernt ist, mein Freund zu sein. Aber ich weiß, warum er es tut, und ich will ihn lieber in meiner Nähe wissen, als alleine zu sein.

»Miss Penn«, beginnt die Polizistin, nachdem sie kurz mit ihrem Kollegen gesprochen hat. »Mein Name ist Detective Neelson und das ist Officer Mac Suibhne. Können Sie uns sagen, wo sich Ihre andere Mitbewohnerin aktuell aufhält? Die Nachbarin, die den Notruf gewählt hat, sagte aus, dass drei Frauen in Ihrer Wohnung leben.«

»Ja«, sage ich wie betäubt. »Saheera Prasad. Sie übernachtet bei einer Freundin. Ich kenne ihren Namen nicht, aber ich weiß, dass sie sich zum Lernen treffen und dann morgen früh gemeinsam zum Campus fahren wollten.«

»Sie können also ausschließen, dass sich Miss Prasad innerhalb der letzten Stunde in der Wohnung befand?«

Ich nicke, halte dann aber inne. »Nein. Nein, ich habe die Wohnung gegen acht Uhr verlassen. Ich weiß nur, dass sie zu ihrer Freundin wollte, aber sie war noch zu Hause, als ich gegangen bin, und seitdem habe ich nicht mit ihr gesprochen.«

Sie notiert sich etwas. »Haben Sie eine Telefonnummer von Miss Prasad?«

Ich sehe mich suchend nach meiner Clutch um, die natürlich noch im Auto liegt. Und abgesehen davon ... ich fluche leise. »Es tut mir leid, ich habe mein Handy heute kaputt gemacht. Aber ich bin mir sicher, dass ich die Nummer irgendwo in der Wohnung notiert habe.«

»Ich habe die Nummer, Detective«, mischt sich Caleb ein und tippt kurz auf seinem Handy herum, bevor er es so hält, dass Neelson die Nummer lesen kann. Ich habe keine Ahnung, warum Caleb Saheeras Handynummer hat, aber ich habe gerade nicht die Kraft, mir darüber Gedanken zu machen. Das muss warten. »Möchten Sie, dass ich sie anrufe?«

Sie schüttelt den Kopf. »Mein Kollege erledigt das«, sagt sie und nickt dem Mann kurz zu, der ihr den Zettel mit der Telefonnummer aus der Hand nimmt und sich abwendet.

»Bitte«, flehe ich mit zitternder Stimme und sehe Neelson an. »Sagen Sie mir, was passiert ist und wie es Bonnie geht.«

Man muss keine Gedanken lesen können, um zu erkennen, dass Neelson überlegt, wie viel sie mir erzählen soll. Dann seufzt sie. »Können Sie mir erst sagen, wo Sie den Abend über gewesen sind? Und ob das jemand bestätigen kann?«

Wieder steigt Übelkeit in mir auf. Hilfesuchend sehe ich zu Caleb auf, dessen Griff um meine Schultern fester wird. »Wir waren auf einem Wohltätigkeitsball zugunsten eines Kinderkrankenhauses«, sagt er ruhig. »Wir sind gegen halb neun dort eingetroffen und haben die Veranstaltung vor circa einer halben Stunde verlassen. Das wird Ihnen der Parkservice bestätigen, das Servicepersonal, einige der Veranstalter, ein paar der anderen Gäste. Es gibt einen von mir unterschriebenen Scheck bei der Versteigerung, sicherlich einen Haufen Material von Überwachungskameras und Fotos verschiedener Reporter, die uns beim Ankommen abgelichtet haben. Ich besorge Ihnen gerne die Kontaktdaten der Veranstalter, dafür müssten Sie mich nur kurz telefonieren lassen. Miss Penn und ich waren den ganzen Abend lang zusammen.«

Beeindruckt und gleichzeitig irgendwie gerührt sehe ich Caleb an. Ich bin ihm unendlich dankbar, dass er so ruhig ist und im Gegensatz zu mir noch klar denken kann. Ich drehe gerade durch, sowohl innerlich als auch äußerlich. Er ist der Fels, der verhindert, dass ich in meiner Panik untergehe.

Detective Neelson nickt. »Das sollte genügen.« Dann wendet sie sich an mich. »So wie es aktuell aussieht, wurde in Ihre Wohnung eingebrochen, Miss Penn. Wir wissen noch nichts Genaues, aber wir vermuten, dass Ihre Freundin Miss Hill den Täter überrascht hat. Sie wurde angeschossen.«

Ihre Worte treffen mich wie ein Schlag. Mir wird schwindelig, und einen Augenblick lang habe ich das Gefühl, keine Luft mehr zu bekommen. »Was?«, keuche ich. Meine Hand tastet nach Calebs und krallt sich um seine Finger, als sie sie findet.

»Es tut mir leid«, sagt Neelson. »Ich will Sie nicht beunruhigen, aber ich will Ihnen auch keine falschen Hoffnungen machen. Miss Hill wurde am Kopf getroffen. Es handelt sich wohl nur um einen Streifschuss, aber es ist eine ernsthafte Verletzung. Aber ich bin kein Arzt, Miss Penn. Alles Weitere werden Sie im Krankenhaus erfahren.«

Bonnie wurde angeschossen. Sie wurde am Kopf verletzt. Ich höre die Worte, ich wiederhole sie in Gedanken, begreife aber ihre Bedeutung nicht. Bonnie kann nicht angeschossen worden sein. So etwas passiert nicht im normalen Leben. So etwas passiert nicht in meinem Leben.

Wobei … doch, eigentlich schon. Genau so etwas passiert aktuell in meinem Leben.

»Sie müssen mit Detective Spring sprechen«, sage ich so schnell, dass meine Worte kaum zu verstehen sind. »Ich wurde in letzter Zeit bedroht. Massiv bedroht. Detective Spring weiß darüber Bescheid.«

Die Polizistin runzelt die Stirn und schaut abwechselnd von mir zu Caleb.

Er tritt einen Schritt vor. »Sie hat recht. Detective Matthew Spring vom NYPD kann Ihnen mit Sicherheit weiterhelfen. Miss Penn hat Drohbriefe und Anrufe erhalten. Und sie wurde im Schlaf fotografiert.«

Man kann der Polizistin ansehen, dass sie mit dieser Wendung der Ereignisse nicht gerechnet hat. »Und haben Sie einen Verdacht, um wen es sich bei dem Täter handeln könnte?«

Ich schüttle den Kopf. »Ich habe keine Ahnung, wer zu so etwas fähig gewesen wäre.«

Sie seufzt leise. »Wir warten zurzeit noch auf die Spurensicherung, die kann hoffentlich mehr sagen. Aber das dauert sicher die ganze Nacht, und ich gehe mal davon aus, dass Sie danach nicht direkt wieder in die Wohnung zurückwollen. Haben Sie einen Ort, an dem Sie fürs Erste bleiben können?«

Bevor ich antworten kann, mischt sich Caleb ein. »Sie bleibt bei mir. Mein Name ist Caleb Vincent Bonham. Sie können Miss Penn über mich erreichen, bis wir ihr Handy ersetzt haben.«

Wie betäubt höre ich zu, wie er ihr seine Handynummer diktiert. Meine Gedanken kreisen um Bonnie, während er alle weiteren Fragen beantwortet. Das hier ist meine Schuld. Wer auch immer das getan hat, er wollte nicht Bonnie. Sondern mich. Selbst wenn er dachte, die Wohnung sei leer, und der Schuss auf Bonnie so eine Art Notwehr darstellte, weil er erwischt wurde – er war meinetwegen da. Es ist meine Schuld, dass Bonnie mit einer Schusswunde auf dem Weg ins

Krankenhaus ist und dass unsere Wohnung von der Spurensicherung auseinandergenommen wird.

Irgendwann spüre ich, wie Caleb mir sein Jackett über die Schultern legt. Erst jetzt bemerke ich, wie sehr ich zittere. Das war mir gar nicht aufgefallen. Ich würde ihm gerne sagen, dass mir nicht kalt ist, aber ich halte den Mund. Ich weiß, dass Caleb sich hilflos fühlt. Wenn er etwas für mich tun möchte, dann werde ich ihn nicht daran hindern.

»Können wir jetzt gehen?«, höre ich ihn nach ein paar Minuten fragen.

Ich blicke auf und sehe, dass Detective Neelson nickt.

Ihr Partner, dessen Namen ich mir nicht gemerkt habe, steht neben ihr. Er sieht mich an. »Ich habe Ihrer Mitbewohnerin gesagt, dass Sie aktuell über Ihr Handy nicht zu erreichen sind. Damit sie sich keine Sorgen macht.«

»Danke«, sage ich tonlos. »Es geht ihr also gut?«

»Miss Prasad ist bei einer Freundin und unversehrt. Natürlich steht sie unter Schock.«

Ich lache trocken auf, zucke aber abrupt zusammen. »Entschuldigen Sie«, sage ich hastig. »Das ist nicht lustig.«

Caleb reibt meinen Arm. »Mach dir keine Gedanken. Du stehst mindestens genauso unter Schock.«

»In welches Krankenhaus wurde Bonnie gebracht?«, frage ich die beiden Polizisten. »Ich möchte gerne bei ihr sein, wenn sie aufwacht. Ihre Eltern wohnen nicht in der Stadt und werden sicher vor morgen früh nicht hier sein.«

Neelson nennt Caleb die Adresse, sieht mich dann aber fast mitleidig an. »Fahren Sie mit Ihrem Freund nach Hause, Miss Penn. Ich bin mir sicher, dass Miss Hill sich eine ganze Weile im OP befinden wird. Außerdem gehören Sie nicht zur Familie. Ich gehe davon aus, dass Sie Ihre Freundin ohnehin nicht sehen dürfen.«

»Das ist mir egal«, sage ich sofort, dann sehe ich zu Caleb hoch. »Kannst du mich fahren? Du musst nicht dableiben. Ich kann auch ein Taxi rufen, wenn das ein Umweg ist.«

Ich sehe Wut in seinen Augen aufblitzen, aber sie ist schnell wieder verschwunden. Stattdessen breitet sich ein Ausdruck von Sorge in seinem Gesicht aus. »Ich habe doch gesagt, ich bleibe in deiner Nähe.«

Wieder nicke ich ein paar Mal. Ich weiß nicht, wie ich reagieren soll. Vermutlich sollte ich ihm danken, aber ich schaffe es einfach nicht, meine Gedanken zu sortieren. Sie fühlen sich an, als würden sie durch dicken Nebel waten, sich aber gleichzeitig so schnell bewegen, dass ich keinen von ihnen richtig zu fassen bekomme.

Nur am Rande nehme ich wahr, dass wir uns von den Polizisten verabschieden und Caleb mich an den Gaffern vorbei zu seinem Auto führt. Mein Blick fällt auf die erleuchteten Fenster unserer WG im dritten Stock. Das hier war mein Zuhause, meine Zuflucht. Mein wahrgewordener Traum von einem Leben in New York. Ich kann mir nicht vorstellen, dass ich mich dort je wieder sicher fühlen werde.

Caleb öffnet mir die Beifahrertür und wartet, bis ich mich angeschnallt habe, dann eilt er ums Auto herum und ich höre das Knallen der Kofferraumtür. Nachdem er eingestiegen ist, legt er mir wortlos ein paar Turnschuhe in den Schoß. Verwirrt nehme ich sie in die Hand. Es handelt sich eindeutig um eines seiner Paare, denn sie sind mir vermutlich mindestens fünf Nummern zu groß.

Einen Moment lang rätsele ich, weshalb er mir seine Schuhe geben sollte, doch dann fällt mein Blick auf meine nackten Füße, und ich zucke unwillkürlich zusammen. Ich habe völlig vergessen, dass ich barfuß auf der Straße gestanden habe. Doch jetzt, da diese Erkenntnis in mein Bewusstsein sickert, beginnen meine Zehen vor Kälte zu schmerzen. Ein Schaudern durchfährt mich, als ich mich nach vorne beuge und in die Turnschuhe schlüpfe. Eine Welle der Dankbarkeit überrollt mich. Caleb ist aufmerksam – aufmerksamer, als ich es ihm je zugetraut hätte.

»Danke.« Selbst in meinen Ohren klingt dieses kleine Wort zu unbedeutend, zu schlicht, doch gerade bin ich nicht zu mehr fähig. Ich hoffe, dass er trotzdem versteht, wie sehr ich diese Geste zu schätzen weiß.

Das Zittern hört nicht auf, obwohl es nicht kalt ist. Wortlos dreht Caleb die Heizung auf. Dann reibt er sich mit den Händen übers Gesicht.

»Rede mit mir, Julie. Bitte.«

Erneut beginnen meine Augen zu brennen, und ich versuche gar nicht erst, die Tränen zurückzuhalten. »Der war wegen mir da, oder?«

Offenbar scheint Caleb instinktiv zu begreifen, in welche Richtung meine Gedanken driften. Er umfasst meine eiskalten Finger und sieht mich beinahe anklagend an. »Tu das nicht.«

Ich beiße mir auf die Lippen und unterdrücke ein Schluchzen. »Bonnie liegt im Krankenhaus, weil irgendein bescheuerter Stalker hinter mir her ist.«

Statt einer Antwort schlingt Caleb die Arme um meine Taille und zieht mich auf seinen Schoß. Ich versteife mich kurz, dann weicht sämtliche Kraft aus meinem Körper wie die Luft aus einem Ballon. Ich schlinge die Arme um seinen Nacken und vergrabe mein Gesicht an seiner Halsbeuge, während mein gesamter Körper von Schluchzern erschüttert wird. Mein Verstand ist überfordert von all den Gefühlen, die im Inneren miteinander um die Vorherrschaft kämpfen: Wut, Frustration, Angst um Bonnie, Angst um mich und jeden, der mir etwas bedeutet. Verwirrung und Dankbarkeit dem Mann gegenüber, der die ganze Zeit an meiner Seite gestanden und mir den Rücken gestärkt hat. An den ich mich klammern und dessen Hemd ich mit meinen nicht versiegen wollenden Tränen ruinieren darf.

Ich spüre seine Lippen auf meinem Haar, während er mir langsam über den Rücken streichelt. Er murmelt irgendetwas, aber ich kann kein Wort verstehen.

»Was ist das?«, frage ich leise und hebe den Kopf, um ihn ansehen zu können.

Sein Lächeln ist ein wenig verlegen. »Ein hebräisches Gedicht für Kinder. Meine Mutter hat es uns oft aufgesagt, als ich noch ganz klein war. Ich kann nur noch die erste Strophe.« Er wirkt nachdenklich, als überlege er, ob diese kleine Geschichte im Moment sonderlich passend ist.

Ich lege eine Hand an seine Wange und lasse den Kopf erneut gegen seine Schulter sinken.

»Danke«, murmele ich. Meine Stimme klingt rau und kratzig vom Weinen, aber nicht mehr so schwach, als würde sie jeden Moment brechen.

»Wofür?«

»Für alles.«

Darauf antwortet er nicht, aber das ist okay. Stattdessen umschlingen seine Arme mich fester und ziehen mich enger an ihn. Ich fühle mich wohl in seiner Nähe – wohler, als ich es je für möglich gehalten habe.

Nach ein paar Minuten, in denen er mich schweigend hält, löse ich mich aus seiner Umarmung und rutsche zurück auf meinen eigenen Sitz. Die Kälte in meinem Inneren ist nicht mehr so allgegenwärtig, und ich habe nicht länger das Gefühl, jeden Moment den Verstand zu verlieren. Ich muss zu Bonnie ins Krankenhaus. Ich habe keine Ahnung, ob die Pfleger oder die Polizei inzwischen Bonnies Eltern erreicht haben, und noch weniger weiß ich, wann sie in New York eintreffen werden. Die Vorstellung, dass Bonnie aufwacht und ganz allein ist, ist furchtbar.

Caleb scheint zu verstehen, denn er schnallt sich wortlos an und startet den Wagen. Mein Blick fällt in den Rückspiegel und ich bemerke, dass ein zweites Auto im selben Moment losfährt wie wir. Argwöhnisch beobachte ich, wie es mit kaum nennenswertem Abstand hinter uns herfährt.

»Das ist Tony«, unterbricht Caleb meine aufwallende Panik. »Ich habe ihm geschrieben, als wir mit der Polizei gesprochen haben. Er folgt uns zum Krankenhaus.«

Ich presse mir eine Hand auf die Brust. »Gott sei Dank.«

Ein paar Sekunden lang schweigt er, doch ich spüre seine Unruhe beinahe körperlich. Immer wieder sieht er zu mir herüber, seine Hände greifen so fest ums Lenkrad, dass seine Knöchel weiß hervortreten. Vermutlich kreisen seine Gedanken ebenso wie meine. Vielleicht sogar noch mehr, weil mein überforderter Verstand sich im Moment noch weigert, die gesamte Situation zu analysieren. Aber wie ich Caleb kenne, feilt er inzwischen bereits an einem Plan. Es überrascht mich überhaupt nicht, dass er daran gedacht hat, Tony zu informieren, während ich damit beschäftigt war, einen halben Nervenzusammenbruch zu erleiden.

»Glaubst du, er hat uns verwechselt?«, frage ich Caleb irgendwann, den Blick auf die Lichter gerichtet, die vor meinem Fenster an uns vorbeirasen. »Bonnie und mich, meine ich. Vielleicht hielt er sie für mich und hat deswegen geschossen.«

Ehrlich gesagt klingt diese Erklärung selbst in meinen Ohren ein wenig unrealistisch. Bonnie und ich sehen uns nicht ähnlich. Theoretisch hätte man uns selbst im Dunkeln auseinanderhalten können.

Caleb knirscht mit den Zähnen. »Ich kann nicht darüber nachdenken, dass er möglicherweise in deine Wohnung eingebrochen ist, um dir etwas anzutun. Nicht … nicht jetzt, okay?«

Ich bin ein bisschen überrascht von der Heftigkeit in seiner Stimme, also lasse ich das Thema fallen. Im Grunde ist es auch völlig egal, was der Kerl wollte und was sein eigentliches Ziel gewesen ist. Alles, was im Moment zählt, ist Bonnie.

33

JULIE

Donnerstag, 9. Juni 2022

Es ist bereits Mittag, als wir am nächsten Tag in Calebs Penthouse im Bonham Tower eintreffen. Er hat die ganze Nacht mit mir im Krankenhaus verbracht und auf Neuigkeiten gewartet oder darauf, dass Bonnie aufwacht und ich zu ihr darf. Gegen sieben Uhr morgens ist Saheera eingetroffen, und Tony hat uns mit Kaffee und ein paar Bagels versorgt.

Bonnie ist nicht aufgewacht. Die Ärztin hat uns nicht viel sagen dürfen, weil wir nicht zur Familie gehören. Aber nach allem, was ich verstanden habe, wurde sie lange operiert. Sie hat eine Schusswunde am Kopf, und der Hirndruck hat sich während der Operation drastisch erhöht … was auch immer das bedeuten mag. Die Ärzte mussten sie deswegen in ein künstliches Koma versetzen, um in Ruhe beobachten zu können, ob und wie schnell sie sich erholt.

Jedes Mal, wenn ich an meine Freundin denke, wird der Druck auf meiner Brust so groß, dass ich zu ersticken drohe. Ein Pfleger hat uns verraten, dass sie vorerst außer Lebensgefahr ist.

Vorerst.

Caleb wirft meine Handtasche aufs Sofa und wirkt unvorstellbar müde. Im Krankenhaus bin ich immer mal wieder an seiner Schulter eingenickt, aber ich wüsste nicht, dass er auch nur eine Sekunde lang geschlafen hat.

»Geh ins Bett«, dränge ich und verschränke die Arme vor der Brust. »Du siehst todmüde aus, und ich wette, du brauchst eine Dusche.«

Seine Mundwinkel zucken, und er fährt sich mit der Hand durch die Haare. »Oben am Ende des Flurs gibt es ein Gästezimmer mit eigenem Bad. Das kannst du haben. Es liegen Sachen für dich auf deinem Bett. Die Größe musste ich raten, aber bis wir dir neue Klamotten besorgen oder dir etwas aus deiner Wohnung holen können, reicht es bestimmt.«

Letzteres wird nicht so schnell passieren. Mir ist klar, dass Caleb gute Miene zum bösen Spiel macht … für mich.

»Sachen für mich auf meinem Bett?«, wiederhole ich und hebe die Augenbrauen. »Du hast Angestellte, die mitten in der Nacht für dich Klamotten von weiß Gott wo organisieren?«

»Ja«, sagt er schlicht und grinst. Dann deutet er Richtung Treppe. »Ich gehe duschen und hau mich aufs Ohr. Lass dir so viel Zeit, wie du brauchst.«

Ich lächle. »Danke, Caleb.«

Er zögert kurz. »Du … du bist hier sicher, Julie. Niemand kommt hier ohne Erlaubnis rauf, und wir haben einen Sicherheitsdienst, der den Privataufzug und das Treppenhaus überwacht. Du solltest ein bisschen schlafen.«

Ehrlich gesagt bezweifle ich, jemals wieder zur Ruhe zu kommen, aber das muss Caleb nicht wissen. Also nicke ich. »Ich komme klar. Geh duschen und ins Bett, wir sehen uns später.«

Eine Sekunde lang mustert er mich noch abschätzend, dann dreht er sich tatsächlich um und geht die Treppe hinauf. Ich warte, bis ich eine Tür ins Schloss fallen höre, dann atme ich hörbar aus. Erschöpft lasse ich mich auf die Couchlehne sinken. Ich muss tatsächlich duschen und mich umziehen. Ich trage immer noch das Kleid von gestern Abend und darüber Calebs

Jackett. Meine Knie, die während meines kleinen Sprungs aus dem Auto ein wenig in Mitleidenschaft gezogen wurden, werden jetzt von zwei großen weißen Pflastern bedeckt. Caleb hat im Krankenhaus darauf bestanden, dass sich jemand die Abschürfungen ansieht. Gott sei Dank musste nichts genäht werden, sonst hätte er mich vermutlich direkt stationär aufnehmen lassen. Ich rieche nach einer Mischung aus Parfüm, Schweiß und Krankenhaus. Wirklich keine allzu reizende Kombination. Außerdem hat sich eine ekelhafte Kälte in meine Knochen gefressen, von der ich mir nicht vorstellen kann, sie je wieder loszuwerden.

Wie konnte der Abend gestern nur so schrecklich enden? Ich sehe noch immer Calebs Grinsen vor mir, als er die scheußliche Statue ersteigert hat. Spüre den sanften Druck seiner Hände, als er mich beim Tanzen an sich gezogen hat. Wir hatten so viel Spaß, ich habe mich so … frei gefühlt. Und jetzt hocke ich stinkend und verdreckt, ohne Handy oder Wechselkleider im Bonham Tower, in Calebs Wohnung, und habe keine Ahnung, wann ich wieder in die WG zurückkann. Saheera kommt bei ihren Eltern unter, und Bonnie …

Ich fahre mir mit beiden Händen über das Gesicht und stehe auf. Bis jetzt bin ich noch nicht in der oberen Etage des Penthouses gewesen, aber im Moment fehlt mir schlichtweg die Energie, um der Galerie, den Gemälden an den Wänden und den Fensterfronten sonderlich viel Beachtung zu schenken. Ich sehe mich kurz um und bemerke eine offene Tür. In dem Raum dahinter liegen auf dem penibel gemachten Bett sorgfältig gefaltet ein paar Klamotten, also bin ich offensichtlich im richtigen Zimmer. Ich schließe die Tür hinter mir und besehe mir die Kleidung. Nach ein paar Sekunden finde ich eine gemütlich aussehende Yogahose und einen weiten Pullover mit Kapuze und Daumenlöchern. Als ich einen Schwung

Unterwäsche hervorziehe, runzle ich die Stirn. Ob es wohl öfter vorkommt, dass einer von Calebs Angestellten mitten in der Nacht frische Unterwäsche auftreiben muss? Vielleicht ist Caleb es ja gewohnt, dass Frauen bei ihm übernachten und morgens etwas Sauberes zum Anziehen brauchen?

Energisch schiebe ich den Gedanken beiseite und gehe in das kleine Bad, das an das Schlafzimmer angrenzt. Es ist nicht sehr groß, aber dafür wahnsinnig stilvoll. Schwarze Bodenfliesen, die auf Hochglanz poliert wurden, eine gigantische Regendusche und zwei Waschbecken vor einem Spiegel, an dessen oberem Rand eine Art Touchscreen eingebaut ist. Aktuell werden dort das Wetter und die Uhrzeit angezeigt, doch darunter befinden sich verschiedene Bedienfelder, die ich ein anderes Mal ausprobieren werde.

Ich schäle mich aus dem Kleid und der Shapewear-Unterwäsche und drehe die Dusche auf. Als das heiße Wasser auf meine verspannte Nackenmuskulatur trifft, stöhne ich leise auf. Ich schließe die Augen und lasse den Kopf nach vorn sinken, während das Wasser meine Frisur aufweicht und den Dreck der Nacht von meiner Haut wäscht. Ich versuche an nichts zu denken, aber natürlich gelingt mir das nicht. Meine Gedanken wandern unablässig zu Bonnie, zu Saheera, zu den Katzen, die zu einer Nachbarin gebracht wurden, die schon hin und wieder auf sie aufgepasst hat. Zu dem Anruf, den ich im Auto erhalten habe, und Calebs Theorie, dass Daniel etwas damit zu tun haben könnte. Was totaler Schwachsinn ist. Allerdings ist diese Erklärung auch nicht viel abwegiger als alle anderen Theorien, die ich mir in den letzten Tagen zusammengereimt habe.

Laut Polizei und meiner Internetrecherche gibt es unter Stalkern unendlich vielfältige Tätertypen. Enge Freunde der Opfer, Familienmitglieder, Exfreunde, Verehrer, entfernte Bekannte oder komplett Fremde. Die Auswahl der infrage kommenden Verdächtigen lässt sich dadurch also nicht effektiv eingrenzen.

Ich bin nicht wirklich überrascht, als ich sowohl Shampoo als auch Conditioner, eine Haarkur, Body Scrub, einen Damenrasierer und ein Gesichtspeeling in der Dusche finde. Alles brandneu und ungeöffnet. Es tut unfassbar gut, das Haarspray und die Make-up-Reste endlich loszuwerden. Am liebsten würde ich für die nächsten Stunden hier drinnen bleiben und das heiße Wasser über meinen Körper laufen lassen. Aber Caleb hat recht, ich sollte dringend schlafen. Ich will gegen Nachmittag wieder bei Bonnie sein und rechne damit, dass die Polizei noch einmal mit mir sprechen will. Daher muss ich mich unbedingt ausruhen.

Also trockne ich mich ab und schlüpfe in die neuen Klamotten, die ein wenig zu groß, aber wahnsinnig gemütlich und vor allem warm sind. Dann kuschele ich mich ins Bett und ziehe die schwere Decke bis zum Kinn hoch. Die Erschöpfung bricht über mir zusammen wie eine Flutwelle und scheint mich tiefer in die Matratze zu drücken, trotzdem fällt es mir schwer, zur Ruhe zu kommen. Mein Blick fällt auf die verschlossene Zimmertür. Am liebsten würde ich aufstehen und zu Caleb gehen. Ich will keinen Sex, ich will einfach nur seine Nähe spüren: seine Arme um meinen Körper geschlungen, seinen Atem warm in meinem Nacken.

Aber ich bleibe liegen und schließe die Augen. Mein Leben wird mit jedem verdammten Tag komplizierter. Da sollte ich es nicht noch mehr herausfordern.

Laute Stimmen, die von unten zu mir nach oben dringen, wecken mich. Ich brauche einen Moment, um mich zu orientieren. Um mich an alles zu erinnern, was in der vergangenen Nacht passiert ist und zu verstehen, warum ich nicht in meinem Bett, in meinem Zimmer liege. Mein Kopf pocht unangenehm, als ich mich aufsetze, und mein Herz zieht sich schmerzhaft zusammen, als die Erinnerungen an die blinkenden Lichter des Rettungswagens, die besorgten Mienen der Polizisten und Bonnies lebloses Gesicht auf mich einprasseln. Ein Teil meines Verstandes weigert sich, all das zu akzeptieren und hofft immer noch, in einem furchtbaren Albtraum gefangen zu sein. Am liebsten hätte ich einfach weitergeschlafen und wäre so der harten Realität noch ein klein wenig länger entkommen.

Allerdings schält sich jetzt deutlich Calebs wütende Stimme aus dem Chaos, das aus dem Stockwerk unten zu mir heraufdringt, und sofort schrillen bei mir sämtliche Alarmglocken. Nach allem, was in letzter Zeit und vor allem in der vergangenen Nacht passiert ist, scheint mein Körper sich selbst in einen Zustand ständiger Alarmbereitschaft versetzt zu haben.

Ohne mir darüber Gedanken zu machen, dass ich weder BH noch Socken trage, meine Haare vermutlich aussehen, als hätte ein Vogel darin genistet, und auch Zähne putzen definitiv nicht verkehrt wäre, schlage ich die Decke zurück und springe aus dem riesigen Bett. Ich reiße die Tür auf, und die Stimmen werden sofort lauter. Caleb streitet sich lautstark mit einer Frau. Ihre Stimme kommt mir vage bekannt vor, aber ich komme nicht drauf, zu wem sie gehört, bis ich die Galerie erreiche und nach unten sehen kann.

Es ist Rahel. Wie schon gestern sieht Calebs Schwester aus wie aus dem Ei gepellt. Sie trägt ein dunkelblaues Sommerkleid mit Schmetterlingsärmeln und Streublumenmuster, dazu einen ziemlich ausladenden beigefarbenen Filzhut. Und sie gestikuliert beim Reden wild.

»Du hast es nicht für nötig gehalten, mich über *all das* zu informieren?«, ruft sie aufgebracht und presst die vollen Lippen wütend zusammen. »Ich muss aus der beschissenen Zeitung erfahren, dass ihr in eine Schießerei verwickelt wart? Und dann erzählst du mir, dass Julie einen Stalker hat, der für all das offenbar verantwortlich ist? Und dass ihr die ganze Zeit über davon wusstet? Sollte *ich* als Julies verdammte PR-Beraterin nicht so etwas wissen?«

»Ich hätte es dir erzählt. Aber du arbeitest nicht einmal seit vierundzwanzig Stunden für Julie, wann genau zwischen eurem Shoppingtrip und der Sache in Julies Wohnung hätte ich dich deiner Meinung nach über all das aufklären sollen?«, fragt Caleb leicht genervt. Ich kann ihn von meiner Position aus nicht erkennen, trotzdem sehe ich seinen Gesichtsausdruck vor mir. »Außerdem waren wir in keine Schießerei verwickelt.«

Rahel bohrt ihm den Zeigefinger in die Brust. »Ihr wart da, als das Opfer eines bewaffneten Raubüberfalls aus Julie Penns Wohnung geschoben wurde. Wenn du mich fragst, ist das nicht weniger brisant.«

Da stimme ich ihr zu. Und ich kann ihre Wut nachvollziehen. Hätte ich einen Bruder und er hätte mir so etwas vorenthalten, wäre ich vermutlich auch stinkig. Irgendwie komme ich mir schäbig vor, mich hier oben herumzudrücken und sie zu belauschen. Also räuspere ich mich und gehe dann zur Treppe. Rahel blickt auf, und Caleb macht einen Schritt nach vorn, um mich sehen zu können. Seine Haare sind zerzaust, als wäre er ebenfalls recht unsanft geweckt worden. Außerdem trägt er wieder kein Shirt, nur eine tief sitzende Jeans. Sein Anblick erinnert mich so sehr an unsere gemeinsame Nacht auf Long Island, dass mir das Blut ins Gesicht schießt und ich vermutlich leuchte wie eine Ampel.

»Da ist sie ja«, sagt Caleb und grinst mich an. »Die Wurzel allen Übels.«

Ich bemerke, dass Rahel ihrem Bruder einen vorwurfsvollen Blick zuwirft. Dann sieht sie mich an. »Julie, wie schön, dich zu sehen. Entschuldige bitte, wir wollten dich nicht wecken. Hätte ich gewusst, dass du hier bist, hätte ich nicht so herumgeschrien.«

»Oh«, erwidere ich und sehe Caleb strafend an. »Meine Wohnung ist noch nicht wieder freigegeben.«

»Das sollte kein Vorwurf sein«, erwidert Rahel lächelnd. »Ich wollte nur noch einmal unterstreichen, *wie wenig* Caleb mir erzählt.«

Ich habe wenig Lust, in ihren Familienstreit hineingezogen zu werden, also halte ich den Mund und gehe in die Küche, um mir einen Kaffee zu machen. Zumindest ist das der Plan. Als ich allerdings vor dem Ungetüm von einem Kaffeevollautomaten stehe, halte ich etwas unschlüssig inne. Es gibt verdammt viele Knöpfe, von denen mindestens siebzehn aussehen, als würde man mit ihnen einen einfachen schwarzen Kaffee bekommen. In der WG haben wir eine Filtermaschine. Das hier überfordert mich eindeutig.

»Was möchtest du?«, fragt Caleb, der auf einmal hinter mir auftaucht.

Ich zucke zusammen und mache ihm Platz. »Einen schwarzen Kaffee. Danke.«

Als ich mich umdrehe, hüpft Rahel gerade anmutig auf einen der Barhocker an der Kücheninsel und legt ihren Hut auf die Arbeitsfläche. Sie stützt das Kinn auf die Faust und sieht erst mich, dann Caleb an.

»Wie geht es dir?«, fragt sie schließlich, als ich mich mit einer großen, dampfenden Kaffeetasse in der Hand gegen den Kühlschrank lehne.

Ich lächle, und auch wenn ich mich bemühe, mir nichts anmerken zu lassen, ist es ein trauriges Lächeln. »Ich habe Angst um meine Freundin und bin … verwirrt. Aber rein körperlich ist alles in Ordnung.«

Caleb stellt sich neben mich. »Wie geht es deinen Füßen?«

Ich wackle demonstrativ mit den nackten Zehen. »Sind noch dran.«

»Du hättest noch ein bisschen länger schlafen sollen.«

»Und du nicht?«

Er reibt sich das Kinn. »Du hast wirklich beeindruckende Augenringe.«

»Vielen Dank«, schnaube ich und wende mich Rahel zu. »Ich wollte nicht lauschen, aber ich habe gehört, dass du die Presse erwähnt hast.«

»Damit musst du dich jetzt nicht beschäftigen«, wirft Caleb hastig ein, bevor Rahel überhaupt die Chance hat zu antworten.

Rahel schürzt die Lippen. »Ich will meinem Bruder ja wirklich nicht an den Karren fahren, Beschützerinstinkt und so, aber du bist kein Baby mehr und durchaus in der Lage, selbst zu googeln. Und es ist mein Job, dich auf dem Laufenden zu halten. Jemand hat gestern Nacht Fotos von euch gemacht. Es gibt Bilder von euch bei der Gala, vor deiner Wohnung, wie du auf die Straße fällst, wie ihr mit den Cops redet und wie deine Freundin aus dem Haus getragen wird. Es waren wohl auch Reporter vor dem Krankenhaus, aber da ihr nur einmal rein- und wieder rausgegangen seid, wurde das Material nur wenig verwendet. Es geistern verschiedene Versionen des Abends durch die Presse, aber ich will dich nicht anlügen, Julie.« Ihr Gesichtsausdruck ist ernst. »Viele der Geschichten sind wild. Ich arbeite bereits daran, die Version in eine für euch vorteilhaftere Bahn zu lenken, aber die Leute lieben Drama und werden allerlei in diese Nacht hineininterpretieren. Das meiste davon wird dir nicht gefallen … wird euch nicht gefallen.«

Wann hat mir je eine Geschichte gefallen, die sich die Reporter ausgedacht haben? Es überrascht mich selbst ein wenig, wie unbeeindruckt ich diese Informationen aufnehme. Natürlich habe ich Bauchschmerzen bei der Vorstellung, was sich die Presse wohl alles aus den Geschehnissen dieser Nacht zusammenspinnt. Und ich bin wütend darüber, dass sie eine solch persönliche Situation ausnutzen, um Geld zu verdienen. Aber ich bin längst nicht so aufgelöst, wie ich es war, als die ersten Fotos von mir und Caleb veröffentlicht wurden. Möglicherweise gewöhne ich mich allmählich dran.

Ich nehme einen Schluck von meinem Kaffee. »Wie gehst du mit alledem um?«

Rahel sieht mich irritiert an. »Ich?«

»Ja.« Ich zucke mit den Schultern. »Du bist vielleicht nicht Sylvias Adoptivtochter, aber du gehörst doch trotzdem dazu. Wirst du genauso belagert wie Caleb und ich?«

Sie schüttelt energisch den Kopf, ihre Mundwinkel zucken. »Oh nein! Gott sei Dank bin ich schon seit meiner Kindheit nicht mehr interessant genug, als dass die Presse auf mich aufmerksam werden würde. Und ich möchte auch nichts tun, was an diesem Zustand etwas ändert. Lieber halte ich mich im Hintergrund und ziehe von dort aus die Fäden.«

Ob der Grund, aus dem die Medien sich in Rahels Kindheit für sie interessiert haben, mit dem Tod ihrer Mutter zusammenhängt? Ich frage nicht nach. Stattdessen wende ich mich an Caleb, der inzwischen eine eigene Kaffeetasse in der Hand hält und neben mir an der Küchentheke lehnt. »Ich würde nachher gerne wieder ins Krankenhaus fahren und mir vorher ein neues Handy besorgen. Könntest du Estha bitte für mich anrufen und fragen, ob sie mich in einer halben Stunde abholen könnte? Ich weiß, der Deal war eigentlich, dass sie mich nur ins Büro und wieder nach Hause bringt, aber …«

»Natürlich fährt Estha dich«, schneidet mir Caleb beinahe barsch das Wort ab. »Falls du denkst, ich würde dich nach allem, was passiert ist, mit der U-Bahn durch die Gegend fahren lassen, müssen wir beide noch mal ein sehr ernstes Gespräch führen.«

Aus dem Augenwinkel sehe ich Rahel grinsen.

»Deine Sorge in allen Ehren, Caleb, aber ich brauche deine Erlaubnis nicht, selbst wenn ich mit der Bahn fahren wollte. Vergiss das nicht, in Ordnung?«

»Das hat nichts mit Bevormundung zu tun, Jules«, seufzt er. »Sondern damit, dass ich dich in Sicherheit wissen will. Daran ist nichts verkehrt.«

»Ich widerspreche ja gar nicht. Ich will nur nicht, dass das hier zur Gewohnheit wird. Manchmal fühle ich mich, als wäre ich entweder dein Kind oder deine Angestellte.«

Sein Grinsen wird eine Spur verschlagen. »Letzteres ist gar nicht so abwegig, oder?«

Als Antwort bekommt er nur ein sehr demonstratives Augenrollen.

»Was ist denn mit deinem Handy?«, fragt Rahel und unterbricht damit unser kleines Geplänkel. »Du hast gerade gesagt, du bräuchtest ein neues.«

Ich winke ab. »Ich habe es kaputt gemacht. War so etwas wie ein kleiner hysterischer Anfall, aber es ist weg und würde sich auch sicher nicht reparieren lassen.«

Zu meiner Verwunderung angelt Rahel nach ihrer Handtasche und wühlt einen Moment lang darin herum, bevor sie ein Smartphone herauszieht. Ich erkenne weder Hersteller noch Modell, trotzdem weiß ich direkt, dass es um einiges teurer sein muss als das Gerät, das ich gestern Nacht aus dem Fenster geschmissen habe. »Das hier ist eigentlich dein Arbeitshandy, ich wollte es dir heute sowieso vorbeibringen.

Unter diesen Umständen kannst du es natürlich auch privat nutzen. Ich kümmere mich nächste Woche um einen akkuraten Ersatz.«

Ich runzle die Stirn. »Du musst das nicht für mich tun, Rahel. Du arbeitest mit mir an meinem Auftreten und so weiter, ich fühle mich seltsam, wenn du Erledigungen für mich machst.«

Rahel lächelt, greift nach meiner Hand und drückt mir das Handy hinein. »Ich will ehrlich sein, Julie«, sagt sie, während sie meine Finger um das Telefon schließt. »Ich war nicht gerade begeistert über dein Auftauchen und darüber, dass du meinem Bruder die Hälfte der Firma wegnimmst.« Ich öffne den Mund, um zu protestieren, aber sie hebt die Hand und spricht weiter. »Aber das hier ist kein Spaß, und ich finde es richtig, dass Caleb dir hilft. Niemand sollte dabei zusehen müssen, wie seiner Familie oder seinen Freunden Leid zugefügt wird, und der Meinung sein, man träge daran Schuld. Wenn ich also irgendwie helfen kann, tue ich das wirklich gerne. Abgesehen davon, dass *Bonham* mich gut für meine Zeit bezahlt.«

Ein bisschen verdutzt ziehe ich meine Hand zurück. Ich habe gemerkt, dass Rahel bei der Testamentsverkündung nicht gerade kuschelig drauf war und sie auf der Seite ihres Bruders steht. Dass sie es allerdings so offen ausspricht, überrascht mich. Im positiven Sinne. Diese Welt verbirgt sich viel zu häufig hinter einer Maske der Höflichkeit und es ist erfrischend, jemanden zu treffen, der sagt, was er denkt.

Ich murmele ein Dankeschön, und sie schreibt mir die PIN und die neue Handynummer auf einen Zettel, während sie erneut zu diskutieren beginnt – dieses Mal allerdings mit Caleb. Ein paar Minuten lang stehe ich da, nippe an meinem Kaffee und höre den beiden zu. Ich habe selbst keine Geschwister, und wenn ich mir die beiden so ansehe, bedauere ich es ein wenig, diese Erfahrung nie gemacht zu haben. Die beiden liefern sich ein beeindruckendes Wortgefecht darüber, wie man das Stalker-Thema am besten anpackt – Caleb schlägt einen Privatdetektiv vor, Rahel hält das für rausgeschmissenes Geld –, trotzdem spürt man, dass die beiden sich lieben.

Je mehr sie einander aufziehen, desto sympathischer wird mir Rahel. Die Art und Weise, wie sie ihrem Bruder die Stirn bietet, gefällt mir ziemlich gut und erinnert mich ein bisschen an mich selbst.

Als meine Tasse leer ist, verabschiede ich mich von Rahel und gehe hinauf, um mich umzuziehen. Ich habe die Befürchtung, dass dieser Tag genauso lang wird wie der vorherige.

34

JULIE

Mit hochrotem Gesicht laufe ich durch die Flure des Krankenhauses und bemühe mich dabei, meine Begleiter ganz einfach zu ignorieren. Caleb hat darauf bestanden, dass nicht nur Estha, sondern auch Tony mich begleitet. Er selbst wollte auch mitkommen, selbst Rahel hat es angeboten, für den Fall, dass die Presse mir auflauert, aber das konnte ich beiden zum Glück ausreden. Nicht, weil ich etwas dagegen hätte, Caleb an meiner Seite zu wissen – es wäre unvernünftig. Caleb muss ins Büro, und wir sind nun mal kein Paar. Gestern Nacht war ich völlig von der Rolle und auf seine Unterstützung angewiesen. Und vor allem auf seine Hilfe. Offensichtlich hatte mein Gehirn mehr als einen Aussetzer, wenn ich daran denke, wie oft er für mich während des Gesprächs mit der Polizei in die Bresche springen musste.

Aber heute ist das etwas anderes. Ich konnte mich sammeln, und ich bin ein großes Mädchen. Ich brauche niemanden, der für mich redet, denkt oder auf mich aufpasst. Gut, Letztes ist nicht ganz richtig, wie Esthas und Tonys strenge Blicke beweisen. Trotzdem war es die richtige Entscheidung, dass Caleb mich nicht begleitet. Alles andere würde ein falsches Bild zeichnen und unser Arbeitsverhältnis nur noch mehr verkomplizieren. Die ganze Situation ist schon chaotisch genug, auch ohne dass der Vorstand von *Bonham* sich darüber aufregt, dass wir die Firma zugunsten meines Privatlebens vernachlässigen.

Auf der Intensivstation steuere ich das kleine Fenster an, hinter dem ein paar Pfleger sitzen. Zwischendurch muss Schichtwechsel gewesen sein, denn ich erkenne keinen von ihnen wieder.

Ein Mann mit Brille sieht auf und entdeckt mich, er schiebt die Scheibe zur Seite und lächelt mich an. »Was kann ich für Sie tun?«

»Ich möchte mich nach Bonnie Hill erkundigen«, sage ich mit fester Stimme. »Ich bin ihre Mitbewohnerin. Ich war gestern Nacht schon hier, aber ich durfte sie nicht sehen, und niemand hat mir etwas Genaues gesagt.«

Er wirft einen Blick auf seinen Computer und klickt ein paar Mal auf seiner Maus herum, bevor er die Stirn in Falten legt. »Sie gehören zur Familie?«

Ich beiße die Zähne zusammen. »Nein, nicht richtig. Aber wir wohnen zusammen. Sie ist meine beste Freundin.«

Der Mann seufzt, setzt die Brille ab und reibt sich die Augen. »Es tut mir leid, und das müssen Sie mir bitte glauben. Ihre andere Mitbewohnerin war vorhin auch schon da und hat nach Miss Hill gefragt, aber bevor wir nicht mit ihren Eltern gesprochen haben, dürfen wir Ihnen bei allem Verständnis keine Auskunft geben.«

Mein Gefühlsleben schwankt aktuell irgendwo zwischen Wut, Frust und quälender Angst. Denn Angehörige hin oder her – ich vermute, dass sie es uns sagen würden, wenn Bonnie über den Berg wäre. Diese Verschwiegenheit kann nichts Gutes bedeuten.

»Haben Sie Ihre Eltern erreicht?«, frage ich mit erstickter Stimme.

»Sie müssten bald eintreffen.« Er bedenkt mich mit einem

mitfühlenden Blick, dennoch erkenne ich die Entschlossenheit in seinen Augen. Er wird mir nichts verraten. »Sie werden Sie bestimmt informieren, wenn Sie und Miss Hill sich so nahestehen. Oder sie erlauben uns, es zu tun. Bis dahin dürfen Sie gerne im Wartebereich für Angehörige Platz nehmen, mehr kann ich aktuell nicht für Sie tun.«

Am liebsten würde ich losheulen, aber ich reiße mich zusammen, während ich mich bedanke und ein paar Schritte zurückgehe. Mir ist klar, dass den Mann keine Schuld trifft und er nur Regeln befolgt. Trotzdem würde ich ihn gerne anschreien. Oder einen seiner Kollegen. Ich brauche ein Ventil für meine Gefühle, jemanden, an dem ich meine Wut und meine Frustration über meine Hilflosigkeit ablassen kann.

Aber natürlich tue ich nichts dergleichen. Stattdessen wende ich mich steif ab und stakse den Flur hinunter Richtung Wartebereich. Es handelt sich um den gleichen Raum, in dem Caleb und ich die Nacht verbracht haben. Als ich ihn betrete, erschaudere ich unwillkürlich. Die Erinnerungen, die ich mit den mintgrünen Wänden, dem surrenden Getränkeautomaten, den ungemütlichen Holzstühlen und den Kunstpflanzen verbinde, sind nicht wirklich angenehm.

Ich lasse mich auf einen der Stühle sinken und blicke kurz auf, als Estha sich neben mich setzt.

»Wie geht es Ihnen?«, fragt sie und lächelt, als ich das Gesicht verziehe.

»Mit Sicherheit besser als Bonnie.«

»Sie haben ein Recht auf Ihre Gefühle und Sorgen«, sagt sie leise. »Dabei spielt es keine Rolle, wie viel schlimmer die Probleme oder Sorgen der anderen sind. Das macht Ihre nicht weniger wichtig oder beachtenswert.«

Meine Mundwinkel zucken. »Das klingt unendlich weise, Estha. Danke, dass Sie mich aufmuntern wollen, aber ich kann mich nicht darauf konzentrieren, was bei mir gerade abgeht, während Bonnie im Koma liegt.«

»Ich versuche Sie nicht aufzumuntern, Julie«, präzisiert Estha sanft. »Ich stelle nur sicher, dass Sie auf sich aufpassen.«

Ein trauriges Lächeln stiehlt sich auf mein Gesicht. »Ist das nicht Ihr Job?«

Sie lehnt sich in meine Richtung und stößt mit der Schulter kurz gegen meine. »Ich gebe auf Ihre körperliche Unversehrtheit acht, Miss. Bei Ihrer seelischen müssen Sie mich ein wenig unterstützen, fürchte ich.«

Vermutlich hat sie Angst, dass ich zusammenbreche unter dem Druck oder die Angst um mich selbst einfach nicht mehr aushalte. Aber das ist es gar nicht, was mich so belastet. Mich belastet, dass meine beste Freundin mit einer Schussverletzung am Kopf auf der Intensivstation liegt, während ich in Calebs Küche gestanden und mit ihm geflirtet habe. Dass ich in dem Augenblick, in dem auf Bonnie geschossen wurde und sie wahrscheinlich unbeschreibliche Todesängste ausstand, mit Caleb getanzt und gelacht habe. Dass diese Kugel für mich bestimmt war und ich diejenige bin, die Bonnie im Krankenhaus besucht, und nicht umgekehrt.

Logisch und rational betrachtet ist mir klar, dass all das nicht meine Schuld ist. Dass der Einzige, der für Bonnies Verletzung verantwortlich ist, derjenige ist, der bei uns eingebrochen ist und auf sie geschossen hat. Trotzdem mache ich mir Vorwürfe, und daran kann auch keine Logik oder Rationalität etwas ändern.

Ich lehne mich zurück und schließe die Augen. Vielleicht schaffe ich es ja tatsächlich, noch ein bisschen zu schlafen. Estha bleibt neben mir sitzen, Tony lehnt an der Wand uns gegenüber und behält die Umgebung im Auge. Ob fremde Leute wohl erkennen, dass sie meine Bodyguards sind? Oder denken sie, wir wären Verwandte oder Freunde?

Als die Türen sich öffnen, richte ich mich ruckartig auf. Aber es ist nur irgendein Typ in Straßenkleidung, also weder ein Arzt noch ein Pfleger. Ich greife in meine Handtasche und hole das Handy heraus, das Rahel mir überlassen hat. In der Hülle steckt der kleine Zettel mit der PIN. Ich werde mir so schnell wie möglich eine eigene SIM-Karte besorgen, aber ich bin ihr dankbar, dass sie es mir so unkompliziert gemacht hat. Während das Handy startet, bemerke ich, dass der Neuankömmling mich ansieht. Als unsere Blicke sich treffen, schaut er schnell wieder weg. Vielleicht hat er mich erkannt? Oder er fragt sich, warum ich hier bin. Wie meine Geschichte lautet, die mich ins Wartezimmer der Intensivstation geführt hat. Oder er bewundert einfach nur meine Augenringe, die Caleb schon so faszinierend fand.

Erneut öffnet sich die Tür, und wieder blicke ich auf. Dieses Mal ist es Saheera, die hereinkommt. Erleichtert stehe ich auf und nehme sie in den Arm. Die wenigen Sekunden haben ausgereicht, um zu erkennen, dass sie mindestens genauso fertig aussieht wie ich.

»Bist du okay?«, frage ich, während ich sie an mich drücke.

Sie nickt, seufzt aber schwer. Zögernd löst sie sich von mir und betrachtet mich von oben bis unten. »Ich lasse gerade meinen Lateinkurs sausen. Ich hoffe, Bonnie weiß das zu schätzen. Konntest du schlafen?«

»Ein bisschen«, erwidere ich mit einem traurigen Lächeln. Estha ist aufgestanden, und Saheera und ich setzen uns nebeneinander auf die Stühle. Als ich Saheeras fragenden Blick bemerke, grinse ich schwach. »Das sind meine Babysitter. Tony und Estha, das ist Saheera, meine Mitbewohnerin.«

Höfliches Nicken folgt, dann lässt Saheera ihren Kopf auf meine Schulter sinken und ergreift meine Hand. »Dir haben sie auch nichts erzählt, oder?«

Ich schüttle den Kopf. »Ehrlich gesagt habe ich das Gefühl, wir nerven die allmählich.«

»Das ist mir egal.« Sie deutet auf Estha und Tony. »Bist du sicher bei denen, Julie?«

Obwohl ich wetten könnte, dass die beiden Saheera hören, verziehen sie keine Miene. Was ich ein wenig lustig finde. »Ich denke schon. Sie wirken ziemlich kompetent, findest du nicht?«

»Der Typ hatte eine Schusswaffe bei sich. Der wollte nicht einfach nur an deiner Unterwäsche schnüffeln oder so. Eine Waffe, Jules!«

Ihre Worte versetzen mir einen Stich. »Ich weiß.«

»Bitte nimm das nicht auf die leichte Schulter, okay?« Sie drückt meine Hand. »Der Typ ist gefährlich.«

»Ich weiß«, wiederhole ich, ein bisschen schnippischer als beabsichtigt. Mir ist klar, dass Saheera sich nur Sorgen macht. »Tut mir leid, aber natürlich ist mir klar, wie gefährlich er ist. Bonnie liegt im Koma! Ich habe nicht vor, mich oder noch jemanden in Gefahr zu bringen.«

»Gut«, seufzt sie, richtet sich auf und streckt sich. »Hoffentlich sind Bonnies Eltern bald hier, damit wir mit den Ärzten sprechen …«

»Was machen Sie da?«

Tonys Stimme donnert durch den kleinen Raum wie ein Peitschenschlag. Ich zucke zusammen und sehe mich panisch um, kann aber nichts Ungewöhnliches erkennen. In der ersten Sekunde denke ich, dass Tony mit Saheera spricht, doch dann wird mir klar, dass er den Typen meint, der uns gegenübersitzt.

Ich springe auf und reiße Saheera am Arm mit mir hoch. Sofort ist Estha an meiner Seite und schiebt sich vor uns, während sie uns zurück in die Ecke des Wartezimmers drängt. Mit klopfendem Herzen gucke ich an ihr vorbei zu Tony, der sich vor dem Kerl aufgebaut hat. Der ist inzwischen aufgestanden, erweckt aber nicht den Eindruck, als beabsichtige er, auf einen von uns loszugehen. Tatsächlich wirkt er im Gegensatz zu Tony geradezu schmächtig.

»Geben Sie das her!«, bellt Tony und streckt eine Hand aus.

Von meiner Position aus kann ich die Hände des Mannes nicht erkennen, aber irgendwie bezweifle ich, dass es sich um eine Pistole handelt.

»Sie haben kein Recht darauf, es einzufordern«, antwortet der Typ. Seine Stimme klingt dünn und lässt seine Worte ebenso dünn erscheinen.

Tony steht jetzt genau vor ihm. »Ich würde Ihnen mit Vergnügen sämtliche Gesetze aufzählen, die Sie in den letzten fünf Minuten gebrochen haben, und glauben Sie mir, ich bin absolut in der Lage dazu. Aber ich überlasse das sehr gerne der Polizei, die meine Kollegin gerade verständigt.« Als ich den Kopf drehe, bemerke ich, dass Estha tatsächlich ihr Handy in der Hand hält und darauf herumtippt. Ich stelle mich auf die Zehenspitzen und sehe auf das Display. Sie hat zwar die Tastatur geöffnet, tippt allerdings wahllos irgendwelche Zahlen ein. Meine Aufmerksamkeit wandert wieder zu Tony, der offensichtlich noch nicht fertig ist. »Oder aber Sie geben mir das Telefon, lassen mich die Aufnahme löschen und ich gebe Ihrem erbärmlichen Arsch die Chance, ein anständiger Arsch zu sein. Ihre Entscheidung.«

Ich stöhne leise. Als Saheera mich fragend ansieht, flüstere ich »Reporter« und nicke in die Richtung des Typen. Ich glaube nicht, dass wir Estha als menschliches Schutzschild länger benötigen, aber ich will ihnen auf keinen Fall in die Quere kommen. Auf mich macht es den Eindruck, als wären die beiden ganz gut aufeinander eingespielt.

Dem Journalisten ist anzusehen, dass er seine Optionen

sorgfältig im Kopf abwägt. Vermutlich überlegt er gerade, ob die Strafe, die er für sein Material zahlen müsste, den Gewinn, den es einbringt, wert ist.

»Sie werden nichts von dem drucken dürfen, wenn die Polizei die Sachen beschlagnahmt, das kann ich Ihnen versichern«, tritt Tony nach.

Der Kerl flucht und übergibt Tony sein Handy. Anscheinend ist inzwischen auch Estha zu dem Schluss gekommen, dass Saheera und ich nicht mehr in unmittelbarer Gefahr schweben, und tritt beiseite, während sie das Handy wegsteckt.

Ich atme einmal tief durch, um meinen Puls zu beruhigen. Ich bin unendlich erleichtert, dass nichts von dem passiert ist, was mein pessimistischer Verstand sich nach Tonys Schrei ausgemalt hat. Doch die Erleichterung wird mit jeder Sekunde mehr von Wut abgelöst. Was für ein menschlicher Abschaum schleicht sich ins Wartezimmer einer Intensivstation, um Leute abzuhören? Völlig egal, wie exklusiv und gefragt die Story sein mag.

Saheeras Gedanken scheinen in eine ähnliche Richtung zu gehen, denn sie macht einen Schritt um mich herum und ballt die Fäuste an den Seiten, während sie den Kerl anfunkelt. »Liegen Sie eigentlich je nachts wach und machen sich Gedanken darüber, wessen Leben Sie mal so eben nebenbei zerstört haben?«, faucht sie.

»Werden Sie nicht dramatisch, Lady«, antwortet er, nicht ansatzweise berührt. »Ich schreibe für ein einfaches Klatsch-Käseblatt. Weder verändere noch zerstöre ich irgendwelche Leben.«

»Sie haben doch keine Ahnung, Sie …«

»Miss Prasad«, geht Estha dazwischen. »Ich bin mir sicher, dass Sie mit allem, was Sie sagen wollen, absolut recht haben. Aber bitte überlegen Sie, ob uns diese Diskussion im Moment weiterbringt.«

»Das stimmt«, sage ich und stelle mich neben Saheera, die nicht aussieht, als wäre sie schon fertig. »Genau diese Reaktion will er von dir. Gib ihm die Genugtuung nicht.«

»Ich würde ihm gerne die Genugtuung meines Schuhs in seinem …«

»Okay«, unterbreche ich sie laut, greife nach ihrer Hand und ziehe sie zurück.

Offensichtlich hat Tony in der Zwischenzeit gefunden, wonach er gesucht hat, denn er gibt dem Kerl sein Handy wieder und packt seinen Oberarm, um ihn hinaus zu geleiten. Ich wundere mich immer noch, wie er es überhaupt geschafft hat, ungesehen hier reinzukommen. Das ist der Warteraum für Angehörige – Saheera und ich dürfen nur hier sein, weil Bonnies Eltern noch nicht eingetroffen sind.

Ich sehe ihm hinterher und beobachte die Schwingtüren, die sich hinter den beiden Männern schließen, bevor die Anspannung aus meinem Körper weicht. Ich bekomme allmählich Kopfschmerzen und kann beim besten Willen nicht ausschließen, dass die von den psychischen Folgen herrühren, vor denen Estha mich vorhin noch gewarnt hat.

Bevor einer von uns noch etwas sagen kann, schwingt die Tür erneut auf, und eine ernst dreinblickende Pflegerin betritt den Raum, gefolgt von Tony.

Mein Herz, das sich von der Aufregung gerade eben zu beruhigen begonnen hat, macht einen schmerzhaften Satz.

»Wer von Ihnen ist Miss Penn?«, fragt sie.

Nervös hebe ich eine Hand. »Das bin ich. Ist etwas mit unserer Freundin?«

Sie schüttelt den Kopf, allerdings traue ich mich noch nicht, aufzuatmen, denn ihr Blick ist immer noch so ernst, dass mir beinahe schlecht wird.

»Ich muss Sie leider bitten zu gehen, Miss Penn.«

»Wie bitte?«, frage ich, weil ich mich verhört haben muss.

»Ihr Bodyguard hat unseren Securitydienst über die Vorkommnisse gerade eben informiert«, sagt sie und sieht mich entschuldigend an. »Und auch wenn ich natürlich weiß, dass Sie keine persönliche Schuld trifft, müssen Sie verstehen, dass wir uns hier auf einer Intensivstation befinden. Hier warten Menschen, die um ihre Liebsten bangen, manchmal sogar trauern. Ich möchte Ihnen nicht zu nahe treten, aber so ein Theater kann ich auf meiner Station nicht dulden.«

Saheera wedelt mit den Händen durch die Luft. »Das kann nicht Ihr Ernst sein!«

»Doch«, sage ich tonlos. »Doch, das ist ihr Ernst. Hören Sie, ich bedauere wirklich, was gerade passiert ist. Aber ich kann Ihnen versichern, dass so etwas nicht noch einmal vorkommt. Ich bitte einen meiner … Bodyguards, sich draußen zu positionieren und …«

»Ich verstehe Ihre Lage, wirklich«, unterbricht die Schwester mich, aber ich erkenne an ihrem Blick, dass sie keinen Millimeter von ihrem Standpunkt abrücken wird. »Aber Sie dürfen sich ohnehin nur hier aufhalten, weil wir es Ihnen erlauben. Sie sind keine Angehörigen. Und ich denke, Ihre Freundin kann allein die Stellung halten, bis die Familie von Miss Hill eintrifft.«

»Sie kann doch überhaupt nichts dafür«, ruft Saheera entgeistert. »Geben Sie nicht ihr die Schuld, sondern diesen Schweinen da draußen, die ihre beschissene Seele verkaufen würden, um eine gute Story zu erhalten.«

Die Schwester lächelt sie nur milde an, bevor sie sich wieder mir zuwendet. »Ihre Freundin wird Sie auf dem Laufenden halten. Für Miss Hill können Sie im Moment ohnehin nichts tun. Aber ich muss Sie wirklich eindringlich auffordern, zu gehen.«

Mein Herz zieht sich schmerzhaft zusammen, doch ich nicke. Ich bin wütend und verletzt, aber ich habe auch schlicht und ergreifend nicht mehr die Kraft, zu diskutieren.

Anders als Saheera. Sie flucht auf eine Art und Weise, die ich bei ihr noch nie gehört habe. »Und wenn sie bleibt? Rufen Sie dann den Sicherheitsdienst und lassen sie abführen wie eine Verbrecherin?«

»Ja.« Die Antwort ist schlicht und ziemlich deutlich. Die Schwester wirft mir einen letzten Blick zu, bevor sie kehrtmacht und durch die Schwingtüren den Raum verlässt. Ich mache mir keine Illusionen. Sie werden ein Auge auf mich haben und, falls ich nicht gehe, ohne Zweifel dafür sorgen, *dass* ich es tue. Aber diesen Gefallen werde ich den Reportern, die sich inzwischen sicher vor dem Krankenhaus versammelt haben, ganz sicher nicht tun.

Ich drehe mich zu Saheera um und lächle sie traurig an. »Gibst du mir Bescheid, bitte?« Ich ziehe Rahels Zettel aus der Hosentasche und reiche ihn ihr. »Das ist die Nummer, unter der du mich aktuell erreichst. Melde dich, wenn es was Neues gibt oder wenn Bonnies Eltern auftauchen.«

Sie zieht mich in eine Umarmung und drückt mir einen Kuss auf die Wange. »Pass auf dich auf! Ich hab dich lieb.«

»Ich dich auch.«

Zögernd lasse ich sie los, dann nicke ich Tony und Estha zu, und gemeinsam verlassen wir das Wartezimmer. Ich halte den Blick stur geradeaus gerichtet, als wir an dem Schwesternzimmer und der Anmeldung vorbeikommen. Ich weiß, dass sie nur ihren Job machen. Aber in meiner augenblicklichen Verfassung fühle ich mich außerstande, sie anzulächeln und ihnen einen schönen Tag zu wünschen.

Leider hat das Krankenhaus keine Tiefgarage, sondern nur einen großen Parkplatz, zu dem es keinen Schleichweg gibt.

Als wir durch den Haupteingang treten, empfangen uns tatsächlich ein paar Reporter, allerdings nur eine Handvoll. Wie immer ertönen die inzwischen vertrauten Klickgeräusche, und Tony und Estha rücken näher an mich heran, um mich so gut wie möglich abzuschirmen.

Zu meiner großen Überraschung jedoch lassen die Reporter ihre Kameras nach ein paar Schüssen sinken. »Es tut uns leid, was mit Ihrer Freundin passiert ist, Julie.«

Irritiert sehe ich die Frau an, die meinen Blick aufrichtig erwidert. »Vielen Dank«, sage ich und nicke.

»Wir beten für Sie.«

Ich hätte gerne noch etwas gesagt, aber Tony führt mich energisch weiter. Er öffnet mir die Hintertür von Calebs Tesla, und ich steige ein. Als wir den Parkplatz verlassen und die Gebäude New Yorks vor meinem Fenster vorbeifliegen, lehne ich den Kopf gegen die kühle Scheibe.

Was für ein Chaos.

35

CALEB

Samstag, 11. Juni 2022

Drei Tage sind vergangen, seit Julies Mitbewohnerin angeschossen wurde, und noch immer gibt es nichts Neues. Nichts Neues von der Polizei, nichts Neues von der Spurensicherung oder dem Hauseigentümer von Julies WG, nichts Neues aus dem Krankenhaus. Vorgestern sind Bonnies Eltern in New York eingetroffen. Ich habe sie kennengelernt, als sie bei uns vorbeigekommen sind, um Julie und Saheera auf den neuesten Stand zu bringen: Bonnie liegt nach wie vor im künstlichen Koma, bis die Schwellung des Gehirns zurückgeht. Die Ärzte können keine Entwarnung geben, solange sie in diesem Zustand ist. Für die kommenden Wochen habe ich Bonnies Eltern in einer der Wohnungen untergebracht, die Sylvia gehörten. Sie ist eigentlich vermietet, aber die Mieter verbringen den Sommer in den Hamptons und benutzen das Apartment ohnehin nur als Gästewohnung.

Ich mache mir Sorgen um Bonnie, natürlich, aber ich mache mir weitaus mehr Sorgen um Julie. Immerhin kenne ich Bonnie kaum, und abgesehen davon bin ich ein zutiefst egoistischer Mensch. Das letzte Mal, dass ich Julie richtig essen gesehen habe, war auf dem Wohltätigkeitsball. Seitdem schläft sie kaum, isst nicht und wandelt wie ein Geist durch die Wohnung. Sie hat mehr als einmal angeboten auszuziehen, aber ich würde sie eher ans Bett fesseln, als zuzulassen, dass sie sich irgendein schäbiges Motelzimmer nimmt oder zu einer Freundin geht. Außerhalb meines Sichtfeldes und meiner Reichweite und der von Estha oder Tony.

Mir ist bewusst, dass Julie sich Vorwürfe macht. Und mir ist auch bewusst, dass nichts, was ich sagen könnte, daran etwas ändert.

Den Vormittag über war ich im Büro, um ein wenig der Arbeit nachzuholen, die ich in der vergangenen Woche verpasst habe. Als ich das Apartment betrete, steht Julie telefonierend am Küchentresen. Sie wirft mir einen kurzen Blick zu und formt »Dad« mit den Lippen, dann wendet sie sich ab. Ich gehe langsam nach oben, während ich lausche. Natürlich ist das nicht die feine englische Art, aber jeder Mensch lauscht, wenn sich die Gelegenheit dazu ergibt. Wer etwas anderes behauptet, lügt oder ist zu gut für diese Welt.

Julie spricht eindeutig über Bonnie und redet immer wieder beruhigend auf ihren Vater ein. Sie hat mir erzählt, dass ihr Dad nichts von dem Stalker und von dem weiß, was gerade in ihrem Leben abgeht. Ich kann sie verstehen, trotzdem halte ich diese Entscheidung für ein bisschen unfair. Aber ich habe nicht das Recht, mich einzumischen. Trotzdem frage ich mich, wie sie ihm die Geschichte mit Bonnie verkauft – ein zufälliger bewaffneter Raubüberfall vielleicht?

Eilig gehe ich in mein Zimmer, ziehe mich um und greife nach den beiden Taschen, die meine Haushälterin Natalie für mich gepackt hat, als wir nicht da waren. Natalie ist quasi die gute Fee dieses Apartments. Sie putzt, füllt den Kühlschrank, macht die Wäsche und kocht manchmal auch. Aber ich bekomme sie kaum je zu Gesicht. Sie ist wie eine Horde Heinzelmännchen, die nur auftaucht, wenn man schläft oder nicht da ist.

Als ich höre, wie Julie sich verabschiedet und auflegt, gehe ich wieder hinunter. Sie hat das Gesicht in die Hände gestützt, als ich das Wohnzimmer betrete, sieht aber auf. Ihr Blick fällt auf die Taschen.

»Willst du weg?«, fragt sie irritiert.

»Jep.« Ich stelle die Taschen auf dem Küchentresen ab. »Und du auch. Sobald du startklar bist, können wir los.«

»Und wohin fahren wir?«

»In die Mansion. Ich arbeite von dort aus, und spätestens am Mittwoch sind wir wieder zurück«, erkläre ich in einem Ton, den ich normalerweise für meine Mitarbeiter aufspare. Einem Ton, der für gewöhnlich keinerlei Widerspruch zulässt.

Aber natürlich gilt das nicht für Julie. Ich bekomme allmählich das Gefühl, dass vieles, das ich für normal und selbstverständlich erachte, für Julie nicht gilt.

Sie schnaubt und schüttelt den Kopf. »Ich fahre nicht in die Hamptons, Caleb. Nicht jetzt.«

Irgendwie habe ich mit Protest gerechnet. Ich seufze und rutsche neben sie auf einen der Barhocker. »Warum nicht?«

»Denkst du wirklich, dass ich bei allem, was gerade hier los ist, in die Hamptons abhaue und mir die Sonne auf den Bauch scheinen lasse?«

»Denkst *du*, dass Bonnie etwas dagegen haben würde, wenn sie in der Lage wäre, mit dir zu sprechen?«

Ihr Blick wird so kalt, dass ich mir am liebsten auf die Zunge gebissen hätte. Ich meinte jedes Wort ernst, aber vielleicht hätte ich es anders verpacken sollen. »Tja, das werden wir wohl nie erfahren, was?«, fragt sie und verschränkt die Arme vor der Brust. »Denn Tatsache ist, dass sie eben nicht in der Lage ist, mir mitzuteilen, ob sie etwas dagegen hätte oder nicht. Sie ist zu gar nichts in der Lage, Caleb. Nicht einmal dazu, selbstständig zu atmen. Weil eine Kugel in ihrem Hirn gesteckt hat, die eigentlich für mich bestimmt war.«

»Jules«, sage ich und schlage einen versöhnlicheren Ton an. »Ich kann verstehen, wie du dich fühlst. Aber Bonnie wird weder heute noch morgen aufwachen, und du darfst in nächster Zeit nicht ins Krankenhaus. Saheera und Bonnies Eltern können dich jederzeit anrufen, und wir wären in einer halben Stunde wieder da. Lass uns wenigstens bis morgen Abend hinfahren.«

Sie sieht mich skeptisch an. »Samstags brauchen wir bestimmt drei Stunden bis nach New York. Morgen vielleicht sogar noch länger.«

»Wir nehmen den Helikopter«, sage ich. »Ich fliege ehrlich gesagt nicht so gerne mit ihm, aber ich habe ihn für den gesamten Zeitraum gebucht, und er steht auf Long Island bereit, samt Pilot. Sollte es also notwendig sein, sind wir in einer halben Stunde am Krankenhaus oder wo auch immer. Das ist nicht länger, als wir von hier mit dem Auto bräuchten.«

Die Zweifel und Zerrissenheit in ihrem Blick machen mich fertig. Am liebsten würde ich ihr sämtliche Sorgen der Welt abnehmen.

»Es ist nicht richtig«, sagt sie leise. »Warum darf ich eine gute Zeit haben, wenn Bonnie gerade durchmacht, was sie durchmacht.«

»Du kannst Bonnie im Moment nicht helfen«, wiederhole ich eindringlich. »Aber du kannst dir helfen. Es geht dir nicht gut, und das ist absolut verständlich. Bonnies Gesundheitszustand liegt außerhalb meines Einflussbereichs, deiner nicht. Wir fahren ins Strandhaus, schalten ein bisschen ab und genießen die Sonne. Morgen Abend sind wir wieder zurück, und du darfst dir wieder so viele Sorgen machen, wie du willst. Aber du brauchst eine Pause.«

Ich merke, dass ich gewonnen habe. Ein paar Sekunden lang sieht sie mich nur an, dann nickt sie. »Gut. Lass mich schnell Saheera anrufen, okay? Und ich muss duschen.« Sie verzieht den Mund, als sie an ihrem Shirt zupft. Ich will lieber gar nicht erst wissen, wann sie sich das letzte Mal umgezogen hat.

»Dann los«, sage ich und mache eine auffordernde Handbewegung Richtung Treppe. »Ich warte hier.«

Ganz kurz huscht ein zögerliches Grinsen über ihre Lippen, dann dreht sie sich um und verschwindet nach oben, um sich fertig zu machen.

Dieser kleine Ausflug hat in erster Linie taktische Gründe – einmal durchatmen, der Presse entkommen, ein paar Stunden lang ungestört sein –, trotzdem tut es gut, Julie mal wieder lächeln zu sehen. Ich habe schon befürchtet, die Sorgenfalten würden sich in ihre Haut graben und für immer ihr Gesicht zeichnen. Nicht, dass sie nicht auch mit Falten wunderschön wäre. Mittlerweile habe ich Julie in so ziemlich jeder erdenklichen Form gesehen: geschminkt, ungeschminkt, aufwändig gestylt, natürlich, ungeduscht, fröhlich, traurig, ängstlich. Und zu keinem Zeitpunkt hat sie jemals etwas von dem Glanz verloren, den sie ausstrahlt, wann immer sie einen Raum betritt. Ich frage mich, warum ich nicht sofort erkannt habe, wie schön Julie ist. Vielleicht war ich in der Kanzlei zu geschockt, um es zu bemerken. Vielleicht habe ich es auch einfach nicht sehen wollen. Weil ich geahnt habe, dass es die ganze Sache verkomplizieren würde. Dass ich nicht mehr in der Lage sein würde, objektiv zu handeln, wenn ich Julie erst einmal so sehen würde, wie sie wirklich ist.

Und wie man sieht, hatte ich absolut recht mit dieser Befürchtung. Mein Leben war noch nie so kompliziert, dabei ist es bislang alles andere als langweilig verlaufen.

Eine Viertelstunde später kommt Julie wieder herunter, ich

greife nach den Taschen, und wir brechen auf. Ich habe mich dazu entschieden, es noch einmal mit Tonys freiem Wochenende zu versuchen, deswegen fahre ich selbst. Das letzte Mal habe ich mich nur chauffieren lassen, weil ich mir nicht sicher war, wie nüchtern ich sein und ob ich in der Lage sein würde, selbstständig zurück nach New York zu fahren. Estha wird das Wochenende ganz in unserer Nähe sein, außerdem hat Tony eine Sicherheitsfirma engagiert, die das Haus und die Umgebung im Auge behält – vor allem nachts. Am liebsten wäre ich mit Julie ganz allein, aber ich möchte kein Risiko eingehen.

Während der Fahrt reden wir über Belanglosigkeiten. Julie erzählt mir von ihrem Studium und ihrem Chef bei einem ihrer Nebenjobs, der sie und ihre Ideen kaum ernst nimmt. In Gedanken setze ich mir seinen Namen auf meine To-do-Liste, streiche ihn aber sofort wieder. Ich bin in dem Wissen aufgewachsen, dass Geld beinahe jedes Problem lösen kann. Wenn der Verlagstyp nicht an Julies Idee glaubt, würden ein paar Nullen auf einem Check ihn sicher umstimmen. Aber Julie wäre damit niemals einverstanden. Sie würde diese Sache nicht als nette Geste auffassen, sondern als Eingriff in ihre Privatsphäre. Und irgendwie respektiere ich sie dafür.

Trotzdem schadet es unter Umständen nicht, den Chef im Auge zu behalten. Nur für den Fall, dass Julie ihre Meinung ändert.

Auch wenn ich sie damit womöglich verärgere, geht mir ihr Telefonat mit ihrem Vater nicht aus dem Kopf. »Hast du deinem Vater inzwischen alles erzählt?«, frage ich schließlich.

Ihr Schweigen ist Antwort genug. »Ich will ihn nicht beunruhigen«, seufzt sie schließlich.

»Glaubst du nicht, er hat ein Recht darauf, zu erfahren, dass seine Tochter bedroht wird? Massiv bedroht?«, frage ich sanft. »Stell dir vor, wie er sich fühlt, wenn er es von der Presse erfährt.«

Als sie erneut schweigt und ihre Hände in ihrem Schoß zu kneten beginnt, wechsle ich das Thema und erzähle ihr von den Autos, die ich mir irgendwann einmal kaufen will. Entgegen der gängigen Meinung bin ich kein Freund davon, meine Garage mit Dutzenden von teuren Autos vollzustellen und jedes davon nur ab und zu mal zu nutzen. Das wird den Fahrzeugen einfach nicht gerecht. Stattdessen habe ich einen gut durchdachten Fünf-Jahres-Plan, der beinhaltet, dass ich mir alle fünf Jahre ein neues Auto kaufe und es so lange fahre, bis ich keine Lust mehr habe. Deutlich spaßiger, in meinen Augen.

Julie lacht, als ich ihr verrate, dass ich mit sechzehn das Auto der Assistentin meines Dads zu Schrott gefahren habe. Nicht wirklich Schrott, eher ein wirtschaftlicher Totalschaden. Sie hatte mir erlaubt, eine Runde damit zu drehen, und ich habe einen großen Grenzstein auf unserem Grundstück übersehen, den ich kurzerhand umgenietet habe. Ich musste ihr ein neues Auto kaufen, und zwar ein deutlich teureres als das, was ich kaputt gemacht hatte. Das war der erste Sommer, in dem ich richtig in der Firma gearbeitet habe. Ich musste Geld verdienen, und das war die naheliegende Lösung. Damals habe ich nicht damit gerechnet, dass ich einfach dabeibleiben würde.«

»Habt ihr schon immer im *Big B* gewohnt?«, fragt Julie und lässt das Beifahrerfenster herunter. Sofort fährt der Wind in ihre Haare und lässt sie herumwirbeln. Heute ist der wärmste Tag des Jahres bislang, die Sonne scheint, aber noch ist es nicht unerträglich heiß. In New York zu bleiben, wäre die reinste Verschwendung gewesen.

Ich reiße mich energisch von ihrem Anblick los, was nicht so einfach ist. »Nein, wir hatten ein Haus in Greenwich. Nicht so groß und luxuriös, es hatte einen Garten und war irgendwie … heimeliger, verstehst du?«

Sie nickt. »Oh ja, ich weiß, was du meinst. Ich habe mich schon gefragt, wie es wohl gewesen ist, in dem Apartment aufzuwachsen.«

Ich lache. »Nein. Das Apartment im Büro war anfangs mehr als Zuflucht für Sylvia gedacht. Wenn sie lange gearbeitet hat oder einfach mal zwischendurch Ruhe wollte. Die kleinere Wohnung war als Gästewohnung für Partner oder Angestellte geplant. Wir sind erst komplett umgezogen, nachdem mein Dad gestorben ist. Das Haus war zu leer ohne ihn, und da Sylvia und ich quasi ohnehin im Bonham Building gelebt haben, haben wir das Haus verkauft.«

»Ihr habt es nicht mehr?«, hakt sie nach. Ich spüre ihren Blick von der Seite, als ich den Kopf schüttle.

»Zu viele Erinnerungen. Ich glaube nicht, dass ich darin wieder wohnen wollen würde. Selbst wenn ich irgendwann Familie hätte, würde es sich nicht vollständig anfühlen.«

Sie schweigt ein paar Sekunden. Ich würde gerne wissen, was sie denkt. »Willst du einmal eine Familie? Irgendwann, meine ich.«

Ich zucke mit den Schultern. »Darüber habe ich mir nie wirklich Gedanken gemacht. Aber ich glaube nicht, dass ich Kinder haben möchte.«

»Warum nicht?«

»Meine Mutter wurde erschossen, mein Dad starb an einem Herzinfarkt, meine Stiefmutter an den Folgen eines Autounfalls. Die Schwester meiner Stiefmutter starb an Krebs, der Vater meiner Halbschwester sitzt wegen Mordes an unserer Mutter im Knast«, zähle ich auf und lache bitter. »Rein statistisch gesehen sind mir das deutlich zu viele Tote und Familientragödien, um auf ein Happy End für mich zu hoffen.«

Sie kräuselt ihre Nase. »Vielleicht bildest du die Ausnahme von der Regel.«

»Mag sein.« Ich sehe sie an und grinse, als sie meinen Blick erwidert. »Warum? Hast du es eilig, dir von mir ein Kind machen zu lassen?«

Sie lacht, tarnt es allerdings schnell als ein wenig überzeugendes Husten. »Wow. Der war unfassbar schlecht, Caleb.«

Ich stimme in ihr Lachen ein, erleichtert, dass sie sich offenbar ein wenig entspannt. Danach lenke ich das Gespräch wieder auf belanglosere Themen, wobei es mir auch nichts ausmacht, einfach neben ihr zu sitzen und zu schweigen. Irgendwann bemerke ich, dass ihr die Augen zugefallen sind. Wahrscheinlich müsste sie den ganzen Tag durchschlafen, um die vielen kurzen Nächte wieder aufzuholen. Meine Gedanken wandern zu allem, was in den vergangenen Wochen passiert ist. Mein Leben fühlt sich an, als wäre es vollkommen auf den Kopf gestellt worden, aber ich will mir gar nicht ausmalen, wie es in ihr drinnen aussieht. In ihren Augen muss ich eine beschissene Plage sein. Wie oft hat sie wohl in den letzten Tagen darüber nachgedacht, auf das Erbe zu verzichten? Sie hat nichts in der Richtung angedeutet, aber der Gedanke muss ihr zwangsläufig gekommen sein.

Wahrscheinlich bezweifelt sie, dass die Angriffe und Belästigungen danach aufhören. Immerhin weiß sie nicht, was der Stalker genau von ihr will. Wenn es um sie persönlich geht und die Anspielungen auf Sylvia in dem Brief und der Textmessage lediglich leere Floskeln waren, brächte es ihr nichts, sich von mir und *Bonham* zu distanzieren. Im Gegenteil. Das Geld der Firma und der Einfluss bieten ihr ein gewisses Maß an Sicherheit. Ohne uns säße sie in einem Motel oder bei einer Freundin, die sie ebenfalls in Gefahr bringen würde, hätte keinen Bodyguard, keine sichere Zuflucht. Sie ist auf uns angewiesen und vermutlich ist ihr das ebenfalls klar geworden.

Erneut drehe ich den Kopf nach rechts und schaue sie an. Im Schlaf wirkt ihr Gesicht friedlich. Sie ist immer noch zu blass, sie hat immer noch Augenringe und sie sieht immer noch zu erschöpft aus für meinen Geschmack. Aber immerhin ist ihre Stirn nicht länger sorgenvoll gerunzelt.

Als wir das Haus erreichen, spiele ich einen Moment lang mit dem Gedanken, einfach noch eine Runde zu drehen. Durch die Gegend zu fahren, damit ich Julie nicht wecken muss. Allerdings muss ich verdammt dringend pinkeln, und ich will sie ungern alleine hier draußen im Wagen lassen, selbst wenn das Gelände überwacht wird. Ich weiß, ich sollte es nicht, aber ich fühle mich für Julie verantwortlich. Bei dem Gedanken, dass diese Kugel sie hätte treffen, sie lebensgefährlich verletzen oder sogar töten können, wird mir kotzübel. Selbst wenn der Typ niemanden töten wollte und die Waffe nur der Abschreckung diente, beweist Bonnies Beispiel, dass solche Pläne ganz leicht nach hinten losgehen.

Ich steige leise aus und umrunde den Wagen. Vielleicht sollte ich sie ins Haus tragen. Allerdings wage ich zu bezweifeln, dass man erwachsene Menschen tatsächlich einfach hochheben und davontragen kann, ohne dass sie dabei wach werden. Das ist bestimmt nur eines dieser Filmklischees, und es wäre irgendwie unangenehm, wenn sie auf halber Strecke wach werden würde und hysterisch zu schreien anfinge.

Also öffne ich vorsichtig ihre Tür und strecke die freie Hand aus, um sie notfalls aufzufangen. Aber sie regt sich nicht. Ihre Augenlider flackern, öffnen sich allerdings nicht. Einen Moment lang stehe ich einfach da und starre sie an wie ein Irrer. Ihre Lippen sind ganz leicht geöffnet. Scheiße, was würde ich dafür geben, sie küssen zu dürfen. Noch ein einziges Mal. Ich erinnere mich daran, wie weich sie waren, wie perfekt sie sich auf meinen bewegt haben.

Heftig schüttle ich den Kopf und schiebe die Gedanken beiseite. Die kann ich nicht gebrauchen, weder jetzt noch zu irgendeinem anderen Zeitpunkt. Ich habe ein Ziel, und das sollte ich im Auge behalten. *Bonham Industries* hat für mich oberste Priorität. Denn die Firma ist meine Zukunft, und zwar auch dann noch, nachdem Julie mit ihrem Anteil über alle Berge verschwunden ist.

Ich gehe in die Knie und berühre vorsichtig ihre Wange. »Aufwachen. Wir sind da.«

Wieder flackern ihre Lider. Als sie die Augen aufschlägt und mich sieht, zuckt sie erschrocken zurück. Dann presst sie sich die Hand auf die Brust und atmet ein paar Mal tief ein und aus. »Fuck, Bonham. Du hast mich zu Tode erschreckt.«

Grinsend richte ich mich auf. »Du hast geschlafen wie ein Engel. Ein sabbernder, schnarchender, mit offenem Mund …«

»Okay, okay! Danke, ich denke, ich weiß, was du meinst«, ruft sie mit erhobenen Händen, bevor sie sich abschnallt. Sie steigt aus und streckt sich wie eine Katze. Als sie die Arme hebt, rutscht ihr Shirt nach oben und entblößt ein Stück nackte, perfekte Haut.

Hastig wende ich den Blick ab, gehe um das Auto herum und öffne den Kofferraum, um unsere Taschen herauszuholen. In meinem Inneren fechten gerade zwei Versionen meiner selbst einen erbitterten Kampf aus: eine, die ihre Finger bei sich lassen und Julie eine Auszeit gönnen will. Die vernünftige, rationale Version. Die andere jedoch kann es kaum erwarten, vierundzwanzig Stunden mit Julie allein zu sein.

36

JULIE

Caleb hat offensichtlich Essen bestellt, denn als ich hinunter ins Wohnzimmer komme, sehe ich, dass der Tisch auf der Terrasse quasi zusammenbricht unter Take-Away-Kartons und Plastikbehältern. Irgendwie passt das Bild nicht so recht – in dieser Umgebung erwartet man Stoffservietten, silberne Kerzenhalter und einen Privatkoch. Aber ich bin froh, dass Caleb nicht die großen Geschütze auffährt. Es ist ein wirklich schöner, warmer Tag. Essen aus Pappschachteln in der Sonne ist deutlich entspannter als irgendein schickes Dinner.

Ich raffe das Maxikleid, das irgendjemand für mich gekauft und eingepackt haben muss, und öffne die Glasschiebetür, die zur Terrasse führt. Dabei meide ich ziemlich angestrengt den Blick hinüber zu der Kücheninsel. Keine Ahnung, ob ich diesen Ort je wieder ansehen kann, ohne vor Scham zu erröten – geschweige denn Essen darauf zubereiten.

Wahrscheinlich glüht mein Gesicht schon jetzt wie eine Ampel. Schnell trete ich raus auf die Terrasse.

Caleb steht am äußersten Rand der gefliesten Fläche und sieht hinauf aufs Meer. Er trägt eine einfache Jeans und T-Shirt. Dieses Outfit mag ich eindeutig am liebsten. Es entspricht in meinen Augen am meisten dem echten Caleb, den, den ich erst nach und nach kennenlerne. Seine Haare sind schon wieder irgendwie zerzaust, als wäre er mehrfach mit den Fingern hindurchgefahren. Als er mich hört, sieht er zu mir.

»Wollen wir nachher zum Strand gehen?« In seiner Stimme liegt eine beinahe kindliche Aufregung. »Das Wasser ist heute ziemlich ruhig. Es ist mit Sicherheit immer noch scheißkalt, aber wir könnten zumindest mit den Füßen rein.«

»Gerne.« Ich gehe zum Tisch und öffne einen der Kartons. Mein Magen knurrt auffordernd, als ich ein paar Frühlingsrollen und Wan Tans entdecke. Ich hatte gar nicht bemerkt, wie hungrig ich bin. Um ehrlich zu sein, kann ich nicht einmal genau sagen, wann ich das letzte Mal richtig gegessen habe. In der Nacht, in der Bonnie überfallen wurde, schätze ich. Ich setze mich auf einen der Stühle und ziehe ein paar Schachteln zu mir heran, während Caleb zu mir herüberkommt. Ich bin ein wenig befangen, auch wenn ich nicht genau weiß, warum. Es ist bei Weitem nicht das erste Mal, dass wir zwei alleine sind. Aber das hier fühlt sich irgendwie anders an. Unser Zusammenleben im Apartment ist eher eine Zweckgemeinschaft, weil es praktisch und die sicherste Lösung ist. Auch als ich das letzte Mal mit ihm hier war, gab es dafür einen guten Grund.

Aber das hier … ist eine Art Urlaub. Eine Auszeit zu zweit in einem mehr oder weniger einsamen Haus am Meer. Das alles entspricht so überhaupt nicht dem professionellen Arbeitsverhältnis, auf das wir uns geeinigt haben.

Während des Essens unterhalten wir uns ein bisschen über die Firma und meine Tätigkeiten dort. Caleb hat mich wie besprochen in der Presse- und Marketingabteilung eingeplant, was ich ziemlich cool finde. Tatsächlich bieten sich mir dort sogar Chancen, etwas zu lernen, anstatt einfach nur meine Zeit abzusitzen. Eine Art Praktikum in der Marketingabteilung eines so großen Unternehmens macht sich mit Sicherheit nicht schlecht in meinem Lebenslauf. Ich werde einer Mitarbeiterin zugeteilt, und wir können mehr oder weniger selbstständig entscheiden, welche Aufgaben ich übernehmen kann. Das ist auf jeden Fall besser, als Caleb hinterherzulaufen und im Weg herumzustehen. Ich will mich irgendwie beweisen und mich nützlich machen. Dann habe ich immerhin das Gefühl, etwas für mein Geld zu tun.

»Vergiss aber deine Position nicht«, sagt er kauend und schiebt sich eine weitere Mini-Frühlingsrolle in den Mund. Ich habe bereits vor einer Viertelstunde aufgegeben und bin ein bisschen beeindruckt, wie viel Essen Caleb verdrücken kann.

Ich nehme einen Schluck Weißwein und ziehe eine Augenbraue hoch. »Soll heißen?«

»Soll heißen, dass du die Chefin dieser Menschen bist«, klärt er mich auf. »Vergiss das nicht. Es ist nett, wenn du den Angestellten freundschaftlich begegnest, aber das ist nur bis zu einem bestimmten Punkt liebenswert. Mehr will ich damit nicht sagen.«

»Die sind bestimmt begeistert, wenn ich da reinspaziere und mich als ihre Chefin aufführe«, schnaube ich. »Die haben alle viel mehr Ahnung von der ganzen Sache als ich. Und sind erheblich älter.«

»Wenn du mich fragst, haben die meisten Angestellten mehr Ahnung als ihre Vorgesetzten. In jedem Unternehmen.«

Ich grinse. »Mehr Ahnung als du?«

Er zwinkert mir zu. »Ich bilde da selbstverständlich eine Ausnahme.«

»Selbstverständlich.« Ich beobachte, wie die letzte Frühlingsrolle in seinem Mund verschwindet und er sich stöhnend in seinem Stuhl zurücklehnt. Ich wäre längst geplatzt. Oder hätte mich übergeben.

Er schluckt runter, nimmt einen Schluck von seinem Wein und deutet dann auf das kleine Törchen am Ende der Terrasse. »Wollen wir ein paar Schritte am Strand gehen?«

Ich folge seinem Blick und nicke. Ich will der Küche erstmal nicht zu nahe kommen und nicht schon wieder ein Wochenende in den Hamptons verbringen, ohne am Meer gewesen zu sein.

Während wir Seite an Seite den kleinen Pfad durch die Dünen runter zum Strand gehen, überlege ich die ganze Zeit, was ich mit meiner Hand tun soll. Caleb ist mir so nahe, dass ich ganz einfach nach seiner greifen könnte. Wir haben bereits Händchen gehalten, aber immer in Situationen, in denen wir einander Halt gegeben haben. Jetzt hätte es eine andere Bedeutung. Andererseits würde es sich, da bin ich sicher, natürlich anfühlen.

In den letzten Tagen hat sich eine entscheidende Sache zwischen mir und Caleb geändert: Ich vertraue ihm. Ich fühle mich wohl in seiner Nähe. Was nichts mit der Tatsache zu tun hat, dass wir miteinander geschlafen haben. Da ist etwas Tieferes, etwas Emotionales. Es bedeutet mehr.

Am Meer breitet sich ein Lächeln auf meinem Gesicht aus, und mein Kopf ist auf einmal wie leergefegt. Caleb hat erzählt, dass der Strand zwar nicht exklusiv zum Haus gehört, aber dass es sich um einen Privatstrand der anliegenden Anwesen handelt. Was bedeutet, dass es hier keine bierbäuchigen Touristen, schreiende Kinder und mit Handtüchern reservierte Liegen gibt. Die einzigen anderen Menschen sind zwei Frauen, die sich am anderen Ende der Bucht sonnen und zu weit weg sind, als dass wir uns gegenseitig stören. Wir sind quasi allein an einem der schönsten Strände, die ich je gesehen habe. Vielleicht nicht so malerisch wie die Malediven, aber deutlich schöner als die Strände, an denen ich gewöhnlich im Sommer abhänge.

»Wow«, seufze ich, ziehe meine Flipflops aus und vergrabe die Zehen im warmen Sand. »Das ist wunderschön.«

»Ja, oder?« Caleb grinst mich an, und geht weiter auf das Meer zu. Das Wasser ist ruhig heute, was vermutlich daran liegt, dass es beinahe komplett windstill ist. »Zum Baden ist das Wasser wahrscheinlich noch zu kalt.«

Ich folge ihm, springe aber kreischend zurück, als eine Welle über meine nackten Zehen schwappt. »Oh ja, eindeutig zu kalt.« Caleb bricht in Gelächter aus, und ich strecke ihm die Zunge raus, ehe ich mich erneut vortaste.

Caleb prustet verächtlich. Ich drehe mich zu ihm um, als er sich gerade die Schuhe auszieht und die Hosenbeine hochkrempelt. »Du bist so eine Memme.«

»Bitte, zeig mir gerne, wie mutig du bist. Ich werde dich nicht aufhalten.«

Mit hochgezogenen Augenbrauen läuft er an mir vorbei. Ich beobachte sein Gesicht und erkenne genau den Augenblick, in dem das kalte Wasser in seine Haut sticht wie tausend Nadeln. Auch wenn er versucht, es sich nicht anmerken zu lassen.

Ich beiße mir auf die Lippen, um ein Grinsen zu unterdrücken. »Und? Angenehm?«

»Könnte glatt reinspringen.«

Ich mache eine einladende Handbewegung Richtung Wasser. »Wetten, du schaffst es nicht bis zu den Knien?« Unser kleines Geplänkel gefällt mir. Ja, das Wasser ist kalt, aber nicht so kalt, um ein großes Ding draus zu machen.

Caleb springt drauf an, seine Stimme wird eine Nuance tiefer. »Was kriege ich, wenn ich bis zu den Knien reingehe?«

Ich überlege kurz. »Meine grenzenlose Bewunderung.«

»Die habe ich schon.«

»Frühstück morgen früh.«

»Das wird geliefert.«

Ich verdrehe die Augen. »Ich lasse dich beim Billard gewinnen.«

»Jetzt wirst du überheblich«, sagt er gespielt beleidigt. »Ich weiß, was ich will.«

Neugierig sehe ich ihn an. »Und das wäre?«

»Einen Kuss.«

»Warum ein Kuss?«, frage ich nur halb im Spaß. »Wir haben uns schon geküsst.«

Er wackelt mit den Augenbrauen. »Das ist meine Bedingung, Jules. Geh drauf ein oder lass es bleiben.«

Erneut trifft mich eine Welle, und ich weiche zurück. Das Wasser ist wirklich kalt. Mich würden keine zehn Pferde dazu bringen, da weiter hineinzuwaten. Selbst mit Neoprenanzug.

»Okay, ein Kuss. Ohne Zunge. Wie Bruder und Schwester. Oder wie Freunde.« Als er die Augen verdreht, grinse ich. »Aber bis zu den Knien.«

Er nickt.

Worauf habe ich mich da nur eingelassen? Er wird es durchziehen. Auf der anderen Seite: Wir sind keine Kinder mehr. Ein einzelner Kuss wird mich nicht um den Verstand bringen. Caleb macht einen vorsichtigen Schritt ins Wasser hinein. Ich sehe, wie er scharf einatmet, und unterdrücke ein Lachen. Er geht weiter, und ein fieser Gedanke schießt mir durch den Kopf.

»Das ist viel zu einfach«, behauptet er und macht den nächsten Schritt. »Ich hätte meinen Einsatz erhöhen sollen.«

Mit angehaltenem Atem springe ich vor und schubse Caleb mit aller Kraft Richtung Wasser. Die Tatsache, dass ich dabei selbst einiges abbekomme, versuche ich zu ignorieren, aber scheiße, das ist kalt! Ich reiße die Augen auf. Caleb stolpert vorwärts, rudert mit den Armen und fällt … nicht.

Er fängt sich gerade noch rechtzeitig. Dann dreht er sich mit zu Schlitzen verengten Augen zu mir um.

»Du …«

»Scheiße«, fluche ich lachend und kreische auf, als er einen Satz in meine Richtung macht. Ich weiche zurück, doch als er näher kommt, drehe ich mich um und renne. Hinter mir höre ich Caleb einen Schrei ausstoßen, der wie aus irgendeinem Kriegsfilm klingt. Ich raffe den Saum meines Kleides, damit mir der Stoff nicht in die Quere kommt, und renne so schnell wie möglich, während mir vor Lachen allmählich die Brust wehtut. Ich schlage ein paar Haken in dem warmen Sand, aber mir wird schnell klar, dass ich keine Chance habe. Caleb ist schneller als ich und anscheinend um einiges entschlossener.

Ich wirbele herum, stolpere über einen kleinen Sandhaufen und falle rückwärts. Ich lande auf dem Hintern, hebe die Arme und sehe Caleb flehend an.

»Hab Erbarmen«, keuche ich völlig außer Atem und ziehe einen Schmollmund. »Ich würde dich niemals absichtlich schubsen! Ich bin gestolpert und wollte mich an dir festhalten.«

Drohend und unendlich langsam kommt er näher. Seine Augen sind immer noch schmal, ein amüsiertes Funkeln liegt darin. »Du wolltest eine ehrbare Wette manipulieren.«

»Ich wollte nicht …«

Weiter komme ich nicht, denn in diesem Moment springt Caleb auf mich zu und hebt mich hoch. Mit einer Mischung aus Kreischen und Lachen versuche ich mich zu wehren, aber vergeblich. Er wirft mich wie einen nassen Sack über seine Schulter und marschiert mit schnellen Schritten auf die Brandung zu.

»Bitte nicht«, quietsche ich atemlos, als er die ersten Schritte ins Wasser macht. »Ich tue alles, was du willst, ich verspreche es.«

Er hält an. Ich spüre das Spiel seiner Muskeln an meinem Bauch und meinen Oberschenkeln und ermahne mich krampfhaft, mich auf etwas anderes zu konzentrieren. Wir sind Freunde. Freunde, Freunde, Freunde …

»Alles?«

Mein Kopf wippt heftig auf und ab. »Ja!« Mir ist klar, dass ich dieses Versprechen bereuen werde, aber ich will wirklich, *wirklich* nicht im Wasser landen. Ich warte ein paar Sekunden mit angehaltenem Atem, dann macht Caleb kehrt und beginnt, mich langsam wieder auf meine eigenen Füße zu stellen. Dabei hält er mich eng an sich gepresst, sodass mein gesamter Körper an seinen gedrückt wird. Ich beiße mir auf die Unterlippe.

»Das war ein Fehler«, murmelt er leise, als unsere Gesichter auf einer Höhe sind. Meine Füße baumeln immer noch in der Luft, doch er scheint mich mühelos halten zu können.

Ich schlucke. »Was genau?«

»Ich behalte dieses Versprechen als Joker, Julie Penn«, raunt er, während sein Blick über mein Gesicht wandert. »Du bist mir etwas schuldig.«

Der Letzte, dem ich etwas schuldig sein möchte, ist dieser Mann. Aber ich traue meiner Stimme nicht, deswegen erspare ich mir eine Antwort und sehe ihn nur unverwandt an. Caleb hat eine gefährliche Wirkung auf mich. Jede Faser meines Körpers zieht mich in seine Richtung, während mich jede Zelle in meinem Gehirn anschreit, Abstand zwischen ihn und mich zu bringen.

Als ich bereits denke, den Kampf gegen meine eigene Vernunft zu verlieren, lässt Caleb mich seufzend runter und tritt einen Schritt zurück.

»Komm, ich zeige dir ein bisschen die Gegend. Von da hinten kann man Montauk sehen, da gibt es die besten Garnelen, die du je in deinem Leben gegessen hast. Und wir könnten bei Robert De Niro über den Zaun klettern, wenn du dich traust und schneller als die Hunde rennst.«

Ich lache und hoffe ernsthaft, dass er das Letzte nicht ernst gemeint hat, schließe zu ihm auf und angele im Vorbeigehen meine Flipflops aus dem Sand. Ich hätte nicht gedacht, dass Caleb es tatsächlich schafft, mich von meinen Sorgen in New York abzulenken, aber das tut er. Die Welt kommt mir weniger düster, weniger trostlos und hoffnungslos vor.

Ein warmer Wind bläst mir die Haare aus dem Gesicht und streichelt über meine Haut. Einen Moment lang schließe ich die Augen und atme die salzige Luft ein. Ich kann mir immer noch nicht richtig vorstellen, wie es sich anfühlt, wenn das hier zur Normalität gehört. Privatstrände, Ausflüge mit dem Hubschrauber, Personal, das einem sämtliche Wünsche, die einem nur einfallen können, erfüllt. Mir ist das alles noch fremd, aber an das hier könnte ich mich tatsächlich gewöhnen. Jeden Sommer hier zu verbringen, muss ein Traum sein.

Nach etwa einer halben Stunde, in der mich Caleb immer wieder auf weit entfernte Anwesen oder Yachten aufmerksam macht, kehren wir um und gehen zurück zum Haus.

»Glaubst du, dass Bonnie ihren Angreifer identifizieren kann?«, frage ich auf einmal nachdenklich.

Er sieht mich kurz an. »Falls sie sich daran erinnern kann, meinst du.«

Ich presse die Lippen aufeinander. Von Bonnies Eltern haben wir erfahren, dass die Ärzte einen Hirnschaden nicht ausschließen können. Niemand weiß, in welchem Zustand sie sich befindet, falls sie aufwacht. *Wenn* sie aufwacht, verbessere ich mich in Gedanken.

»Ja«, antworte ich leise. »Vielleicht hat sie ihn gesehen und kann uns sagen, wer er ist.«

Es dauert ein paar Sekunden, bis Caleb antwortet. »Ja, vielleicht.«

Ich sehe ihn prüfend an. »Aber?«

Sein Blick ist eine Mischung aus Bedauern und Ratlosigkeit. »Ich will nicht, dass du dir allzu große Hoffnungen machst. Sie hat eine schwere Verletzung.«

»Das weiß ich«, sage ich kalt. »Glaub mir, das weiß ich nur zu gut.«

»Wenn ich ihre Eltern richtig verstanden habe, sind sich die Ärzte nicht sicher, ob sie jemals wieder …«

»Was?«, unterbreche ich ihn und bleibe stehen. Wir sind inzwischen auf der Höhe des kleinen Trampelpfades angekommen, der zurück zum Anwesen führt. »Ob sie jemals wieder … was?«

Er zuckt mit den Schultern. »Aufwacht, Julie. Ich will hier nicht das Arschloch spielen, aber wir müssen realistisch bleiben.«

Fassungslos sehe ich ihn an. »Und ich bin also nicht realistisch, wenn ich hoffe, dass meine beste Freundin überlebt? Wieder zu Bewusstsein kommt?«

»Möglicherweise.« Seine Stimme ist nicht unfreundlich, eher väterlich. Als würde er mit einem Kind sprechen, was mich beinahe noch wütender macht. »Ich meine das nicht böse. Ich finde einfach nur, dass wir uns nichts vormachen sollten.«

Ich schüttle den Kopf, während mir Tränen in die Augen schießen. Ich blinzle sie hastig weg. »Du bist grausam«, presse ich durch zusammengebissene Zähne. »Keine Ahnung, was du gerade für einen Auftrag hast, aber du benimmst dich ziemlich eindeutig wie ein Arschloch. Es ist nichts verkehrt daran, nicht gleich vom Schlimmsten auszugehen. Was denkst du, was ich tun sollte? Schon einmal einen Sarg bestellen?«

Caleb öffnet den Mund, aber ich habe genug von seiner Schwarzmalerei. Also stapfe ich den Weg entlang Richtung Strandhaus. Ich bin nicht naiv oder leichtgläubig. Ich weiß, dass Bonnie Langzeitschäden davontragen kann. Dass sie womöglich nie wieder aufwacht. Dass sie vielleicht nicht überlebt. All dessen bin ich mir durchaus bewusst, aber ich werde nicht einfach aufgeben, aus Prinzip nicht. Solange es noch Hoffnung gibt, werde ich hoffen – bis zu Bonnies letztem Atemzug. Und Caleb ist einfach nur grausam, wenn er versucht, diese Hoffnung unter dem Deckmäntelchen der Realität zu zerstören.

»Julie«, ruft Caleb hinter mir. Ich höre seine Schritte, drehe mich aber nicht um. »Ich habe es nicht so gemeint, okay? Ich wollte nicht …«

Als er nach meinem Arm greift, entziehe ich mich ihm und wirbele herum. Kurz schließe ich die Augen. »Lass mich ein paar Minuten in Ruhe, okay? Ich bin dir dankbar für alles, was du für mich tust, aber … gib mir einen Moment. Ich will allein sein.«

Ich sehe die Enttäuschung in seinen Augen, aber ich habe gerade nicht die Kraft, auf seine Gefühle Rücksicht zu nehmen. Mag ja sein, dass die Tragödien in seiner Familie ihn abgestumpft haben. Dass die Welt, in der er aufgewachsen und in die er mich Stück für Stück mit hineinziehen will, einen abhärtet.

Aber das ist nicht meine Welt. Und ich werde mich mit Händen und Füßen wehren, jemals zu ihr zu gehören.

37

JULIE

Eine halbe Stunde habe ich auf meinem Bett gelegen, durch Instagram und TikTok gescrollt und an die Decke gestarrt. In den letzten zwei Wochen habe ich beinahe eintausend neue Follower auf Instagram generiert. Was lächerlich ist. Mein Content ist nicht besonders abwechslungsreich, und an meinem Feed muss ich definitiv noch arbeiten. Ich poste kaum Selfies, und die meisten meiner Bilder zeigen entweder die Katzen, meine Zeichnungen oder mich mit Freunden am See oder in Cafés. Diese Leute folgen mir nicht, weil ich etwas zu sagen oder Wichtiges zu zeigen habe. Sie folgen mir, weil sie von mir in der Presse gelesen haben. Und das ist ein wahnsinnig skurriler Gedanke. Schade, dass ich kein besonderes Interesse an Selbstdarstellung oder Bloggen habe. In diesem Fall könnte ich mit der ganzen neuen Reichweite vielleicht sogar tatsächlich etwas anfangen.

Seufzend hebe ich den Arm über den Kopf und versuche ihn auszubalancieren. Das habe ich als Kind ständig gemacht und war wirklich gut darin, doch heute will es mir nicht richtig gelingen. In Gedanken wiederhole ich immer wieder Calebs Worte. Und meine. Ich habe mich inzwischen wieder beruhigt, trotzdem bin ich nach wie vor absolut davon überzeugt, im Recht zu sein. Calebs Worte haben mich verletzt. Ich weiß, wie es um Bonnie steht. Ich brauche ihn nicht, um mich daran zu erinnern oder mir unter die Nase zu reiben, dass es deutlich schlimmer kommen kann, als ich es mir wünsche.

Ich habe kurz mit Saheera telefoniert, aber natürlich gibt es nichts Neues. Auch nicht von unserer Wohnung. Sobald ich wieder in New York bin, muss ich dringend mit dem Vermieter telefonieren und mir Gedanken darüber machen, wie es mit Mr Norris und Cordelia weitergehen soll. Saheeras Mutter hat eine Tierhaarallergie und der Bonham Tower ist nicht wirklich geeignet für Freigängerkatzen. Wir brauchen eine Langzeitlösung.

Ich brauche eine Langzeitlösung.

Der Streit mit Caleb hat mir wieder einmal vor Augen geführt, dass wir trotz allem Fremde sind. Wir kennen uns eigentlich kaum, auf jeden Fall nicht gut genug, um zusammenzuziehen. Ich habe keine Ahnung, wann und ob überhaupt ich zurück in die WG kann. Falls nicht, muss ich mich tatsächlich nach einer neuen Bleibe umsehen – in New York. Absolut aussichtslos.

Stöhnend presse ich mir die Hände auf die Augen. Ich bekomme schon wieder Kopfschmerzen.

Vom Treppenhaus her dringen gedämpfte Stimmen an mein Ohr, und ich setze mich stirnrunzelnd auf. Ich weiß, dass Caleb eine Sicherheitsfirma engagiert hat und er Hausangestellte beschäftigt, die sich ums Putzen, Einkaufen und die Instandhaltung des Anwesens kümmern. Vermutlich bringt irgendjemand neuen Wein oder Caleb bekommt einen Lagebericht. Ob Caleb sich jemals selbst um etwas kümmern musste? Er hat mir zwar erzählt, dass sein Vater ihm nicht das Auto kaufen wollte, das er sich gewünscht hat, aber das fällt meiner bescheidenen Ansicht nach nicht unter die Art von Problemen, mit denen man sich als Heranwachsender normalerweise herumschlägt.

Ich krabbele aus dem Bett und ziehe mir einen dünnen Pullover über, weil die Sonne allmählich untergeht und es nachts immer noch gewaltig abkühlt. Ich bin zwar nach wie vor sauer auf Caleb, aber ich habe nicht vor, den ganzen Abend in meinem Zimmer zu verbringen. Allerdings werde ich warten, bis die Leute verschwunden sind. Ich habe gerade wirklich keine Nerven für höflichen Small Talk.

Im nächsten Moment wird meine Zimmertür energisch aufgerissen, und ich zucke so heftig zusammen, dass ich mir den Fuß am Bettkasten stoße. Ich jaule auf und setze mich auf die Matratze, während ich Caleb wütend anfunkele, der im Türrahmen steht und eine Augenbraue hebt.

»Spinnst du?«, schimpfe ich und halte mir den Fuß. Gibt es etwas Schlimmeres als den unsagbaren Schmerz, wenn man sich den kleinen Zeh stößt? »Ich hätte nackt sein können! Warum platzt du einfach so hier rein?«

Er zeigt mit dem Finger auf mich. »Du hättest nackt sein können.« Als ich schnaube, grinst er kurz, dann nickt er in Richtung Flur. »Komm, ich will dir was zeigen.«

Ich verschränke die Arme vor der Brust und überlege tatsächlich, mich einfach zu weigern und mich doch den Rest des Abends in meinem Zimmer zu verbarrikadieren. Aber das wäre kindisch und würde vermutlich nicht dazu beitragen, dass Caleb mich ernst nimmt. Und ich glaube inzwischen, dass genau das das Problem zwischen uns ist. Calebs Welt hat sich vierundzwanzig Jahre lang hauptsächlich nur um ihn gedreht; irgendwie kann ich verstehen, dass es ihm manchmal schwerfällt, dieses Verhaltensmuster zu durchbrechen.

»Ist das, was du mir zeigen willst, weit weg?«, erkundige ich mich missmutig und stehe auf. »Ich bin mir ziemlich sicher, dass ich mir mindestens einen Zeh gebrochen habe. Und das ist deine Schuld.«

»Ich kann dich tragen«, bietet er todernst an. »Ein Wort von dir reicht.«

Ich verdrehe die Augen und sehe ihn auffordernd an, weil er immer noch die Tür versperrt. Er mustert mich kurz, dann dreht er sich um und geht voran Richtung Hauptbadezimmer. Ich bin bislang nur einmal dort drinnen gewesen, und natürlich ist es beinahe so groß wie meine gesamte WG: mit insgesamt drei Waschbecken, einer überdimensionalen Regendusche, einem Whirlpool, einem separaten Schminktisch und einem verdammten Sofa inklusive Fernseher. Im Ernst, hat hier drinnen mal jemand gewohnt?

Als Caleb die Tür aufdrückt und zur Seite tritt, erkenne ich sofort, was er mir zeigen wollte. Ich bleibe abrupt stehen.

»Das ist nicht dein Ernst«, sage ich.

»Oh doch.«

Ich pruste los. Ich kann nicht behaupten, dass ich sonderlich überrascht bin, aber trotzdem … Neben dem Whirlpool, der frei in der Mitte des Raumes steht, thront die Statue, die Caleb bei der Wohltätigkeitsauktion ersteigert hat.

»Oh mein Gott«, flüstere ich und gehe darauf zu. Auf der Auktion habe ich sie nur aus einiger Entfernung gesehen, und da fand ich sie schon scheußlich. Aber ich hatte ja keine Ahnung, welche Details mir entgangen sind. Die Skulptur ist ein bisschen kleiner als Caleb, aber groß genug, um den Raum zu dominieren. Sie besteht aus schwarzem glänzenden Stein, vielleicht Marmor, und zeigt einen nackten Mann mit Bart und buschigen Augenbrauen, der beinahe neckisch über die Schulter sieht und seinen Intimbereich mit etwas verdeckt, das ich beim ersten Hinsehen nicht identifizieren kann. Ich verenge die Augen und gehe noch einen Schritt näher ran.

»Ist das …« Abrupt richte ich mich auf und sehe Caleb an, der sich auf die Lippen beißt. »Ist das eine Schildkröte?«

Er zuckt die Schultern, doch dann lacht er ebenfalls laut auf. »Ich glaube, ja. Guck dir seinen Arsch an.«

Ich habe beinahe Angst, als ich um die Statue herumgehe und mir die Rückseite anschaue. Ich weiß sofort, was Caleb meint. Direkt über dem verhältnismäßig ausladenden Hintern prangt ein … ein Tattoo? Ein Tattoo aus Dutzenden in den schwarzen Stein eingelassenen Kristallen, die zusammen ebenfalls viele kleine, in einem Halbkreis angeordnete Schildkröten darstellen.

»Wow.« Ich suche nach weiteren Worten, bin aber komplett sprachlos, als ich mich neben Caleb stelle.

Der ganze Körper der Statue wirkt merkwürdig, ohne dass ich genau benennen kann, woran es liegt. Die Proportionen der Arme und Beine scheinen nicht zu stimmen, und das angedeutete Brusthaar sieht aus, als hätte jemand aus Versehen die Oberfläche zerkratzt. Außerdem schielt der Typ ziemlich heftig.

»Bist du genauso glücklich darüber wie ich?«

Ich nicke andächtig. »Du solltest sie ins Wohnzimmer stellen. Oder in die Eingangshalle, anstatt der Blumen. Ich finde es nicht fair, das hier der Allgemeinheit vorzuenthalten.«

»Ich sollte Eintritt nehmen«, sagt er verträumt. »Und Führungen durch mein Badezimmer geben.«

»Ich kann nicht fassen, dass du dafür fünftausend Dollar ausgegeben hast.«

»Fünftausendfünfhundert«, verbessert er. »Und es war jeden Penny wert.«

Ich verstehe, was er meint. Ich werde niemals diesen Raum betreten können, ohne lachen zu müssen. Wann immer ich in meinem Leben traurig sein werde, ich bin mir hundertprozentig sicher, dass dieser Typ mich aufheitern kann. Und fünfeinhalbtausend Dollar sind verhältnismäßig wenig für eine unerschöpfliche Quelle an Glück.

»Er braucht einen Namen«, sage ich nachdenklich. »Ich will ihn ansprechen können.«

Caleb legt den Kopf schief. »Manfred. Oder Manny, falls wir es persönlicher gestalten wollen?«

»*Manfred?*«, wiederhole ich. Ich bin mir nicht einmal sicher, ob ich es richtig ausspreche. »Woher hast du das denn?«

»Meine Tante Laura war mit einem Deutschen verheiratet. Der hieß Manfred. Er hatte ähnliche Augenbrauen.«

»Hatte er ein Faible für Schildkröten?«

Er lacht. »Nicht, dass ich wüsste. Aber sie haben sich nach ein paar Jahren scheiden lassen. Den Grund habe ich nie erfahren.«

Ich schnalze mit der Zunge. »Das könnte es erklären.«

Glucksend atmet er einmal tief ein und aus, dann dreht er sich in meine Richtung und seufzt. »Müssen wir uns jetzt gegenseitig entschuldigen und den Rest des Abends wie auf heißen Kohlen laufen, um den anderen nicht zu nerven?«

»Ich habe eventuell ein bisschen überreagiert«, gebe ich widerstrebend zu. »Ich weiß, dass du es nicht böse gemeint hast und dass du nur ehrlich warst. Aber manchmal ist es besser, seine Meinung für sich zu behalten. Okay? Du hilfst mir nicht damit, wenn du vom Schlimmsten ausgehst. Ich werde die Hoffnung nicht aufgeben, und bei dir klingt es, als gäbe es schlichtweg keine mehr und als wäre ich naiv, weil ich davon ausgehe, dass Bonnie wieder gesund wird. Aber ich spreche mit Saheera und Bonnies Eltern, Caleb. Nicht du. Ich will nicht gemein klingen, aber *ich* bin diejenige, die sich stündlich über ihren Zustand informiert. Vielleicht solltest du es dann auch mir überlassen, irgendwelche Prognosen abzugeben, anstatt den Teufel an die Wand zu malen.«

»Okay.« Die Antwort ist so simpel, dass ich ihn verblüfft ansehe. Er verzieht den Mund zu einem vorsichtigen Lächeln.

»Ich war brutal, und das gebe ich zu. Es tut mir leid. Zufrieden?«

»Überraschenderweise ja. Du lernst tatsächlich dazu.«

Das lief irgendwie einfacher als erwartet. Ich bin davon ausgegangen, mindestens den Rest des Abends sauer auf ihn zu sein, böse Blicke in seine Richtung abzufeuern und nur ein paar knappe Worte auszutauschen. Das hier ist eine erwachsene Lösung, und auch wenn ich nicht genau weiß, warum, habe ich ihm das nicht zugetraut.

Nachdem wir uns höflich von Manfred verabschiedet haben, gehen wir wieder runter, und Caleb setzt sich mit einem Bier ins Wohnzimmer, um sich den Rest eines Basketballspiels anzugucken. Ich mache mich daran, die leeren Pappschachteln und Essenskartons wegzuschmeißen und mich an die Anwesenheit der Kücheninsel zu gewöhnen. Was nicht so einfach ist. Jedes Mal, wenn ich sie ansehe, steigen Bilder von mir und Caleb vor meinem inneren Auge auf. Und jedes Mal beginnt meine Haut zu prickeln und die empfindliche Stelle zwischen meinen Beinen auffordernd zu pochen. Hier in diesem Haus fällt es mir zunehmend schwer, mich daran zu erinnern, warum das mit mir und Caleb keine gute Idee ist. Wenn ich sichergehen könnte, dass das zwischen uns beiden nicht in einer unschönen Schlammschlacht endet, würde ich mich darauf einlassen. Mit Haut und Haar. Aber die Sache ist zu kompliziert, um das zu riskieren. Oder? Immerhin geht es hier nicht nur um gebrochene Herzen, verletzte Gefühle und ein bisschen Liebeskummer. Hier geht es buchstäblich um Millionen von Dollar und unzählige Arbeitsplätze. Um unsere Zukunft. Ich kann nicht abschätzen, welche Konsequenzen ein unschöner Bruch zwischen mir und Caleb hätte. Ich habe tatsächlich schon einmal darüber nachgedacht, Hoffman anzurufen. Aber auch wenn ich weiß, dass er unter Schweigepflicht steht, ist es mir einfach zu peinlich, ihn zu fragen, welche Folgen es hätte, wenn einer von uns beiden sich weigern würde, mit dem anderen zu arbeiten.

Ich öffne gerade den Kühlschrank, um das übrig gebliebene Essen einzuräumen, als ein lautes Piepen ertönt, das aus jeder Richtung des Hauses zu kommen scheint. Ich zucke zusammen und sehe mich hektisch um. An der Tür zur Terrasse und an ein paar Fenstern blinken kleine rote Lichter, im nächsten Moment herrscht wieder Stille. Mein Herz stolpert ein paar Mal, Panik steigt in mir auf. Ich pfeffere den Karton auf die Arbeitsfläche und renne rüber ins Wohnzimmer, wo Caleb auf der Couch sitzt und nicht im Mindesten beunruhigt wirkt.

»Was war das?«, frage ich atemlos. Angst sitzt tief in meiner Magengegend. Ich verflechte meine Finger ineinander und sehe mich immer wieder um.

Caleb wirft mir einen Blick zu und stutzt. Er steht langsam auf. »Was ist mit dir?«

»Hast du das nicht gehört? Das hat geklungen wie eine Alarmanlage.«

Er kommt auf mich zu und greift nach meinen Händen, bevor er sie vorsichtig voneinander löst. »Ja, das war die Alarmanlage. Sie hat die Türen und Fenster verschlossen und den Alarm aktiviert. Das Signal ist dafür da, dass wir wissen, ab wann wir nicht mehr einfach so rausgehen dürfen.«

»Wir können nicht mehr raus?«

»Hey«, sagt er beschwichtigend. Er nimmt mein Gesicht in seine Hände und zwingt mich, ihn anzusehen. »Atmen, Jules. Ein und aus, langsam.«

Ich habe überhaupt nicht bemerkt, wie schnell mein Atem momentan geht. Die Panik hat sich in meinen Verstand gefressen, ohne dass ich es richtig mitbekommen habe. Ich fixiere

Caleb und konzentriere mich auf seine Stimme, auf seine Augen. Auf seine Lippen, die sich langsam bewegen.

»Wir können raus, wann wir wollen«, beantwortet er meine Frage ruhig. »Wir müssen vorher nur den Alarm an der Tür abstellen, sonst geht er los und fünf Minuten später stehen Estha und ein Team im Wohnzimmer. Okay? Also sag einfach Bescheid, wenn du nach draußen willst. Es ist alles gut.«

Ich nicke ein paar Mal und blicke durch die Fenster nach draußen. Inzwischen ist es dunkel, und ich wünschte, es gäbe Vorhänge, die man zuziehen könnte. »Okay«, sage ich, als ich mir sicher bin, dass meine Stimme hält. Mein donnerndes Herz beruhigt sich allmählich, und ich verziehe den Mund. »Sorry. Das war total unnötig.«

Er lächelt traurig. »Du hast Angst. Ich würde mir mehr Gedanken darüber machen, wenn du nach alledem keine Angst hättest.«

»Zeugt von Selbsterhaltungstrieb«, scherze ich.

»Beruhigend, dass du einen hast.«

Ich bemerke sein Zögern. Anscheinend traut er sich nicht, mich allein zu lassen, also mache ich demonstrativ einen Schritt zurück und atme einmal tief durch. »Es geht mir gut. Tut mir leid, ich wollte kein Drama machen.«

Bevor er noch etwas sagen oder darauf bestehen kann, sich in irgendeiner Art und Weise um mich zu kümmern, drehe ich mich um und gehe zurück zur Küche. Ich muss das in den Griff kriegen. Ja, Caleb hat recht, wenn er sagt, dass Angst eine natürliche Reaktion ist. Aber wenn ich jedes Mal austicke, wenn es irgendwo piept oder sich etwas bewegt, räume ich dem Stalker mehr Macht in meinem Leben ein, als ich ihm zugestehen will.

»Was meintest du damit, als du sagtest, dass dann Estha und ein Team auf der Matte stehen?«, rufe ich hinüber ins Wohnzimmer, während ich die letzten Essensreste in den Kühlschrank räume und dann einen Lappen befeuchte, um die Oberflächen abzuwischen. Ich hoffe inständig, dass die Kücheninsel seit unserem letzten Besuch desinfiziert wurde.

»Genau das«, antwortet er und wirft mir einen kurzen Blick über die Schulter zu. »Wenn die Türen oder Fenster geöffnet werden, werden ein stiller und ein nicht ganz so stiller Alarm ausgelöst. Falls das passiert, verschwinden wir in einen Schutzraum im Weinkeller, und mindestens zehn Leute vom Sicherheitsdienst sind innerhalb von ein paar Minuten hier. Plus Estha. Die Polizei würde länger brauchen.«

»Es gibt einen Schutzraum?«

Ich sehe, dass er mit den Schultern zuckt. »Ab einem gewissen Jahreseinkommen gehört das wohl zur Grundausstattung eines neuen Hauses.«

Mit einer Flasche Bier in der Hand gehe ich ins Wohnzimmer und hocke mich auf die Lehne einer der Sessel neben der Couch. »Das klingt irgendwie gruselig.«

»In den 2000ern war es quasi Mode, die Kinder reicher Familien zu entführen, um Lösegeld zu erpressen«, erklärt er so beiläufig, dass ich die Augenbrauen zusammenziehe. »Ich glaube, Eltern in einer gewissen Gehaltsklasse haben das schon im Hinterkopf.«

Ich erschaudere unwillkürlich. »Meine größte Sorge als Kind war, ob ich meine ausgeliehenen Bücher rechtzeitig in die Bibliothek zurückbringe oder Strafe zahlen muss.«

Er lacht dreckig. »Klingt nach einer nervenaufreibenden Zeit.«

»War es auch«, sage ich trocken. »Ich bin in einer recht kleinen Stadt aufgewachsen. Jeder kannte jeden. Was bedeutet, dass mein Dad sofort Bescheid wusste, wenn ich Ärger hatte.«

»Wenn der Ärger darin bestand, deine ausgeliehenen Bücher nicht rechtzeitig zurückgebracht zu haben, dann ist dein Dad ein glücklicher Mann, würde ich sagen.«

Neugierig lege ich den Kopf schief. Wenn Caleb seine professionelle Stock-im-Arsch-Persönlichkeit ablegt, wirkt er so jung, dass es mir fast gelingt, ihn mir als wilden Teenager vorzustellen. »Wie sah denn deine Art von Ärger aus?«

Grinsend nimmt er einen Schluck von seinem Bier. »Rahel ist mindestens zehn Mal von zu Hause abgehauen. Nachdem unsere Mom gestorben war, hat sie bei einer Tante gelebt, aber sie war da nicht besonders glücklich. Mein Dad war zwar nicht ihr leiblicher Vater, aber ich glaube, er hat sich für sie verantwortlich gefühlt. Und Sylvia auch.«

Die letzte Bemerkung versetzt mir einen Stich. Immerhin war ich Sylvias leibliche Tochter, und für mich hat sie sich nicht sonderlich verantwortlich gefühlt.

»Was hatte Rahel denn für ein Problem mit ihrer Tante?«

Er wischt sich mit dem Handrücken über den Mund. »Nichts wirklich Ernstes. Kein richtiger Grund. Aber Rahel war ein wütender Teenager und Leslie nur ihre Tante. Sie hat sie anständig behandelt und sich wirklich bemüht, aber ich schätze, wenn man sich in dem Alter schon von seinen eigenen Eltern missverstanden fühlt, ist das in dieser Konstellation nicht wirklich einfacher.«

»Warum hat Rahel nicht bei dir und deinem Vater gelebt? Immerhin seid ihr beiden ja tatsächlich eine Familie.«

»Ich glaube, sie hat sich nicht richtig dazugehörig gefühlt«, sagt Caleb. »Und ihre Tante war schließlich auch ihre Familie. Ich war noch klein, als meine Mom gestorben ist, aber ich hatte nie den Eindruck, dass Rahel unglücklich ist. Nur rebellisch.«

»Und du?«, frage ich. Ich streiche mir eine Strähne aus dem Gesicht und sehe ihn an. »Warst du glücklich?«

»Als Kind, meinst du?« Als ich nicke, rümpft er die Nase. »Ich denke schon. Solange mein Dad gelebt hat. Sylvia war in Ordnung, aber nun mal nicht diese Art Mensch, die besonders warmherzig ist. Sie war nett. Mein Vater war derjenige, der aus uns eine Familie und nicht nur eine Konstellation von Menschen gemacht hat.«

Ich lächle. »Mein Dad ist genauso. Ich war nicht gerade begeistert, als er meine Stiefmutter angeschleppt hat. Nicht, weil ich Grace nicht mochte, sondern weil ich ein wenig besitzergreifend gegenüber meinem Vater war.«

»Aber ihr habt euch arrangiert?«

»Ich war nicht sonderlich schwer rumzukriegen«, gestehe ich und lache, als er die Augenbrauen hochzieht. »Ich glaube, es war eine Zuckerwatte und ein Zirkusbesuch, dann hatte sie mich überzeugt.«

»Hätte ich gewusst, dass du käuflich bist, hätte ich mir eine ganze Menge Arbeit ersparen können«, murmelt er, während sich seine Lippen um die Öffnung der Flasche schließen und er einen weiteren Schluck nimmt.

Ich reiße meinen Blick von seinem Mund los, stehe auf und gähne. »Ich lege mich hin. Ich habe seit Tagen nicht mehr richtig geschlafen.«

»Soll ich mitkommen? Wenn du nicht allein oben sein willst, kann ich auch in meinem Schlafzimmer weitergucken.«

Lässig winke ich ab. Der Gedanke, dass er nur ein paar Zimmer neben meinem ist, ist zwar verlockend, aber ich will auch nicht allzu bedürftig wirken. Er wendet sich dem Fernseher zu, und ein paar Sekunden lang stehe ich ein wenig unschlüssig da. Dann verschwinde ich eilig nach oben, bevor ich auf dumme Gedanken komme.

38

JULIE

Auf der Suche nach einem Nachthemd oder zumindest einem weiten Shirt, das ich mir für die Nacht überziehen kann, stoße ich auf ein Negligé, das quasi komplett aus goldfarbener Spitze besteht. Wer auch immer diese Sachen für mich zusammengepackt hat, hatte offensichtlich anderes im Sinn als eine unschuldige Pyjamaparty. Das Ding werde ich garantiert nicht anziehen. Normalerweise hätte ich kein Problem damit, lediglich im Slip zu schlafen, aber wenn ich an Calebs Vorliebe denke, ungefragt in fremde Schlafzimmer zu platzen, ziehe ich mir doch lieber etwas über. Also greife ich nach einem Tanktop, das zwar ein bisschen zu eng für meinen Geschmack, aber die weitaus beste Option ist.

Nachdem ich mich umgezogen habe, fällt mein Blick erneut auf das Negligé. Mir kommt ein Gedanke. Breit grinsend greife ich danach, öffne leise meine Tür und lausche nach draußen. Von unten höre ich die Stimme des Spielkommentators. Auf Zehenspitzen schleiche ich hinüber ins große Bad. Als Manfred in Sicht kommt, unterdrücke ich ein Lachen und ziehe ihm kurzerhand das Negligé über. Glucksend betrachte ich mein Werk. Reizwäsche steht ihm gut und immerhin bedeckt es die seltsamen Schildkröten.

Ziemlich zufrieden mit mir drehe ich mich schwungvoll um.

Und wäre beinahe in Caleb hineingerannt, der mit verschränkten Armen im Türrahmen steht und mich grinsend beobachtet.

»Was tust du da?«

Ich deute über meine Schulter. »Manfred bettfertig machen. Er ist eine Statue, Caleb. Dachtest du, er kann das alleine?«

Caleb schüttelt den Kopf. »Die Farbe steht ihm nicht, Julie. Zieh das aus.«

Kichernd schüttle ich den Kopf und versuche, mich an Caleb vorbeizuquetschen, aber er versperrt mir den Weg. Ich will seinen Arm wegschieben, habe gegen ihn allerdings keine Chance. Stattdessen umfasst er mit den Händen meine Handgelenke, zieht sie über meinen Kopf und presst sie gegen den Türrahmen.

Ich schnappe unwillkürlich nach Luft. Die plötzliche Nähe und diese … diese Position bringen mich aus der Fassung. Sein Gesicht ist auf einmal nur Zentimeter von meinem entfernt, und ich erkenne das spielerische Funkeln in seinen Augen.

»Du wirst ein wenig zu übermütig, Miss Penn«, murmelt er.

Ich weiß, dass er mich nur aufziehen will. Genau wie vorhin am Strand. Trotzdem kann ich nicht verhindern, dass sich eine Gänsehaut auf meiner Haut ausbreitet. »Sie sind Widerworte einfach nicht gewohnt, Mr Bonham.«

Sein Blick wird intensiver. »Warum trägt Manfred eigentlich die Sexunterwäsche und nicht du?«

»Das ist keine Unterwäsche«, erkläre ich ein bisschen atemlos. »Das ist Schlafwäsche.«

Ein herausforderndes Lächeln umspielt seine Lippen. »Du schuldest mir noch etwas.«

»Du warst nicht bis zu den Knien im Wasser«, widerspreche ich.

Er hebt das Kinn. »Ich habe einen Freifahrtschein, schon vergessen?«

Lachend versuche ich mich von ihm zu lösen, aber er lässt nicht los. Und ich versuche es auch nicht gerade sehr überzeugend.

»Vergiss es, ich ziehe das auf keinen Fall an. Es ist komplett durchsichtig. Dann lieber den Kuss.«

In seinen Augen blitzt etwas auf, und automatisch senkt sich sein Blick auf meine Lippen. »Dagegen habe ich nicht das Geringste einzuwenden.«

Mir ist klar, dass ich darauf nicht eingehen muss. Wir sprechen von einer kindischen Wette, und Caleb wird mich kaum dazu zwingen. Aber wenn ich ganz ehrlich bin, bin ich dankbar für die Ausrede, um Caleb nahezukommen. Als wäre ich nicht persönlich dafür verantwortlich, als könnte ich mich dafür später nicht zur Rechenschaft ziehen.

»Bereit?«, frage ich leise und sehe ihn an. Sein Atem trifft mein Gesicht, als er leise stöhnt. Meine Lippen kribbeln bereits, als könnten sie es kaum erwarten, Calebs endlich wieder zu begegnen.

Ich warte, bis Caleb nickt, dann schließe ich die Augen und lehne mich vor. Als meine Lippen seine berühren, halte ich den Atem an. Es ist nicht mehr als das Streicheln einer Feder, nicht mehr als der Hauch einer Brise. Trotzdem explodiert bei der Berührung ein kleines Feuerwerk in meiner Magengegend. Das hier habe ich mir verboten, seit wir das letzte Mal in diesem Haus waren. Aber allmählich habe ich das Gefühl, die Hamptons ziehen mich in eine eigene Welt, in der meine selbst auferlegten Regeln keinerlei Bedeutung haben.

Als ich zurückweiche und die Augen aufschlage, begegne ich Calebs dunklem Blick. »Das soll ein Kuss gewesen sein?«

Grinsend beiße ich mir auf die Unterlippe. »Du musst deine Wünsche bedachter formulieren, Caleb. Sonst werden sie missverstanden.«

Den Bruchteil einer Sekunde mustert er mich, dann zieht er abrupt eine Hand von meinen Gelenken und vergräbt sie beinahe grob in meinen Haaren. Ich keuche auf, als er mich zu sich heranzieht, und schließe erneut die Augen.

Mein Gott, wie sehr ich es vermisst habe, Caleb zu küssen. Der ganze Tag, die ganzen letzten Tage scheinen rückblickend genau auf diesen Augenblick hinausgelaufen zu sein. Ich würde meine Finger gerne ebenfalls in seine Haare graben, in den Stoff seines Shirts. Aber Caleb hält sie nach wie vor über meinem Kopf gegen den Türrahmen gepresst. Ich atme schneller, meine Brust hebt und senkt sich heftig, als Caleb sich von mir löst, den Kopf senkt und mit der Zunge über die obere Rundung meiner Brüste fährt. Stöhnend lasse ich den Kopf gegen den Rahmen sinken, während ich mich ihm entgegenwölbe.

»Caleb«, flüstere ich heiser und warte darauf, dass er mich ansieht. Seine Lippen sind von unserem Kuss gerötet, seine Augen funkeln vor Verlangen. »Bitte.«

Kurz huscht ein beinah triumphierender Ausdruck über sein Gesicht, dann löst er beide Hände von mir. Im nächsten Moment schlingt er seine Arme um meine Taille, schiebt sie unter meinen Hintern und hebt mich hoch. Reflexartig schlinge ich die Beine um seine Hüften. Wir stöhnen gleichzeitig auf, als ich mich gegen ihn presse und meine empfindlichste Stelle seine Härte berührt.

Calebs Lippen finden erneut meine, und dieses Mal wühle ich mit den Fingern durch sein Haar, greife danach und ziehe daran.

Er lacht keuchend. »Du machst mich wahnsinnig, Jules.«

Meine Lippen an seinen verziehen sich zu einem Lächeln. »Dann warte ab.«

»Fuck«, murmelt er, stößt mit dem Fuß die Tür zu meinem Zimmer auf und lässt mich dann rücklings auf mein Bett sinken. Sofort ist er wieder über mir, küsst meine Schläfe, meinen Kiefer, meinen Hals und mein Schlüsselbein, während seine Hände wieder unter mein Top wandern und meine Brüste umfassen. Ich stöhne laut auf, aber dieses Mal halte ich mich nicht zurück. Wir sind vollkommen alleine im Haus, kein schlafender Kumpel auf der Couch, auf den wir Rücksicht nehmen müssen. Hier sind nur Caleb und ich, weit weg von New York und unseren Problemen.

Meine Finger krallen sich in Calebs Rücken, während er meinen Slip herunterzieht. Kühle Luft streicht über meine Haut, als wolle sie mich liebkosen. Ich habe kaum Zeit, meine Gedanken und Emotionen zusammenzuraffen, da berühren Calebs Lippen die empfindliche Innenseite meiner Oberschenkel. Ich beiße mir so fest auf die Lippen, dass es beinahe wehtut.

Ich habe so etwas in der Art noch nie gemacht. Irgendwie fand ich die Vorstellung, ein Mann würde sein Gesicht dort in Position bringen und alles sehen und schmecken … Ich habe das nie gewollt. Aber als Calebs Lippen sich weiter vortasten, lasse ich mich fallen. Meine rasenden Gedanken verpuffen im Nichts, bis ich nur noch fühle. Ich keuche laut auf, folge Calebs Bewegungen und kralle meine Finger in die Laken, auf denen ich liege. Calebs Zunge neckt mich, leckt und imitiert die Bewegungen seiner Finger, die mich beinahe um den Verstand bringen.

Unmöglich zu sagen, wie viel Zeit vergeht. Vermutlich nur ein paar Minuten, die sich allerdings anfühlen wie Stunden. Unbeschreibliche Stunden. Als Caleb eine Reihe von Küssen auf meinem nackten Bauch, meinen Brüsten und meinem Dekolleté verteilt, fühle ich mich, als würde ich schweben. Ich umfasse Calebs Gesicht, ziehe ihn sanft zu mir hoch und küsse ihn. Versuche, sämtliche Emotionen, sämtliche unausgesprochenen Worte in diesen Kuss zu legen, als er sich auf mich herabsenkt und meine Beine sanft auseinanderschiebt. Ich kann mich weder daran erinnern, dass er sich ausgezogen noch dass er das Kondom übergezogen hat.

Alles, was in diesem Augenblick zählt, ist das Gefühl seiner Lippen auf meinen und sein Keuchen, als er langsam in mich eindringt.

Es ist anders als das erste Mal in der Küche. Nicht so schnell, nicht so wild, nicht so ... mechanisch. Als ich die Augen öffne, bemerke ich, dass Caleb mich beobachtet. Er bewegt sich langsam, als würde er jede Sekunde auskosten wollen und meine Reaktion beobachten. Mir geht es genauso – ich will ihn ansehen, wenn er sich in mir verliert. Seine Hand umfasst mein Gesicht, und sein Daumen fährt über meine geschwollene Unterlippe.

Ich bäume mich unter ihm auf, als er härter zustößt. Die Worte, die ich nicht auszusprechen wage, drängen immer mehr an die Oberfläche, je länger er mich ansieht. Ich habe mich noch nie in meinem Leben einem Menschen so nahe gefühlt. Hatte noch nie so sehr das Bedürfnis, mich mit ihm zu verbinden, ihn festzuhalten.

»Julie«, flüstert er und presst sich an mich.

Ich keuche. »Ich weiß.«

Er beugt sich zu mir herunter und küsst mich leidenschaftlich, lässt seine Bewegungen schneller werden. Mein Atem geht unkontrolliert, und mein Herz rast zusammen mit Calebs, als wir gemeinsam den Höhepunkt erreichen. Ich kralle mich in seinen Rücken, während er sein Gesicht in meine Halsbeuge drückt und laut meinen Namen stöhnt. Ich schnappe nach Luft und presse mich an ihn, als mein gesamter Körper erbebt.

Mit dem Zeigefinger male ich träge Kreise auf Calebs Rücken. Ich bin völlig erledigt. Meine Beine fühlen sich an wie Wackelpudding, meine Lippen sind geschwollen, und ich fühle mich ein bisschen wund. Trotzdem verzieht sich mein Mund alle paar Sekunden zu einem ziemlich zufriedenen Lächeln. Orgasmen haben jedes Mal wieder die unvergleichliche Fähigkeit, die Stimmung zu heben.

Caleb liegt neben mir auf dem Bauch, das Gesicht in meine Richtung gedreht, die Augen geschlossen. Trotzdem weiß ich, dass er nicht schläft – seine Lippen zucken jedes Mal, wenn ich mit den Fingernägeln über seine Taille oder seinen Nacken fahre.

»Du bist kitzelig«, stelle ich amüsiert fest und lasse meine Hand wieder zu seinem unteren Rücken gleiten.

Er erschaudert und windet sich ein bisschen. »Männer sind nicht kitzelig.«

Ich lache und bewege meine Hand in ungefährlichere Regionen.

»Ich fühle mich ausgenutzt«, murmelt er und öffnet kurz die Augen, um mich anzusehen.

»Ach ja?«, frage ich grinsend.

Er nickt träge. »Ich wollte einen unschuldigen Kuss. Und du bist über mich hergefallen wie … wie …«

»Ja?«

»Eine Sexbesessene.«

Wieder lache ich, dieses Mal lauter. »Ich fürchte, unsere Erinnerungen gehen in dem Punkt ziemlich auseinander.«

»Ich möchte dir nur mitteilen, wie ich mich fühle. Kommunikationsprobleme sind der Trennungsgrund Nummer eins – auch in guten Beziehungen.«

Mein Lächeln verblasst ein wenig. »Caleb …«

»Ich weiß«, unterbricht er mich schnell und lächelt mich an. »Es ist kompliziert. Aber uns weiter einzureden, dass wir einfach nur gute Kumpel und Arbeitskollegen sind, wird allmählich lächerlich, Jules.«

Da kann ich ihm nicht widersprechen. Offensichtlich besitzen wir beide kaum nennenswerte Selbstbeherrschung, was diese ganze Sache nicht wirklich einfacher macht.

»Okay«, sage ich, während er sich auf die Ellbogen aufrichtet und mich erwartungsvoll ansieht. »Die Zeit auf den Hamptons sind unsere Cheat Days. Was auf Long Island passiert, bleibt auf Long Island.«

Mit einem spielerischen Funkeln in seinen Augen fährt er mit dem Zeigefinger über meinen nackten Oberschenkel und lässt mich erschauern. »Das klingt nach einem unmoralischen Angebot, Miss Penn.«

Ich hebe eine Schulter. »Wir brauchen eine Grenze, solange wir uns nicht sicher sind, dass wir … na ja, dass wir aufs Ganze gehen wollen.«

»Dass wir zusammen sein wollen«, präzisiert er, und ich nicke. »Wir sind erwachsen, richtig? Wir sollten Spaß haben können, ohne dass es Drama gibt. Wenn einer von uns beiden aussteigen will, machen wir einen glatten Schnitt, und keiner macht unnötig Stress.«

Tausend Zweifel werden in mir laut, aber ich schiebe sie energisch beiseite. Stattdessen nicke ich zufrieden. »Genau.«

Er grinst breit. »Das klingt, als wärst du ganz scharf darauf, mein dreckiges kleines Geheimnis zu sein.«

»Dreckig nicht unbedingt«, sage ich und verziehe das Gesicht. »Aber auf ein Geheimnis mehr oder weniger kommt es nicht mehr an, oder?«

»Da hast du wohl recht.«

Caleb dreht sich auf den Rücken und streckt sich lautstark. »Aber ich werde es Tony erzählen müssen. Und du Estha.«

»Was?«, frage ich empört. Aus unerfindlichen Gründen schießt mir Röte ins Gesicht. »Warum sollten wir ihnen davon erzählen?«

»Weil man vor seinem *Fahrer* keine Geheimnisse haben sollte«, sagt er trocken und wackelt mit den Augenbrauen. »Wir sind alle besser damit bedient, wenn sie über jedes Detail Bescheid wissen und den Überblick haben. Das ist ihr Job.«

»Aber …«

»Mach dir keine Sorgen, okay?«, bittet er, richtet sich auf und küsst mich kurz auf die Stirn. »Die beiden werden ausreichend dafür bezahlt, die Klappe zu halten. Und nicht zu urteilen, zumindest nicht über einen von uns.«

Ich schürze die Lippen. »Soll ich Estha vielleicht meinen Essensplan mitteilen? Ihr sagen, wie oft ich am Tag auf die Toilette gehe oder wann ich meine Periode bekomme?«

»Wenn du das für nötig hältst«, erwidert er trocken. »Aber das zwischen uns beiden macht uns angreifbar, Julie. Selbst wenn wir es auf dieses Haus beschränken. Unser Sicherheitspersonal sollte darüber Bescheid wissen.«

Missmutig sehe ich ihn an, muss aber dann plötzlich grinsen. »Dieses Gespräch überlasse ich gerne dir. Ich werde sicher nicht mit Estha drüber reden.«

»Wie du willst.« Er gähnt so ausgiebig, dass ich automatisch mit einstimme. Wir lachen beide, dann streicht Caleb erneut mit dem Daumen über meine Lippe und klopft anschließend auf die Matratze. »Leg dich hin. Lass uns schlafen.«

Ich will nicht schlafen. Zwar bin ich so müde, dass es mit jedem Blinzeln schwerer wird, meine Augen wieder zu öffnen, aber ich will nicht, dass diese Nacht vorbei ist. Ich weiß, dass im Licht des nächsten Tages wieder alles anders wirken wird. Bedrohlicher und weniger einfach, als wir es uns gerade postkoital vorstellen. Ich will nicht, dass unser sorgenfreies Cheat-Wochenende in den Hamptons je endet. Wenn es nach mir ginge, würde ich einfach hierbleiben und niemandem erzählen, wo wir sind. Mich mit Caleb verstecken und die Realität ausblenden, bis Bonnie aufwacht und sich sämtliche Probleme von allein gelöst haben.

Aber das wird nicht passieren. Also rutsche ich an dem Kopfteil herunter und kuschele mich unter die Decke, die Caleb für mich hochhält. Als er das Licht ausschaltet und die Dunkelheit sich über uns legt, schlingt er einen Arm um meine Taille und zieht mich an seine Brust. Ich atme tief ein und inhaliere seinen Duft. Daran könnte ich mich gewöhnen. Die letzten Nächte waren schlimm, weil ich ständig von maskierten Fremden, Schüssen und Bonnies Schreien geträumt habe. Aber in Calebs Armen fühle ich mich sicher. Weniger allein und weniger schwer.

»Ich habe ein schlechtes Gewissen.«

Er sieht mich an. »Warum?«

Ich zucke mit den Schultern. »Bonnie liegt im Krankenhaus und kämpft um ihr Leben. Und wir machen das hier.«

»Schlaf gut, Julie«, murmelt er, bevor er sich noch einmal über mich beugt und mich langsam und gefühlvoll küsst. Dann legt er sich wieder neben mich und zieht mich an sich. »Hör auf zu grübeln. Du musst abschalten, okay? Du hilfst Bonnie nicht, indem du dich selbst verrückt machst. Sie wird die sexbesessene Julie lieben, wollen wir wetten?«

Ich lache leise und kuschele mich weiter unter die Decke. Bereits nach wenigen Minuten höre ich Calebs gleichmäßigen Atem. Ich schließe ebenfalls die Augen. Meine Gedanken wandern ganz automatisch zu dem Mann neben mir und erinnern sich an all die Gefühle, die er in mir auslöst. Hätte man mir vor zwei Wochen gesagt, dass ich mich in seine Arme kuscheln und mich von ihm halten lassen würde, ich hätte laut gelacht.

Irgendwann spüre ich, wie meine Gedanken schwerfälliger werden. Begleitet von Calebs regelmäßigen, tiefen Atemzügen schlafe ich schließlich ein.

39

JULIE

Sonntag, 12. Juni 2022

Ich fahre aus dem Schlaf und setze mich auf. Im ersten Moment habe ich keine Ahnung, wo ich bin, was gerade los ist und was mich geweckt hat. Ich atme schneller als gewöhnlich und sehe mich hektisch um. Ich bin in meinem Schlafzimmer, aber die Matratze neben mir ist leer. Mit der flachen Hand fahre ich über das Laken, aber es ist kalt. Allgemein ist es verdammt kalt im Zimmer. Ich schlinge die Arme um mich und lasse meinen Blick durch den dunklen Raum schweifen.

Ein Knall ertönt, und ich zucke erschrocken zusammen. Mein Herz bleibt stehen, nur um dann so schnell loszurasen, als würde es aus meinem Brustkorb herausklettern und davonrennen wollen.

»Caleb?«, wispere ich und sehe mich nach dem kleinen schwarzen Kästchen um, das am Rahmen des Fensters befestigt ist. Es blinkt, was bedeutet, dass die Alarmanlage noch immer aktiv ist.

Ich warte ein paar Sekunden, doch Caleb antwortet nicht. Mit einem mulmigen Gefühl greife ich nach dem Handy auf dem Nachttisch. Ich entsperre es und wähle Calebs Nummer. Bereits während des ersten Freizeichens höre ich ein leises Summen, das aus dem Flur kommen muss. Erst jetzt bemerke ich, dass meine Zimmertür einen Spaltbreit offen steht.

»Scheiße«, flüstere ich mit zitternder Stimme. Ich will nicht aufstehen, will nicht nachsehen, woher das Geräusch gekommen ist. Das geht in Horrorfilmen nie gut aus. Allerdings ist die Alarmanlage nicht losgegangen, und ich glaube Caleb, dass niemand dieses Haus betreten kann, ohne sie auszulösen. Ist Caleb etwas passiert? Vielleicht ist er im Dunkeln die Treppe heruntergefallen und braucht Hilfe.

Das Surren verstummt, und die Mailbox springt an. Fluchend lege ich auf und schlage die Decke zurück. Vor Angst bekomme ich kaum Luft, als ich langsam auf die Tür zugehe und sie vorsichtig ganz aufziehe. Der Flur und das Treppenhaus liegen still und verlassen vor mir, nichts rührt sich. Kein Caleb. Hastig laufe ich hinüber in sein Schlafzimmer, in der Hoffnung, dass er einfach nur in sein eigenes Bett verschwunden ist, weil ich schnarche oder mich zu breitmache. Aber das Zimmer ist leer, die Bettdecke sorgfältig gefaltet und sein Kissen unberührt.

Ich gehe den Flur entlang. Die Badezimmertür ist offen, der Raum dahinter verlassen.

Zögernd und mit donnerndem Herzen spähe ich die Treppe hinunter. In der Eingangshalle brennt ein einzelnes Licht, doch es schafft es nicht, das Wohnzimmer oder die Küche zu erhellen. Das Haus liegt in völliger Dunkelheit, und meine Panik steigert sich ins Unermessliche.

Mit zitternden Fingern umfasse ich das Geländer der Treppe und schleiche mich so leise ich kann hinunter. Vielleicht hat Caleb sich nur ein Wasser holen wollen. Vielleicht hat er etwas umgeworfen und ist … eingeschlafen?

Verdammte Scheiße, was ist hier los?

Auch unten ist es still, so still, dass ich meinen eigenen Atem und meinen Herzschlag hören kann. Beides scheint viel zu laut in meinen Ohren zu dröhnen. Und auch hier ist es kalt. In der

Eingangshalle ist niemand zu sehen, also gehe ich vorsichtig weiter.

Und bleibe wie erstarrt stehen, als ich das Wohnzimmer betrete. Jetzt erkenne ich, woher die Kälte im ganzen Haus kommt. Als mein Blick auf die weit geöffnete Terrassentür fällt, fühlt es sich an, als würde jemand Eiswasser durch meine Venen pumpen. Ich bekomme kaum Luft, so brutal breitet sich die Angst in mir aus.

»Caleb«, flüstere ich erneut, doch dieses Mal geht meine Stimme in einem erbärmlichen Schluchzen unter.

In einer Kurzschlussreaktion renne ich hinüber in die Küche und schließe meine Hand fest um das größte Küchenmesser, das ich finden kann. In meinem Kopf überschlagen sich die Gedanken, prallen von innen gegen meine Schädeldecke, wie panische Vögel, die sich ins Haus verirrt haben und nun den Weg nach draußen nicht mehr finden können. Ich bin so durcheinander, dass ich keinen von ihnen richtig zu fassen bekomme. Ich weiß nicht … ich weiß nicht, was ich tun soll. Die Alarmanlage ist nicht angesprungen, sie hätte Estha und die anderen informieren müssen. Oder wurde der stille Alarm ausgelöst, von dem Caleb geredet hat? Wo ist der Mann, der auf dem Gelände Wache schieben sollte, und wo, verdammte Scheiße, steckt Caleb? Wenn dieses Arschloch ihm etwas angetan hat, dann werde ich …

Meine Aufmerksamkeit wird von dem kleinen blinkenden Licht über einem der Fenster abgelenkt. Kurzentschlossen öffne ich eine der Schubladen und hole einen großen Fleischerhammer heraus. Diese Fenster lassen sich nicht öffnen, aber ich muss dafür sorgen, dass der Alarm losgeht. Ich muss dafür sorgen, dass jemand kommt.

Ohne weiter darüber nachzudenken, hebe ich den Arm und lasse den Hammer mit voller Kraft gegen das Glas krachen. Es bricht nicht, aber eine Sekunde später ertönt das durchdringende Piepen der Alarmanlage. Schwer atmend sehe ich mich um und laufe zur Terrassentür.

Ich bemerke das kleine Bündel auf dem Boden erst, als ich beinahe drauftrete.

Schreiend weiche ich zurück. Ich brauche ein paar quälend lange Atemzüge, bis ich bemerke, um was es sich bei der dunklen, unförmigen Masse handelt. Als es mir klar wird, unterdrücke ich ein Würgen.

Es ist eine Katze. Eine Katze, deren Kopf unnatürlich weit nach hinten abgewinkelt ist und die sich nicht rührt.

Keine Ahnung, wie lange ich dastehe und das arme Tier anstarre. Vermutlich nur Sekunden, aber sie erscheinen wie Jahre. Ich will wegrennen. Weg von dem Irren, der mich im Schlaf fotografiert und Tiere umbringt. Aber ich kann nicht. Denn ein Teil von mir hat endgültig genug. Dieser Teil umfasst das Messer fester und wünscht sich beinahe, der Unbekannte würde auftauchen und ich könnte diesem ganzen Albtraum endlich ein Ende setzen. Bonnies Gesicht taucht vor meinem Inneren auf, und die Angst in meinem Magen wird von unbändiger Wut abgelöst.

Plötzlich bemerke ich eine Bewegung am anderen Ende der Terrasse. Ich erstarre und halte den Atem an, als ich in der Dunkelheit gerade so eine dunkle Gestalt erkenne, die sich aus dem Schatten des Poolhauses löst. Meine Augen verengen sich zu Schlitzen, während ich das Messer schützend vor mich halte.

Und dann fühle ich mich plötzlich, als hätte ich einen heftigen Schlag in den Magen bekommen.

Trotz der Dunkelheit erkenne ich den Mann. Ich erkenne die Kleidung, die Statur und die Art und Weise, wie er sich bewegt. Und mit jeder Sekunde, in der die Erkenntnis sich Stück für Stück tiefer in mein Herz frisst, steigt die Panik in meinem Inneren.

Langsam weiche ich zurück, während Caleb in die Dünen und aus meinem Sichtfeld verschwindet.

Er hat keinen Alarm ausgelöst. Er hat mich nicht geweckt, um mich zu warnen oder um mich in Sicherheit zu bringen. Tausend Fragen explodieren gleichzeitig in meinem Kopf, doch ein Gedanke schiebt sich am drängendsten in mein Bewusstsein:

Caleb hat mich getäuscht. Mit jeder kleinen Lüge, mit jedem kleinen Geheimnis.

Danksagung

Danksagungen stellen mich jedes Mal vor eine kleine Herausforderung. Auf der einen Seite will ich euch hier keinen zweiten Roman ans Ende packen, auf der anderen Seite gibt es so unendlich viele Menschen, die an dem Entstehen dieser Geschichte beteiligt waren, dass ich sicher mindestens einen von ihnen vergessen werde.

Ein ganz besonderer Dank geht an Google. Für deine grenzenlose Unterstützung, wenn es um die Recherche geht oder darum, dass ich jedes Mal wieder vergesse, wie man »unwillkürlich« schreibt. Und natürlich für deine Maps-Funktion – du hilfst mir dabei, den Lesern einzureden, ich würde mich tatsächlich in New York auskennen. Bitte, geh nie offline. Außerdem danke ich der Seite Synonyme.de, die mich verlässlich durch meine Wortfindungsschwierigkeiten begleitet und sämtlichen Babynamen-Seiten, die im Internet existieren.

Ich möchte mich bei dem wunderbaren, unfassbar talentierten Team des LYX-Verlages und meinen großartigen, attraktiven, wahnsinnig intelligenten Agentinnen aus der Langenbuch & Weiß Literaturagentur bedanken: Gesa, Kristina, Steffi, Sabrina, Hannah, Simone und alle anderen – ihr seid der Wahnsinn! Unendlich vielen Dank, dass ihr an mich glaubt und euer Vertrauen mit jedem Projekt aufs Neue in mich setzt. Ohne euch hätte ich die Geschichte von Julie und Caleb niemals so toll zum Leben erwecken können – vor allem du, Sabrina. Fühlt euch alle gedrückt!

Ganz viel Liebe außerdem an meine großartigen Lauras (@the_oceanofbooks & @gedankenpopcorn), meine Testleserinnen, die brav alle meine Plotänderungen, Logikfehler und Mordfantasien an verschiedenen Figuren mitgemacht haben. Eure Geduld ist wirklich beeindruckend! Und natürlich an meine Autor:innen-Kolleg:innen, die diesen Beruf um einiges weniger einsam machen. Ich zähle euch nicht namentlich auf, weil ich überhaupt nicht wüsste, wo ich anfangen und wieder aufhören sollte. Jeder kleine Kommentar unter Instagram-Bildern, jede liebe Nachricht und jeder Live-Stream, den ich mir anschauen durfte, bedeuten Unterstützung füreinander, und das ist für jeden von uns wahnsinnig wichtig. Ihr seid der Hammer!

Ich danke meiner unglaublich kreativen Grafikdesignerin Cigdem Bilge für diese unfassbar schöne Klappengestaltung und die Umsetzung meiner wirklich verwirrenden Stammbaum-Idee. Du hast meine grenzenlose Bewunderung dafür, dass du aus meinen Notizen und Skizzen überhaupt etwas Sinnvolles herauslesen konntest. Und der wundervollen Basma von @basmasbooks, die all meine wirklich dummen Fragen mit so viel Liebe, Humor und Nachsicht beantwortet hat – du hast mich wirklich gerettet, und ich bin so dankbar, dass wir uns über dieses Projekt kennenlernen durften!

Zum Schluss danke ich wie immer euch allen, die ihr dieses Buch lest (und offensichtlich auch die gesamte Danksagung, was mich ziemlich beeindruckt). All diese Menschen, die ich dort oben aufgelistet habe, waren wesentlich an diesem Buch beteiligt, haben mir mit Rat und Tat zur Seite gestanden. Aber ohne euch würden meine Geschichten lediglich in meinem Kopf existieren und es niemals schaffen, als Buch in den Regalen zu stehen. Ihr seid das Herz meiner Geschichten und ihr sorgt dafür, dass wir Autor:innen diesen wunderbaren Beruf weiter ausüben können. Danke dafür, dass es euch gibt, und danke für eure Begeisterung für Geschichten. Ein imaginäres High-Five für jeden von euch!

Eure Kim